张德民／著

希望的田野

XIWANGDE
TIANYE

中国出版集团

现代出版社

图书在版编目（CIP）数据

希望的田野／张德民著. －－北京：现代出版社，
2022. 2

ISBN 978－7－5143－9664－5

Ⅰ．①希… Ⅱ．①张… Ⅲ．①长篇小说－中国－当代
Ⅳ．①I247. 5

中国版本图书馆 CIP 数据核字（2022）第 031214 号

希望的田野

作　　者	张德民
责任编辑	刘　刚
出版发行	现代出版社
通讯地址	北京安定门外安华里 504 号
邮政编码	100011
电　　话	010—64267325　010—64245264（兼传真）
网　　址	www. xiandaibook. com
电子信箱	xiandai@ cnpitc. com. cn
印　　刷	北京荣泰印刷有限公司
开　　本	880 毫米×1230 毫米　1/32
印　　张	16. 25
字　　数	390 千字
版　　次	2022 年 2 月第 1 版　2022 年 2 月第 1 次印刷
书　　号	ISBN 978－7－5143－9664－5
定　　价	86. 00 元

谨以此书
献给我深爱的土地和土地上的人们

第一章

农历年刚过,大地还沉寂在睡梦中,田野和山坡上光秃秃的,只有天空中飘着鹅毛般的雪花,纷纷扬扬,向大地洒落下来。立春已过,飘洒的雪花落到地上,不大会儿工夫就钻进泥土里,融化得无影无踪了。只有村舍、房屋的墙角处还积存着一点薄薄的残雪。田间地头,泥泞不堪,到处一片狼藉。路面的背阴处,雪水经过一夜的冻结,凝成了一块块冰面,给孩子们提供了溜冰玩耍的场地和乐趣。这一切,都意味着地处关中平原和黄土高原交界地带的渭北农村严冬还远远没有过去,说那温暖的春天还为时尚早。

在这天寒地冻、风雪交加的天气里,人们也只能围着火炉谈天说地,分享着新年的快乐。男人们玩着花牌、搓着麻将打发着漫长的美好时光。年节刚过,三三两两串亲戚拜年的人多了起来。有的是刚结婚不久的新人,有的是急着拜丈人回娘家的老夫老妻,也有走舅家的、姑家的、姨家的小伙子和姑娘们。大路上,走亲访友的人们,络绎不绝。乡间的道路坑坑洼洼,泥土和雪水混合在一起,十分泥泞。路上的行人迈着小步,一步一步艰难地前行。骑自行车的人由骑变成了推,推着推着,泥浆将车子前后轮与瓦圈间的空隙塞满了,只好停下来,蹲下身子,用手抠着车子塞实了的泥巴。骑车人一路走,一路抠着,实在厌烦了,索性把车子扛起来艰难地向前迈着步子。

这时,在柳庄的村口有个人正走来走去,一会儿,他蹲下从裤兜里掏出一张小纸片卷成圆筒状，从棉袄的口袋里取出一些旱烟丝放在卷好的纸里，拧紧一端。掏出衣袋里的火柴，点着烟，叼在嘴上，美美地吸了一口，浑身好像暖和了许多。一会儿，这人又站起来，继续来回踱着步，不时望着大路上，好像在等什么人。空荡荡的原野上，偶尔走过一两个人，裤腿上都沾满了泥水。寒风依然吹着，他把头压得很低，蜷缩着身子又蹲了下来。不知过了多久，一个年轻姑娘急匆匆地走了过来，一双靴筒已沾满了泥浆，脖子上围着蓝格子的长围巾，垂在胸前。右胳膊上挎着一个大提包，左胳肢窝里夹着一件深蓝色的毛大衣。她此刻的心里充满了期待和喜悦，她多么希望家里人能接她一下，又想给家里人一个惊喜。她已经走得筋疲力尽，一路走着，一路眺望着。远远望去，村子的路口有一个模模糊糊的黑影，好像蹲着一个人。她不由得加快了步伐，用手擦了一下眼睛，仔细望了一下，没错，是玉朋哥。一股暖流顿时涌上她的心头，她鼓足劲，甩开双腿往前走，好像要把全身的力气都用上。当她走近时，故意放慢脚步，屏住呼吸，轻轻走上前去，唯恐发出一丁点的响声。她轻手轻脚地绕到玉朋的背后，咳嗽了一声。玉朋惊得猛地站了起来，有些惊慌失措。玉香紧接着叫了一声："哥!"玉朋这时才反应过来，赶紧上前接过玉香胳膊上挎着的大提包，兄妹两人边走边聊。玉香是省石油化工学院的大学生，年前向家里人打了封电报，说过年不回来了，请家里不要等她，年后她回来。算着日子，玉朋知道妹妹今天该回来了，就一直在村口等着，生怕错过了接妹子的大事。

兄妹俩一前一后走到自家门口，毛毛听奶奶说姑姑今天要回来，高兴得也不跟妹妹颖颖玩了，扔下跳棋急忙跑到门口迎接姑姑。刚到门口，毛毛看见爸爸正和姑姑走来，高兴得手舞足蹈，大声喊叫着："姑姑回来了! 姑姑回来了!"他连喊带跑，"扑通"

一声绊倒在地，差点磕掉门牙。玉朋和玉香忙上前把毛毛扶起来，毛毛没哭，用手擦了擦嘴上的泥，冲着姑姑做了个鬼脸。玉香一看，原来是母亲给毛毛做的虎头鞋，鞋带脱了，把娃绊了一下。

兄妹二人拉着毛毛进了院子。院子很大，崭新的五孔砖窑是新修的，坐北朝南，采光很好，两边厦子一边各四间，十分宽敞。颖颖的爸爸玉海看见妹妹回来了，急忙放下手中劈柴的斧头，接过玉香胳肢窝夹着的大衣，高兴地说："玉香你可回来了。这几天把妈都等急了，天天在念叨你。"玉香说："我也很想早早回来，只是有事脱不开身。"

兄妹三人走到上院，看见颖颖在东边窑里连哭带闹，连开裆裤都扯烂了，像玉皇大帝惹怒了的孙悟空，把屋里能够着的东西都摔了一地，炕桌上的跳棋扔得到处都是，嘴里还在不停地骂着："狗毛毛，你小心着。"玉香上前给颖颖系好开裆裤，哄劝她不要再闹了。她从提包里掏出一把水果糖递给颖颖。颖颖连看也不看，一把将姑姑手里的水果糖打翻在地。玉海急了，觉得颖颖太不懂事了，姑姑好心给糖吃，反倒不给姑姑留一点儿情面，简直好心当了驴肝肺。他上前打了颖颖一下，谁知颖颖闹得更凶了，连踢带绊，连兔娃帽子上的两颗好看的布疙瘩都弄丢了。玉香埋怨哥哥说："娃嘛，爱耍小性子，心里一定有一时想不开的事，过一会儿就好了。"听了玉香的话，玉海出门走了。颖颖见爸爸走了，也就不再大闹了，只是哭得"叽咯、叽咯"的很伤心。这时，玉香问颖颖说："颖颖，不哭，姑姑问你话，你见姑姑亲不亲？"颖颖一边哭一边委屈地回答："姑姑，当然亲嘛。"

"姑姑问你，你见姑姑真亲，还是假亲？"颖颖见姑姑这么问她，一时蒙住了，不知怎么回答，她迟疑了一会儿说："颖颖见姑姑可亲了。"玉香接着问："那姑姑问你，刚才是谁惹你生气了，你给姑姑说，姑姑为颖颖出气。"颖颖看着玉香不说话。玉香又

— 3 —

问:"颖颖,是不是毛毛惹你了?"颖颖这才"嗯"了一声。玉香接着问:"毛毛怎么惹你生气了?"颖颖说:"我跟毛毛下跳棋,最后再两步我就要赢了,他耍赖,要悔棋,我拉他的手拽他,拽不过,把我摔倒了。"正说话间,嫂子桂香和母亲已站在了面前,桂香说:"哟!看你姑侄俩亲热的,话还没说够?"母亲说:"赶紧回,吃饭走。饭都做好多时了,就等你姑侄俩了。"玉海这时也站在门口,毛毛在门口露了一下头,就跑了。

几个人进了屋子,只见最显眼的地方,水缸的盖子上放着捏好的两箅子老婆拢手巾。城里人叫它馄饨,还没下锅。火炉上煮着香喷喷的臊子汤,香气扑鼻,满屋子的香味。锅里热气腾腾,还热着更丰盛的饭菜。

母亲上炕坐在中间,玉香拽着颖颖上了炕,坐在奶奶身旁。玉海脱了鞋也上了炕。桂香叫玉香上炕,玉香死活不上,姑嫂俩拉拉扯扯了好一会儿。玉香说她不上炕,她在底下帮嫂子盛饭、端饭,往炉膛里添火、拉风箱。嫂子见玉香执意不肯,也就罢了。

桂香揭开锅盖,玉香把盘子端过来,几碟凉菜新鲜爽口,鲜香扑鼻,有大豆芽、绿豆芽等好几样。桂香又提了烧酒、黄酒,接着端来了油糕、油饼和油条。玉香拿了馍碟,放上油馍、软馍、黄黄馍、灶神、灶鸡和给颖颖专门捏的兔娃馍,丰盛的饭菜满满摆了一方桌。饭上齐后,玉海给母亲敬上一杯秦洋大曲酒,母亲接过酒轻轻地抿了一口。颖颖闹着要抢玉海的酒杯,玉海以为颖颖想要喝酒,没好气地对她说:"小娃不能喝酒。"颖颖撇着小嘴说:"不是我要喝哩。"玉海这才松了酒杯。颖颖拿起酒杯,一连给奶奶敬了两杯酒,乐得奶奶合不拢嘴,高兴极了。她拍着颖颖的小脑袋说:"我的孙女真懂事,真乖!"玉香又给母亲斟了一杯酒。桂香也要斟酒,玉海说:"妈她老人家年岁大了,还是少喝为好,你就算了吧。"毛毛听见二爸家里很热闹,跑过来,隔着门缝看。玉海上前抓住毛毛的一只胳膊，要给毛毛夹油糕片吃。毛毛立住脚，玉海去夹油糕片，再回头一看，毛毛早已不见了。

过了一会儿，只见他跑来，一边跑一边喊："我姨要来，我妈正给我姨和姨父捏饺子呢，颖颖一会儿吃了跟哥放鞭炮去！"毛毛的姨玉兰是去年才结的婚，这是小两口新婚第一次上门给姐姐、姐夫拜年。

玉朋和兰香一家人正在包饺子，忽然听到一阵狗叫声，赶忙放下手中的活儿，朝着大门外走去。毛毛站在门外，老远就看见他姨和姨父两人正朝这边走来。毛毛二话没说，赶紧回屋拿了早准备好的炮仗挂在竹竿上，擦了根火柴点着，"噼噼啪啪"响了起来。颖颖跑出来捂着耳朵，看着、跳着。玉香和桂香、玉海也都出来迎接。兰香接过妹夫志远手中的挎包，一起进了院子。

天空中，还是一星半点地飘着雪花。毛毛亲热地拉着他姨的手，进了屋子。屋里热气腾腾，玉朋让他们上炕坐，玉兰脱鞋上了炕，志远说他不冷。玉朋招呼说："那你就坐在炉子边烤火。"志远忙说："姐夫，你忙你的，不用管我。"玉朋端了一把椅子，让志远坐下烤火。他拿出一包香烟，顺手递给志远一支。志远看是大雁塔牌香烟，没有接，不屑地说："姐夫，你舍不得抽烟，买什么烟呢？"玉朋说："你是稀客嘛，不招待你咋行？不要嫌烟烂，等姐夫有了钱，你再来抽姐夫的好烟。"这时，志远觉得自己刚才的话有些欠妥，忙说："姐夫，你看你说哪儿去了，一家人能说两家话吗？"兰香这时把饭做好了，又叫志远上炕，志远脱了鞋，这才上了炕。毛毛此时正在翻他姨的包，看里面有什么好吃的。他翻来翻去，里面只有一个花卷的油馍、四个包子和两个兔娃馍，还有一包油糕和一袋小麻花。玉朋见毛毛翻玉兰的包，一把将毛毛拽过来说："你不吃饭，做啥哩。"志远让毛毛上炕，毛毛没有搭理。玉朋说："小娃就在下面吃。"玉朋给志远倒满一杯酒，敬志远喝。志远推让着说："姐夫，咱弟兄俩碰一下杯，就可以了。"玉朋说："你先把姐夫这杯酒喝了，咱兄弟俩再说碰杯的事。"志远见玉朋执意不肯，只好喝了。玉朋说："咱兄弟俩难有机会遇到一块儿，今儿个划两拳，你看如何？"志远说："可以，来几下？"玉朋笑着说："来六下。"志远说："我酒量不行，来三下吧。"玉朋说："三下太少了，来六下。"志远拗不过玉朋，也就答应了。兄弟两人一来一往。酒过三巡，志远脸上有些发红。玉兰说："哥，算了吧。"玉朋却说："天气这么冷，怕啥？"二人又来了三下。

兰香这才赶紧烧锅下饺子，一会儿工夫，兰香把热腾腾的饺子端了上来。玉朋递给志远一碗饺子，又递给玉兰一碗。毛毛给他爸玉朋端了一碗。大家吃着饺子，说着开心的话。这时，邻居王婶闯进门来，硬要志远和玉兰上她家吃饭去。她不由分说，递过玉兰、志远两人的鞋，就拉着他们要走。玉兰两口子盛情难却，只得跟着走了。按照柳庄的习俗，若是邻居家来了客人，邻人也得好好招待一下。在这里，客人一天能吃好几顿饭呢。

大家吃完饭，已是下午六点。此时，村上锣鼓喧天。玉海家早早把碗筷洗刷收拾完毕。家里只有玉海和老太太。玉香带着颖颖看敲锣鼓表演去了。桂香知道今晚村里社戏班有她的演出，做完家务后，早已不见了踪影。

一会儿，夜幕降临。村上负责演戏烧气灯的人家，已经把气灯烧好了。春喜和二牛各提一盏气灯正往村子中央的戏台赶。一星半点的雪花，不再下了。风依然很冷，吹到人脸上，很不舒服。朦胧的夜空，暮色重重。人们把手插在裤兜里，三五成群地向戏台底下涌来。戏台上，明亮的气灯照得台上台下一片银白色。

玉朋扛了条长板凳，玉海也提了一个凳子，玉香搬了把椅子，还有志远和玉兰、兰香领着毛毛，老太太拉着颖颖一同来到了戏台下。戏台周围已挤满了人，被围得水泄不通。玉朋、玉海和玉香，好不容易寻了一块地方才坐下，玉香把搬来的椅子放在中间，让老太太坐了，其他人依次坐在两边。

戏台所在的麦场上，已是人山人海，口哨声、吆喝声、嘈杂声混成了一片。戏台的横幅上写着"柳庄业余文艺剧团"几个大字，特别引人注目。一面枣红色的幕帐悬挂在戏台上，两盏大气灯照得四周一片通明。不大工夫，戏班的报幕员出来报幕了。她是村里刚毕业的高中生媛媛。媛媛用洪亮的声音说："乡亲们，大家肃静了，肃静了！柳庄业余剧团今晚演出革命样板戏《红灯记》，加演《断桥》，现在开始。"她的话音刚落，戏台上的锣鼓乐器一阵通响，响罢，白素贞就出场了，接着青蛇也出来了……全场观众响起雷鸣般的掌声和喝彩声，大家看得津津有味。

玉朋和志远坐在一个板凳上，玉朋饶有兴趣地给志远讲起了村里社戏班的事情。他自豪地说，村社戏班之所以演得这么好，这些演员是下了苦功的。人常说，台上一分钟，台下十年功。他们这些乡村演员可以说为排练这几场戏那是废寝忘食……志远看得入了迷，也不知玉朋跟他说了什么。玉朋拽了志远一下，志远这才从戏中回过神来。他连声说："就是好，就是好，人物演得活灵活现，演员太深入角色了，你们村的戏班子真了不起。"《断桥》演罢，紧接着是《红灯记》，让人们憎恨的叛徒王连举也出来了，这个角色可耻、可恨，让人厌恶，台下忽然有人高喊："打倒叛徒，枪毙王连举！"甚至还有人向台上扔出了砖头和瓦片。一会儿，铁梅、李奶奶等先后出场。特别是共产党员、铁路工人李玉和演得是威风凛凛、正气凛然。颖颖给玉香指着说："姑，你看演李铁梅的就是我妈。"玉香仔细端详了一下台上的李铁梅，果真是嫂子桂香。她高兴地说："哎呀，真是吃出没看出，嫂子还有这样的本事，真不愧是咱柳庄一枝花呀。"

玉香十分激动，一个农村戏班子，能把戏演得这般好，这是她没想到的。她被剧中李奶奶、李玉和和李铁梅祖孙三代的革命英雄故事所深深感染。嫂子桂香把李铁梅演得入木三分，十分逼真、耐看。看着看着，玉香心里想，农村有这么好的发展空间，何不在农村这片广阔的土地上大干一番呢！不要说干惊天动地的大事，就是平凡的事情，也是多么的有意义啊！

夜已经深了，戏台底下的人已经散尽。玉香的心里却久久不能平静下来，她慢慢搀扶着母亲向家走去，一路上想了很多、很多。

兰香和玉兰还有毛毛三人在屋里睡。玉朋和志远睡在窑里。玉朋划了根火柴点着煤油灯，二人上了炕，钻进被窝，可是翻来覆去怎么也睡不着，干脆就唠起了嗑。玉朋对志远说，他父亲前年去世，这五孔窑洞是父亲在世时箍的。窑箍好后，他和弟弟玉海就分家了。因为当时两位老人在世，父母愿意跟老二，所以他占了东边两孔窑洞，留给老二玉海三孔窑。父亲临走时最放心不下的是妹妹玉香。过去闹饥荒，家里吃了上顿没下顿，只有父母两个劳动力，一家人分不了多少粮食。母亲忙完家里又做地里活，十分辛苦。玉朋读完初中，家里实在供不起。他决定不去上学了，就这样，家里多了一个劳动力，给父母也减轻了些负担。那时弟弟玉海才上初一，妹妹玉香上小学。让他最难忘的是有一回，弟弟玉海背着一个黄色的帆布包，从杨柳镇中学回来，把包放在屋里的衣柜上。玉朋取东西时，发现衣柜上的包里鼓鼓的，他正要翻开看，弟弟玉海一把夺过包不让他看。他十分好奇，兄弟俩你争我夺，玉海夺不过玉朋，被玉朋抢在手里。煤油灯下，玉朋把手伸进包去，感觉有两块硬硬的东西和他的手碰在了一起。他把那东西取出来，惊呆了。玉朋"啊"了一声，一股心酸涌上心头，眼泪夺眶而出，不由自主地往下流。原来弟弟玉海在学校就吃这样的东西，两块像猪屎一样的东西。那天晚上，全家人抱在一起大哭了一场。后来才知道，这东西是用荞麦秆和玉米秆经过粉碎，由学校厨房的师傅们加工而成的一种可填饱肚子的食物。这件事至今让玉朋记忆犹新。由于这样的生活，弟弟玉海第二年实在念不下去，也就停了学。他们两个人的学业就这样半途而废了。父亲在临终时，拉着玉朋的手，流着泪水，直勾勾地看着玉朋，有气无力地说："玉朋儿，我对不住你们兄弟俩，我没有……尽到……一个……父亲的责任。你只有一个妹妹，一定要……帮她完……成学业，为家里争……口气。"话说完，父亲睁着眼，永远地离开了。父亲的遗嘱，玉朋暗自记在心里，再苦再难，就算吃屎喝尿也要供妹妹玉香上学。

志远听了玉朋的一番话，不由得感叹说："是啊，父辈们受尽了苦头，没有过上一天好日子，至死都不瞑目，我们后人一定要争口气。"

玉朋侧过身子对志远说："去年大家一致推选我当大队支部书记，我觉得自己正年轻，应该为大伙挑起这个担子，为乡亲们，为老几辈的柳庄干点事，况且大家这么信任我，因此我就接受了这份担子。我们有些生产小队群众觉悟还可以，也有些生产小队群众思想落后，有些人刁钻得很，实在难缠。"

志远感慨说："玉朋哥，你的责任重呀，整个柳庄就看你了，可不能泄气，要勇敢担起这份担子，望你老哥担得更好。我也是我们村的团支部书记，村上个别青年人也难对付。不过我还是有信心的。"

玉朋一下子像找到了知音，他絮絮叨叨地说："过了十五这个节，村上的干部会就要开了，我还要为会上准备些材料，现在一些东西在脑子里还乱着呢，不如你帮我分析分析。"

夜很深了，玉朋才觉得有了一点睡意，他帮志远把被子拉了下，自己蜷着身子，蒙着头很快睡着了。

第二天一大早，大人们早早起来。这天是农历年的破五（正月初五），毛毛拉着玉朋的手，提着一大串鞭炮要和爸爸放。玉海也准备好了鞭炮，颖颖在一旁高兴得手舞足蹈。顿时，院子里响起了"噼噼啪啪"的鞭炮声，烟雾笼罩了院子的上空。

村子里到处都响起了鞭炮声，震耳欲聋，火光冲天，整个村庄都活跃起来了，村舍一时间笼罩在了烟雾之中。

放完鞭炮，女人们准备着饭菜，男人们坐在一起聊着一年的收成，聊着开心的事情。玉朋拿了根土制的纸烟，对志远说："贤弟，你没抽过这种纸烟吧？这种纸烟有好几种，你想抽哪种？是'一头拧'呢，还是想吸'一头齐'？"志远不解地问："什么是'一头拧'？什么是'一头齐'？"玉朋说："'一头拧'就是用烟丝自己卷。"志远想体验一下"一头拧"怎么个卷法，于是说："那就来个'一头拧'吧。"玉朋抓了些烟丝递给志远。志远撕了一张纸片，开始卷起来，可是他怎么也卷不好。玉朋看着志远的窘态，笑着说："卷烟这活你还得好好学。"接着，玉朋给志远做起了示范，他很快卷好了一支烟，志远跟着学，很快也学会了。志远高兴地抽着自己卷的烟，心里美滋滋的。

玉兰这时走过来，身子贴着志远，头压在志远耳边低声说了几句。玉兰提了装馍的包和志远走了出来，毛毛也跟在他姨后面。

到了玉海家门口，桂香热情地迎了出来，她接过了玉兰手中的包，老太太也下了炕，上前握住玉兰的手，久久不肯松开。玉海拿了盒"三门峡"香烟招待志远。志远接过一支没有吸，直接夹到了耳朵上。玉海端来花生和水果糖放在炕沿上让玉兰他们吃。志远问候老太太说："您老年过得好？"老太太高兴地连声说："好，好。"老太太问志远："你爹身体咋样，还好吗？"志远说："我爹精神得很，每天还能砍一捆柴呢。"老太太接着说："这都是你娃娃们的福，一定要照顾好老人。老人能多活一天你们就幸福一天。""婶，您老也要保重身体。我给您拜年了，祝您康健长寿。"说着，志远鞠了个躬，跪在地上磕了个头。志远接着又对跑前忙后的玉海、桂香说："哥，嫂子，兄弟也给你们拜年了。"说着，拱了拱手。毛毛和颖颖看志远给大人们拜年，也跟着磕起头来，磕得没完没了，逗得大家一阵欢笑。

玉海要让志远和玉兰上炕吃饭，毛毛却拉着他姨要走，弄得玉兰和志远左右为难，不知如何是好。这时，玉海拉住毛毛说："毛毛听话，你姨和你姨父今个都不走，还等着看戏呢。今天是《法门寺》，他们俩都没看过，难道你要打发你姨走吗？况且今是五穷节，五穷是不能出门的，你也在这儿吃，听二爸话。"毛毛听二爸玉海这么一说，也就不执意让志远和玉兰走了。

吃完饭，村里又响起了锣鼓声，声音震天动地，热闹非凡。今儿是个好天气，和煦的阳光洒落下来，大地一片金色。鸟儿们开始活跃起来，也不再缩头缩脑了，有几只麻雀在院子的地上蹦来跳去，寻觅着食物。麦场上，一大群孩子，有的在放气球，有的吹着泡泡，有的在跳绳，有的踢毽子，大家玩得很开心。

中午时分，戏台下面又陆陆续续挤满了人，一时间人声鼎沸，嘈杂声不断。周围有卖饸饹的、卖醪糟的、卖糖葫芦的，还有卖刺绣的、捏泥人的，卖什么的都有，给戏场又增添了不少的乐趣。

演戏的海报贴在台柱上，上面写着："今天演出《游龟山》全本，加演《红娘》一场，今晚演出《铡美案》加演《老碗记》，希望大家观看。"

今天，玉朋全家人来得特别早，选了一块好地儿。玉朋让老太太坐在了最中间，其他人围坐在一起。

柳庄邻村赶来看戏的人络绎不绝，人们从四面八方潮水般地涌向村里的戏台。

中午十二点整，戏准时开演了。大家都伸长脖子，聚精会神地观看着。村上还组织了几个民兵，前后跑着维持秩序。台子下面看戏的人不时给台上演戏的人报以热烈的掌声和欢呼声。戏一直演到下午三点，才散场。

玉香没有回去，她拉着颖颖在村子里转了一圈，想起了她高中时的同学田文博。他写得一手好毛笔字，学校里的黑板报就是他负责出的。这人热心肠，见人又说又笑，给人一种温和亲切的感觉。记得有一次，一道数学函数题难住了玉香，左思右想也解答不出来，坐在后排的文博主动前来给她讲解。田文博每次期中、期末考试都是全年级的前两名，老师同学们都说他是尖子生。然而，他最终没有上成大学。玉香晓得田文博没能上大学深造的原因。田文博家成分不好，他父亲又是右派分子。后来，玉香被大队推荐上了大学，进了高等学府继续深造，而文博这样一个尖子生，却只好回了农村。玉香心想，这样好的青年，命运对他太不公平了。虽然同在一个村，她和文博自毕业后就没有再见过面，也不知他生活得怎么样了。在她的心里，她对田文博有着一种朦朦胧胧而愈演愈烈的情感。她很想去田文博家同他拉拉话，但还是犹豫不决。

今天，她鼓足了勇气，前面就是文博家。她大胆地朝前走了几步却又停住了脚步。她又觉得不妥，不能这样冒失。她想，见了面文博会怎么想？要是换作自己，同样一个理，心里会不会有刺激？他那还没有完全愈合的心灵创伤，怎么能经得住第二次的伤害？他一个高才生、尖子生，竟抵不过一个不起眼的黄毛丫头。如果他看到自己，他心里不是会更加难受吗？想到这，她退缩了，一点勇气也没有了，刚才那一颗炽热的心一下子像揣了一块冰，瞬间凉了半截。

是啊，人的命运有时总是由不得自己的。

玉香离开了文博家的门口，但她对文博那颗挚爱的心却不停地跳动着，她不会放弃对他炽热的爱意。

玉香领着颖颖不知不觉来到村大队部的门口。大队部院没有门，两堵墙中间开了一个大豁口。进了院子，首先是三间大房横在眼前，门上都上着锁。墙壁上挂着一块木牌，上面用蓝色的油漆写着"柳庄木业组"的字样。

玉香想看看里面的情景，只好走到窗台底下，窗子幸好没被纸糊上，但窗台很高，玉香踮起脚还是够不着。她又寻来几块砖垫到脚底下，两个胳膊撑着，手拄在窗台上才将里面看得一清二楚。东边一间放着解好的木板，摆放得整整齐齐的。旁边放着许多长板凳、大小锯子等做木器活用的工具。两边两间放着已做好的大立柜、小立柜、三斗桌、写字台和课桌等，摞得满满的，都快挨着房顶了。北面四孔砖窑洞分别是村上的文化夜校、阅览室、诊疗室和代销店。其他窑门都锁着，只有代销店的门还开着，营业员红元一看是玉香，热情地迎玉香进去。代销店里的货架上摆放着一些日用品，有油盐酱醋，还有少量的布匹。出了代销店，东边又是四间大房，其中两间门牌上写着"面粉加工厂"。玉香透过窗户看了一下，里边放着一台磨面机和一台饸饹机。另外两间放置着弹花柜和拧花车子等机械。

姑侄俩走出大队部院已是下午五点了。玉香心里十分高兴，她憧憬着柳庄村将来的美好前景。此时，她的心跳动得更加剧烈了。

她为自己的梦想，为柳庄人的梦想而激动不已，勾画着幸福而美好的蓝图……

玉香太热爱家乡这片生养她的土地了，在这希望的田野上有她美好的童年，有她儿时的伙伴。田野里的一草一木，一山一水，都牵动着她的心，她深爱着这片生养她的故土。

她决心要为这片希望的田野发出属于自己的一点绵薄的光和热。

第二章

十五元宵节过后，惊蛰即将来临，辛苦了一年的庄稼人又要忙活起来了，垒粪、拉粪、割荆条、编耱，忙着备耕工作。

俗话说，过了七九、八九，田里耕牛遍地走。

阳光从云缝里钻出来，洒在地上，一片金光。远处传来几声布谷鸟的叫声，意味着大地回春，土地解冻了。人们忙着开始犁地，种扁豆了。

这天下午，社员们用过饭，刚放下碗，大队部的高音喇叭里唱起了催人奋进的音乐，听得人精神振奋，意气风发。这时，喇叭里传出了大队长来栓的声音。

"通知！通知！各位社员请注意！各位社员请注意！今晚在学校院开会，八点准时到场，望各位社员务必按时参加，不得缺席有误。"

就在大队喇叭里通知的时候，玉海正谋划着明天的生产问题。他是柳庄生产二队二组的组长，官不大，但操心的事不少。队长孙永新对他很赏识，事事也都依靠他。"一年之计在于春。这个节骨眼上，农时不可错过。"孙永新两天前已给玉海作了嘱咐和交代。玉海觉得眼前最主要的活当然是垒粪和拉粪了，得赶紧把粪垒好送到地里去。

他已经跑了好多家户做了悉数安排，只是垒粪还缺个沿耱的，思来想去，觉得二虎这个人虎头虎脑的，吃得苦也出得力，是个好人选，况且多年都是他沿的耱，腿上有劲，耱时能带上粪，耱的粪既碎又好。晚上，玉海来到二虎家，门虚掩着。他抓住门环，叩了又叩。里边传出"汪汪"的狗叫声，豆豆赶紧出来迎在大门口。一只黑背白肚花眼的狗蹿了出来，豆豆急忙拦住狗，狗倒很乖顺，看见是熟人，也就没有扑过来，只是摇着尾巴，头依偎着豆豆的身子，舌头舔着豆豆的衣角。

豆豆说："叔，有什么事？"

玉海说："你爸在家吗？"

豆豆说："在哩，在东边窑里忙着编笼呢。"

玉海来到东边窑，一盏昏黄的小煤油灯下，二虎正坐在一张小板凳上，专心致志编着笼。只见他两条腿正夹着笼，一只手用木棍捶打着，正收笼沿子呢。老婆粉英在一旁帮二虎按着荆条。粉英是村上出了名的难缠女人，人称"鬼难缠"。

两人一见玉海跨进门来，停下了手中的活。玉海说："二虎，我给你说个事儿，明天咱组开始垒粪了，你给咱沿耱，耱粪。"二虎没有太多的言语，说了声："行。"

鬼难缠这时歪着脖子恨恨地瞪了一眼二虎，又对玉海说："你这人是不是老猪婆踏住萝卜窖了，觉得我家二虎好说话，人软、好欺负？你咋不派其他人呢？都是记工分少出力多的事。"玉海觉得和这号女人理论没什么意思，只好说："那你们看着办吧。"说完，拂袖出门而去。

玉海走后，二虎跟鬼难缠在屋里吵了起来。二虎埋怨鬼难缠说话难听。鬼难缠说："你说得好听，耱上一天粪，满鞋坑都是牛粪，上炕一腾一大摊，都是你姑奶奶我给你打扫呢，没见你打扫过一回，还说我说话难听，你讲不讲理。"

二虎说："好，好，你讲理，我不讲理，但你要知道你生下来不是什么都会做的，人各有所长，各有所短，我不过是会耱个粪，知道一点技巧。务庄稼活技巧多着呢，你在这活上精通，可不一定在别的活上会做。你见我摇过耧吗？拿过鞭子赶过车吗？我不会！组长派的活这也不行那也不行，你给我说，怎么办？"这句话问得鬼难缠哑口无言。

玉海出了二虎家，从家里拿了手电，直奔学校而去。

此时，夜幕已经降临，玉海的手电筒射出一道银白色的亮光照在地上。他顺着亮光朝前走着，忽然间，一只腿伸在了他的右腿前边，玉海没有察觉，右腿刚一出步，"啪"一声摔了个前爬坡。还好，玉海两只胳膊撑在地上，手电筒还捏在手心。他赶紧爬起来，用手电前后左右照了一遍，并没有发现什么，他又继续往前走去。

会议设在学校六年级教室里，一盏气灯挂在讲台上面的顶棚上，照得里面通明。

人们陆续到了，各自找个位置坐下。玉海也找了个位置。他屁股刚挨板凳，栓喜嬉皮笑脸地坐在玉海身边说："好我的爷哩，我看你还结实得很，一跤跌下去，屁股也没摔成两瓣。"玉海见栓喜嘴里没好话，不等栓喜把话说完，从桌子底下脱下脚上穿的一只鞋向栓喜嘴上捂去，一边说："我让你给我胡咧咧。"栓喜赶忙把身子向后闪了闪，一只手拦住捂来的鞋子说："好爷哩，你咋还生气了，咱爷孙俩今后还再要不要了？"玉海知道栓喜是爱逗笑的好后生，也就松了手。

不大工夫，教室里坐满了人。村大队长邓来栓扫视了一卜会场，看人来得差不多了，他对着小声说话的人群说："大家肃静一点，肃静，不要再说话了，会议马上开始。"他随即低下头和村支部书记玉朋、驻村蹲点干部王根民和公社副主任王瑞英低语了一会儿，站起来说："现在，大家把年过完了，该言归正传，把心收回来了。看咱们村的生产怎么搞？咱们社员的日子怎么过？县上刚开完三干会，对我们有了新的指示和要求。现在就请村支部书记玉朋同志传达全县三干会议精神，大家欢迎！"

玉朋抖了抖身子说："社员们，父老乡亲们，你们年过得好！现在由我把全县三干会精神传达一下。全县这次三干会议是一次与时俱进、求真务实的大会。大会的主要内容是要在全县范围内掀起一场轰轰烈烈的农业大生产热潮。县委着手从三个方面抓好落实。第一，大搞水利建设。因为水利是农业的命脉，庄稼离开了水，就像霜煞了的茄子，会死掉。我们要克服靠天吃饭的思想，充分利用有利条件，实现川河地区设施灌溉、旱塬地区引水上塬工程。特别提到要彻底解决我们旱塬地区农业灌溉和千百年来人畜缺水的问题。第二个方面就是要大搞农田基本建设。土地是农业的根基，抓好农田基本建设是发展农业最根本的出路。我们要牢固树立改变穷山恶水的决心和信心，垒埝造田，努力把荒山变成良田。第三个方面，就是在抓好水利和农田基本建设的同时，精耕细作，加强管理，努力提高粮食作物的单产量，实现粮食翻番，为国家粮食生产多做贡献。社员们！乡亲们！这就是县委对全县人民发出的号召和殷切希望，也是我们的进军号！"

这时，会场响起了雷鸣般的掌声，整个会议洋溢着热烈的气氛。

"社员乡亲们！咱们柳庄地处黄土高塬南部丘陵地带，残塬沟壑，土地贫瘠，凹凸不平，历来水土流失严重，小雨渗不透，大雨漫田跑，是粮食产量上不去的主要祸根。大家有没有改变我们柳庄贫穷落后面貌的决心？"

整个教室里，群情振奋，大伙异口同声地喊着说："有，请书记放心！请公社放心！"紧接着又响起了一阵热烈的掌声。

公社副主任王瑞英满怀喜悦地说："刚才，玉朋书记传达了全县三干会议精神。我再强调几句：全县三干会议精神归纳总结为三个方面，这三个方面目标都很明确，我觉得这是对我们柳庄农业大生产的动员令。我们要拿出实干苦干的精气神儿，拿出敢闯敢干的雄心壮志来，自力更生，艰苦奋斗，兴修水利，大搞农田基本建设，开拓出社会主义农业农村发展的新天地，为全公社乃至全县树立一面旗帜。"

会场又是一片掌声。

蹲点干部王根民也作了发言。他说，明天晚上各队都要召开会议，讨论具体工作落实，各队要成立农田基建小队，要有专人领导。同时要安排好当前的春耕备耕工作，确保各项工作顺利进行。

散会后，已是夜深人静，皎洁的月亮已升得老高，一阵寒风吹来，"嗖嗖"地向人们穿的棉袄里直钻，大家缩着身子，快步朝各自家里走去。

鬼难缠晚上翻来覆去怎么也睡不着。一会儿，她回想着她对组长玉海的态度和不该说的话。一会儿，她又觉得应该对玉海说那番话，不要认为他们是瓷锤、傻瓜。她认为她说得在理，板上钉钉的事，就是欺负他们家二虎。她侧过身子又一想，唉，何必呢，再刁难人家，人家以后再不来理会二虎，再不给二虎派活可怎么办？她苦思冥想，终于想出了自己认为两全其美的好方法。她想到玉海临走时，不是说吗，要他们看着办，那自己就给他提条件。可是又能给人家提什么条件呢，她思虑了片刻，立马想出个馊主意：要让我们家二虎糖粪可以，就得给二虎加工分。这样既能挽回双方的面子又给自己得到了实惠。鬼难缠想好了，想通了，才安然入睡。

第二天早晨，鬼难缠起床后就开始做饭，向锅里倒了三瓢水，下了些苞谷糁，拿了三个高粱馍和两个糜子馍、一个白面馍放到馍箅，白面馍是给豆豆吃的。把锅里放好后，她向灶坑里添了把柴，一边烧，一边搅动锅里熬的玉米粥。不大会儿，玉米粥就熬好了。鬼难缠估摸着玉海这时肯定在家，连菜都没切就出去了。

二虎担水回来，见门开着，不见鬼难缠。豆豆早已上学去了。锅里冒着热气，灶膛里掉下来的火渣眼看着就要引着灶旁的柴火。他急忙把掉下来的火渣拾了进去，一边坐在灶台旁烧起火来，一边气得骂着鬼难缠。饭烧好后，二虎从咸菜缸里捞了一颗咸菜，切好后，还不见鬼难缠回来。他便卷了支旱烟抽了起来，心想，她估计多半是去玉海家了。这个婆娘惹起事来，八匹骡子也拉不回来，特难说话，要么人称鬼难缠呢。这肯定是又惹事去了。二虎深深地吸了一口烟，就来到玉海家门口，手拉住门环，头粘着门缝，侧耳听着里边的动静，果然听见是鬼难缠的说话声。

二虎推开门，朝里边走了进去，见玉海手里拿着锹把正在安锹。鬼难缠在一旁唠叨着："他叔，昨晚上你来，是我不好，当时脾气上来了，对你发了脾气，你看我这臭嘴不该对你发火。他叔，要么这样，你看二虎糖上一天粪真的也不容易，满身上下都是粪渣子，一身臭味。咱都是靠工分吃饭哩，我想让你给二虎加些工分，这也是你一句话的事情。"

玉海严肃地说："你想得倒美，你有本事，你召开社员会给二虎加工分，我没有那么大权力，我没这本事。"

经过再三纠缠，鬼难缠看要说服玉海是没有多大希望了。她想拼上最后一把，让玉海改变态度，就上前一把抱住玉海的腿，连哭带求，就是不撒手。

二虎看鬼难缠这样无理取闹，满肚子的怒气，上前一把抓住鬼难缠的肩膀，怒气冲冲地说："你再不要给我丢人现眼了！给我往回走！"二虎连拉带推，把鬼难缠推出了大门。

二虎催促鬼难缠回家后，又跑到玉海家，对玉海道歉说："玉海，咱低头不见抬头见呢，你不要跟我屋里头那人计较，跟她生气没必要，你该怎么分派活就怎么分派活，不要顾忌她而耽误了队里的农活。"

玉海对二虎说："这就对了，不能耽误农时。我知道，你们家粉英，你也没办法。我见的人多了，她那两下子还搞不出什么花样来。你回去吃饭，吃了饭还糖你的粪。"

二虎出了玉海家，正是学生放学时候，学生们排着整齐的队伍，唱着清脆嘹亮的歌儿，从村前经过。"每天放学都要来站队，站队时候不要玩游戏，尊敬老师和爸妈，遵守纪律才是好学生。"稚嫩的歌声在村子的上空回荡。豆豆看见二虎，立马拉着他爸的手回到家里。看见他妈不在屋里，就问二虎："爸爸，我妈哪里去了？"二虎撒谎说："你妈到你四婶家借漏漏盆去了，下午准备给你漏鱼吃呢，你赶紧吃饭吧。"豆豆以为爸爸说的是实话，没有再问下去。二虎见锅里再没冒气，知道锅凉了，赶紧加了两把柴火。一会儿，饭热好了。二虎给自己盛了一碗玉米粥，又给豆豆盛了一碗。豆豆拿起一个白面馍掰了半个，另半个放进锅里等他妈回来吃。二虎拿了一个高粱馍泡在玉米粥里，夹了一筷子咸菜，父子俩吃了起来。

吃完饭，豆豆匆匆上学去了。再说，鬼难缠从玉海家回来后，觉得有一肚子诉不完的委屈，她钻进了被窝痛哭起来，眼泪模糊了双眼，苦水往肚里咽，气得叽咕叽咕的。

二虎吃罢饭，提了鞭子和打糖用的木槌来到饲养室院。院内垒粪的人都到齐了，大伙挖的挖，卷的卷，场子基本铺开了。

二虎牵来两头最健壮的牛开始套糖。生产队长孙永新扛着钁头和铁锨也来了。

孙永新这个人父母过世早，一直由伯父抚养。他小学刚毕业，伯父就去世了，再没能上成学，便回家帮伯母干一些零碎活。伯母无儿无女，把永新当亲生儿子一样，母子俩相依为命。孙永新还有个弟弟叫孙立新，初中毕业，一九七〇年被煤矿招了工。后来伯母也去世了，他自食其力，成了家。

孙永新说话不太利索，但有一个好用的脑袋瓜子，有经济头脑，因而受到大家的认可和尊重，被选为了队长。当上队长后一直忙着跑队里外面的事，很少做具体的农活。

他见大伙把粪挖好了，就帮着二虎套耱。二虎将那用八百元买来的大红牛套上，正要套人称二黄的大黄牛。他见孙永新拉来了乳牛黑条子，立马对永新说："队长，不能拉黑条子，黑条子拽不动，你把二黄拉来吧。"永新拉来二黄牵到大红牛的右边，二虎又把大红牛拉到二黄的右边。永新见二虎又把大红牛拉过去，很是反感和生气，埋怨二虎说："你这不是脱了裤子放屁吗？闲磨洋工。"二虎听永新这话非常刺耳，一下子火冒三丈起来，他毫不留情地说："你耱过几次粪，你懂个啥？说我磨洋工，我还没磨过你队长的零头，你劳动手册上，一年正儿八经能参加几回劳动？总是以开会、外出和买卖牲口为由头，很少参加劳动，照样记工分，你当大伙不晓得，说我磨洋工，简直是胡说八道。今天是你逼我说的，你不说我，我也懒得说你，这叫话撵话。"

在二虎说话间，一些人瞪着眼睛，看着二虎与队长孙永新理论，一些人把手压在衣服底下偷偷地跷起大拇指为二虎点赞。在心里说着："好样的，今天你二虎道出了大家的心里话，也该杀杀孙永新这些人的威风了。"不过，今天和队长公开顶牛，大伙确实为二虎捏了一把汗。

孙永新被二虎说道得理屈词穷，一副尴尬的样子，只是愤愤地说："简直是胡说八道！"气愤地放下二黄的缰绳，甩给二虎。永新为了挽回自己的尊严和脸面，一时还不好发作，只好忍气吞声，委曲求全。他阴沉着脸，拿起铁锨挑着粪边，胸中的愤怒久久难以平息，他不服，胸中的怒火在燃烧。作为生产队长，他不能让一些人看笑话，他得寻找机会，直追猛击。对，得寻找机会才能挽回失去的尊严。永新心里说："二虎你等着，我会给你算账的，咱走着瞧。"他翻来覆去想着，一个报复的念想闯入了他的脑海。他很快就觉得这个想法太龌龊、太幼稚，也太愚蠢，自己是个有头有脸的人，那些行为都是小肚鸡肠之人所为，他孙永新不屑去做。慢慢地，他又想开了，人常说退一步海阔天空，忍一忍百事皆通，这个理他孙永新懂。他心想，那就忍一忍吧。他一边挑粪，一边胡思乱想，牙齿咬得咯咯响。

二虎系好牲口后，开始糖粪。他两腿蹬直，两只脚踩在糖沿上，裤腿直插入粪中，一圈又一圈地吆喝着牲口，捶打着糖条。大家屏息凝气，谁也没有说话，不停地干着活。场地上，只有铁锨和镢头的碰撞声和大伙的呼气声。

一个中午加下午的时间，一大堆粪就堆积在了大伙面前。大家擦了擦工具准备要走，玉海发话说，让大家晚上在粉坊窑里开会，男女社员务必参加。回家的路上，人们议论着二虎和永新的事，有的说，二虎今天把马蜂窝捅破了；有的说，孙永新活该；有的说，这也是队上一些人应得的报应。

人都走完了，只有孙永新一个人在一直擦着他的两把工具，镢头刮铁锨的刺啦声像驴叫一样的刺耳，听得人浑身发麻。永新脑门上又添了许多皱纹，他没有抬头，一双眼睛死死盯着铁锨发愣。他似乎不知道这个饲养室院里只剩他一个人了。突然，拴在旁边石桩上的咬人驴发出了"啊噢，啊噢"的叫声，才把他惊醒过来。他四下一看，人都走得一干二净了，这才起身，纠结矛盾的心里像锅里烧开水一样，翻腾来翻腾去的。他拖着沉重的脚步，扑嗒扑嗒地向家走去。

粉坊窑就在饲养室院内，院子很大。一排七孔窑洞坐北面南，冬暖夏凉，阳光从日出一直照到日落，这是建社以后队上才打的土窑洞。这七孔窑洞，其中四孔是喂牲口的饲养室，二孔是羊圈，一孔是做粉坊用的，到冬季农闲时节，全村各队的粉坊就开始漏粉了。

蹲点干部王根民吃罢饭来到孙永新家。夜幕已经降临，可孙永新家还没有吃饭。他老婆翠玉正在锅上剁着驴蹄子面。灶台上架着一块案板，刀切下时，发出"哐当哐当"的响声。孙永新在灶台旁拉风箱添柴烧火。他起身拿了一个木凳让王根民坐。王根民没有坐，露出一张嬉皮笑脸的面孔走到翠玉跟前说："王掌柜，永新当家的，你做的啥饭，黑不黑、黄不黄，是糜子面吧！"翠玉说："我看你，吹牛还灵灵的，使唤还利利的，咋就连这个都认不得了？亏你还是咱农村出去的娃哩。看起来你还得跟姑奶奶我学着点。"王根民笑嘻嘻地在翠玉的腰上轻轻打了一下，翠玉的脸上立马红得像下蛋的鸡婆。"这是玉米面和荞麦面两样搅在一起的，好瓜娃哩！"翠玉红着脸开玩笑说。王根民说："我平常吃荞麦面或玉米面单独做的，这没吃过。"翠玉说："单个没有这吃起来筋道。"翠玉接着问："我麦成叔给你吃的啥？"根民说："吃的荞麦面饸饹，还有红白萝卜做的臊子。"翠玉说："那你今个还吃了好东西，生活不错嘛。"

等孙永新吃完饭后，两个人来到队上的粉坊窑。永新开了窑门，窑内一片漆黑，他凭着感觉摸到炕墙，又摸到放灯的地方。永新划了根火柴，点着灯，套上灯罩。窑里不冷，暖暖和和的。他简单收拾了下漏粉用的东西，整理了一下煮粉的灶具，找个凳子坐下来。王根民从衣兜里取出一盒"海河"牌香烟递给永新一支，他自己也抽出一支叼在嘴上。两人点着烟，吸了起来，等着开会的人到来。

不大会儿，来了村上团小组组长张小宁、村妇联主任田晓梅、生产组长玉海和十几个社员。孙永新见社员们还未到齐，看大家在闲聊，便拿了几份报纸交给团小组组长张小宁给大家领学起来。刚学完两篇文章，孙永新站起来又扫视了一下，见人都到齐了，便宣布开会。

他说："今天晚上全大队的各小队都在开会，主要是讨论在咱们村如何深入贯彻县上三干会议精神，开展农业大生产，成立农田基建队的问题。为了落实好这项工作，使工作更加扎实、有效，我想有必要成立两个组，一个是平地组，一个垒埝组。两个组都要选出具体负责人，层层负责落实，责任到人。特别是垒埝组要由六人组成，选出一个技术老练的、细胳膊灵活的、能专门负责放橡压橡的人来。两个组谁如果延误、耽搁了工期，将来拿那个组是问，咱说到做到，坚决杜绝磨洋工、混工分的不良现象。说到这，我要多说两句，有些人太不像话，干活是驴球攋到烟洞里了，硬硬地向黑磨哩，看着拿个工具还美美的，就是出工不出力，生怕自己比别人干得多了，吃了亏。这样的人，咋能过上好日子，就是喝凉水也喝不上，若不是我们这些干部带头干，靠你们这些懒尿痞子，简直非饿死不可。同志们，不克服懒毛病，农业大生产就是一句空话。我要说的是，我们有没有改造山河建设家园的决心和勇气？有没有艰苦创业的奋斗精神和不向困难屈服的毅力？"当说到这，永新环视了一下人群，继续说："我们队这几年，连年走在各生产队前列。去年我们粮食产量又喜获丰收，小麦三十八石，糜子五十三石，谷物七十石，除给国家交够贡献粮外，还留足了储备粮，并帮助解决了其他兄弟队的缺粮问题。我们每个劳动口工值每年都处在上升趋势，去年每个劳动日工值已达到六角四分钱，而有的生产队劳动工值才到两角三分钱。我们之所以有这么好的收入是与我们队的干部辛勤工作分不开的，我们有些社员沾沾自喜、高傲自满，觉得自己高人一头，觉得别人总不如他，别人什么都做不了，自以为了不起。试问，难道离了你，地球都不转了？"

孙永新的话刚落下，村妇联主任田晓梅对大家说："社员们，还有没有发言的？如果没有，咱们开始选农田基建队人选和两个组的组成人员及负责人。"

没等田晓梅说完，坐在墙角的二虎一肚子怒气，早就憋不住了。他直截了当地说："孙永新在发泄私愤，打压群众，把成绩归于他自己，自贪其功，蔑视大家。"这时他立起身子，怒不可遏地说："别人不夸自己夸，荞麦地面长的刺眼花。无知的人是愚蠢的，简直是白痴。糖粪套牲口你在中间给我乱拉牛，搞得我没法套，我把大红牛拉过来，你反倒说我磨洋工，牛套不好，不能拉糖，这到底是谁在捣乱、磨洋工？我真弄不清楚。这是你一贯诬赖人的老毛病，颠倒是非，混淆黑白，以权压人，欺人太甚。不管张三李四，还是王麻子，不分青红皂白，该骂的你骂，不该你骂的你也骂。你舒服了，畅快了，别人的感受呢？我的话完了。"二虎的话音刚落，站在窑后面的二虎老婆鬼难缠也为丈夫帮腔造势，她说："去年在学校，我豆豆娃没有皮球，和你娃一块儿要你娃的皮球，皮球也不知被什么扎了一下，你娃硬说是我豆豆弄坏的，我娃争不过你娃，也打不过你娃，你娃一巴掌就把我娃的鼻子打破了，我都没追究，看来你父子俩是一丘之貉，都是欺负人的主。"二虎这时制止了鬼难缠两句，鬼难缠也就不再说话了。

孙永新坐在自己的位置上，忍受着羞辱和难受。他歪着脖子，两只眼睛眯成了一条线，半闭着的嘴巴看得出他的牙齿上下磕得咯吱作响，不由自主地捶打着大腿，想发作又不好发作，窝了一肚子的闷火。

坐在炕沿上的栓喜说："依我看，之所以咱队比其他队强，是因为咱队人能吃苦，比较守规矩、憨厚、老实、勤恳，这是咱们队比其他队好的主要原因。"

社员李红武发言说:"咱们队好还有一个主要原因是,干部家属少、负担小,也没有什么坏影响。"

坐在炕上的王成正要发言,这时,玉海抢先发了言。他坐在炕墙上,伸出一只拳头一拳砸在炕墙上,砸得炕墙上尘土飞扬。他满怀信心地说:"为什么这一拳打下去,能扬起尘土呢?是因为它的力量大,但你若一个指头打下去是扬不起尘土的,而且还弄得指头疼。这说明了一个啥问题呢?说明了一个很重要的道理,那就是团结就是力量,只有大伙团结起来,拧成一股绳,心向一处想,世上什么事情都可以创造出来。一只手,手指头有长有短,有粗有细,各有长处,缺少一个指头也不完美。我要说的就是这个道理,大家在座的都懂,就是做不来,这又是为什么呢?是因为每个人都有私心,私心在作怪。我们二队一定要团结起来,要有集体观念,相互补台,相互谦让,才能形成更好的局面。"

会场的紧张局面一下子得到了缓和,气氛变得平和了许多。大家各有各的神态,有的眉开眼笑,也有的唉声叹气,有的在讥笑和嘲弄,有的事不关己,闭目养神。会场上,大伙叽叽喳喳地议论着、交流着、调侃着,气氛又活跃了起来。

这时坐在木凳上的王根民用手擦了擦大腿,耷拉的脑袋,弯曲的身子突然一下挺直起来,梳洗得油黑的头发显得很精神。他说:"我对玉海的发言很赞赏,我们不能四分五裂,搞不团结,更不能相互抱怨攻击,你说你的鼻子,他说他的眼睛。俗话说,人无完人。每个人都不是完美的,世上就没有完美之人,但如果把这些不完美的人组织起来,取长补短,凝聚成一条心,那将会产生一种巨大的力量,排山倒海、所向披靡,没有干不成的事情,没有创造不了的奇迹。滴水成河就是这个道理。现在看大家还有没有要发言的。"王根民回过头又问永新和晓梅有没有要说的。他俩都摇摇头说:"没有什么要说的。"王根民这才松了一口气,好不容易把争执平息下来。他想，该说会议的正题了。他回过头来，对大伙说："现在咱该言归正传了，农田基建队负责人和平地组、垒堎组这两个组分别都由谁来负责比较合适，大家要看好、选准，看谁能胜任。这事来不得半点马虎，现在大家就开始提名总负责人。"

会场上一时变得沉静无声，静得仿佛一根针掉在地上都能听到声响。过了好一阵，郑忠诚老汉把烟锅子慢慢摞进烟袋里，捏了捏说："我提玉海，就让他把这个总负责人担起来。"心直口快的栓喜也举手，满心欢喜地说："我同意。"紧接着，大家也纷纷表示同意。王根民说："有没有不同意的?"大家一致说："没有!"王根民说："好，我宣布农田基建队队长是李玉海，大家鼓掌通过。"全场"噼噼啪啪"响起了一片掌声。王根民又说："玉海，大家一致推荐你当这总负责人，你一定要不负众望，能为大家负起这个责，负好这个责。"玉海没有推辞，也向大家表了决心。

当王根民正要说讨论下一个问题时，孙永新站了起来。他说："大家下面讨论第二个话题就是选出平地组和垒堎组负责人和两组的组成人员。特别是垒堎组和我前面说的一样，要有技术、得力、强壮、能吃苦耐劳，把这样的人一定选出来为咱们农田基本建设平整好土地贡献力量，现在大家开始提名人选。"王根民手腕上的上海牌手表秒针在"嚓嚓"地走着，会场里又陷入了一片沉寂。孙永新看会场又冷清下来了，他说："我提一个人，这人就是二虎，他作为平地组的组长，看大家意见如何?"这时大家都蒙了，大伙的心里既吃惊又好奇，又感觉不可思议，难道队长要化干戈为玉帛?大家严肃的脸上又多了几分惊喜，都一致表示同意。

关于垒堎组的人选问题，大家正在交头接耳商议此事。记娃突然想起一个人来，这个人前些年在外村曾给他侄女家箍过窑，后来一直在给自己拉砖活。他算是个能人，细胳膊。记娃举手说："我说一个人，保证没麻达（没问题），我提尹守义。"靠在一边的尹守义听到有人提自己的名字，就坐起来推辞说："我干不了，干不了，还是另找别人吧。"记娃听到尹守义拒绝了，连忙说："老尹，你不要谦虚了，你给你侄女家都箍过窑，还弄不了这事吗？你家那院墙没请人做，还不是你做的，砌得很好，既美观又结实。"守义说："那都是给自己做哩，瞎胡弄，没啥好的。"记娃见尹守义执意不答应。他也急了，说："守义叔，你还越掰扯越硬了，你不干，我可干了，你可别后悔，细胳膊人这会儿还牛起来了。"尹守义还是没有表态。记娃有些束手无策了。大家沉默了一会儿，记娃又想出了一个好主意。他给玉海使了个眼色，玉海立马知道记娃的意思。只见玉海站起来说："老尹叔，你可不要以为贤侄我对你没一点办法，你这号人，我看非要山核桃砸着吃，我今当着大伙的面把话给你撂这，你不答应也得答应，否则你干队里的任何活我可不给你记工分了，你看着办吧。"尹守义向来胆小怕事，听玉海这么一吓唬，心里那点小九九看云里没雨了，也想不出推辞的办法，只好答应了。孙永新吩咐说："老尹，你不但要做椽上的技术活，还要负责这一组人，你就是组长，这一组人由你来支配。"老尹知道自己身上的担子不轻，但也无可奈何，没有再吭声。

王根民对会议做了总结。他说："我们这次会开得很好，很成功，达到了预期目的。大家畅所欲言，各抒己见，大家的事大家一起想办法，这很好。同时，大家也摆出了许多问题，摆出了长期埋藏在心里的疙瘩和纠结，通过交流，甚至争吵，既增进了了解，也有利于矛盾化解，对每个人的思想上是一个洗礼，也是一个教育，所以说这次会议是我们生产队一个团结的、胜利的会议，我们要大力发扬艰苦奋斗的作风，把我们的事情办得更好。"

会议结束时，夜已经深了，大伙迷迷瞪瞪，恍恍惚惚的，都在打着瞌睡，没等王根民把"散会"两字说完，就各自回家了。

三月十三日这天，玉海早晨起来，推开窑门。天气阴沉沉的，像要下雨了。家里柴堆上的柴火只剩几捆了。他担心老天爷要是真下起雨来怎么办？于是，玉海二话没说回到屋里往怀里揣了个馍，从镰架上取了一把镰刀，在磨石上磨了几下，拿了根绳就出门了。

不大工夫，玉海来到一个山间沟渠。这里，柴草丛生，有刀子秸、铁杆蒿，还有些脆枯梢。他找了个空旷的地方，找了些柴火点着。他从怀里取出馍放到火边，烤了起来。一会儿，花糜子卷卷就烤得热乎乎的了。玉海大口大口地吃了起来，吃完馍，他浑身有了力气，就开始砍柴了。

山沟里一片寂静，偶尔也有野兔子出现。不到一个时辰，一捆柴就砍够了。这时，已到吃饭前后，乌云慢慢退去，太阳又出来了。他赶紧捆好柴，背上身就往回赶。

玉海背着柴，刚走到村口，就听见后面有人喊。他转身回过头一看，原来是队长孙永新。孙永新让他等等。他知道孙永新要找他干什么，他故意装作没听见的样子，继续往前走着，没有搭理。孙永新只好追了几步，赶上前来。

玉海清楚孙永新要问什么。他故意岔开话题问永新："你早上做啥哩？"永新说："再不提了，早晨跑到冒荒岭上，本想砍一捆柴。一看，我的天呀，柴不知什么时候都被砍光了，整个山坡光秃秃的，把裤子脱了往下溜，屁股都扎不着，没地方砍去，我就回来了。"

两个人进了院子，玉海放下柴捆，和永新进到屋里，桂香已打好洗脸水，端过来放在洗脸架上。玉海用掸灰尘的鸡毛掸子走出门外掸去身上的尘土，洗把脸。桂香把盛饭菜的盘子端到炕上，盘子里放着一点梅干菜，还有咸菜和酸菜。毛毛和老太太早已炕上坐了，就等着开饭。桂香把饭端上炕时，永新刚要开口，玉海打住他说："我知道你要问什么，我都问好了，选派了五个人，连同老尹六个人，你看怎么样？这五个人，有田玉堂、欣宇、铁锤、红玉和春生，同时还征求了尹守义的意见，老尹觉得挺满意，常在一块儿干活儿呢，人都没麻达。"孙永新高兴地说："这下我就放心了，这几天，我很着急，因为节令，农田基建马上要开工，时间不等人，开工时全大队还要举行个仪式。你办事我信得过，我也不多说了，我走了。"说完，永新如释重负，大步流星地走出了玉海家。

吃完饭，玉海撂下碗，跳下炕说："桂香，赶快刷洗碗筷、锅灶，同时给兰香嫂子说一下，你俩给咱装车拉粪。"他自己出了门，直奔哑哑家。玉海用手势给哑哑打了个手势，哑哑一看便知。玉海又很快寻了两个妇女装车卸粪。

把这些忙活停当，玉海又得安排明天的活路，因为邻村已经开始搅粪犁地种扁豆了。

孙永新刚出了玉海家门，走了没多远，就碰见玉朋。玉朋这几天在公社才开完会，公社要求农田基建马上上劳。两人边说边聊到了玉朋家，兰香已上地去了。玉朋要找杯子给永新倒水，永新说："才吃了饭，不渴。"两个人随便找了个地方坐下，玉朋说："根据公社要求，大干六十天，赶麦收前完成五十亩的农田基本建设样板田，半年测评验收，要落实好地块和人员，尽可能成立常年农田基建队，要把农业大生产这面大旗在咱柳庄树起来。"

永新说："我刚和玉海说了这事，玉海已把人员都安排好了。我觉得咱们队的地块儿就选择在西朋硷，那块洼坡地，多年水土流失严重，先把这块地平整平整，你看如何？

玉朋说："可以，这是你们队上的事。选择好，你们就可以动工了。"两个人正说话间，村大队长邓来栓急匆匆地跑来说："四队里还没有把垒埝组的人挑选下来，互相推诿顶牛，都不愿参加，干部家属多，一些人觉得干活划不着，怕吃了亏，你看怎么办？"玉朋说："唉，我就担心这一队，果不其然。这就是后进队多年来搞不上前去的主要原因，一个个自私自利，小蒜儿子太多。不行，来栓，咱们俩都去，把这事给解决了。"他又吩咐永新说，"明天是十四号，各队队长都要在这个农田基建动员大会上表态发言，表表决心，你要写个发言稿。同时，也不要影响活路，一年之计在于春，民以食为天，粮食生产是国计民生大事，耽误不得。"说完，他就和邓来栓去了四队队长家。

玉朋和来栓两人来到四队队长明旺家门口，门虚掩着。来栓推开门，见明旺在院子里走来走去，时而抓头挠耳，时而捶胸顿足，正挖空心思地想着解决问题的办法。他思来想去，还是无计可施。正在一筹莫展时，他听见好像身后有脚步声响。他转身回头一看，原来是玉朋书记和村大队长邓来栓。他赶忙上前握住书记玉朋的手，手捂得紧紧的，好长时间不松开，额头上的皱纹顿时一扫而光，笑着说："可把你们盼来了，你俩要是不来，把我都愁死了，走，走，到屋里说。"芳爱听见是书记和大队长来了，赶忙出来迎接。"姐夫，什么风把你这活菩萨吹到了凡人院子里。"玉朋听见芳爱将他称为姐夫，一时蒙住了，心想，芳爱她低我一辈，应该叫我叔才对，怎么叫起我姐夫来了。芳爱看玉朋半晌没有反应，接着说："咋？不认我这个妹子。知道为啥叫你姐夫吗？在我娘家我和兰香是一辈哩，都是一个板凳上的客，把你叫姐夫能和你要个笑么，叫了叔，哪有侄女和叔开玩笑的呢？"玉朋听了恍然大悟，笑着说："你这个妹子，真是能说会道，明旺是队长，我经常来，把院子都能踏成胡同了，你还不嫌婆烦，什么菩萨，什么凡人，我们共产党人不信这个。"芳爱"噗"的一声，给逗笑了。她说："来再多，我也不厌烦。"

邓来栓走在前面，玉朋跟着进去。四个人进了屋，明旺给来栓和玉朋寻来两把椅子，让他俩坐了。玉朋还未开口，芳爱抢先说了："为了队里这事儿，把我当家的都快逼疯了，头大得像个碌碡，熬煎得饭也吃不下，觉也睡不好，真要是有个三长两短，我可怎么活呀。他没这能耐，干脆你们把他换了吧。"玉朋见芳爱说出这样不沾边的话来，一下子火冒三丈，脖子上的板筋气得直冒，脸上和蔼的笑容瞬间消失得无影无踪。他正颜厉色地说："咋？不想干了，想当逃兵，我告诉你们，只要我这个书记还在位上，休想！你们这个队一直落后，工作上不去，老是拖村上的后腿，不抓紧迎难而上，作为队长，反而还想着拍屁股走人，一走了之，这是何道理？再说了，共产党员见困难不上，还是什么党员？咱不能一见困难就吓倒，这怎么行？你这个车头不带让车尾带呀，咋能见困难就退缩，这还是共产党员的作风吗？如果我像你一样因村上工作难搞，也撂挑子，不干了，能成吗？"这时邓来栓"哼"了一声，插嘴说："这话虽然是芳爱的话，可能也代表你的意思，明旺我说的是不是？"明旺低下头"嗯"了一声。玉朋乌云转晴，笑着说："还算诚实。"芳爱坐在门槛上低着头，像霜打了的茄子，羞愧难当。

玉朋缓和了语气，问道："你们队里连这个活都没人干，主要原因是什么？"

明旺说："大家觉得干这活儿不自由，鸭子顶门实靠了。一些人自私占了上风，怕吃亏，认为不干活的人照样分粮哩，干得重了、多了，划不着。本来有几个比较踏实本分的，也都跟几个弄奸耍滑的学成了，认为干与不干一个样，一杆秤上分粮哩，养活别人家的人划不来账。"玉朋说："难道这就真的没办法了吗？咱不能让几个老鼠坏了一锅汤呀，难道还得从别的队借劳力？"

玉朋的话问得几个人都默不作声了。玉朋说："眼睛里的渣子不挑，始终磨着呢。打铁还须自身硬，自己的事要自己干，先把你队上几个能干的确定了，同时选个负责的，这个负责的人一定要硬棒，顶得住，管得好。"

　　来栓插话说："工分是个啥么？不行了，再给加些工分，一来增加社员们的积极性，二来还能带动其他社员，叫那几个要滑要溜的看着吧。"

　　玉朋说："对，这是个好办法，你们就这么办。现在只要把垒埝的这几个人定下来，至于平地的一般都能参加。今晚你们队上抓紧开个会，嚷明了说愿意干的高两分，让立马报名。你们把握住，对于那几个要滑的即使想参加，咱们还不要呢。明天已是十四号，准备开工，也要搞个仪式，明旺还得发个言，写不了，口头表表决心也行。"

　　一切商量妥当，玉朋和邓来栓被芳爱拉住留着吃饭。两人出门硬要走，芳爱和明旺硬不肯，被勉强连推带拉又进了屋。明旺从抽屉里取出一盒"黄金叶"香烟，每人发了一根，点火抽着。

　　芳爱很快炒了三个菜，放在饭桌上。明旺也取来一瓶店头大曲酒放在桌子上。

　　明旺说："咱们三个人经常在一块儿共事呢，可从没碰到一块儿过，今日难得聚在一起，咱们就痛痛快快地喝几杯，一醉方休，咋样？"

　　玉朋说："酒可以喝，事你得办好，不能再出岔子。今天破个例，客随主便，咱们都喝几杯，高兴高兴。"

　　明旺首先给玉朋和来栓各敬了一杯酒后，来栓建议，三人都倒满酒，再互碰一下，预祝工作顺利，马到成功。玉朋说："好，走一个，咱都喝起。"三个人共同端起满满的酒杯，站起来说："祝愿这次农田基建旗开得胜，祝愿柳庄成为农业大生产的一面旗帜。"三位村干部洪亮的声音在屋内回荡。这满满的三杯酒下肚，三个人的心里一下子充满了力量。铿锵的话语，表达了他们的决心，凝聚着他们的共识。激动的情绪和发自内心的豪言壮语激起了每个人干事创业、建设家园的极大热情。

碰杯过后，三人开始划拳。明旺提议来六下。玉朋说来三下。来栓看大家高兴就说："六下就六下，平时也聚不到一块儿，今天来个痛快。"

酒喝到四下，明旺说他想吐。来栓和芳爱扶着他出了门。他踉踉跄跄地向前走了几步，只听"哇"的一声，吐了一摊，一股酒臭味实在难闻，熏得芳爱和来栓都捂住了鼻子，转了个身。等明旺吐完后，舒服些了，两人才将他扶了回去。

来栓说："他今天也没喝多少，我知道他的酒量。"

玉朋说："可能是今天我说的语气重了，他受了闷气。"

来栓说："不会的，他可能是太高兴了。"

明旺摇摇晃晃地回到座位上说："没事，没事，今天我高兴，大家高兴。"

过了会儿，明旺觉得轻松了许多，夹着菜吃，只是没有再喝酒。玉朋和来栓喝了两下，瓶子里几乎是底朝天了，三人这才作罢。

酒足饭饱后，芳爱取来香烟，两个人各点着一根，美美地抽了起来。

三月即将过半。这天清早，大队部院里的高音喇叭播放着激扬动听的革命歌曲。村子里的锣鼓声敲得震天响。农田基建启动大会上，红旗招展，彩旗飘扬。会场的墙上挂着一条长长的横幅，上面写着"大战六十天，掀起农田基建新高潮"的金色大字，在阳光下，闪闪夺目。横幅下面，一排桌子摆放得整整齐齐。场地用白石灰撒了线条表示各队所占区域，会场布置得十分庄重。时令虽然已到了春分时节，但早上还有些冷，人们冻得缩手缩脚，有的两只手缩在袖筒里，有的插在裤兜里，陆续地赶来了。此刻的大队部院内却是一番热闹景象，男男女女、老老少少都从四面八方涌入会场。突然喇叭里音乐声暂停，传出了喊话声："社员们，请注意，请注意，进场请按各队已划定的区域顺序列队，各队的社员到各队去，各队的队长清点一下自己队上的人数，把数字报上来，下面大会马上开始。"主席台上已坐满了人，有公社主任王鸿浩、副主任王瑞英、村党支部书记李玉朋、大队长邓来栓、村妇联主任田晓梅和团支部书记郭永清。田晓梅把各队报上来的数字作了登记后，又和玉朋、邓来栓一块儿悄悄低语了几句。邓来栓宣布大会开始，他首先代表柳庄全体社员对上级领导来参加村上这次农业大生产会议表示感谢。随后，全场响起了热烈的掌声。邓来栓说："今天到会的人真不少，是我们历次开会人数最多的一次。看得出来，大家对农业大生产的认识有了很大提高。人是要奋斗的，只有奋斗，才有社会进步，只有奋斗，我们才有好日子过，大家才有奔头。下面由村党支部书记玉朋同志讲话，大家欢迎。"在一片热烈的掌声中，玉朋按照已写好的发言稿作了发言，他说："民以食为天，没有粮食我们不能生存，就和人离开了空气一样，不能生活。我们要以愚公移山的精神，把我们的农田基本建设搞好，把我们的农业生产搞上去。"他的话音刚落，会场上立刻响起了长时间的掌声。玉朋向大家鞠了一下躬说："谢谢大家，我就说到这。"玉朋讲完后，邓来栓说："那咱们村就从今天开始，我们以队为单位，各队在各自选定的地块，带上劳动工具，现在就出发！"

　　三月的春天，和煦的阳光洒满大地，照得大地一片金光。温暖的春风轻轻地吹着，路旁竞相开放的野花，释放出一阵阵浓郁的香味。一群燕子衔着泥巴飞来飞去，忙着垒自己的窝。几只麻雀叽叽喳喳地落在地面上觅着食物，田野里一片生机盎然。

二队队长孙永新带领着一群男男女女要去西朋硙地向大自然宣战了。这是农田基建开工的头一天，他们扛着锨，拿着耙子，拉着车子，车子上装满了木椽、芦草和打夯用的石柱子，队伍浩浩荡荡地朝工地开去。人群中，玉海和副组长李二虎各扛着一面红旗，雄赳赳，气昂昂，大踏步向前走着。

西朋硙这块田地，东西长，南北宽，坡度特别大，面积大约有一百零几亩。由于地势太陡，孙永新用步子把宽窄丈量了一下，准备分为三台梯田，又把挖方和填方的土方量计算了一下。位置确定好后，大家就开始动手干了起来。玉海是农田基建的总负责人，副组长李二虎是平地组的负责人。尹守义是垒埝组的技术总监和负责人。老尹说："我给咱放椽、压芦草、打夯提柱子需要两个人，谁来？剩下三个人就是上土的了。"尹守义的话刚落，李欣宇就说："我来提柱子。"欣宇自告奋勇地担起了这个最费气力的重任。在一旁的铁锤想了想也说："我算一个。"两个人定下来后，再有玉堂、红玉和春生就是上土的了。分完工后，他们各自操起家伙大干了起来。

经过几天的苦战，已经筑起了六七十米的地埝。欣宇和铁锤的胳膊肘疼得已经提不起来了，两只手的手指头裂了许多口子。铁锤疼得无法再忍受，让老尹调人换换他，可玉堂、红玉和春生却顶起牛来，互相推诿，谁都不愿干。红玉还对老尹抬起了杠。他对老尹说："你怎么不提柱子呢？偏偏就叫我们提？"红玉的话问得尹守义张口结舌。他只好忍气吞声地低着头，只顾干自己的活。他心里想，这娃半道还将了我一下，我得反击一下他，不能让他太张狂，于是说道："行，你上来！"红玉自知他没有老尹的能耐，椽放不好，口张了半天说："你先干吧，我不和你争。"老尹瞅准这个机会，开口说："这样，你们五个轮换着提柱子，每人两天，这下没话说吧?"大家都不再作声。接下来，他吩咐春生先把铁锤换了下来。欣宇说:"干活哪有不受苦的，苦尽甜来么，我不换!"于是，他又忍受着难以忍受的疼痛，始终坚持着，雷打不动地提柱子打夯，胳膊实在疼得厉害了，就停下来，摇一摇胳膊，手指的胶布缠了一层又一层，手套破了，换了一双又一双，就这样忘我地拼搏着。

几天来的农田基建，对于大队长邓来栓来说，让他最担心、最忧虑的是四队的建设任务。特别是队里劳力出勤的问题，让他放心不下。刚出了家门，正好遇上四队的二狗。二狗嬉皮笑脸地说:"咦!这寻人不如等人，等人不如碰人，正准备找你，就碰上你了。"来栓问:"啥事?"二狗说:"大队长，我想求你一件事，我家里这几天已揭不开锅了，吃了上顿没下顿，再剩下几升高粱面，把娃娃大人都吃得拉不下了。想寻你给借些玉米，求你大队长了。"说着他立马跪在邓来栓面前。邓来栓连忙把他扶起说:"快起来，快起来，谁要你给我下跪，快起来。"二狗"唉"了一声说:"你不答应我，我就不起来。"来栓没搭理他，径直朝明旺家走去。看邓来栓走了，二狗感到很失望，他连说:"完了，完了，这下全完了。"他又无望地来到队长明旺家门口，蹲在门墩底下，等候明旺出来。等了好长时间，也不见明旺。他站起来，准备要走，但又不甘心，急躁地拾起一粒石子狠狠地砸在地上。这时门"咯"的一声开了，里面走出大队长来栓。二狗赶紧上前跪在地上，拦住来栓的去路。来栓见这家伙还没走，他索性绕开走，但又被二狗拦住了。来栓说:"你没完没了了，这样纠缠，我管不了你的事，你没粮吃，咋不找你队长呢?你队长在家里，寻他借粮去。"二狗搂住来栓的腿说:"我昨天找过了，他说队里没粮，有粮食早都分下去了，他也没办法，让我找你看能从别的队里给我弄些粮，等今年粮食下来了，我给人家还上就是。"来栓说:

"二狗，你的能耐不是大得很吗，咋弄得没啥吃了？你都算四队里的人物呢。我听人说，分粮时，你给其他人用锨平着往斗里铲，给你和你那几个铁杆哥们儿把斗放倒了往里刨呢。我想你粮多着呢，光刨下来的都吃不完。平日里，你自己不干活，还搅得别人干不成活，现在倒想起队上了。四队搞不前去，就是你闹腾的。有本事你看哪个队能借你粮，你借去。我没本事，官小，解决不了。"来栓说完，扬长而去。

这时的二狗像气球戳了个眼儿，"噗"的一声，一下子蔫作一团。他耷拉着脑袋走到家门口，把门环叩得震天响。门开了，老婆春芳见二狗愁眉苦脸地站在门外。她火冒三丈地说："看你那尿样，一天到晚垂头丧气的，你平日那些本事都哪去了？"二狗一声不吭地进了院子，春芳絮絮叨叨地埋怨着。院子里一片狼藉，到处破破烂烂的。春芳气呼呼地说："这都是我跟你过的好日子，要吃的没吃的，要穿没穿的，一把烂补丁。当初，订婚时，你爹花言巧语，把你家说得天花乱坠，说我过门有享不尽的福，把我骗到你家。你爹为给你弟娶媳妇，欠下一屁股烂账。你爹一死，全弄到你名下了。你是老大，看你这哥当得嫽扎了，满屋里来的都是要账的，把门槛都踢坏了。我跟了你这个货，算是倒了八辈子霉。"说着，春芳两只胳膊搭在窗台上，头枕着手，一把鼻涕一把泪地痛哭起来。二狗沮丧着脸，蹲在墙根下，头低得都快要挨着屁股了。他一声不响，听着妻子的辱骂和责备。他实在听不下去了，开始变得恼羞成怒，忽地站起来，斜楞着身子说："当初我娶你，你爹那要不够，为了把你娶回来，我爹硬忍着给了你爹一大把票子。"春芳擦干眼泪不服气地说："怪你爹爱给，有本事别给。"春芳这么说，把二狗气得不知说什么好，脖子上的青筋直往上冒，举起拳头正要打春芳。这时，儿子小明放学回来了，见状，把娃吓得直哭。二狗这才收起了拳头，满脸怒气，恶狠狠地站在一旁。春芳一把将小明搂在怀里说："我娃别怕，没事的，没事。"小明说："爸，妈，你俩再不要闹了，我害怕。"春芳说："我娃莫哭，妈回去给你取馍去。"春芳一边说着一边给小明擦着眼泪。春芳回到屋里掰了半块糜子卷给了娃。小明的眼泪在眼眶里不停地打转，含着泪去了学校。过了会儿，春芳见小明已走远了，才气愤地说："要不是为了娃，我早都和你弄零干了。"二狗说："离就离，你还拿离婚威胁谁呢。离了我才轻松，也把难脱了。"春芳反唇相讥说："你不用激我，离了有你哭王妈妈的时候。"就这样，两个人顶着牛，打着嘴仗，一直闹到下午，工也没上成。

晚饭春芳也没有做。小明放学回来后，他二爸知道他爸妈两口子怄气，就把小明接走了。

晚上，春芳和二狗两个人气不打一处来，也没有点灯。春芳挨着窗台和衣躺着，二狗气得也没脱衣裳，紧靠炕墙睡下了。一个躺在窗台底下"唉、唉"地叹息着，一个在炕墙底下"哎、哎"地呻吟着。两人翻来覆去，一晚上都没睡着，在想着心事，想着今后的日子该怎么过。

第二天早晨，春芳早早起来，收拾了一下屋里的家具。她戳了戳二狗，二狗迷迷糊糊的，其实也没睡着。二狗忽地从炕上坐起来说："咋咧！"春芳说："还咋咧，你都不知道咋咧？人家把你这货都认清了。我问你，你是不是去年把人家大队长给得罪了，现在想起用人了，你瞧你都干了些啥。"

原来，去年七月上旬，小军他爸从县上给小军他妈春连寄回来一封家信，邮递员把书信送到大队长来栓家正赶上大清早。小军上学走时，把门从外边锁上了。小军他妈得了风湿腰腿痛，身体不能动弹，出不了门。小军走后不大工夫。来栓就急匆匆地来到小军家门前，一看大门锁着，以为春连不在家，出去了，就把信从门缝里塞进去，等春连回来一开门就看见了。当来栓正从门缝里向里塞信时，恰逢二狗从春连家门前经过。他把这看在眼里，以为来栓背地里干拈花惹草的事，心里暗暗窃喜，以为这回抓到了来栓的把柄。

来栓干了一早上的活，回到村里，路过小军家门口，正碰见小军从家里出来。小军一看是来栓，一边跑一边朝他喊："叔，早晨是你从门缝里塞进去一封信吧，我一看是我爸的来信。谢谢你了！"来栓说："谢啥哩，你家早上门没开，我只好从门缝把信塞进去了。"小军说："我走时把门锁了，我妈腿疼下不了炕，所以……"来栓一听小军的话，忙走进小军家，进了屋里，见春连坐在炕上，身子靠着炕墙，被子围了半截身子。春连一看是大队长来栓进来了，一时不知如何是好，尴尬地笑着说："大队长，你咋来了，看我这屋子乱的。"来栓走到水缸前，揭开盖子，水缸里的水不到两三瓢，眼看就用光了。他心想，作为村大队长关心群众生活，群众的柴米油盐，也是自己的分内工作。想到这，来栓想把缸给挑满水。但又一想，还得到场里去，时间不多了，下午还得上工。于是，决定下午放工回来再给挑满水。他先挑了一担水，够小军母子俩当下用。

下午放了工，来栓准备给春连把水缸挑满。来到小军家，春连说："真不好意思，让你给我挑水，实在太感谢了。"来栓说："你是村上的社员，有啥谢的，应该的。"春连说："小军这会不在，那麻烦你给我把医生老吴叫一下。"来栓说："行。"挑着水桶就找村医老吴去了。

当来栓挑满水缸后，天色已黑了，黑得什么也看不见了。老吴背着药箱才来，他打着手电进了春连家。这时，一个黑影正从春连屋子的后窗户上朝里面偷看着，见有人来了，惊得一晃就不见了。这个人就是二狗。

第二天早晨，二狗跑到大队部驻村干部贠海生那里，一进门就告大队长来栓的状。他添油加醋说来栓和春连有男女作风问题。贠海生信以为真，在一次干部会上贠海生没点名地说："我们村个别干部还存在作风不正，乱搞男女关系的问题。"接下来，贠海生托玉朋书记给大队长来栓谈话。把来栓问得目瞪口呆，丈二和尚摸不着头脑，一个劲地说，简直是无稽之谈，捕风捉影，不可理喻。来栓把事情的原委给书记玉朋详细说了一遍。玉朋觉得此事关系重大，还特意作了周密调查。玉朋抽空来到春连家，问起了此事。春连说："当时，我腿疼，出不了门，大队长给我挑了几担水，把水缸挑满。我又让他叫来医生老吴给我看病，那天，老吴来时天都黑得看不着了，大队长早就走了呀。"玉朋觉得春连说得合情合理，知道这是二狗在诬陷栽赃，也就没有再追究。来栓觉得虽然自己身正不怕影子歪，但事情再纠缠下去，对自己影响不好，于是也就息事宁人、不再提了。但心里对二狗这个恨呀，却一直没有消解。

　　再说，春芳冲着二狗数落说："难怪有人说你既可憎又可怜，是一个喂不熟的人，除了那几个懒汉二流子待见你，你看再谁理睬你呢。如今倒落得自讨苦吃，我看没有什么指望了。"

　　二狗左思右想，觉得自己正如春芳说的那样，是没指望了。他无奈地说："春芳，我是没指望了，你去试着求大队长一下吧，看人家给你开恩不开恩。"春芳说："试就试吧，反正死马就当活马医了。"

　　二狗估计这时候上地也迟了，就开始翻起自家菜地。春芳忙着做饭。小明放学回来，一家人的气也都慢慢消了。

　　吃罢饭，二狗对春芳说："我来收拾碗筷，你赶紧找大队长去吧，小心人家又上地去了，去给人家多说些好话，争取给咱把救济这事办了。"春芳说："你少啰唆，我没做亏心事，半夜不怕鬼叫门，他办不办都有样。"她撂下碗筷，用毛巾擦了擦嘴，就急忙赶去了。

春芳很快到了来栓家门口。一扇用藤条编的大门敞开着，东边墙角拴着一只大黄狗汪汪汪地叫着，朝春芳直扑，把铁绳拽得刺啦啦响。秀英听见狗叫声，赶忙出了门。春芳最怕狗，胆怯怯一下子扑在秀英怀里，吓得脸色苍白，像涂了一层荞麦面。秀英陪着春芳回到屋里，来栓和他爹邓铁匠父子俩在炕上正吃饭。春芳缓过神来打趣说："哎呀，自打你家喂下这凶狗，这院里我都很少来了。"来栓皮笑肉不笑也打趣说："我这狗还没有你家二狗凶呢，我这大狗，哪能斗过你家二狗。"一句调侃的话说得春芳面红耳赤，她羞愧地低下了头，一句话也答不上来。秀英这时冲来栓瞪了一眼，来栓再没有往下说。秀英给春芳拿了个凳子，让春芳坐下。春芳只好厚着脸皮忍气吞声地坐下。说实话，春芳早已有了心理准备，为了这个家，她也豁出去了，自个儿全当装个厚脸皮。春芳说："大队长，我今儿个是厚着脸求你哩，以前都是二狗的错，你大人不记小人过，就看在娃的脸上，帮帮我们吧。现在实在是没办法生活下去了，锅里都没米下了，只有几升高粱面，我实在是没办法做了，大人孩子饿得慌。你就开开恩，帮我们一下借上几斗粮吧。"说着春芳就要下跪，被秀英拽住胳膊一把拉起来，让到凳子上坐下。秀英把吃饭的盘子从炕上端下来，来栓伸了伸腿，脸上带笑不笑地说："今儿你来，看在你和娃脸上，小明这娃不错，机灵懂事有礼貌，这些天我也看在眼里，确实把娃饿坏了，你现在就给我写个借条，我让二队给你借玉米三斗，糜子一斗，小麦一斗，你看咋样？"春芳一听，高兴极了，连声说："太好了，太好了，你可是我们的救命恩人！"来栓说："救命恩人咱不敢当，你回去告诉二狗，叫他好好干活，不要再耍奸溜滑了，少耍小聪明少搞宗派，再不要搬弄是非了。要是再那样，你

— 43 —

再来二十回也不帮，不但没门，二狗还要上大会做检讨，咱新账旧账一起算。"春芳脸上只觉得一阵烧辣，像是挨了人一鞋底，火烧火燎的，她一个劲地道谢保证说："是的，是的，回去我就让他改过来。"秀英取来笔和纸，春芳趴在柜盖上写了借条。来栓接过借条装在裤兜里，跳下炕就出去找二队队长永新去了。

到了下午，明旺找来二狗，对他说大队长从二队给他借来几斗粮食，让二狗寻个车子拉回来。二狗听了这话，高兴得鼻子眼窝都合不拢了。他不住地说："好，好，好，我这就回家拉车子去。"二狗把车子拉到二队仓库，孙永新让保管员开了仓库门，帮二狗把粮食装上车子。二狗拉着车子往回走，心里乐滋滋的，开始还感觉不到车子的重量。他拉着，拉着，就感觉很吃力，两条腿开始慢慢不听使唤起来，心里一阵发慌，腿实在走不动了。按理说，年轻人拉上个不到二百斤的东西是轻而易举的事，一点儿也不费力，可对二狗来说就像拉了一座泰山，举步维艰。这几天，他腹内像搞清洁卫生一样一尘不染，长时间也没进食物了。此时，眼前一阵恍惚，身子摇摇晃晃的，走不上两步就得停下来，两只手不停地在脸上抹来抹去，擦着腮帮子上的汗珠。眼前又是一段陡坡，他歇息了片刻，打起精神，本想一鼓作气，冲上去，可无奈身子又缩了回来，一点儿力气都没了。一时毫无办法，心里念叨着，此时能遇上一个好心人助上一把力就算烧高香了。正愁苦时，忽然听见身后一阵嘹亮的歌声在耳边响起：

　　小嘛小二郎，背着那书包上学堂，不怕太阳晒，也不怕那风雨狂，只怕先生骂我懒呀，没有学问喽，无颜见爹娘……

歌声越来越近，越来越响亮。二狗听到歌声，不由想起他的童年。十岁才上了学，家里缺吃少穿，过着紧巴巴的日子，一件衣服总是补了又穿，穿了又补。逢年过节别人家的孩子能穿一件新衣服，他只能洗了洗、补了补穿在身上，也穿在了他的心上。他非常羡慕如今的孩子，无忧无虑。

这么多年来，他整天游手好闲，躲奸溜滑，怕吃苦。现在回想起来，是既后悔又羞愧，他有时也很厌恶自己。过去的经历和苦难一直萦绕在他的脑海，前几年他也遇过几起惊险的事，由于自己命大，总算活了过来。他思绪万千，怨上天没有眷顾他、解脱他，活在这世上遭这么大的罪孽。有时想，倒不如一了百了。他想着想着，眼泪不住地往下流，模糊了双眼。二狗停下车子，缓了缓劲，再拉起车子时，感觉好像轻了许多。他心里说，这也许是苍天给了他力量和勇气吧，老天爷显灵了。他决心要洗心革面，他要找回属于自己的生活，他要活得有尊严。二狗浑身来了劲，一股从心底喷涌而出的力量充斥了他的全身，他一个劲地朝前拉着，也不知啥时候车子上的拉绳从肩上滑了下来，掉在了地上，差点儿被车轱辘绊住了。

"爸，拉绳掉地上了。"一个熟悉的声音在他耳边响起，他急忙回过头："噢，是我娃，我咋说车子一下轻了好多，原来是你在给爸推车子。""俗话说，七个驴屎蛋，重量减一半，看来一点不假。"二狗自言自语地唠叨说。小明在后边给二狗推着车子，实在听得不耐烦了，抱怨说："爸，你说啥哩，能不能不要说了。"二狗想借此机会给儿子诉说自己的艰难和困苦，仍一个劲儿地诉说着自己的往事。小明实在不想听他唠叨，就说："爸，不要说了，行不行？你再说，我呀，不推了，你一个人拉吧。"二狗见小明不愿听，也就不再吭声了。这时，一队小学生唱着歌走了过来。大家远远望见了小明在推车，一个同学指着前面的车子说："看，那不是我们班长小明吗？他在帮他爸推车子。"另一个同学说："看车子上面放着几袋粮食，很可能又没啥下锅了，一定是借的。"孩子们走到二狗父子俩跟前，几个俏皮的孩子冲他们做着鬼脸说："羞羞，把脸抠，抠下渠渠种豌豆，豌豆不搭架，顺地就爬下。"二狗听见娃娃们对自己的嘲讽，始终低着头，哭丧着脸，羞愧难当。此时的小明也默默无语，好像装了一肚子发酵的面，满肚子委屈。父子俩你拉我推终于到了家。从二队库房到家里，只有不到三百米的距离，本该只用十几分钟的时间，二狗他却足足走了近一个小时才到了家。

二狗拉着车子回到家里，又遭春芳一顿痛骂。"这么长时间，我当把你报销到外面了，你才回来。阳世上咋有你这号果子，你这号造粪机器，跟了你我算倒了八辈子霉。"经春芳一阵臭骂，二狗顿时脸上又乌云密布起来。春芳一边骂着，一边瞥了二狗一眼，到屋里拿簸箕去了。小明帮二狗从车子上卸下粮食袋子，二狗忍气吞声再也没有和春芳争嘴，三个人忙着收拾起借来的几斗救命粮。

清早，支部书记玉朋来到二队农田建设工地。他一来想了解这半月农田基建的进展情况，二来是告诉社员们一个好消息，清明节快到了，村大队决定，给大家放假一天。他在班子会上说，清明是咱们中华民族的传统节日，祭祀祖宗，缅怀先人，让子孙后代都知道我们的根在哪里。加上连日来，大家也辛苦了，该好好放松放松，以便更好地搞好农田建设。几个班子成员都一致同意，这事就这么定下来了。他到工地，先找弟弟玉海了解情况，两人谈了起来。玉海说："垒埝组在尹守义的带领下，一直干得不错，尤其是欣宇能吃大苦，任劳任怨，人也诚实、肯干，大伙在他的模范带动下，干劲越来越足，进展速度很快，成米高的墙一天就能打三十到四十米，成绩喜人。平地组在二虎和田晓梅的带领下，开头几天干劲还很大，进度也相当快，可时间长了就慢慢松懈下来了，一到休息时间，有些人坐下去就忘了起来，就像尻子坠着碌碡。女的坐下不是做针线活就是织毛线，有小娃的回去给娃喂奶，一回去就半天来不了。男社员一到休息时间，不是抽烟就是摔跤，谁输了谁干活，进度很缓慢。有的地方需要挖土方量特别大，有时候上劳也不足，一些磨洋工、混工分的现象比较突出。总之，各方面的原因，平地组的效率还是和头几天有差距。"玉海最后对玉朋说："哥，你还得想想办法，动动脑筋。按土方量你考虑可不可以搞点定额，按劳计酬，多劳多得，有奖有罚，用先进的带动后进的，出劳多的激励出劳少的，达到相互促进的作用。"玉朋点了点头，表示认同。他同玉海谈完话后，对大家说："清明马上到来了，村大队决定清明节给社员们放假一天，大家需要上坟的上坟，想休整的休整，给孩子再绑上几个秋千，让大人小孩开心开心。"玉朋说完，"噼噼啪啪"的一阵掌声，响彻了整个旷野。玉朋摸了辆车子，和大家一起干起活来。

转眼间，已到了四月中旬。灿烂的阳光，把大地照得金光灿灿，绿油油的麦苗已半尺多高了，微风吹过，掀起层层波浪，像是一片绿色的海洋。人们在各自的自留地里开始忙活开来，大家都忙着下种，种着洋芋、西红柿、辣椒、南瓜和豆荚。玉海的自留地就在村后柳树碥的二亩地里，因为家里的茅厕满了，为了不耽误队里的活路，他起了个大早，挑了一担粪急忙就往地里赶，趁别人还没上工，他已挑了两回，这样也熏不着路人。他的自留地，前些日子就下种了，因为气温低，还没有发芽。他把干活的时间安排得很恰当，因而农田基建丝毫没有受影响。前些日子自己家里的私活不多，所以工地上就能全身心地投入。一有空闲，他起个早，就赶紧干自己家的私活，做到公私两不误。只有他这样对劳动和生活充满热爱的人，才会把时间安排得这么好。

挑两回粪送到自留地后，他就上到工地。社员们也都陆陆续续来了。大多数人的衣兜里都揣着为早上准备着的零碎馍，以备休息时用餐。不过现在天气暖和了，要是在冬季还得点一堆火，烤一烤，才能下咽。他们把各自带的馍都放在地塄上，大家的馍各不相同，有红颜色的"高粱球"，有黑颜色的"砖头块"，有黄颜色的"窝窝头"，还有黑白相间的"城头堡"，颜色各异，各有味道。此时，大家已抄起了家伙，挖的挖，铲的铲，拉的拉，开始忙活起来了。玉海是平整的，就是把拉到填方处的土往平了整。玉海发现刘大柱这几天干活有些异常，老是把车子停到一边，跑得就不见人影了，一去就好长时间不见踪迹。他很好奇，于是就注意起了刘大柱的动向和行踪。果不其然，到了下午五点多钟，刘大柱把车子又放在一边，顺着新打的地畔一直朝前走，走到地畔尽头时拐了个大弯，朝着另一块地跳下地塄，又消失得无影无踪了。过了大约一个半小时后，还不见刘大柱的踪影。玉海不知这刘大柱在搞什么名堂，见工地有妇女解手跑得远一点也是可以理解的，但大便也用不了这么长时间，就是大便十次也该到时候了。他想知道刘大柱这么长时间到底在干什么，于是他顺着刘大柱踩过的脚印一直往前寻找，这块地眼看到头了，又转到另一块地。他目光一扫，突然看见一个人在地塄底下，两条腿分开，猫着腰，把裤子脱到膝盖上，在裤裆里不知找什么东西，嘴里还不住地说："啊哈，又抓住一个，看你往哪儿逃。你再逃，逃得过如来佛的手掌，你还想咋？乖乖当我的俘虏吧。"刘大柱一边逮着虱子抠着虮子，一边自言自语地说。

这一切，玉海看得和听得一清二楚。他悄悄地从地畔溜了过去，当来到刘大柱头顶时，刘大柱根本没注意头顶还站着一个人，他聚精会神地逮着虱子，毫无察觉。这时，又有一个虱子正往衣缝里钻。他大喝一声："哪里逃！"站在他头顶的玉海不由得"扑哧"一声给逗乐了。刘大柱忙提了提裤子，两手提着裤腰，东瞅瞅，西望望，明明听见有人在笑，却不见人影。于是，他也没有多想，又继续逮虱子，逮了一个又一个，两只手的大拇指指甲盖染得血红血红的。"这日本兵真的还来了不少，半天还收拾不完。"他这话，把地塄上的玉海又给逗笑了。这时刘大柱听见头顶上有笑声，抬起头往上一看，吓得他脸色苍白，如惊弓之鸟，忙提起裤子穿好。

玉海说："哎，原来你在这儿呢，我还当你是出了国了，这下把虱子捉完了？"刘大柱一句话也不说，耷拉着脑袋顺着地畔朝工地走去，玉海跟在后面一直忍不住想笑。

两人来到工地，大伙儿已是休息时间。瞅着刘大柱的到来，都嚷嚷起来。有的说，叫刘大柱把少干的活儿补上。有的说，吃饭不要叫他回去，叫他一个人把耽搁的活儿干完。有的说，干脆记工扣他的工分，大家七嘴八舌，愤愤不平。

刘大柱听到大家对他的不满情绪，脸都红到耳根上了，像个要下蛋的鸡婆。羞愧的他如果地面能钻进去，他都想钻进去。过了会儿，他又平淡从容地说："你们都不送屎尿？都能憋着？哪天不弄炸了？谁要扣我的工分，那好，我把婆娘娃就交给谁，看谁有这个能耐？"刘大柱用威胁的口气给大家说，把大家弄得个个目瞪口呆。这时，几个能耍着的年轻媳妇一拥而上，逮腿的逮腿，捉脚的捉脚，抓胳膊的抓胳膊，个个麻利、敏捷，把刘大柱扔到半空，惹得工地上一片哄笑声。弄得刘大柱哭笑不得，还逗笑说："爷还没坐过上飞机，你们这些婆娘今给老爷我坐了一回土飞机，真孝顺呀！"笑骂得那几个媳妇半天哑口无声。停了半会，秀英说："今儿你可没遇着好兆头，我还不信你这点儿怪气，来！大家一起治治他。"说着她和那几个新媳妇又把刘大柱三两下捆了个结结实实。一个压住头，两个扭住胳膊，两个按住腿，一个解刘大柱的裤子，把刘大柱的头往裤裆里塞。塞进去后，用裤带扣住。

她们几个人三下五除二就把刘大柱绑成了一团，对在场的人说，这叫"顶牛头"。

兰香在一旁说："刘大柱，你要是怕劳动，我们天天伺候你。让你歇个够。"刘大柱蜷曲着身子，头装在裤裆里，在里边大喊大叫，两条腿不停地挣扎着……

玉海不由得一阵好笑。

天色渐渐暗下来，工地上恢复了宁静，大家各自都擦了擦工具，准备回家。

只有刘大柱还在那里，头装在裤裆里不住地挣扎叫唤着。

玉海装作啥都没看见，任由他们耍闹。工地上人已经走完了，现在只剩他和刘大柱两个。他不急着给刘大柱解开，心想先晾他一会，让他难受难受，这个人有个毛病，记吃不记打，中杀不中惯、吃硬不吃软。好处是性格开朗，从不与人记仇，是个率真的人。玉海上前对刘大柱说："你这人逮住叫爷哩，丢了胡蹦哩，今我把你救了，倒想看你咋蹦呢。"刘大柱在裤裆里发出闷闷的声音说："我再不了，再不敢了，你把我放了，我把你叫爷哩。"玉海帮刘大柱解开捆绑，刘大柱把头从裤裆里取出来，舒展舒展脖子，站起来伸了伸腰，这才浑身轻松舒坦了许多。刘大柱最怕今天的事让老婆玲玲知道，忙对玉海说："今天的事你要给我保密，绝不能说出去。"玉海接着说："行行行，不说。咋说你好呢，这头不要面子，那头更爱面子，以后可要好好上工，别动不动就逮虱子。"刘大柱不好意思地说："知道了，不过你一定得给我保密，玲玲正坐月子呢。"

两个人各自回到家里。晚上喝罢汤，玉海坐在院子的石凳上，脑子里思考着今天工地的事情，心想，这种懒、缓、散的恶习要是再不管，农田基建这项艰巨的任务怎样完成？农业大生产从何谈起？这种恶习绝不能再蔓延下去了，要想办法坚决刹住这种歪风。他想和队长永新马上商量一下这个问题。他起身准备去孙永新家里，怕去得晚了人家关了门，于是他跟桂香打了个招呼就匆匆走了。

　　刚到门口，正巧就遇见孙永新出来关门。见是玉海，永新担心工地上有啥事，急着问玉海："啥事？"玉海说："进去再说。"两个人进了屋里，翠玉在麻油灯下搓着捻子，昏暗的光线下，她全然没有察觉到还来了人，催促永新说："夜短了，快睡！"这时，玉海故意咳嗽了一声。翠玉觉得不对劲，这才意识到是有人来了，忙端起灯一看："噢，是玉海。"翠玉一时有些尴尬，玉海逗趣地说："虽然夜短了，睡觉我看还是够时间的。"玉海的逗乐弄得翠玉更不好意思了，她赶忙说："那你们俩聊。"玉海对永新说："就怕来迟了，你要关门，果真如此。"永新笑着说："再差一步，说吧，有啥事？"玉海就把这几天工地上的事儿给永新汇报了一遍。永新说："这不行，这样混下去如何是好，农田基建还搞不搞？一个个躲奸溜滑、混工分，驴球擩到烟洞里，硬硬是往黑里磨嘛，咋能办成事？"这是孙永新经常说的口头语。玉海说："我也觉得事情非同一般，是个棘手问题得赶紧解决，所以就和你商量来了。"

　　孙永新问玉海："你有何主意？"

　　玉海说："我还没想好，不过前两天我哥来了工地一回，他了解到工地的一些情况。他说，要我动动脑筋，想想办法，必要时也可搞些定额制的管理模式，按劳取酬，以先进促后进，尽快打开农田基建工地上这个裹足不前的被动局面。"

　　永新说："玉朋书记说的这个办法不错，咱们可以尝试尝试，你看呢？"

　　玉海说："我觉得这个办法好是好，可是定额制从来没搞过，这方面，大家几乎就是白痴，心里没底。一个劳动日平均一天能完成多少活，如果按匀速计算每运一方土需要多长时间，心里没有个数，也没有个标准尺度。任务怎么个落实法，你我起码心里得有个七八分底。我苦思冥想也没想出个名堂来，有心想自己亲自试验上一天，又怕人家知道了说三道四，说我又在出鬼点子、搞名堂，结果偷鸡不成反蚀把米，把事弄巧成拙了。"

孙永新听了玉海的一番话后，责备带激励地对玉海说："一朝怕蛇咬，十年怕井绳，瞻前顾后的，还能干成什么事？有什么出息？不就完了？"

正在这时，翠玉笑着说："一辈子不剃头，还是个连毛子呢。"

永新接着说："干一件事，哪有一帆风顺的，没有创新就没有成功，要成功就必须经得住考验和斗争，哪有平淡之事，办事情，一定要有勇气和信心，我们完成的是一个有意义的事情，是为子孙后代造福的事情。"

孙永新的一番话深深地触动了玉海，他说："那明天我就先来个试验。"

永新说："好，我也参加。"

翠玉毫不示弱地说："还有我哩，也算我一份。"

次日清早，他们三个人另找了一块地，永新和玉海各推了一辆手推车，翠玉专门负责挖土和铲土，他们两个专管拉车和装卸，三个人不慌不忙，却干得有条不紊。

一轮红日从地平线上徐徐落下，晚霞烧红了半个天空。玉海、永新和翠玉也要收工了。玉海拿起皮尺压住一端，孙永新拉着皮尺的另一头。翠玉数了数米数，把数字用指头画在地上，认真地计算起来。过了一会儿，翠玉惊喜地指着刚算出来的数字叫了一声："呀！你们看。"三个人围着地上的数字高兴得手紧紧地握在了一起，开心极了。

翠玉说："拿我们每个人的出土方量来计算，再算出一方土应得的报酬，这不就对了。"

为了确保试验的准确性和有效性，他们三人又试验了一天。

经过两天的尝试，孙永新和玉海可以说胸有成竹，土方量没有丝毫偏差。他们信心满怀地按每日出勤人数给每人每家划分了一块块不同大小的劳动区域，落实了任务，明确了责任。每个人在各自的地点，陆续忙活开来。

二虎和鬼难缠一家分了三天的任务。鬼难缠满不在乎地说："小菜一碟。"他们觉得这样倒也很轻松。

二虎说："你那是蚂蚁叼爪子哩，嘴上劲。"

鬼难缠不服气地说："你弄你的，你把你老婆小看了半截。你等着瞧，咱俩比试比试。毛主席都说我们妇女是半边天呢，唯有你还小看我们，我们妇女古有花木兰，今有郭凤莲，不比你男子汉差。"

二虎抓住机会，赶忙用了个激将法，他说："粉英，这可是你说的，比赛就比赛，谁怕谁。"

鬼难缠觉得自己刚才说话有些冒失，但她那倔强的性格也不会轻易在人面前服输，斩钉截铁地说："干活就干活，我还比不过你。"

二虎故意说："粉英，那咱俩可说好了，你可不要反悔。"鬼难缠说："少啰唆，你说咋办?"二虎接着说："就这手推车，你推十回，我推十回，轮换着推，一直推到底，看谁输谁赢。"

鬼难缠蛮有信心地说："行，你咋来，我就咋来。"

两人铲满了一车土，二虎首先抓住车辕推了起来。推了十回后，鬼难缠开始推，向前没走几步总觉得车子老向一边倒，胳膊掌控不住车子，"咚隆"一声，车子倒了，一车土全扣在地上。鬼难缠差点儿也摔倒。

二虎忙撂下铁锨，急忙走了过来，他先扶起鬼难缠，再将土车扶起来。二虎说："我就说你不行,你硬说你能行,这下信服了吧?"

鬼难缠说："刚才是我没小心,胳膊肘没有掌握好,我就不信,再来一次。"

二虎说："你还想试?"鬼难缠说："试一下,咋样?"二虎不想让鬼难缠再有闪失,对鬼难缠说："你想再试,必须听我说,我给你指点指点,你可要记住了。"

鬼难缠说："我听着,你说吧。"

二虎说："当你抓住车辕把时要把劲鼓足,眼观前方,两只胳膊肘跟车辕把在一个平衡位置,用力相等,身子保持平稳,一鼓作气,推到点以后,手先不要离开车辕,快速朝前一掀,然后再丢掉车辕把,车子会自然把土倒掉。一趟一趟来,不要慌不要忙,最怕忙中生乱子。"二虎叮嘱完后问鬼难缠:"记下了没有?我看你灵灵的,掌握这个应该没麻达,你有的是力气,主要是用力不当。"

鬼难缠说："别咧咧了,记下了,烦不烦,就这么几句话,还记不下。"鬼难缠又把车子推到原地,装好土。她按照二虎说的推车要领,这回鼓足了劲,一把握住车辕把,一鼓作气将车推到目的地,土倒了个精光,十分利索。

鬼难缠高兴地对二虎说："你还怀疑怕我不行,现在你看我行不行,你验收得上吗?

二虎笑着说："胡萝卜蘸辣子——吃出没看出,我娃他妈还真行!"他跷起大拇指称赞道。两人边说边干,不觉到了黄昏时候。二虎用脚步丈量了一下一天来劳动的成果。他仔细一算,兴奋地对鬼难缠说："粉英,咱俩今天一天就推了它七方六,除了完成任务外,还超了一方六。"

俩人边说边笑,推着手推车,幸福地走在回家的路上。

同样，刘大柱和玲玲也领到了任务。刘大柱说："这日头，家家门前照呢，漏不了一个，既然笼头都套上了，就得把活干好，咱不能落后，认怂不是？"

玲玲说："对着呢，这笼头给你套上不大不小，刚合适。"

刘大柱尴尬地说："你这人，我哪不顺你的意了，怎么光挑我的刺？"玲玲说："算了算了，不说了，不说了，你给咱推，我给咱连挖带铲，好好干，省得落人话柄，惹人耻笑，不要叫人瞧不起咱。"

刘大柱连声说："是的，是的，还是老婆说得对，不要烂车子推到雨地里——灰心丧气，要干出个名堂来，也让人看看。"工地上，两个人毫不示弱，一个推，一个铲，推了又铲，铲了又推，来来回回，一直干到下午。刘大柱确实有些乏了，他想让玲玲歇一会儿，可玲玲催他催得更急了。他只好话到嘴边，又咽了回去。玲玲这时也看出刘大柱实在是困了，自己也乏了，从一锨铲成半锨，还半天撅不上去。玲玲心里着急，她打趣笑着说："看你那怂样，还不如我，觉得困了就歇歇吧。"

刘大柱巴不得玲玲有这句话，忙说："谢天谢地，还是我玲玲有眼力，会心疼人。"他从口袋里掏出半块糜子馍，对着嘴吹了吹，贪婪地大口大口吃了起来，那个香甜，简直让他着迷。饭下肚饱，刘大柱舒了舒筋骨，伸了伸四肢和腰身，从烟盒里抽出一支"海河"牌香烟，叼在嘴上，美美地吸起来。一支烟过后，觉得精神倍增，浑身轻松了许多，充满了力量。

一直干到太阳偏西，刘大柱觉得时间不早了，他赶忙用脚步丈量了下剩余的工作量。一算剩下的任务还不小，得加把劲。于是，就和玲玲加快干了起来。

玲玲边干边打趣说："早着呢，今不知你从哪块葱地过来了，变灵醒了，也积极了，莫非你妈把你重生了一次！"

刘大柱唉声叹气地说:"你再不要胡说了,以前是咱黄瓜掉到油瓮里拿棒槌捞,多少还能沾些油水。现在是杠子顶门实打实,混不上了。"玲玲这时已铲满一车土,刘大柱急忙往手心上唾了两口唾沫,攥紧车辕把加了把劲,大步流星,推起车子就干了起来。

刚坐完月子的玲玲也不怠慢,两人齐心协力,比翼齐飞,小两口高高兴兴地战斗在工地上。

几天以来,二队的工地上到处是争先恐后,你追我赶,热火朝天的劳动场面。大伙战天斗地,激情四射,工地上人来人往,川流不息。每天,大伙都能圆满完成自己分的任务,相当一部分人还超额完成了任务,大大加快了农田基建的进度,再没有等、靠、散、混、磨的现象发生了,就连有吃奶娃的妇女也准时到了。大伙休息下来,再也没有人打牌和摔跤,白费力气了。

大家就一个目的,多挣工分,多得报酬,为农田基建多出力。

很快,一个成功的经验,得到大家的认可,消息迅速传开。二队的工地上一下来了不少不速之客,有外村的,还有外公社的,哪里人都有。在农业大生产中,二队出名了,柳庄也跟着出了名。

玉朋和邓来栓觉得二队的这个成功经验应该在全大队推广,让全大队的社员都学习这个经验。很快,村大队组织各生产队组长以上的队干部到二队工地上来参观学习。他们一到工地就被这火热的劳动场面给惊呆了,给吸引住了,看着二队社员生龙活虎的劳动热情,不知他们从何产生出这样的干劲,哪来这样的力量,一个个争先恐后,忙个不停。有单独推上蚂蚱车的,有夫妻对赛的,还有上了岁数的老年人也老当益壮战斗在其中。

玉朋在现场给大家讲了搞定额的好处和意义,号召大家学习二队的经验,把全村的农田基建搞好,把农业大生产引向深入。

接着,邓来栓提议孙永新把搞定额制摸索出来的好经验向大家做一个介绍。孙永新一时也不知要给大家讲什么好,非常紧张。邓来栓看孙永新大姑娘上轿还扭扭捏捏的。他大声高喊着："为二队队长来一点儿掌声。"说完，一阵"啪啪啪"的掌声响了起来。这热烈的掌声使孙永新心里更加紧张，不知所措，可难坏了他，更加扭捏得像朵芦苇花，好不容易站了起来说："你们大家要我传授经验，我肚子里也没多少墨水，倒不出来多少货。你们这是赶鸭子上架哩，我上不去，不是那上的料，还是让我们队二组的组长玉海介绍吧，他也是直接负责的人。"

玉海倒也干脆利落，他一开口就说："搞定额制对我们来说也是生地插犁铧，从来没弄过，是头一回。不过，通过实践，效果还不错。开始弄时也是忧心忡忡，怕弄不好，裹足不前，后来还多亏我们队长夫妻俩给我撑腰打气，才使我坚定了信心，下定了决心。我们三人进行了单块两天的试验，得出了一套完整的数据，有了这些数据参考，我们心里就有底了。然后，我们根据任务量多少结合实际把任务分解落实到每家每户，按照多劳多得的原则，鼓励大家多干活、干好活，积极开展劳动竞赛，才有了这么好的局面。"

这时，工地上又响起了一阵长时间的掌声，久久不能平静。掌声过后，邓来栓说："玉海的经验介绍得很生动很具体，也很实际。今天到场的同志们也都看到了，玉海他们是一群普普通通，再平常不过的人，但他们却干出了不平常的事。就这个平常的事，关键看你们怎么想，怎么做，是后退还是前进，是退缩还是担当。世间任何事情都不是一帆风顺、轻而易举的，但也不是什么高深莫测、高不可攀的。怕就怕'认真'二字，而我们共产党员最讲认真，只要认真起来，我们就没有干不成的事业。所以，我们要排除一切障碍，踢开一切绊脚石，担当起一个社员、一个共产党员的责任，实现我们的理想和目标，这才是当之无愧的。"

"下来请垒埝组负责人尹守义发言。"邓来栓接着说。守义老汉听到大队长叫他的名，一时紧锁眉头，一肚子要说的话却忘得一干二净，不知如何开口了。他一个劲儿地说："谢谢领导，谢谢大家对我的信任和支持。我既然领了这个任务，就要担当起来，不干就是不干，干就要认认真真地干出个名堂来，让大伙放心，让大伙满意。"

玉朋高兴地说："上面两位同志的经验介绍，对我们触动很大，很有启发。在农业大生产中就需要这样的好同志。在轰轰烈烈的社会主义建设中，就需要这样埋头苦干、不怕困难、永葆旺盛革命斗志的实干家和建设者。为了过上好日子，我们就需要这样的贡献者。今天的现场会开得很好，二队按定额制夯实责任给大家起了个好头，这就是一个非常成功的典范。我们各队回去以后要发扬二队社员们这种创新奋斗精神，向二队学习，要把定额制很快落实到农田基建这项工作中去。我看，在其他农活中也可以用上。大家要相互学习，取长补短，相互借鉴，力争把农田基建这项工作圆满完成，在农业大生产中作出非凡成绩。"

这几天，四队队长明旺来来回回老是向大队长邓来栓家跑。这一来，别的话儿没有，一提就是四队里的麻烦琐碎事，说得滔滔不绝，没完没了。

这天，天空中淅淅沥沥下着小雨，地面变得泥泞起来，雨点儿落在地上形成了一个个小水涡，溅起无数个小水泡。一双宽大的脚印，踩在地面上深深陷了一个坑，地面的雨水很快就流了进去，填补了脚踩过的那个坑。

桂香趁天下雨之际，准备好好歇上一歇。她想辛苦了多日，该喘息一下了。桂香顶着风雨准备到秀英姐姐家串串门，聊聊天。她换了双鞋，找了把雨伞就出了门。她急乎乎地走着，来到涝池边，桂香发现一串串清晰的大脚印留下的坑已灌满了泥浆，从明旺家一直延伸到来栓家。桂香心想，要是没猜错的话，一定是明旺去了姐夫家。

姐夫家的门虚掩着，桂香一把推开半扇门，踮着脚走了进去，来到姐姐家的窑屋门口，就听见果真是明旺的声音，于是溜着墙根儿走到窗台底下，悄悄听着里面明旺在说什么。她的身影隐隐透过纱窗，结果被姐夫看见了。来栓说："桂香，你贼头贼脑的，来了不往里走，在外头溜啥哩？"桂香一听，知道藏不住了，便哈哈大笑着走过来，一步跨进屋里。她见芳爱在姐姐家炕上给明旺补裤子。忙说："我的天，老天爷下雨你都舍不得歇一歇，把时间抓得这么紧，两口子跑到大队长家里缝补衣服来了。"芳爱赶紧说："桂香，你不要嚷实我了，你姐我这是马厩里没马拿驴来交差呢，没办法。你两口个个都是五虎上将，天生的一对模范夫妻。"明旺坐在桌子旁的椅子上说："你芳爱姐她鲜花插到我这牛粪上哩，早把她都憋屈死了。"这话，把芳爱惹得不高兴了，她对明旺说："你啥意思，你不说话，谁能把你认成哑巴。"他两口子的口水仗逗得来栓、秀英和桂香不停地笑。

明旺也笑了，但他的笑比哭还难看，两边嘴角露出两颗乌黑的虎牙，白多黑少的两颗眼珠睁着实在让人有些害怕。他又继续给来栓诉说着四队的情况，说得十分委屈。

明旺沮丧地说："不提我四队还罢了，提起四队我实在头疼，头都大了。这些日子有几户已经揭不开锅了，成天找我要粮食，简直要踢坏门槛了。有的竟然待着赖着不走，弄得我实在没法子，有时不得不提早关门，有时还得到外面躲着去，防他们追讨。这些人后来还专到饭点来，到你锅里盛饭，端起碗就吃，就当自己家了，弄得我目瞪口呆、张口结舌。为这事，芳爱和我经常吵嘴、干仗，搞得我们家是鸡飞狗跳、不得安宁。有些人知道我这个队长没有指望了，就干脆夹着口袋到外地去寻粮了，一去就好几天。工地上干活没人干，来了几个也是混天天、盼响响的。你是大队长，你说我这日子咋过呀。"这时，芳爱插话说："队上离了你，队长就没人当了？离了你地球都不转了？队长咱不干了，过好自己的日子就行了。"

来栓听了明旺的一番诉苦后，劝明旺说："不要泄气，要振作精神，灰心丧气是没有用的。共产党员还能被困难吓倒吗？被困难吓倒，还算共产党员吗？古人常说，困难像弹簧，看你强不强，你强它就弱，你弱它就强。要战胜困难，不要整天萎靡不振，好像八辈子陈粮纳不起，你现在就回去把你队上缺粮户统计一下，今天晚上就给我送来。"

明旺走了几家缺粮户，晚上把统计的户数交给了来栓。来栓一看，果然又是这几户人家。前硷的陈寡妇，西圪的愣四，前岭的小芳家，还有那令人厌恶熏不黑烟筒的二狗，日鬼捣棒槌的霸虎，吃里爬外的蝎六，搂不住的豹胆，这些人就是四队上所谓的"冒尖"户、不敢惹的"急先锋"。来栓看了后说："不管他是蛇蝎还是猛虎，真老虎还是纸老虎，我们都要把它的毒牙拔掉，让它长出新牙来。你给我写个集体借条，下边缀上户主姓名，最多数量不能超过五石，注明年月日。"

明旺随即写了个借条，交给来栓。来栓说："俺豁出这张老脸给你们求去。把粮食拉回去后，要按户分下去，各户记下借粮数字并要签名盖章，先把吃粮解决了。自古民以食为天嘛。接下来你要办的事是尽快协同组长把定额制搞起来，抓好农田基建，要想让人人有饭吃，有衣穿，必须把这个最基本的关键点抓住，这是咱们生产队根本的根本，也是地基石，你懂吗？"明旺眯了眯眼，点了点头。来栓接着说："学习学习邻队经验，向好队看齐。当天任务要当天完成，完成任务的户，队上如实给工分。超额完成的给予更高的奖励和应有的报酬，完不成的就扣当天的工分并做检讨。人家都能完成，你为啥完不成？让他说个张道李胡子，说个所以然来。咱决不能遮遮掩掩，和稀泥，抹光墙。我记得玉朋书记上次还给你谈过这事，是吗？"明旺说："是的，可是我一个人孤掌难鸣，你看我队里那一股邪劲。"来栓接着说："玉朋书记了解你队的情况，不就是个别钉子户吗？你怕什么？公社今研究决定准备给你队派驻一个驻队干部，加强你们队的工作。"

听了这个消息后，明旺的眉头一下舒展开了。他喜出望外，如释重负，临走时自言自语地说："这下有盼头了，有救星了，也有希望了！"眉开眼笑地走出了门。

来栓送走明旺时，已是下午时分，迷蒙的细雨还在下着，地面上的水洼不知什么时候已不见了，路上还是泥泞不堪，路边湿漉漉的小草不住地点着头。明旺踏着泥泞的小道飞快地走着，地面上留下一串很深很长的脚印。

一夜北风，天放大晴，蔚蓝的天空飘浮着几朵云彩，田里的麦苗一尺多高了，开始抽穗灌浆，偶尔能听到几声布谷鸟的叫声。今年这个鸟来得特别早，据老人们说，这不是个好兆头。

明旺按照邓来栓的吩咐挨家挨户通知了几家缺粮户。此时，只有西垭的程顺老汉没有来，其余几户倒是火箭速度，来得挺快，早早推上车子，夹着口袋，把明旺围了个严严实实。

二队的仓库院内，保管员接到队长孙永新拿的借条，一番叙话后来到保管室，开了粮库的门，等着四队借粮户的到来。

没过多时，明旺领着一群人来了。二队小小的保管院内一下子有了几分热闹景象。明旺站在沿台上对大家说："这次又多亏了兄弟二队相助，使我们感恩不尽，多年来一直帮着我们，这兄弟般的恩情，使我十分感激。"院子里，几个借粮户一个个交头接耳坐在沿台上叽叽喳喳说个不停，根本没听明旺在说什么。明旺接着说："现在我宣布给大家借粮的数，你们几个听好了，除西垭的程顺老汉和前岭小芳家借给二斗糜子，二斗苞谷，一斗麦外，其他每家借给三斗苞谷，三斗糜子，二斗高粱，一斗麦子，每家借粮共九斗。

有没有不同意见？有意见就说。"话音未落，人称搂不住的豹胆抖着肚皮，一只手指头指点着说："不行，不行，我看不公道，我们家人口多，饭量大，能够几天吃？"接着蝎六也跟着说："我家有老人，岁数大了，还有孩子，给一斗麦子够谁吃？顶屁用。这不是哄人哩吗，填个牙缝还行。"

这一下可把明旺给激怒了。他靠前一步，用眼睛瞟了一眼这几个人说："你们说这样分不行、不公道，你们倒能行咧，能行还跑到这儿来做什么？还不是借粮来了吗？不知羞耻！个个做起活来就像把腰闪了，磨洋工、混时间，竟有脸说出这种话，真无耻！简直不要脸！论土地，全大队我们队是数一数二的，论大伙的光景，就是一个穷字，一年到头没啥吃。早知今日，何必当初，你们几个还有脸在这儿说道。"

明旺的一番训斥，院子里顿时鸦雀无声，只有靠在院门口的二队保管员摇摇头，发出不屑的讥笑声。

明旺这时二话没说，转头给保管员悄悄低语了几句，除程顺老汉没来外，其余户数按原计划进行签名盖章。不到半晌工夫几家的粮食就分装完了，只有程顺老汉的几斗粮还剩着。明旺寻思着，不如从自家屋里找几个袋子给老汉把粮送回去。

程顺老汉看明旺把粮食上门送到他家里，非常感激，心里过意不去，拖着一瘸一拐的腿，拄着拐杖，拉着明旺硬往屋里请。明旺感到一阵心痛和难受，奈何不过他只好随他进了屋，老人急忙从抽屉里取出一盒烟，让明旺抽，并划了根火柴给明旺把烟点着，要把女儿拿来的好茶叶给明旺泡着喝，明旺死活不肯，两人争来夺去，明旺最终还是没有让老人沏茶。

程顺老汉说："不瞒你说，多日来，这腿又犯臁疮了，走不了路，多亏你的帮忙，要不是你，这粮食借不下，借下了咋弄回来呢。"

明旺说："没啥，你是我的长辈，区区小事，何足挂齿，都是我应尽的责任嘛，是我工作没做好。"

程顺老汉又问起了队里农田基建的事，问上劳多少，谁都上了劳，很关心队里的事情。他说："咱们队的土地在全村来说是不错的，基本上都是水土不流失的好地。论人，一个个都是精明强悍、能掐会算、说长道短的能手。就是日子过不前去，年年打不下粮食，没啥吃。同样都是人，没缺胳膊少腿的，个个人模人样的，同在一个天地间，特别是同在一个大队，人家队上粮食打得堆成了山，吃不完。咱们自己反倒弄得年年月月没啥吃。我作为队里一员感到惭愧、伤心，同时也很气愤，气愤的是，一粒老鼠屎坏了一锅汤。个别人、个别家户太精明了，精得连铃胡都遗了，真是羞人哩，羞先人哩。"说着，老汉下巴上的胡须翘了起来，眯着眼低着头，垂头丧气地叹息着。

明旺听着程顺老汉的话，激起了他对问题的思考，也增强了他的勇气和信心。

晓新刚从工地回来，准备找队长明旺反映工地上这几天的情况，老远看见明旺牵着青骡子冲饲养室走来。他大声喊着："明旺叔，你等一下。"明旺抬头一看是晓新，立马停下脚步。晓新快步赶了过去，走到明旺面前说，自打给那几家人借了粮以后，工地上还是照旧，依然没有什么起色，还是干的干，看的看，一响也推不了几车子土，问明旺怎么办。明旺一时也难做决定，暂且没有回答他。

晓新说："依我看，他们这帮人敬酒不吃吃罚酒，干脆来些真格的，让他们自讨苦吃。"

明旺说："咱们回去再议。"

叔侄俩回到磨房，晓新帮忙给明旺把磨套好。芳爱婶子忙完屋里的活也来了，碨顶上倒了些荞麦，开始碨起面来。

磨面的事安顿好后，两人回到屋里。

明旺说："你提的没错，是该动真格的了，这么长时间，再迁就，还是老样子。我也有错，有些保守、懦弱，总是胆怯，没有勇气，工作一直没有进展，这个责任由我来担。"

晓新说："叔，这个不是责任由谁来担的事，叫你承担你也担不起呀，我看还是要解决实际问题才行。"

明旺说："人家二队实行定额制，搞出了成绩，经常有人参观，来了一趟又一趟。看看人家，再看看自己，好娃哩我实在惭愧，到人面前脸都没地儿放。我想，二队有这个成功的经验，我们为何不能学来用用。最近有些人劝我，给我长了勇气和信心。我想下决心把咱们队搞上去，搞出点名堂，不能再让人瞧不起。我下决心不再迁就他们了，要和他们斗智斗勇，不怕他们污蔑，也不怕他们嘲笑，更不怕他们的明枪和暗箭，不管他是红脸还是白脸，为咱队上大多数社员能吃上喝上，我豁出去了。人常说'邪不压正'，我就信，他们能翻了天?! 晓新，你觉得呢?"

晓新说："叔的决定，我百分之百地拥护。"

明旺说："那好，时不等人，明天就开始。二队给咱们树立了一面旗帜，树立了榜样，摸索出了一套成功经验，咱们应该用好。明天早上上工，按照二队的办法，让会计把每户每人的土方量先算好，然后逐人逐户落实任务。至于有些爱挑边边、畔畔的，没有经过组长指派，一律不记工分，一切按计划进行，坚决杜绝随随便便、自由散漫、耍奸溜滑、磨洋工、混工分的不良现象，一切劳动实行定额管理，我就不信治不了他们的毛病。"

次日早晨，人们和往常一样陆陆续续来到工地。队长明旺，组长晓新，还有生产队会计随着人群也拥向工地。看着来的人，明旺向大家说："今天我们要变个法儿，今后也得变个法儿生产劳动，因为我们要吃饭要生存，不能再过缺吃少穿的穷日子、苦日子了。"

他的话说完，人们的心里一下子升起了一股热望，一些人拍手叫好起来。明旺让按来上工的先后顺序划分了土方任务。

春喜笑着说："这个糊涂账、浑水摸鱼的账终于算弄清了，我们就有干头了。"

分了任务以后，明旺又接着说："我们也要实行有奖有罚，让能完成任务的人或超额完成任务的人得到奖赏和丰厚的报酬，让那些耍奸溜滑的人得到惩罚，一定要让他们伤到肉里，刺到他们的痛处，才能让这些人幡然悔悟，让大家彻底拔掉穷根，改变咱们队的落后面貌。"明旺的话说到了人们的心里，再次引起了大多数人的掌声。同时，也刺激了个别人的心，他们的脸色马上阴森起来，变得狰狞、凶恶。但他们几个人的面孔已被热情洋溢的笑脸和掌声淹没了。

丈量好地块，明确了任务，工地上开始忙活起来。大家你追我赶，营造了一个全新的劳动场景，工地上呈现出热火朝天的新气象。

经过半个多月的奋战，四队的农田基建任务有了很大突破。明旺、邓来栓、负海生来到工地上，还有团支部书记郭永清也来了。看到热火朝天的劳动场景，大家兴奋地说："社员发动起来了，还是搞定额有劲头。"推土车吱吱扭扭，铁锨响得喊哩哐啷，四队结束了以前坐、混、等、看的消极现象。明旺看到自己队上能有这番生龙活虎的劳动竞赛场面，他非常激动地说："二队给全大队的农田基建树立了旗帜，我们队上的组长晓新也为我们队树了榜样。他自己超额完成任务外还帮助体弱力单的人完成了任务。"

大家心满意足，高兴地说："定额制在四队见成效了。"

蝎六因为那天在二队保管院内，明旺对大家的一番话，刺激了他和跟他在一起的几个人，心存不满，虽然知道明旺说得在理，但他咽不下这口恶气。他心里暗暗发誓，一定要治治这狗东西。他怀恨在心，可是一直找不到对付明旺的机会，没地下手。他们几个苦思冥想，始终得不到机会，心里十分焦虑。几个人心想，难道就这样算了，被人唾骂，被人侮辱，就这样不了了之？他一再告诫自己，不能放弃，不能怯弱，他们准备伺机而动，寻找时机。

晚饭后，春芳家的小明跑来，一进门就喊："嫂子，我妈说明天轮你们家给工作组管饭呢，还有学校的一位老师。"珍珍一听是小明的声音连忙说："听见了，听见了，你进来不？"

小明回答珍珍说："我就不进来了。"

珍珍一到晚上就痒得不行，硬要拉着蝎六给她寻虱子。蝎六给珍珍把裹肚和汗夹脱下来在油灯下逮虱子。听到小明跑来说给工作组管饭，觉得这是个千载难逢的好机会。虽说不是明旺本人，但也对明旺面子上过不去。他是一队之长，臊一臊这位队长的脸面，消消他的声威。他暗自下了决心。

第二天早上，蝎六吩咐珍珍："今天早上给工作组管饭，你留在家里做饭，就不要再上工去了，饭做好了你和咱爹妈先吃，把饭留在锅里，等我上工回来再叫他们吃饭。"

珍珍毫不含糊地说："行！听你的。"

蝎六上工回来后，珍珍早已把饭烧好，热腾腾的水汽罩了一屋子。珍珍在屋外面踱来踱去，等候蝎六放工回来。

"当啷"一声，珍珍听是丈夫放锨的声音，知道是蝎六回来了。当她走到屋里，歇六已经跨进门了。蝎六洗了把脸让珍珍叫工作组和老师吃饭。珍珍叫人去了，蝎六开始拾掇盘子和饭菜。他放上一碟用水和的辣子和一碟盐，捏了三双筷子放在盘子里，把盘子端端正正放在炕上，盘子的角上又放了一盒"双鱼"牌香烟。

蝎六刚放好盘碟，院子里就传来了说话声。蝎六热情地迎了出去，亲切地握住两位来客的手说："老负、老杨，听说你俩要来，我非常高兴，快快进屋，快快进屋。你看这烂屋子摆得乱的，也没人整理，庄稼汉的饭菜，你们不要嫌弃。"

"好着哩，好着哩，庄稼人都忙着哩，谁家都一样，谁还嫌谁哩。"老贠和老杨边说边上了炕。

蝎六刚准备从烟盒里取烟被老贠二位谢绝了，"我们都不会抽烟，抽不了烟。"贠海生说。

蝎六见二位客人已上了炕。他忙从橱柜里取了三个碗放在锅台上，拿起勺子舀了三碗苞谷粥，端上炕，递给他们。又拿了个馍碟，在上面放了两个黑得耀眼的糜子馍和两个高粱卷卷。自己端起一碗粥边吃边说着："你看这少盐无辣子的，把菜夹上，吃好，给你们都把菜夹上，不要嫌弃，庄稼人就这条件。"

蝎六端了苞谷粥在门外找了个小凳子坐在窗台底下，把藏在碗底的盐菜翻了起来，一边吃，一边说着："给你俩把菜夹上，吃好。"

贠、杨二人坐在炕上，不如说是坐在烤箱上，像热锅上的蚂蚁，左右为难。有心不吃吧，使不得，在群众家里影响不好，有心吃了，实在是无法下肚，只好勉强把两个黑家伙泡在碗里，囫囵吞枣地吃了。两个人好不容易用完饭，珍珍从外面回来一看，盘子里只放了一碟辣子和一碟盐。她很生气，就问蝎六："这后锅里还有炒菜，你咋不给客人端哩。"

蝎六说："谁知道你后锅还有炒菜呢。"

老贠、老杨两人尴尬地下了炕，每人从兜里掏出四两粮票和四角钱放在炕头，头没抬就出去了。

珍珍弄了个糊涂，蝎六心里清楚明白，这是他故意的。他要让明旺难堪，让明旺带领下的四队在工作组面前抬不起头来。

时光流转，日复一日。柳庄人在斗争中实践，在矛盾中拓展，在顽强中拼搏，在奋进中探索，战胜了一切困难，改造着家乡面貌，追求着自己理想的生活。他们把遇旱就减产，遇涝顺地跑的渭北残塬的贫瘠土地变成了旱涝保收的样板田。

前两天，玉朋接到公社通知，要在柳庄开展农业大生产农田基建现场会，要求村党支部和村生产大队安排好场地，介绍经验。书记玉朋找来大队长来栓商量此事，正好遇见王根民和负海生两位驻队干部在来栓家里闲聊。

玉朋说："真巧，这寻人不如等人，等人不如碰人，省得我再跑腿。是这样子，我接到公社的通知，要在咱们村开农田基建的现场会，要咱们推选一个生产队作为榜样，树立标杆，我来找你们就是商量这个事。"

来栓高兴地说："开现场会好呀，做个样板让全公社人都看看，相互学习，相互促进，把农业大生产推向更高的水平，这太好了。"

王根民说："这个现场会地点，我看放到一队吧，一队地块集中，都是一个方向的，也不用跑远路。"

负海生说："我看这个会还是放在二队，二队虽说地块零散，但平整的地质量好，块块都是样板田，无论哪一块，从狼嘴到西朋碴，块块地平整如镜，是没有一点说的。"

来栓没有急着发言，他想了想，他们二位说的都有道理，但他在乎的是质量问题，有质量就有保障，二队在全大队是数得着的。他表态说，也是倾向于二队。

玉朋说："咱们四个人，再剩我一个没有表态了。好，那我也表表态，我同意海生、来栓的意见，因为上边要求咱择优选队，那就是个质量问题。"

来栓说："好，少数服从多数，那就定在二队了。"

这天，天空万里无云，火辣辣的太阳把大地烘烤得像蒸笼一样，没有一丝凉意。人们不停地用袖子擦着脸上的汗水，却丝毫没有放松充沛的干劲。他们知道今天是个特殊的日子，全社的人从四面八方涌来，到他们这儿来参观，他们个个心里美滋滋的。

二队的参观场地选在龙荒岭上，顿时人山人海，像潮水般涌来。孙永新上身穿了一件非常漂亮的蓝卡其尼服，下身穿了一条灰色的的确良裤子，在白白的内衣衬托下，显得格外精神。他的头发梳得乌黑发亮，眼睛炯炯有神，鼻梁不高，平时不太爱说话，但说话时总能露出两排整齐洁白的牙齿。今天该是他唱主角的时候了，他站在人群中等候着。

地塄上搭了个简易台子，台子中央的横梁上挂着一条长长的横幅，横幅上写着"柳庄第二生产队农田基建现场会"几个耀眼的大字。参加现场会的有公社副主任、武装干事和各大队的主要负责人。他们聚拢在一起，听着公社副主任王瑞英的讲话，时不时地擦着脸上的汗珠。有的人折了桐树叶顶在头上，遮住太阳的暴晒，还有人用藤条编成凉帽戴在头上。老天爷一点儿也不客气，晒得人肉皮直发疼。副主任王瑞英瞧见人们燥热难耐，便缩短了讲话时间，工夫不大就结束了。

来栓主持大会，他在台子上站起来说："下面，欢迎我们柳庄第二生产队队长孙永新讲话。"台下立即响起了一阵掌声。永新咳嗽了一声，清了清嗓子，抖了下衣服，神采奕奕地走上台子。由于紧张，刚要开口说话时，在下面想好的话，竟一句也想不起来了，急得他不住地用手搔搔头皮掏掏耳朵，逗得大家哈哈大笑。这一笑，他的脸更红了，红得像个下蛋的鸡婆。他说："我没啥说的，只是动动嘴，跑跑腿。毛主席说：'人民，只有人民才是创造历史的动力。'没有大家的齐心协力，没有好的精气神儿，干什么也白搭。有了大家的共同努力、共同奋斗，我今天才有机会荣幸地站到这个台子上。我觉得所有成绩都归功于，归功于大家的辛勤付出。今天，我们取得这么好的成就，把田地修得这么好，我很高兴，也很荣幸，谢谢大家了。"

会后，王瑞英宣布："请各大队负责同志带队，领着大家开始参观学习。"她还宣布了参观的路线。

人们边走边看，一路赞不绝口，为柳庄人创造的层层梯田所震撼，为柳庄人战天斗地的冲天干劲所折服，参观的人久久不肯离去。

在现场会的总结大会上，柳庄村党支部书记李玉朋做了总结发言。作为学习的榜样，二队社员们个个喜笑颜开。队长孙永新更是激动不已，他天生有文艺细胞，擅长编说快板。他一时高兴，即兴为大家编说了一段快板。只见他抖了抖精神，对大伙说："感谢大家能来我们柳庄村，能来我们生产二队参观指导。今天我给大家说一段快板。"说完，他从衣兜里掏出一副竹板，一边打着，一边说：

　　竹板一打，
　　响连天。
　　各位同志莫言传，
　　先让我来表一番。
　　自从农业大生产，
　　男女老幼齐上阵。
　　战晴天，斗雨天，
　　大家实干加巧干，
　　干出成绩一大堆。
　　各个大队来参观，
　　不怕热，流着汗，
　　来到龙荒走一遍。
　　地畔打得平又端，
　　椽花光滑线条美，
　　地埝整得平又坦，
　　一排一行从不乱。
　　到狼嘴上你再看，
　　层层条条紧相连。
　　从这头来望那头，

条条块块似梯田，
道路两旁杨柳栽。
看了狼嘴你不走，
还有西朋在等候。
想从前，西朋碥，
瘠贫土地没人管，
有人种地还嫌远，
天旱没收成，
下雨不保墒，
靠天吃饭人发愁。
如今西朋碥，
那可不一般。
三层梯田平又肥，
一眼望去，
望不到沟畔畔。
样样庄稼长得欢。
下一站，马王埝，
再热再累走一遍。
到了马王你去看，
地塄打得一条线，
地块整得平又展，
块块都是赛样板。
到了东沟往下看，
东沟整出大稻田。
栽下稻子长得欢，
米粒细，穗子长，
人人都把它来赞。
我今说到这里算一段。

二队社员都能干，

　　喝凉水，心里甜，

　　吃冷馍，咱不嫌，

　　手上磨得结了茧，

　　血泡打得咱不怨，

　　都为早日建成丰收田！

　　丰收田！

　　孙永新这段快板说得大家眉开眼笑，雷鸣般的掌声此起彼伏。一直到下午，参观的人群才慢慢散去。

　　自从开了现场会后，孙永新便成了全大队的红人。他三天两头不着家，今日这儿观摩，明日那儿演说。平时不爱说话的他一下子像换了个人一样，滔滔不绝，话也多了起来。今日给你说这村的事情，明日讲那村的情况，时不时还能给你撇上几句洋腔，说起话来一套一套的，有论有据，有条不紊，跟以前截然不同了。

　　但以前那爱骂人、说脏话的老毛病却一点也没改变，这是他的缺点，也是他的个性。

　　说起他撇洋腔，村里人听得都不顺耳，觉得太别扭，一些好事的小伙子跟着他学，惹了好多的笑话。

　　他从不嫉妒眼红别人的长处和能耐，他和他爹一个样，一个脾气，厌恶那些偷鸡摸狗、花言巧语和墙头草、顺风倒的家伙，更憎恨那些吃里爬外的小人，有着一股憨厚、老实的倔气。

　　玉海和永新是小学同学，两个人说话很投机，合得来，但两人也绝非是随声附和、随波逐流之人。他俩认定了的事一定要干到底，哪怕粉身碎骨。

　　柳庄姓李的占了大多数，按辈分来说，永新应该把玉海称叔，但论年龄来说永新还比玉海大半岁。永新偶尔叫玉海一声叔，把玉海弄得特别扭。他说："好我的队长哩，你不要再这样叫我了，这不是往鸟儿头上戴帽子哩，我受不起。你干脆叫名字好了，我也舒坦，感到亲切。"

麦子黄了，又到了龙口夺食的时节。田野里，金黄色的麦穗沉甸甸的。大片大片的麦田，像一片金色的海洋，在阳光的照耀下闪着金光。成群结队的燕子衔着泥草飞来飞去，忙着垒巢。人们都说今年的麦子不错，是个丰收年。

每年二队夏收时候，至少都要选出十个荽麦子的壮劳力和十个拉耙的人，马不停蹄地荽着，倒席、拉耙，忙得不可开交。一辆辆马车载着堆积如山的麦子忙碌地往返在麦田地和麦场之间。马车不能到的地块，大伙勒好麦垛子还得用牲口驮、人来背。

大队部院的高音喇叭里播放着郭兰英演唱的《丰收歌》。

麦浪滚滚闪金光，十里歌声十里香，丰收的喜讯到处传，家家户户喜洋洋，喜洋洋……

忙忙碌碌，麦子连收带碾就是一个多月，直到颗粒归仓，夏收才算结束。

紧张繁忙的夏收结束后，社员们就可稍微松歇了，除了有个别地块没有平整完需要平整外，几个生产队就是锄地和犁地了。忙过这个时间，就能休整一下了。

邻近几个大队趁着忙罢时节，大搞起了农田基本建设。孙永新这段时间特忙，要到这几个大队去传经送宝，介绍农田基建经验。他把队里的所有工作都托付给了玉海。

他交代玉海说："队里麦收忙过，眼下活路也不紧张，队上的事情就靠你料理了。"说完，他拍拍屁股笑着放心地走了。

玉海笑了笑说："你放心，我会担起来的。"

第三章

孙永新走后，一切事情都落在玉海身上。玉海是个要强人，也是个细心人。他把眼下活路安排得井井有条、满满当当。队上当下的主要任务是锄地，锄糜子、谷子、玉米和高粱，再下来是犁地，继续平整没有平过的地块。他按照自己一贯的作风，当天晚上就安排第二天的活，第二天只是敲一下钟，吆喝一声就行了。

这天，他扛着锄头刚走到村口，邮递员喊了一声："玉海，这儿有你一封信。"玉海忙回过身走过去问："谁的信？哪来的？"

邮递员说："我也不晓得，你拆开看就知道了。"

邮递员从邮包里翻出一封信。玉海接过信一看，是妹妹玉香的信。拆开信一看，只见上面写着：

哥哥：

　　您好！

　　妹妹上次来信，不知你可收阅，等待多日，未见回信，心里很挂念你们，不知家里一切可好？望兄告知妹妹。

　　　　　　　　　　　　　　　　　妹妹玉香

玉海把信看完后，折叠好又重新装进信封，塞进裤兜。他边走边想，这才想起两月前，玉香是来过一封信的。那时，正准备计划夏收安排。一个岔打得，撂到脑后去了。那封信好像压在枕头的毡底下，他一时恍然大悟，心里开始埋怨起自己来了。

这天中午锄完地。玉海一进门，就三步并作两步进了屋，走到炕棱底下，翻起毡席一看，果真没错，一封书信放在这儿。玉海拿起玉香的信，拆开信封，拿出信看了起来，只见信上写着：

哥哥：

你好！

母亲可好？咱们全家可好？近来很少写信，甚是想念。

我很快要毕业了。回想起小时候上学时的同学使我记忆犹新，像放电影一样历历在目。光阴如流水，从一个穿着破裆裤不懂事的娃娃，变成一个有志青年。我和田文博同时进学校同窗十二年，十二年的生活，十二年的情感，深深地印在我的心里，使我不能忘怀。特别是三年高中时间更让我无比珍重和眷恋。他的聪明才智，他的为人处事，他的品格深深地吸引了我，让我无时无刻不在思念他，我们之间的情感已经渗透到了我的血液里。我和他是同班，他在前排，我在后排，他为我讲了许多数学难题。文博每次考试都是拔尖，使我非常羡慕。然而，命运捉弄人，由于出身问题，把这么一个优秀的高才生、尖子生抛到了一边，失去了上大学的机会。这残酷的现实，对他来说，是多么的不公平。人的出身无法选择，但自己的道路自己可以掌握。我欣赏文博的品质和才华，欣赏他的为人。

不怕哥哥笑话妹妹，我不怕害羞、害臊。从那时起，妹妹就喜欢上了他。妹妹的个性，哥哥是知晓的，只要认准了的事，就一定会义无反顾地去做，去追求的。不妨告诉哥哥你，去年过年回家，我路过文博家门口，很想进去和他坐坐，聊聊我们之间的事，但我当时实在没有勇气，还是退缩了，唯恐伤了他的心，伤了他的自尊，让他痛苦，让他难受。在回来的路上，我去了趟大队部院，那里的一切让我怦然心动，激动不已。咱大队那些家底让我看得眼花缭乱，心生感慨，我对村上的发展充满了信心。有这些家底，我想总有一天乡亲们的生活一定会过得更好。我爱家乡，更爱勤劳、憨厚、淳朴的父老乡亲，爱家乡的一切，这里的一山一水养育了我，培育了我的情感，这里的乡村习俗和生活习惯让我也无法割舍，我爱你们。

父母亲，还有你和哥哥嫂嫂，在艰难的情况下养育了我，供我读书上学，妹妹我刻骨铭心，永远难忘。我要报答父母、哥嫂之恩，学《朝阳沟》里的李双双一辈子扎根农村，在这片广阔的天地里干出属于自己的事业，像那燕子一样在蓝天白云下自由地翱翔。

妹妹无须那些豪言壮语，也不需那过多的生活追求，只想踏踏实实地做一个平凡的人。

哥哥，妹妹从来没有用书信方式给文博表白过什么，从来没有释放和流露出我对他炽热的爱，妹妹明白一个受过伤害的心灵是何等的脆弱，它经不起这情感上的折腾。

来信托哥哥把妹妹的意愿向文博表达，还请哥哥理解妹妹的一片苦心，能帮妹妹一把，圆我心愿。总之，戳破我与文博之间这层窗纸还须哥哥费心了。这封来信写得长了点，但是妹妹觉得很重要。

祝全家平安！

妹妹玉香

玉海看完信后，愣了半天，眼睛直勾勾地瞅着这几张信纸上密密麻麻的文字。他犹豫了，觉得有些太突然了。他不是因为妹妹的选择而犹豫，也不是因为妹妹感情上的事情而担忧。他觉得年轻人应该有自己的理想和见解，有自己的想法，有自己对生活的追求。作为兄长应该尊重妹妹的选择，但不知母亲和玉朋哥将会是什么态度。他脑子里一片空白，该说不该说他一时没了主意。心里想，要是说了，他们都不同意，闹别扭，怎么办？可是，不说呢，这关乎妹妹的终身大事，关乎妹妹一辈子的幸福。玉香将来过得不好，有个三长两短，又该咋办？玉海左思右想，脑子里乱哄哄的，他一时不知该怎么办。

"爸，吃饭哩，饭下到锅里多时了。"颖颖一声喊叫，把玉海的思绪一下打断了。他像丢了魂似的，把信压在他睡的毡底下才转身回到屋。

老太太已坐在炕上，双腿盘着，吃着饭。桂香从箅子上揽了一大碗高粱饸饹，凉拌了一下递给玉海。玉海端起碗来狼吞虎咽地吃起来，一句话也没说。吃完饭，玉海扛了锄头就上地去了。颖颖不爱吃高粱饸饹，桂香早早就给她在灶火里烤了一个糜子卷卷。她给自己从箅子上也揽了碗高粱饸饹，凉掉后坐在炕棱上斜着身子吃了起来。

桂香吃着饭，觉得玉海今个有些不对劲。她隐隐感觉到玉海今儿晌午吃饭时神情有点怪怪的，一句话也不说，很是蹊跷。平时可不是这样的，他爱上炕吃饭，今儿却有些异样，没有上炕，囫囵吞枣地扒了几下饭就走了。桂香实在搞不明白。这时，老太太也问起桂香来，她说："玉海娃今咋了？你知道不？他好像有什么心事，咋连饭都不好好吃就走了。"

桂香说："谁知道呢，我也不清楚他是怎么了。"

好不容易熬过一个下午，玉海还是没有想出好的解决办法。他心里这个疙瘩一时半会解不开，一个人闷闷不乐地扛起锄头又回到家里。

盛夏的天气十分炎热。玉海心烦意乱地坐在窗台底下的石头上发着呆。桂香夹了个馍，用勺子舀了一碗米汤端出来递给他。

玉海说："你端回去，我不饿。"

桂香说："干了一天活了，我就不信你不饿，中午饭你急急忙忙的也没有吃好，能不饿吗？你赶紧吃。"

桂香硬把馍塞给玉海，把拌好的苦苣菜和梅干菜都端了出来，给自己也拿了个馍，挨着玉海坐在石头边上边吃边说着话。

桂香问玉海："看你那孬样，啥事把你愁成这样了，还不如一个婆娘家。说，有啥心事？有啥解不开的疙瘩，破不开的芝麻秆子？闷在肚子，还瞒着我。你连你婆娘我都不相信了，你还相信谁？有什么秘密，不让我晓得？"

玉海看桂香这般心急，逼得他不得不说。他觉得这事也应该给桂香说，毕竟桂香是他老婆，玉香的嫂子，这事又是玉香的终身大事，告诉桂香，听听她的意见也好。

于是，玉海郑重其事地说："你想知道？"

桂香说："我当然想知道了，不但想知道，还想跟你分担分担，帮你解开你心里解不开的疙瘩。"

这时，玉海进屋从毡底下取出玉香写给他的信，递给桂香。桂香一看是玉香妹子的信，便仔细地看了起来。她一边看一边埋怨玉海说："你这个人，是你妹子的信又不是旁人的，你为何搞得神神秘秘的，让自己这么难堪？"

玉海无奈地说："你看了就知道了。"

桂香看着玉香的信，脸上渐渐露出了甜蜜的微笑。从这封信里，她看到了一个不一样的玉香，一个知识青年美好的心灵和甜美的爱情，看到了农村新的希望。

她一口气看完信，不由感慨地说："你看看你妹妹玉香多有思想，不愧是大学生，觉悟就是不一样，我举双手赞成。"

玉海猛然一愣，他惊讶地看着桂香，心里想，桂香能对这件事这么看，这样理解，简直是不可思议，反倒是自己的认识矮了一截。他佩服妻子桂香的眼界和胸襟，看得比他高、比他远。

　　桂香笑着说："你以为你老婆我是怎样个人？是那种狭隘、心窄的人吗？我可不是什么小肚鸡肠、斤斤计较的人，我的思想开阔着呢。"玉海此时觉得他以前根本没把桂香了解透，平时看不出来，遇事是这么有超乎常人的认知，真是同床十几年，不知桂香还是这么个通情达理不一般的女人。他深情地看着桂香，心里充满了自豪和爱慕，焦虑不安的脸上露出了几分笑意。

　　他问桂香："今晚吃饭咋不见老太太和颖颖呢？这事把我都闹晕了，现在才想起来。"

　　桂香说："妈说她晚上不喝汤，领着颖颖到玉朋哥家去了。"

　　玉海说："我想把这件事告诉玉朋哥和老太太。咱妈就玉香这么一个宝贝女儿，玉香是她的心尖尖，含在嘴里怕化了，放在地上怕跑了，要是把她蒙在鼓里，那可是天大的事，惹怒了她，就像孙大圣惹怒了如来佛一样，那可了不得。"

　　桂香停了片刻说："这事主要是看妈的态度了，迟说不如早说，给她说了看她态度如何，她要是不乐意，咱们再慢慢做老太太的工作。你去跟玉朋哥说说，听听他的意见。总之，这是玉香妹妹的终身大事，必须征得大家同意，家里人一个也不能少。"

　　玉海说："这事拖不得，那倒不如现在就去，趁着老太太还在玉朋哥家，把玉香的信带上开个家庭会，各人把自己的意见都谈一谈，你看怎么样？"

　　桂香高兴地说："好呀，借此机会，一家人坐到一块儿好好聊聊，有何不好？"

　　桂香关上门和玉海一块儿来到玉朋家。虽说在一个院里，但弟兄俩很少串门走动，都是老人和孩子经常来回走动。

玉朋一家晚上喝了汤，兰香坐在院子的小石桌上乘凉。毛毛围着兰香让他妈给他唱曲子，兰香一时不在兴头上，唱不出来。毛毛开始摇着兰香的肩膀，一边摇一边说："妈，你给我唱个，让我听。"毛毛求了半晌，兰香说："我出一个谜语你来猜，你猜着了妈给你唱。"

"那好，妈你说，我来猜。"毛毛很自信地说。

兰香说："四四方方一座城，城里住着十万兵。派出二万去打仗，留下八万守城门。打一字。"

毛毛左思右想，比画来比画去，怎么也猜不出来。毛毛知道自己猜不着，不跟他妈来这个了。他说："妈，咱们不来这个，咱来'抓鸡'，我一定能赢。"兰香说："算了，你也不一定能赢。"

毛毛说："我'抓鸡'抓得可好了，不信咱俩击个掌，要是谁输了谁爬着在院子里转两圈，然后学着小狗再叫两声。"

兰香说："那要是赢了呢？"

毛毛说："要是赢了，对方就学狗叫呗。"

兰香笑着对毛毛说："好，咱娘儿俩击掌，看谁能赢。"娘儿俩刚抬起手，"咣当"一声，挂在农具架上割草用的镰刀不小心给撞了下来，掉在了地上。兰香躲闪及时，没有砸在身上。这下，可把毛毛给吓坏了，吓得他大哭起来。玉朋和老太太正在屋里择着苜蓿，听见响声，急忙跑了出来，只见毛毛脸色苍白，在那哭着。毛毛的哭声还把正在熟睡的颖颖给吵醒了。玉朋问兰香："刚才啥响声？毛毛咋哭了？"

兰香惊魂未定地说："没事，你看这不都好着哩。"她一边回答一边到屋里哄颖颖睡觉去了。玉朋看啥都好着，也就没再说什么。

桂香刚进门，就看到了这惊险的一幕。她对兰香嫂子说："还说没事，好的哩，要不是你身子趔得快，我看非捅烂了不可。"兰香不好意思地笑了笑。

玉朋见玉海和桂香来了，他让兰香从屋里端来长板凳。玉海没有坐，扶着老太太坐了。玉海走到玉朋跟前对着玉朋的耳朵叽咕了几句。玉朋听完，愣了一下，但他很快镇定了下来，好像没听见什么，一副若无其事的样子。玉海把玉香的信交给玉朋。玉朋眼睛直直地瞅着上面的字，来到屋里的煤油灯下仔细看了起来。说心里话，他不是一个守旧的人，他也能理解妹妹的心事和想法，只是觉得这太突然了，妹妹的想法与常人有所不同，与农村传统的思想观念格格不入，这让他吃惊不小。

玉朋看完信后，思索沉默了片刻。他对玉海说："玉海，我看玉香妹子对自己的事有自己的想法，也有自己的选择。我觉得我们应该尊重她的选择，自己的路还要靠自己走，她已经长大了，该走自己的路了。她选择回农村，选择一个庄稼汉，看得出，她是经过深思熟虑的。既然玉香已选择了她自己要走的路，家里人的意见也只是个参考，最终主意还得她自己拿。你看呢？"

玉海说："从信上看，玉香的主意已定。她来信主要是让我和田文博沟通沟通，表明她的心意，就看田文博如何反应了。"

玉朋说："文博这娃，年轻有为，还是蛮不错的。论人品，他忠厚、老实、勤奋，是个难得的好青年。论学问，他是咱们村最有学问的人，他聪明、机灵，样样农活一看便会。他也热心助人，与人为善，有抱负、有理想、有追求。我打心眼里喜欢。我想，能和妹妹玉香生活在一起，何尝不是一件好事。只不过，这还得听听老太太的意见。"

弟兄俩在屋里说完话，刚出门，就碰见母亲。老太太见他们俩今晚鬼鬼祟祟的，不知出了什么事情，还有意提防着她，心里隐隐有些不快。老太太一见面就问："你俩今晚到底有啥事情，还瞒着我？是不是商量着怎么卖我哩？……"

老太太话音未落，玉海"吭"的一声，全家人都逗乐了。毛毛笑着说："奶奶，你能值多少钱？值钱再多我也不舍得卖你！"

老太太笑着说："傻孩子，说啥呢？"

玉朋笑着说："妈，这不是有件事正要给你说呢。再说卖妈的事，我兄弟俩可干不来。"

老太太说："两个坏小子，你们尽给我老太婆戴高帽子。"

玉海说："我俩说的是玉香的事。"话还没说完，老太太就迫不及待地问："玉香咋啦？这么多日子不见她回个信，我心都慌了，你们有她的消息？"

玉朋说："妈，你别急，玉香好着呢，让玉海给你把话说完。"

老太太着急地说："好，好，好，你们说，我玉香娃什么事？"

玉朋看母亲这样急切，赶忙说："妈，你别急，让玉海给你细说。"

玉海忙说："妈，玉香给家里来信了。"

老太太焦急地问："玉香娃咋啦？是不是有啥事了？怪不得你兄弟俩在屋子神神秘秘的，怕我知道。"

"妈，你猜错了，不是的，她好着呢。信上，还叫你不要挂念她。"玉海笑着安慰母亲说。

老太太又问："既然没啥事，那你俩神神道道的是咋回事？妈都急死了。"玉海说："玉香的信本想给你说，前一段时间大家都很忙，耽搁了，所以没给你说。我现在念给你听。"

老太太忙说："快念！快念！"

玉海一字一句地念着信，念得老太太额头上又添了许多皱纹，干瘦的眼眶里泪水打着转，脸颊上布满了愁云，心里像翻江倒海似的难过。她全身都有些哆嗦了，自言自语地说："你在胡念些啥，你们是在骗妈吧？这不是玉香的话，我娃不是这样没出息的人。我相信她是有志气、有理想的人，不可能看上一个农村后生。"

玉朋说："妈，你先别生气，气大了伤身，千万别急，这事咱再想想看。"

玉朋这么一说，老太太更来劲了。她指着玉朋，又指指玉海，嘴唇不停地颤抖着，上下牙齿咬得咯咯响，两只眼睛死死盯着弟兄两人。"你们是不是一个一个都串通好了？一个鼻孔出气，来气我这个老太婆。难道你们把受苦的日子都忘光了吗？这苦还没受够？好好的一个女大学生，全公社数一数二的，如今要回农村，当农民，还要嫁给一个庄稼汉，亏你们想得出来，一个个还在帮腔，糊弄我这老太婆子。你们想想，是谁把你们姊们仨生下来，一把屎，一把尿，含辛茹苦地养活大的。供你们读书上学，娶了媳妇成了家。"老太太一把鼻涕一把泪地继续哭诉说，"老大你连初中都没上，你爸病重，供不起。老二你可曾记得自己遭的那罪，吃跟猪屎一样的东西。为了这个家，为了养家糊口，你半途不上学了，只能当一个农民。这些，你们竟然都忘得一干二净了吗？为了给你们老李家祖辈争这口气，一家人节衣缩食，供你妹妹玉香上学，不知吃了多少苦，受了多少累。不要说享什么福，过什么富贵日子，只要在人面前能活得硬气一些就行了，我也心满意足了。"老太太泣不成声地说："你们俩只这么一个亲妹妹，我老太婆就这么一个亲闺女，全家人就指望着她出人头地呢。你弟兄俩这几年呕心沥血地为她上学付出了不少，桩桩件件我老太婆都看在眼里，记在心上。难道你们都忘了吗？真没良心！良心都让狗给叼走了。玉香也是念了一肚子的书，咋连这也不明白。这死女子，气死我了，为了一个田文博，竟有这样的想法，这值得吗？文博这孩子我也知道，样样都好，就是命不好。他是哑巴吃黄连，怪他命苦，生了个破家庭，是老天爷安排注定的，改变不了，谁也没办法的。"

老太太的这一席话，听得弟兄俩一时不知说什么好，像霜打了的茄子，搂着头，蹲在地上，一声不吭。

盛夏的夜晚，静悄悄的，夜变得很短，人们早已进入了梦乡。几颗星星伴着月亮一眨一眨的，仿佛望着人间的酸甜苦辣和喜怒哀乐也在发着愁。毛毛坐在凳子上摇晃起来，小脑袋耷拉在胸前打着盹。兰香看毛毛瞌睡了，抱着毛毛回屋睡觉去了。

桂香听完老太太一番诉苦责备的话，她开导说："妈，我说两句。照你说田文博就应该吊在一棵树上，再没有活路出路了。人的出身，由不得自己。但自己该走怎样的路，还是可以选择的。咱们玉香她是有远见、有理想的人。有句名言说得好，想成功的人，他有决心，就已经成功了一半。我想一个人赤裸裸地来到这世界上，总不能又两手空空地回去，总得创造一点价值留给这个世界吧。咱们国家现在还很穷，大家的日子还很苦，供养一个大学生比登天还难，所以更应该珍惜自己的未来，走好自己的人生道路。只要立志有雄心，在祖国的哪个地方、哪条战线都会创造出人间奇迹的。毛主席说过，农村是一个广阔的天地，是可以大有作为的。他老人家号召广大知识青年到农村去。玉香是遵照毛主席的话办事的，她有志气，有理想，有她的人生选择，我相信她是经过认真考虑的，有她自己的道理，我们大家应该尊重她的选择。"

老太太见儿媳插了话，也不好说什么，只好闷闷不乐地坐在板凳上，一直沉默不语，听着桂香说。

这时，兰香出来也趁热打铁劝解老太太说："桂香说的没错，你也知道她从不说虚情假意的话。她没别的意思，对你、对玉香妹妹都是真心实意的。玉香是她小姑子，她能不替玉香着想吗？玉香是你闺女，你的心头肉，这事你自己得拿主意，全家人可都听你的哩。"

她接着说："咱们村北京来的那些知识青年，人家可都是从大城市来的，从首都北京来的人。可想而知，人家从城市跑到农村，吃苦受罪，同咱农民吃在一块，住在一块，一块儿干活，离爹离娘的，多可怜。人家也是娘生爹养的，难道他们的父母就不知道心疼他们？人家可是千里迢迢来农村插队的。人家都能这样，作为咱农村出来的知识青年就不能扎根农村了，就没有前途了？这些知识青年来到农村，给咱农村生产生活增添了活力，他们也是建设咱农村的生力军。"

兰香说完，桂香接着说："妈，你还是想开些，不要老是守着自己的旧观念，穿新鞋走老路的想法是要不得了。咱这方圆有个村子叫榆塬，一个北京插队姑娘爱上了村里一位农村小伙柳成明。成亲以后，那姑娘还把他带到了北京。人家可是见多识广的北京姑娘呀，这方圆几十里谁人不知，谁人不晓。黄石县五堡镇，有个叫田保财的小伙子是老三届学生，一九六九年毕业回乡，接受贫下中农再教育。他与一位北京女知青相爱并结为伴侣，他们把青春和热血都洒向了他们热爱的土地。再说咱们玉香，从小就和田文博两人青梅竹马，一块儿刨泥土玩大的孩子，谁不了解谁。这事，玉香也是经过深思熟虑的。文博这娃人也厚道、诚实，是咱们村里最有文化的人。他人品也好，长相帅气，心地善良。去年，夏收忙罢，铁锤家的二女子在涝池边给弟弟洗尿布。二女子两只脚没站稳，'哧溜'一下滑到涝池里，眼看只留一个头在上面漂着。正好文博从这里路过，他奋不顾身，一下子扑到水里去救人，费了好大气力，才救起了二女子。当时铁锤还在地里犁地，等他知道后，文博已经把二女子送回了家。二女子经过医生处理，并无大碍。铁锤两口子感激不尽，一个要磕头，一个要送礼感谢，都被文博给谢绝了。妈，你说我说的是不是？你也知道文博这小伙是怎样一个人，不是我夸口，人家小伙子就是不错，咱玉香要是能和他在一起，那可是一对儿好鸳鸯。"

两个儿媳的一席话，说得老太太眉头一下子舒展了许多，布满愁云的脸上增添了几分笑意，尤其是两个眼角舒展开来了。老人的心里开始翻腾起来，思想也活跃起来，眼界一下子开阔了许多。她开始认真地寻思着女儿玉香的婚事，试图在心里接受女儿的选择。虽然很艰难，但她紧绷的神经和凝固的血液正在一点点地松绑和融化，老人一个劲地叹息："真是女大不由娘了！"

玉海他们看母亲渐渐想通了，没有再固执下去，大家的心里暗自高兴地说："这个疙瘩总算解开了。"

夜，已经深了，静悄悄的。银盘似的月亮，像圆圆的脸庞，露着慈祥和温暖，从树梢穿过，悬挂在天空中。夜晚的星星是那么的明亮，那么的温和，它们眨着眼睛，一闪一闪的，充满了诗情画意。

桂香把颖颖悄悄地抱回家，全家人这才歇息了。

玉朋、玉海他们说服了老太太。玉香的婚事，一家人基本都同意了。这下，大家的思想放松了许多。

桂香兴致勃勃地催促玉海去田文博家说事。玉海也有此意，但他猛然一想，这样贸然前去，是不是有些太唐突、太冒失了？这样冒冒失失去不太合适，还得和大哥玉朋他们去商量，看什么时候去，谁去说最合适。这样，也避免弟兄之间误解。于是，他拿定主意来到玉朋家。

玉海刚走进院子，就听见兰香正和玉朋在屋里说这事。两人一见玉海进来，停止了谈话。玉海开口说："哥、嫂子，我刚进院时，就听见你们俩在谈论玉香的事，这正好赶上，我来是想和你们商量谁前去说合适，谁能说上话，我对这个吃不准，你们俩谁去合适……"没等玉海说完，玉朋嘴唇刚动了动，兰香抢着说：

"我看你兄弟俩，谁去说都一样。只是你哥前边不晓得这事，玉香从来也没给我们说过。现在玉香突然来信说起这事，而且信里让你去找文博说，我觉得也合适。只是现在总感觉生地里插犁铧太鲁莽了些，毕竟还八字没见一撇哩，也不知道人家啥情况，咱去直接找人家，这不合适呀。说不准把好事还给办砸了，知道的人说是自由恋爱，不知道的人还不知说什么话呢。咱村一些人正想拿你们弟兄俩说事，到时候把好事办坏，再落下一些不干净的话，这可怎么办？我的话，你哥不爱听，说我瞎操心，把好心当成了驴肝肺，娃他二爸，你说，我没胡说吧？你说我说的是不是这个理？"

玉朋指着兰香说："哎，你总是瞻前顾后的，咱身正不怕影子歪，你怕啥？心里要说的话憋在心里，不去说，怕这怕那的。你不去接触人家，人家咋知道。再说了，人家愿意不，咱还不知道呢。玉香是这么个想法，人家文博是不是这个想法，还很难说。再说了现在都什么年代了，又不是旧社会包办婚姻，布袋卖猫哩，现在是自由恋爱，讲究男女平等，两相情愿。咱玉香瞅准了的事，咱有什么可怕的。"

兰香说："就你能，能不够，能得都可以在针尖上跳舞了哩。你不怕，我还怕哩！"

玉朋生气地说："像你前怕老虎后怕狼的，什么事也办不成。"

他们俩就这样一来一往抬着杠，玉海站在面前很尴尬，他二话没说，退了出去。

玉海从玉朋家出来，到中午时分，又去了趟玉朋家。当到他哥家时，玉朋不在，只有嫂子兰香一个人在家。他问兰香说："嫂子，我哥上哪儿去了？"

兰香气呼呼地说："不知死哪去了，和我吵了架，就不知上哪儿了。你哥死犟活犟的，不听人说，歪理还多得很。娃他二爸，你也在当面，你说说是他的不对，还是我有错。虽然现在和过去不同了，但人言可畏，咱总不能搞出笑话，让人取笑吧。你哥好歹还是个官，咱不能在人前丢了面子，你说是不是？人常说，遇事忙不得，烧焦的饭尝不得。我认为这事急不得，须从长计议，他就是听不进去。"

玉海觉得兰香说的有道理，这事不能冒失，连忙说："嫂子，你说得对，咱要把事情做得妥善一些，不能弄巧成拙。"

兰香说："是呀，咱得有个步骤。我想让桂香把玉香的信带上瞅机会交给田文博，就装作是偶然遇见的。咱和他平时又不是一个队，不在一块儿干活，很难遇见。就说玉香本来想写信给他，又不好意思直接与他联系，只好写给你，让你带话给他，表明玉香的心意。如果文博有意，一定会有反应。你觉得妥当不？"

玉海听了兰香这精心安排，乱作一团的心里一下子有了底。

再说玉朋和兰香吵了架后，出门就奔文博家来了。他推开大门，只见田树民老汉和老婆红贞正在搓绳子。他们放下手中的活，田老汉赶忙迎了上来，两只眼睛疑惑吃惊地望着玉朋，半晌说不出话来。他布满皱纹的脸显得苍老而麻木，一双粗糙的手结满了老茧，身体格外消瘦。他心里想，今天书记到家不会有什么事吧？自他爹到他，这富农成分一直让他胆战心惊。他是这样，孩子文博也受了牵连，学没得上。这是他父子俩最伤心的事了。莫非今个又要挨批了，老汉有些惊慌失措，一时呆若木鸡。只见他嘴唇上下抖动了一下，停了好一会儿，田老汉才怯生生地说："这儿天娃不在，我的腰疼，这老毛病又犯了，再没去担粪，是不是学校里的厕所满了？要是满了，我这就去，就去。"

玉朋忙说："不是的，不是的。"

红贞在一旁皮笑肉不笑地说："噢，是玉朋书记，快进屋，快进屋。今是啥风把你吹来了，你可是玉皇大帝下凡，稀客。走，屋里坐，屋里坐。"

　　她一边迎着玉朋，一边说着客套话，只是这话语气怪怪的，弄得玉朋蛮不好意思，只好随着主人进了屋。红贞取来烟，正准备泡茶，可是怎么也找不见茶叶筒。她埋怨地说："这死老汉把茶叶放哪去了，真是急死人。"她赶忙跑出屋问田老汉："喂，死老头，你把茶叶放到哪了，叫我死活也找不着。"

　　树民老汉听见老婆红贞问茶叶的事。他一时也蒙住了，想不起来，只好说："你寻呀，它就在屋里头，还能上天去。"红贞急得要死，嘴里不停地骂着老头子。一会儿，田老汉突然想起来了，他赶忙给老婆红贞喊说："我记起来了，茶叶在木匣子里。""这死老头子，你不把这些东西放在手前，到处胡擂，叫人寻不着。"红贞泡好茶，递给玉朋。这时，玉朋听到有水担响的声音。他想，莫不是田老汉真的要挑茅粪去了。他急忙向门外望了望，果真看见田老汉挑起粪桶正要往外走。玉朋不敢怠慢，出了屋门，上前一步拦住田老汉说："你误解了，我来不是说学校厕所要你去挑粪的事。我来是另有事情……"田老汉急着问："啥事？你说。我这人实在，队上有什么事、有什么活，你尽管说，我一定把它干好，保证让你满意。"

　　田老汉边说边同玉朋走进了屋里。红贞见玉朋进屋来，她忙端着茶说："给你泡下的茶都快放凉了，喝，快喝，茶要趁热喝。"她又对老伴树民老汉说："你这死老汉，玉朋书记难得来一回，你这死呆子真是八竿子都打不出个屁来，还不快和玉朋书记坐一坐。"她又对玉朋说："我的书记，你是咱们大队的总头头，有什么活你尽管给他吩咐，他都是情愿的、高兴的，干脏活、累活别人还比不上他呢。"

　　玉朋听了红贞两句刺耳的话，再也坐不住了。他想，今响午还未见田文博的面，这如何是好，脑子里一片空白。这时，田老汉家的一只大红公鸡张开两扇翅膀"啪啪"扇了几下便合上了，大红公鸡跳上门槛伸长油亮的脖子，刚鼓起勇气"咯咯"叫了两声，就被红贞狠狠地踢了下去。大红公鸡也毫不示弱，它把一只大花母鸡"咯咯咯"地戏弄了两圈，又凶猛地在它的脖子上啄去，把大花母鸡压在身子下，好像在告诉女主人，这就是我的自由，你能怎么样？

中午吃饭时候到了，老田老两口要留玉朋吃饭。玉朋要走，红贞拉住玉朋的胳膊硬不让走，两人拉拉扯扯，一直扯到院子里。玉朋想问田文博去哪了。没等玉朋开口，红贞说："我的书记，你也不要嫌弃，我老两口笨手笨脚的，也不会应酬。文博这几天碰巧也不在，招待不周回去甭笑话。"玉朋见红贞说起田文博，他赶忙岔开话题追问："文博去哪了？"

红贞回答说："文博前些天去他小姨家了，听说他小姨给他瞅了个媳妇。文博这死小子犟得硬不想去，他小姨硬叫走了，都几天了，也不知道是啥情况。你也知道，我家这个样子，他也老大不小了，也该成个家了。唉，都是这个家把娃害苦了。"

红贞给玉朋唠叨起来，她接着说："在这周围，也没有人给瞅下一个。再说，咱这个情况也没有人愿意给娃说，只好从远处瞅个合适的。人不说美丑，只要和我娃能好好过日子就行了，咱也没啥要求。文博念了一肚子的书就这样阴干了，这都是老田家这个富农给害的，我和那死老头没个完。"红贞越说越气。

玉朋从红贞口中得知了文博的情况后，准备要走。这时红贞正和着面，手还搲在面盆里，她一手的面，没能拦住玉朋。

玉朋走后，她还埋怨田老头，没有帮她劝玉朋留下来吃饭。

当玉朋回到家后，兰香早已把饭做好。她急得等不见人，寻也没个着落，面下到锅里好长时间已经煮成糊糊了。兰香气得摔碟子绊碗，和玉朋又吵了一架。

月光透过一层薄薄的窗纸，洒在屋子的每个角落。夏天的夜晚明亮而宁静，在微弱的月光下，几只讨厌的苍蝇和蚊子"嗡嗡嗡"地飞来绕去，骚扰得玉朋丝毫没有睡意。他把盖着的被子拉了拉，罩在头上，闭上眼睛，还是睡不着，脑子里被今天的事占满了。田文博家的事一幕幕地浮现在脑海里，这一切，他都记忆犹新，历历在目。文博他妈红贞是个要强的女人。她与人相处只要自己能占一丁点理都要和人争个脸红脖子粗，是个爱出风头、不服输的女人。村里人也叫她"常有理"。常有理红贞说得出话，做得出事，是个是非分明、但从不惹是生非的人。田树民老汉不爱多说话，是个不多事的老好人。他为人憨厚、老实、诚恳、善良，不会吹吹捧捧和奉承人，只知道埋头干活，做事谨小慎微，特别是因出身不好常挨批斗，老汉更是胆小怕事，走路都害怕踩死一只蚂蚁。田老汉的性格正好填补了常有理李红贞性格的不足，老两口取长补短、患难与共，风风雨雨几十年，遭了无数的罪。田老汉笔直的腰前些年硬是给批成了弓腰子，常有理整天担惊受怕，也慢慢被消磨得没了棱角，只是偶尔会说些惹人嫌的话，发发牢骚。

这一夜，玉朋几乎没合眼。一会儿又想起玉香的事，他该怎么给田文博说，想来想去还是两眼一抹黑。

几天之后，玉海打听到文博回来的消息。他告诉了桂香。此时的桂香，心急如焚，早就盼着田文博回来，把事情挑明了。但又担心不知道文博爹妈是什么想法，是个啥态度，听玉朋哥说文博的小姨不是带文博相亲去了吗？也不知相得怎么样了。自个又和他不在一个队里很少遇见，得找个合适机会和他谈谈。桂香决定先不打草惊蛇，缓上几天再说。

两天后，田文博正从自家自留地往回走。他手里提着一篮子菜，一边走着，一边嘴里哼着小曲，被桂香给碰了个正着。桂香老远向他打招呼说："文博，等一下，我有事找你。"

文博抬起头，见是桂香。他赶忙叫了一声嫂子，问道："嫂子，你有啥事？"

桂香笑着说："关乎你的事……"

文博感到莫名其妙，惊讶地问："嫂子，我能有啥事？"文博一时疑惑不解，显得有些恐慌，心想，自己没犯啥事，书记的弟媳找他能有啥事。想到这儿，文博紧张地问："嫂子，一定是有人给我使坏、找岔子，请你相信我。我可以对天发誓。"

桂香见他一脸的窘相，知道他误会了，笑着说："你想哪儿去了，是喜事，大喜事。"

"喜事？我能有什么喜事？嫂子，你就别拿我开涮了。"文博半信半疑地说。

桂香认真地说："是大喜事，嫂子不哄你，是真的。"

这下可把文博给说蒙了，一时丈二和尚摸不着头脑。他仰起头笑着说："嫂子，你真会开玩笑，难道老天爷还会掉馅饼给我？"

桂香觉得文博这小子有点意思，她打趣说："天上掉不掉馅饼，咱先不说，你眼下还真有馅饼掉下来，就看你小子吃不吃了。"

文博见桂香越说越神道，心想，桂香嫂子这是唱的哪一出啊，平时又不在一个队，也很少来往，很少说话，今天倒是怎么了，奇奇怪怪的。桂香也看出文博的心思，看他疑惑的样子，觉得有些好笑。文博也不知道她葫芦里到底卖的什么药，一时也猜不着。

文博着急地说："嫂子，你就再别卖关子，我这个穷小子能有什么好事、喜事，我看你是逗我开心哩。"

桂香笑着说："你先给嫂子买喜糖去，嫂子最想吃你的喜糖了，买了再给你说。"

文博一听桂香叫自己给她买喜糖吃，就更糊涂了。他摸摸脑袋说："嫂子，我不知道喜从何来，你先说。说了，我再给你买糖不迟。"

两人嘻嘻哈哈开了半会玩笑。桂香说："嫂子今想吃你娃的喜糖，和你磨了这么长时间嘴，也没见你买一颗来。我看你是铁公鸡一毛不拔，太吝啬了。算了，权当我嘴长，你娃也别后悔。你看着办吧，我走了。"

文博经桂香这么一说，他也急了，忙答应桂香说："嫂子，你看我刚从地里回来，摘了一点菜，身上也没带钱，我回去以后，你要多少糖我给你买多少，你看咋样？我绝不食言。"

桂香看文博认真的样子，她说："买糖就算了，嫂子也不是嘴馋的人，嫂子和你开个玩笑。"

桂香边说边从裤兜里掏出玉香写的信递给文博。文博接过信一看，信是写给玉海的。文博说："嫂子，这信是写给我玉海哥的，你们家的事，我不便看。"

桂香这才说出玉香为啥给她哥玉海写信的事。桂香说："这信原本是玉香给你写的。她觉得直接写信给你不妥，怕你误会、难过。玉香春节回来时，她到过你家门口，也没敢进去，就是怕你见到她自尊心受到伤害，不想在你受伤的心里再撒把盐。她太爱你了，每天都在爱的痛苦中煎熬。她最终还是鼓起勇气给玉海写了这封信，让玉海转告你她的心意。"

经桂香这么一说，文博的心头顿时涌上一股说不出的滋味，一颗寒酸而冰冷的心一下子遇到了暖流。他不知该对桂香说些什么，世间再好的语言也无法形容他此时的心情。他用一双出汗的手轻轻接过信件，从里面取出信来，双手战战兢兢地打开信。文博看着上面秀气、整齐的字。他眼睛里含满了泪花，一字一句地盯着信上的文字看着，他看得是那样的认真。这一幕，深深感染了桂香。她一动不动地站在那儿，看着文博看信。

文博和玉香分别已经好长时间了。玉香那水汪汪的眼睛、秀美的身影又出现在了他眼前。他恨自个儿的出身，让他无法选择自己的人生，使他不能和心爱的人儿一起上学，一起生活。文博想到这，心酸的泪水从脸颊簌簌地往下流，滴在了信纸上，信的半截已被他的泪水浸透了。

文博想起小时候，和玉香一起上小学的情景，想起从初中到高中每逢星期六下午到甘兰河边遛弯的情景。两人坐在平坦的草地上谈笑风生，文博拾起小石子向河面掷去，"砰砰砰"激起一排整齐的水花和涟漪。那时，他们把这种游戏叫作吃面。你掷得越远、越好，吃的面就越多。玉香一粒小石子抛去，只激起了三个水花。文博捡起一粒石子顺着河面掷去，水面立马溅起了七八个水花。有时，他们在河边抓上几只蚯蚓，喂喂学校旁边人家的小鸡。教室里，那琅琅的读书声，操场上，同学们生龙活虎的身影，周围的喝彩声、呐喊声，此起彼伏。歌咏比赛啦啦队的呼喊声，群情激奋……这一切都离他越来越远，他和玉香在一起的美好时光一去不复返了。在那幸福的时光里，他曾编织过他和玉香的美好未来，他深沉地爱恋着她，愿意为她付出一切，乃至生命。当他失去深造上大学的机会后，他控制住了自己的情感，决定不再找玉香，不再和她有任何往来。他得为玉香的前途着想，他不能拖她的后腿。只要她幸福、快乐，他无怨无悔。

文博慢慢从回忆中回过神来，他控制了下自己的情绪，抹去眼眶的泪水。心想，为了玉香的幸福，他必须挣脱这种思恋的束缚，面对现实，去追求属于自己的生活。他没有勇气再看下去，折好信又把它重新装进信封。桂香不知什么时候早已不见了，周围静悄悄的，他心里慌乱地低头往家走去。

他想让自己的心很快平静下来，但是心里五味杂陈，总是难以平静。前几天，小姨给他介绍了一个对象。人家姑娘倒也不错，俊秀、灵巧，干活麻利，可他的心里自打有了玉香就容不下别人了，怎么也心动不起来，他几次试图说服自己，还是没能过心里这道坎。现在，玉香有这个心意，但他总觉得不合适。心想，人家是国家培养的大学生，前途无量，而自己是一个地地道道的农民，也就是人们常说的戳牛后半截的庄稼汉。一个在天上，一个在地上，这怎么可能呢？即使走到一块，怎么个生活？他会愧疚一辈子的，他不会拿玉香的幸福来满足自己的渴望。这样不是太自私了吗？他怎么对得起人家？他无法选择，痛苦得心里七上八下，无精打采地挎起菜篮子往回走着。

这时，柿子树底下走过一个人来，她手里提着一把用草绳捆着的苦苣菜，这人不是别人，正是桂香。她把文博悄悄瞅了一眼，放下手里的苦苣菜，蹑手蹑脚地走过来，两手一下子捂住了文博的眼睛。文博一惊，喊道："谁呀？"用力掰开桂香的手，回头一看，惊叫了一声："是你，桂香嫂子，你咋还没走呢？"

桂香笑着说："我怎么能回，你还没给我话呢。"文博难为情地低下头，没有直接回答她，只是慢慢地往前走着。

桂香看文博苦闷的样子，她接着说："我看你读信读得那么认真，泪流满面的，嫂子我就暂时回避了一下，顺便拾了一把菜，等着你的回话呢。"

文博摇摇头说："这怎么可能呢？"接下来，他认真地说："嫂子，你看玉香和我合适吗？一个天上，一个地下的，差距太大了，这是不现实的事。"

桂香没等文博把话说完，她责备文博说："不是嫂子说你，你这话有些欠妥，现在你们年轻人，脑子都很灵光，只要你有志气，前途一样是有的，咱们农村就是一个广阔的天地，就大有可为，只要你好好干。现在讲男女平等、自由恋爱。玉香可不是你这种悲观的想法。她的胸怀开阔得很，容得下你，只要你有信心、有决心，你们的未来一定光彩，生活一定美满。"

"嫂子，我还是怕拖累了玉香。如果这样，我是不是太自私了？"文博担心玉香跟了他过不上好日子，内心十分矛盾。

桂香说："你是我家小姑子一眼瞅准了的。你有文化，是个积极上进的好青年，这点，大家是有目共睹的。玉香跟了你，她无怨无悔，是心甘情愿的。她不在乎什么高低贵贱，她只在乎有文化、有志气，能和她心心相印的人。"

桂香的话好像没有引起文博太大的反应，他依然低着头默默无语，心里像打翻了五味瓶，思前想后拿不定主意。桂香看文博还是犹豫不决，一脸难堪的样子。她大大咧咧地说："怎么不说话呀，一个大男人把自己搞得别别扭扭的，成何体统。你回个话，行还是不行？别婆婆妈妈的。"桂香催促地说。

文博这才说："嫂子，我不是不想，我总觉着这事对不起玉香，加之，前几天我小姨给我提了个亲……"没等文博把话说完，桂香听到"提亲"两个字坦然地说："这有什么？一家女百家求，男人总要找媳妇的，女人总要嫁男人的。你小姨给你瞅下的姑娘怎么样，你看上了没？"

文博很认真地说："是她们同村的。那姑娘父亲不在了，一个哥哥至今还是个光棍，兄妹两人是她母亲拉扯大的。那姑娘倒没什么，我就是心里接受不了……"

桂香说："那不就对了？你还有什么拿不定主意的。"

文博只是摇摇头，闷闷不乐地低着头，接着又说："我要是不愿意，叫惹下我小姨了，伤了她的面子，我惹不起的。"他告诉桂香，他小姨看他相亲时冷淡的样子，就冲他说："你不要说你有文化，这年月用上了能飞黄腾达，用不上也是枉然。你都没好好看看你那家庭，你还挑三拣四的，不是小姨我说你，你爹、你妈，年岁大了，就你这么一根独苗，差不多就行了，他们还等着抱孙子呢。"文博不情愿，他小姨自作主张，硬把他与人家姑娘往一块儿凑，两人为这事闹得不欢而散。

文博对桂香说："嫂子，你看，这不是让我左右为难吗？她说的也是事实，可是她就不考虑我的感受。"

此时，桂香意识到事情有些棘手。她突然想起一个关键问题，对文博说："那你爹和你妈是什么态度？"

文博说："我爹主要是看我的想法，他没什么意见，只要能好好过日子，就行了。"

桂香忙说："那你妈呢？你妈也和你爹一个想法吗？"

文博说："我妈怎能和我爹一个想法呢？她呀，和我小姨一个鼻孔出气，还张罗着准备国庆节给我办婚事呢。为这事，我妈和我，还有我爹常吵架，我们各自都有理，谁也说服不了谁，你说咋办？"

桂香觉得这门亲事有他小姨在作梗，再加上文博妈，真是头疼。她看着文博低头苦闷的样子，抬头望着天空中那一双双、一对对飞来飞去的燕子。心想，文博和玉香啥时能像燕子一样，幸福地结伴翱翔呢？她想文博小姨和文博妈张罗着为文博找媳妇，不就图个成家立业吗？玉香放下大学生的身价，情愿与文博比翼双飞结为百年之好，这不正是他们全家所希望的事情吗？想到这，她眼前一亮，对文博说："明天你把玉香的信拿上，让你家里人先知道一下，看看他们的态度如何。"

文博拿着玉香的信，回到家里。他再次打开信件读了一遍，一时激动得眼泪夺眶而出。自玉香被推荐上了大学，他们两个人就像两条道上跑的车，渐行渐远。两条道路、两种命运、两个选择，而且永远是不相交的。这就是他自回乡务农以来对他们未来的基本认知，他觉得他的感情世界一下子跌入了冰窖，寒冷刺骨，自己心里的那点热情已渐渐冷却。从此，他与玉香再无交集，昔日的欢笑和情谊再也一去不复返了，变得渺茫和黯淡。今天这突如其来的变化，他一时难以接受，简直不敢相信眼前的一切。但玉香的信，特别是她那秀丽的字，让他不得不相信这是真的，他心爱的人依然在深爱着自己。文博一直埋藏在心底的那份炽热的情感一下被唤醒了起来，就像一颗春雷，炸响了他沉睡中的心。玉香对他的爱，对他的用情至深，玉香的勇敢善良，让他激动不已，自愧不如，让他重新燃起了美好生活的希望，重新编织着属于自己的未来和幸福生活的梦想。

文博家坐落在村子东头，院子不大，却干净整洁。三孔窑洞依次排开，中间为厨房，东边一孔为客房。两边是斜厦，前面还有四间门房。西边厦子是文博住的屋，不到两平方米的小炕，炕的周围墙上用花布围了一圈，炕中间位置的墙上贴着一张《毛主席去安源》的油画。柜盖上摆放着一个长长的书架，书架上摆满了各种书籍，有自然科学的、社会科学的，特别是文学类的较多。有《毛泽东选集》《十万个为什么》，有《钢铁是怎样炼成的》《卓雅和舒拉的故事》《烈火金刚》《欧阳海之歌》等。进了他的小房间像是进了个图书馆一样，应有尽有。

在自个儿屋里，文博怎么也控制不住自己激动的心情。他趴在桌上，回味着与玉香的过往，想象着、筹划着他们幸福的人生。

他准备给母亲红贞说这件事。他到父母的屋里，将玉香的信从裤兜里掏出来捏在手里，举到母亲红贞面前说："妈，你看这是什么。"红贞一看是封信件，就问："神神秘秘的，是谁来的信？"

文博说："是玉香的。"

红贞又问："是哪个玉香？"

文博回答说："还能是哪个玉香，是二队里同我一起上学的那个玉香。"

红贞说："人家的信，怎么能到你手里？还不给人家送去。"

文博说："妈，这封信虽不是写给咱家的，但是和咱家有重大关系。"听文博这么一说，可把红贞给说蒙了。她惊讶地接过文博手中的信，将信打开，看了一下。她说："小时候识了几个字，都差不多忘完了，你念给妈听吧。"于是，文博接过信念了起来。红贞越听越蒙，简直不敢相信自己的耳朵，这是真的吗？她回头一想，这绝无可能。她生气地指了指文博，不让他再往下念了。

　　这时，突然田老汉跨进了门。信的内容刚好田老汉听到了，他催文博说："念，继续往下念，她不爱听，我听。"田老汉是个性情耿直的人。他要儿子给他继续念下去，倒把文博弄得十分尴尬，他只得听父亲的话又往下念。田树民老汉认真地听着，心里越听越高兴，越听越来劲，一直紧锁的眉头舒展开了。他手不时地抚摸着下巴上几根依稀的胡须，两只眼睛喜得眯成了一条线，嘴上露出了久违的笑容。

　　红贞离开屋子，她想找一个僻静的地方让自己烦乱的心情平静下来。她来到厨屋，独自坐在灶台旁的小凳上，寻思来寻思去，半天想不明白这其中的所以然，额头几道不明显的皱纹一下子又深了许多。她心想，玉香和文博他们俩相差太大了，门不当，户不对，况且她记得玉香比文博大两个月。老人常说："要叫男大十，不叫女大一"，这门亲事当不成，要不然，会毁了娃。

　　文博念完信后，田老汉高兴地说："我娃真有福气，爹支持你，不管你妈的，你妈那屋里人，懂得个屁，不要听她的。"

　　红贞又把文博叫过去说："你不要听你爹瞎掰掰，婚姻是我娃一辈子的大事，一点也马虎不得，一脚踩空了，可就一辈子都完了。还是听你姨的话，咱踏踏实实地瞅一个农村的，能过日子就行了，心里踏实。"

　　田老汉听见老婆又在骂他，两个人互不相让，你一句，我一句，又掐了起来。

一下午，两人吵得没完没了，最终不欢而散。红贞使着性子串门去了，只剩下文博和他爹。田老汉笑着说："再生气，也不能和自己的肚子过不去。"他和儿子开始做饭，等饭做好后，还不见老婆红贞回来。文博急了，寻了几家也没见人。田老汉生气地说："咱父子俩先吃，把饭擩锅里，一顿半顿不吃也饿不死人。"

　　第二天，天气雾蒙蒙的，天空中下着丝丝细雨，迷蒙的旷野里什么也看不见。文博家的屋檐下几只麻雀跳来跳去觅着食物。大家什么活也干不成，只能在家里闲聊着。

　　吃罢饭，文博坐在自己的小屋内看书，暂时把烦恼擩在了一边。他刚看完一页书，听见桂香在院子里说："这老天爷是真叫人歇了，红贞婶在吗？"桂香的到来，让文博兴奋不已。他忙合上书急匆匆地迎了出来。文博对桂香点了点头，笑着说："嫂子来了。"桂香也对文博笑了笑。田老汉和老伴红贞迎了出来。红贞一看是桂香，她先是一愣，心里立马明白了什么。她装作若无其事的样子，惊讶地说："哎哟，今是啥风，咋把你这贵客给吹来了。你可是大稀客呀。文博快给你嫂子寻板凳去。"红贞热情地一把拉住桂香的手进了屋里。文博找来凳子让桂香坐下。桂香笑着说："今天是雨天，还能乱刮风。今来了，恐怕以后还要常来，到时候，你可不要嫌烦。"桂香的话逗得红贞老两口哈哈大笑。红贞说："只要你常来，那太好了。咱越走越亲，就是要常走动。"

　　桂香说："是呀，一天把人忙的，也很少走动。"田老汉取来茶杯要给桂香泡茶。桂香说："三叔，你别客气，都是自己人，不要费心了，坐下歇歇吧。我刚吃了饭，也不渴。"田老汉还是沏好茶端了过来。文博也不知从那儿摘来一篮桃子让桂香品尝。桂香见一家人很热情，也就放心了。她找了个理由，把文博叫到东边窑里嘀咕了几句，又回到屋。桂香从文博口中得知了他父母亲的态度后，镇定自若地对文博爹妈说："三叔，三婶，我来没有其他事情，就是想说文博兄弟和我家玉香的事。昨日我让文博拿玉香的信给你们看了，想征求一下你二老的意见，不知你们意见如何？是否愿意？文博和玉香同在一个村子，从小一块儿上学，一块儿玩耍，青梅竹马，彼此建立了深厚情感。你们可不能棒打鸳鸯啊，作为父母为儿女打算，这是可以理解的，也很正常。这事大家都心知肚明，还望二老能成全孩子们的心愿。我要说的就这些。"

桂香的话刚说完，田老汉高兴得再也坐不住了。他一改过去的哭丧脸，用手不停地捋着下巴上的几根胡须，两只眼睛又眯成一条缝，一副喜滋滋的样子。他对桂香说："谢谢他嫂子，这是好事，盼都盼不来的大好事，我能有什么意见，玉香一个大学生能到我们家，我求之不得。玉香从小就是个好娃，能和我家文博有这样的感情，那是我儿子的福气，能娶上玉香这么好的儿媳，我高兴还来不及呢。"

接下来，该是红贞表态的时候了。只见她愁眉苦脸地说："他嫂子，昨日文博拿来的信，文博念给我听了。我觉得，这两娃是根本不可能的事。人常说，人要有自知之明，要知道自己姓啥，弄清楚自己是干啥的。你们家玉香人品好，出身也好。人家是大学生，是国家的人才，而文博和我们家是秃子头上的虱子，明摆着的事。家庭成分不好，老家伙到现在还戴着高帽子呢。文博又在农村，是个地地道道的农民。两娃根本不是一路人，门不当、户不对的，我看还是算了吧，都别图一时心血来潮，省得大家以后麻烦。"

桂香听完红贞的话，觉得文博妈不是不愿意，只是有顾虑，看来还得继续做她的工作。桂香说："三婶，你们要把思想放开些，这个时代不同于你们那个年代，娃的事情你们不用操心，他们自有判断。玉香的决定也是经过深思熟虑的。这件事，我们一家人也是相互征求了意见的。既然两个娃想走到一起，他们就一定有自己的道理。咱们能做的就是支持他们，祝福他们有一个好的生活。只要两人真心相爱，齐心协力，文博和玉香将来一定会幸福的，你就放心吧。"

听了桂香一番语重心长的话，红贞心里的疙瘩慢慢解开了，她再也没有说什么。文博松了口气，他的脸上显露出了灿烂的笑容。他当着大家的面，斩钉截铁地发誓说："妈，哪怕打一辈子光棍我也非玉香不娶。我娶了玉香，我一定会好好待她，给她幸福，把日子过得更好。我对玉香的心永远不会变。"桂香听了文博的一番话，十分高兴。红贞不好意思地说："好，就依你们，我拗不过你们，听你们的，只要娃们真心愿意，当妈的还能说啥，不过以后的事，妈可管不了。"

桂香接着说："以后的事是他们小两口的事，你就不用操心了。"红贞会心地笑了笑。

田老汉把旱烟袋一甩，正好搭在脖子上。他兴冲冲地说："这让亲家人找上门，说和了我们一家子，实在是不好意思。"桂香笑着说："今后就是一家人了，一家人不说两家话。"

这天中午，田老汉一家留住桂香吃了中午饭。桂香临走时说："这桩婚事就这么定了，你们得寻一个介绍人选一个吉日把婚事定了，事情一定要办得体体面面的。"

田老汉和老伴红贞高兴得合不拢嘴，连声说："那是一定的，一定的。"

桂香走后，到了晚上，文博连夜给玉香写了一封回信。

玉香：

你好！

你二哥玉海让桂香嫂子把你的来信给我看了，信虽然是写给玉海哥的，但字里行间跳动着你滚烫的心。玉香，我爱你！我深深地爱着你！你的来信对我就像久旱的禾苗得到了雨露的滋润，让我一颗麻木冰冷的心怦然跳动，重新拾起了爱的渴望。玉香，比起你，我深感惭愧，真对不住你，这么长时间我努力将你忘却，没有给你写过一封信，也没有去看望过你，你不会怨恨我吧。同窗十年，我时常想起我们的过去，那些刻骨铭心的往事，让我久久不能忘怀。自与你分别后，我回乡务农，心也彻底死了，整天与泥土打交道，我把对你的所有思念都融入忙忙碌碌的劳动中，只有劳动，不停地劳动，才能减轻我对你的思念，才能让我不想你。你的来信让我心里重新燃烧起了火焰。我定不会负你，我要努力，要尽一切可能弥补和缩小我们之间的差距。我这个癞蛤蟆还是想吃你这个天鹅肉。

玉香我爱你，纯贞的感情是建立在相互信任了解的基础上，我理解你，也信任你，我相信我们的明天一定会美好，我在家等着你。我的玉香，我等你的回音……

文博写好信，第二天正是杨柳镇逢集的日子。他去杨柳镇赶集为家里买了二斤煤油，顺便也寄走了给玉香的信。这下，他才松了一口气，心情舒畅地在街上转着，欣赏着街道上人来人往的景象。

信发走后，文博很快就收到了玉香的回信。同时，玉香又给文博邮回一件风衣。这件风衣，文博试了一下，挺合身。他舍不得穿，把它压在箱底里，有时拿出来看看，又放进去。他深深知道这件衣服凝聚着玉香对自己深深的爱，他也知道这件风衣是玉香用省吃俭用省下来的生活费给他买的。文博紧紧把它抱在怀里，感到多么的温暖和心醉。文博和玉香两颗火热的心紧紧地连在了一起。玉香深知文博在农村过着怎样的生活，她怀念故乡柳庄人的生活，她想着毕业后回到家乡与心爱的人长相厮守，在这片希望的田野辛勤劳作，播种他们生活的希望。

几天后，玉香回来了。两人幸福地团聚在一起，有说有笑。田老汉和老伴红贞忙着为儿子操办订婚的事。玉香和文博两个人手挽着手，沿着村子崎岖的小路来到一个空旷的地方。两人在一棵柳树下停住了脚步，抬头望了望天边的白云、美丽的田野和脚下肥沃的土地，幸福得露出了微笑。两人诗兴大发，你一言，我一句地对起了诗：

> 十年同窗不忘初，
> 恩爱感情坚如铁。
> 自由恋爱新风尚，
> 门当户对改了规。
> 同心同德建家乡，
> 百年好合到永远。

他们望着无边的原野，两个人心潮澎湃，眼前的美景让他们对这片土地更加爱恋。成片成片的苞谷地里苞谷已经长出了红红的缨子，等待抽花灌浆。绿油油的糜谷随风摆动，草绿色的穗子沉甸甸的。几个青年妇女嘻嘻哈哈地在高粱地里忙着人工授粉。玉香闻听有笑声传来，便迈开她那又长又细的腿向前走去。文博紧跟在玉香身后，他也听到了女人们的笑声。文博的脚步迅速慢了下来，几乎是怯生生地向后退缩。玉香见文博退了回去，她理解文博此时的心情，只是扭头笑眯眯地看了一眼，就跑到高粱地头停了下来。玉香低下头，仔细听了一下，是雪梅的声音在叽叽咕咕地和谁说着话。她喊了一声："雪梅！"高粱地里的雪梅和几个妇女一听是玉香的声音。她们叽咕着说："莫非是玉香回来了？

听说她这两天就要订婚了，男方就是田文博。"雪梅见玉香快到跟前了，急忙"嘘"了一声，接着说："玉香，你回来了。"几个妇女慌忙从高粱地里钻了出来。雪梅一把抱住玉香的腰热情地拥抱起来。娟娟欢喜地抓住玉香的手，感到玉香的手软绵绵的，她打趣说："你这拿笔杆子的手就是不一样。"惠珍插言说："难怪人家是城里回来的洋学生呢，你看咱们的手又粗又脏，和人家握手，人家嫌扎哩。"玉香听了惠珍的话，感觉有些刺耳，在惠珍的右肩上轻轻推了一下，笑着说："进了城的农民还是农民，大家都一样。"

雪梅好奇地问玉香："玉香，听人说你回来要办喜事了，是不是真的？"

没等玉香回答，娟娟指着后边躲躲闪闪的田文博说："那不是人吗？"接着她喊了一声，"田文博，你甭躲了，就像老鼠躲猫一样，我们都看见了，姐等着吃你们的喜糖，喝你们的喜酒呢。"

文博见再也躲不过了，才怯生生地挪着脚步走了过来，红着脸说："只要你们来，为我和玉香凑个热闹，我就感激不尽了，双手欢迎你们。"

玉香说："到时候你们几个一定要来，为妹子把这事儿办得热热闹闹的。"

雪梅说："一定来，一定来。"她们三人答应着又钻进了高粱地里。三个人小声地议论着，娟娟不解地说："雪梅、惠珍你俩都感觉不到奇怪吗？玉香一个大学生怎么会看上农村一个穷小子呢。"惠珍说："哎，你呀，那玉香虽是大学生，她比文博的学识程度还差得远哩。她是推荐去的，要是考试还不一定能考上呢。有她哥玉朋的粗腿哩，要不是她哥，她能上了大学。"娟娟说："玉香无论怎么上的大学，总之，是个大学生，无论如何也应该看不上一个农村人。"惠珍说："她看不上又能咋样？她喝的墨水不一定比文博多，人要看看自己，比比别人才对。"雪梅听着，不耐烦地说："对了，对了，看把你俩操心死了，那是人家的事，说不定人家成了亲，结了婚还会干出一番事业来呢。人家有文化，有志向，我看文博和玉香才是天造地设的一对。"

玉香和文博两人刚绕过地头，她们的议论声，两人听得清楚。文博对玉香说："你听听，她们在议论咱俩呢。"玉香说："这也是难免的，就让她们说去吧，因为只要有新生事物出现，总会有人反对的，一时看不惯，接受不了，这很正常，不足为奇。"两人自信地露出幸福甜蜜的微笑。玉香把一只手搭在文博的肩膀上，文博一只手伸向玉香的腰，两人紧紧地拥抱在了一起。

这些天来，田老汉和老伴红贞为操办儿子订婚的事，跑前忙后，特别是想给儿媳玉香买两身称心如意的衣服，老两口合计来合计去还是没定下来。红贞对儿子说："文博，你们的婚事缺个媒人，我让你宇翔叔去玉香家说事，你给玉香他们家说一下。明天你准备到县城给玉香买上几身衣服，一定要选好的，让玉香娃称心如意。"文博听了母亲的话就去了玉香家。

第二天，文博和玉香，还有玉香的大嫂兰香就往县城出发了。去县城还得走上二十里山路到杨柳镇才能搭上往县城的汽车。这段山路崎岖不平，很少有车辆通过，人们只能步行前往。他们三人一路欢声笑语，有说有笑，也不觉得累，向着杨柳镇方向大踏步出发了。

山路两边，碧绿的小草上滚动着晶莹的露珠，像一颗颗珍珠，明亮剔透。天空中，洁白的云彩像棉花朵一样飘荡在空中。一大片一大片的苞谷地绿油油的，苞谷秆上胖胖的苞谷棒子戴着红缨帽趾高气扬地向人们炫耀着自己。糜谷拖着沉甸甸的穗子在秋风的吹动下不住地点头。文博他们仨急匆匆地赶路，没有丝毫在意周围的美景，这样的景色他们已经司空见惯，习以为常了，心里只装着筹备订婚的事，要买什么东西，买多少东西。一路上，他们三人你追我赶，比平时赶集快了很多，早早就赶到了杨柳镇，没有逗留便搭上去县城的班车。一路上，翻山越岭，颠簸劳顿，整整走了近两个小时才赶到了县城。汽车开进一个大院内，停了下来。司机说到站了，让大家下车。这个大院就是县城的汽车站，几间平房，院落很破旧。他们三人下了车，走出车站。左边是县城关粮站，右边是县委大院。一条宽敞的马路从山峁绕过，通往县城外面，紧挨马路右侧就是县城的第一百货门市部。踏上两层台阶，进入百货商店，高高低低的货架堆满了各种物品，衣服、布匹、日用百货应有尽有、琳琅满目，看得人眼花缭乱。中间的走廊上，顾客人来人往，络绎不绝。

　　他们三人来到成衣柜台前，瞅着柜子上挂着的各式各样衣服。兰香瞅了一件深蓝色的毛混纺裤子让售货员递了过来，问玉香说："玉香，你看这件怎么样？喜欢不？"玉香摇了摇头，感觉有些不合身。兰香说："先试一下，看合身不合身。"兰香把玉香拉进更衣室，试了一下衣服，结果不合身，裤腿有点短，裆还有些窄，配玉香这两条细长腿很不合适。玉香走出更衣室，兰香又为玉香挑选了一件上衣，问玉香怎么样。玉香看了看衣服，觉得甚好，笑着点了点头。兰香问售货员："这件衣服多少钱？"

　　售货员回答说："十三元六角。""这么贵！"玉香几乎要叫出声来。她对文博说："太贵了，咱还是再看看别的吧。"文博见玉香喜欢这件绿中带点白的颜色，硬要买下。玉香嫌贵，不计文博买，两人撕来扯去的。兰香只好劝玉香说："你先试试吧，如果合身，咱再说。"玉香硬是不试，但奈何不过兰香和文博。兰香帮玉香要了衣服，拉着她进了更衣室。玉香穿上这件衣服，瞬间让人眼前一亮，十分合身，样子漂亮极了。兰香兴致勃勃地说："太好了，就这件。"

没等玉香脱下衣服，文博就已付过了钱。玉香只好拿了衣服，朝文博瞪了瞪眼。这时，文博问兰香："嫂子，你看你喜欢哪一件，也挑选挑选。"兰香说："货架上的成衣也不多，咱们还是到那边看看吧。"

　　三个人来到布匹柜台，拣了几样颜色合适的布料扯了几块。有给老太太的、有给两位哥哥的，还有两位嫂嫂的、玉香的、婆婆红贞的，整整装了一大包袱。文博还是觉得心里空荡荡的，好像还有要买的东西没有买。他突然想起了毛毛和颖颖，要是不给他们买，他这个当姑父的怎么下得了台？他走到儿童玩具柜台前，又买了一个儿童玩具汽车和一个毛绒娃娃。文博提着一个大包袱。玉香把玩具装在布袋里。三个人一起走出了百货商店的大门，天色已是中午时分。县城到杨柳镇上的班车每天只有两趟，一趟是早上，一趟是下午。今天，他们得赶回去，等下午的班车还有些时间。农民进城是稀有的事，平常要是没有重要的事，他们会在县城的街道上转一转，看看县城的面貌，感受一下城里人的生活。但农民毕竟是农民，一般不会在城里待多久就忙着赶回去。已到午饭时间，文博他们随便找了一家饭馆，走了进去。

　　玉香和兰香找了一个小条桌坐下，把东西放在靠墙的桌子上。文博去买饭，要了两盘炒菜和三碗鸡蛋汤，服务员又端来一碟白面馍馍放在桌子上。三个人大口吃了起来。玉香在外上大学吃过一两次馆子，文博和兰香从没有上馆子吃过饭。三人吃着香喷喷的饭菜，兰香打趣说："这可是来世做人头一回！"玉香笑着说："今天，就让嫂子你开个洋荤，吃上一回馆子。等我和文博日子过好了，天天请你吃馆子。"

　　文博说："是的，嫂子，咱们以后有的是机会。"

　　三个人从饭馆出来，正赶上车站售票时间。文博前去买了车票，三人上了班车，不大会儿，就发车了，汽车一溜烟向杨柳镇驶去。

田老汉为儿子订婚的事一直张罗着，把家里各个地方收拾得干干净净。老两口擦着桌子、板凳和椅子，洗碗碟、茶具和酒杯，忙得不亦乐乎。文博又找了几个自家人来帮忙。前面的四间大房里并排摆着四张大桌子，桌子上铺着雪白的桌布。门口摆放了一张长桌子，桌上放着茶具和酒具及水壶等。几个自家人造炉灶的造炉灶，扫院子的扫院子，挑水的挑水，院子里热闹非常，一派忙碌景象。不到一个下午，酒席的场面就摆放得停停当当，只等明天订婚喜宴的到来。

订婚这一天，按照柳庄的习俗都是一汤一席，早饭一顿汤，午饭一顿席。早晨这顿汤是白面馍和饸饹，有时也有馄饨。田老汉前几天就找来了饸饹床子，放在自家锅台上压饸饹。几个帮忙的妇女有拉风箱烧火的，有拾掇凉菜的，有和面搓面的，大家各管一行，井然有序。

文博一大早就奔玉香家去了。由于同在一个村，路很近，不一会儿就到了。他和玉香请了大哥玉朋、二哥玉海，大嫂兰香和二嫂桂香，还有毛毛和颖颖。因订婚的风俗，老太太席上没法安排，所以就留在了家里。除了老太太，玉香家人都来了，还有玉香的舅舅、妗子也来了，这些都是女方家重要的亲戚，整整坐了一桌。大家抽着香烟，嗑着瓜子，喝着茶水，拉着家常。

男方文博家的客人也到了，舅舅、妗子，一个姑姑和两个姨带的孩子也围坐了一桌，男人吸着烟，女人嗑着瓜子，小孩吃着水果糖，笑声说话声混成一片，亲戚好不容易凑在一块有说不完的话。

这时候，与文博相好的几个同学也来了，他们和几个自家人也围了一桌，相互间也无所不谈。文博拿着香烟一一招呼着客人。他胖乎乎的脸上带着甜蜜的微笑，这是他人生中第一次感受到的幸福和快乐。今天，将是他人生一个新的起点，他将和他心爱的玉香迈向一个新的充满希望的生活。

在院子的炉灶旁，厨师和帮厨的师傅准备着宴席上的饭菜。不一会儿，端馍的人开始上馍了，吃饸饹的，开始上饸饹了，院子里一幅热闹景象。

田老汉和老伴红贞此刻的心里有种说不出的高兴和自豪。今天这个场面，让在村里一直抬不起头的田老汉由衷地兴奋。他心想，自己一个老实巴交的农民，儿子文博也是一个地道的庄稼汉，能被一个前程似锦、善良聪慧的女大学生看上，攀上这门亲做梦也没有想到。他为儿子文博高兴，也为能娶上玉香这么好的儿媳而高兴。他热情地招呼着大家吃好喝好，布满皱纹的老脸笑开了花。

酒足饭饱后，人们陆续退场。文博忙给客人们把烟点上，把茶水、瓜子端上，大家说说笑笑走出了屋子。

文博领着玉香一家人和亲戚们走进了东边窑里，客厅简单做了一对长沙发椅，一对小沙发放在窗台底下。长沙发前放了个茶几，茶几上摆放着一大盘花生、水果糖和瓜子。文博泡好茶，给每人倒了一杯，放在客人面前。玉香拿着果盘为毛毛、颖颖各抓了一把糖和瓜子。毛毛拉着颖颖吃着糖，嗑着瓜子到外边疯玩去了。

红贞急急忙忙从柜子里翻出一大包袱衣服，抱过来放在茶几上。她一边解包袱，一边高兴地说："这死娃，去了一趟县城就置办下这么点儿东西。老实说，都不合我的心意，没置下几件值钱衣服。"她指着衣服说："这几身是给玉香扯的，太低档了，要是我挑，我还嫌它呢。"玉香笑着说："妈，你不知道，我最喜欢这比较淡雅的衣服。"红贞笑着说："喜欢就好，喜欢就好。"玉香从一个包包里掏出她给文博买的东西，一支钢笔和一条毛巾、一个背心。兰香和桂香说:"这是我们家玉香的一点心意,也请文博收下。"红贞高兴地接过东西说:"你们咋这么多规程哩,我代文博收下了。"

文博忙着招呼其他亲戚,他舅和他妗子还有他姨安排在厦子里。他从果盘里抓了花生和水果糖给他妗子和他两个姨吃,为他们泡好茶,给他舅点上烟,拉了会儿家常又忙去了。

下午的酒席开始了。院子的厨房里,请来的厨师已经把酒席上的饭菜准备好了。

订婚主持人把两家的亲戚安排妥当,首席上,让文博他舅坐左边,玉朋在右边入座。文博他舅礼让玉朋坐左边,玉朋说什么也不肯改换位置,他坚持坐在右边。玉海是老二,坐在左下方,其他姑父姨父等按辈分大小入座。

女客是二席,主持人把文博他妗子和桂香、兰香按左右上下一一安排好,其他人也都依次坐了。文博姑姑和姨坐在两边的位置上。

文博和玉香按席次顺序一一向客人敬酒。田老汉为儿子的喜事高兴得满脸堆笑,他一个劲地让大家吃好喝好,也端着酒杯不停地向客人们敬酒。这时,玉香给未来的公公也满满地敬上一杯酒,她恭恭敬敬地端到田老汉面前。田老汉高兴得眼睛眯成了一条线,他接过儿媳的酒,一饮而尽,心里无比的畅快、舒坦。玉香给公公连敬了两杯酒后,又到厨屋给婆婆红贞敬酒,红贞见玉香拿着酒壶倒酒向自己走来,她笑着忙摆手说:"好娃哩,我喝不了酒。"玉香知婆婆红贞不会喝酒,从酒杯里倒出去一些酒,让婆婆抿一下以表心意。红贞还是推来推去说她喝不了,在一旁的娟娟和雪梅看着急了。娟娟说:"婶子,你看你不接儿媳这杯酒能行吗?可不要辜负了玉香的一片真心呀。"雪梅也说:"婶子,你赶紧把玉香的酒接住,少喝一点,没事。"在大家的劝说下,红贞接过玉香的半杯酒，从不沾酒的她横下心来，头一仰"咕咚"一声喝了下去，辣得她龇牙咧嘴，皱着眉头像个孙猴子一样，逗得大家哈哈大笑。

酒席上，大家相互问候，互道祝福，互相敬酒。"哥俩好呀，五魁首……"猜拳声不绝于耳。

大家嘻嘻哈哈，酒过三巡，桌子上的饭菜已换了新样，有香喷喷的猪肉炖粉条和香味扑鼻的鸡肉，热乎乎的豆腐，让人十分嘴馋，整个屋子香味四溢。

馍盘端上来了，大家伸手各自抓了个馍，夹着美味的菜肴，大口大口地边吃边聊。

热热闹闹的酒席一直到下午三点多才结束，客人们陆续离去，只剩下几个帮忙的自家人在收拾忙活着。按当地习俗玉香要在未来的公婆家多待几日。

玉香在文博家这几天，红贞看着未过门的儿媳，老人干起活来浑身充满了劲。玉香和文博两人无话不谈，开始谋划着结婚的事情。文博对玉香说："香，我看干脆咱把结婚时间放在春节前吧，家家都准备年活，到时候东西也齐全。刚好是双月双节，把事情办得红红火火的，你看咋样？"

玉香一听，觉得时间拖得太长。她查了一下日历说："咱们还是把婚期提前一段时间吧，尽可能放在八月份。八月一日是建军节，在这天举行婚礼，该是多么喜庆啊。文博，咱就选在这天吧，你看咋样？"

文博说："听你的，就是有些仓促，准备时间有点紧张。"

玉香想了想说："要不咱们来个革命化的婚礼，咋样？"

文博问玉香："啥叫革命化的婚礼？"文博从来也没听说过这样的词，一下给蒙住了。

玉香回答说："简单说，就是举行旅行婚礼，现在外面好多地方都举行这种婚礼。"

文博心有疑虑地说："那能行吗？"

玉香说："咋不行？既简单，又省时，还不铺张浪费，多好哇。"

文博犹豫地说："好是好，只是……"

玉香见文博吞吞吐吐的样子，急着问："只是什么？你快说。"

文博说："只是怕爹妈不同意，两位老人一直想为咱们把婚事办得风风光光、红红火火的。"

玉香想想也是，这事还须征得公公婆婆和自己家人的同意，她一时倒把这给忘了。

第二天，田老汉起来叫醒文博，父子两人就扛着锄头上工去了。他从来不睡懒觉，也见不得别人多睡会儿，这些都习以为常了。红贞和玉香也早早起来，红贞打扫院子，玉香剁菜喂猪喂鸡，挑水做饭，看不出是一个还未过门的媳妇，倒像是红贞的亲女儿，两人说说笑笑，从不拘束。

婆媳俩把饭做好后，正赶上田老汉和儿子文博放工回来。玉香赶忙拿了把笤帚为公公和文博扫去衣服上的土，又端来一盆洗脸水，把肥皂、毛巾都放在跟前。

窑洞内中间放着一张方桌，桌上摆着丰盛的饭菜。田老汉坐在桌子中间。玉香硬拉着婆婆红贞上桌坐，红贞不肯，给自己夹了些菜，坐在灶火旁的石墩上吃了起来。田老汉笑着打趣说："人说死狗扶不上墙，咱的死狗扶不上桌，就喜欢在灶火旁叼着吃。"逗得玉香想笑又不敢笑。玉香挨着文博坐下，饭吃到一半时，玉香终于憋不住心里想说的话，她说："爹、妈，我和文博想把婚事放到今年八月一日举办，不知你们意见如何？"

田老汉听到玉香出乎意料的问话，"啊"了一声，嘴角带着的几粒饭渣随着下巴也停止了摆动。他想了一下说："就是时间有些紧了，你和文博好不容易走到一块，我和你妈想着给你们把婚事办得风风光光的。结婚这是你们一辈子的大事，毛毛草草把事办了，你家人也未必同意。我们心里也过意不去。"田老汉的一番话让玉香十分感动，她说："爹，你老人家的心情我非常理解，你是为我们好。但我年前还有好多事要处理，所以我想将我俩的婚礼提前一下，放到八月一日，而且准备来个新式的旅行婚礼，既经济，又实惠，不铺张浪费，很节俭。这种婚礼在咱这边还从未有过，既响应了国家勤俭办事的号召，我们又结了一个不一样的婚，我看挺好的。"

经玉香这么一说，田老汉的脸上露出了一丝笑容，但心里还是七上八下有点不放心。快嘴巧手的婆婆红贞对田老汉说："你这死老头子，真是个榆木疙瘩，不开窍。玉香的话你还不放心，你放心谁的话。"田老汉突然觉得红贞这个最难缠的老婆子常有理今咋一下子变得开通起来了。他不禁哈哈笑着说："连这常有理死老婆子都帮着你们说话了，我还有什么不放心的呢。"

吃完饭，田老汉擦了擦脸上的汗珠，取来旱烟袋，把烟锅摞进烟袋用手搓了搓说："那就依你们说的办，到建军节来个旅行结婚吧。"

玉香听了这话，高兴地拉着婆婆红贞的手，不知说什么好。她和文博帮婆婆红贞刷锅洗灶，田老汉点上烟，吧嗒吧嗒地抽着，一股香烟冒着浓浓的香味，扑鼻而来。这时，田树民老汉心里充满了幸福和快乐，脸上露出了高兴的微笑。

玉香和文博在八月一日举办了旅行婚礼。玉香是学水利专业的，两个月后被县水利局录用，成了一名水利战线上的国家干部。她踏实肯干，在为家乡柳庄和杨柳镇的水上塬工程建设中做出了积极贡献。

田文博婚后一直坚持学习，他一边干活，一边学习，是一个孜孜以求的农村进步青年。他爱憎分明，疾恶如仇，眼里揉不得半点沙子，遇事总爱较真，待人又诚恳热情。乡亲们总爱找他说知心话儿。

文博和玉香婚后，俩人感情也如胶似漆，甜美无比。玉香每次从水上塬工地回来，文博表现得十分殷勤，打洗脸水，给玉香拍身上的土，早早把热腾腾的饭菜端到玉香面前。到了冬天，天寒地冻，他给玉香早早生好火炉，专等她归来，一到夏天，有时还专门跑到工地上给玉香送水喝，把玉香照顾得无微不至。就这样，小两口恩恩爱爱，日子过得快快乐乐，喜得田老汉和老婆红贞合不拢嘴。红贞一个劲地夸赞说："这就好，妈高兴。"

白天农活累得人够呛，加上晚上队里不是组织学习就是开会讨论，文博每天都回来得很晚。玉香把公公田老汉搓的艾蒿绳点着放在她和文博的炕沿上，驱赶着蚊虫叮咬。玉香每晚钻进文博的被窝里用身子帮文博把被窝暖热，等着文博回来。夫妻俩心心相印，两颗火热的心紧紧地连在了一起，共同创造着他们的幸福生活。

村大队长邓来栓在一次全村人大会上表扬文博和玉香的婚事说："田文博和李玉香的婚礼给村上带了好头，破除了千百年来的传统观念，举办了移风易俗的革命化新式婚礼，提倡节俭，反对铺张浪费，为村里树立了好榜样。"

田树民老汉嘴里叼着旱烟锅子，一改往日的愁眉苦脸，整天乐呵呵的。他觉得自己在村上的地位和以前不同了，腰杆子也硬了，娶了个好儿媳，结卜个好亲家。玉香大哥玉朋是村支部书记，儿媳玉香又是县里的水利工程技术员，儿子文博能吃苦有文化，在农村也是一把好手。他感到莫大的荣耀和快乐。

第四章

　　在月光朦胧的晚上，瑟瑟的秋风把树枝吹得摇曳着。一队社员记工的场房里，一丝微弱的灯光透过窗户纸淡淡地照射了出来。三三两两的人群借着月光向这间屋子走来，文博也在其中。这间房子很宽敞，中间摆放着一张八仙桌，桌上放着一盏很不起眼的马灯。两个记工员来全和新川并排而坐，栓劳坐在桌子边眼睛一直没有离开过队里的印章。

　　两个记工员按次序给劳累了一天的社员们记着工分，大家随记随走。文博是最后一个，他拿出自己的工分本，报了两天的活。给文博记完工，新川问文博："文博，你家有拾掇下的枣儿没有？"文博说："你要枣做啥？"新川说："给我爹抓了几服中药，作药引子用。"文博爽快地说："有，是端午节时做粽子没用完的。"新川高兴地说："那太好了，等记完工，我跟你去取。"文博说："行，我等着你。"刚说完，门外又进来一个记工分的人，来全给了工。等了一会儿，估摸再没有人来了。来全从衣兜里掏出两本工分册，一本是自己的，一本是妻子爱梅的，让新川给记工分。新川给来全记完工，来全又让给妻子爱梅记工分。他说，爱梅昨个全天平整土地。新川不假思索地在爱梅的劳动册上写下了平地一天，记了八分工。

　　文博忽然想起昨天早上平地的事情，他觉得不大对劲，他记得平地时没有爱梅，当时劳动的人他记得清清楚楚，况且只隔了一天。来全怎么给爱梅报了一个全天工呢？这不是秃子头上的虱子明摆着在趁机冒记工分吗？文博心想，对这种不良现象不能坐视不管，必须制止。于是，他直截了当地说："来全哥，爱梅嫂子昨早上就根本没在工地，你咋能给她报一个全天工呢？"一下子，来全绷紧了脸，眼睛直勾勾地盯着文博，露出一张狰狞的面孔。他阴森森地用手指着文博的鼻梁说："你皮干啥哩？又没记你家的工分，碍你什么事了，滚出去。"文博没有被来全气势汹汹的气焰吓倒，他还是有理有据地一再好说。可是来全一向霸气十足，他哪儿能听得进文博的话。旁边的栓劳感觉事情不妙，偷偷一走了之。新川一把撕去刚记过爱梅工分的一页纸，准备撕烂、毁掉。文博急忙上前一把夺过新川手中的这页纸攥在手里。

来全暴跳如雷，他认为文博有意给他找事，让他难堪。他拍着桌子说文博在诬陷他、诽谤他，上前揪住文博的衣领，挥动着拳头，一副杀气腾腾的样子说："你小子以后不要让我逮着，不然叫你吃不了兜着走。"他揪着文博的领口拉着要见书记。文博也毫不示弱地说："见书记就见书记，谁怕谁。"两人拉拉扯扯地出了记工室。新川怒不可遏地跟着。

夜晚十分宁静，天空中，银白色的月光透过暗淡的云层洒落在地面上。借着朦胧的月光，三人你拉我扯，来全抓住文博的衣领不放，文博觉得来全欺人太甚，本想与他厮打，谁知一只手刚伸出，新川就上前拉架，正好一拳打在新川的鼻子上。新川捂住鼻子"呀"了一声。来全听见新川的叫声，这才松了手。新川捂着个鼻子，紧跟在他俩身后。

到了书记玉朋家门前，新川上去推门，没有推开，好像从里边已经关上了。

来全说："算了，不去书记家，走！去大队长家。"他非常清楚，书记和文博的关系，那可是非同一般的亲属关系，去了也没有好果子吃，这不是自投罗网、自找苦吃吗？

文博心想，只要腰杆正，哪儿他都敢去。

三个人一直扯到大队长家门口，只见大门虚掩着。三人推开院门，屋里的灯还没有熄，暗淡的灯光透过窗户纸，照得院落里稍微有点儿亮光。秀英听见院子里有脚步声，她有意"吭吭"了两声，不慌不忙地继续"刺啦刺啦"为来栓纳起了鞋底。她听见脚步声和说话声越来越近了，这才跳下炕，自言自语地说："谁这么晚了，还上门来？"来栓也蹬了裤子，穿好上衣，"咣当"一声推开两扇屋门。两口子借着光看见眼前几个人影在晃动。走到近前，来栓才看清是新川、文博和来全三人。进得屋里，秀英打了声招呼，上了炕，继续纳她的鞋底。

来栓见新川捂着个鼻子，手指上血迹斑斑，急忙问："你鼻子怎么啦？"

没等新川回答，来全指着文博说："是他打的。"来栓一时愣了，他有点不相信，他知道文博这个文弱书生，不到万不得已是绝不会出手打人的。

文博倒很直率，他说："大队长，是我动的手，误伤了新川。"文博把撕下来的一页记工纸牢牢地攥在手里，他心想，这就是证据。

来栓吃惊地问："你们是怎么了？"

新川说："大队长，是我不小心碰破了鼻子，与文博无关。"

一个说是他误伤的，一个说是自己弄的，这下可把来栓给弄蒙了。他冲着新川说："你好好说，你怎么自己磕伤的？我不相信，你们是不是有什么事瞒着我？"

新川忙说："大队长，就是我自己不小心磕的。"

来栓看新川和来全神色不定、遮遮掩掩的样子，心想，恐怕不光是这事，一定还有其他事，不然这么晚了非要今晚来？想到这，来栓问："你们是不是有什么事情？"。

没等文博开口，来全板着个脸恶狠狠地指着文博说："他说我老婆爱梅昨天早上没上工，污蔑说我充记工分。这小子在血口喷人，给我和新川找碴。"他气得脸红脖子粗，继续嚷嚷着说："你打听去，老子是那充工的人吗？"他在大队长家里撒起野来。这下，把来栓气得也变了脸，大声喝道："李来全，你弄清楚，这不是你撒野的地方！"来全见来栓发怒了，立马收敛了一下他那张狂的气势。来栓缓和了一下口气说："你们都别激动，一个个慢慢说。"来全不服气地嘴里依旧不三不四小声骂着。

来全的举动，再次激怒了来栓。只见他绷着阴森森的脸，恼羞成怒地冲来全骂道："你给我嘴放干净些，你嘟嘟嚷嚷地骂谁呢？全队上社员谁不知道你是啥货色，你就是一条臭虫！你以为你是老虎，你若是老虎，我今非把你这老虎屁股摸一下，不信还拾掇不了你这狗东西！"来全见来栓动气翻了脸，吓得一声不吭，低头不语。

来栓又指着新川说："新川你说，这到底是怎么回事？"

新川只好把事情的经过向来栓说了。来栓听后，心里一下明白了十之八九。前几天队上就有人向他反映来全冒记工分的事，他还没来得及调查。今天正好，两件事并一件事，弄他个水落石出。他对新川使诈说："你是给来全记工的，你俩是不是臭气相通，根根相连，都是记工员，是不是相互帮衬着混工分？榨了队上社员多少血汗钱？这是谁给你的权力，让你们以权谋私？你们的良心都让狗吃了，我看你们两人还是不要记工了，像你们这样，把工分都划到自己的手册上了，这不是明摆着假公济私、挖社会主义的墙脚吗？你们简直是吃了豹子胆！"

新川顿时吓得浑身发抖，羞愧地沮丧着脸指着来全说："爱梅昨天早上出勤不出勤，我不晓得，他怎样说我就怎样记了。"

来栓问："那劳动手册现在谁的手上？"

"手册在来全本人手里。"新川说。

来栓从来全手里要过手册，翻到今记工的地方，只见那一页已被撕掉了，只留下了撕掉的茬茬还在。

"这是谁干的？为什么要撕掉？"来栓气愤地问。

此时，由于田文博在当面，新川只好如实说："是我撕的。"

来栓心想，新川的目的和用意，不就是想掩人耳目，想逃避责任嘛。于是，来栓又步步逼问说："撕下来的东西呢？"

新川狠狠地瞪了文博一眼说："他夺走了。"

文博说："你们的证据，我保存着呢。"他把捏在手心里的一页纸交给来栓，接着说，"大队长，你看。"

来栓拿着来全老婆爱梅的劳动手册和撕掉的纸拼在一起，和撕掉的茬茬刚好对上，一分不差。

来栓一看，啥都全明白了。他对来全说："李来全，现在你还有什么话可说，什么理可辩？"

来全仍旧无理抵赖说："单凭这个也说明不了什么。再说这又不是我撕的，不能仅凭他田文博一个人说了算，又有谁能证明我充记了工分，拿出真凭实据来，没证据，诬陷好人没有好下场的。"

文博说："这只有两天的工夫，昨天上工谁都记得清楚，不信你问问大家。不光是我，任何人遇上了都会把你这丑恶的嘴脸暴露和揭发出来，让阳光好好照照。自古常说：神正不怕香炉歪，树直不怕月影斜。你慌什么？我记得很清楚，昨天早上平地就是没有你婆娘。"

来全气得暴跳如雷，眼珠子恨得都要跳出来了。他怒气冲天，一把揪着文博的衣领。文博也不示弱，伸手拽住来全的衣领，两人一来一往，正要大打出手时，坐在炕上纳鞋底的秀英气愤地大声说："你们打架也不找个地儿，跑到我家里来闹，都给我把手松开。来全，我可以证明，你老婆爱梅昨天早上确实没上工。我见她从饲养室里拉了队里的黑骟驴正往你家碾房走。我问她拉驴做啥？她说：'没啥吃的了，几天等不下个牲口，今瞧这黑骟驴闲着，就把它拉来准备磨面。'你要不信，你回去问问你老婆，看我说的是不是实情。如果不是事实，你朝我脸上打！"

来全这才像霜打了的茄子，沮丧地拉着一张长长的驴脸，低下了头，站在那儿一动不动的像个蔫萝卜，有气无力，两腿直哆嗦。

屋子里顿时鸦雀无声。文博一只手搭在柜盖上，斜着身子靠衣柜站着。来栓看文博直愣愣地站在那儿不动。他说："文博，现在没你事了，你回去吧。"

文博这才愤愤地离开了来栓家。出了门，像一只好斗的公鸡一样雄赳赳气昂昂地朝前走去。

文博走后，来栓提高嗓门骂来全说："你个背着牛头不认赃的货色，这下不冤枉你吧，现在还有什么要说的？"来全低着头，绷着个脸，一声不吭。

"把头抬起来，这可不是你李来全的性格，平日里那些威风都哪儿去了？你当天王老子没人管你，羊群里出来驴驹子只有你大了！你以为你是谁？"

来栓大声斥骂着，来全还是一句话也不说，呆呆地站着，苦丧个脸，像泄了气的皮球，再也没有刚才那么嚣张了。

新川吓得两腿哆嗦，露着一副可怜相，也默默地低着头，一副羞愧难当的样子。

来栓指着新川和来全斥责道："你们都是一丘之貉，人在当面不敢，人不在了你们就相互串通，不知充记了多少工分，混了多少次数。你们知不知道这问题的严重性，这是在挖村集体的墙脚，挖社会主义的墙脚。"他越说越激动，言辞越来越激昂来劲。

"你们这是私心占据了你们的灵魂，私欲侵蚀你们的头脑，不挖掉你们这个私心，看来是万万不行的。对你们这种思想和行为，村上绝不会姑息养奸，不闻不问。对你们这样的人和事将坚决斗争并彻底加以肃清。"来栓振振有词地说了一大堆话。

来全和新川听大队长这么一说，吓得脸色苍白，浑身发颤。两人一起说："大队长，是我们错了。"来栓严肃地说："你们以为光一个错字就打发了，不行，私根子还没有挖出来呢。下去后，来全你深刻写一份检讨，交给村党支部，再做处理。"

来全哭丧个脸，踉踉跄跄地走出了大门。新川跟在后边埋怨地说："这都是我跟你沾的光、倒的霉。"

夜，已经很深了，初春的风依旧刺骨的寒冷。月亮钻过云层露出了半边脸，大地还在酣睡，一切都在寂静之中。

来全回到家里，脑子里一片烦乱，他也没点灯，衣服也没脱，胡乱拉开被子，一骨碌钻进被窝里，气得叽咕叽咕的。爱梅搂着文文睡得十分香甜，不停地打着呼噜。来全看妻子又翻了个身，自己却一点儿也睡不着，眼睛直直地盯着窑顶上的砖发呆。仿佛每块砖都像大队长邓来栓那张阴森的脸，咄咄逼人地斥责着他："你个背着牛头不认赃的货色。""你当天王老子没人管你，羊群里出来驴驹子只有你大了。"他烦乱地想着今晚发生的事情，脑子里像过电影一样，一幕一幕的。桌上的马蹄表，"噔噔噔"地跑了一圈又一圈。他恨自己没能像钟表一样规规矩矩地走，一样的守时守规。现在跌这么一跤，到时再上个群众会，这下可要把脸面丢尽了，自己今后在别人面前怎么见人哩。他悲愤交加，恨透了田文博那小子，一点面子也不给他，真是个忘恩负义、宜打不宜敬的东西。他比田文博大八九岁，前几年他领着田文博跑到七八里外的深山老林去砍柴，从没把他当外人，一直当作自己的小兄弟，帮他拧绳、捆柴、背柴，尤其是到了夏天，那绿芽儿枣刺扎得人实在难以忍受。沟里吃水，就更困难了，田文博人小个子又低，挑起水桶，遇到陡坡水桶一磕路面水就洒一地，等挑回去也就剩半桶水了。那时，是他每次帮田文博挑过陡坡，才避免了洒水的事。他现在越想越气愤，心里想，难道自己以前舔人家尻子舔出血来了。来全在心中愤愤地说，咱骑驴看唱本走着瞧，你小子今后可不要有啥事犯到我手上，我让你吃不了兜着走。

来全这家伙，偷鸡不成反蚀把米，自讨苦吃。他恨自己运气不好，没有蒙混过去。他恨自己，也恨别人，恨着恨着也不知什么时候就酣然入睡了。

第二天早晨，爱梅睁眼一看，来全昨晚不知什么时候回来了，和衣躺在她身边。她自语道："看把人劳累的，昨晚不知是干什么去了。"眼看要上工了，她很着急，手隔被子摇了摇来全，催促说："哎，掌柜的，快起来，都啥时候了，还睡呢。"来全嘴角上流着哈喇子，已湿透了枕巾。爱梅着急了，她掀开被子，在来全身上擂了一拳。来全翻了个身，一只脚蹬了一下被子，又安然地睡了过去。

桌上的马蹄表在"噌噌噌"地转圈走着。爱梅心急如焚。她看看文文娃睡得十分香甜，会心地笑了。她想不能平白无故地浪费工夫，得早早上工，就能多挣些工分。为了上工，她每次都把娃拴在炕上，用绳子系着，怕把文文娃摔下来。见丈夫来全在家，她没有拴文文，就扛着镢头匆匆上地去了。走时，她往怀里揣了一个花糜子馍，今天不想中途回家奶娃了。

太阳升得老高，把屋子里照得明晃晃的。一只土蜂从门缝溜了进来，"嗡嗡嗡"地在屋子里绕了几圈后落在来全的光胳膊上，来全被这突如其来的袭击惊醒了。他一把抓住这小家伙捏在手里，狠狠地摔在地上，小土蜂侧着身子在地上直打滚，挣扎着转了几圈，失魂落魄地从门缝逃走了。来全猛地坐起来，揉了揉眼睛，他看了一下表，早已过了上工时间，显然地里是去不成了。他心想，也好，免得一大早在地里被大伙冷嘲热讽，看别人的脸色，心里闹得慌。只是可惜一上午又少挣了几分工。他心烦意乱，心里波涛汹涌，翻江倒海，嘴里一个劲地小声念叨说："真够倒霉的、真够倒霉的。"他把被子掀了个卷，看见文文娃不知什么时候醒来了，睁着两只大眼睛直勾勾地瞅着他，一只小拳头握得紧紧的抱在胸前，十分可爱。他看着儿子，心里的愁云顿时消散了。他抱起小文文搂在怀里，下了炕，在孩子的额头轻轻地亲吻了一下，又把文文放在自己为他做的小木车里。小木车摆放着他为文文做的小拨浪鼓和用竹片、胶泥做的泥娃娃蹬秋千等好多玩具。他拿起拨浪鼓"当啷当啷"地摇动，小文文高兴得两只拳头在胸前晃动着，机灵的小眼睛眯成了一条线，嘴里不住地笑着。

来全扫了一眼桌上的钟表，看该到做饭的时候了。他心里一下又慌乱起来，说起做饭，对他来说还真是个难事，今天是大姑娘坐轿头一回。他犯起愁来，这该怎么办，等爱梅回来，显然不可能，那只有挨骂的份。他想，人一辈子不剃头永远是个连毛子，学着做吧。他抱了一些柴火，往灶火一放，刚坐下掏灰，小文文开始闹腾起来了，又是哭又是闹。等他把灰掏完，去哄文文，只见娃哭得鼻涕一把泪一把的，根本不听他哄，越哭越恓惶。他想，娃可能是饿了，要不然怎么能哄不下呢？他既心疼又着急，倒埋怨起妻子爱梅来。他知道队上有给娃吃奶的时间，这会都什么时候了还不见爱梅回来给娃喂奶。他心里十分焦急，抱着文文，一会儿将他放在肩膀上，一会儿又架在脖子上，可是越哄文文越闹得厉害，就是哄不下。自己是个大老爷们，又没奶给孩子吃，实在是把他急得没办法。眼看着饭时已到，家里还没动烟火。他突然想起前些日子，爱梅给文文碾了一点米茶，专门给孩子充饥。

他急忙找来米茶，一只手抱着文文，一只手给孩子做米糊糊，弄得手忙脚乱，时不时得对着灶火口吹上一下，弄得他一脸黑。他越想越恼火，一边给孩子喂饭，一边自言自语地说："这死婆娘，明知娃要吃奶，却躲到外面不回来。"他哄着小文文说："文文，你先把米糊喝了，等你妈回来再给你喂奶，好不好？"可小文文还是一个劲儿不停地哭闹。他喂了一口，就被小文文推开了。来全心里又气又急，他哄着孩子说："文文咱先吃饭，等你妈回来爸好好收拾她，丢下我娃不管。"文文就是不吃，急得他抓耳挠腮，毫无办法。

这时，一个疲惫而又熟悉的身影出现在他的眼前。爱梅看来全的脸上沾满灶火里的炭黑，就像戏里面的张飞。她想笑出来，但她忍住发笑，板着个脸，两根辫子在脑后一摇一摆的，眼睛像葡萄似的瞪着来全说："这就是你给娃做的米糊？这娃怎么能吃？文文他还小，这能是他吃的东西吗？怎么能给娃喂饭吃呢？"她从来全手中一把夺过小瓷碗，顺手倒进猫食里边。家中的大黑猫很快赶过来在上面闻了闻，香甜地舔吃起来。爱梅从小木车上抱起文文，搂在自己怀里。小文文见妈妈回来了，立马停止了哭声。爱梅解开胸前的衣襟，给孩子喂奶。她看着狼狈不堪的来全说："你拿镜子照照去，羞先人哩，咋能把自己弄成了这个模样，连嘴脸都不要了。"来全本来就一肚子的火，听妻子这么一骂，更激起了他的怒火。他龇牙咧嘴地说："你还嘴瓷哩，明知道娃要吃奶，我又不会做饭，有意躲到地里不往回走，还怪我了。你这个贱毛病，我看你是皮松了欠打！"说着，他顺手拿起笤帚向爱梅打来。爱梅见来全劈头盖脸地向自己打来，她来不及放下小文文，两手护着孩子，身子急忙向后趔了一下。来全猛然朝前一扑，正好摔了个狗吃屎，一头磕在小木头车上。爱梅气愤地说："活该，这才是应得的报应。"来全忍着痛慢慢地从地上爬起来，心里那团火反而一下子消解了许多。他意识到自己的鲁莽，垂头丧气地低着头。心想，不该发这么大的脾气，对爱梅动这样大的干戈。自己遇事动不动耍脾气，结果吃亏的还是自己。他此刻心里充满了自责，悄悄扭过身子，抬头看了一下爱梅。只见爱梅一张冷冷的脸愤怒地盯着他。来全心里有些发慌，再也没有勇气看爱梅一眼。于是，他头也没抬地悄悄回了屋里。

爱梅想把心里的委屈和苦闷都发泄出来，她很想痛痛快快地和来全大哭大闹一场。但她还是忍住了，没有哭，也没有闹。她知道她和来全的结合是命中注定的，也就是人们常说的缘分，有缘来相聚，无缘不相逢，这一切都是自己的命。来全就这坏脾气，和他打打闹闹惹人笑话，人常说家丑不可外扬。她看着自己怀里乖巧懂事的小文文，心一下子软了，她太疼爱自己的孩子了，她舍不下小文文。她看到屋里冰锅冷灶的，便把小文文放到木头车里，取了几个玩具，对孩子说："妈做饭去了，文文别哭。给你吃了奶，妈还得早早上地去，不然迟了队长又要扣妈的工分了。"她一边揭锅一边哄着文文，舀了一瓢水，倒进锅里，然后盖好锅盖。来全在窑里听见倒水声，知道爱梅要做饭了，他赶忙过来坐在灶旁烧起火来。

两个人谁也不说一句话，都忙活着，心里不痛快，各自憋着气。

吃过饭，爱梅抱着孩子喂着奶。来全一声不吭地刷碗洗锅。爱梅给孩子喂完奶，队里上工的钟声恰好响了起来。为了安全起见，她用一根绳子把孩子又拴在炕角头，两个人急急忙忙地上地了。

爱梅中间回来一次，给小文文喂过奶，又上工去了。这样的安排，天天如此。她一刻也不想耽搁，既要干好队里的活，又要操持好家务。她总是把家里收拾得干干净净，干起活来既麻利又认真。她很喜欢花花草草，一有空就和丈夫来全把院子里种得满满实实，她家从不缺蔬菜吃。

　　这几日，爱梅除了种自留地外又要看管孩子，家里大大小小的琐碎事都要她过手，实在是太忙了。可来全除了做队上安排的活外，家里什么活也懒得做，全靠妻子一人支撑着。爱梅催促他几回，他也懒得动。爱梅催促急了他就是一句话，甭忙，甭忙。他成天愁眉苦脸的样子像丢了魂儿似的，半夜常被噩梦惊醒，浑身出冷汗。爱梅问他出了什么事，他不说话，只是闷闷不乐的。爱梅觉得这几天在地里，平时和她爱说爱笑的几个妇女都离她远远的，背地里在议论着她什么。她也听到一些冷嘲热讽议论她的闲言碎语。有的说："爱梅有她男人一个就行了，何必挣得没黑没明的。"有的说："爱梅她跌到福窝里了，掌柜的连挣带混，一个人能顶几个哩，真是好福气呀。"有的说："现在有的人只要手中有芝麻大的一点权力，就想挖地三尺，占大家的便宜哩。"有的说："群众给了一丁点权力就作为捞取利益的资本，以权谋私，挖集体经济的墙脚，损人利己，实在可恶至极，总想蒙混过关，太不要脸了。"

　　这天，白玉绒妹子告诉爱梅说："姐，你最近有没有听说，有人在议论我姐夫。我可听到一些流言蜚语，说我姐夫他当队上会计时，吹胡子瞪眼，哪个人不害怕，他给人家喝几壶，人家就得喝几壶。刀把子在姐夫手里攥着呢，算盘珠一打，愿意给谁分多少就分多少，大家都要看他的脸色行事。"爱梅听着妹子玉绒的话，觉得很刺耳，又感到问题很严重。她必须把这件事情搞清楚，丈夫来全到底做了什么对不住大家的事情，让大伙这般不待见他。

　　她想起前几天晚上，来全回来得特别晚，回到家里连衣服也没脱就躺下了。她怀疑问题一定出在那天晚上，可是该怎么问他呢？来全是个死要面子的人，她必须找个两全其美之策，免得伤了情感，弄巧成拙。

　　这天夜里，窗外，月亮已消失得无影无踪，只有几颗星星一闪一闪地镶嵌在天幕上。爱梅醒来，看了看怀里的文文睡得香甜。她轻轻用手隔着被子掀了掀来全。来全也没睡着，他眯着眼侧过身对妻子说："你不睡觉咋了？"爱梅说："你不是也睡不着，有什么心事，还不给我说，憋在心里会出麻达的。"来全一听这话，也知道爱梅想问啥。他说："别提了，自从大前天晚上记完工回来，我脑子里就乱糟糟的，白天干活没力气，晚上睡觉睡不实，像偷了人似的，心里一直烦乱恐慌，不踏实。这两天，你催我在咱家的自留地里干活，我这心里七上八下的，根本没心情。这些年，你都看到了，一些社员到外边买个猪呀羊呀的，都得上大会挨批，有的人黑地半晚，翻山越岭，偷偷背上几升菜籽卖了养家糊口也得挨批，批你弃农经商、投机倒把、倒猪贩羊，批你是资产阶级思想，你说这农民的日子咋过呀，动不动就给你戴上个帽子，社员还敢弄个啥？"爱梅没有过多的吃惊，她已有所耳闻。她说："只要咱没干啥亏心事，咱怕啥？咱正正气气做人，正大光明做事，只要你不占集体的一分一厘，不侵害集体的利益，谁能把你怎样？可是你想投机取巧，钻空子占集体占大家的便宜，那群众的眼睛多着呢，还能瞅不住你一个人吗？人常说：'为人不做亏心事，夜半不怕鬼叫门。'记住了，手不往碾子底下擩，手永远是干净的。"来全经妻子这么一说，心里像针刺一样，刺着他那块隐隐作痛的伤疤。他只好让妻子不要说了。他说："天塌不下来，你说的那些道理我不是不知道，可是心里有时总觉得……""怎么了？是不平衡吧？"爱梅打断他的话问。来全说："是，不吃白不吃，到嘴的肉不吃是傻瓜。"爱梅觉得这才触及了他思想的深处，说白了，还是满脑子一个"私"字在作怪。爱梅决定抓住这个机会让他来个脱胎换骨，彻底去掉私心杂念，做一个堂堂正正的人。

她说："你不是也没瞌睡吗？睡不着，多难受的，咱俩还是再说说话吧。你看咱都这么多年的老夫老妻了，有啥难事咱们一起想办法，一起解决，一起承担，你就不要再整天愁眉苦脸，没精打采了。"来全见妻子说的也在理，毕竟是自己老婆，自个儿最知心的人。他也没多大瞌睡，心里憋得慌，没等妻子开口，他愤愤地说："是那没良心的田文博把我告下了！"爱梅故作一惊，问道："什么事？他怎么把你告下了？文博这娃平时还不错，怎能告下你了？一定是你做了什么不轨的事吧？"

来全气愤地说："甭提了，这家伙，忘恩负义，我给他帮过多少忙，帮他干了多少事，他连一点情面也不讲，还拉扯我去见大队长，薄情寡义，简直就是个白眼狼。你看可憎不可憎？"爱梅问："那你俩到底因何闹别扭了，是话不投机，吵架了？还是打架了？"来全愤恨地说："无非是那天晚上给咱们多记了几分工。话又说回来了，给队上干活谁不是为了多混几个工分。那天晚上记完工，人都陆续走完了，我把你的手册拿出来让新川记工，只怪新川要寻药引子把文博留下来。当时，我也没多想，是文博怕他什么，平常和我关系也不错，我帮了他那么多忙，他还欠我的人情呢。于是我大着胆子给你记了个全天工。谁知被田文博这家伙给盯上了。他坚持说那天早晨地里没见你，说我充工分。组长栓劳见势不妙，尴尬地溜走了。新川见纸里包不住火，他立马撕了记工分的那页纸。文博上前一把将它抢到手里。我气得不知如何是好，想揍他一顿，被新川拦住了。这小子可把我害苦了，这下全完了，以后有何脸面见人，我在人前丢不起这个人。心想，干脆来个死不承认，他也没办法。我决定给他来个下马威，先下手为强，说他无凭无据，血口喷人。我吓唬他嚷嚷着要拉他去见村干部，说他平白无故诬陷我。心想，老子也不是好惹的，这口恶气不出出还了得。这小子，你说他耿直、憨厚，他憨厚个屁，多管闲事，即使你知道了，装作不知道，不瞎嚷嚷，谁能说你是哑巴？简直就不是个东西，我拉他去见村书记，又想书记是他大舅子，怕没咱啥好果子吃，只得去了大队长来栓家。"

爱梅一听，打断了他的话说："噢，是这么回事。"她立马想起了那天早上的事。因为忙于干活，前几天吃得米干面净了。她准备磨些面，晚上给饲养员说好，第二天早晨去拉驴套碾子，正好碰上大队长老婆秀英。秀英问她，今早不到地里去了？她回答说："嗯，没啥吃了，早上推碾子，得耽搁一晌了。"实事求是说，她那早确实没上地，她觉得这件事不能怪文博。文博他忠厚、正直，眼里容不得沙子，告来全那是自然的了。她皮笑肉不笑地对丈夫来全说："该认错的，咱还得认错，咱不能背着牛头不认赃。你这叫搬起石头砸自己的脚。脚上有疤不能怨鞋呀！我看文博是好样的，他在提醒帮助你呢。"听妻子这么说，来全的火气又上来了，他说："你向着文博说话，简直是吃里爬外，不可理喻，这家伙能给你啥好处，还不是菜瓜打驴哩，一折半截子，能沾他什么光。"

爱梅也生气地说："你真是个猪，连瞎好话都听不出来，不是谁向着谁的事，我觉得谁有理，我就支持谁，而不是因为你是我男人，我就不分青红皂白地向着你说话。再说了，我是你老婆，我有权利有义务说你，要是别人我还不说呢。"

来全这时只好耐着性子，听妻子数落他。爱梅语重心长地说："娃他爹，你那脾气也得改改了，几十岁的人了，动不动耍脾气，扬拳头，在谁面前，谁受得了。人过留名，树长留影，人的名声要紧，你那臭毛病到哪儿也吃不开，只有我才给你说实话，说知心话儿。俗话说，要叫人不知，除非己莫为。贪小便宜吃大亏，总认为自己比别人聪明，其实才是最愚蠢的。世上没有不透风的墙，更不要存侥幸心理，一次两次抓不住，次数多了总会有一天暴露的。你是咱家的顶梁柱、主心骨，担子还要你挑哩。我觉得你要好好认识错误，主动承认错误，积极改正，但也不要有太大压力，整天愁眉不展、畏缩不前的，要挺起腰杆，打起精神，咱该咋还咋。家里的事、家里的重活还要靠你扛呢，你要是再胡闹，我在人前也没面子，我也不跟你受这份罪了，你看着办吧。啥事也不要动不动就依赖我，妇女只占半边天，但对农活来说，妇女这半边天没有男人的天大，男人要有男人的样。"

妻子的一席话，说得来全茅塞顿开，心里暖洋洋的。这样的知心话、掏心窝子的话从来没有人在他面前说过，也只有妻子才会这么说。他决定把事情的全部经过一字不落地告诉妻子，又详细向爱梅讲述了整个过程。他说大队长来栓要他写深刻检查材料，要他深挖思想根子，彻底铲掉私心杂念，并要求写好后交到村党支部。说到这，他又苦恼地说："爱梅呀，弄不好要上群众大会，我的心里总不是个滋味。你说，台子底下那么多人，盯着我，看着我，我咋丢得起这人，我这脸面朝哪儿放？"

爱梅说："这有什么害臊丢人的，谁都会犯错，犯了错，只要认真能改，就是好样的。就怕知错不改，那就会掉队，会被大家所唾弃，那才是最大的羞耻呢。咱要认识自己的错误，痛痛快快地接受群众教育，使自己变得硬气起来。大队长叫你写检查，你就认认真真地写好检查，不要应付过关，敷衍了事。咱不唯利是图、逞能逞强，咱耐着性子干好手头上的活，争取更大程度上得到大伙的谅解和宽容，我觉得不丢人。做人一辈子要坦坦荡荡，明明白白，就像我们敬爱的周总理一样。"说到周总理，爱梅不禁潸然泪下，她哽咽着说，"今年元月，咱们的周总理逝世时，听说人们自发聚集在首都北京长安街头，十里长街送总理，眼泪都化成了海洋。周总理一生为了党和人民的事业，他鞠躬尽瘁，呕心沥血，直到生命最后一刻。相比他老人家，我们在生活的道路上遇到点挫折算得了什么！我们还有什么理由战胜不了自己的那点私心，做一个堂堂正正的人呢？"

听完妻子一番肺腑之言，来全的眼角湿润了。他用被子擦了擦眼泪说："是啊！我们失去了一位好总理，但他的精神将激励着我们奋勇向前。我一定要痛改前非，改掉自己的坏毛病，在大伙面前直起腰杆来。"

这时，正在熟睡的文文醒来，哭闹着要吃奶。爱梅急忙一把将文文搂在怀里，文文的小嘴噙住妈妈的乳头，一口一口"叽咕叽咕"地吸起乳汁来。窗外一片漆黑，两口子再也不敢耽搁睡觉，很快就蜷着身子入睡了。

这天午后，刮起了大风，狂风卷着沙尘，满天飞扬。霎时，天空中被黄沙和尘土笼罩了，大风裹挟着树枝发出一阵阵怒吼，咆哮着把树枝抛向天空。有些没来得及增添衣物的人，冷得缩手缩脚，打着寒战，人们都匆匆忙忙往家跑。爱梅和来全两口子回到家里，给孩子喂完奶，忙着做起了饭。

晚饭后，天色已暗下来，风息了，整个大地又恢复了本来面目。各家各户亮起了小油灯。爱梅突然想起来全那份检查还没有写，她赶紧让来全利用这个空闲时间把检查写了，白天没空，这正是个空闲。来全揉了揉眼，慢腾腾地拿出笔和纸。他犹犹豫豫地说："我怕写不好。"爱梅觉得他有些胆怯，就鼓励丈夫说："怕什么？把自己的真实想法写出来就行了。"

来全为难地说："你又不是不知道，我文字功底浅，怕写不好。多年劳动把一些字都忘光了，都不知这怎么写好。"他吞吞吐吐的，很难为情。

爱梅耐心地劝导说："不怕，这又不是作文章，不需要用华丽的词语去修饰，更不需要深奥的言论去评说，只要把你当时产生这种错误思想的根源如实地写出来，用正确的思想去认识它，提出具体改正措施，保证以后不再犯就是了。遇到不会写的字，我来教你，尽量能写得通俗易懂就行。"

来全知道爱梅在鼓励着自己。妻子的良苦用心给他增添了勇气和力量。他拿起笔，信心满怀地说："好，我写。"

来全趴在桌子上一笔一画地写起检查来。昏暗的小油灯下，爱梅不时地拨着灯芯。他俩平时很少搭腔，偶尔也会说上几句挑逗的话来穷开心。多年来，他们用默契代替了语言，"爱情"这两个字眼只是在以前的小说里看过，对于他们这些刨土窝窝的农民来说有些矫情和老不正经。他们总是不声不响地做着自己应该做的事情，日出而作，日落而息，循环往复，周而复始。在乡村，这种无声无息的爱不知陪伴了多少代人，经历了世间多少风风雨雨，一切都归于平淡，没有城里人的那种浪漫。

夜已经很深了，看到丈夫回心转意的样子，爱梅很是高兴。她守在来全身旁，依偎在他身边，不时教他写不会写的字。

来全把检查写好后，一字一句地念给妻子听。爱梅听完后，觉得写得还不错，首先从思想深处挖出了病根子，再提高到一个高度来认识，并做了不再重犯的保证。爱梅让来全明天中午把检查材料交到村党支部玉朋书记那里。

第二天中午吃过早饭，来全把写好的检查材料叠好后揣进衣兜里，就去了玉朋书记家。

一脚刚踏进玉朋家的门，一看院子里站了许多人，有一队的，有二队的，有三队的。三队社员顺子趴在窗台上哼唱着曲子："牛在哭，猪在笑，饲养员偷了队里的料……"院子里的人低声细语地互相议论着什么。来全慢走了几步，听到一个人在屋里大声说："老实交代，你说你没偷，你背回家的袋子里装的是给猪拾的苦苣菜。那苦苣菜不在笼里拾，装到袋子里干啥？苦苣菜不往回拿，提到饲养室来这怎么解释？我劝你还是放老实点、聪明点，不要不识抬举!"

来全一听，知道是玉朋书记的声音。他绕了一个弯，溜到人群中，不由得两腿直发抖。他窥视着屋内的动静，只见三队的饲养员苟胜有气无力地站在地上。他下颌上长了一颗黑黑的痣，十分显眼。"我从来不做亏心事，不信，你们去查。昨天下午，我给牲口填完圈，出去给家里的猪拾了些菜。为了方便，我没提菜笼，顺手摸了一个袋子。黄昏时，一阵狂风卷着沙尘袭来，黑压压的天空，我以为天要下雨，就没来得及回家。把拾菜的袋子放在了饲养室，赶忙把牲口拉到槽上，饮了水添了草料，然后背着菜袋子回到家里。老天爷的眼睛盯着呢，我的袋子里真的没有背牲口料，谁要是干了这缺德事就不得好死。"苟胜诅咒发誓说。

屋里又一个人说话了，一听就是大队长邓来栓的声音。他用鄙视的目光扫了一眼苟胜，拉着粗大的嗓门说："我一看你就不是个好尿，一步三个谎，嘴里没一句实话，这一套编得好，编得妙，编得能让人心服口服，但你记着，要想人不知，除非己莫为。我就不信，狗还能忘了吃屎!"

苟胜听着这刺耳的话语，真是猪尿泡打人臊气难闻，心像刀割一样的难受。他堂堂一个男子汉受到这般奇耻大辱，心中愤恨难忍，但他还是极力控制住自己，心里暗暗地说："忍住、忍住，好汉不吃眼前亏。"他故作镇定，牙齿咬得"咯咯"响，沉默不语。

"难怪每年年底牲口评膘，你总是垫底。你喂的这一槽牲口老是评不上膘，不是丙等就是丁等，把牲口喂得皮包骨头都能插上翅膀了。你说你没偷，咋能把牲口喂成这样子？你说你没偷饲料，我就不信，还出了怪事了。"这又是玉朋书记在一步一步地逼问。

小顺子趴在窗外得意地发出"嗤嗤"的笑声。

苟胜被问得张口结舌，一时答不上来。他耷拉着脑袋，气得嘴唇噘得老高，下颌的黑痣显得更难看了。

团支部书记郭永清趴在桌上记着记录。他不时地用异样的目光瞥上苟胜一眼。工作组李恒昌嘴里叼着香烟一根接一根地抽，不停地在地上踱着方步。李文成靠在炕沿边上一动不动，一句话也不说。院子里这时看热闹的人渐渐少了。小顺子仍旧趴在窗外，注视着里面的动静。他不时地哑然失笑，自语地说："活该，早知今日，何必当初。"

玉朋书记耐着性子对苟胜说："你今儿个想不想交代，人证、物证都在面前，你说你拾菜了，用的什么工具？"

苟胜见玉朋问得这么仔细，他心虚了，知道逃不过这一劫，但他还想狡辩。他又想到了镰，就低声说："镰刀。"

来栓立即吩咐李文成到他家里取来了镰刀。来栓从文成手里接过镰刀，问苟胜说："这把镰刀是你拾菜的不是？"苟胜回过头看了一下说："是的。"

来栓一下来了火，大声说道："你把狗眼睁大看了，这镰刀上连一点土疙瘩都没有，就是你擦了，也得有擦过的痕迹，你骗谁哩。"

苟胜觉得这下露底了，心里七上八下，怦怦直跳。心想，这下怕是再也隐瞒不住了，要是再不承认，不交代，事情搞砸了，那就无法挽回了。听说公社正在搞什么运动，正在风头上。想到这，苟胜决定还是少往浪尖上撞，倒不如三十六计走为上，只见他眼里含着泪花，低头苦苦哀求说："书记、大队长，我错了，我承认做错了。我向组织坦白。这几天，家里猪没饲料了，我正发愁，心想前一阵子，队里给保管员发了牲口饲料，趁着昨天黄昏，人们都忙着往家赶，我就偷偷用袋子装了几升饲料背往家里，本以为不会被发现，结果还是被人发现了。书记，大队长，还有各位，我今后再不敢了，我说到做到，要是再犯，我就把手剁了，我说话算话。"

李恒昌走过来说:"不是要你手,是要你的思想,人的手是由脑子支配的,思想端正了,手自然就不会再干出错事来了。要是把手剁了,你不就成了废物了吗?"

在场的人被惹得想笑也没敢笑出声来,只有窗外的小顺子笑得自然,笑得开心。

苟胜一直站着,两腿发麻,膝盖生疼,有些摇摇欲坠,眼看站立不住了。玉朋看他那窘样就说:"去,找个地方坐下。"苟胜刚准备迈步走,突然一阵抽筋,疼得他直要命,眼里流出了泪。

来栓说,苟胜可能是站立时间长了,把腿站麻了,他以前就经历过。

苟胜找了个地方坐下后,眼睛含着泪,他泣不成声地说:"我对不住大家,更对不住集体,损害集体利益,挖了社会主义的墙脚,私心太重,总想着发家致富,总想寻找机会让自己家的日子好起来,过得比人强。心里老想着集体是大家的集体,与自己没多大关系,只要自个儿吃饱穿暖,油盐酱醋不缺,老婆孩子热炕头就满足了。忘了集体,忘了大家,我错了。今后,我将重新做人,关爱集体,不再走弯路,和大家齐心协力一道把集体的事干好,请大家原谅我。你们几位领导对我还有什么意见和要求,尽管提出来,我诚恳接受批评,我一定痛改前非,改头换面,脱胎换骨,做一个对集体、对大家有用的人。我回去把背回的牲口饲料一粒不落地拿出来,还给集体,还给大家,不再占集体的便宜,今后一切都为集体着想。同时,我建议队上把我的饲养员撤了,我自个儿身懒,当饲养员是个殷勤活。我这人有个毛病,头觉紧,一晚上给牲口喂上一两次草料就瞌睡了,老打盹,支撑不住就想睡觉。牲口要喂好、吃饱全凭夜草。所以,饲养员这活儿我不合适,干不好,我请求换人,让别人去干。我去地里干活,我不怕苦，庄稼人嘛，就是和泥土打交道的。"

此时，院子里的人都走光了，只有来全还没有走。他在耐心地等着，右手插在衣兜里捏着那份还未交出的检查，心里很害怕，想进去，半天迈不进门槛，在院子里徘徊。大队长来栓看见了，他喊了一声说："李来全，人来了还不赶快往里走，溜来溜去，搞什么名堂？"

来全被这一声喊叫，惊了一跳。他连忙"嗯"了一声说："来了。"说完，低着头跨进了门槛。

"写的检查带来了没有？"来栓一见面就问。

来全从衣兜里掏出检查，递给邓来栓。来栓接过来全写的检查浏览了一遍，放在桌子上，随口说了一句："你可以走了。"

来全刚走到门口，就听见玉朋给苟胜说："苟胜，目前饲养员还没有物色下人选，今年这槽牲口，你还得喂到底，要喂好，不能撂挑子。你辛苦点，爱睡懒觉那毛病是惯下的，克服着点，把牲口当回事，用点心，那可是咱社员的命根子。"

来全回到家，已是下午时分，大门已上了锁，妻子爱梅上地去了。幸好他带了一把钥匙，打开门，走进屋里，看见小文文被一条长绳子拴在炕上，面前放着他喜欢的拨浪鼓和泥人秋千。孩子已经玩累了，不知什么时候睡着了。

隔了一天，第二天晚饭后，玉朋准备通知几个支部委员晚上开支委会，传达上级指示精神，研究抓农业生产和村上相关事宜。他出了大门，向大队长来栓家走去。到了来栓家门口，玉朋听见有人在他后面喊了一声。玉朋停住脚步，来人又喊了他一声说："书记，你到哪去？"玉朋回过头看是二队社员记娃，他圆圆的脑袋，留着满头乱发。记娃平时见人爱说爱笑，笑时，两边嘴角总能露出一对小酒窝，两颗黑褐色的牙齿无意中也露了出来，两只眼睛说话时眯成了一条缝。他中等身材，不算很高，上身穿一件海军背心，外穿一件蓝卡其衫子，一条灰色裤子不长不短非常合身，显得很精神。他是队里的活跃分子，有一张伶俐的嘴巴，说一些玩笑话像打机关枪似的。他这人善察言观色，爱打听村里人的家长里短，爱说一些捕风捉影的事，因此大家叫他"顺风耳"或"地老鼠"。

记娃是二队社员记权的弟弟，父母去世早。去年，他和哥嫂分了家，一个人过。春季，苜蓿长出了嫩芽，他到地里抠了一笼苜蓿芽儿回来，准备提到哥哥记权家做菜下面吃。

原来，这天早上，哥哥记权叫记娃中午上他家吃饭。嫂子彩娥唠叨说："中午吃面条白沓沓的，一点儿颜色也没有，吃起来也没个味道。记娃，你采些苜蓿回来，嫂子给咱做些连锅面。你要快点，不能耽误了上地。"记娃听了嫂子彩娥的话就匆匆去了苜蓿地。

他走到地埂边，忽然听见有什么声响。再仔细一听，是猪走路时发出的"哼哼"声。他很吃惊，怀疑是不是自己的耳朵听错了。他刚猫下腰采了一把苜蓿正要放到笼里，又传来了"哼哼"声，那声音越来越清晰，他觉得不对劲，一定有问题，谁家的猪怎么跑到地里来了？他飞快地跃上地塄，朝下面张望，只见地畔下边就是一条大路通到沟底。他瞅了瞅，果真有一头猪一跛一颠地摇摆着尾巴向他这边走来，还拖着一条长长的缰绳，弯弯曲曲像爬行着的蛇一样摆着 S 形。为了不引起别人的注意，记娃退了一步，将身子趴在地里，头贴在地塄上观察着前面发生的一切。前边十来米远的地方一会儿就过来了六头大猪小猪，他觉得今个又发现了大新闻。不大一会儿就走过来六个人。他老远就认出有二队两个，分别是二虎和玉红，只见玉红怀里还抱着个猪崽儿。他脸色通红，已累得气喘吁吁，满头是汗，看来是耗了九牛二虎之力，才走回来的。三队进喜牵着一只不大的小羊羔啃着路边的小草。四队里有二狗、春喜和组长晓新。原来他们赶了一夜多的路程，从邻县的粟雨镇赶回来。一路翻山越岭，个个累得无精打采，神情蔫蔫，没有太多的话，几个人时而拿手中的棍子拦拦走在路边上的猪，时而坐下来歇息。

记娃趴在地塄边上看得真真切切，等他们走过去了，才爬起来。他胡乱地采了几把苜蓿就往回赶。

在往回走的路上，记娃想了又想，这几个人从哪里弄来这么多猪、羊，会不会是从别的地方偷回来的，看他们鬼鬼祟祟的样子，准没干好事。这可是一个机会，自己何不抓住这个机会，在村领导面前表现表现呢。他心想，村领导常告诫大家，要时刻提高警惕，发现不轨之人，不规之事，要及时反映和上报，包庇和隐瞒就是同流合污，就是犯罪。他越想越高兴，如果这次举报成功，取得了村上领导的信任和表扬，说不定一年半载还能捞个一官半职，成为全村的大红人，那该多荣耀、多神气、多体面呀，还愁娶不下个媳妇？他一直在为娶媳妇的事发愁呢。他越想越有劲，哼着小曲儿回了家。

等候多时的嫂子彩娥看记娃回来了，她接过记娃手中的菜笼，生气地说："你这是拾的什么菜，简直就像给牲口吃的草，这人能吃吗？"

看嫂子这冷冰冰的态度，记娃兴高采烈的心情一下子凉了半截。他忙向嫂子解释说："我走时你吩咐我，叫我不要耽搁时间，误了上地，所以我走得急，一不小心，脚踩空了，从地畔上摔下去，掉在塄底下，把脚差点儿崴了，坐在地上起不来，休息了会儿，才慢慢起来，采了点苜蓿。你如果不信，看我身上的土。"记娃撩起衣袖让彩娥看，彩娥再没有说什么。记娃无心情在哥哥家吃饭，便回了自个家。

第二天早饭后，记娃去了玉朋家。走在路上，他突然想起，这几个人里头有二虎，他和二虎关系可是再好不过了，比亲兄弟还亲呢。心想，自己怎么能去告他的状呢？这不仁不义的缺德事，要是让二虎知道了，能有自己好看的吗？将来逮个机会报复可咋办？即使二虎没有这个恶意，这鬼难缠嫂子也绝不会放过自己。她可是个十分刁钻的女人，也不会让自己有好果子吃。要是避开二虎，不去告他，将来揭发调查出来，那不是又露出马脚来了吗？说自己有意包庇。这不是搬起石头砸自个脚吗？他犹豫不决，左右为难。突然，他灵机一动，计上心来，自言自语地说："嗯，有了。"他想出了一个主意，一个万全之策，得意地笑了。

记娃走着，抬头看见玉朋正往大队长家走。他喊了一声"书记"，玉朋回头一看是记娃，也没在意，继续往前走。记娃见玉朋书记没有理会他，他又喊了一声，玉朋这才停住脚步。记娃快步走上前来。玉朋问他："记娃，有什么事？"记娃回答说："有急事、大事。"他神秘地把嘴贴到玉朋耳边，正要开口说话。玉朋头偏了一下，身子也趔了一下说："别这样，有什么事，好好说。"但他还是对着玉朋的耳朵悄悄"嘀咕"了几句。玉朋听了一惊，觉得路上说话不方便，对记娃说："到大队长家里再说。"两人一起进了院子，看见来栓正给二牛老汉剃头。玉朋说："想不到你还有这本事。"来栓调侃地说："学手哩嘛，大不了割二牛爷二两肉馋馋嘴，改善改善生活，换换口味。"逗得玉朋和记娃哑然失笑，秀英忙凑过来说："你俩来得正好，我给咱烧水，你俩给咱连拔毛再逮腿。把二牛爷宰了吃。"四个人在院子里笑得不可开交。二牛老汉低着头笑着说："你们这些凤娃，没大没小的，一点礼貌都没有，嘴上没毛，说话不牢，还和爷胡骂哩。"记娃说："把你叫爷，那驴槽里还拴不下呢。"来栓说："拴不下了我那猪圈里闲着哩。"二牛老汉笑着用手轻轻在来栓胸前戳了一下。来栓说："别动，再动，耳朵就没了。"

二牛老汉规规矩矩地坐着，一动不动，一会儿工夫，头就很快剃好了。来栓用笤帚把理下来的毛发清扫干净。二牛老汉见玉朋书记来了，心想，他们肯定有事，就匆匆走了。

　　二牛老汉走后，秀英找来凳子，让玉朋坐。玉朋没有坐，他把凳子又让给来栓，自己找了个剁柴的墩子坐了下来。秀英忙着准备下一顿的饭。她拿着蔓菁对玉朋他们说："哥，不要看这个东西小，它可是最养生的土党参。"玉朋说："是呀，毛毛他妈也挖了些，吃到口里绵绵的，蛮好吃的。"接着，他把话题一转对来栓说："今晚准备开个'两委会'，有些事必须商量解决了。公社给咱们大队调来两万棵苹果树苗，品种有大小国光、印度、青香蕉和黄元帅等，其中以大小国光为主。希望咱们抓紧时间，赶快落实地块。公社还准备给咱村配备一名技术员。"来栓说："这可是新事物，靠咱们笨手笨脚的能干啥？有技术员就好了，为发展村集体经济，公社可真是想得周到啊！"玉朋说："'两委会'开了，马上落实。晚饭后你通知人，咱开会。"

　　玉朋吩咐完毕，他给记娃使了个眼色。记娃知道玉朋的意思，就把昨天遇见的事情一五一十地详细说了一遍，唯独没有说二虎。玉朋、来栓听完后，没有直接说啥。愣了会儿，玉朋说："记娃发现这个情况很重要，我们得认真对待。"

　　来栓气愤地说："这些人实在太猖狂了，这还了得。"

　　玉朋说："要叫这伙人警醒过来，提高思想认识，尽快回头是岸。眼下是秋收时节，要不失时机地抓好秋收工作。"

　　来栓说："记娃，你这次做得对，做得很好，不怕来自各方面的压力、打击和报复，向组织及时反映情况，简直是我们工作的'千里眼'和'顺风耳'！我们要坚决同这种错误思想做斗争，你做得很好，觉悟很高，能够克服亲友或家族的观念，不明哲保身，敢于斗争，毅然决然为我们提供线索，村上就需要你这样的人。"

玉朋说："你为我们的工作提供了重要情况，不愧是咱贫下中农的好苗苗。"

记娃得到玉朋和来栓两位村领导的表扬和赞赏，心里乐滋滋的。他高兴得一双眼睛眯成了一条线。来栓和玉朋看他高兴的样子，脸上也露出了亲切满意的笑容。

晚饭后，来栓忙着通知支部成员和各队队长、大队会计等人开会。会场设在村代销店窑里，这儿地方宽敞，还有许多桌椅，窑里虽准备了两盏马灯，但还是不太明亮。

玉朋看大家基本都到齐了，就开门见山地说："今晚请大家来开这个会，会议很重要，公社也特别重视，专门派王副主任王瑞英同志参加我们的会议，大家欢迎。"

窑内热情洋溢，大伙响起了热烈的掌声，那掌声把窑里窗户纸都震得"啪啪"作响。

掌声过后，来栓说："今晚会议时间可能要长，大家找个位置坐下。不要喧哗，也不要随意走动，要求发言时，大家可不要坐冷板凳，要踊跃发言。"

玉朋开始讲话，他的讲话简明扼要，细致而全面。他说："咱们大队是一个千百口人的大队，下属五个生产队，在周边几个村中算是一个大村子。咱村有雄厚的家底，有粮棉油加工厂、木业社、药铺、代销店，各小队也开有粉坊。当然，这都是大家团结一心，辛勤劳动，努力奋斗的结果。但我们不能满足现状，大伙的生活还正在困苦中，多少人家还填不饱肚子，我们还要更加努力地继续奋斗，自力更生，奋发图强，我们的路还很长，社会主义建设永远在路上，我们要朝着党指引的方向继续前进，大力发展生产，壮大集体经济，改善人民生活，让我们大家的生活尽快好起来、富起来，让我们的国家很快强盛起来，只有强起来，才不怕外国的威胁和恐吓！"这时，会场上又响起了一阵雷鸣般的掌声。

在昏暗的灯光下，大队会计季民趴在桌子上做着会议记录。

公社副主任王瑞英坐在桌子一边，聆听着同志们的发言。她最后站起来向大家点了点头，很自然地把垂在额头上的一绺头发甩在后面。她热情地说："公社派我来咱们柳庄大队，参加这个会，公社很重视和关心大家，对大家抱有殷切的希望。因为我们这个大队，人口占全社人口的六分之一，群众基础好，有着非常雄厚的生产资源，也就是群众常说的，家底厚。为了继续扩大生产，更上一层楼，公社决定明年开春，给你们队调送两万株苹果树苗。目前正是植树时节，要赶快行动起来，落实好地块，把栽植任务落实好。只有村集体有了，大家才能有。人常说，大河流水，小河才能满嘛。"她的话还没说完，会场又是响起一阵热烈的掌声。

她接着说："公社还有一个想法，你们这个大队人口多，居住环境差，每个院落都拥挤不堪，每家都是三到五口人，人均住房面积占不到几平方米。农村嘛，农民必须有个粮食储存的地方，农器具等一大堆杂物也得有一个存放之处。谁家小伙子结个婚，娶个媳妇，现在都成了难题。有的人家把新郎新娘的婚房设在简陋的草棚里。更困难的是有些户全家人挤在一个屋里，中间用砖头或土块隔开来，做成一间卧室，这样的生活环境，确实让人着急上火。人人都讲，我们是人民群众的勤务员，我们还有什么理由不带领群众奔向富裕的生活呢？大家的困难，公社都看在眼里，记在心上。大家目前的生活，我们心酸呀。因此，希望你们村上筹备好材料，下半年利用农闲时间，想尽一切办法，千方百计，两年不行三年，解决好群众住房这个棘手问题，让大伙住上宽敞坚固的窑洞和房屋，让群众的生活更幸福。"

王瑞英讲到这儿，会场上"叽叽喳喳"地议论开来，有的高兴地说："这才想到社员群众的心坎上了。"有的不屑地说："屎到尻门子上了，不管也不行了。"有的担忧地说："那可得占好大一块土地呀，我们队里的地离村庄最近，也都是好地，占了实在可惜。"也有人幸灾乐祸地说："咱们的地远，关咱什么事儿。"大家七嘴八舌，议论纷纷。来栓这时喊道："肃静！肃静！吵吵吵，谁有话出去说。"

会场上，立马安静了下来。一时间大伙又变得鸦雀无声。王瑞英咳嗽了两声，清了清嗓子，她继续讲话说："希望大家群策群力把这件事办好。我再有个事情要说，那就是为了发展村集体经济，增加集体收入，明年咱们村各生产队必须烤烟上马。县上提倡大面积种植烤烟，咱们村队队都要建烟炉，培养自己的烤烟专业技术员，大力发展烤烟，把这项工作做好。目前，省内外好多地方已经走在了我们前头，经验很成功，因此公社准备明年在全社范围大面积推广烤烟，落实好这个富民政策。"这时，又一阵热烈的掌声"噼噼啪啪"地响了起来。

王瑞英越说越激动，她向大家鞠了鞠躬说："谢谢大家，谢谢大家，感谢大家对公社决策的拥护和支持，这是我们应尽的责任，我们就是为老百姓办事的。希望大家的日子一天比一天好，都能过上好日子。大家要有这个信心，我们的生活一定会好起来的。再给大家透露一个更好的消息，县上准备明年下半年给我们农村拉电灯，大家再也不用点昏暗的煤油灯了，明亮的电灯将替代油灯，大伙晚上照明昏暗的日子就要结束了，这可是我们广大农民群众几千年来生活改善的头一次哟。"

这时，窑内已经沸腾了，一阵嘈杂声过后，坐在窑里头的二队队长孙永新再也无法控制他激动而狂热的心情，他要把它释放出来，可用什么语言来表达呢？他心中千言万语汇成一句话，那就是感谢党，他振臂高呼："中国共产党万岁！"全场社员群情激动也跟着喊了起来，窑内的气氛更加振奋人心了。

团支部书记郭永清高兴得眉开眼笑说："王主任，咱们真的能实现耕地不用手，点灯不用油，电灯、电话，楼上、楼下，田野里机器'嗡嗡'响，公路上汽车马达鸣的美好生活吗？"

王瑞英主任笑嘻嘻地说："只要大家努力，大伙攥成一个拳头，什么人间奇迹也能创造出来，到那时天上飞的，地上跑的，水中游的，咱们都会应有尽有。"

这时，玉朋转了话题，他说："同志们，社员们，刚才王主任已经提到了，公社准备给咱们大队明年一开春调配两万棵苹果树苗，其中以大小国光为主，还有印度、青香蕉、黄元帅和秦冠等品种。咱们一定要负起责任，选择土质肥力好、透水性强、平坦、避风和向阳的优质地块栽植苹果树，这项工作，绝不能应付差事，敷衍了事，要当政治任务来抓，把工作任务抓好干好。我今天把丑话说在前面，不论是哪个队的地块儿，只要选上了就得为苹果树让路，不要找岔子，故意刁难、抵制。咱有话说到前头，先说响，后别嚷。快年底了，现在先提早落实好地块，看谁先发言，可不要坐冷板凳。"刚才会场的热烈气氛一下子变得冷清了许多，大家个个沉默寡言，每个人的脸上像霜打了的茄子。这时，村大队长邓来栓站起来说："大家不必为难，不要有太多的顾虑，关键问题是现在大家要统一思想，各队怕自己吃亏，这可以理解。大队的意见是无论选上哪一队可以按各队原先评定的等级相互对换。好地对好地，差地对差地，这样大家一定不会吃亏。大家都好好想一想哪块地合适。谁来打这第一炮？"

大家还是没人开口说话，继续保持着沉默，个个低着头相互用眼神交换和表达着自己内心的想法。玉朋看还是没有人发言，便继续做工作说："你们不发言，肯定有你们的原因。但这是一件大好事，能壮大我们的集体经济，我们不能因各自的一点利益把这么好的事情给耽误了。将来建起的果园归大队集体所有，管理和收益归大队。果园建起后，由各队抽出一到两人专职管理，大队选派一名干部去负责，当果园的场长。在这一二年内果园所用牲口必须由各队轮换提供。我要说的，就暂且说到这儿。我顺便说一下，下届要是我还连任，果园还得箍窑、盖房子、买牲口、置农具等。请大家发表意见。"

经玉朋这么一说，会场上又"叽叽喳喳"说个没完没了。

四队队长明旺发言说："依我看把果园建在二队的西朋硷，原因是那儿地块集中，离村庄较远，也少牲口糟蹋。"

二队队长孙永新立马站起来说："不是我不让二队的地，西朋硷地块面积也不够呀，才一百多亩，差得远呢。况且离梁上五队村庄也近，谁说牲口不糟蹋，说话不负一点责任。我建议还是放在一队老龙头或四队的庙上比较合适，望大家采纳。"

这时，明旺听孙永新提他队里庙上的地块，心里有些不畅快，他阴着脸狠狠地瞟了一眼孙永新。但他还是碍于情面，没有大闹腾，因为内心有愧，他队里社员不知借吃了二队多少粮食，欠了二队里多少账。

"老龙头，面积大，地虽说比不上一等地，但也不是最差的。同时，一队里老龙头都和三队、四队、二队地块基本连片的，调换也容易。至于庙上，离村子近，就是将来挂果了，社员想吃些用些也方便。看大家还有什么好主意。"明旺说。

来栓这时站起来说："一队李维强，你有什么话要说，三队李红印也要发表自己的意见。"

李维强说："我听大家的，没意见。"

三队队长李红印说："这是给大家办好事，谋福利的，选在哪都行，我没有啥要说的。"

玉朋觉得从大家的发言看建果园的问题不大，思想也比较统一，意见也比较集中。他又把头转过来向在座的其他同志问了一声："你们还有什么意见，提出来。"

村支部副书记和团支书、妇女主任都摇了摇头，表示没意见。

"既然大家意见比较统一，我的意见是一队老龙头地块抽三百五十亩，四队庙上抽五十亩。"玉朋说。

来栓接着说："大家对玉朋书记抽调的地块和亩数有没有意见？"

"没有。"大家异口同声地回答。

来栓侧过头小声问玉朋："现在要不要集体表决一下？"

玉朋说："既然大家意见都一致了，思想形成了统一，举个手很容易，不搞那形式，就算了吧。不过咱们现在还得成立一个临时性的组织，由我和你，各队队长，大队会计等几个人组成落实地块面积这么一个工作组开展工作。时间紧迫，后天就开始行动。"说到这儿，玉朋忽然想起一件事来，不是记娃反映，村上有些社员从外县一百多里地翻山越岭贩回来一些猪羊吗，又准备偷偷到杨柳镇集市上去卖掉，从中牟利，像这种见不得人的勾当就是腐朽的资产阶级思想在作祟，这种行为就是典型的投机倒把，破坏社会主义计划经济秩序和国家粮油统购政策，这是个严重的问题。这些人时刻打着自个的小算盘，唯利是图，简直无法无天。人民群众是不会答应他们的。玉朋想等植树一结束，召开个群众大会，把这个问题解决一下。

会开到这儿，来栓宣布散会。银白色的月光透过云层洒在地上影影绰绰，满天的繁星像无数的珍珠点缀在天幕中，把天空装扮得格外美丽。夜静了，从窑洞走出的人们，迎着夜晚的凉风，任凭风从他们身边掠过，吹在他们的脸上凉飕飕的，格外舒服。

第二年开春，玉朋马不停蹄地带领一班人火速来到已确定的地块老龙头，两人一组，用皮尺一尺一尺地量，用了大半天丈量完了三百多亩土地。中午也没有休息，又来到庙上丈量土地，几个人很快就把全部果园用地都丈量完毕。当天，二队的手扶拖拉机从公社拉回了两万棵树苗。

第二天，就开始栽树了，各队抽调十名强壮劳力组成了一个植树突击队，在技术员李恒昌的指导下，仅用了三天时间全部都栽上了树。大队及时通知要求各队从此不得让牛羊牲口进入果园，毁坏树木，大家互相监督，有违反者扣罚半月的工分，同时给举报者奖励半月工分，这个管护办法得到大家的赞许。

当晚，玉朋让来栓同他和几个队长一起商量下一步工作。来栓进门，见玉朋家的炕墙上放着一盏煤油罩子灯，各队队长正讨论土地的对换问题，因地块儿等级质量问题，吵得不可开交。一时找不到一个合适的解决办法，玉朋急得在地上转圈圈，"叽叽喳喳"的吵嚷声此起彼伏。四队队长明旺生气地大声叫嚷："我队是什么地，那可是全大队的一等地，而老龙头是什么地，说什么我都不会拿好地对烂地。"一队队长李维强也不示弱，他说："要是大队不建果园，你那地哪怕能出金子，我们还不要呢。"明旺说："我看你嘴里不说，心里就想要呢。"大队会计季民为难地把笔扔在桌上大口大口地抽着烟。

玉朋见大队长来栓来了，一筹莫展的眉头忽然舒展开了："你来得正好，为了地块对换的事，他们几个吵得不可开交。"

来栓笑着说："你甭说，我在院子里都听见了，哪里还有破不开的榆木疙瘩，彼此忍让一点，心理平衡一点，地差的，地块多给一点，地好的地块少给一点，不就得了。大家都不要一根筋，认死理。再说了，为村集体吃一点亏有什么？地在人种呢，有再好的地，懒得怕种，种不好，收成上不去，也是枉然。所以要相互体谅，彼此照顾，妥善解决这个问题。我建议应该按现种面积来分摊，搞好地块对换。"经过一阵低语，大家表示愿意接受这个方案，本着互相谅解，大家很快统一了认识，最终解开了心里纠结的疙瘩。

玉朋见大家思想放开了，意见统一了，心里也轻松了很多。他说："都想通了，这就好嘛！各执己见，斤斤计较，吵来吵去也解决不了问题。大家都是柳庄的社员，手心手背都是肉，我该向着谁，你们说呢？好了，现在这个问题解决了。还有一个问题，大家可不要太冒失，遇到种的麦子或其他作物，像扁豆、棉花、油菜籽等未收获的地块，等收割完后再退地，要避免或减少损失，闲地、空地，不要耽误时机，马上对换。各队分摊多少亩数，大队会计季民必须今晚算出来，赶明天早上一定要给群众公布出来，让大家尽快落实。"

等其他人走后，来栓问玉朋："那天来全的检查材料，你看了没有？"经来栓这么一问，玉朋才想起这事，他一拍脑门说："哎呀，你不说，我倒给忘了。"

他急忙打开抽屉，取出那份存放多日的检查材料，认认真真地看了一遍，对来栓说："你觉得他写得怎样？"

来栓说："我大致看了一下，基本上还可以，挖到了思想深处，不过冒充工分是个严重问题，得严肃处理，以免在群众中造成很坏影响，这件事'是可忍，孰不可忍'。"

玉朋点头说："你我看法相同，他这个人曾当过生产队会计，非常霸道，好像天下只有他第一，从不把弱势群众放在眼里，所以大伙都怕他，即使吃了亏，也不敢吱声，群众反应很大，而且有严重的家族观念思想，不以事论事而是以人论事，对自己的关系户随意放任，对弱势户百般刁难，借队里粮食迟迟不还的就是他的这些关系户。他整天头仰在天上，人们背后称他'望天狼'。也该让这种人接受教训了。还有那些投机取巧、倒猪贩羊的，倒卖油菜籽的，让他们一起接受教育。"

来栓问玉朋说："你看咱们何时开这个大会，目前时间比较紧，正忙着春播，开一个大会就得大半天耽搁。"

玉朋说："这个问题我正在考虑，不过人常说，磨镰不误砍柴工呀。我觉得古人说的有道理，咱们只要把群众的思想工作搞上去了，人的思想问题解决了，一切工作都会迎刃而解的。同时，还有个知青问题，北京知识青年离开父母身边，来到咱们这儿，缺少关爱，咱们还得负起责任，要多关心爱护他们，从生活上多体谅、多照顾他们。听说一队和四队个别知青没啥吃的，饿得实在没办法，偷吃了社员自留地里的蔬菜。我们一定要多关心他们的生活，给他们创造一个好的劳动生活环境。"

来栓说："你提的这个问题非常重要，听说咱们邻村有个生产队对知青不闻不问，照顾不周，他们生病了也没人管，有群众还和知青闹别扭，甚至还动手打了人家，结果告到法院，还关了禁闭呢，咱们得告诫一下各生产队长，可得引以为戒呀。"

玉朋严肃地说："是呀，这个问题非同小可，要通知各队长重视起来，做到万无一失。"

来栓说："咱这几天忙于建果园的事，记娃反映的那个事还没有来得及调查落实，你看是不是还须各家走访一下？"

来栓话音未落，玉朋就开口说："今晚你把他们几个叫来，问问情况，看他们如何反应，核实一下记娃反映问题的真实性。"

来栓说："可以。"

当天晚上，书记家窑里来了几个人，他们是二队的玉红，三队的进喜，还有四队的二狗、春喜和晓新。几个人相互扫视了一下对方，刹那间，大家不用说也心知肚明书记叫他们弄啥来了。二狗看没有二虎，心里倒有些不服气，心想，这事二虎怎么没有来，心里很不平衡，但他觉得自己没有那个能耐，何必招惹别人，再说这事他问心有愧，这几天正为这事睡不着觉。他回头一想，自己一头秃疮，还嫌人家屁臭。再说，要是人家二虎知道了，又得罪了一个人，自个儿划不来，心想不弄那事。想到这儿，一肚子的不平和怒气像皮球戳了一个洞，泄了个精光。

春喜和晓新阴着脸静静地站着，噘着嘴自然是憋着满肚子的怨气，埋在心里无处发，心中十分的苦闷，有话不敢说，有苦不能诉，只有回家发脾气，出门发唠叨，敢怒不敢言。大家心里常有一个疙瘩，活没少干，日子过得紧巴巴，个个忧心忡忡，这日子可咋过，家里老的老，小的小，苦愁的日子何时是个头。没办法，挣一点辛苦钱还得挨批斗，干部常常口口声声讲，让社员富起来，过上好日子，这个好日子究竟是什么，谁也看不到。

玉红和进喜只是板着脸，皱着眉头，一副垂头丧气的样子。

玉朋看他们都无精打采的，耷拉个脑袋。他没有绕弯子，直来直去地问道："你们几个是不是背着村上干了什么事？"玉朋看他们没一个人吱声，拉着破锣嗓门说："你们干的好事，全大队已经闹得沸沸扬扬了，你们这些小资产阶级的脑子就是改不了，就像春风吹过的野草，又长起来了，你们简直是不撞南墙不回头。你们给我说，是不是现在还心存侥幸，逮住了叫爷，丢脱了胡蹦呢，我倒要看看你们能蹦多高。"

在严厉的追问下，几个人仍是低头不语，个个板着个面孔。窑内紧张的气氛好像到了冰点，玉朋这声色俱厉的发问，让春喜、玉红、进喜、二狗和晓新个个面红耳赤。

来栓胡子拉碴的厚嘴唇动了动。他"嘿嘿"一笑，暗暗在想，你们不说，也得一个一个撬开你们的嘴。

"我看还是一个个点名吧。"来栓说。他第一个点到的是三队的进喜。进喜说话口吃，他结结巴巴地说："就……就就……就……我，跟上人……人家……瞎……跑了。"来栓看问不出什么结果，他问二队的春喜，春喜倒很利索，他振振有词地说："好汉做事好汉当，我家里六七口人，人多，负担重，不寻一点活路，讨一点经济来源，谁来养活？是让人富起来，还是让人穷到底？"

春喜倔强的回答和发问，把来栓和玉朋问得哑口无言，呆若木鸡，顿时无话可说。停了一会儿，来栓缓过神来，大声吼道："你这是强词夺理，犯了这么严重的错误，还不端正态度，承认错误，简直是死不悔改，那就准备着上群众大会吧，让大伙帮你们认识认识错误，帮你们好好反省反省。"

春喜淡然一笑说："实事求是地说，人还是要生存的，你们随便。"

当问到晓新时，他已做好了回答的准备。他说："有没有侥幸心理，你们说有就有，你们说没有就没有，反正大家天天都要生活，一家人都得吃饭花销，谁家哪一天不吃饭穿衣花销？大家都不是在真空里过活。"

来栓威胁地说："你身为生产队干部，带的好头！"

晓新毫不畏惧地说："生产队干部咋哩，生产队干部也是人，不是木头，也要天天生活，家里有老有小，不想办法挣点钱怎么能行。有钱花，不愁吃，不愁穿，心里才踏实，大家干活才有心劲和力气，难道叫人人穷得揭不开锅了，你们就舒坦了？"

经过一阵唇枪舌剑后，来栓没有捞到一点嘴上的便宜。玉朋有些失意无奈，只好说散会。

月亮还没有升起来，院子外面一片漆黑。他们几个人凭着感觉摸索着一步一步往家走去。

隔了数日，这天傍晚，柳庄各家的烟筒还在冒着浓浓的炊烟。爱梅的表妹白玉绒已吃过晚饭，到来全家串门，进门一眼瞧见炕上一张小方桌上放着平时最简单的四样菜。一样是白菜和萝卜腌的咸菜，一样是用清水和了一碟辣子，另一碟是用萝卜叶子泡制的酸菜，另外还炒了一样特别香的菜，那就是洋芋丝拌粉条。一碟糜子馍和花糜子馍放在桌子的角上。爱梅的婆婆还没有入座，小文文趴在桌子旁嘴里流着口水，用手抓起几根粉条往嘴里擩，样子十分可爱。来全喊了一声："妈，吃饭哩。"眼睛瞟了一下饭桌，发现文文用手抓碟子里的粉条吃。他笑着对小家伙说："呀，文文做啥哩？不敢用手抓菜。"他拉开儿子的小手，亲了一下小文文。正在锅上盛米汤的爱梅对玉绒说："玉绒，你家虎子咋样？你看我把娃惯成啥样了，他奶奶还没坐下端碗呢，他就这样，真是没一点规矩，多亏你是他姨，要是旁人都要笑话死了。"

玉绒笑着说："还不都一样，文文还小。再说现在，大人对娃们哪有时间管教。唉，一辈不如一辈了，过去一家人围着吃饭，娃们还敢到盘子跟前？孩子一旦犯了家规，爷爷奶奶就要训斥子女，大家觉得丢面子不光彩，要是传到外人耳朵里，也会被别人瞧不起，见人抬不起头来。现在时代变了，一家甭笑话一家，猪婆不嫌老鸹黑，如今这种家教观念淡薄多了。还甭说孩子，以前听老人们讲，过去结婚刚过门的媳妇哪敢到家里的盘子跟前吃饭，更不可吃饭时随意伸腿蹬脚，不然会被斥责丢人现眼的，人们会说这家人娶的媳妇没教养，也会笑话娘家人。"

来全一家人围着炕桌吃饭。玉绒靠着炕墙，身子坐在炕沿畔上。爱梅边吃边说："这教育孩子是件大事，也是个学问，严格的家教才能使孩子成为家里的顶梁柱，顶梁柱倒了整个家庭就倒了，顶梁柱端端正正，家庭就蒸蒸日上，万事顺心。"来全笑着对小文文说："文文娃，你学好了，我和你妈脸上都光彩，也是咱家的荣耀。"文文嘟着小嘴，似懂非懂地看着大人们。

一家人吃完晚饭，奶奶抱着文文到隔壁窑里去了。

爱梅一边刷洗碗锅，一边和玉绒拉着话。爱梅担心的是自来全那份检查交上以后，一直没有信息。她不知道是凶是吉，想借着玉绒串门之际，打探打探动静。她问玉绒说："这么多日子，你听没听到有议论你姐夫的？你耳朵灵，听到什么风声没有？"玉绒悄悄说："这几天有人风言风语说，前些日子二队有倒猪贩羊的，还有别的队也是一样的，倒卖粮油、投机倒把的，破坏国家粮油统购政策，听说是有人举报的。上几回就听说了，这回叫人家发现了，大队要新账旧账一起算，可能最近就得开群众大会，要杀一儆百，给其他人点颜色看看。不过那些人也怪可怜，黑更半夜的，为了弄几个钱养家糊口，多难呀！姐，我记得，二十世纪五十年代末，咱们在娘家，组织铁姑娘突击队，身强能干，搞试验田，硬是把一米多厚的土坡挖了个底朝天，没有气灯就点马灯，肥料不足，割青草沤绿肥，结果庄稼长得只有脚脖子高，一味搞吹嘘搞浮夸，说什么一亩能产一万斤，虚报产量，欺上瞒下，尽吹了些牛。"来全接着说："可不是，柳庄村也是一样的。那时，我还在初小读书，大锅饭、食堂化，大人们早上上地只给一个糜子馍，我们学生娃连糜子馍也啃不上，到吃饭时间，个个饿得心发慌，眼巴巴盼着值周员的铃声响，家里人能领到几碗苞谷糁和糜子度日。特别是大炼钢铁，连村里最有价值的东西也炼了铁。咱村原有一口大铁锅，是明代李家老祖宗从山西带过来的，距今有五百多年的历史了。常听老人讲起，说李家老祖宗是从山西洪洞大槐树底下移民过来的。老祖宗兄弟二人，按照官府的规定，兄弟俩不能同时前往同一个地方，不得已，兄弟二人把家里仅有的一口铁锅砸成两半，一人一半，各奔东西。若干年后，兄弟俩终归走到了一起，落户在了这柳庄，世代繁衍，子孙兴旺，老李家逐渐成为村子里两个大姓之一。李家的那口铁锅是两个半锅合在一起的，成为老李家世代相传的祖传之物，一直在李家祠堂里放着。让我记忆犹新的是，我们学生在祠堂读书时，常在里面玩耍呢。"玉绒插话说："那实在是太珍贵了，太可惜了，这不仅仅是毁灭了东西也毁掉了历史啊。"爱梅愤愤地说："这都是柳庄村干的好事，连老祖宗都不要了！"来全说："甭说这，还有一件事，祠堂里还有一棵古老的大槐树，七八个人用胳膊才能围住。"爱梅说："这可是咱柳庄村的宝贝呀，一棵珍稀的古树。"来全说："唉，后来让木业社伐了都做家具了。"他们聊到这儿，爱梅没有打听到来全的一点消息。夜深了，玉绒要走了，姊妹俩挽着手，爱梅把她送出了大门。

一年之计在于春，田里的人们吆喝着耕牛开始种玉米了。这天，柳庄要召开一次群众大会。会场选在大队部院内。一大清早，各家的小喇叭就开始响了，喇叭里听得出是大队会计季民的声音。他用清晰而洪亮的嗓门把这个信息通知给大家。

大队部院里，窑门前一字排开摆着三张桌子，一排排的板凳放得整整齐齐。不大一会儿，大队驻队干部和大队领导及各队的负责人都陆续到齐了，按照区域划分各队社员都找到了自己的位置坐定。

邓来栓看人已经到齐，他对玉朋嘀咕了几句，便宣布会议开始。他说："大家坐好了，不要吵，不要嚷，不要来回走动。"接着，他抬起头，抖着胡子拉碴的厚嘴唇扯着破锣嗓子说："今天开个群众大会。首先请柳庄党支部书记玉朋同志讲话。"霎时，坐在前排和重要位置上的几位领导同志，"啪、啪"响了几下零碎的掌声。玉朋站起身来，两只胳膊撑在桌沿上，绷紧着脸庄重而严肃地说："各位社员同志们，今天在百忙中召集大家开会，是要解决一些人的思想问题。目前，我们村出现了一些不良倾向。有的人浑水摸鱼，以权谋私；有的人投机倒把，从中获利；有的公开破坏国家粮油政策；等等。这些不轨行为，严重影响到我们柳庄农业生产的大好形势，影响着当前热火朝天的春耕生产，影响着社员们的团结和斗志，必须铲除这些歪风邪气。"

一阵稀稀拉拉的掌声过后，邓来栓让大队会记季民点了几个人的名字。当点到春喜时，春喜一副不服气的样子。接着，叫到李来全的名字，来全几乎惊得尖叫起来，"哎呀"一声，顿时脸色变得煞白。来全一点思想准备也没有，他把自己的事估计得太乐观了，全然没想到会有自己，有气无力地走了出来。

　　记娃等人踊跃发言轮番对这几个人进行了严厉批评。

　　这几人一个个大都垂头丧气，只有春喜，挺着胸膛，脸上充满着愤怒和不平。正在此时，后排不知谁喊了一声："李春喜，你这个顽固不化的家伙，你还以为你做下什么光荣事了。这么嚣张，狂妄！"随即，有人喊道"打他狗日的"。顿时，旁边的蛮娃抬起右膝从春喜的腰间狠狠地击打了下去，恶狠狠地骂道："你个狗日的。"

　　一阵喧嚣过后，玉朋发言了，他要求这几个人表态发言，认真从思想深处解剖自己，认识错误。

　　最终，这几个人不得不在大庭广众之下承认了自己的错误，表示要痛改前非，做个遵纪守法的好社员。

　　这时工作组员海生坐不住了，他站起来说："思想教育就是要触及灵魂，只有触及灵魂才有思想转变，才能使我们觉悟起来，聪明起来……"他的话刚讲到这里，台子底下"噗噗"两声，坐在周围的人都惊觉起来，大家相互小声低语地询问着发生了什么事。二虎的老婆鬼难缠侧过身子，一只手挡住脸对坐在同一条板凳上的娟娟说："惊奇什么？肯定是有人放了两个响屁。"娟娟毫不在意地"嗯"了一声。这时，与张仁坐在一个板凳上的李建军把张仁随手擂了一拳，随即"撇撇"了两声，说："臭死了，臭死了。"唾沫星飞溅了张仁一脸。这下可好，他的话被正在讲话的员海生听见了。他声嘶力竭地吼道："李建军，站起来，你刚才'撇撇'两声还说臭死了，臭死了，是说我讲得不好，不如你，还是另有什么看法和企图，侮辱了我是小事，我不在乎，不想跟你计较，我男子汉大丈夫也能容得下，放你一马。但你要是对党的政策不满，污蔑攻击，那可是政治问题，也就没得宽宏大量了。"

建军这时站起来，他并没有被负海生刚才的话所吓倒。他理直气壮地指着张仁说："刚才是他放了个屁，臭得我没办法才'撇撇'了两声，你若不信，你问问他。"

负海生恼羞成怒，暴跳如雷，凶狠地骂道："你个熊样，还不站起来回话，是不是你放的屁？"而张仁这时早被负海生一番咄咄逼人的话语所吓倒，只见他浑身哆嗦，毛孔里直发冷汗，一再矢口否认，怕追查到自己头上，吃不了兜着走。于是他来了个死猪不怕开水烫，死不认账，想抹个利胡桃，把责任推得一干二净。他愁眉苦脸地说："负干事，我没有放屁，是他污蔑我，你不要相信他的话。"

这时，负海生又把矛头指向了李建军。他拉长嗓门，皱着眉头，两条乌黑的眉毛好似两把尖刀，翘得老高，本来长方形的脸庞显得更长了。他大声呵斥："李建军，你背着牛头不认赃，还想栽赃于人，我看你是个老滑头。"

这下，激起了李建军的愤怒。他想，再老实的人也不是好惹的，真是欺人太甚。他奋起反击，气愤地骂道："姓负的，你是眼窝瞎了，还是耳朵聋了，钱没挣下，连人都没认下，我看你就是个欺软怕硬的货。"

负海生气得脸色发紫。他用拳头恶狠狠地砸着桌面，桌子震得"咚咚"响。

他气急败坏，像老鹰抓小鸡扑向台子下边的李建军。会场顿时乱哄哄起来，议论声和嘈杂声混成一片，会场秩序乱作一团。玉朋和来栓看事情不妙，群众大会竟然开到这种地步，他俩赶忙向前挡住老贠，劝住建军，防止事态发展。贠海生窝了一肚子火，他一甩手扬长而去。

贠海生走后，人们还在议论着，嘈杂声不断。"一个屁大的事，还真是闹翻天了，真是没趣。""太狂妄无知了，不知有多大的本事把架子摆得老高，太盛气凌人、自高自大了，这样的人还能当领导？"大家七嘴八舌，议论纷纷，说个没完没了。

玉朋看着贠海生走后，会场秩序乱成一锅粥，严肃地对大家说："肃静些，肃静些，大家各人都坐到各自的位置上去，不要喧哗了，听我说。除了刚才这个小插曲，我们今天的会总的讲，开得很好，很有成效，一些同志经过大家的帮助，都认识到了自己的错误思想，表了决心，这就是进步的开始，好的表现。人不怕走弯路，走错了路，但只要能虚心改正，深刻醒悟，就会走向光明正道。俗话说，人不怕犯错误，就怕犯了又死不悔改。我们今天的大会就是一个惩前毖后、治病救人的大会。总之，今天的会还开得不错。不过，中间出了点小摩擦，我们会做深入详细调查，把事情弄个水落石出。我也提个醒，希望有些人不要阳奉阴违，因小失大，影响团结，破坏生产，我可有言在先。我就说这几句吧。"

玉朋说完回头问了问大队长邓来栓、副书记李志强和团支部书记郭永清，征求了他们的意见，他们都说没有什么话要说。

这时，邓来栓大队长宣布散会。

会散了，但贠海生的心里却不是滋味，很不平静。他耿耿于怀，一股恶气憋在肚子里很不舒服。一个堂堂的驻队干部竟然在大众面前遭到一个平头百姓的侮辱、唾骂，这叫他脸面往哪儿放，今后怎么去见人，怎么开展工作，这口窝囊气他是咽不下去的。为了消除心中的愤恨，贠海生很快想出一个主意，那就是先把李建军这个人关起来再说，先杀一杀他的威风，灭一灭他的气焰。

贠海生准备把他的想法告知玉朋和来栓，但他一时还下不了决心，还在犹豫中。

时间过了一两天，来栓不知从什么地方、什么人口中得知老贠有这种想法。来栓心想，你老贠这样的想法显得太极端了，这无非就是出于个人恩怨打击报复。他很快把贠海生的想法告诉了玉朋。玉朋吃惊地说："这不是添乱吗？太狂妄了，还有没有党的组织纪律。"

随后，他又叹口气对来栓说："这样一个人，怎么办？人家是上级派来的驻队干部，官高一级压死人。"

来栓说："那也不能违反党的原则，虽说是上边派下来的干部，他还得受地方党组织的领导，你不要把自己的权力都忘了。"

玉朋豁然开朗，他笑着说："你甭说，我都被唬住了，他还是个党员吗？连组织原则都记不起了。"

他接着问来栓："那咱们是不是该跟贠海生同志谈一谈，做做他的工作，你看咋样？"

来栓看了玉朋一眼，严肃认真地说："是啊，是要给这种人做做工作了，不然他会误入歧途的。"

"那咱们今晚上就把他叫来？"

"好，我来安排。"

就在这天晚上，玉朋家里开起了谈心会，在昏暗的罩子煤油灯下，玉朋、来栓、老贠三个人敞开胸怀，毫无拘束地谈论起来，他们畅所欲言，无所不谈。兰香又特意炒了三样小菜，玉朋从橱柜里摸了一瓶店头大曲，三个人一来一往，喝了起来。来栓自然没有酒量，喝了三杯就已趴下了。玉朋和老贠来来回回，瓶子底再不剩几盅了，贠海生也喝得醉醺醺的，说话语无伦次，脸庞泛着红晕，两只胳膊撑在桌子上，一只手跷起大拇指说："来栓，大队长，你是老大，他又指着自己，我是老二，他玉朋才是老三，他小，他比我还小，咱们三个今天高兴，高兴，高……"玉朋看他喝多了，赶忙叫他吃菜，喝水。

过了好大工夫，负海生的酒逐渐醒了，他说今天心里舒坦，痛快、舒畅。他想要继续往下说，玉朋堵住他的话说："海生啊，有些话我一直想跟你说，可摸不着你这人的性情，是姓'张'还是姓'杨'。"

负海生极力想听听玉朋对他的态度，他说："老弟呀，别拐弯抹角地骂人了，有话你就直说，你哥我这人性子直得跟一根椽一样，连个弯都不会拐，你直说，但说无妨。"

玉朋这才心平气和地说："海生哥呀，论年龄你比我大几个月，我应该叫你哥，可咱们都是革命同志，都是党员，但你在处理一些问题上，我也不知道当讲不当讲，该说还是不该说。"

"我刚才不是说过了吗，有啥话你就尽管说，我听着，不要隐藏。"负海生继续重复着话语。

"海生呀，咱们都是党的人，有些事可不能胡来，由着性子来，做得过激了，不好，在一些事情上可不能以个人感情用事，否则往往会把事情搞砸了。"玉朋正说着，负海生又打岔问："甭急，甭急，你刚才说'过激'两个字是什么意思？"

"不要问了，'过激'这两个字我想你比我更清楚，听人说，你与李建军的事，你想关他禁闭，有这个想法没有？"

负海生一听，心里"咯噔"一下，沮丧着脸，眼睛直直地盯着桌上那几个吃得干净的菜碟子。瞪着又大又黑的眼珠子，他扭头狠狠地瞥了玉朋一眼，玉朋意识到他还心存怨恨，心里还没有转过弯来。玉朋还是忍住性子，顾及负海生的面子，把要说的话咽了回去。

三个人沉默了一会儿，玉朋说："海生同志，咱们在没有把事情弄清楚以前，可不能由着性子来，建军在会场中出了这么个洋相，也许是另有原因的，目前还不清楚，咱们还没有做实际调查，究竟是怎样一回事，谁也不知道。所以，一切还得等把事情弄清楚之后再说，没必要有怨恨，生闷气，你要消消气。"

贠海生一听就急了，他说："这可是在开群众大会，他竟然在这样的会上，敢侮辱我，他明显是对党的政策不满，就是不关他禁闭，那也得到公社说说理去。"

玉朋见他这么固执，执意要闹个死活，一时也没了办法，心想也只能由他去了。

夜已经深了，玉朋的酒气消退了许多，显得精神抖擞，满脸锐气。他果断地说："明天就调查，把事情弄清楚。"来栓和贠海生没再说什么，起身离开了。

当天夜里，来栓回到家，裹着个被子，回忆着开会时的情景，贠海生为啥能听到建军"撇撇"两声呢，是因为坐得近，他就坐在中间第二排。他猛然回想起，建军指着坐在一起的张仁确实说了什么。来栓心中一亮，应该是他，是他放了个屁，闹得大家不得安生。来栓侧过身对秀英说了他的判断。秀英不以为然地说："不就是放了个屁嘛，有那么严重？再说张仁也是难对付的，恐怕最终也是不了了之。"

"那就问问张小宁，她是团小组组长，她爹对她想必不会说假话吧，老子对女儿哪有不诚实的？"来栓对秀英说。

"那你试试吧。"秀英漠不关心地说。来栓又想了想当时与张仁前后座的人。来栓想到刘大柱和二牛都一前一后坐着。他对秀英说了自己的想法，秀英打着哈欠说："那你明天的调查就有眉目了。"

第二天早饭后，来栓去找张小宁，单独谈了他要张小宁办的事。小宁只是"哦"了一声。紧接着玉朋也来了，他和玉朋两人商量后，分别去找二牛和刘大柱做调查。

当玉朋和来栓来到刘大柱家时，正遇上二牛。刘大柱饭一吃完，放下碗就出去了。玉朋把调查的事情说了之后，玲玲简直笑得不可开交，她笑着说："一个屁大的事，还……惊动……圣……驾了。"二牛在一旁也笑得肚子疼，正好刘大柱也进来了，他看到四人的神态，有些莫名其妙，也跟着笑。

来栓毫不含糊地把上门来的目的告诉他，刘大柱笑着说："那天开会我就坐在张仁前面，听得最清楚，他'噗噗'一连放了两个响屁，臭得不行，建军才起了身，弄得捅了个马蜂窝。"二牛也说："我在后排坐着，听到张仁放屁，我赶紧捂着嘴，还好没出声，也没起来。但话又说回来了，他也不是有意的，人家肠胃不好，放个屁也正常。张仁经常不经意间就'噗噗'放屁，连两个儿媳都嫌弃他。那老贠在会场耍性子，对建军破口大骂，建军老大个小伙子，也有个脸面，能丢得起这人？因此，两人扯了皮，一来一往，谁也不服谁，最终还是落得让大家看了笑话。建军也够倒霉的，落了个哑巴吃黄连的下场，没办法，谁叫咱妈把咱生了个老百姓呢。"

玉朋和来栓两人出了门，玉朋对来栓说："现在事情基本搞清了，就等张小宁的消息了。二牛的话虽说很有道理，但句句话带着刺呢。"

来栓说："那咱可得提防着了。"两人一路说着走着。

晚上，张小宁来找书记玉朋，她说："哥，你和大队长说的事我问了我爹，他说没有这事。那天，他根本没放屁，他当时不是当着大伙的面都说了吗？怎么又问起来了？我看纯属栽赃。五哥呀，我爹说这话可是诚恳的，我相信他。"玉朋的心里已经有了答案。他笑着说："小宁，回去告诉你爹，让他多注意身体，没事的。"

张小宁走后，来栓又去找玉朋。玉朋正准备关门，两人碰了个正着。玉朋领着来栓进了屋里，兰香正准备脱衣睡觉，见来栓来了，赶忙又穿好衣服，难为情地笑着说："大队长来了，事还没处理完？"

来栓笑了笑，点点头，他一本正经地对玉朋说："来你这儿之前，你猜猜我跑了几家？"

玉朋问："几家？"

"已经三家了，为了这么个屁事，真是跑断腿，但也有一定收获，张仁对他老婆芹菜可是说了实话，是他放的。听说贠海生已把事情添油加醋地反映到了公社主任王鸿浩那里去了。公社正等着咱们的处理意见呢？"对这事，来栓感到十分好笑，他说完，竟笑得连连咳嗽起来。

"太任性了，这都什么乱七八糟的，明天就把咱的处理意见报上去。"玉朋气愤地说。

兰香一个劲儿地唠叨着："这人怎么能这样呢？太荒唐了。"

来栓若有所思地说："也许他有别的心思……"

两天后公社还是根据柳庄大队的意见处理了这件事。贠海生很不甘心，他一直心怀怨恨，对这件事耿耿于怀。不久，他又把这个情况上纲上线反映到了县革委会，县上派人下来调查，经过一番走访，此事不了了之。后来，大伙提起这件事，个个简直笑破了肚皮，有人为此编了几句顺口溜：

> 屁是肚中气，哪有不放之理？放屁人死不认账，没放屁的垂头丧气，都是为了些屁事。

第五章

春耕大忙之际，今年又增加了一项烤烟的活路。

昨晚大队干部开了个会。早饭后，队长李维强兴冲冲地直接上门去了文博家。文博刚吃过饭，正追着女儿在炕上玩呢。文博妈洗锅刷碗，他爹坐在板凳上抽着旱烟，一副长烟锅杆子磨得油光发亮。脸上，还清楚可见他嘴角上粘了几颗玉米糁子。田老汉见队长来了，热情地把自己的旱烟锅子递给李维强。维强举着双手笑着说："八叔，你这烟我抽不了，一抽喉咙就呛。"

文博正在逗小田媛玩，听出是队长维强的声音，立马转过身说："二哥，你来了。你这可是无事不登门，一定是有什么事了吧。"

维强笑着说："看贤弟你说到哪去了，你不知哥这一天是无事忙，忙不下个明堂，生产搞不上去，群众有怨言，自己心里急啊。"

文博说："二哥，你有个最大的优点，就是实在，大家都信得过你。"

维强说："哥没文化，是黑豆纳粮哩，就图个本色。哥来找你想给你个事做。昨晚大队开了个会，公社叫咱村上烤烟呢。我思来想去，你最有文化，是个有才的人，一定能胜任这项工作，把活干好，干出成绩的，其他人我不放心。"

文博一下愣住了，有些犹豫说："弄烤烟可是个新鲜事，我从来没干过，也没见过、听过，不知怎么弄，没一点儿把握，叫我干其他活还行，这项活儿真是两眼一抹黑，瞎子摸灯，干不来。"

维强看文博顾虑重重，心里有负担，忙说："文博，这事哥不为难你。但哥要说的是，你说自己没干过，谁干过？谁都没干过，我也没干过，没见过。但你有知识，有文化，接受新事物快，这些东西还不是在干中学，学中干，摸索中前进吗？马克思说，实践出真知，这个道理你应该懂的。"

文博说："二哥，你听我说，这个活儿咱都没干过，也没见过。我冒这个险，心里确实有点怕，再说我这出身你也知道，要是答应了，真的没干好，出了问题，这屎盆子扣在我头上，我还是心有余悸。"

维强见文博说出了自己的心里话，他心想，弄烤烟这事还必须让他来干。他坚定地对文博说："兄弟，不用怕，别担心，要是万一出了事，责任由哥一人来挑，你放心就是了。"

文博说："这怎么行，该谁的责任，还得谁来负，不过，你这实在是赶鸭子上架哩嘛。"

维强笑着说："你不上也得上，再说了公社给咱每个大队专门配了一位烤烟技术员，指导咱们呢。这会，那技术员上公社领烟籽去了，一会就回来，以后他怎么指导，你就怎么干，听人家的，到你掌握了这些技术，你就成了咱们村的烤烟技术员了。总之，要虚心些，多学知识。"

文博听队长这么一说，长出了一口气，他高兴地说："公社专门来了技术员下乡指导，还要给各队培养技术员，真是件好事，是大大的好事哩！"他再没有推辞，就应允了。

到了下午，队长维强领着技术员来了。技术员人很和气，个子不高，中等身材，乌黑的头发剃了个小平头，圆圆的大眼睛，看上去也不过二十七八的样子。他说话时，一对黑葡萄似的眼珠在眼眶里打转，很是好看。嘴里上下两排洁白的牙齿既整齐又美观。他一进门，就握住文博的手亲热地问这问那，像亲兄弟一样，没有一点儿拘束感。当他紧握文博的手时，文博触摸到了一双粗糙的手，那手简直和树皮不相上下，哪像个技术员的手？看技术员脸面黑红黑红的，倒不像个公家的人。

文博想了一会，这人好像在哪见过，挺面熟的，就是一时想不起来，他冒昧地问了一下。

技术员说："我叫彭培元，是杨柳镇中学七二级学生，我比你高一年级，想起来了吗？我一见面就认出了你。"

文博把头往上一仰，笑着说："噢，想起来了，想起来了，我记得咱们两班有一次上体育课，你跟人家女生争着抢篮球，你个子低，为争球从人家女娃裤裆里钻过去，结果把人家都绊倒了，你说是不是？"

培元笑着拍了拍文博的肩膀说："你呀，还记得这么清楚。"

文博说的事，惹得在场的人哈哈大笑。

培元说："听你班娃说，你学习成绩不错，还是班里的尖子生，怎么后来没继续上学，留在农村了？"

文博摇了摇头说："唉，一言难尽，我也不晓得哪儿出了问题，家里成分不好，我父亲至今还戴着右派的帽子呢。"

培元说："那你就没想过将来有机会继续上大学吗？"

文博说："想是想，但现实明摆着，我这样的人哪有上大学的机会。"

培元说："那可说不定，现在'四人帮'粉碎了，一切都有可能在变。"

文博说："谁知道呢，我心也死了，也看淡了，就打算在农村干一辈子，这也许是老天爷给我指的路，我必须走下去，没办法的。"

"唉，如果这样，那太可惜了，你不后悔吗？"培元问。

"再后悔，有啥办法？这是命里注定的。"文博说。

培元又问："那你现在在农村怎么样？还好吗？"

"说实话，当初回来时，还真有些不习惯、不适应，吃不了苦，不过时间长了，也就磨出来了，也习惯了。现在，我觉得待在农村挺好，虽然苦了点，缺钱花，但你瞅我这身子，胳膊比你的胳膊还粗壮、结实。"文博滔滔不绝地说着自个儿在农村的情形和感受。

培元看文博过得很充实，挺乐观。他热爱这片黄土地，热爱生养他的地方，这么的喜欢农村生活。培元打心眼里钦佩这位扎根农村土生土长的老校友。

他俩说着笑着，把维强队长都给忘了，也不知道维强是什么时候走的。

培元发现维强走了，着急地说："他一走，这苗圃地跟谁商量去？怎样定？这人怎么不说一声就走了呢。"

文博说："还有育苗的事呢！他走了，这可怎么办？这样吧，我说一块地你看咋样？"

培元高兴地说："那你说，哪块地？"

文博说："离我家门口不远，有一块空地，旮旯里长着一棵楸树，多年都闲着没种了，我带你去看看。"

文博领着培元来到他说的地方。培元一看就说："这地块不行，一则，地里中间是个低洼，下一场雨都灌了老鼠，积了水。二则，这棵大楸树在中间，树冠把阳光都遮挡住了，没有光照怎么行？还是另找个地方的好。"

在回来的路上，文博问培元："这选地块还有这么多门道啊？"

培元笑着说："文博，你说的那地块呀差得不能再差了，这选苗圃地算是第一环，苗圃地要避风向阳，土质松软，土壤肥沃，透气、透水性强，对地块的条件要求很高。现在，这苗圃没定下来，晚上再找队长维强去。咱回去先把烟籽泡好了，明天把地选好后，派上几个人就可以翻地、施肥、整畦、灌水了，把这些弄好，我还得到其他生产队去指导呢。眼下，活很忙，时间也很紧，等我回来了再下籽……"

文博说："这么复杂呀，没听过，也没见过。"

培元笑笑说："是的，是复杂点，难操咋些，可这却是一笔不小的收入，能给队上带来巨大的经济效益，使社员群众能很快富裕起来，你可知道这一斤烟叶要是烤好了，能值多少钱吗？"

文博摇着头说："这，我哪知道。"

培元看着文博胸有成竹地说："这一斤烟叶烤好了至少能卖到三四元甚至六七元钱，对大伙来说，这可是一个可观的收入。现在全国一些地方尝到了发展烤烟的甜头，村上和群众的生活面貌都发生了变化，变得富裕了。大家的生活一下有了奔头，有了味道。"

文博将信将疑地说："这不是瞎吹吧，一斤烟叶能值这么多钱，比我们一个人在外边做工的钱还多，难不成大伙一天的工钱还不如一斤烟叶钱？"

培元说："我说你也不信，那就让事实说话吧。"

两人边走边聊，很快就到了文博家。一进门，培元就说："咱先把烟籽泡下。"说着，他从衣服的口袋里掏出用牛皮纸包好的烟籽，倒进一个盆里。

文博惊讶地叫了起来，说："就这么小呀，比米粒还不知小多少倍。"他用两根手指也没有抓起来，几乎一抓都钻到指甲缝里去了。他只好给食指上蘸了点唾沫用手去粘，仔细一看，这么小。心想，这能发芽吗？简直太不可思议了。

培元见他这么惊奇，哑然失笑说："再小的种子也有生命，人不是常说，麻雀虽小五脏俱全吗？"

他接着问文博："有开水没有？"

文博说："开水能没有吗？一水壶呢，早晨才灌下的。"他提起水壶递给培元，培元向盆子里倒了少许开水。

文博诧异地问："你就不怕把烟籽烫死了吗？"

培元说："不怕，专门叫烫着呢。"接着，他又把水过滤掉。再用开水和凉水兑成大约二十五摄氏度到二十八摄氏度之间的温水，又把温水倒了进去。文博在一旁稀奇地看着。他腾出一点工夫，特意从代销店买了一盒"飞马"牌香烟招待培元。为他点上烟，两人又聊了起来。

培元说："这烤烟的门道深着呢，是个细心活，粗枝大叶的人根本就弄不成。这门技术，只要细心学习掌握好其中的要领，成为一名技术员也未尝不可。"他希望文博好好学，成为这方面的行家里手。

文博一边看着、听着，脑子里不停地思考着。大约过了一个多小时，培元把盆中烟籽里的水再过滤掉，然后用热毛巾敷在上面，放在热被窝里。他嘱咐文博，每天换一次温水，然后停一段时间过滤掉，再摇一下，放进热被窝里。一定要记住每天一次，绝对不要把烟籽烘干了。说完，他推着自行车要走，文博一家人留他吃饭，拽都没拽住。培元骑上车子，回头招了招手说："明天见。"

第二天一大早，技术员培元骑着自行车直接去了一队队长李维强家。刚走到一个墙角处，正准备拐弯时，一盆洗过脚的脏水向他劈头盖脸泼来，泼得他像个落汤鸡，乌黑的头发粘在了一起，"滴答滴答"不停地滴着水滴。他心里恼火，真倒霉，怎么遇上这事。他想发火，出出心中的闷气，身边没有一个人，他忍着火，下了车子，用手抹了一把头上的水滴，扶着车子的两个手柄推着走，到队长李维强家门口时，只见大门紧闭着，中间露了一条缝，隐隐约约听到院子里有人在吵架。他把车子停在门口。这时，只听见里边大声叫骂。他没有立刻进去，而是停住脚步，头贴着门缝想听听里面到底是怎么回事，谁和谁吵架，吵得这么凶。

只听李维强说："你有那么大的本事，你还求人呢？你到综合厂要粮去。队上没你的粮，也不欠你的粮。谁欠你的，你找谁要去。再说了，你到公社综合厂通过谁了，谁让你去的，你那尾巴一撅都能飞到天上去了，还瞧得起咱们这些穿破衣服的人。没粮吃就跑来寻我这个队长来了。谁是你的头你找谁去，我不是你的头，你也不是我的社员。"

另一个人毫不示弱地说："你说我不是队上的社员，就不是了。有本事你把我除户了，我就不寻你借粮来了。你除户呀，我看你还不敢，你娃恐怕还没那么大的本事。我看你到厉害人跟前软得跟柿子一样，叫你喝几壶你就喝几壶。厉害人来了，你三斗五斗、十斗八斗都能借，到我跟前一升都没得借。你欺软怕硬，瞅红灭黑，我看你是欠揍。"

维强愤怒地骂道："你把我就没放在眼里，你把你的狗眼擦亮了好好瞧瞧，我也不是吓大的、吃素的，不给你借，就不给你借，看你能咋的？有本事告去。"

那人接着骂道："你骂谁哩。"维强又接着骂："我就骂你，咋啦？"听到这儿，培元也顾不得头发和衣服湿了，他快步冲了进去。只见队长李维强和一个社员正在撕打着，两人脸上、衣服上全是土。队长维强手里操着一把铁锨，那人手里提了一把镢头，相互扑打着。维强老婆雪娅抱着他家老二，把娃吓得"哇哇"哭。维强他老爷子从屋子里跑了出来，惊慌失色地喊着："你们别打了，柳庄的老先人看着呢。"李维强脸上抓破了一点皮，在渗着血。那位社员手上也破了，血糊糊的。培元上前夺了两人手中的铁锨和镢头，他心平气和地说："你俩都是几十岁的人了，发这么大的火，有啥事就不能坐下来好好说，非要弄个你死我活的。"李维强和那人怒气冲冲，两人横眉冷眼地对视着，样子咄咄逼人，眼里充满了杀气。培元看这阵势，两人的怒火一时半会还消停不了。只见维强气愤地说："商量个球，你进综合厂咋不给我商量呢？"

"给你商量，你能放我？你都巴不得把我们这些人握在手心捏死哩，你是宽宏大量的人吗？"

两人互不相让，又扭打在一起。一个抓着对方的领口，一个扯着对方的衣袖，谁也不相让。两人拉拉扯扯出了门，向玉朋书记家去了。

培元只好推着车子向二队队长孙永新家走去。

进了孙永新家，他把车子放在院里。正好赶上饭时，孙永新见技术员来了，热情地迎进屋里，端来洗脸水。培元洗完脸，毫不客气地上了炕。这时，学生放学了，永新儿子军华蹦蹦跳跳地回到家里，从衣兜里掏出一张成绩单给他妈看。翠玉正忙着盛饭，她瞅了一眼，是一张数学卷子，上面用红笔写了个九十八分。翠玉并没表现出欣喜的样子，她忙着盛饭，招呼客人。军华见妈妈没有理睬自己，他又捧着卷子给大家看，永新瞟了一眼，只淡淡地说了一句："这回进步了。"翠玉笑嘻嘻地对儿子说："快洗手吧，洗了赶紧吃饭。"

这就是乡下人对孩子的一种爱抚和教育，对待孩子的进步很淡定，从不在外人面前夸耀自己的孩子。

吃完饭，永新把培元领到隔壁屋里商量事去了。翠玉忙着收拾碗筷锅盘等，她在收拾盘子时，发现盘角上放着四两粮票和四角钱。心想，这一定是技术员掏的伙食钱。她把粮票和钱叠起来，捏在手心里，去了隔壁屋对培元说："你这人真有意思，咋这么客气。"说着就把粮票和钱往培元的衣袋里塞。只见培元一脸严肃地说："这不行，咱得公事公办，这是公家发的伙食费，你想叫我犯错误呀。"永新和妻子也懂技术员说的道理，也不好再勉强什么，只好收了粮票和钱。

翠玉走后，培元问永新："你们队上把人瞅好了没有?"

永新回答说："瞅好了，瞅好了，我想推荐两个人，一个是我们队上的老人手尹守义，队上的活样样没有不精通的。去年冬季大队箍那十孔窑，木胥就是他发明创造的。我们都把他叫十二能呢，不过就是有一点，年岁大了。另一位是我们队上的巧手德红，他可是个多面手，什么东西一点就会、一学就通。编席呀，木活、铁匠活、泥水活，农业社的各种活没有不会的，就连画画、写毛笔字也不在话下，我们队社员都叫他"百事通""二孔明"呢。这人比老尹年轻，才三十来岁。"

培元笑着说："你们队可真是藏龙卧虎，人才济济呀，实在难得。"

永新自豪地说："从全社来说数我们柳庄，我们集体经济，村办企业啥都有，木业社、砖瓦厂、代销店、药部院、兽医站都齐全。磨面机、饸饹机，另外还有榨油机、拧花车子、弹花柜子，样样齐备。大队部院里整天机器轰鸣，人声鼎沸。外村的姑娘都争着向我们村嫁呢，你看多热闹。就柳庄来说要数我们二队了，别的队工值只有两三毛钱，而我们队至少每个工值也在五六毛钱，差了将近一半，光外队社员借吃我们的粮食打下的欠条摞起来就有二寸厚。"

培元听后十分欣喜，他高兴地说："你们队的家底真厚实啊!"

永新摇摇头笑着说："你看咱俩谝了闲话了，把正事给忘了。你看这两个人你看中哪个，就让哪个干。"

永新在这件事上放了个碗大堂宽，倒把技术员培元给难住了。

他皱起眉头，思考了片刻说："这真是将军中找将军，一时还真让人难以取舍。"他最后说："这事还是让年轻人施展拳脚吧。"

永新说："好，那你等着，我给你叫人去。"

一会儿，人叫来了，培元一看，挺满意的。只见德红朝气蓬勃，英姿飒爽，剃着个小平头，一股满满的精气神。

永新说："这就是我给你找的人。"

培元从烟盒中取出一支香烟递给德红，德红腼腆地说："谢谢，我不会吸烟。"

培元笑着说："队长把你推荐来让你负责队上烤烟的事，你愿意不？"

德红没有直接回答，只是对着培元和队长永新笑了笑。

永新说："你就甭问了，直接给他讲烤烟的技术要领、方法和步骤就是了，让他回去搞吧。"

培元见这情形，十分高兴，他从布袋里掏出用牛皮纸裹的一包烟籽，交给德红。接着，就给德红详细讲起了烤烟的技术要点、步骤和方法。

德红在一旁专心致志地听着，从育苗到栽培，从采烟、串烟到烘烤，再到拣烟、打捆，德红都详细地记录在小本子上面。

培元说："将来还会发给你们一个烤烟烘烤技术一览表，你们照着做就行了。"

德红领了任务后，兴致勃勃地回家按技术员说的弄烟籽去了。

永新和培元两人一起选择苗圃地块和落实建炉的地点。

永新领着技术员来到离麦场不远的一块菜地。这里原是打算给北京知青留的，后来村上没有给二队安插知青，所以就闲下来了。这块地一年四季避风，温暖向阳，离村上的涝池也近。培元看这儿挺好，他们打算就把苗圃地块定在这儿。地的北侧有一个四五亩的大场。永新介绍说："这就是我们队上的打麦场。"

培元兴奋地说:"这儿很好,把烟炉建在这,将来烤烟出炉时,这场地光光的、大大的,放烟多好,简直嫽扎咧!"

这下,什么都有了,两个人下了场坡,到分岔时停住脚步。培元对永新说:"有时间就抓紧建炉吧,到时候我把烟炉的图纸拿来,照着办就是了。有不懂的,不明白之处就随时问我。我还得去另外两个队。"说完话,便匆匆离去了。

次日,培元照常骑着他那半新不旧的自行车,早早去找一队队长李维强。他刚停好车子,准备叩门环,就听见里边有人正在开门。"咣当"一声,门开了。维强一眼认出是技术员培元。他知道培元找他什么事,便让进屋里。他老婆雪娅站在衣柜前照着镜子正梳理着头发,见有人来了,腼腆地溜开了,无聊地在院里摸摸这、动动那,不知折腾着什么。

李维强不好意思地说:"昨天,你看我这儿打闹的那个样子,让你见笑了。"

培元说:"没啥,没啥,一个屋里,碟子碗都有磕碰的,更甭说这么大的一个生产队,没有纠纷矛盾,那是不可能的。遇到问题,如何解决才是问题的关键。"

"哼!关键个球,跟这些人摆道理简直是给牛弹琴,他们比咱的理还长哩。这些人横说竖说都是理。咱承认咱没本事、没能力,你有能耐你寻你的人去,可还是夹着袋子找我借粮来了。既然你到公社综合厂去了,又来找我干啥?这出来进去的事都让你做了,把我这个队长当啥了?"维强停了一会儿,愤愤地接着说,"前个早晨,也就是我带你到文博家说烤烟的事。你和文博聊得正热乎,我也不好意思打扰,心想闲着也是闲着,想抽空回家把家里厕所的大粪出了。刚到院子,我们队的金柱婆娘夹着个口袋借粮来了。我一看,气就上来了,这金柱不打招呼跑到公社综合厂去找人借粮,把我队上人的脸都丢尽了。心想,你有本事,咋没借下?咋还求我来了？我给了金柱婆娘个没客气。我说，队上没有你们的粮。你看你们的粮在哪，你寻去，别找我。我觉得和她婆娘家没啥好说的，就把她掀出了大门，把门刚关上。只听那娘们在门外边连蹦带跳地骂我白脸奸贼，说我是曹操，骂我不得好死。我想，曹操咋啦，那是英雄。好男不跟女斗，我就没再理睬她。那婆娘骂得没趣了，也就走了。谁知，昨天早晨金柱又来闹事。你都看见了，你说这是谁的过，谁的错？"

培元揉了揉眼睛没有正面回答他的问话，冷不丁地笑着问："那你们到玉朋书记那儿，书记咋说的？"

说到这儿，维强更来劲了。他说："哼，到书记那儿，你想书记对他还有好的？美美地训了那货一顿，那家伙三四次给我回话道歉哩。"

培元看维强把官司打赢了，自豪的那个样儿，心里觉得有几分好笑。

"那粮怎么办，你给借了吗？"

"玉朋书记给我说，粮你借给他，人总是要吃饭的，不要弄得把人饿下了。我看玉朋书记话说到这份上了，也得给书记个面子，就给他装了几斗粮，毕竟是一大家子人，咱也不忍心。回来，我老婆又跟我闹，骂我'尻囊鬼'，没出息，说跟我都低了八辈人。这不，她见你来了，躲到院子里去了。"

培元看维强这样诉说他老婆，故意逗笑烧煎水说："她骂你，你就要揍哩，还能当尻货，婆娘说你尻了，你就真的尻了。"

维强笑着从技术员背后用手捅了一下说："你呀，火上浇油还嫌闹得小，是想看热闹吧。"

培元笑笑说："不扯了，不扯了。你说你那烤烟育苗地在什么地方和烟炉的选址吧。"

维强说："我想好了，育苗地就放在我们队里芋子地东边吧，那儿地块也不错，将来烟炉就建在场里，出烟也很方便，有地方放。"

培元说："那咱看看去吧。"

两人一只脚刚跨过门槛，只见雪娅还站在院里死盯着维强和他闹别扭呢。培元想出一个妙招，突然大声说："哎呀，不好了，我眼窝里进了个渣，磨得难受，这可咋办！"

维强忙上前说："让我给你翻眼看看。"

培元说："去！去！去！你笨手笨脚的，还会翻眼窝，你是想把我眼睛弄瞎吧。"他两眼眯成一条线，一只手捂着眼睛，痛苦地叫嚷："哎呀，磨得眼珠子都动不得了。"

维强看培元难受的样子，执意要给他翻眼。他说："不怕，我给许多人都翻过眼，哪怕是有碌碡大的东西都能弄起来，你忍着点就行了。"

"去！去！去！吹大话，谁信呢？"培元说。

维强无奈，培元又不让他弄，这下可把人给急坏了。眼下只有一个办法，就是去求老婆雪娅了。

他朝雪娅"哎哎"了两声，雪娅没有反应。他只好过去说："技术员想让你给他看一下眼睛，你咋是聋子，我'哎哎'两声你都没听见？"

雪娅生气地说："我当你是给岩娃娃说话哩。你不也是能人吗，人家咋不叫你翻呢？"说着，雪娅转过身走到技术员培元面前，把手在衣襟上擦了擦，给培元翻起眼来。她问培元说："感觉哪儿磨？"培元说："好像是右眼的上眼皮上。"雪娅翻开右眼上眼皮仔细看了看，并没有发现什么东西。培元说："这上边没有，你再帮忙给看看下边。"

雪娅翻起培元的下眼皮仔细看了又看，也没发现什么。她张口吹了吹培元的眼睛说："现在你合上眼皮，再睁开，看看怎么样？"

培元把眼睛合上，又睁开。他转了转眼球，高兴地说："真是妙手回春呀，好了，不磨了。"他两只胳膊同时用力把维强两口子推到一起，两人不提防，头对头亲了个嘴。技术员培元顿时笑得人仰马翻。雪娅脸红得一直红到了耳根子，害羞地捂着脸跑进屋里再也没出来。

维强笑着对培元说："哎，你真是个活宝。"

两个人一块看了烟地和烤房的选址后，培元说："你们马上得翻地、整地、打畦子，烟籽快要发芽了，买上一卷地膜，准备育苗。至于烟炉嘛，一有空闲就着手打墙盖炉，也不要耽误了。到时候，我把烟炉的图纸给你们拿来，照图纸盖就是了。"

维强看早饭时间到了，他让培元在家吃了早饭，自个儿跳下炕就找人忙活去了。培元也出了门，忙他的事情去了。

经过几天的忙碌，各队的烤烟苗圃都建起来了。一场小雨过后，嫩嫩的烟芽破土而出，透过地膜也能清晰地看到。文博每天的工作就是敲打着地膜上面浮着的水珠和清理苗床里的杂草。

随后，各队的烟炉房也基本建成。下面就是炉内的技术活了，这下可把技术员培元忙坏了。他指导大家天窗怎么盖，风洞怎么挖，烟炉房内横架怎么搭，火道怎么立，烟道怎么拐弯……一个一个技术要领，他得手把手地教。培元天天跑着，天天看着，不是这个队就是那个队，成天来回奔忙着，简直成了大忙人、大红人。社员做活哪儿不懂停住了，还得找他，他又得走一趟，成天忙得不可开交。

经过半个多月的辛苦劳作，各队的烟炉房终于完工了。同时，按照培元的指导，大家还给烟炉房的门上配备了棉布门帘，在墙上专门留了观察窗口。

烟炉盖成后，公社来了一大群人，有公社党委书记、副书记、主任和副主任等。公社领导来的目的，一层意思是验收工作，另一层意思就是表示祝贺了。

这天各队的麦场里和大队部院里锣鼓阵阵响，鞭炮处处鸣，人们欢庆着烟炉房的圆满建成。公社来的领导在村干部们的簇拥下查看验收了各队的烟炉。他们觉得很满意，就在村大队部院里开了个简单的庆功会，场面却非常壮观，人山人海，有全村社员，还有学生，就连拄着拐杖的老人也夹在人群中。大伙把大队部院挤得满满的。会场气氛十分热烈，大伙有说有笑，脸上洋溢着劳作后的幸福和喜悦。

公社书记和主任分别做了讲话，肯定了成绩，表扬了在建炉中涌现出的先进个人和事迹，特别表扬了技术员彭培元同志，说他不辞劳苦，无私奉献，有着大无畏的革命精神和革命热情，他热爱本职工作，能和群众打成一片，同吃、同住、同劳动，热心服务群众，是一位难得的党的好干部、人民的勤务员。

突然人群中有人在喊："让我们的彭技术员也上去讲两句。"这一呼喊，引起了一阵雷鸣般的掌声。大家纷纷说："是啊，让技术员上去讲讲，让技术员也讲讲。"

在大家的一再提议下，培元走上台去。他首先向台上坐着的几位公社领导鞠了个躬，转向大家又深深地弯下腰鞠了鞠躬说："谢谢大家，谢谢父老兄弟们，你们一致要我讲几句话，讲话谈不上，我随便说两句。我和大家一样，只不过是在技术方面给大伙帮了点忙，活还是靠大家干，靠大家的辛勤劳动，不怕苦的革命干劲干出来的。我们生在泥土中，不忘父老情，立志为革命，永葆旺盛的干劲。"培元讲完话后，会场立马响起了热烈的掌声。有人说他说得多好啊，既谦虚，又有活力，不因成绩凌驾在别人之上。

会散了，培元又查看各队的苗圃长势情况去了。

经过一个多月，烟苗在各队土技术员的精心呵护下生长得乌绿苗壮，尤其二队的烟苗在德红的细心管理下长势非常喜人，培元每次来总是赞不绝口。

时下已是芒种时节，该到烟苗移栽大田的时候了。按照公社的要求，各村各队每人必须达到一分地的面积，计算下来，二队至少也应该在十六七亩地。大家不算不知道，一算吓一跳，面积太大了。大伙说，大堂上还不见老爷，就得先挨个大板子，很多人提出了质疑，有的表示坚决反对。这天，栓喜家门口聚集了好多人，大家"叽叽喳喳"你一言我一语争吵不休。

栓喜愤愤地说："公社这些人的权力也太大了，连农民种什么的权利都限制了，这农民还咋当？"

刘大柱说："哼，这简直是主观主义思想！那些人整天坐到办公室里说话不嫌腰疼。这烤烟是能填饱肚子还是能喝，能顶粮吃？"

记娃说："算了吧，人家公社那么一大帮子人是干啥吃的，咱小腿还能扭过大腿，这不是瞎子摸鱼白费劲呢？"

铁锤说："哼，你说的是啥话，甭给你分粮，你把烤烟当饭吃？能行吗？"

玉海在一旁听着大家发这么大的牢骚，觉得大家窝着一肚子的火，就没有搅到一起掺和。他蹲在地上，低着头，用树枝在地上画了许多大小不等的圆圈。他想这些圆圈就像枷锁，锁住了农民的手脚，他默默地思考着许多问题，这虽是大家背地里的牢骚话，也是农民心里的实话。多数人不同意，表示反对，这烟可怎么栽呀，地也整好了，这该怎么办呢？不行，我得找队长去。想到这，玉海决定找永新去商量。

中午，桂香把面擀好，切好，放在箅子上。老太太帮忙做了几样简单的菜，锅里的水烧得"咕咕咚咚"响，饭等着要下锅了，却不见玉海回来。一家人着急了，桂香心想玉海往日饭时都守在屋里，今日是咋了？她让颖颖去寻。

颖颖噘着嘴说："上哪儿找？我又不知道我爸去哪了。"

颖颖出了家门，路上一个人影也没有。她一边走一边喊着，没有一个人答应。她不知该咋办，是回去，还是继续寻找，一时没了主意，最后想干脆算了回吧，往回返的路上没走多远遇见张仁的老婆芹菜。

颖颖问："四婶，见我爸了没有？"

芹菜摇摇头说："没见，寻你爸做啥哩？"

颖颖说："吃饭哩，四处找，寻不见人嘛。"

她又朝前走了几步，拐了个弯。突然听见不远处有人在大声吆喝："卖糖葫芦，卖芝麻糖……"她快步跑过去，见一个老头，担着个小扁担，两头挑着两个小木箱，一只手握着一根长长的竹竿，竹竿的上端插着一串一串的冰糖葫芦，另一只手摇着拨浪鼓，走一段，喊几声。颖颖有点嘴馋了，她想叫老头停下来，摸了摸自己的衣兜，捏来捏去空空的，没有一分钱。她失落地依依不舍地往回走。这时，二牛从这边走来，二牛看颖颖愁眉苦脸的，上前问颖颖说："小家伙，你怎么了，是谁惹你生气了？"

颖颖烦躁地说："我找我爸。"

二牛说："找你爸，刚才我路过队长家门口时，听见你爸在说话，你到队长家去看看。"

颖颖赶忙跑到队长永新家，一进院子就听见队长和她爸在说话。玉海隔着门看见颖颖来了，心想一定是找他吃饭的，就对颖颖说："回去告诉你妈，你们先吃，我就来。"

原来玉海来找队长永新，他们一家正在吃饭，玉海就把群众的怨气和议论给永新细说了一遍。没等永新开口，翠玉就抢先说："我们妇女从不管你们男人的事，但在这件事上，我们也有话要说，栽烤烟这件事，风险太大了，栽这么大的面积，万一搞砸了，怎么办呢？我看还是应该慎重些。"

永新说："是啊，我心里也没个底，咱小小的一个生产队长，也扭不过人家的大腿，完不成公社布置的任务，上边怪罪下来，丢官事小，还会落个红胡子。按公社的意思落实了，谁也说不准是好是坏，真的失败了，烟没烤好，受损失的是咱们，伤害的是大家，恐怕大伙难免会骂娘，这前后都不是，你说该咋办？这两天一直有人往我这跑，让我不要听上边的，说人家是公家人，吃商品粮的，牢靠得很，可咱们呢，农民就是靠土地吃饭，靠土地养活的哩，要是有个闪失，遭殃的可是咱们。这事真难呀！"

玉海低着头，一言不发，沉默着，思考着。他紧皱眉头，脑子里在不停地翻腾着。屋子里，谁也没有再说话，死一般的沉静。

翠玉看他俩的样子，她抬高嗓门说："我出个主意，你们俩商量一下，看中不用。要我说大家的事还是让大家来定，靠你们俩也做不了这个主，也定不了这个局。"

没等翠玉把话说完，玉海眼前豁然开朗，他说："嫂子，你是不是说开社员会？"

翠玉说："是呀，开个社员会，看看大家的意见，让大家来定这个事，这么多人的脑袋总比你们两个人的脑袋强得多。再说了，到时候完不成任务是大家的事，又不是谁一个人的事，上边要是怪罪下来，你们俩也好有个交代。至于将来烟叶出炉烤好烤坏，那是周瑜打黄盖两相情愿的事，我说的没错吧。"翠玉信心满满地分析说。

玉海点点头，叹了口气说："也只好这么办了。"

永新笑笑说："还是我家翠玉脑瓜好使，她这个办法好，既解了咱们的燃眉之急，又让人无话可说，真是妙。人说妇女能顶半边天，我看一点儿也不夸张，着实还有见解。"

玉海说："人多，智慧多，办法总会有的，要不活人都能让尿憋死了。"

玉海看永新两口子端的碗里的饭早都不冒气了，就说："你们快吃吧，饭都凉了。"

翠玉说："没事，习惯了，夏天嘛。"

永新说："那咱们今晚召集社员开个会，你上门通知一下，可不能漏了一户。"

正说着，颖颖喊了一声："爸，咋还不回呢？给你盛的饭都凉了。"

玉海回到家，家里人饭已经吃过了，颖颖上学去了。桂香埋怨地说："啥事呀？把你忙成这样，饭在锅里给你温着，这会恐怕都成糨糊了。"

社员会定在记工室，这里离二队社员住处不远。原是队上的饲养室，三间瓦房因年久失修倒塌得只剩下两间了。要是在白天，还可以清晰地看到屋梁上的尘土和许许多多的蜘蛛网布满了屋子的上空。屋梁上的窝脚处塌了一个洞，明亮的月光从洞里钻进来照在地上，形成了一个大圆圈，就像一面大镜子。屋子里靠墙放了一个长板凳，窗台下面放着一张三斗桌，这就是二队社员们记工分的地方。

屋子不大，人挤得满满的。队长永新还没有来，屋子里吵得不可开交，乱成了一锅粥。有抽烟的、闲聊的、抬杠的、说笑的、干什么的、说什么的都有。桌子上点着一盏昏暗的煤油罩子灯，小小的三斗桌上放着一只马蹄表，坐着几个人在那里窃窃私语。由于抽烟的人多，满屋子烟雾缭绕，笼罩着小小的房间。

永新和玉海进得门来，从人群中挤出一条小道走到桌子旁。坐在桌上的几个人立马跳了下来，找了个位置站着。玉海环视了一下屋子里的人，对永新说："人都到齐了，开始吧。"

永新提了提嗓门对大伙说："咱们今晚在百忙中开个社员会，这个会是咱们社员当下最关心的，很有必要开的一个会，就是商量如何落实公社提出的每人栽一分烟地的事。按咱们队的人口情况，就得栽上十七八亩地的烤烟。对这个问题大家在下面有不少质疑和争论，这几天弄得沸沸扬扬。为征求大家的意见，寻找一个合理的解决办法，不得不开这个会。大家的事还得大家来解决，希望大伙在这件事上动动脑筋，提出好的建议，找到一个既落实好上级指示精神又能维护好咱社员利益的切实办法。大家可要畅所欲言，不要有任何顾虑。现在就开始发言，看谁先说。"

会场上立马变得十分沉寂，一时鸦雀无声，连咳嗽声也没有了，可以说，一根针掉到地上也几乎能听见声音。

玉海一看急了。他说："看看你们，当面不说，背后乱发牢骚，开会不说，会后乱说，真是不折不扣的自由主义。"

大家都低着头，一言不发，好像一抬头会被人发现似的，沉默无语。

桌上的马蹄表"嘀嗒嘀嗒"地响着，分针已转动了几圈，过了好长时间。这时，坐在长板凳上的栓喜终于坐不住了，他站起来说："我反对。土地是咱们农民的命根子，这么大的面积栽了烤烟，咱们喝西北风去呀，这栽得起，可损失不起。"

红玉靠着墙站直了说："咱是穷汉娃，经常穿的破裆裤，可受不得冻，粮食一旦断顿了，就得饿肚子，咱输不起。我同意栓喜的发言，因为能养活咱的就是这点土地，哪还敢胡倒腾。上辈人让年馑遭得害了怕，常对我们讲'有把粮，心不慌'，一旦遇上灾荒，也好过活。"

经过前面栓喜和红玉两人发言带了个头，会场一下热闹起来了，大伙就跟打机关枪似的发表着各自的意见和见解，你争我抢，场面十分热烈。

这个说："让我说，就说两句。"另一个抢着说："你说还不如叫我说，就你话多，让我来说……"

玉海一看，这不乱套了吗？得维持秩序，按顺序发言。他急忙说："大家静了，静了，听我说，不要再'叽叽喳喳'的乱哄哄了，这样下去能开出个啥名堂？听我说一个一个地发言。二虎你先说。"二虎胸有成竹地说："怕什么，一次被蛇咬，十年怕井绳，一辈子都是个长不大的娃。农民种地一辈接一辈的，咋没见富呢？旧社会还不差点出去要饭了，就靠种粮食，队上怎么发展，大伙的日子怎么改善。今个抽点地就怕这怕那的，都舍不得了。要我说，咱们个个不仅要有吃的，还得有钱花。"

这时候，选民站起来说："我反对！有钱，钱再多，钱能顶饭吃，我就不信，它能顶饱？你能把它吃了？"

一伙人立即一拥而上说："有钱能顶啥用？咱今有粮今不饿，你有钱恐怕到时候未必买得来粮食，饿得慌。"

就这样，大家张说张有理，王说王有理，各人都有自个的道理，谁也说服不了谁，相互顶着牛。

这时，铁锤不慌不忙地说："这样吵下去也吵不出个名堂来，我建议干脆这样，咱也不可能对烤烟全然不栽，要是别的队人家烤烟上去了，吃了甜头，咱们队却一棵都没有，那不是错失良机了吗？到时恐怕后悔也来不及。你说全上吧，面积太大，要是万一弄不好，咱农民是赚得起赔不起，是个两难的事。我的意思是，可否把烤烟面积适当压缩些，这样一来既能减少风险，又能对大队和公社有个交代。烤烟大家都没搞过，要是真能有很大收益，那谁不高兴，谁不愿意搞，甭说十七八亩就是二三十亩地也没问题。我的意思是先搞一回，权当做试验。今年下来如果咱确实受益了，那以后不用说大家都会自愿搞。"

记娃笑着说："嗨，铁锤哥，你真会和稀泥，既能唱白脸，还能唱红脸，我看你是不白不红的大花脸，是个不土不洋的二混子。"

记娃的一番话惹得大家哄堂大笑。

铁锤说："记娃，哪里有你就热闹了，捣蛋鬼！"

说笑归说笑，铁锤这一番话，引起了大家的思考和共鸣，大家经过一阵讨论，最终达成了较为一致的意见，表示同意。

永新看会开得很好，心里十分高兴，他说："今晚这个会开得很成功，每个人都畅所欲言，说出了自己的心里话，也是大实话。由此可见，咱们社员群众中蕴藏着不可估量的智慧和力量。毛主席说：'人民，只有人民，才是创造世界历史的动力。'我现在深深体会到了这点。"

玉海趁热打铁说："那咱们现在是不是把提出来的意见表决一下，每人只能举一次手，举多了无效，大家记住了。"

玉海喊道："一棵不栽的请举手。"

永新数了一下人数，一棵都不想栽的，就七个人。

玉海接着喊："想缩减面积的请举手。"

永新点了一下是三十七人。

玉海最后喊："愿意全部栽的请举手。"

永新数了一下是十一人。

队长永新当场宣布："根据少数服从多数的原则，咱队决定通过适当缩减面积发展烤烟生产，会后队里就上报大队和公社，这可是大家集体讨论决定的，务必要落实好。"

二队的烤烟种植经大队和公社研究同意，最终落实了十亩面积的烤烟地。

第二天清早，天空中飘浮着一朵朵白云。太阳从地平线上徐徐升起，给大地万物镀上了一层金色。一群麻雀迫不及待地落在路边跳来蹦去地觅着食物。晚来的燕子衔着泥巴从人们的眼前匆匆掠过，忙着垒自己的窝。一阵轻微的东南风吹过，人们丝毫不觉得凉快。

在通往烟地的小路上，大伙拉着水车和烟苗，每辆车子上还带了把铁铲和小镢。一个个蹚着脚底下很厚的黄土，汗流浃背地往地里赶，脚底下带起了飞扬的尘土。

车子刚拉到地里，永新就发话说，早上趁凉，让大家多栽些，以免天气太热，中午受热中暑。

站在地塄上，放眼望去，白茫茫的一大片，一行一行的烟垄已覆上了地膜，像是给黄土地铺上了一垄一垄的银色带子。

"这是前几天趁墒情好铺上去的，还有一块没铺，是因为后来好多人闹意见，有分歧，再没往下铺，不过地都整好了。"永新给玉朋书记介绍说。

玉朋问："这块地有多少亩？"

永新说："就是十亩多的样子。"

玉朋说："只要搞好了，也不算少，关键在头一年。搞这东西咱们没经验，群众一时接受不了，这很自然，等大伙一旦吃上利，那可就是另一回事了。目前，你我都摸不透，就这十亩多地，要干就干出点名堂来，让大家看看。四队里到现在还为这事扯皮呢，没人愿意栽，社员没吃甜头，不吐口。我建议他们少栽些，但就是说不动，这伙人一拖六二五，就是不动弹，真是气死人。"

永新说："他们是太聪明了，只想好处，又怕风险，到时候说不定聪明反被聪明误，落个王熙凤的下场。"

两人正说着，兰香气呼呼地跑过来，上气不接下气地喊："喂，大家先停了，甭栽了，甭栽了，先停下。"她边走边喊，跑到大伙跟前才缓了口气说："技术员让栽烟先停下来，别栽了，等下午栽。"兰香告诉玉朋说是技术员培元给她说的，培元又急呼呼地骑着车子去了别的队了。

社员们正忙着栽呢，前面的人给窝里都渗过了水，随后的人已经栽好苗子覆上了土。听说技术员叫停，大家也不知道咋回事，一个个都愣住了，心里说，这莫名其妙地说停就停了，不知在搞啥名堂。大家停住了手中的活，不解地问队长永新："这是咋啦？难道又变卦了不成？"

永新也是一脸的疑惑，他说："谁知道呢，我也不清楚。"

玉海想了一下，果断地说："大伙先别着急，刚才兰香嫂子传技术员的话说让停一下，肯定有人家的道理，咱不能盲目蛮干。技术员不是说等下午以后再栽吗？"经玉海这么一说，大伙似乎明白了许多，都说那就等等吧。永新似懂非懂不好意思地说："看我这瓷脑子就是不好使，这样吧，现在大家连水带车子先放到地里，把烟苗盖好后回家，中午休息好，下午再来。"就这样，大家心里揣了个一时解不开的谜，说说笑笑离开了。

下午，太阳把大地烘烤得火烧火燎的，像个大蒸锅，热得人一口一口地喘着气，只有蝉趴在树干上发出"知了知了"的尖叫声，赶往烟地的人们气喘吁吁地拉着烟苗又出发了。

技术员培元来了，他一进地里，就挽起袖子，手把手地教大家怎么栽，怎样浇水，怎样覆土，忙得不可开交。他看了一下大家早晨栽的烟苗，被太阳晒得都蔫在地膜上了。培元对大家说："这么热的天，烟苗不蔫才怪呢。"

铁锤用手把脑门一拍，一下子醒悟了，他说："噢，难怪你早上不让我们栽，就是这个理，是怕中午天气太热，把刚栽下的烟苗晒死了，俺现在算是明白了。"

培元说："你说的没错，是怕晒死了，因此上午才叫你们赶紧停下来。"他给大伙指导完后，又问大家懂了吗，大伙儿异口同声地回答说："没麻达，都懂了。"培元这才放心地离开。

他骑上车子刚走到半道，后轮怎么蹬，也跑不起来，后轮胎像泄了气的皮球。他忙跳下车子，压了压前后轮子。后轮的轮胎一点儿气都没有了。他感到奇怪，刚才进地的时候还好好的，怎么一会儿工夫就没气了，是不是路上扎上枣刺了？他没有再多想，因为马上还得去其他生产队做技术指导，他只好把车子推到大队给他安排的临时住处，放下车子，就匆匆走了。

下午的太阳依旧火辣辣的，晒得人胳膊肘直发烫。刘大柱和记娃搭成一组，两人不时发出"嗤嗤"的笑，刘大柱偷偷笑着对记娃说："这下，他再也骑不动了。"

记娃悄悄说："还是你点子稠，办法多，为咱们队上的烤烟立了个大功。"

刘大柱说："没了技术员的指导，他们的烟苗不知道要死多少呢。"

太阳落下山头，天空渐渐昏暗下来，忙碌了一天的人们收了工疲惫地走在回家的路上。

第二天下午，小朋放学回家路过金明老汉家门口，听见里边在吵架和打闹。小朋悄悄走了进去，看见他三爷金明把他三奶像老鹰抓小鸡似的提起来，推倒骑在身上，打得老婆子鼻青脸肿。小朋赶忙上前一把将金明老汉拉开。老婆子才缓过气来，坐在地上连哭带闹地说："小朋呀，多亏你来了，要不你三爷这刽子手非把我的老命要了不可。"说着，"哇哇"地又哭了起来。她边哭边对小朋诉说："你三爷，自己做错了事，屁都不叫人放，你一说他拳头就抢开了，吓得我不敢言语。娃呀，你说我有活路吗？我真想从那沟里下去，一了百了，省得受这窝囊气，挨这不白之打。"

金明老汉怒不可遏地拉着他的长脸，一脸的络腮胡，两颗乌黑的眼珠陷了进去，一看就让人害怕。他气势汹汹地说："你三奶这个贱毛，三天不揍上房揭瓦，看来皮又松了，还是个死嘴子，井底蛤蟆没见过天。下午栽烟，我不晓得是拿小镢去了没有，记不清了，地里都找遍了，也不知压到土里没有，反正地面上没有。天黑了，回来找也没找着。我说一个小镢丢了就算了，她非给我要，我气得，就……"

"就打了三奶。三爷呀，你们都是上岁数的人了，还火气这么大，你和我三奶不能好好说吗？非闹得你死我活，脾气还这么大。你看我三奶痛哭流涕的，多伤心啊。"小朋接过三爷的话说。

小朋看老两口渐渐消了气，才退了出来。出门时，小朋心里说："三爷呀，我非治治你不可，到时有你好受的。"

午后他发现三爷金明老汉的尿壶在院墙上放着。小朋偷偷把它拿了下来，心想该用什么办法把这老家伙好好整治一下呢。他突然想到一个礼拜前去南山砍柴，那里的枣刺上有一窝地窝蜂，他没敢动。这回把它捉来放到三爷的尿壶里，再封闭起来……他想好后，哈哈大笑，心里说："三爷，这回让你尝尝厉害，给你来个精彩的。"他把自己弄得严严实实，戴了双手套提上尿壶，拿了镢子就往南山上赶。来到山坡的枣刺窝里，他也不怕枣刺扎、土蜂蜇，硬是捉了一只地窝蜂装进尿壶里，用木塞塞上。回来后，他小心翼翼地把它放回原处。

晚上，金明老汉把尿壶提回去放在炕底下就睡觉了。大约睡了一小会，他想小便，就下了炕提起尿壶尿尿，结果尿了一手一地。他赶忙憋住尿，摸了摸壶嘴，原来不知谁给塞了个木塞，他拔了木塞，也没多想就继续尿尿。谁知一阵嗡嗡声，他撒尿的东西被什么蜇了一下，钻心地疼。他赶忙缩了回来，那东西被蜇得疼痛难忍，"咣"的一声尿壶掉在了地上，尿洒了一地。他不好意思给老婆说，只好忍着痛睡了一晚上。起来后，又不便给人说，只能默默地忍受着，偷偷地找了些消炎药抹上，一直忍到肿全部消去，不再疼了。金明老汉吃了这档子亏，又不能明说，真是哑巴吃黄连有苦难言。经这事后，金明老汉人一下子蔫了，脾气好了很多，再也不动不动张狂着动粗打人了。

柳庄各队的烤烟刚栽完，一年中最忙碌、龙口夺食的夏收开始了，这让大家又紧张忙活了好一阵子。

七夕过后，烟叶正是成熟的时候。在各队的麦场里堆了一车一车的烟叶，整整齐齐摆放在那里，十分的养眼。

孙永新的二队也不例外，早晨摘下的烟叶，整车整车地放在麦场里，黄绿色的烟叶泛着绿绿的光芒。孙永新领着技术员培元和德红绕车子转了几圈，他们看了看烟叶的色泽，判断着成熟的程度。培元从车子上顺手拿了一片烟叶对永新和德红说："咱们转着大致看了一下，基本采摘得还可以。当然这是头一回，大家对烟叶的成熟程度都还不完全掌握，啥样子能采，啥样子不能采，一时还掌握不到位，就像我手中的这片叶子，它没有一点光泽和亮度，就被采摘下来了，有点可惜。培元拿着这片叶子与其他烟叶对比了一下，对永新和德红说："你们看这两片叶子，叶子的厚度差不多，这片是不是没亮度，看上去是乌青的?"永新和德红看了看，笑着点点头说："嗯，是不一样。"

培元接着说："我再强调一点，你们下去给社员指导时告诉他们，一株烟共有八到九片叶子，从地面数起除第一片叶干枯萎缩不能用外，每次只能采摘两片。要是多摘了，不用说，肯定不太熟。让大家不要冒失、乱采。记住，下一炉可不敢再这样了。"

看完烟叶后，三个人走在路上，培元突然想起一件事情，他告诉永新和德红说："装车子一定要注意了，叶子要放平。捆绳时，最好用厚而软的东西垫一下，不要把烟叶弄坏了。这个活儿，总之是个细心活，你们一定要记住了。"

到了村口，永新拉着技术员培元的手说："老彭，朝这边走，跟我吃饭去。"德红拉住培元的另一只手说："不行，今早这顿饭你得跟我吃去，这是我头一回叫你，就算是认认门吧，你也得跟我去。"永新和德红拽着培元的两只手不放，把培元闹得怪为难。他笑着说："好好好，行行行，日子长着呢，这次来了就不走了，今后麻烦你们还在后头呢。"他回过身子对永新说，"队长，不好意思，我跟他去吧。"

德红把培元领回家，妻子娅娥正忙着拾掇盘子，见德红把技术员领来了。她手忙脚乱地又加炒了两个菜，放在木盘里。德红端过盘子放在饭桌上，他又取出一瓶"店头大曲"想和技术员喝上几盅。培元说："我不会喝酒，从来没喝过，你们还是把酒收起来吧。"

德红却死活不肯，笑着说："我就不信，你们常出门哩，干公家的事，还有不喝酒的道理？"他斟了满满一杯酒，双手举过，递到培元面前，闹得培元喝也不是，不喝也不是，不知如何是好。

德红催促着说："喝吧，喝吧，也不知咱俩谁大，咱弟兄俩也算头一次认识，喝了这杯酒，就算你我哥俩正式认识了，你看咋样？咱好好来几下，热闹热闹，我也想认你这个师傅，今算你认我这个徒弟，我认你这个师傅，你也得把酒喝了。"

培元说："我着实不会喝，也不会划拳……"

没等他把话说完，德红就说："不会划拳，打老虎杠子也行。"

培元说："你们别费心了，心意我领了，我确实什么都不会。"

德红说："你就别谦虚了，在外边跑的人，没有两下子，谁信呢？"

娅娥也是个热心肠爱耍笑的人。她见德红说了半天一杯酒都没敬出去，就笑嘻嘻地说："是不是嫌咱这酒不好喝。"她责备德红说，"你请人家师傅到家来，你就拿这号酒招待人家。彭师傅，你甭嫌弃，他那人最抠门，小气吝啬鬼。你下次来，我给你买高档酒喝，今个你先把这杯酒喝了，算我们两口子敬你的。"

娅娥的话把培元弄得不好意思了，培元说："我着实不能喝酒，喝不了酒，这一喝脸就红，喉咙就呛，不过我很喜欢你这直爽的性格，我看你俩是配对了。德红他有文采、有学识，人也憨厚。你呀，能说会道，人也长得漂亮，可谓郎才女貌，真是一对好姻缘。"

娅娥说："为咱们第一次见面干杯，我也倒一杯，咱三人互碰一下。"德红也给自己倒了一杯酒，三人一起端起酒杯碰了酒。

娅娥看培元把酒杯端到嘴边，一脸痛苦的样子，就是不往嘴里喝。她一个劲催促说："你喝呀！这又不是毒药，一个老大爷们咋像个娘们似的。"她过去一把抓住培元的酒杯扶了一下，一杯酒瞬间灌进了培元的口中，把培元呛得脸红脖子粗。他勉强把酒咽下肚里，辣得他咧着个嘴。德红见状，笑得肚子疼。娅娥趁他俩举杯之际早把酒杯藏在身后，倒了个精光。然后，把酒杯捏在手里，笑着对技术员培元说："你喝一杯酒比生娃还难，饭都凉了，我给咱烧锅去。你多吃菜，也没啥好菜。我那口子死脑子，也不提前给我说，叫我好好准备准备，你头一回，可是稀客呀！"

培元说："啥稀客不稀客，以后就打搅你们多了，还望你们多多关照。"

娅娥一边烧锅一边说："常来就好，我们不嫌麻烦。"

一会儿，饭烧好了。娅娥把热腾腾的面条端上桌，三个人边吃边聊。

娅娥故意逗培元说："看你的人气，一定娶了个漂亮媳妇，下回带来让咱瞧瞧。"

德红笑着说："是啊，带来让人见见，看美不美。你住的地方我给你收拾收拾，你也就不跑了，来回跑多辛苦呀。"

培元说："甭提我那女人了，人死板不说，还是个牛筋子，带上娃也常不回家，家里丢下我爹妈老两口，我一有空就得回去帮家里头。"

娅娥说："那你媳妇做啥工作哩？"

培元说："乡村教师。"

德红说："乡村教师可光荣了，很吃香，起码是个铁饭碗，能吃一辈子的公家饭。"

培元说："啥铁饭碗，前年才考了民办，差得远呢，自己还要努力，什么事都不是一帆风顺的，看有没有决心和能力了。"

德红两口子说："是啊，干什么事都不容易，就拿我们庄户人来说也是一样的。"

吃罢早饭，三三两两的妇女顶着酷热的太阳，每人手里都提了一把小凳子绑烟来了。一到麦场里，她们就组成一对一对的，没有组成对的，只有个别人。大伙一个整理，一个扎捆，两个人配合，恰到好处。为了赶进度，避免混工分，队上还规定，每完成十杆烟叶记工一分。这样一来，就杜绝了出工不出活的现象。于是，一进麦场，大家都自觉地干起了自个儿的活儿。

鬼难缠提着自己的小板凳也进了麦场。她看好些人已捆扎了不少，有些心慌了。由于自个儿手脚太笨，一时弄得手忙脚乱，心一急，手中的没扎好，还把旁边的都弄掉下来了。她心急如焚，这该怎么办呢？眼看着别人一杆又一杆地扎了不少。自己一个大活人挣不下工分事小，咋丢得起这人？这时，她打起了馊主意，准备浑水摸鱼，来个破釜沉舟。

于是，鬼难缠打定主意，她瞅见玉堂老婆召弟单独一人在扎烟。有了目标，她把自己扎的半杆烟拿着凑上前去，坐在召弟对面，把扎过的烟杆故意混靠在召弟的烟杆上。召弟一时没在意，后来召弟发现鬼难缠扎的烟一连串接着不停地压在自己的烟杆上。召弟不由得皱了一下眉头，心里想，今咋遇上这个顽倒皮，人把你叫鬼难缠看来没错，真是不顾啥。她重新把自己的烟杆又整理了一次，回到自己的座位上又扎起烟来。她扎了几杆，见鬼难缠又把烟杆混靠在自己的烟杆上。这时召弟再也忍无可忍了，她腾地一下站起来，一个箭步上前，一把揪住鬼难缠的头发说："你是不是看我好欺负，好大的地方，放不下你的烟杆，偏要压在我的上面，你啥意思？你想干啥？"

鬼难缠这时也忽地一下站起来趾高气扬地骂道："谁欺负你了，把你那烟杆压着怎么了，是少了叶子还是少了杆了，少了胳膊还是缺了腿了，碍你什么事了？"

大家看召弟和鬼难缠三言两语干起来了，也没有人上前阻拦，而是在一旁小声议论开来。爱梅说："鬼难缠今碰上召弟，也是遇着好对手了，召弟也不是好惹的，看看她把召弟能怎么样，还能打起来？"

芳茹说："闲事少管，免得酸鼻子酸眼，咱们一天三顿饭，图个安分。"

麦香说："召弟和那麻迷婆娘说啥哩，那个然戾，她没碰上我，碰上我非叫她吃不了也得兜着走。"

召弟看鬼难缠胡搅蛮缠不讲理，尽放狗屁，早都手痒痒的。她二话不说"啪啪"两下，左右开弓打在鬼难缠的嘴上，顿时嘴角出了血。鬼难缠猛地抓住召弟的衣领。召弟揪住鬼难缠的头发，两人打斗起来。

召弟骂道："母鸡叫鸣，听听你那臭名声，你还嘚瑟啥？你褛斗里下杏核就不是个好籽。"

这时，人们已经严严实实地围了一圈，有幸灾乐祸看热闹的，还有助威烧开水的，有的像看西湖景在发着呆。麦场里一片喧哗，乱糟糟的。

这时从烟炉里冲出三个人，第一个出来的是二虎。二虎正按技术员的要求对烟炉火道进行修理，他突然听到烟炉房外有吵闹声。他立马听出来是自己老婆的吵闹声，不由得自言自语地说：

"这个然厐又给我惹事了。"二虎把人群豁开一个口子，冲了进去。随后，跟出来的是德红和技术员培元。

鬼难缠见二虎来了，似乎更加有底气了，觉得有人给她保驾护航，更加肆无忌惮地谩骂开来："你还有脸说人，臭婊子，招惹男人的货色，羞死人了，不要脸的狗东西。"

二虎气急了，打了老婆一个耳光说："没本事，别干了！别在这儿丢人现眼！"他拉着鬼难缠朝回走去。

召弟心里真不是滋味，她委屈地放声大哭起来。她边哭边骂："羞先人哩，欺不住别人欺负我来了。"一直骂到看不见鬼难缠为止。

一场风波过后，麦场里倒显得安静了许多。各人忙着干自个儿的活儿，好像什么事情都没有发生过一样。

中午收工时，桂香负责清点烟杆数，现场的人共清点出三百七十八杆烟，再加上鬼难缠的十三杆，正好满一炉烟。对于刚才吵架的那一幕，也没有人提起，大家觉得都习以为常了。

下午，玉海派几个社员开始上架烤烟了。大伙在一起干活说说笑笑，打打闹闹，很是开心。一个人说，许多人听，不时逗得大伙哈哈大笑，这就是下苦人的乐趣，也是洗刷劳累和忧伤的最好方式。他们几个人配合得很默契，两个人搭烟，三个人在地上不停地递烟，从高处到低处来来回回忙个不停，很快一炉烟就架好了。

技术员培元叫德红把天窗和地洞的风洞都打开，在烟炉房门口又挂了个很厚的门帘，将烟炉封得严严实实。

生炉点火了，浓烟从烟洞里徐徐升起。培元交给德红一张烟叶烘烤技术图表并详细给德红讲了起来，他告诉德红天窗和地洞的关闭和开启时间……德红一一记在心里。德红看着图表，心里猛然间感觉这个差事不轻，他肩上的担子沉甸甸的，非同一般，没有相当的耐心和细心是干不好的。德红仔细地看了看图表，上面把烘烤分为三个阶段，第一阶段是变黄期，从三十八摄氏度到四十二摄氏度；第二阶段是烘干期，从四十二摄氏度到六十五摄氏度；第三阶段是干筋期，从六十五摄氏度到七十二摄氏度。三个阶段要求的温度、干湿度都不相同，天窗、地洞的开关各有要求。这样烦琐的工序，让德红意识到自己肩上责任的重大和任务的艰巨。他笑着问技术员培元说："你看这活儿我能胜任吗？"

培元笑着说："我相信你，你要有信心。再者，你是队长推荐的，他知道你能胜任，你有文化，有知识，有魄力，有恒心。世上怕就怕'认真'二字，只要你认真，什么事也难不倒你的，你就大胆干吧。"

德红说："我也想尽本事把它弄好，但心里就是有些担心，事情干好了吧，还好说；干坏了，那可是墙倒众人推，我可挨不住众人的口舌，掀坡下碌碡的人多的是。再说自己也赔不起这一炉的烟。"

培元见德红有些顾虑，他鼓励说："不要想得太多了，大家相信你一定能干好。再说了，失败是成功之母，即使失败了，也不要紧，下一次烤好就是了，你们队长也是这么说的。总之，你不要怕，只管大胆地弄。人生就像是一张白纸，你要用自己的笔墨以饱满的激情酣畅淋漓地描绘自己多彩的人生画卷。"

德红听了技术员培元这番激励的话，心里瞬间增添了勇气，他下定决心说："好，我一定把它干好。"

两人正说着，培元抬头一看，发现这时烟洞里只有一丝青烟淡淡地冒出。培元忙说："快去，加把火，火快要灭了，这可马虎不得，这时间火候一定要掌握在三十八摄氏度，绝对不能掉以轻心，要随时注意观察。"

德红问："这是为啥？"

培元很耐心地说："这火候一旦上不去，温度就会立马降下来，烟叶上的水分就会倒缩回潮。一旦这样，那损失就大了，烤出来的烟叶颜色灰暗不亮净，会影响价格，就是劣质烟。所以，你一定要提防着，特别是在夜间，人容易疲劳打瞌睡，误了及时添火那可是大事，要千万小心，这是烤好烟的第一个关键时候。"

德红笑着说："那我可得来一次头悬梁，锥刺股了。谢谢你的提醒！"德红高兴得手舞足蹈吼起了秦腔。

> 呼喊一声绑帐外。
> 千难万险脚下踩。
> 死心塌地弄烤烟，
> 哪怕旁人骂祖先。
> ……

技术员培元推着车子看着德红那高兴劲儿，他会心地笑了，心里欣慰地说，这小伙子真有意思，一旦工作做通了，他就有使不完的劲。

一个礼拜过后，德红第一炉烟出炉了。这天下午黄昏，在烟炉房门口的场地上摆满了一排排金黄色的烟叶。前来围观的人群和出炉卸烟的人挤在一起，大家观看着、忙碌着、评论着，每个人的脸上都洋溢着喜悦。人们对刚出炉的烟叶，赞不绝口。栓喜说："德红刚烤了一炉，就烤出这么好的烟，真是个奇迹！"刘大柱说："咱们二队还真行，无论干啥事，没有放空炮的，都是一炮打响。"铁锤在人群中自豪地说："是呀，咱队干啥啥成功，就是不一样。"雪梅说："咱们人心齐，泰山移，没有办不成的事。"

这时，又来了两个人，一个是技术员培元，一个是一队的田文博。文博是专门来看二队的烤烟来了。他们挤入人群，挤到金黄色的烟叶前，两人不由得吃了一惊，特别是技术员培元，高兴得不得了。他走到德红身边，兴奋地说："不错啊，德红。头一炉烟就烤到这个程度，实在难得。不错，不错，辛苦了，辛苦了。"他握着德红的手激动不已，迟迟不肯放手，弄得德红像个大姑娘羞羞答答怪不好意思。文博也夸奖德红为村上争了光，添了彩，弄了个烤烟开门红，第一炉就大获全胜。

永新见技术员培元来了，上前热情地握住他的手说："老彭呀，你可是给我们帮了大忙了，有你不辞劳苦的指导才有了我们今天的成功，真是感谢你了。"他转身对玉海说："看来我们得好好酬谢一下彭技术员了。"玉海说："要得，要得，是该好好地酬谢一下老彭了。"

培元指着德红说："你们要谢的不是我，而是德红，这家伙可是你们的功臣，没有他的付出和努力是烤不出这么好的烟叶的。我嘛，不过是跑跑腿，耍些嘴皮子罢了。你们应该发现人才，重视人才，利用好人才，我看咱们二队可是人才济济，咱们柳庄也是个藏龙卧虎的地方。"

永新听彭技术员这么一说，他不无感慨地说："我在两年前就注意德红了，我发现他有学识、有思想，是个踏实肯干的好后生，我把烤烟任务交给他，我是很放心的。"说着，永新走到德红跟前，拍了拍他的肩膀说："德红，我代表咱二队的社员谢谢你，你辛苦了！"

德红听了队长的一番话语，一股暖流一下子涌入心田，像春雨浇灌着久旱的大地那样酣畅淋漓。他太激动太高兴了，自己的辛勤劳动和付出得到了集体的认可，得到了大伙的赞赏，这是多么开心的一件事啊。他暗暗下定决心，一定要把烟烤好，绝不辜负队上和大伙的重托，对自己的信任。

天渐渐黑了，夜幕即将降临。出炉的烟叶再不像刚出炉时那样发出"咔嚓咔嚓"的声响，而是变得柔软了许多。大家把烤好的烟叶收起来，集中存放在队上的一孔土窑里。

时间很快到了八月中旬，全大队的烤烟烘烤和收尾工作已基本结束。德红负责的二队烤烟获得了可观的经济收入，仅烤烟一项就还清了队上的所有欠账，还为队里增添了两匹骡子和一头耕牛。从此以后，德红就成了二队乃至全村的烤烟土专家了，也成了村里最忙的大红人。

> 八月里来黄豆黄，
> 谷子糜子要上场，
> 连枷打，碌碡忙，
> 跟着时间赶太阳。
> ……

玉海牵着"毛毯子"哼着小曲准备套场。"玉海哥，等一下。"玉海回头看是二虎和鬼难缠两口子。二虎肩上扛着扫帚和连枷，鬼难缠拿了两把杈，正向玉海赶来。"今有啥喜事看把你高兴的？"鬼难缠问。玉海没有搭理她，又继续唱起了他的小曲儿：

> 提起个家来家有名，家住在绥德三十里铺村。四妹子和了个三哥哥，他是我的知心人……

他一边唱着一边走，当走到鬼难缠身边时，他有意把一只胳膊搭在了鬼难缠的肩膀上。鬼难缠害羞地一把推开玉海的胳膊。

玉海打趣说："人说咱这'毛毯子'爱踢人，你咋也学会这毛病了？"

"你个死猴，你就不说一句人话，大白天还调戏良家妇女哩。"鬼难缠笑着说。

玉海逗乐说："这不当着你丈夫的面嘛，他不在跟前，谁敢逗你，你就和那豆角蔓一样，不把人缠死才怪呢。"

二虎见玉海和他老婆在逗笑，惹得他也笑起来。他靠近玉海说："头，看你连唱带说的这股骚情劲，是不是又有什么好事了？"

"我哥说了，让抓紧好天气碾打庄稼，等把这农活劲头忙过了，村上要从各队抽调一部分人连同木业社，由我领队去杨柳镇社中承包箍窑呢。"玉海高兴地说。

"那你去能把我带上吗？"二虎用央求的口气问。

"去你的，你走了，能舍得老婆吗？"玉海笑着问。

"那你咋能舍得桂香嫂子？"二虎回击了玉海一句。

二人要笑得十分开心。玉海说："咱们大队这二年，可是一年一个新路子，这叫什么，这叫点子稠。"二虎附和说："哎，这叫芝麻开花节节高。"玉海饶有兴趣地说："成绩是干出来的，路是蹚出来的。"

"别扯远了，刚才我问的话，你答应不答应？"二虎又接着问。

"啥事？"玉海明知故问。

"看，看，你把我这事儿就没放在心上嘛。"二虎埋怨说。

"噢，想起来了，你不是说你要去杨柳镇社中箍窑吗？是不是这事？"玉海问。

二虎"嗯"了一声，点了点头，算是回答。

"你去能干啥呢？这活儿需要一些有技巧的人，况且人数也不多。"玉海有些难为情地说。

二虎说："我有力气呀。"

玉海忙解释说："二虎，俺说的不是这个意思，现在懂技术有手艺的人比较少，有力气的人不少，你也知道箍窑这个活儿不但要有力气，更需要有眼力、有技能的人去干才好。虽说活儿没多大技术含量，但搞不好，塌了窑的事也是常有的。"

二虎不快地说："你就别解释了，想必你心目中已有了人，是不是早约好了？"

玉海皱了一下眉头"嗯"了一声。

"不会是老尹吧？"二虎又问。

玉海"嗯"了一声。

"怎么，前一两年平整地埝是他，今个又是他，在你眼里他就那么重要吗？"二虎不满地看了一眼玉海说。

"一些人看不起他，但我看重他，我觉得尹守义这人不错，忠厚老实，手又巧，又肯干，样样活儿都没啥说的。"玉海说。

二虎的老婆鬼难缠在后边紧跟着，她半晌不吭声，这时，"哼"了一声说："一个被人唾弃的'四类分子'就那么吃得开，有什么了不起的。"

"'四类分子'怎么了？他也是队里的社员，这几年我看他遵纪守法，不知比那些投机取巧、搬弄是非，甚至破坏国家粮油统购政策的人强多少倍。"玉海显然生气了。

这几句话，把鬼难缠顶得哑口无言。二虎怕不愉快的事再发生，他赔着笑脸对玉海说："甭听她的，这婆娘家，头发长见识短，她懂得个啥，你到底让不让我去？"

经过二虎的软磨硬泡，玉海奈何不得，思量了一下说："到走的时候，我再给你回话。"二虎知道玉海确实有些为难，不想两人尴尬，没有再提。

三人不觉到了场里。高高的谷垛旁一群妇女已削了一大堆谷穗，金黄色的谷穗像蠕动着的大虫子讨人喜爱。不一会儿，场里的谷穗又散成了一个大圆圈。两副碌碡已套好停放在了旁边，等候着碾压。这时，已是太阳光最强烈的时间，谷场上男欢女笑，说笑声和牲口的叫唤声混在一起，热闹非凡。

二虎和玉海吆喝着牲口，甩开响鞭，在散满谷穗的场里跑趟、转圈。舞动的鞭子在空中形成"S"形，如雷鸣电闪般响起。两人脚踩着软绵绵的谷穗，碌碡一圈一圈地碾滚着，一点点扩大半径。

麦场的另一边，大豆已摊好了半边，男人们正"哐当哐当"地抡打着连枷。

中间场里堆放着刚收回来的糜子，妇女们忙完摊谷子后又开始摊糜子了。今天是礼拜天，媛媛为帮妈妈干活，也在人群中，她很想体验妈妈辛劳的感受。媛媛上前撕开一个口子，抱了一些糜秆，铺在场中间，用手摊开。惠珍又抱了一些，照着媛媛的样子分摊开来。紧跟着，桂香又抱了一些过来，她一看觉得不对劲，对惠珍笑着说："哎呀，我的田惠珍同志，都干了快一辈子的活了，你咋把娃的鸡鸡当脐带了，这不是明摆着搞错了。这摆糜秆有讲究，是这样，开始糜子根根朝里，穗穗朝外，等碾到第二圈了，再把根根朝外，穗穗向里放。"

听到桂香的话，惠珍红着脸，低着头，没有理睬桂香，尴尬地向前走了。这时，苟胜媳妇莲莲正抱了一些糜秆走了过来，正好与惠珍碰了个正面。莲莲见惠珍垂头丧气的样子，就对她说："老田，你咋是这人。媛媛娃是孩子，她不懂，你不懂吗？快回去把那糜子秆倒过来放好，这样，别人才能摊呀。"

经莲莲的劝说，惠珍只好硬着头皮回去又把糜子秆与桂香、莲莲和媛媛一起翻倒了一遍。大伙儿摊完这边的糜子后，那边的谷子已碾好了。场活就这样一遍一遍地重复着，大伙不停地忙碌着。

时间已是下午，经过一天不停歇的劳作，场里已经堆放了几大堆未扬的糜子、谷子和豆子。

妇女们离开后，只剩下男社员坐在糜秆窝里等待着风的到来。他们闲谈、喝水、抽烟。二虎坐在玉海身旁，递给玉海一支香烟。他见玉海的眼睛直直地盯着对面那棵泡桐树的树梢。看他那专注的样子，二虎用胳膊捅了他一下，说："先抽支烟，再等等看吧。"玉海回过头，笑嘻嘻地接住二虎递的烟。二虎擦了根火柴给他点着香烟，他又取出一支叼在自个嘴上，美美地吸了一口，吐出一个烟圈，呆呆地看着烟圈的变化。

震仓坐得不耐烦了，起身觉得耳边凉酥酥的，好像有点风。他操起木锨向空中扬了一锨，这一锨上去，劈头盖脸的糜壳向他扑来，震仓来不及躲闪，糜壳和糜子颗粒落了一身。他急忙拍了拍身上的糜壳，用手抹去脸上和眉毛上的土和杂物，沮丧着脸，躁气地说："不干了，不干了，这鬼天气。"他又回到原地，坐在糜草堆里，两手向后一背，锁住头，靠着糜草，眯上眼睛，打起盹来。

玉海目不转睛地盯着那棵泡桐树。过了好长时间，对面泡桐树的树梢似乎有了摆动。玉海"腾"地站起来，高兴地说："风来了，有风了！

他紧握锨把，向上扬了一锨，风正好徐徐吹过，把糜壳吹得飘落在一边，颗粒"沙沙"地散落在面前的地上，像落下无数的小小黑珍珠。

在他的带领下，栓喜、玉堂他们几个一起上手，握住锨把，扬了起来。

靠在场房边坐着的尹守义老汉正"吧嗒吧嗒"地抽着他那老旱烟，若无其事地瞅着吐出的烟圈。

几个人刚扬了几锨，糜壳絮絮又扑面而来。栓喜叫了一声："哎呀，不好！"不知谁又扬了一锨，接踵而来的旋风推着糜壳和糜子颗粒在空中打转，交混在了一起，落得满场都是。人人都埋怨着老天爷。"这鬼天气，这场简直没法扬了。"

尹守义却镇定自若地抽着他那老旱烟，像是在思考着什么。过了一会儿，风静了，他笑着自语道："这下好了，再停会，就可以扬了。"他又装了一锅子烟吸了起来，等过足烟瘾，果然吹来凉丝丝的风，风力不大。这时，他不慌不忙地站起来走到玉海身边，让大家动手操家伙。玉海会心地佩服说："老尹果然有一手。真是真人不露相，露相不一般。"

大家拿起扬场的工具，扬的扬，掠的掠。这正是：

> 壳子顺风飘，
> 颗粒散中堂。
> 锨锨挑鱼背，
> 下下鹞翻身。
> 一来又一往，
> 扬出米和粮。

天快黑了，东方的地平线早已冒出了几朵云彩，飘浮在天边，纹丝不动。村子里家家户户的烟筒里冒出了炊烟，随风飘得无影无踪。

玉堂"呼噜呼噜"很快就刨完了一碗饭。妻子召弟刚要给他舀第二碗时，玉海家的颖颖来了。召弟问她说："颖颖，吃过饭了没有？"

颖颖摇头说："没有，我妈正做呢。"玉堂吩咐妻子给颖颖盛饭，被颖颖挡住了，她说："叔，我不饿。我爸说今晚轮你看场呷。"玉堂"嗯"了声说："你爸没说我和谁去看？"

颖颖回答说："我爸没说，你去就知道了。"

吃罢饭，玉堂抱了铺盖卷就往场里去了。九月的夜晚，气温有些低，夜里冷得人手腕冰凉冰凉的，衣袖里钻着风，只得缩着身子，打着哈欠。月亮还没升起来，四处一片漆黑。借着手电的光，玉堂抱了一些糜草秆，将铺盖放在上面。他搓了搓冰凉的手，把手电筒放在地上照着，搬了几捆干草摞起来，上面顶上再盖了些糜草，一个简陋的茅草屋就搭好了。玉堂将糜草摊开，把铺盖铺好，悠闲地取出一支海河牌香烟点着，噙在嘴上吸了起来，吐着烟圈。心想，这吐出的烟圈会是什么样子。正想着，突然听到麦场口传来了悦耳动听的歌声：

> 一送里格红军介支个下了山，
> 秋风里格细雨介支个缠绵绵。
> 山上里格野鹿声声哀叫，
> 树树里格梧桐叶呀叶落完。
> ……

玉堂听着这优美的歌曲，瞬间陶醉了。

此时，玉堂看见一个黑影隐隐约约地朝这边走来。他急忙拿起手电筒一照，手电光照得那人一边用手不住地护着眼，一边说："别照了，别照了，是我。"当玉堂走近一看，才认出是红玉。只见他用滑子绳捆着铺盖背在肩上，手里提着一台收音机正播放着《十送红军》的歌曲。红玉放下铺盖后，玉堂问他："为啥来得这么迟，是不是让老婆给黏住了？"

漆黑的夜晚，两人谁也看不清谁，只听红玉说："已经老夫老妻了，还提她干吗，吃了饭，串了个门。"

"去谁家了？"玉堂问。

"听说玉香回来了，过去聊了聊。"

玉堂接着问："文博在吗？"

红玉说文博在家，对他很热情。在学校时红玉比文博高两级，红玉毕业后，早早回家务农了。红玉这个老学长一去，文博自然很高兴，拿出妻子玉香招待客人最好的大前门香烟递给红玉。玉香忙着沏茶倒水，还端来了一盘橘子，从上面取了一个给红玉吃。三人聊了会话，红玉就起身告辞了。

当文博和玉香送红玉出门时，红玉才发现玉香有了身孕，肚子变大了。他高兴地说了一声："玉香、文博，哥祝福你们，早生贵子。"说完，就匆匆去了麦场。

玉堂和红玉坐在草铺上，听着《十送红军》优美动听的歌曲，他们想象着当年革命先辈炮火连天的战斗岁月仿佛就在昨天。

干了一天的活，玉堂和红玉也累了。两人躺在草窝里，刚躺下不久，红玉就睡着了，他那"呼噜呼噜"的鼾声吵得玉堂实在睡不着，用被子蒙住头，想挡住红玉的打鼾声和夜里的凉气。

半夜里，玉堂忽然听见黄豆堆的那边有什么响动。他掀开被子侧耳仔细听，听到像是什么东西在那儿嚼吃什么。玉堂戳了戳睡在身边的红玉。红玉被惊醒了，他问玉堂："咋啦?"玉堂说："我感觉来贼了。"红玉惊得"啊"了一声。玉堂赶忙捂住他的嘴，怕他出声。两人也顾不上穿衣，玉堂拿了一把杈，红玉摸了一根绳子，瞅着黑乎乎的黑影屏住呼吸，蹑手蹑脚地走了过去。他俩心想，拼了命，豁出去也要把贼逮住。他们走近一看，原来是一头猪和几个小猪崽。玉堂举杈就打，"咣"的一声，黄豆粒溅了半场。这个黑家伙却丝毫没有动，倒是吓跑了一窝猪崽。它继续吞食着黄豆。红玉趁机抓住猪的后腿，用绳子捆了个结结实实。两人拉着绳子，将猪拴在碌碡枷上。

他俩拴好猪后，冷得打了个寒战，赶紧钻进被窝里，暖了暖身子，把被子的四角压紧，不让一丝寒气钻进来。红玉又拿起手电筒照了照，周围一切安然无恙，只有一窝猪崽还"哼哼哼"地在母猪旁边转来转去，像是要吃奶的样子。

月亮升起来了，天空点缀着数不清的繁星，而银河系就像仙女撒下的玉带，点点星光还闪呀闪呀的，真是美丽极了。

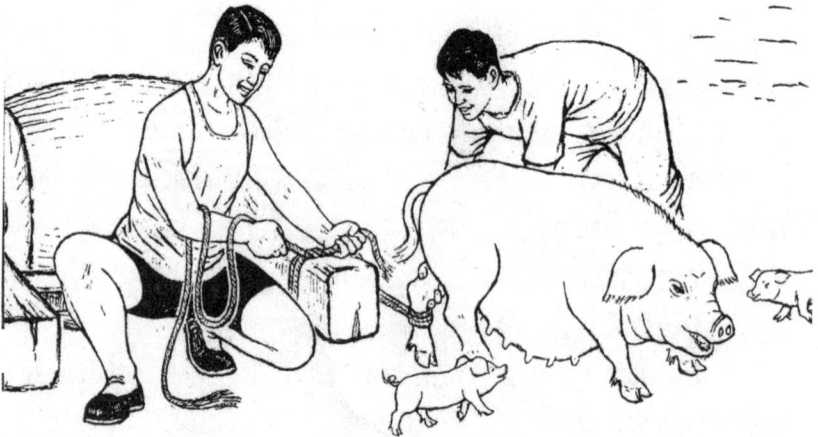

玉堂趴在被窝里，想了半天说："这深更半夜的，谁家把猪放出来，一定是存心不善。"

红玉说："要是碰上狼，咱俩可就麻烦了。"

"咱俩还对付不了个狼，我就不信。再说，这一窝猪，我看明天谁还有脸来领。"玉堂气愤地说。

"唉，我看很难说，脸皮厚的人有的是呢。"红玉打着哈欠说，"睡吧，明天再说。"玉堂眯上眼睛，把身子侧过去睡了。

第二天早晨，大家都夹着口袋来分粮，场里已经来了不少的人。队长孙永新发现那碌碡柳上拴了一头猪。他好奇地问玉海，玉海也瞧见了那头母猪，他摇摇头说："我也不清楚。"

孙永新又问昨晚是谁看的场。玉海指了指玉堂和红玉。玉海把两人叫到跟前，永新问起了猪的事。他俩把昨晚的事细说了一遍。孙永新听了很高兴，表扬他俩看场有责任心，很负责。大家看猪把碌碡周围的地都踩成了稀巴烂。孙永新找了个地，又把猪拴在一棵柿子树根上。

等大伙把粮分完了，也一直没人来领猪，好像未发生什么事一样。

就在这时，鬼难缠和二虎在家里吵得不可开交。一个埋怨，一个几乎要动手打人，两人互不相让。

原来一大清早，鬼难缠起来后，就急忙来到猪圈，往猪窝里一看，空空荡荡的一头猪也没有。她心里慌了，急得像热锅上的蚂蚁。她来到大门洞一看大门关着，埋怨起二虎把门关了，她边走一边唠叨着。心想，难怪猪没有回来，这门关着猪咋能回来呢？她忙进屋，看二虎正四平八稳地还躺着，鬼难缠气得拉开二虎的被子，二虎没来得及阻拦，露了个精光。

"哎呀，咋哩？讨厌。"二虎生气地说。他刚要拉被子睡时被鬼难缠压住了被子，"我不信，你还能睡得住，猪丢了。"

听说猪丢了，二虎立马起来，穿好衣服，向猪圈急步走去。果真老母猪带一窝猪娃一个也不见了。他看猪圈门开着，就问鬼难缠："粉英，这猪圈门是谁打开的？是你开的吧。"鬼难缠不自在地耷拉着脑袋反问说："你把门关了，猪能从空里进来？"

"你为啥子要开猪圈门呢？"二虎逼问着。

"你天天晚上串门子，把门关了，还成我的事了？"

二虎骂道："你真是陈炉镇里的尿壶，瓷嘴子。"他气得要打鬼难缠。

正在这时，栓喜从门口路过，听见鬼难缠粉英又跟二虎吵架。他急忙进来想劝解劝解，看二虎正要向鬼难缠动手，便拉住二虎的一只胳膊说："哎，快把手放下来，有啥事不能好好说，何必大动干戈呢。"

二虎憋了一肚子气，他抱怨说："再甭提我这麻迷婆娘了，脑子像锅胶，就是欠揍。"

鬼难缠在一旁遮遮掩掩地笑着说："没事的，没事，昨天他出去串门把娃关到门外了，娃没个着落，到他二爸家去了。你看这人，不说他的过，只说我的不是，你给我俩评评理。"

栓喜听了鬼难缠的话，信以为真，连忙说："好了好了，还当是咋回事哩，我走了。"

栓喜走后，二虎两口子又各自绷着个脸。二虎强忍住内心的火，倒头就睡。鬼难缠也不敢出门明目张胆地寻找猪。

原来，鬼难缠当天就盯上了放在麦场里的粮食。她趁二虎串门的机会，打开猪圈门，放出了老母猪和一窝猪娃，心想，老母猪和猪娃吃饱了，自个就会回来的。谁料二虎串门回来就把门关上了，自己又睡着了，才酿成这事。

到了下午黄昏时分，鬼难缠准备去麦场里探一下风声，看猪在什么地方，怎么样了。她装作要到麦场里提柴火烧炕，手里提了个笼来到场里四下张望，没见猪的踪影。她心慌了，心里火烧火燎的，心想，难道遇上狼了？她不敢多想，急忙四下寻找，心里既胆怯，又害怕，两腿直发软，连走路都不稳了，迷迷瞪瞪的，一不小心摔了一跤，胳膊肘磕在了一堆猪粪上，心里更加气恼。鬼难缠顾不得擦胳膊上的猪粪，勉强挣扎起来，抬头一看，猛然瞧见一窝猪崽正寻觅着东西吃。她走到近前一看，果真是自家的猪崽，她一下放心了许多，高兴地说："谢天谢地，感谢老天爷开眼，没让我折财。"猪崽也认得她这个主人，引着她拐了个弯来到场房背后。鬼难缠见自家老母猪被拴在柿子树上。她又气又兴奋地解开绳索，看周围没人，牵着老母猪就往回走，一窝猪崽"哼哼唧唧"地围拢在老母猪的身旁叫嚷着。

她刚下了坡走到涝池边上，就瞧见玉海从对面走过来。她本想躲避一下，看来不及了，只好厚着脸皮走了过去。到了跟前，她扭过头背过脸去，有意不看玉海。

"这是你家的猪？"一句简短的问话让她心惊肉跳，她故作镇定，轻声地"嗯"了一声。"粉英嫂子，你知不知道昨晚你家的猪吃了队里的粮食？"玉海说。

鬼难缠回答："不知道，咋可能呢？不知那个坏厥把我家猪拴住了，一晚上都没得回来，害得我到处找，把人都要吓死了。刚才，我到麦场里找了找，不知是那个天杀的把猪给拴住了，你看气人不气人。"

玉海又问鬼难缠："你家的猪咋跑到麦场里去了？"

鬼难缠停了半天说："昨晚猪把圈门掀开了，二虎串了门，大门开着，让猪跑了。"

玉海笑着说："你家猪怪了，昨个白天不掀圈门，单挑晚上掀圈门，真是奇了怪了。"

鬼难缠被顶得无话可说。她气愤地说："不跟你说了，你爱咋想咋想去，你啥意思？好像是我故意放的，你讲不讲理？我先把猪送回，咱找个地说理去。"

玉海说："行，我等着你。"

鬼难缠把猪送回家后，就跟玉海去了队长永新家。

天色黯淡下来，孙永新刚吃完饭，打开收音机。收音机里正播放着秦腔《血泪仇》唱段："王桂花在园中转轮纺线，只觉得一阵阵好不喜欢，来边区还不到六月半载，我一家三口人有了吃穿……"这时，闭着的门被推开了，从门外走进两个人，一个是玉海，一个是鬼难缠。鬼难缠一进门气势汹汹的样子，好像谁把她家的锅给砸了。她说："队长，你给俺评个理，昨晚也不知谁把我家猪拴在麦场里的柿子树根上，让我寻了大半天。你说这人和人有气，咋和猪杠上了，猪是惹谁招谁了？还好，昨晚没碰上狼，要是让狼吃了，该咋办？我来是问：我这损失是让个人赔，还是队上认这个账？"

孙永新听鬼难缠这么说，他立马关掉收音机，生气地说："那你家猪吃了队上的粮食，你看咋办？连吃带糟蹋的，也有二三斗，你来赔。"

这下，可把鬼难缠问住了，她不知该如何回答，半天愣在那，不再言语。

"早晨分粮时我就想，昨晚猪咋出来的？是不是有人故意放出来的。当然没做调查，咱还不能下这个结论，要是真有人有意放出的，你给我说，咋办？"

这时玉海开口说话了，他瞥了鬼难缠一眼说："刚才在来的路上，她硬是和我强辩哩，死活不认账，说猪圈门是猪掀开的，我就根本不信。前些日子。听说她家的猪下了一窝猪娃，我去看了一下。她家猪圈门口揳了两个大橛，压了一块大石头被楔子牢牢卡着。只要不是人故意放的，猪压根就跑不出来。再说，那么牢固的圈门能叫猪掀开跑了，简直是骗人的鬼话。我不相信，和她争论了几句，她不服气，要你来评理。我看这个理你得给咱好好评评。"

"你听听，玉海说你家那猪圈门揳得多结实，还能让猪跑了，谁信这个鬼话？"永新说。

鬼难缠心虚，慌了，她站在那半天说不出一句话，在纠结着，她想强辩上几句，刚开口，就被永新给拦住了，让她再没有继续强辩下去。

永新说："你甭说，你想说什么我都知道。你现在说，你家猪跑出来糟蹋了队里的粮食，你该怎么办？"

这下，鬼难缠半晌不吭声了，她想了一下说："我寻了半天猪，耽搁了多半天，这工分咋算？"

孙永新一听，心里说，这女人真是胡搅蛮缠到家了，竟然给我要起了误工费。

孙永新没好气地说："粉英，你可想好了，这可是一卯对一楔，你要你的工分，队上可要队里的粮食了。"

鬼难缠一想，划算不过，半天工分才值几个钱，赔粮食可就多了，想到这，她笑着说："队长，咱这工分就甭提了，再说，猪嘛那是畜生，又不通人性，它要跑出来，我也拦不住。要我看，咱都算了吧。"

孙永新觉得跟这种人说下去也说不出个名堂来，只会平添烦恼。

他严肃地对鬼难缠说："粉英，我不想跟你多磨嘴皮子，你也不必太费心思，只要你说句实话，承认错了，就行，有个认错的态度，改正的决心，队上可以不追究。不要再拨弄自个的小算盘，打集体的歪主意，占小便宜了。下次，队里绝不轻饶。你走吧。"

玉海接着说："好嫂子哩，不是谁有意跟你过不去，专门找你的碴子。你要认识自己的错误，认识了就好。"

鬼难缠听了永新、玉海的劝说，觉得他俩的话雷声大，雨点小，并没有伤到自个的实际利益，猪也好着，人也照旧。她想，不过嘴上还得认输，认了就认了，也不输银子不输钱的，咱这叫能屈能伸。

鬼难缠刚走到院里，玉海又叫住她。鬼难缠吓得愣了一下，随口"哎"了一声，心里又不安起来，心想，还没出院子又来事了。她停住脚步问："又什么事？"

玉海说："拴猪的那条绳是红玉的，你可别贪着不给了。"鬼难缠说："知道了，俺不是那号人。"

玉海在屋内小声说："真是少有的难缠婆娘。"

孙永新摇了摇头轻蔑地笑着说："这女人，真拿她没办法。"他打开收音机想再听听秦腔，收音机里却正播报着"批林批孔"的事。他关了收音机，和玉海商量着去杨柳镇社中箍窑的事。

永新问玉海："你们几时动身走？"

玉海回答说："木业社还有一点活，等把这点活忙完了就走。"

永新说："你这一走，杨柳镇社中那一排窑不知几时能完工，这队上的事，我可得全扛了。"

玉海说："我听说要箍十孔窑哩，估计一个月完工还是最快的。"两人又谈起了今冬建设新农村规划的事，他俩越谈越投机，越聊越起劲。

翠玉已经瞌睡得前后打盹了，她不好意思说出口，只好一声不吭地靠着被子睡着了。

玉海离开孙永新家时，夜已经深了，他借着朦胧的月光回到家。

第六章

　　文博自从那天看了二队德红烤的烟叶后，心里一直很着急。他负责他们一队的烤烟烘烤任务，也不知是哪儿出了问题，第一炉烟比起德红烤的烟总体上说没有烤好。文博心想，从图表上看，看不出原因，从技术要求上说自己是按要求做的，从其他方面也找不出毛病来，到底问题出在哪儿呢？他百思不得其解。

　　为了烤好烟，他可是下了一番功夫。他在烟炉房旁边搭了个简陋的草棚，用来挡风挡雨。自打第一炉烟点火后，他就没离开过这个草棚，一日三餐的饭食也是母亲红贞往来送。他一天除了戳煤弄灶，添煤加火，就是观察干湿温度计和及时控制天窗地道的开闭，经过自己的辛勤呵护，他烤的第一炉烟出炉，看上去还不错。他满以为自己烤得还可以，毕竟是初烤，没有什么经验，能烤到这程度就不错了，心里难免有点沾沾自喜。但经过与二队德红烤的一比较，还是大有差距。他心想，不比不知道，一比吓一跳，同样都是烤的第一炉烟，同样是一个技术员教出来的，就是不一样，倒叫他心里很纠结，寝食难安。他思前想后，决定先听听队长的意见，看人家对自己和这炉烟是个啥看法、啥态度。他心想，只能这样，就算是贼不打自招吧，自己来个主动上门，总比过后强得多。

　　当天早饭后，他来到队长李维强家。一进院子，院子里挤满了好多人，有认识的，还有根本叫不上名的外村人。他们是给村里拉电来的。大家"叽叽喳喳"地谈论着拉电的事情，场面热闹极了。田文博在旁边听着大伙热烈的议论，简直是不敢相信自己的耳朵，他问身边的记权说："给咱村拉电这是真的吗？"

记权高兴地说："是真的，这不是都来了嘛，有咱们村的、外村的，还有县电力局的师傅。大队叫你队上派一些劳力去挖电线杆窝子和从大路上运送电线杆呢。"文博听记权这么一说，高兴得手舞足蹈，欣喜若狂。他嘴里不停地念叨着："我们要用上电了，我们有电了，不用再点煤油灯了，点油灯的时代总算结束了。"柳庄的男女老少和文博的心情一样，大伙奔走相告，有任务的，没任务的，大家齐上阵，挖坑的挖坑，移送电线杆的移送电线杆，没有一个人闲着，大家沉浸在了欢乐的海洋。柳庄人能提早用上电灯，这在千百年祖祖辈辈人的生活中是从来没有过的。文博想，只要通了电，家乡的巨变就在咫尺。大家的心里由衷地感激共产党领导好，社会主义好。

文博和大伙忙完了手头的活，又回到队长维强家的院子里。维强早就觉察到文博来了，只是一直在忙活拉电的事，现在消停下来了。他知道文博找他什么事，故意问文博说："有啥事吗？"

田文博一下从欢快中平静了下来。他又忐忑不安起来，抖动着嘴唇支支吾吾说："队长，咱这第一炉烟没烤好，不怎么理想，责任在我，这差事我怕胜任不了，拖了队上的后腿。队长，你趁早还是另择他人吧，免得队里受损失。"

队长维强勉励他说："我可没说你没烤好，实事求是地说咱虽然比不了二队的，但技术员说了总体上还可以，你就不要为这事自责了。我相信你，你很用心，很负责。今后多学着，慢慢来，只要技术掌握了，经验多了，总会烤好的。俗话说，老是担心害怕一辈子不敢剃头，就永远是个长毛子，你说是不是我说的这个理？还有一件事，我听说你最近读书学习很用功，这是好事，希望你多努力，把自己的长处发挥出来，为咱们队上多出力，也为你自己有一个好的将来多做打算。你学习上进我全力支持，绝不拖你的后腿。当前，队上烤烟的事是个大事情，这事非你莫属，你也不要推辞，一切就看你的了，你用心做就是了。"

文博听了队长的一番话，心里十分感动也有些惭愧，觉得自己有些自私，有点临阵脱逃的感觉，太不像话了。他红着脸，拍着胸脯对队长维强说："啥话不说了，我一定把烟烤好，请你和队上放心。"说罢，文博二话不说就匆匆去了烟炉房。

等把第二炉烟上架后，文博想去拜访一下德红。他自个不会吸烟，特意为德红准备了一盒"海河"牌香烟，把烟揣进衣兜里，就向二队德红的烟炉房走去。

只见德红的烟炉房旁聚集了一群割草娃。他们把草担子放在地埂上，过来歇脚闲聊，有摔跤的、斗鸡的、说笑的。文博看德红和一群孩子打闹耍笑，他笑着自语道："德红有朝气，人缘好，真是个孩子王。"德红正和克让在掰手腕，德红用上全身的力气，弄得脸红脖子粗，第一局还是输给了克让这个年轻力壮的小子。德红不服气，硬要和克让来第二局。克让底气十足地说："来十局八局你也不行。"德红不服输，他说："有本事再来一次。"他心想自己一个年富力强的汉子怎能败在一个二道毛孩子的手上。

克让说："来就来，不过这一回可得有个条件，你要是输了，你得给我磕三个响头，我输给你，我给你磕三个响头，咋样?"

德红蛮有信心地说："好吧，来。"

两个人拉好架势半蹲着，互把胳膊肘担在自己的膝盖上，两手紧紧地握在一起，鼓足气力，胳膊上青筋直冒，牙齿咬得咯咯作响。二流子牛蛋在一旁为克让打气助威，他挥动着两个拳头大声喊着："克让加油，一二三! 克让加油，一二三!"克让的手腕由低到高慢慢升了起来，德红显得有些力不从心，脸涨得通红通红。周围的二道毛娃们纷纷为克让鼓掌加油："克让必胜，加油，加油再加油！克让，绝不能尿，绝对要掰过他。"两个人的手腕与胳膊的夹角只有十几度了，眼看德红已经精疲力竭，克让这时咬紧牙关一鼓作气猛地一掰，瞬间德红的手腕就倒了下去。

克让憋红个脸笑着问德红："这回你该服了吧？现在该当着大家的面给我磕三个响头了吧。"

德红红着脸气势汹汹地说："谁给你磕头，哪有爷给孙子磕头的道理？臭小子，嘴上黄毛还没脱呢，还想盛爷的头，没大没小的。"

这下，德红可惹恼了那些二道毛小子，他们"叽叽喳喳"吵闹起来："不行，输了就得给人家磕头，就得按规矩来，不能反悔，屎拉到裤裆了还能不承认。""你那爷是啥爷？是尻子没毛的小爷，我们不认。""就是的，得给人家克让磕三个响头，要不然今非把你这尻子没毛的小爷涮上个漕漕，你信不信？"

德红一时四面楚歌，骑虎难下，不知如何是好。

文博在一旁，不由自主地笑了，心想，看来德红今天这个娃王当的不是娃王，非得给这些二道毛小子磕头认输了。这时，谋旦逗趣说："你看我娅娥婶子长得多俊俏，咋嫁了你这个没劲的。"

二流子牛蛋乘机说："婆娘长得好，伤身，耗得我德红爷早都没劲了。"

文博听着这些二道毛小子们不着边际的话语，搂着个肚子，早笑得直不起腰来。

"笑笑笑，有啥好笑的，也不帮老哥我说道说道这伙坏尿娃娃。"德红捅着炉子，朝文博埋怨说。

文博笑着说："跟这些娃上啥计较呢，我今找你有事。"

"哎，你看这伙尿娃是欺负人不是？今后再不招惹他们了。"

"德红哥，和他们打打闹闹，说说笑笑不正好吗，说明你有精气神。"

这伙爱逗笑的调皮孩子见大人要说正事了，就都知趣地散开了。他们离开时也不忘拿大人们开涮、逗乐。只见他们各自担起草担子一步一闪地晃悠悠的，脚下的小草伴随着他们的脚步摆动着，微风吹在他们的脸上很是惬意。他们看文博来了，又打起了文博的主意，顺便给田文博编了一段顺口溜，说唱了起来。

> 文博文博你真行，
> 娶个干部做老婆。
> 她爱你来你爱她，
> 晚上睡觉睡不着。

文博听到这些个捣蛋鬼正向自己开火，他冲德红摇了摇头，无奈地笑着说："这伙捣尿，见谁咬谁。"

德红笑着说："你看咋样，你也叫那一伙娃咬上了。"

文博说："那是一伙没王的蜂，愿意蜇谁就蜇谁。嘴上没毛，说话不牢。"

德红笑着靠近文博说："哎，你不知道，去年冬季还闹出一个大笑话。一天晚上老尹和他老婆把炕烧得热乎乎的。二流子牛蛋趁老两口不注意溜进屋里，揭开被子一摸，里面热乎乎的。牛蛋立马有了坏主意，他从缸里舀了一瓢凉水，用手揭起席子往火炕上一浇，又重新把铺盖拉好，溜了出去。老两口回来也没察觉就直接上炕睡了。谁知越睡越渭，老婆子骂老尹，老尹骂老婆了。一个说是你不像人尿下了，另一个说是对方尿下的。两个人相互指责，互不承认。老两口把被褥掀了一炕，折腾了一晚上，一夜没合眼。第二天老两口的脸上都有了黑眼圈，活像一对大熊猫。这事，又没办法给人说，只得挨个肚子疼。"

听完这个，文博搂着肚子笑得死去活来："真是一些捣蛋鬼，老实疙瘩也被耍了，看来今后还得防着这些捣厥。"

德红笑着说："可不是吗，故事还多着呢，咱以后再聊，今有啥事？"

文博不慌不忙地从口袋里掏出准备好的香烟递给德红一支。德红接过烟说："无事不登三宝殿，都是忙人，你就直说吧。"

文博说："是向你讨教来了。"

德红说："讨教不敢当，今怎么了，鸟儿落到胡须上了，还谦虚起来了，直截了当说吧，哪有那么多的规程。"

文博说："不瞒你说，我们头一炉烟和你们相比，也不知什么原因，没有烤出好烟，反正都是按技术规程操作的，就是不如你们的。说实在的，今儿真是取经来了。"

德红笑着说："说的哪里话，都是一个村的，相互学习，取长补短，这很正常。我也不是神仙，这头一炉，大家都没经验，我也是瞎猫碰上了死耗子，运气好。不过有一点，细心就是了。慢慢来，相信你们一炉会比一炉好。"

文博说："咱们两队同样一个师傅，同一张技术操作图表，说实在的，我也用心了，就是不知道这问题出在哪儿了。"

德红想了想说："单从图表和技术员的要求来看，是看不出什么问题的。但每项技术要达到的程度却很难掌握，有它的不确定性。我想，这就要求我们绝不可有半点的粗心与麻痹大意，尤其是烟炉内的温度控制更是来不得半点马虎。白天的温度还好掌握，可是晚上就截然不同了，昼夜温差较大，这是要特别注意的，因此，就不能按部就班了，得赶快想办法，把温度赶上来。若温度上不来，那可是要出大问题的，烟叶上面的水分湿气排不出来，水分回潮，烟叶就会枯萎变成灰色。如果升温过快过猛，烟叶就会烤焦，变成褐红色，那可就完了。因此，这掌握火候就成了烤烟关键性的一关，成功与否的技术难题了。"

　　德红滔滔不绝地给文博讲到这里，文博现在终于明白是怎么回事了。他豁然开朗，立马晓得其中原委是因为晚上他没把炉温掌握好。文博解开了心中的疑惑，马上精神起来，更加有了信心，全身产生了一股力量。他有必胜的信心一定能在下一炉烤出好烟叶来。文博感谢德红对他的讲解和提醒。他告别德红又急匆匆地回到自己烤烟住的草棚。

　　回来后，他把一盏小油灯挂在草棚的三角柱上，每天晚上除了看火，观察温度，给炉膛添火，就是拿着书在微弱的灯光下学习到深夜。文博实在劳累疲倦了，他就压好炉膛里的火，和衣裹被睡上一会儿。

　　功夫不负有心人，经过一个多月的苦心劳作，文博炉炉烟叶金光灿灿，绿中呈黄，黄中显绿，赢得了全队社员的喝彩和赞许。队长维强竖起大拇指高兴地说："文博你真行，你给队上立了功，你可是我们的大功臣。"

　　文博获得队长李维强的夸奖后，维强更加器重他，要他负责妇女们挑拣烟叶的事。文博又得到了一个重任，他也不得不担起这个重任。文博想这是队长对他的信任，就愉快地承担了下来。

　　八月下旬的一天，土窑里热闹非常，除过妇女们的说笑声和吵闹声，时而也有烟叶摩擦的刺啦声。金色的烟叶已在每个人面前摞成了许多小墩子。按照技术员培元的要求和吩咐，什么颜色的叶子归什么级别什么类型，大伙儿正一丝不苟、认真分级分拣着。这时，队长维强和技术员培元相继进了屋，培元瞅了瞅大家，看大家是不是按要求来分级分类。他逐个儿检查了一遍，当来到梅香面前时，他捡起梅香拣的烟堆里的一片烟叶仔细看了看，发现有混拣的现象。他拿着这片烟叶对大伙说："你们先停下手中的活，来看看这片叶子，这叶子上半部是一个颜色，而下半部却是另一个颜色，所以不能把它笼统地看作一种颜色，放到分好级的烟堆上去，而是要把它按颜色撕成两半，分别放到合适的等级上去。像这种烟叶上半部是青一的等级，那么就放到青一上去，下半部只能放到中四上去。大家一定记住了，绝不能混淆在一块儿，混在一起卖不出好价钱的，吃亏的是大家。大伙拣烟不能性子过急，得精细地分拣出好坏叶子来，有不懂的地方，可以问问你们队上的技术员田文博。"培元说完，就急匆匆地到别的队检查去了。

这几天，柳庄人除了烤烟，还正忙活着村上拉电的事。谁也没有想到，村上这么快就要通电了。

住在村西头的李月润老汉看见村子里挖了许许多多的深坑，人来人往的也不知道做什么。这些天他好奇地在村里转来转去，听说是给村子通电挖的坑。他也不知道电是啥东西，是干啥的。人家挖就挖吧，但对新鲜事还是很感兴趣的。

他孤身一人，凄风苦雨，早年生了个儿子，因家里没得吃营养不良夭折了。他和老伴哭得死去活来，撕心裂肺，没过一年，老伴病倒了，不久也跟着儿子走了。这样一来，就剩下李老汉一个人孤苦伶仃地活在这个世上。他这人一生下来就有一个好的体魄，这也成为他支撑生命的本钱。艰难的生活养成了李老汉一个庄稼人朴实节俭的习惯。冬天的老棉袄背到初夏，夏天的破烂单衣穿到严冬。老人一支柴火棍也舍不得丢弃。一日三餐，一碟辣子，一碟盐，一碟咸菜，这就是他生活的标准。村上人常劝他说："要注意身体，不要太吝啬，能吃就吃，能喝就喝，看你这劲头还能再活八十岁。"但他总是摇摇头说："粗茶淡饭最养人，我这样的生活标准，心里舒坦。咱上几辈人还没吃过这样好的饭食呢。"

八月二十六日是月润老汉八十岁的生日。这天早上，他特意为自己炒了几个好吃的菜，破例蒸了一锅白面馍。他为自个儿盛上饭，端到炕上。柳庄人吃饭总习惯在炕上坐着吃，即使一个人也不嫌麻烦。李老汉把鞋子一脱，上了炕。一个人自斟自饮，喝了几杯闷酒，老汉饱经风霜满是皱纹的脸上红润了起来。他端起饭碗，夹着菜吃得十分香。当他喝光第一碗米汤时，碗放在炕上，没有一个人伺候着去给他舀。可能是一个人习惯了，他又下炕给自己盛了一碗，回坐在炕上，喝了起来。酒足饭饱后，没有一个人问他吃好了没有。李老汉一时生气，一脚把盘子踢翻在地，碟子碗也都打了，剩余的饭菜撒了一地。他闷闷锁上门，走了出去。

下午回来，李老汉开了门，一眼看见被他一脚端下去的残羹剩饭、摔碎的碗碟和筷子、盘子还躺在那儿，没有收拾。他默默地流出了眼泪，心中的悲伤不知向何处发泄。他瞅着贴在灶火旁的灶神爷，发现灶神爷的眼神还一动不动地死盯着自己。他气愤极了，对着灶神爷说："人都说你老人家灵验，你上哪儿去了？我这样的生活你管不管，看来你也是个不顶屁用的东西。"他一把将灶神爷的画像撕了下来，伤心地哭了，眼泪像断了线的珠子往下落。生活还得继续，苦恼和忧伤还得往肚子里咽，一切也许都会好起来的。一盏麻油灯陪伴了他几乎一辈子，最近听村里人说不用油灯了，要用电灯。电灯长啥样？他没见过，就是人老几辈也没见过，这个新鲜东西倒给老汉苦闷的生活增添了一丝乐趣。他天天在工地上看人家挖坑、运电线杆，大家都很忙，也没人搭理他，他却看得饶有趣味，时不时还要问上几句。他性格倔强，大家都叫他倔老头。

李老汉整天围着拉电的工地转，看人家来来往往地忙着干活，电线杆子摆放得到处都是。大队长邓来栓家院里也堆放了一捆一捆的电线和一大堆白亮白亮的电瓷壶。李老汉不知这是什么东西，拿在手里好奇地看来看去，却始终看不出个名堂。二愣子新槐对李老汉说："这是专为老汉用的尿壶，带电的，要不你把你那东西掏出来试一下。""你个坏蛋，拿老汉开涮哩，我再不懂，也知道它不是个尿壶。"说着，李老汉拿起拐杖追着二愣子打。几个拉电的人在一旁"嘻嘻哈哈"地看着热闹，大家都说这一老一少真有意思。

听说明天就要栽电杆了，村口上已聚集了许多围观的人。因为这对柳庄几辈的庄稼汉来说毕竟是有生以来遇到的第一件新鲜事。来的人自然很多，几乎是全村的男女老少都出动了，特别是老人和孩子。老爷子们个个翘着白花花的胡须笑眯眯地看着眼前的一切，嘴里嘬着旱烟杆子，吸着烟，时不时地用手遮住刺眼的太阳，仰望着立起的电杆。老婆子们拄着拐杖，穿着有襟衣衫，纽扣上别着一条粗布擦鼻手巾，头上顶着蓝格格的手帕，一边走一边朝远处瞭望着高高立起的电线杆子。孩子们在妇女们的带领下个个兴高采烈，闹着玩着，他们更多关注的是那些白色的电瓷壶。今天李老汉也来了，他穿了一件毛蓝色的上衣，虽然不是新的，但却干干净净，人一下子显得分外精神。平时他总披着一件脏污不堪补了又补的补丁衫，今天倒是穿戴得有模有样。他抽着老旱烟，在人群中拄着拐杖走动着，脸上露出了少有的笑容。看着眼前这稀罕物，老人在惊喜之余倒有些伤感，他默默地说："要是老婆子和孩子娘俩还在，那该多好啊，也能看看今天这世事了。"

忙碌的人群中，邓来栓可忙活极了，他手里拿着个手提扩音喇叭，一会儿跑到这边，一会儿又转到那边对大家喊话："广大社员们，今天咱们村栽电线杆，围观的人很多，请管好自家的孩子，不要乱跑、乱走动，必须远离电线杆，不得靠近，围观的人必须撤到三十米以外的地方观看，请大家千万注意安全，不要拥挤，老人们一定要注意安全，走路时多注意脚下。"邓来栓不停地拿着喇叭喊话，维持着现场的秩序。随着喇叭里的喊话声，人们渐渐离得远了些。

电力师傅在电线杆的细头处系好三根粗绳，把栽杆的劳力分成四组，三个组的人分别拉住三根绳，其中，中间拉一根绳，两角各拉一根绳。另一组人抬起电线杆一头用准备好的铁管架子一步一步地往起撑，当撑起到一定高度时，指挥的人拿一面小红旗，手一挥，三根绳，三个方向，一鼓作气，用力拉，"咚"的一声，不偏不斜，一根大家伙端端正正竖立起来了。这时，周围立刻响起了人们的欢呼声和雀跃声。李老汉站在地塄畔上拄着拐杖，踮起脚尖，用手遮住太阳，仰面向上望去。老汉惊讶地叫了一声："哎呀，这么高，这人咋上去呢？不怕摔下来？太危险了，我这么大岁数是头一回见过。这电又如何在上边站得住？就不怕摔下来？"李老汉的担心，惹得一旁休息的电工师傅们哈哈大笑，其中一位电工师傅忍不住上前和李老汉聊了起来。他笑着问："大爷，你今年贵庚？"李老汉听不懂贵庚是什么意思，他拄着拐杖向前挪了一步，好像没听清电工师傅在说什么。他猫着腰，贴过身子，脸上的皱纹像傲霜的金菊，嘴唇不停地跳动着说："你说啥？"他指着自己的耳朵说："我这耳朵背，听不清你问啥。"

"我问你今年多大岁数了？"电工师傅提高了嗓门说。

李老汉用手比画着说："八十岁了。"

"大爷，你还精神着呢，像你这么大年纪的人都不多了。那电线杆子架上电线，电就沿着电线跑，稳着哩，你老不用担心，它还能在上边跳舞呢。"

李老汉咧开嘴，"呵呵"地笑了。

在一旁的另一个电工师傅笑着说："你给他说话，是瞎子点灯白费蜡。"

旁边的人被惹得一阵欢笑。

围观的人渐渐散去，只有电工师傅和工地上干活的人还在紧张地施着工……

夜幕降临了，邓来栓家的大门还大开着。二虎媳妇鬼难缠抱了几棵损坏了的辣子树慌慌张张地进了院子。她一边走一边喊："宇玉，三叔他在家吗？"宇玉正在油灯下看小人书，听见是鬼难缠六嫂的说话声，赶忙放下书，掀起门帘说："六嫂，你找我爸，你等下，他刚出去了。"宇玉见她怀里揣了一些坏了的辣子树，猜想一定是寻他爸说事来了，就说："六嫂，你有事我给你找我爸去。"说着，就出了屋子。

鬼难缠见秀英在屋里，就拿着她那几棵坏了的辣子树像被蝎子蜇了似的对秀英说："三婶，你说这谁挨刀子的，把我的辣子树弄成了这样。"说着，她把辣子树放在地上，对秀英说："你看看，这连踩带踏的都毁得没样了。今年，我连一个辣子都没舍得摘，就给糟蹋成这样子了。这可怎么办呀，我的老天爷，这还有人活的路吗？这辣子树正长呢。你说我连一个都没舍得摘，平白无故地就给我糟蹋了，你说这些挨刀子的，不是他的他就不心疼。"她像祥林嫂一样一边哭一边骂着。

这时，宇玉领着来栓进了屋子。鬼难缠一看，大队长回来了，她立马哭天喊地地拉大了声音说："三叔，咱庄稼人，手心手背都是肉长的，你看看，我辛苦种了一年的辣子，今给我糟蹋成了这个样，我连一个都没舍得摘，心想再叫红些时日，等全红了一起摘。没想到，被哪个不长眼的弄成了这样子。三叔，你得给我主持公道，不能让我白受这损失，我可是辛辛苦苦忙活了一年呀，你得给我个说法。"

邓来栓瞅着地上的辣子树，听着鬼难缠没完没了的唠叨。他说："栽杆的人多了，我也没瞅住是谁踩了你的辣子，你让我找谁去。再说了，大家都是为集体的事情忙活，无意中踩了你的辣子树。你就不能体谅体谅大家，原谅原谅人家。"鬼难缠一听，瞬间就拉下了脸，火冒三丈地说："大队长，你这话我就不爱听了，集体的事，关我啥事，谁弄坏了我的辣子树就得给我赔。"来栓也来气了，他冲着鬼难缠大声喊道："你听着，谁把你的辣子树踩坏了，你找谁去，别在我这儿吵吵咧咧的。"

听来栓这么一说，鬼难缠好像觉得云里没雨了，一瓢冷水从头到脚浇了个透心凉，眼看事情要黄了。她觉得来栓这个人有一手，难对付。这家伙手拿泥板子，脚踩西瓜皮，滑得很，完全是在推卸责任，不想处理。鬼难缠心里愤愤地说，我要是知道谁踩了我的辣子树我会来寻你？你倒是给我来了个滑滑溜。今我非把你缠住不可，要不然可就没戏了。想到这，鬼难缠又哭喊地说："可惜我那红是红，绿是绿，眼看就要收获的辣子了，让我白辛苦了一年。哪个挨千刀的，我非把你抓住给我解气不可。"说着，她"扑通"坐在地上，一把抱住来栓的一条腿说："三叔呀，咱们都是一个藤上的瓜，都是抬头不见低头见的自家人，你就可怜可怜我吧，要不然我就不起来。唉，我的辣子招谁惹谁了？三叔，你得给我做主啊。"

来栓见鬼难缠赖着不走，知道遇上麻烦事了。他心想，这些电工师傅和队上派的劳力都是给大家办好事、办实事的，不小心踩坏了你几棵辣子树，怎么能张口闭口让人家赔呢，这不是寒了大伙的心吗？为了几棵辣子树去找人家，岂不让人家笑话？柳庄人还没有吝啬到这种地步。现在鬼难缠又赖着不走，这该如何是好？

秀英看着鬼难缠抱住来栓的大腿，哭着闹着不肯松手。她想，鬼难缠为了几棵辣子树闹腾得不肯放手，还好，这是在自己家里，要是在大路上、人多处，来栓的脸面可就丢尽了。来栓是村里主事的二把手，是有头有脸的人物，叫这样一个婆娘给缠住了，这脸面往哪儿搁呀。想到这儿，她笑着对鬼难缠说："粉英，你先把你三叔的腿松了，你起来，世上哪有过不去的坎，蹚不过的河，事情总有办法解决的，不会让你吃亏，你先起来，有话好好说。人家踩坏了你的辣子树，也不是故意的，都是为了给咱拉电栽杆，给咱办好事。你三叔能去给人家说这事吗？你损失的辣子咱想办法给你解决。你先起来，少不了你的辣子。"

鬼难缠这才松开来栓的腿，起身对秀英说："婶子，这可是你说的，我等着呢。"她说完话，头也不回走出去了。

鬼难缠走后，来栓不解地问秀英说："你答应给人家想办法，你能有啥办法？是能剁指头，还是能赔钱？这婆娘可不是好对付的。"

秀英说："你忙你的，她是个人，不是头猪。"

来栓埋怨说："你还强哩，我看你给人家怎么解决。"

时值深秋，田野上，道路旁，秋意浓浓，谷子和糜子已经收割完毕。人们又很快种上了小麦，绿油油的麦苗儿讨人喜爱。干枯的玉米棒子已经熟得垂下了头，一阵阵瑟瑟的秋风吹过，显得格外凉爽。各种颜色的野菊花和野果子散发着一阵阵清香，香气扑鼻，让人心旷神怡。

早晨，秀英等来栓上了工，宇玉上了学。她自个儿挎了菜篮子来到自家的自留地，草丛中的露水打湿了她的鞋子。她看着自己种的辣子长势喜人，红红的辣椒挂满枝头，要不是摊上鬼难缠这样的事，她真是舍不得摘。秀英摘了大半篮子就匆匆提着回家了。她准备把这大半篮辣子等儿子放学回来给鬼难缠送去。她觉得丈夫当这个村大队长不容易，声誉和形象比这辣子更重要。

秀英的大儿子宇红已经在杨柳镇上初中了。孩子一星期回来一次从家里背回馍和苞谷糁。

她家院子里长着一棵樗树，比碗口都粗。一夜秋风过后，院子里落满了树叶。宇玉一进门看见院子里落了许多樗树叶，他急忙跑进屋放下书包，拿了扫帚就扫起树叶来。秀英见宇玉回来又出去了。她正切着菜，隔门缝看见宇玉在院子里扫地。她会心地笑了，知道孩子懂事了。她吩咐儿子说："宇玉，扫完树叶，妈给你有话要说。"

宇玉扫完院子很快回到屋里。秀英对宇玉说："你先甭忙着吃饭，把这大半篮辣子给你粉英嫂子送过去，回来再吃。"

宇玉瞅着篮子里的辣子，他不解地瞅了瞅秀英，嘴里想说什么，但没有说出口。秀英知道宇玉想问什么，她说："不要问了，快去，送到你嫂子手里就回来。"

宇玉按照秀英的吩咐去了鬼难缠粉英嫂子家。一进门，鬼难缠一个人在家，二虎哥还没有从地里回来。宇玉看鬼难缠忙着做饭，就说："嫂子，我妈叫我把这些辣子给你送过来。"宇玉放下大半篮辣子就匆匆出了门。鬼难缠也没有搭理他，瞅了一眼大半篮子的辣子，心满意足地忙着做饭了。

二虎拔豆回来，顺路从自家自留地里被人踩踏过的辣子树上摘了几个青辣子，捏在手里回到家。他一眼看见地上放着的大半篮辣子，好奇地问鬼难缠："这地上咋还有大半篮的辣子？"

鬼难缠若无其事地一边做饭，一边说："是我刚从地里摘的。"

二虎心想，这就怪了，自己在辣子地里，没见有摘过的迹象，难道活见鬼了？他不信鬼难缠说的话，二虎瞪着眼问鬼难缠："你好好说，这大半篮辣子到底是怎么回事？我刚从咱家自留地里回来，地里好好的，没有采摘过的痕迹。这是我刚从地里摘的辣子。"他举着捏在手心里的几个辣子让鬼难缠看。鬼难缠这才惊慌失措，不知如何回答。她看二虎逼问得紧，心想，看来是瞒不住了。她一阵心惊肉跳，双腿不由自主地打着战。二虎看她的样子，知道她没干好事，故意在撒谎，他气不打一处来地问鬼难缠："说，这辣子到底是怎么回事？"

鬼难缠被逼无奈，她红着脸低声地说："这是秀英婶子打发宇玉送来的。"

二虎心里立马明白了八九分，知道是怎么回事了。他故意问："人家又没欠咱什么，咋会平白无故送咱辣子？是不是因栽电线杆踩踏了咱家的辣子你上门跟人家找事去了，人家给咱赔的辣子？这辣子你能收吗？你要脸吗？真是恬不知耻！"

鬼难缠说："咱家的辣子你没栽一棵，你不知道辛苦，你说话不腰疼，我辛辛苦苦栽的辣子，眼看就要收获了，就这么给糟蹋了，我要他们赔，难道我错了吗？"

二虎越听越生气，破口骂道："你个不通大理的东西。"他愤怒地打了鬼难缠一耳光。鬼难缠满肚子委屈，她想大声号哭，又怕邻居家听见，失了面子，让别人说闲话。

二虎继续骂着："我看你真不知天高地厚，饭香屁臭，赶紧给人家把辣子送回去，现在就去，没出息的东西。村上拉电这么大的事，人多，事多，咱自留地正好在工地边上，踩踏点辣子是难免的事。拉电是给咱村办大事，是造福子孙后代的实事，咱损失点辣子算什么。人家秀英婶子能看到的事，你看不到，一点辣子都舍不起。人家有这么大的肚量把辣子给你送过来，咱能收吗？村上人今后咋看咱们？"

鬼难缠流着眼泪不敢出声，提着那大半篮辣子只好灰溜溜地向来栓家走去。

时间已过了九月中旬，村上拉电的工作已进入尾声。最后通电的是村西的李月润老汉家。李老汉的院子里平时很少有人来走动，这下也热闹起来了。院子里来了四位电工师傅，为李老汉安装电表，拉线接电灯。李老汉高兴地张着满脸胡须的厚嘴唇招呼着他们，早早为师傅们准备了香烟和茶水。李老汉看着那细细的电线稀奇地问师傅们："我活了快一辈子，黄土都要拥到脖子上了，可还从来没听说过这世上还有电这东西，电还能钻到这么细的铜线里面去，真是看不见的怪物。"李老汉这些话逗得几个正在安装电线的工人师傅一阵阵发笑。一位师傅跟李老汉开玩笑说："这电呀，本事可大了，它不但能从线里边钻进去，还能钻出来，要是操作不当，让它钻出来那可是要吃人的事，所以这个活儿是细心活，也是危险的活。你老可千万别让它跑出来，要把它用好了。这家伙，用得好，它能给你办好多事。用不好，那可是个电老虎，随时要'吃人'的。"李老汉听后似懂非懂地说："一定得把它用好，就按你们说的，把这只老虎永远关在笼子里。"听李老汉这么一说，电工师傅们都开心地笑了。他们高兴地对李老汉说："你老可曾听说过'楼上楼下，电灯电话。耕地不用牛，点灯不用油'的话吗？这句话现在就要一步步变为现实了。你老这么大岁数要是再娶上个老伴，暖暖被窝，那就更幸福了。"

李老汉高兴地说："这些熊孩子，拿老汉我开涮，我都快入土的人了，还找什么老伴。"说着，他又陷入了早年丧失老伴和儿子的痛苦回忆之中。

傍晚，李老汉刚把炕添上柴，正要点炕，却怎么也找不到火柴匣。他平时抽烟就装在口袋里，摸了半天也没摸着。李老汉瞧着明亮的电灯泡，心里想，人都说电能帮人做好多好多的事情。这么亮的电灯，一定能取下火种，就不用费心费时了。他拿了一根麻秆对着电灯泡照着，希望能够点燃。他等了老半天，手都举麻了，那麻秆始终没有点着。他着急了，心想是不是麻秆有问题，他把麻秆在脚底下踩了踩又举到电灯泡上照，半天还是没有着火的迹象。李老汉心想，这是什么原因？难道这些娃娃都哄我这不识字的老头，他疑惑不解。突然，来了几个串门的后生。打头的是秉奇，这小子正为村上拉电的事高兴得不得了。他感到在党的领导下，农村的日子一天比一天好，队里有了拖拉机，好多人家也有了自行车、收音机，国家现在又给咱农民安装上了电灯，家家户户夜里像白昼一样。他兴奋得在家里坐不住，想出来走走，看看这柳庄灯火通明的夜晚，享受享受这从没见过的美景。他走出院子，一阵秋风迎面吹来，格外凉爽。忽然有人喊了一声："秉奇哥，你上哪去？"灯光下，他转身一看是庆平，惬意地说："随便出来走走。"

"咱到我二爷家去，看他家安上电灯了没。"庆平说的他二爷就是李月润老汉。

"好吧，咱们也很长时间没去过西头的二爷家了。"秉奇回答说。

一会儿又遇到和平和小明，他们四个人说说笑笑来到李老汉家。李老汉正在炕塄底下站着寻思着电灯为啥点不着麻秆的事。屋子里，灯光把各个角落照得如同白昼，照在李老汉满是皱纹加胡须的脸上亮堂堂的。

"二爷，你站着弄啥哩？有啥想不通站在这儿纳闷哩。这么好的条件，这么好的世道，你该不是想我二奶了吧？"庆平一见面和他二爷开起了玩笑。

"傻小子，我这么大岁数了，还有啥想不开的。"李老汉笑着说。

"哎，你们爷孙俩没大小的，不如拔了胡须拜个把弟兄。"小明又开玩笑说。

"胡说啥哩，我想点炕，寻不着火柴，不知抽了烟丢哪去了。都说电的用处大，我取了根麻秆，向那灯泡上对个火，对了半天都没点着，你们说这是咋回事？看那灯泡里面火红火红的，点个火应该没麻达的，谁知就是点不着。现在火柴寻不着，对火对不着，急得我等着点炕呢。"李老汉沮丧地说。

听了李老汉的话，四个小伙子在屋里笑得死去活来，跌跌撞撞，把庆平笑得搂个肚子喊肚子疼。

庆平好不容易忍住笑说："二爷呀，难怪你活了这么大年纪，经验倒不少，还知道从灯泡上点火，俺年纪小，没经过，不知道电灯泡还能当火点。"四个人和李老汉笑得抱在了一起。小明趁李老汉不注意把他的旱烟袋从脖子上卸下来揣进兜里，说自己上趟厕所，拿出去藏在了院子里。他回来对李老汉说："二爷，俺带着火柴哩，我帮你先把炕点着。"他取出火柴一边擦火一边说："二爷呀，那灯泡是照明用的，不能点火。你想用灯泡点火那是葫芦藤上结南瓜，不可能的事。"说着，他把点着的火柴从炕洞口送了进去。

炕点着了，李老汉的问题解决了。李老汉高兴地寻来几个小凳子招呼庆平他们坐下。小明把他装的纸烟拿给大家吸。他递给李老汉一支。李老汉说："我不抽这，抽不习惯，抽你那不过瘾。"他从脖子上取烟袋，摸了半天怎么也摸不到旱烟袋，心想又不知忘哪儿去了。他只好接住小明递的烟，一老四少五个人坐在一起谈天说地，聊得很是畅快。

和平说："秉奇哥，你口才好，比我们几个喝的墨水多，给我们来个快板咋样?"几个人围着李老汉坐在一起。在大家的掌声邀请下，秉奇扭扭捏捏地说："让我再想想吧。"

庆平说："还想什么，你那么有才华的人，出口成章，张口便来，还有啥好考虑的。是不是嫌掌声不够热烈，咱们再鼓一次掌。"接着，李老汉的小屋里又响起了"噼噼啪啪"的第二次掌声，屋内虽小，掌声却震耳欲聋。秉奇觉得逃不掉了，他想了想村里这几年的发展变化，随口编了一段顺口溜。

柳庄人有志气，

什么困难都不怕。

村上有了拖拉机，

拉犁跑路全靠它。
不用草来不吃料，
油门一开到处跑。
不用担来不用挑，
"嘟嘟"一声送到家。
柳庄人用上电，
不用点灯拨油捻。
灯绳一拉亮堂堂，
照得老汉笑呵呵。
炸油条来打鸡蛋，
穿针引线做针线。
样样活儿都能干，
万家灯火照心田。
缝纫机子别小看，
脚一踏来手一扳，
各种零件都动弹。
做件衣服快又好，
缝缝补补都不难。
六二飞鸽是加重，
骑上车子不用蹬。
赶集上会一阵风，
腾云驾雾像悟空。
小伙姑娘把它骑，
又说又笑好奔头。
收音机里唱秦腔，
听得老汉笑嘻嘻。
新闻歌曲都能听，

听啥有啥很方便。

几时想听几时开，

忧愁烦恼撂一边。

　　几个人听完这段快板后，屋子里一阵喝彩声。李老汉更是喜得合不拢嘴。他跷起大拇指说："秉奇呀，你真是个人才，难得的人才，二爷为你高兴。"他从柜子里翻出从来都没舍得吸的"大前门"香烟，李老汉说："这烟是我外孙女送我的，听说是好烟，我也不认识上面的字。"他先给秉奇发了一支，然后给其他人各发了一支。庆平笑着说："这老家伙还放着这么好的香烟，今碰上了好运气。"他把烟放在鼻子边上闻了又闻，"好烟就是不一样，真是香！"四个人围着一张小方桌打起了扑克牌。小明说："二爷舍不得吸，咱们帮他把烟消灭了。"

　　秋收忙罢，场里场外已经堆满了各种谷糠和打碾过的庄稼秸秆。各队都把这些东西逐户分给了社员。大家急急忙忙把这些东西拉回家像宝贝一样积攒起来。这可是庄户人过冬用的好东西，烧炕取暖的好燃料。

　　社员们稍微闲下来，各队派出大量的劳动力又去完成秋后农田建设修修补补的工作。这时，秋粮收购工作也开始了。按照公社的安排，秋粮收购任务必须在农历九月下旬全面交送完成。由于时间紧，活路多，各队都抓紧时间把收获的玉米棒子人工敲打脱粒，变成颗粒。趁着天气好，人们赶忙把金黄色的玉米颗粒摊开晾晒。九月的天，下午还是晴好的天气，傍晚时突然就变了，刮了一夜的东南风，天气变得扑朔迷离，让人心烦。这鬼天气，竟下起了蒙蒙细雨，连绵的细雨一直下了二十多天，时而像牛毛一般，时而又像筛子筛落一样的稠密。屋檐上的瓦沟随着雨的大小滴滴、淌淌，有时像一根根银色的线跌落在地面上，形成了一字排开的小水窝，飞溅起一个个亮晶晶的水花。

连绵不断的连阴雨下个不停，一群麻雀和一只鸽子从树梢上落下来，在院子里火急火燎地寻找着食物。这些天来，玉朋书记十分着急，心急如焚，没有好天气，秋粮晒不干，眼看交粮的期限就快要到了，各队准备送粮的玉米还没有晒干。他一时也想不出什么好办法，去弄干这些粮食。他时不时出来看看院子里那棵老檽树的树梢，看有没有风向改变的迹象。玉朋天天搂着收音机听天气预报，脸上时而露出一丝喜悦，转瞬间又带着一丝忧愁。

在这样一个秋雨绵绵的日子里，柳庄的新农村建设也搁置了下来，工地上往日的繁忙热闹景象也被这秋雨带来的寂寞和消沉替代了。然而下雨天却是庄稼人难得的休息日，大家一头钻进被窝里，除了吃饭就是睡觉。女人们睡醒了起来忙着做饭，男人们打着"呼噜噜"的鼾声，似乎要把往日积攒下来的疲劳在这几天里一扫而光。也有些闲不住的，利用下雨天的空闲时间坐在家里编起笼来，修理着平日里用的农具。

玉朋这几天焦急不安，忧心忡忡，秋粮未干，不能及时交送成了他的心病。一个人在屋里踱来踱去，想不出个好法子，正在伤着脑筋。这时，一个再熟悉不过的声音使他回过神来。只听见有人喊："玉朋书记在家吗？"他急忙撩起门帘一看，果真是来栓。这几天，来栓也坐不住，他想和玉朋商量怎么办，看玉朋有什么好主意。玉朋把来栓迎进屋里，递给来栓一支烟，着急地说："我正想和你商量呢，这雨下得不停，玉米颗粒不得干，真是急死人了。"

来栓也火急火燎地说："这能不急吗？眼看就要到交秋粮的期限了。我想来想去，也没想出个好办法。玉米才晾了多半天，再这样下去恐怕得返潮了。"

玉朋说："要不开个队长会，看看大家啥意见，有什么好办法。"

来栓说:"行,先听听他们的意见,我现在就去通知,赶下午开个队长会,商量怎么解决。这等一天也等不出个结果来。"

下午,来栓召集各队的队长开会,会议就放在来栓家。会上,玉朋书记直截了当地说明开会的目的和用意,大家先是沉默了一阵,一时也想不出个什么好办法,都纷纷埋怨起这不争气的天气来。

三队队长李红印无奈地说:"天要下雨,谁都没办法,下雨的地方多了,不光是给咱们村下雨,交不上秋粮大家都交不上,又不是咱们不交粮食。"

"是啊,我认为红印说得对,天底下不光是柳庄交不上粮食。眼下,交不上粮的村多着呢,看公社怎么办,咱是没办法。"四队队长明旺也这么说。

孙永新一言不发,静静地坐着,他心想,红印和明旺两人的发言也是事实,有一定道理,也说得过去,大家都交不了粮,也不是柳庄一个村。但他总觉得这样听天由命、守株待兔终不是个办法,心里也不踏实。眼前这棘手的事,村上两位领导,一个书记、一个大队长不是没想过,如果这样,何必来开这个队长会呢?孙永新想到这,他思索了一会儿说:"我倒有一个办法。"

在座的人都把目光睐向了他。红印抖着嘴唇有点不相信地说:"你本事大了,还能想出啥更好的法子来。"

来栓喜出望外地说:"永新,你快说,你有什么办法?说给大家听听。"

永新说:"目前,阴雨太多,也不知道老天爷啥时才能晴,要送的粮不得干。我看不如这样,把粮按户发下去,家家都有火炕,可以炕粮。前段时间各家才分了些柴火,我想可以解决这个问题。"

在座的人顿时一阵哗然，大家议论纷纷。有的说，这怎么行，有的人家，全家老小都挤在一个炕上，这人怎么睡觉呢？这家家哪有多余的闲炕来炕粮呢？这不是胡扯蛋、乱弹琴吗？"

　　一队队长李维强坐在炕沿上"吧嗒吧嗒"地抽着老旱烟。他低着头，沉思了一会儿，抬起头，拿起旱烟袋又深深地吸了口烟说："我同意永新说的，把玉米按户分发下去，让各家各户在自家炕上把粮炕干。我认为这是目前唯一的好办法，至于有些同志提到的一家大小几口人晚上睡觉的事。我倒要问一句，这晚上大伙睡觉，白天还睡吗？白天用来炕粮，我估计一天的工夫也就干了，就是一天干不了，最多两天也干了。然后各队再把粮食集中收上来，这问题不就解决了。"

　　这时，红印又坐不住了，他摇摇头说："我不同意。白天炕粮，炕上的席子湿了怎么办？晚上人怎么睡觉？一家老小，娃娃们怎么办？"

　　四队队长明旺接着说："我还是支持红印说的，这天要下雨，谁也没办法，谁有本事，谁能把老天爷给拦住？至于让大家来炕粮食，这社员家里的席子湿了、烂了算谁的？算队上的，还是算私人的？谁负这个责？"

　　外面的雨还在淅淅沥沥地下着，风在瑟瑟地吹着。邓来栓家的窑洞里几个生产队长唇枪舌剑着，永新和维强为一派，红印和明旺为一派，各说各的理，争论得不可开交。

　　五队和六队两个队长挨个坐在一条板凳上，看着眼前四个人吵得脸红脖子粗。他们两个耷拉着脑袋，像两个闷葫芦，一言不发。

　　玉朋见这两人一直没表态，坐在那就像一堆糜子。玉朋有些生气，他指着两人说："你俩啥意思呢？是开会来了，还是看热闹来了，难道这不关你们队里的事？"

两人这才开口说话，六队队长华强随口说："我没意见，大家讨论下咋办就咋办。"

玉朋听到这个回答，他火冒三丈说："那你到这干啥来了，看耍猴吗？一副事不关己，高高挂起的样子。"

五队队长祥云见势不妙，特别是看到玉朋书记气得铁青的脸，他拽了拽华强的胳膊说："我觉得永新说得对，这个方法可行，关键是能解决当下的实际问题。"

华强沉默了一会说："这个办法，我也同意。"

来栓问："华强，你同意啥？是同意红印说的，还是同意永新说的，不要含糊其词。"

华强说："当然是同意永新说的。"

来栓笑着说："这就对了嘛，总得有自己的观点，有自己的看法。"他接着问了玉朋书记的意见，最后说："我看就不必表决了。我和书记的意见是一致的，也是赞同永新这个办法。原因是即使天晴了，也找不下合适的晾晒地方，麦场一时半会也干不了，所以永新这个办法还是可行的。大家辛苦一点，克服一下家里的困难，这个问题还是可以解决的。要不然秋粮交不上去，到时候拖了全公社的后腿，对咱柳庄的影响不好。这事就这么定了，散会。"

从来栓家出来，暮色已经降临。柳庄家家户户已经亮起了明亮的电灯。有的人家还在摇着纺车发出"吱吱扭扭"的响声。星星点点的灯光，使村落显得有了几分生机和灵动。雨停了，但却丝毫看不出云块散开和退却，由于雾气很大，眼前只能模糊地分辨出房子、窑洞和树木的轮廓。

回到家里，玉朋默默地坐在炕上，一支接一支地抽着烟。他在想，今天的会上这几个人意见不统一，是他没有料到的。

第二天早晨，大雾弥漫，雾蒙蒙的，眼前什么也看不清。社员们趁着下雨天懒洋洋地躺在炕上，有的串门谝着闲话。玉海家的门早已打开，妻子桂香没有睡懒觉的习惯，她要忙活家里的大小家务。虽说天气也不算太冷，但下了多日的连阴雨，倒是有些寒气。

她从大门外抱了些柴火，攉进炕洞里点着，柴火"噼噼啪啪"燃烧起来，一阵浓烟从炕洞口冒了出来，熏得人鼻子嘴都是黑的。黑烟过后，炕洞里的火着了起来。她赶忙拿过颖颖的衣服在火上烤，翻开衣服的袖子，烤了烤，手伸到里边一摸，热乎乎的。她喊颖颖起床，把衣服穿上。

颖颖从被窝里爬起来，穿好衣服上学去。刚出大门不远，眼前雾蒙蒙的，她瞧见一个影子朝她喊："颖颖，你爸起来了没有？"颖颖听是一个熟悉的声音，就随口说："我爸还没起来呢，你去找他吧。"颖颖一路小跑消失在了弥漫的大雾之中……

队长永新一进院子就喊："玉海，起来了没有？"

玉海在炕上听是队长的声音，他一边穿衣一边答说："起来了，起来了，队长，你屋里坐。"

玉海穿好衣服，刚要下炕。永新已进到屋里，他一眼就瞅见玉海裤子没有把系好，红红的裤衩露了出来。他笑着说："嗨，你赶紧把你那门关上，宝都露了。"玉海低头一看，自己的裤子没系好，一副难为情的样子说："你来得也太突然了，弄得我手忙脚乱。"玉海一副窘样把两人都逗得哈哈大笑，在笑声中玉海忙系好裤子，穿上鞋。

桂香从外面回来，取了块抹布，擦了擦桌子，抹着灶台锅盖上的尘土。

没等玉海开口，永新就说："这雨下得不停，影响秋粮晾晒，玉朋书记和来栓大队长都很着急。昨天下午开了个生产队长会，经过一番讨论研究拿出了个办法，就是把队里的玉米给各户发下去，各家都不是有炕吗？白天炕粮，晚上睡觉，互不影响，你看这个办法咋样？"

玉海不假思索地说："好啊，这是个好办法，虽然我不是你们领导，但我也想过这个问题，这个办法好。要不我现在就通知各家各户，你去叫保管员拿钥匙打开库房，现在就开始，你看咋样？"

永新说："好，那就立马行动。"就这样，赶吃早饭前，玉海召集大伙，你背我拉，各家各户都领到玉米，回家炕粮去了，这项任务很快在二队得到落实。

人们吃过早饭，各家的烟筒里冒起了徐徐的浓烟，乌黑的烟雾漫过天空，把柳庄的上空笼罩了起来，这烟雾和迷蒙的大雾交织在一起，一时分不清烟和雾来。

中午，大雾慢慢散去，云缝里露出一丝阳光，湿漉漉的小草上一颗一颗的小水珠，晶莹剔透，好像系在丝带上的珍珠，讨人喜爱。路旁的几棵柿子树上挂满了像小灯笼一样的柿子，红彤彤的，实在让人嘴馋。熟透了的柿子，摘上一个放在手心里，用嘴轻轻地吸上一口，黏糊糊的像蜜汁一样，吃在嘴里格外的香甜。

家家户户都在炕粮，热炕的草席上冒着淡淡的水蒸气，把整个屋子都烘得热乎乎的。刘大柱家里，也是一样的暖和。玲玲不时地往炕洞里添着柴火。刘大柱在旁边看着，心里有点儿不大乐意，但他不敢说出来，害怕和妻子玲玲为这事儿吵架。往日他都是顺着玲玲的性子，妇唱夫随。今个看着妻子为炕队里的粮添这么多自家的柴火，实在是心里窝火，他强带笑容说："娃他妈，先停一会儿再添吧，炕洞的柴火还没着完呢。"玲玲知道他啥意思，她生气地立马把烧火棍从炕洞里拉出来，在地上蹾得"咚咚"响，厉声呵斥说："心疼啦，这柴火可不是你砍的，你砍的柴我一点都没动，这烧的是队里分下的柴火，你说，碍你什么事了。烧个柴火你都嘟囔，狗咬老鼠多管闲事，是不是看我不顺眼了。好，我走，我走还不行吗？”

面对妻子的斥责和威胁，刘大柱不声不吭，就跟没事一样。他知道玲玲的暴脾气，一会儿就过去了。天天闹着要走人，还不是娃娃跳炕塄——吓大人哩，就那么回事，他从不放在心上。

刘大柱没有理睬玲玲，拿起烧火棍戳弄着炕洞里的火苗。

玲玲走出大门，路上一个人影也没有。她来了一个一百八十度的转弯，又折了回来，回到自家院子里，收拾收拾这儿，忙活忙活那儿，好像什么事儿都没发生一样。她走到柴火堆上又抱了些柴火朝屋里走来。刘大柱听到脚步声，猫着腰准备拦炕洞门板，回头一看，妻子玲玲抱着柴火站在面前。他抬起头来，咧着嘴一阵傻笑，心里甜滋滋的。

玲玲把柴火放下，她不想看刘大柱，有意把头低下。

刘大柱嬉皮笑脸地问：“你不是走了吗？咋又回来了？”

“咋，我的家，我想回就回，关你屁事。再说了，我不回来，不是太便宜你了，往后还有谁修理你这个贱皮。”

“好我的母老虎哩，刚才我就那么一说，听不听在你，你发那么大火干啥？简直就是只母老虎，咱惹不起。”

“谁是母老虎？”

“你是母老虎。”

“我母老虎咋了？比你这贱毛强多了。”

玲玲忽然又想起另一件事：“哎，你那‘泥爷爷’的外号是谁给起下的？”

刘大柱不好意思地说：“别提了，我这人与人相处，不爱和人多说话，不求有功，但求无过，凡事想得开，大伙看我整天事不关己的样子，和我开玩笑，就给我起了个‘泥爷爷’的外号，我觉得挺好的。”

"不要脸，简直是厚脸皮，你这脸呀，厚得连锥子都戳不透。"玲玲笑骂着说。

刘大柱只是"嘿嘿嘿"地傻笑着。这就是他们两口子，打打闹闹，又十分默契。

玲玲继续给炕洞里添加着柴火，屋子里热乎乎的，炕上冒着浓浓的水汽，已经弥漫了整个屋子，雾气腾腾，连刘大柱两口子的眉毛上也凝结了亮晶晶的水珠。

玲玲只管给炕洞里添柴加火，刘大柱心里不愿意，但不吭声，他把火气压到肚里，噘着嘴待在一旁，看玲玲到底能把火烧到什么程度。

火炕烧了一天，到晚上终于停了下来。刘大柱试探地摸了一下炕皮，炕皮烧得直烫手。他喊妻子说："玲玲，你快过来，你摸摸炕皮，烧得人手都不敢放了。"玲玲正坐在电灯底下纳鞋底，她赶紧跑过来，把手伸进去一摸："没事，你尽管放心，把我吓得，当有多烧呢。"刘大柱急了，他说："你个二球，我把手擩进去烫得都不敢放手，你还说没事？赶紧把粮食揽下来，小心给炕坏了。"

玲玲没动，刘大柱赶忙找来口袋和簸箕，揭开上面盖的席子，发现玉米颗粒一点汽都不冒了，他揽了两三簸箕发现里边颜色不一样了，变得焦黄。他心想坏了，赶紧叫玲玲过来。

玲玲不情愿地说："你揽你的，叫我干啥？什么事都把我叫上。"

"你过来，看一下嘛。"

玲玲这才跑到跟前一看，惊叫了一声，"哎呀，我的妈呀，咋烤成这样了。"她吓得两腿发软，瘫倒在炕塄底下，半天说不出话来。停了很大一会儿，才缓过神来，双手使劲地捶打着大腿说："这可咋办吗？这可咋办吗？怎么烤成了这个样子，怎么就炕……"

刘大柱没等玲玲把焦字说出口，就用手捂住她的嘴说："小声点，这墙里说话，墙外有人听呀。起来，我有办法。"刘大柱一边说一边用手轻轻扶起玲玲说："没事，我有办法，你张好袋子口，让我把炕焦的装在下面，就可以了。"

玲玲听了丈夫的话，心里很纠结，但也实在没办法。她站立起来，两条腿颤颤巍巍地发着抖，她依了丈夫的话把袋子口张开，让刘大柱把粮食装进去。她心想，也只有这样了。

刘大柱把炕焦的粮食装在下边，上边倒了从炕边揽的没炕焦的粮食，然后扎好袋子。

玲玲心里忐忑不安，她低着头，一言不发。

第二天，吃完早饭，玉海在门口喊："玲玲，你家的粮食装好了没有？装好了，就把粮送到村口，队上的拖拉机在那儿等着呢。"

刘大柱在屋里听玉海叫送粮食立马应了声："嗯，知道了，早装好了，马上就来。"

刘大柱扛着沉甸甸的粮食袋子，压得腰都半天直不起来。玲玲心惊胆战地跟在丈夫身后，她一边走，心里一边自责着，担心着，脸变得通红通红。

刘大柱扛着粮食早就压得喘不过气来，刚到拖拉机跟前，"哧"的一声，粮食袋子从肩膀上溜了下来，稳稳地落到地上，他长长地松了一口气。

拖拉机周围站了十几个人，在静静地排队等候着验粮装车。路边，还有几辆马车上已装好了粮食。铁锤和栓喜忙着把验好的粮食往拖拉机上装，他们俩干得满头大汗，衣服都湿透了。

孙永新指着刘大柱的粮袋子说："把袋子解开，让我看一下。"刘大柱愣了一下，慢腾腾地解开袋子口，生怕永新看出什么破绽。

永新把手伸进去，摸了摸湿干又抓了一把玉米，随意捡起一颗玉米粒放在嘴里一咬，"咯嘣"一声。他说："好，没问题。"

刘大柱和玲玲的眼睛直勾勾地看着永新，玲玲想说什么，话到嘴边欲言又止。当永新说出一个"好"字时，刘大柱悬着的心一下子落了地，心里偷偷说："把人都吓死了。"

"来，帮忙搬上去。"永新对刘大柱说。

刘大柱一高兴，上前急急忙忙抓袋子，一不小心袋子倒了，袋子还没来得及封口，玉米颗粒撒了一地。这下露馅了，炕焦的玉米粒露了出来，而且泾渭分明，大家一看一目了然。刘大柱和玲玲这下吓坏了，两人一下子瘫倒在地。永新火冒三丈地说："刘大柱，这咋回事？"刘大柱像霜打了的茄子，他战战兢兢地说："都是我不好，我不该欺瞒，你们看怎么处理吧。"玲玲知道都是自己闯的祸，就把事情的原委向大伙说了，惹得在场的人都哭笑不得。永新指着玲玲说："你真是个瓜蛋，简直是胡整，哪有这样炕粮食的。鉴于你们好心办了坏事，队里可从轻发落，每人扣三分工，你们可愿意？"玲玲忙说："愿意，愿意。"刘大柱有点不情愿，见妻子说了，也就不再言语。永新吩咐铁锤和栓喜去队里的粮库里弄了些好的玉米颗粒添进袋子里，装好袋子，放到了拖拉机上。粮食装好后，永新一声令下，拖拉机和马车组成的送粮队伍就浩浩荡荡地从柳庄出发了。他们是柳庄今年秋季交公粮的第一支大军，拖拉机的"嘟嘟"声、马鞭的挥响声、人们的欢笑声交织在一起，庄户人载着丰收的喜悦，奔向杨柳镇。

秋收过后，玉海带领着木业社一帮人和从各队抽下的精壮劳力准备前往杨柳镇社中箍窑。玉海告诉大家，这回出门，什么东西都不需要带，只须打好铺盖卷就行了。

玉海临走时，妻子桂香害怕玉海大灶饭吃不惯。她把糜面发甜，做成馅，包上麦面，撒上芝麻，烙成饦饦馍，装了一帆布挎包，让他干活吃。玉海看妻子对他这么关心，想得这么周到，心里特高兴。他一手提着挎包，一手想搂住妻子桂香亲上一口时，老太太从门外回来了。桂香害羞地将玉海推开说："妈，有啥事？"老太太叮嘱玉海："出门多带些钱，天冷了，你从镇上给桂香买条头巾回来。"玉海心想也是，自打结了婚，日子过得紧巴巴的，整天猫寻食在嘴上挖扒呢，没给桂香买过什么东西，今母亲说出来了，无论如何也得给桂香买一件。颖颖上学去了，也该给女儿买件新衣服了。玉海正寻思着给妻子和女儿买东西的事，老太太赶忙回到屋里，从针线篓里翻出一个布包，从里面取出点钱来，数了数共八元钱，这是她前些日子卖鸡蛋攒下的。

她出门把这仅有的八元钱交给了儿子玉海。玉海哪能要母亲的钱，他死活不要，老太太坚持要给，母子俩争执不下。桂香笑着说："妈给了，你就拿着吧，那是妈的一片心意。"玉海接过了钱，心想，拿这钱回来给母亲买件外套，出门穿上，让老太太风风光光的也好。他细算了一下，给家里人买东西手头的钱还有些不够。他忽然想起前天晚上桂香温了一锅柿子，他尝了两个，温得挺甜。他打起了柿子的主意，和妻子桂香商量着准备把柿子卖了换些钱来。桂香很赞成，她对玉海说："这是吃的东西，你拿到外面去，见人不要太吝啬，该送人吃的还要送人吃。"玉海对妻子说："这我知道，你放心吧，咱做人向来都大大方方的。"

玉海刚和桂香把柿子一个个拾到笼里，拿起扁担正准备挑时，队长永新的老婆翠玉急乎乎地走来说："又不是出远门，还没拾掇停当呀，队上的拖拉机准备送你们去，都发动着了，木业社和各队去的人都等着你呢。桂香又不是新媳妇，有啥舍不得的。"桂香笑着回答说："我俩没有你和队长那么黏糊，谁还不晓得你俩。"

玉海正愁这几样东西怎么带呢，听翠玉这么一说，他一下眉头舒展开了，心里说这下可好了。他担着柿子，翠玉帮忙提着挎包，桂香拿着行李，三人刚走出大门，就听见手扶拖拉机"嘟嘟嘟"地开过来了。玉海放下肩上的担子，三人立在路边。拖拉机上已装满了行囊。铁锤停住机子，大伙七手八脚腾出一个空地，玉海把柿子笼放在上面，桂香把铺盖卷夹在两个笼中间，车厢内塞得满满的，没办法坐人了。老尹说："坐不成，就不坐了，坐到上边也不安全，干脆走着去吧。"

玉海说："这里边你年岁大，你还是寻个地儿坐下吧。"

尹守义坚持不坐，边走边说："跑几步路怕啥，能把腿儿磨短了。"

木业社的记娃耍笑说："呵呵，老尹还摆起架子来了，玉海让你坐，你倒还牛起来，你不坐，我坐。"

等大伙绑好绳后，记娃瞅了瞅，果真找不下坐的地儿，他准备和驾驶员铁锤挤在一起。玉海慌了，一把将记娃拉了下来，他生气地扭头对记娃说："你逞啥能，出了事是你负责还是我负责？"

经玉海一提醒，记娃也就不敢胡闹了，老老实实地跟着大家走。

手扶拖拉机冒着浓浓的黑烟从柳庄村驶出，土路上立马扬起了尘土。

在拖拉机的后面，一群人说说笑笑，踏着厚厚的黄土抄小路向杨柳镇方向赶去。

中午时分，玉海领着一帮人才到达目的地。手扶拖拉机早已停在学校后院内，校长和事务人员热情地为他们又是端水，又是沏茶，不时地递烟。管事务的人领着玉海他们把行李安顿好。玉海将他那两笼柿子提下来放在宿舍的房檐下，进屋开始铺床。他拉开铺盖卷时，抬头看见窗外两个学生瞅了瞅他那两笼柿子，其中一个学生捡起一个柿子拿在手中看了看，见旁边没人，又轻轻放下了。玉海心想，机会来了，他赶忙铺好床，把桂香给他装馍的挎包挂在墙上。一切安放妥当，他悠闲地从衣袋里取出一盒雁塔牌香烟，抽出一支，在大拇指甲上习惯地蹾了蹾，点着火，夹在食指和中指间，蹲在门槛上，抽起烟来。

他瞅着自个呼出的烟圈，丝毫没有发觉面前已站了几个学生，他们看他发愣的样子，不由得"哧哧"发笑。

玉海回过神来说："你们要柿子吗？柿子可甜啦，不信，可尝尝。"说着，他掰开一个柿子，让面前的一个女孩尝，这位女生腼腆地接过玉海递给她的两瓣柿子，她再掰成四个角分给身边的同学尝。

尝完后，几个学生眉开眼笑地说："甜，真甜，一点儿涩味也没有。叔，你这柿子咋卖哩？"

玉海笑着说："给咱们学生优惠，一毛钱一个。"

这位女学生从裤兜里掏出五角钱递给玉海，玉海拿了五个柿子给她。她身边的同学你二角他五角，一会儿工夫两筐柿子卖得只剩下半筐。孩子们把柿子拿到宿舍里，一传十，十传百都来买了。玉海看柿子不多了，心想得让学校的老师们尝尝鲜，他赶忙留了一些柿子出来，其余都卖掉了。他握着一沓毛毛钱，心里不由得一阵欣喜。玉海小心翼翼地将这些钱连同母亲给的八元钱藏在钱包里，装进裤兜里，用针线缝好。

"铛铛铛……"一阵铃声过后，一位站在灶房门口的伙房师傅拉开嗓门大声喊着："开饭啰，开饭啰！"

霎时，从教室里、操场上，从学校的四面八方一群群学生蜂拥而来。他们活蹦乱跳地奔向各自的宿舍，取出碗筷。这些调皮活泼的孩子们把碗敲得"当当"响，像蜜蜂似的"嗡嗡"地涌向灶房。那些走读的学生在街道上排着队形，唱着歌儿走出了学校大门。他们穿过街面，一会儿就消失得不见了踪影。

学校灶房的窗口分左右两个小窗口，左窗口的饭菜差些，但便宜。右窗口的饭菜好些，贵了点。学生们根据各自的情况，排成两行长长的队伍，买饭用餐。

左窗口上，学生们递上一张二两稀饭票，就递出来一碗苞谷糁糊汤。孩子们端上碗小心翼翼地回到宿舍里，放些咸菜，啃着家里背的干馍吃。宿舍的墙上贴着两条标语，一条是"反对浪费，厉行节约"，一条是"谁知盘中餐，粒粒皆辛苦"。这时，站在后窗前的一个男生，端着一碗刚打来的糊汤想把干馍泡在里面吃，不料掰馍时把一小块儿馍掉在地上。他弯下腰捡起来在嘴上吹了吹，就放进碗内，夹了一筷子咸菜，"唏哩呼噜"地吃了起来，吃得十分香甜。

右窗口领到饭的学生，不用回宿舍，他们就地围成一圈吃。每人也是一碗糊汤稀饭，但有馍有菜。馍有两种，一种是细粮的麦面馍，另一种是粗粮的玉米黄黄和糜子面黄馍。菜有五分钱的、一角钱的，还有五角钱的。五角钱的有豆腐和粉条，里面还有一点儿肉，这菜吃的人不多。一角钱的是白菜、豆腐和粉条，吃的人相对多些，剩下五分钱的菜是油泼的红白萝卜丝等，一些娃们也爱吃这种菜。

对于玉海领来的这帮箍窑的民工可算特殊待遇了，上的是教师灶，而且吃饭不掏票，尽肚子饱吃。玉海自己舀了一大碗烩面片从灶房出来蹲在院子里一块石头上，旁边围了几个和他一起来的村里人。大家个个吃得满头大汗。饭厅里，几个老师和村上的社员边吃边聊着，说起了村里的许多事，谈得兴致勃勃。

饭足肚饱后，玉海顺便提着一小袋柿子和村上泥瓦工匠去跟校长及管事务的人商量箍窑的事。他们掀起校长室的门帘，敲了一下门，走了进去。校长杨教育热情地上前与玉海握手。玉海一只粗糙的手伸过来握住杨校长细皮软绵的手，心里感到一阵温暖和亲切。玉海把手里提的柿子送给杨校长说，这是他和乡亲们的一点心意。校长杨教育是位中年汉子，高大而魁梧，留着小背头，乌黑发亮的头发，浓黑的眉头下两只眼睛炯炯有神，他深蓝色的制服外套口袋里别了一支钢笔，人不过五十出头，显得神采奕奕。他搬来一把椅子和一条长板凳让大家坐下。玉海坐下后想从兜里掏烟，他刚把手揣进去，心想衣兜里是二角钱的宝成烟，拿不出手。想到这，他又把手取出来。这时，门帘被人撩起，只见事务主任走了进来。他身材不高，圆脸，大眼睛，一张口露出补上去的几颗金牙，明晃晃地发光。他和大家一一握了手，笑着从上衣口袋里掏出一盒香烟，按人数发给大家。记娃没有抽烟的习惯，就谢绝了。杨校长和事务主任热情地忙着沏茶倒水。杨校长客气地说："大家将就住下，虽然有炕，但是炕不能烧，委屈大家了。现在天气渐冷，咱们在家里的热炕睡惯了，来到这里睡冷炕，还望大伙见谅，条件就是这样。饭食上，你们上教师灶，农村人苦身子，可以吃饭不限量。"

他的话刚落下，大伙异口同声地说："好着哩，好着哩，你们安排得很周到，和自己家里一样。"

事务主任笑着说："你们都是学校请来的师傅匠人嘛。人常说'是匠不是匠四菜三个汤，两个碟子摆中间'，这是礼遇匠人的规程。你们是我们请来的客，大家不必客气。今后有什么困难，你们尽管提，我们一定做好服务保障。"

玉海说："是啊，这以后还得麻烦你们，在此先多谢了，至于工程质量，请你们放心，我全权负责，保证没问题。"正说着，校长递来一支烟，玉海接过噙在嘴上点着继续说："至于安全问题，也请你们放心，我们会严格按照施工操作规程，有专人监理，保证不出问题。我看咱们现在就到窑底子上看看去。"

杨校长满意地说："那好，咱们走吧。"他和事务主任领着大家前往施工地。

大伙来到施工地，用皮尺量了量面积，箍十孔窑足够了。事务主任给大家介绍说，"这儿原是一排厦子，是旧社会时留下的，已经破烂不堪，去年才把它拆了。"

杨校长说："这块窑底子最大的问题就是没土，得从外边取土。"

大家看了看，正如杨校长所说的，没一点儿土可用。大伙你瞅瞅我，我瞅瞅你，这下可把人难住了，箍窑土是个大事，不解决土的问题怎么箍窑？杨校长说从外边运土，这得多少土谁也说不准，再说也是远水解不了近渴。大伙一时束手无策。

正在一筹莫展之时，事务主任忽然说："对了，听说杨柳镇小学那边来了外地一帮箍窑的，正箍着呢，那地方也没土，咱还是到人家那边看看去。也许能找到好办法。"于是，一群人在事务主任的带领下来到杨柳镇小学。

工地上，他们见几位外地师傅正忙着向窑顶上上砖，大家的眼睛都盯着窑顶看，越看越新奇。尹守义老汉还专门走到师父跟前，仔仔细细地观察着箍窑的情形，目不转睛地盯着师傅手里的每一个动作。大伙心里一时迷瞪了。怎么箍窑不用土？这倒是个新鲜事，看来这能人太多了。大伙想问问，又怕人家小瞧自己，落个尴尬，谁也没好意思开口。

只见师傅们箍的窑是空心的，窑顶上还吊满了绳子，绳子下端都绑着一块砖。这时，老尹走到玉海身边说："我明白了，上面吊的砖块是固定撑起来的木椽用的，起固定作用。"玉海无不佩服地说："吊这么多砖块原来是这个道理，我懂了，真是些能人！"

尹守义也感慨地说："真是天外有天，人外有人啊，咱们没有这个本事，咱们还得想想自个的办法，不过他们这办法倒给咱们提供了些思路。咱们回去后都想想办法，争取想出一个好法子来，不用过多土也能箍成窑。"

离开工地时，有人还不时朝着人家的工地上望着，心里琢磨着这其中的奥秘。

这天晚上，尹守义一夜未眠．他翻来覆去怎么也睡不着，脑子里总想着箍窑的事，让他无法入眠。宿舍里只听见别人"呼呼"的呼噜声。他想按人家的法子弄，但心里又没底。他想，人家那经验咱不一定能学来，咱和人家不一样，眼下没时间，咱是鸡屁子掏蛋，等不及了。他思来想去，心想绝不打无把握之仗，事情还得好好筹划。他心烦意乱睡不着，捅了捅睡在他身边的玉海。玉海也没有睡意，两人面对面交谈了起来。

玉海问老尹："咋还没睡着？"

尹守义回答说："唉，这一晚真难熬，箍窑这事，思前想后睡不着。今天下午咱们到小学看人家箍窑，我一直在想，人家的办法和技术肯定是经过多少次摸索才得来的。咱们哪来时间呀，总不能照猫画虎，班门弄斧吧。这可是个大事，质量问题出不得半点差错，谁都担不起这个责。若按咱们的土办法，要赶大冻之前完工那是绝对不可能的。"

玉海说："六叔，你想的也是，咱俩考虑到一块儿了，强搬硬套那是不现实的。这个问题咱们边干边摸索吧，也许能找到一个好的办法。这次如果把这个问题解决了，咱们回去后箍大队的窑那就现成多了。明天就要开工了，我还不知道甲方把所有工具和用料都准备好了没有，心里没底。这打背墙的土要是从校外取，有些赶不上，我想和甲方商量能不能就地取土。咱们明天就开始打窑背，慢慢干着慢慢想，总会有办法的。别想了，睡吧，明天还要干活呢。"

第二天一大早，学生们正在操场上跑操，体育老师的哨子吹得震天响，孩子们整齐的脚步声震动着还未睡醒的大地。玉海心急如焚，他一早起来没顾上洗漱就去了事务主任那里。

敲开主任的门，见事务主任正在刷牙。主任用手指了指桌子旁边的椅子，让他坐下。

待事务主任洗漱完毕，他要给玉海沏茶喝，玉海笑着说："俺清早不喝茶，没有这习惯，俺来是想问……"

没等玉海说完，事务主任笑着说："工具和料早就准备好了，我带你去拿。"玉海这才放下心来，他急忙叫了几个人，随着事务主任拿了所用的工具和用料。玉海又回到事务主任那里商量取土的事。

东方开始冒红，太阳从地平线升起，工地上"噼噼啪啪"地响起了鞭炮声。校长拿着系有红布条的铁锹铲了一锹土，向奠基石上一扔，他高兴地大喊了一声说："开工了！"旁边的人抓了把核桃、枣，还有水果糖撒在地上，一群学生哄抢着，顷刻地上的核桃、枣儿和糖果一扫而光。事务主任为大家发着香烟，各班主任、代课老师都来庆贺，工地上喜气洋洋的。

几个人用皮尺量过地基后，大伙挖的挖、铲的铲，干得热火朝天。事务主任又给送来了手套，大家的干劲更足了。到了休息时间，尹守义老汉总是用指头在地上画来画去的，勾画着许多图案，他设计了再设计，想用土垒成土墩，然后在土墩底部架上木椽，但他又一想太费事了，况且土墩不牢固，倒塌了怎么办？他不敢有丝毫轻率的想法。

晚上收了工，他回到宿舍，低着头，一直想着能用什么东西替代土呢？其他人都睡了，他还在地上苦思冥想着。忽然，他想到一个办法，顿时欣喜若狂。他想把这个办法告诉玉海，他摸了摸玉海的床铺，床铺是空的。他想，人能到哪去呢？莫非是去了校长室？他自语道："算了，人家有别的事。"他这才上了床，很快就入睡了。

第二天早饭时，玉海夹着馍，端着稀饭来到老尹面前。老尹问玉海："昨晚上哪去了？"

玉海说："过去到杨校长那儿坐了一会。怎哩？想出什么高招了？"

老尹说："既然不能用土夯筑，我开始想先用土垒成土墩，在上面架上木椽，然后再把杂草铺上，用杂草泥抹成圆弧状，做好拱形。后来一想，土墩不牢固，上面不知要承多大压力，万一有闪失，那麻烦就大了。昨晚又想出了一个办法，这个办法倒牢固，就是怕……"

"怕什么？"玉海追问说。

"怕做不到。"老尹顾虑地回答。

"怕啥做不到？"玉海问。

"我想用桌子。"老尹低声说。

"不行！不行！你这叫老虎上山，演杂技呢，况且哪来那么多的桌子？一孔窑那得多少张桌子？"玉海摇头说。

老尹笑着说："这不给你商量嘛，我也觉得太玄乎。"

玉海说："六叔，要不咱拿砖替代一下桌子，工地上有的是砖，一孔窑砌上六个砖墩子，两个面对面一组，中间放一组，前后各一组，然后用小椽架在上面，搭成圆弧形，抹上泥巴，一个窑拱不就做成了吗？"

尹守义赞许地说："好，高明，高明，就这么办。"他伸出大拇指高兴地说："人说三个臭皮匠，顶个诸葛亮，我看咱俩就够了。这儿也不缺砖，也不缺椽，有拆了厦子那椽就够了，还用不完呢。"

玉海说："要是成功了，咱们大队箍新农村的窑洞就有办法了。"

尹守义拍了一下脑袋说："你看我笨的，咋没想到用砖呢，还是年轻人聪明，人老了，不行了。"

玉海说："哪里，还不是在你设计的基础上，我只不过是加了点柴，没你，我也想不出这窍门来。"

他俩只顾着说话，饭早就凉了。饭场上用饭的人都不见了，只剩下他们叔侄两人。不知是谁养了几只鹅，"呱呱"地叫着觅着食。

工地已经忙活起来了，清基的，挑基的，打背的，运土的，提柱子打夯的，大家忙得不亦乐乎。

经过几天奋战，一垛垛窑背墙拔地而起。杨校长和事务主任常来工地看看，两人赞不绝口说："一天不来，工地就大变样，怪不得人家说柳庄人老实厚道能干，真是名不虚传呀。"

记娃调皮地说："你们要是给我们下苦的，再喝上几盅，我们保证连觉都不睡，干活连轴转。"

玉海笑着说："这小伙还没个媳妇，你再给小伙瞅上个媳妇，他连命都不要了。"惹得大家一阵哈哈大笑。

转眼间，窑腿墙壁已经砌完了，剩下的就是开始砌砖墩子，架椽做拱了。玉海和尹守义边干活边指导着木业社的一伙工匠，按设计好的方案干了起来。大伙运的运，砌的砌，搭的搭，干得汗流浃背，虽是到了深秋，大家还是大汗淋漓，个个脱掉外衣，衬衣湿漉漉的。玉海深知这一步是最关键的，必须做到万无一失，决不能掉以轻心。他一边递着椽和砖块，一边注意着每一个细节，不时提醒大伙说："注意，注意，那块砖没放好，小心掉下来。记娃，你逮的那头椽没担实。"在他和老尹的指挥下，大伙干得越来越顺手，越来越稳当，砖和椽放的位置丝毫不差。

这时，正在杨柳镇中学上学的永华看到了工地上忙碌的场面。她没出声，轻手轻脚地走到玉海身边，拉了下玉海的胳膊说："玉海叔。"玉海惊了一下回过头来看，惊喜地说："这不是永华吗？

你妈说你在杨柳镇中学上学,今个又不是星期天,你咋跑到工地上来了?"

永华笑着说:"叔,你干活干得连星期天都忘了,天底下的活儿干不完的,多着呢。"

玉海笑着说:"去你的,嘴上黄毛还没脱呢,知道个啥?农民哪来星期天不星期天的。"

永华这时想起一件事,犹豫不决地对玉海说:"叔,我告诉你个事,你可不要急。"

玉海此时心里"咯噔"一下。他哪能不着急呢,心里一下子忐忑不安起来,他催促永华快说什么事。永华说:"叔,昨日下午我回家去,我桂香婶领着你家颖颖来找我爸。我看颖颖蔫头耷脑的不对劲,我就问桂香婶颖颖怎么啦?桂香婶说,颖颖星期五还好好的,睡了一晚上,清早起来,说她头有点疼。桂香婶给颖颖熬一点儿单方水让颖颖喝了,到了下午也不见效。桂香婶就领着颖颖让我爸给看看。"

永华接着说:"那天我问桂香婶,我玉海叔呢?她说,来杨柳镇中学做活了。我爸当时不在家,我出门去找,刚走了一段路,碰上了立强。立强说我爸在他家,给伟伟妈看病呢。我也顾不上多想,三两步就到了立强家。掀开门帘,立强老婆晓铃坐在炕上搂着被子正呻吟着。我看她难受的样子,没敢多问。我爸给她开了药,扭身一看是我,也没问,知道一定有事。他赶忙收拾好药箱,就和我回来了。我爸一进门就问桂香婶颖颖怎么了,不是昨天还看她上学吗?桂香婶说,可不是嘛,星期五还好好的。她就把颖颖前前后后发病的经过跟我爸说了。我爸说可能是感冒的多。不过仅靠吃点药很难过去,得吊两天吊瓶再观察观察。桂香婶不让我跟你说,怕你分心。"永华缓了一口气说:"我可知道颖颖她是你的小棉袄,我不放心,于是就跑来告诉你。玉海叔,你可千万别着急，我走了。"

玉海听了永华说的，此时他心里像猫抓鼠挖的，惶惶不安，恨不得一脚踏回去，但想到工地上这时是最关键的时候，离不开人，万一出了差错怎么办？为了把窑箍好，把好质量关，还是另想办法吧，哪怕收了工晚上再回去。他拿定主意，又继续投入紧张的劳动中。

到晚上收工时，他对尹守义老汉说："六叔，我听永华说我家颖颖娃病了，我想回去看看，明天一早赶回工地，你得给咱好好照料着工地，可千万别出岔子。"

老尹犹豫了一下说："你在还好说，你不在，我怕说话没人听。"

玉海说："谁不听，我回来你给我说。谁出了问题谁负责，没得商量，你就大胆放手去干吧。"

老尹得了玉海这个"圣旨"后也就放心了。他说："那你就去吧，可得早点回来呀。"

玉海顾不得吃晚饭，他心急如焚，摸着黑匆匆往家赶，这真是：

归心似箭心里急，
凭着感觉脚底移。
黑咕隆咚往回走，
一脚高来一脚低。
过河踩石没踏稳，
扑通一声掉河里。
冰冷河水真刺骨，
两腿冻得直打战。
跌跌撞撞上了岸，

拧干裤腿黏糊糊。
一走一跛鞋朝天，
想走小路摸不着。
攀住柴草往上挪。
好不容易到村口，
这才松了一口气。

玉海走进村子，月亮还没有升起。他走到家门口，叩了叩门，里边没有人答应。他又喊了几声，叫了叫颖颖的名字，还是没有人答。心想，一定是睡着了。他想到靠窑墙角有个缺口，能爬上去。玉海赶忙来到这儿，脚蹬着墙壁，手抓住墙头，猛地一下就跃了过去，落地时没站稳，“扑通”一下跌倒了，摔得半天起不来。桂香睡梦中听到响动，她以为有贼进院来了，赶忙从屋门背后摸了把烧火棍，外衣也没来得及穿，开了门，听到墙边有人在“呼哧呼哧”地喘息。她蹑手蹑脚地走到跟前，拿着木棍朝那人打去。玉海“哎呀”一声急忙说：“是我。”“打的就是你，看你这贼晚上还敢不敢偷东西。”桂香战战兢兢地说。当她再抡起木棍子时，被玉海一把抓住了，玉海忍痛说：“是我呀，玉海。”

由于惊慌，桂香这才听出是自己丈夫玉海的声音，她浑身一软，瘫倒在地，抱怨玉海说：“你咋翻起墙来了。”

桂香赶紧扶起玉海，两人进了屋。桂香擦了一根火柴点着灯。玉海看颖颖在炕上睡得很香，就问桂香：“听说颖颖病了，现在好了没有？”

桂香回答说：“好了，没事了，你咋知道的？”

玉海说：“是宜生老吴的闺女永华来工地说的。”

桂香噘着嘴说：“这死女子，我还一再叮嘱她不要给你说，就怕你知道了要回来。这死娃，叫你来回跑啥哩，黑漆半晚的。”

玉海又不放心地问："颖颖真的没事了？"

桂香不耐烦地说："好了，好了，我还能哄你。老吴给娃看病还真有一手，吃了点药，打了两天吊瓶就没事了。今天下午，颖颖和其他孩子就玩开了。家里没事，你明早就走吧，那里没人，谁担得起那份心，你赶紧走，家里有我呢。"

玉海说："只要娃没事，我就放心多了，那我明早就走。"

第二天，天还未亮，桂香就起来给玉海打了两个荷包蛋。玉海吃完，撂下碗就走了。

玉海回到学校工地，刚赶上上工。尹守义见玉海回来了，他心里一块石头也落了地。他问玉海说："颖颖怎么样了？"

玉海回答说："没事，好多了。"

尹守义老汉笑着说："吉人自有天相，那就好。"

玉海在工地上一连几天带领大家建架做泥活，干得汗流浃背。为了加快进度不窝工，他把人员分成两组，每组各带三名工匠师，一个组继续完成窑拱搭建工作，由尹守义老汉负责，另一组完成扳弯收顶和搭带工作，他自己负责。

大伙集中力量干了二十多天，一排崭新的窑洞就屹立在了人们面前，看上去那么整齐、漂亮和美观。

窑箍好后，竣工合龙口这天，学校所有的教师员工都来庆贺。窑面上挂着六条红色的丝绸被面，事务主任提来一大串的鞭炮，摆了一长溜。记娃用烟头点着鞭炮，"噼里啪啦"地响个不停。杨校长一手端着一个盘子，里面整整齐齐地放着一摞工钱，一手提了一大包东西热情地答谢着大家。在这些人中，最高兴的当属玉海了，只见他手舞足蹈地挥动着手里的小红旗对大家说："我们成功了！我们用了前人所没用过的木拱技术把窑箍好了，这是我们村泥瓦匠们一次大的技术革新和发明创造，我们不用一锨土，解决了施工中遇到的困难和问题，我们箍的十孔窑洞就屹立在大家面前，这是我们的成绩，也是我们柳庄人的骄傲。今天站在这里，我心情无比自豪。我们经过摸索和实践，终于找到了一套箍窑的成功经验，既节省了时间和人力，又解决了用土的问题，为我们大队今后的新农村建设积累了经验，做好了准备。"

他说完后，工地上响起了雷鸣般的掌声。学校的一些老师私下赞叹说，这帮人没太多文化，讲起话来居然还这么好，真是不一般。

回到村上，木业社的一些人又提出了进一步改进的办法。他们建议少用砖，甚至不用砖块，直接用木头做成弧形月弓圈，再组装成木拱。可是一些老匠人提出了质疑，这么大的月弓圈，上那儿去找大的木材，简直是纸上谈兵。刚想出的法子被人泼了一盆冷水，很快凉了下来。

玉朋知道玉海领的人已经完了工。他想了解一下情况，心想，眼下快进入十月了，村上箍窑的事得抓紧开工，大冻后就无法再做了，迟了村上新农村建设计划就要落空，这事不能再缓了。

他和玉海同住一个院子，按照传统习俗兄东弟西，他住东边，玉海在西边。玉朋吃了早饭，放下碗就奔玉海家来。玉朋见弟媳桂香正刷锅洗碗，玉海闲着没事在逗小狗玩。

玉朋说："你这两天在家呢，杨柳镇社中那活做完了？怎么样？人家满意吧？"

玉海说："大前天回来的，二十三号完的工，二十四号我们就回来了。工程没问题，学校很满意，说咱们柳庄村的匠人，他们请对了，做的活他们放心。"说到这，玉海自豪地说："哥，另外我们还发明了一套新的箍窑方法，不用一锨土，也能把窑箍成了，你信不信？"

玉朋说："你窑都箍完回来了，还有啥信不信的，快说是啥办法。"

玉海就把事情的前前后后，从看别人的到自个设计再到应用成功，原原本本地说了一遍。

玉朋听后高兴得不得了，他说："没想到咱们村还有这么多的能人，祖祖辈辈箍窑都是用土，你们用木拱真是一大发明，了不起。你们这回不仅箍了窑，更重要的是在外面树立了咱们柳庄人的良好声誉，也为马上要开工的新农村建设打下了坚实基础。"

玉海激动地说："毛主席说'人民，只有人民，才是创造世界历史的动力'。"

玉朋深有同感地说："是啊，只要大家团结一心，一切困难都抵挡不住我们，我们就会创造出一个个人间奇迹。你把这些人再组织起来，发挥好大家的聪明才智，全力投入新农村建设。新农村建设咱们马上要开工，不能再耽误了。你通知大家，今晚约好在这儿，我和来栓也参加，咱们一起商量一下新农村建设的事情。"

这天晚上，玉海把所有的东西都搬了出去，因为人多只留了张桌子。天气冷，他烧着木炭给大家取暖，又从左邻右舍家借来许多凳子。

屋子里挤满了人，仅有的一张桌上放着一盏罩子灯，一盒"海河"牌香烟。这时候，玉朋来了，他和毛蛋挤在一个板凳上坐下。

等人坐定后，玉海看了一下，人已基本到齐。他说："今晚召集大家来商量个事，让大家出出主意，把咱们在杨柳镇社中箍窑用木拱的办法再改进一下。咱这个办法总体是好的，但有一些地方仍浪费时间和人力，还需改进。现在大家回来了，估计脑子里都有了些新的想法，大家坐在一起好好聊聊，交流交流，再想想办法，无论正确与否希望大家都说出来，共同研究，想办法改进。"

玉朋这时站起来说："是啊，希望大家尽快拿出好办法，村上箍窑的事不能再等了。时间不等人呀，今年必须开工。为抢时间建设好新农村，改善部分群众的居住条件，我们必须把这个仗打好。你们在杨柳镇社中的那个发明创造，我觉得很好、可行。咱们村和杨柳镇社中的情形也基本相似，都是缺土，用土的确是个问题。你们这个办法比较贴合咱们村的实际，将是咱们新农村建设的首选方法，希望大伙在这个基础上多想办法，使它更加完美、实用。我就啰唆这些，还望大家畅所欲言。"

坐在桌子旁的康宁说："书记，你不知道，前两天我们木业社人在一块儿把这个事都讨论过了。当时我提出来想用木料来代替砖头、瓦片，觉得用这些太不省工了。咱们可以根据窑的宽窄用木材做成月弓圈。每个窑根据深浅放上若干个月弓圈，上面搭上木板，做成弧形圆顶，刨得光光的，甚至连泥都不要用了。我的想法一提出，咱们一些有经验的老木匠就提出了质疑，说这么大的东西，哪有这么大的木料做？人家是老木匠，细胳膊老手，几十年不知道啥？咱是个学徒，哪有资格说话，再辩论，反倒说咱不尊师。因此，这事就搁置下来了。"

尹守义老汉来得有点迟。他坐在最后一排，叼着烟袋说："我不是你们木业社的人，但是上次我也参加了杨柳镇社中箍窑的事。要我说，毛驴它既然会推碾子，也必定会掀碾子。你们木业社做的那些家具哪个不是卯套卯，卯榫之间的事情，哪一个是用整椽、整木头的？还不是用锯子、刨子把它们一件件做好，组装起来的吗？"听了守义老汉的话，会场上大家开始你一言我一语地议论开来。老尹又接着说："当然，我刚才说的那么多木器家具它们都不承重，承受不起多大压力。可是这个月弓圈它要承受的力谁也无法一下子推算出来，怎么办？我觉得还是两个字的问题。"说到这，老尹故意又卖弄了一下，他接着说："哪两个字呢？说到这两个字我想大家都是木业社的，应该知道卯和榫吧，问题的关键就在这，单靠木头的卯和榫当然不行，硬度不够，我们可不可以用铁螺丝再把它们固定一下，我想就没问题了。"

老尹说完后，玉海第一个拍了手，紧跟着全场响起了热烈的掌声。

掌声过后，玉朋站起来拍着手说："很好，很好，很好。"他一连说了三个很好后又继续说，"从明天起木业社全部做月弓圈和拱板，一定要保证质量。"大队长邓来栓让木业社明天准备一天，后天他领着社员就开工。玉朋说木业社做这些木拱组件，他会随时来看，叮嘱大家可不要偷懒。说完，他宣布散会。

出了玉海家院，有人议论说："老尹往常不爱说话，今儿个还挺能行，有见识。"一旁的人说："十几年前，老尹不知得罪了谁，硬生生地给扣上了右派的帽子。自从打成了右派分子，他平时很少说话，在公众场合几乎不发言。"

"是他不敢发言，他怕人家把他揪出来上批斗会，说他又嚣张起来了。"

"唉，一个老实巴交的农民咋就成了右派？"

"多年来，大伙斗来斗去的，今一个右派，明一个坏分子，搞得人心惶惶。"

"这都是'四人帮'作的孽！"说着，人们不知不觉地回了家。

自打玉香和文博结婚后，玉香有个心愿一直在她心里萦绕着。玉香时常想，命运对丈夫文博太不公平了。她有一个梦想，想着文博终有一天会实现自己的理想，和她一样去深造，成为国家的栋梁之才，实现自己更大的抱负。一年后，两人有了爱情的结晶，他们的宝贝女儿小田媛。她与文博的结合完全是出于纯贞的爱情，她爱慕文博的聪明和才华，更看重他的忠厚和诚实，她觉得他身上蕴藏着许多男人找不到的东西。婚后，两人恩恩爱爱，可以说是如胶似漆。

玉香透过窗户，仰望着南去的大雁，看着它们自由自在地翱翔在天空。她多么希望自己的丈夫能像大雁一样追求自己的梦想，自由飞翔在广阔的天地。她几次梦见自己的丈夫考上大学，成了一名科技工作者，和自己一道奋战在科技战线上，胸前戴着鲜艳的大红花……她兴奋地叫了起来："好啊！"从睡梦中醒来。她激动地哭了，泪水顺着脸颊像断了线的珠子滴落下来，打在被子上，湿透了被角。她一次次在心里为丈夫叫屈，她多么希望不要埋没了她的文博，他可是个有志青年啊。

文博对他自己的事，个人的前途命运，从不在玉香面前提起。他想，说了也是枉然，只会增加他们的痛苦。他常对玉香说，在农村也好，在农村还能锻炼身体呢，与乡亲们打成一片也是一件愉快的事，让他学到了从书本上得不到的东西，他命里注定是要在农村干一辈子了。

玉香不甘心地说："目前只能这么说，将来也许还有希望。"

国庆节过后，玉香心乱如麻，她把宝贝女儿小田媛丢下让文博和公婆带着。她太疼爱她的小田媛了，临走时不由得一阵伤心。她对着孩子的脸蛋、嘴唇亲了又亲，吻了又吻，实在割舍不下。她心想，将来如果有那么一天，她和文博能工作生活在一起，那该多好啊，这个家再也不用分开了。小田媛被奶奶抱在怀里，两只眼睛水汪汪的，滚圆滚圆地瞅着妈妈。玉香看着女儿心都碎了，这一离别让她撕心裂肺。她又接过婆婆怀里的小田媛，抱着亲了又亲，说："乖，听话，妈妈到外边给娃买玩具去，买很多很多的玩具回来，让小田媛好好玩。爸爸、奶奶，还有爷爷，家里这么多人，你看多好呀。听妈的话，叫你奶奶抱上好不好。"小田媛又重新让奶奶抱在怀里，"哇"的一声哭了。玉香挎着行李头也不回地出了大门，她再也没有勇气看孩子一眼，便匆匆上路了。文博把妻子送得很远很远，一直再也瞧不见了，他才转身回来。

半个多月后，玉香给家里邮回一封信。文博拆开信，一边走一边看，到家门口时"咣当"一声脚磕到门槛上差点儿被绊倒。母亲红贞抱着女儿小田媛从橱柜给娃取麻花吃。听到响声，回头一看，原来是儿子拿着一封信正在聚精会神地边走边看。"谁来的信？看把你看得出神入迷的。""妈，是玉香来的信。"红贞听说是儿媳来的信，高兴地让文博给她念，她也想听听儿媳的来信。文博念了起来：

亲爱的文博：

你辛苦了，咱爹、咱妈身体还好吧？田媛娃好经管吧？我想她一定和你一样，很乖、很懂事，不调皮，很听话，一定很可爱。我好些天没有回家了，甚是想念家里的一切，更想念家里的人。

红贞把信听到这儿，喜得两眼眯成一条线儿，心里高兴地说，多乖的媳妇，多甜蜜的嘴儿。她让文博继续给她念下去。文博两手紧紧抓住妻子给他写的足足两页的信，开始念时还有点声，到后来连自己也听不到声了。红贞急了，她冲着文博说："大声点，谁能听得见呢。"文博好像没有听见母亲的话，他还是不出声地一字一句地看着。信上说：

我们夫妻两地分居是万般无奈的痛苦之事，尤其是咱们的女儿还得让年过半百的父母照看，妻实在是有一种说不出的难受。

文博，我的心，你是最清楚、最了解的。咱们的爱情是什么力量也打不烂、摧不垮的，也是任何艰难险阻阻挡不了的。咱们现在有了爱情的结晶，可爱的小宝宝田媛。这个名字还是你给起的，很有新意，它代表着美好的明天，寄托着咱们对美好生活的向往。我相信咱们的梦想一定能够实现。

文博呀，你是一个有志青年，在农村再苦再忙也千万不可把学过的知识丢掉了，没事的时候多读读书，看看初高中学过的课程。虽然时隔多年，繁重的劳动使你顾不上翻书学习，甚至以前学过的东西恐怕也忘得差不多了，有些也一知半解。但为妻坚信，你基础好，只要肯用功，一定可以的。

祝你进步！

你的妻玉香

文博正看得入神，脸上流露着甜蜜的笑容。他完全没有意识到自己身边还站着一个人。他偶尔抬头看着墙壁上贴着的一张年画，发现那两个胖娃娃正活灵活现地瞅着他笑呢，一个大福字颠倒了过来，好像是笑倒了。他心里装着满满的幸福，刚看完信，还没来得及折叠就被站在身旁的人抢了去。文博这才回过神来，他回头一看，原来是贵喜。贵喜抢过一看是玉香的信，便调侃文博说："咋了，想老婆了，晚上睡不着觉咋的？"这句话让文博妈红贞听到了，老婆子冲着贵喜笑骂说："贵喜，你没大没小的，狗嘴里吐不出象牙，就不能说句人话，快滚！"贵喜当头挨了文博妈一句笑骂，脸色通红，笑着离开了。文博红着脸也回到自己屋里。

他想调整一下自己的情绪，从用来招呼人的烟盒里抽出一支烟来，笨手笨脚地点着吸了一口，立马就呛得咳嗽起来。文博捻灭烟，躺在炕上又沉浸在了甜蜜的回忆中。他想起他和玉香结婚的前几天，他俩手挽着手来到村边的旷野里，三月的原野春光无限，甚是惬意。百花争奇斗艳，一对对燕子飞来飞去，在他们的头顶上时而盘旋，时而飞舞。草丛中的马兰花开得特别惹人喜爱，文博采了一朵，双手递到玉香跟前，问她好看不好看。玉香甜蜜地笑着说："好看，太漂亮了，洁白的花蕊依偎着蓝色的花瓣，多么纯洁！多么美好！"玉香拿在手里，用鼻子闻了闻，一股扑鼻的芳香让她心旷神怡，她用嘴唇轻轻地吻了一遍又一遍，显得非常喜爱。文博见她如此爱恋，就说："来，让我给你插在头上。"文博把这朵马兰花插在了玉香乌黑的头发上，玉香显得更加亭亭玉立、美丽动人。文博看着自己心爱的人儿，心里高兴得乐开了花。他随口编了几句信天游哼唱起来。

> 三月里那个春风爽，
> 蒲公英开花路边边黄，
> 玉香和我上了山梁梁。
> 随手采了花一朵，
> 插在我玉香的秀发上。
> 有心上前亲一口，
> 心里扑扑急煞个人。
> ……

　　听着文博的哼唱，玉香害羞地笑了，笑得是那么的美丽，那么的开心。文博问她："再过几天就是咱们结婚的日子，你还想要些啥？我明天就去买。咱哥咱嫂还有咱妈都没提什么条件，现在城里人结婚咱不清楚，农村给娃结婚，娘家可是要'三转一响'的，这三转就是自行车、缝纫机和手表。"玉香假装不知道，问文博说："那一响呢？"文博说："一响就是收音机。"玉香笑着说："这些东西都是讲排场，我什么都不要，就要你的人，要你的心！"说完，玉香羞答答地跑开了。文博追了上去，拉着玉香的手，两人在一棵大柳树下坐了下来，看着眼前的鸟语花香和村子周围绿色的山坡、广袤的原野，两个心爱的人紧紧地拥在了一起。

文博在自己的房间里独自一人回想着往事，甜蜜和心酸一股脑地涌上心头。他觉得实在对不住妻子玉香，他觉得自己是个没用的男人，他恨自己的无能，搞了个旅行结婚还是搭上班车到县城住了一晚就算完事，连好看的衣服也没买几件让玉香体面地穿在身上，真是愧对他亲爱的人儿，自己窝囊极了，他恨自己。想到这，文博懊悔地捶打着自己的胸口。他暗下决心，一定要让玉香幸福，绝不辜负她对自己的期望，他要好好读书，复习好功课，做一个有志气有文化的好青年，时刻为自己的前途命运做好准备。

他从书箱里找出自己初中和高中的书籍，包括语文、数学、政治和理化等一大堆书，整整齐齐地放在炕头上，重新开始了他充满乐趣的知识漫游，也为他忙碌而单调的生活增添了一丝情趣。

文博白天除了下地干活外，把剩余的所有时间都用来抓紧学习。晚上和下雨天就是他读书学习的最好时间了。晚上，他常常熬到一两点才睡觉。开始几天，他瞌睡得实在撑不住，就用大蒜在自己的额头上擦擦，觉得这个效果还不错，慢慢也就习惯了，不再打盹，也没瞌睡了。就这样，他坚持读书学习，浑身充满着一股无穷无尽使不完的力量。他有妻子玉香这个坚强后盾，有玉香的鞭策和鼓励，更有玉香对他深深的爱，这是没有人能代替的。他疲倦的时候，玉香的话语就会在他的耳旁响起，激励着他一路前行。当他有些浮躁的时候，妻子玉香的话语又在耳边响起，让他沉着应战。玉香是他的妻子，更是他的引路人，像是他前进道路上的一盏明灯，时时照亮着他前进的方向。

大队把新农村建设开工的一切准备工作做好后，就开始指挥各队组织社员上劳了。一到工地，大伙挑地基的挑地基，打背墙的打背墙，干得十分卖力，只用了三天时间就把清基工作做完了。

玉朋来到木业社，一进门看了看靠在墙上做好的月弓圈。他用两只胳膊用力地抱了一下，高兴地说："好结实呀，这么厚的方板。"铁蛋走过来拿着刨子说："书记，你看咋样？这么厚的木板套上铁螺丝，牢固得很！"

玉朋笑着说："太好了，看到这些我就放心了。这可是箍好窑的关键，做得不结实，那可了不得，安全第一。"

他又走到推拱板师傅们跟前，用手摸着师傅们平过的合缝，既平滑又紧密，看上去就是一块整体。他没有多说什么，走出门时，脸上浮现出了满意的笑容，心里乐滋滋的，十分开心。

十月八日这天，"全面会战"开始了。天气虽然有些凉了，但工地上人们的心里热乎乎的，天空刮着微微的西北风，时而飘来一片片的柿树叶，有的落在地上，有的随风飘去。

工地上可谓车水马龙，人声鼎沸。手扶拖拉机的"嘟嘟"声，马车"咯咯吱吱"的碾压声，赶车人的吆喝声，以及"噼噼啪啪"的鞭炮声，声声入耳，真是热闹极了。砖厂把一车车砖运送过来，卸砖的人卸砖时"喊里哐啷"的碰撞声，渗砖时"吱吱吱"的渗水声……各种声音五花八门，混在一起，整个工地干得热火朝天。

在窑的墙脚下，泥瓦工师傅们挥动着瓦刀，叮叮当当，敲打着砖块砌墙；小工们有的和着泥浆，有的挥动着泥勺，有的搬着砖头，有的提着泥桶，一个个忙个不停。人们只顾忙着手中的活儿，突然听到"扑通"一声，只见地上的黄土像烟雾一样腾空而起。人们都惊得四下里张望着。这时，记娃边跑边喊："不好了，砖倒了，砖倒了。"听到喊叫声，人们都绷紧了神经。有人小声说："不会出什么事吧，砖头下来会不会砸着人了？"人们停住了手中的活，有几个人慌里慌张地跑了过去，一看大声地喊："哎呀，不好了，砖把人砸住了。"只见一摞砖散乱地倒在地上，一个人躺在砖块旁，他艰难地转过头，"哎哟"了一声，头贴在地面上，不住地呻吟着。记娃第一个跑过去，他认出是毛旦，大声问："毛旦，你怎么了？伤到哪儿了？"毛旦用手指了指腿。这时人们都赶了过来，记娃和另外一个人揪住毛旦的两个胳肢窝使劲拉他，两个人使了九牛二虎之力，还是没拉起来。

霎时间，围了一大群人。这时从人群中豁开了一个口子，挤进一个人来，他气呼呼地问毛旦："是谁派你干这活的？我寻他去！你人小，个子矮，还没有砖摞高，这不是有意欺负人吗？"毛旦听出是五爸刘大柱的声音，他忙回答说："没事的，一点事都没有，好着哩，好着哩。"这时，记娃忙了，他对刘大柱说："不要再问了，咱们赶快背着毛旦找医生去。"刘大柱觉得也是，他看记娃身单力薄，就说："我来背，你在后边扶着。"就这样，刘大柱在前面背着毛旦，后边记娃小心翼翼地扶着，往村医老吴家赶。

刘大柱一路背着毛旦一路唠叨说："要是娃没事罢了，有个三长两短的，看我怎么收拾他。我就把娃背到他家炕上去，看他怎么办。总之，我跟他没完。"

毛旦对刘大柱说："五爸，我好着哩，真的好着哩，没事的，您就不要怨别人了。"

把毛旦背到老吴家后，两人轻轻将娃放在床上。老吴问他俩说："你们谁先看到毛旦受伤的？"

记娃被他的话给问得愣住了。心想，这好人还当出麻烦来了，他心里纳闷起来，有些不快。老吴看记娃满脸的不高兴，笑着说："没事，我是问看你们事发时谁在跟前，能说出毛旦离砖的位置，好判断他的伤势轻重，别无他意。"

经老吴这么一说，记娃这才明白过来。他说："我当时听到'轰隆'一声响，一时黄土飞扬。我赶紧跑上前去，见毛旦倒在离砖头不足二三寸远的地方，躺在地上呻吟着，但身上没有一块砖压着。我问他哪儿疼？他指了指脚和腿。"老吴又问毛旦。毛旦说："我夹了五块砖正准备走时，一看砖摞不对劲了，要倒塌，我赶紧丢了砖后退一步，慌忙中不知啥绊了一下，砖摞塌了，我也倒了，脚疼得起不来。"

老吴根据这些情况，他想了一下，一把抓住毛旦的脚腕摸了摸，问毛旦疼不。毛旦说："感觉不来。"老吴又压了压，捏了捏，毛旦疼得龇牙咧嘴"哎呀"一声。老吴说："就是这块儿，不碍事，可能是脚腕崴了。"

经过处理后，老吴说："休息几天就没事了，但这几天绝对不能再干活了。"这下，刘大柱也放心了，他背起毛旦往家送，记娃跟在后边扶着。

经过多日休养，毛旦第二次来到工地时，工地上已大不一样了，再没有以前那样人喊马叫和拖拉机运砖的轰鸣声了，工地上变得很寂静。地上堆放着一大堆没用完的砖，已经箍起了七孔窑洞，剩下三孔，师傅们正在那里忙着砌窑腿壁。两个工匠在第五、第六孔窑顶上铺着拱板。毛旦这次不再搬砖递砖了，队上已经给他调整了活，让他跟着工匠师傅往泥案上去倒泥。他发现后面两孔窑还牢牢撑着用月弓圈组装而成的木拱。他想，要是没有这木拱圈，窑箍得没有这么快。

剩下的活儿，就是给窑背上土了。为了加快进度，玉朋和来栓两人商量晚上大队开个会，通知各队长和木业社的有关人参加。

来栓说："今晚把会议就放在代销店开吧。"

玉朋说："行，那你给代销店的人说一声可一定得生火，要不然冷得不行。"

当天晚上，代销店里亮起了灯光，里边来了十来个人，除了各队队长，还有木业社的人，大家围着火炉子，热乎乎的。喜欢抽烟的，无精打采地抽着烟，不时地弹着烟灰。偶尔有人咳嗽几声，就再无其他声音了。

玉朋看大家已是疲惫不堪，个个蔫头耷脑的。他勉励大家说："咱们再辛苦辛苦，加把油大干上一阵。我上次会上说过，节气不等人，到时天气越来越冷，这泥工活儿，手伸到水里，可是冰凉渗骨。再说，土也冻了，镢头挖不进去，窑背上的土是一个个大冻块，夯不实，出了问题，那可是大麻达，这个责任谁也负不起。因此我和大队长商量了，希望各队下去督促队里能上工的所有社员都出动，就是肩扛、手抬也要在大冻前把活儿干完。我们一定要发扬不怕苦、不怕累的大寨精神，再大干半月，把我们的新农村建设好。我就说这几句，大家都累了，下面看大队长来栓有啥说的。"

来栓摸着胡子拉碴的厚嘴唇说："玉朋书记该说的都说了，我要说的还是给大家打气、鼓劲，希望大家再苦一阵子，拿起我们农田基建、修水库，改变穷山恶水的那股劲头出来，再大干上它一回，胜利就一定属于我们。"

第二天早饭后，工地上又增加了许多人，男的，女的，老的，少的，大家齐上阵，挖的挖，铲的铲，担的担，抬的抬，工地上一片忙碌景象。由于人多，反而上窑背的坡架太少了，几个人一拥而上，一个坡架容不下这么多人。因此，大家齐动手，又搭起了两个坡架来，解决了施工中的燃眉之急。

经过连日来玉朋和来栓持续的动员，工地上又呈现出热闹繁忙的景象，大伙砸边的砸边，揳杆的揳杆，放椽的放椽，忙得不亦乐乎，到十月二十九日，十孔窑洞就如期竣工了！

这天，锣鼓喧天，鞭炮齐鸣，村上的秧歌队载歌载舞，学校的少先队员们也夹在其中，大家喜气洋洋，欢呼庆祝着新农村建设取得的胜利。

时隔一个来月，关于恢复高考的信息传遍了黄土高原的沟沟坎坎和村村寨寨。文博听到这个消息，高兴得几天几夜睡不着觉。他决定参加高考，实现自己和妻子玉香的心愿。为了这一切，他做好了充分的准备。文博这几天从地里回来总是乐呵呵的，他顾不上洗脸，一进门就抱起小田媛和女儿玩耍，逗得小田媛"嘻嘻哈哈"地笑个不停。他兴奋地告诉小田媛说："我的乖女儿，爸爸就要参加考试了，考试了！到时候，爸爸不在你身边，你可要听爷爷奶奶的话，可不能调皮捣蛋哟。"小田媛根本不知道爸爸在说什么，她只是把手指头伸进嘴巴里不停地啃着。

他又把女儿举到头顶上。小田媛高兴得手舞足蹈，"咯咯"地笑个没完没了……

"看把你父女俩高兴的，回屋赶紧洗脸吃饭。"屋里传出母亲红贞的声音。老婆子不停地催促着儿子。

文博这才放下小田媛，父女俩一同进了屋内。母亲特意做了一桌好饭，其中一碟醋熘洋芋丝，一碟豆腐粉条，一碟炒鸡蛋。用玉米面和麦面蒸的馍放了一大馍碟。饭菜热气腾腾，香气扑鼻。田老汉没等儿子洗完脸就已经用餐了。

文博看着黄里透白的馍，一时舍不得吃，拿在手里端详了半天，心里有种莫名的感动。他看了看年迈的父母，鼻子有些酸酸的。他咬了一口馍，一股淡淡的麦香，加点甜甜的味道。母亲红贞是个做饭的高手，什么食材在她的手里都能烹饪出美味的饭食。

一家人吃了饭，红贞忙着洗刷锅碗。田老汉逗着孙女小田媛玩。文博又回到自己的房间抓紧复习功课。桌子上摆放着一大堆书，有政治方面的，有语文和数理化方面的，他想把这些课程一一温习一遍，虽然书中的知识点已烂熟于心，但一想到考试，他还是有些不放心，想再全面看一次。他刚打开数学课本，就听到院子里有人喊："文博叔，文博叔，这儿有你一封信，是我玉香婶子来的。"文博急忙放下手中的书，掀起门帘走出来。"噢，是宇玉。"他兴奋地接过宇玉手中的信件，一看，果真是玉香写给自己的。他还没来得及道谢，抬头一看，来栓家的宇玉早已跑得无影无踪了。文博回到房间，打开信一看，妻子玉香已替他报了名，要他准时参加一九七七年十二月九日至十日的高考，考试科目有政治、语文、数学、理化等。

他翻了下墙上挂着的小日历，今天已是十二月四号，离考试的日子越来越近了，他得赶紧把功课从头再过上一遍。他又把玉香的信看了一遍，信上说考试的地点是在县城一中，要他务必带上高中毕业证书和一寸脱帽照片，按时参加考试。

他十分感激妻子的良苦用心，无时无刻不在为他的前途和命运着想，无时无刻不在关心着自己和这个家，世上再也找不到这么好的女人了。自打回乡务农，文博没少受别人的冷嘲热讽，曾使他一度产生了自卑，失去生活的信心，是妻子给了他力量和生活的勇气，使他在这几年重新站立起来。想到这儿，文博的泪水不由自主地流了下来，模糊了双眼。他心里想，玉香就是他的福星，就是他的救世主，不管今后的生活怎样，他都会好好地待她，直到永远。文博眼里含着泪水，又开始了他数学课程的复习。由于心中有一股钻劲，几道难题很快就被他攻下来了。

这几天，田树民老汉得知儿子将要参加高考，心情也显得十分舒畅。憨厚老实的他，平日里在人前不爱出头也不爱多说话。如今像换了个人似的，见了人总是乐呵呵的，打着招呼，有说有笑，嘴角两边两茬胡须随着说话一抖一抖的，显得格外引人注目。田老汉的话匣子一打开，竟说得没完没了，听得人津津有味。

至于老婆红贞就更不用说了，她为儿子能娶上玉香这样的好媳妇打心眼里高兴，更为儿子能有出头之日而欣喜不已。她心里想，这也许是儿子前世积德修来的福，今天儿子终于有了盼头，如果将来能考上大学，与玉香比翼双飞，那可是多好的事呀！老婆子这几日忙得不亦乐乎，心里总是乐滋滋的。她为儿子洗衣服，做新鞋，打烧饼，换着花样做好吃的，就连正下蛋的老母鸡也杀了，为儿子补养身子。

第二天，邮递员送来了考试通知，文博接过通知，兴奋得不得了，他拿着通知跑回屋里告知父母，一家老小高兴了好一阵子。

十二月八日这天，文博起了个大早。昨晚上，他激动得翻来覆去睡不着，好不容易盼到天明。他起来准备好自己的行囊。两位老人也起了床，只有小田媛还在被窝里香甜地睡着。他吻了一下女儿的额头，提上行囊就和父母一道出了家门。他要赶县城的班车，还得走十多里的路程到杨柳镇。文博从父亲手中接过一个黄色帆布挎包，上面印着"红军不怕远征难"的字样，红色的几个字显得格外耀眼。他拿上母亲为他准备的干粮，与父母道别，就匆匆上路了。

寒冬的田野，枯草遍地，大地还在静静地沉睡着，刺骨的寒风冻得人牙齿打着战，发出"咯咯"的响声。但文博走得急匆匆的，丝毫感觉不到一点儿冷，因为他的心是热的。走了一段路程，遇上邻村的几个青年，一打听有两个也是上县城考试的，都互相认识，是以前的同学。几个年轻人有说有笑，边走边聊，倒不觉得寂寞和寒冷，一股亲切而温暖的乡情洋溢在他们的脸上，几个人大步流星地向杨柳镇走去。

不知不觉到了杨柳镇，街面的门市和小饭馆还没有开门，街上的行人却熙熙攘攘起来，来来往往。

一辆能坐二十几人的大班车已停靠在百货门市部旁边的站点上，正等待着旅客们乘车。文博他们一道买了车票，坐上车。不一会儿，车就开动了。隔着车窗的玻璃，文博看到山谷里被冰雪覆盖的田园，远处重叠起伏的山峦，山坡上茂密的树林黑乎乎的一片连着一片。他想象着要是在春夏这该是一幅多么美好、让人心旷神怡的美丽画卷啊，蓝天白云，鸟语花香。

文博平时很少出远门，也很少坐这样的车子，过了一会儿，他就觉着身子不对劲，恶心想吐。他忍耐着，坚持着。过了一会儿，他再也忍不住了，赶忙用手捂住嘴。旁边的人看他晕车的样子，与他调换了座位，让他坐到窗边。文博拉开车窗玻璃，把头探到窗外，慢慢舒服多了。

到了县城，汽车开进车站，院子里停了好多班车，一排一排的。他们几个年轻人下了车，有两个人要去县城的亲戚家，就此道别。文博和另外两个考试的人一同向县一中走去。县城繁华的街道上车水马龙，人流不断。县百货第一门市部就在对面，一条公路绕山而过。文博他们没有闲情欣赏这些景色，他们三人急急忙忙直奔县城第一中学。三人沿着街道走了一段路，就远远看见几条长长的红色条幅悬挂在学校的大门口。走近一看，上面的横幅上写着"贯彻落实恢复高考政策"，大门两边的条幅上写着："国兴民富教育为本，为国选拔急需人才"的金色大字，分外耀眼，让人激动。

他们三人进了校园，一伙城里的学生像看西洋景似的把他们围了一圈，指指点点，交头接耳地说着话，脸上露出鄙视的目光。三个人被看得不好意思了，其中一个同学发火说："看什么看！有什么好看的？你们爹妈的爹妈，你们的先辈还不都是农民，都是这个样子，有什么稀奇古怪的？让你们看个够！"经这么一发火，围观的人不好意思地纷纷散开了。

文博在离开家之前，就生怕人家看出乡里人土里土气的样子，何况自己已是一个孩子的父亲了。他尽可能把自己打扮得和城里年轻人一样。他理了个学生头，头发用肥皂洗了又洗，搓了又搓，对着镜子照了照，看上去乌黑发亮。因为是数九寒天，棉袄棉裤是少不了的，在棉袄外边又套了一件蓝色上衣。一支钢笔别在上衣的小口袋上，笔帽卡子明晃晃地露在外面，一看就像个读书人的样子。他穿上母亲做的新鞋子，白底黑面，显得十分精神、帅气。

三个人朝前没走几步，就被一个身穿制服的人认了出来。这人是县一中的门卫老韩。他从打扮和衣着上一看，就知道这几个青年是从农村来参加高考的。他上前热情地和文博他们握手，打着招呼。庄稼人的手是很粗糙的，哪敢伸出来呀。老韩兴冲冲地说："欢迎你们，大家好好考，你们将来都是国家的栋梁，为你们加油。"老韩说着，替他们拿行李。文博不好意思地说："东西不多，谢谢你，让我们自己来。"

老韩把他们领到一个很大的宿舍，这里边很大，很宽敞，明亮的玻璃窗户，室内很干净卫生，已经来了不少人。大家各自找了床位，把干粮袋子挂在床头上，把行囊放在床上。老韩告诉他们说："我带你们到报到处报到吧。"他领着三人又去了报到处，三个人逐一登记，报了名。老韩最后领着文博他们报了灶。文博给灶上交了所需的钱和粮票。

"这下没事了，你们回宿舍歇息歇息吧。准备参加明天的考试。"老韩临走时乐呵呵地给他们打招呼说。三人十分感激，纷纷向老韩道谢。三人回到宿舍，各自躺在床上看起书来。

第二天，考试正式开始了，人数不是很多，文博被分到了第二考场。铃声一响，考生们准时走进了教室，课桌的右上角写着考生的座位号，大家对号入座。考生们坐定后，监考老师当众把密封的试卷取出来，分发给大家。这第一场考的是政治，教室里鸦雀无声，只有监考老师轻轻的走动声和考生们的钢笔在纸上划过的沙沙声。

文博很平静，他一丝不苟地答着卷子上的每一道题目，学过的知识在脑海中一一涌现，字写得工工整整，连每一个标点符号他都认真地标得好好的。

时间一分一秒地过去了，很快文博就答完了卷子，他又仔细地检查了一遍，然后把卷子交给监考老师，第一个走出了考场。下午是数学，这是文博的强项，很快也交了卷。第一天考下来，他对自己的答卷很有信心。有人问他："这两门考试难不难？"他自信地回答说："都不难。"

考试的最后一天，上午的语文和下午的理化，文博都是轻松地走进考场，信心满怀地走了出来。考完试后，文博把东西收拾齐全，与同来的两个同学道了别，就往妻子玉香住的地方赶去。他从家里带的干粮一口没舍得吃，他有近半年时间没见他的玉香了，他太想念她了，他要把这些好吃的干粮带过去，让他的玉香尝尝。出了县一中的校门，他一路小跑朝着玉香的单位奔去。他来考试没有直接去她那，他想给玉香一个惊喜。当他撩起门帘时，玉香正在炒菜做饭，炒锅里"刺啦啦"的响声，一股扑鼻的香味，迎面而来，着实让人嘴馋。玉香抬头一看是文博，惊喜地说："哎哟，你事先咋不打个招呼，说上一声，让我多做点饭，这不，刚够一个人吃，要不我再和些面？"文博笑嘻嘻地说："我在县一中的灶上都吃了。"玉香觉得学校的大灶饭文博肯定没吃饱，他饭量大，又好面子，不好意思多吃，肯定硬撑着呢。她让文博吃，文博又不肯吃，两人你推我让，都不肯吃。最后，玉香无奈说："算了，算了，那我就吃了。"文博说："你吃吧，我吃得饱饱的，还能骗你吗？噢，差点忘了，我走时妈打的烧馍我没吃，你尝尝。"他把馍饼子从包里取出来，递到玉香面前。玉香吃了一口，十分的香脆。玉香问文博感觉考得怎么样，文博蛮有信心地说："感觉还不错，就看最终的结果了。"他双手搂着玉香的腰，脸贴着玉香的背，柔声地说："玉香，半年没见了，我好想你。"

玉香一边吃饭一边说："是啊，两个多月了，我都没回去过，我也十分想你，想咱们的宝贝女儿，也想两家的父母亲人。"

文博安慰她说："你放心吧，岳母那边我常去哩，两个哥嫂都好着呢。桂香嫂子为咱娃做了一双虎头鞋，小田媛穿在小脚上还挺合适，说到咱那宝贝，可聪明了，人见人爱，挺讨人喜欢。"说到这儿，文博有些心酸，很是伤感。玉香的眼泪像断了线的珠子，落了下来。她擦了一下眼泪说："相信一切都会好起来的。"文博边说边刷洗着锅碗瓢盆，两人的眼眶都湿漉漉的。

为了不再勾起伤心事，玉香转了个话题，她问起了村里的一些情况和乡亲们的生活。文博给她讲了村上所发生的很多新鲜事儿和社员们的生活情况，特别是自己烤烟的事，不知不觉两人已聊到了深夜。

文博在县城玉香那儿逗留了两天，就匆匆赶回了村子。

到了第二年的三月份，田文博收到了北京大学的录取通知书。那天，整个柳庄沸腾了，大伙敲锣打鼓，奔走相告。文博家的小院里前来道贺的人络绎不绝，挤得满满的。玉朋、玉海兄弟两人扶着老太太也来了。文博赶忙把老太太迎进屋子。田老汉和红贞一看亲家来了，忙着端茶倒水，嘘寒问暖，拉着家常。文博考上大学，让两家的亲人们高兴得合不拢嘴。

后来，文博去北京上了四年大学。他毅然决然地告别大城市的生活，回到了生养他的家乡。他和玉香都在县城工作，夫妻俩终于生活在了一起，从此两人过上了更加幸福甜蜜的生活。

第七章

过了十五，少酒无豆腐。这个久传的民间谚语，在人们的口头上传而不衰。过完年，好吃的，好喝的，都吃喝完了，也就标志着春节这个传统的年节已基本结束。

柳庄唱大戏，从一九七八年的正月初一挂灯，一直演到正月十五上元节这天。到了正月二十三，民间有"老驴老马歇一天"的说法。这天，柳庄又唱了一回大戏。

"人勤春早"，这是庄稼人常说的俗语，更是一个习惯。过了正月十五，各生产队的春耕备耕工作就开始了。柳庄上年未完成的新农村建设也在紧锣密鼓地进行着，各队都抽调了一部分劳力加上村木业社的木工和泥瓦匠，组成了一支建设大军，整日奋战在新农村建设的土地上。

阳春三月，土地解冻，田野里热闹起来了。二队的农田特别的地方就是扁豆种得多，因为扁豆地多，扁豆地又是种麦子的好倒茬地，这样一来，种的麦子也多，既保墒，又省力省水，还能给土壤增加更多肥力。从农业合作化以来，二队就遵循着这个法子，比别的生产队打的粮多，有饭吃，工分高，这也是长期的经验积累，当然更离不开社员们的辛勤劳作。

种扁豆的农家肥拉到地里，一大车一堆，等距离摊开。不料，一夜之间下起了一场春雨，虽说雨不大，却一连下了三天。人常说，春雨贵如油，但此刻人们却焦急得发愁。不误农时，是种好庄稼的重要一环。在这关键时刻，老天爷真叫人无奈，大伙只能躺在炕上盖着被子睡大觉了，有些坐不住的，找上几个伙伴打起了麻将，搓起了花花。

秉文是个不爱体育锻炼的人，跳跳蹦蹦、踢毽子、打篮球，他从不碰手。他更厌恶的是打麻将、搓花花了，他觉得这是不务正业。他喜欢读书、画画。他家的院子墙角处长着一棵小白杨树。此时，他正站在屋檐下，望着那棵小白杨，听着那"沙沙"的雨声，想到当下的农村生活和自己的感受，秉文望着刚发嫩芽儿的白杨树，即兴赋诗一首：

我的家乡实在的美，
黄土高原住了一辈又一辈。
背靠太阳面朝地，
辛辛苦苦把田种。
吃的是自产的粮，
喝的是老天爷的水。
幸福路上，
全靠我们这一辈。

雨停了，一阵北风吹来，把树叶摇得"啪啪"作响，树叶上的水滴像黄豆粒般大，落下来，打在地面上发出"滴答"的声响。秉文长叹一声："老天爷呀，你何时能晴啊？"他看妻子春叶不在家，一个人无聊，又回到屋里迷迷糊糊地睡去了。过了一会儿，雨虽说下不了，但天气阴沉沉的，让人心烦。特别是村上的干部们心里火烧火燎的，急得在屋子里直打转。大伙知道，即使天晴了，地湿得一时半会也进不了，难以下种。幸好各队还没有拌种，要不然都发芽了。这样的鬼天气，让社员们束手无策。

"不起大风，晴不了。"这是上辈人总结的经验。

等春叶串门回来，见丈夫秉文笼着被子蒙头大睡，不由得气上心头。她一把拉开被子，正在酣睡的秉文，睡梦中觉得不对劲，浑身凉飕飕的，蒙眬中喊了一声"讨厌！"接着，他睁开眼睛，顺口又作了一首打油诗：

> 睡梦之间形势变，
> 睁开眼看是老伴。
> 原来电母站面前，
> ……

他刚要再往下说，看春叶已气得龇牙咧嘴，就要发飙。他只好坐起来，揉了揉眼睛，伸展了一下胳膊。

春叶生气地说："看你那穷酸样，整天干些不着边的事，舞文弄墨的，顶得上吃还是替得了喝？"

"舞文弄墨咋了？这是我的个人爱好。你管天管地，还能管得了人放屁？未免管得也太宽了。你有本事给我说上几句，看你那瓷锤样，还没我这才华呢。"秉文不快地顶了春叶几句。

本来憋了一肚子火的春叶，一下子火冒三丈。她"呸"的一下，一口唾沫飞出来正好唾了秉文一脸，唾沫星子溅在秉文的被子上。从来不多事的秉文，性情比较软。他想，跟一个婆娘计较，不是一个大男人的做派，何况是自个儿的老婆，一个被窝里睡觉，一个锅里吃饭的女人，没啥意思。他强忍着火没有发作，他认为忍是上策，也不见得软弱下贱。

"天下雨，你不待在屋里，跑哪去了？还嫌我在屋里睡觉。"秉文愤愤地说。

春叶这时火气也小了，她缓和了一下语气说："我能跑到哪去，不就串了个门，看你那尿样。"

"你串了半天门，我睡个觉又怎么了？"秉文心里很不痛快地说。

"还问我上哪去了，你个没出息的，就知道睡觉，心里一点事都不装。"春叶生气地说。

"我不睡觉，老天爷下雨能做啥？你有本事，历史上那巾帼英雄多的是，花木兰、穆桂英，武则天人家还当皇帝呢，只要你能干出一番惊天动地的事业来，也是咱家的光荣。人不是常说，婆娘能向前，男子汉才抢得圆嘛。"秉文讥讽打趣地说。

"啊嚏！"春叶打了一个喷嚏，从鼻孔飞出的分泌物又溅到了秉文的下巴上，不过这一次不是唾沫，而是鼻涕。她毫不客气地说："不害臊，还说我呢，我要是能成就一番事业，还要你这男人干什么？"

"你先别说成大事了，你看你不是唾沫就是鼻涕的，四处乱溅。说说到底啥事，上哪去了？"秉文追问。

"上哪去了，还不是为你跑腿。"

"为我跑腿？为我跑什么腿？"秉文丈二和尚摸不着头脑。

"看你个瓷锤，你一分钱的心都不操，你都没看看这几年形势变了，村里的一些人不是为自己的子女着想，就是为自家的亲戚朋友们着想，哪儿有好工作，哪儿能招工，人家一个个都出去了，找上工作端上了铁饭碗。有进工厂的，有到铁路上的，有当教师的，还有学医的，各行各业，人家都有了着落，你也不为咱家流子想想办法，争取当个村干部，就是生产队长也行，也叫咱流子风光风光。像田文博那样，考上个大学，那该多好啊！唉，人家田文博命好，赶上了党的好政策，要不就一辈子窝在了这农村，窝在了柳庄。你脑子灵活一点，常和人家头头脑脑的走动走动，拉拉关系，人常说'逢人说好话，舔尻子不挨骂'，我认为这才是实实在在的理……"

没等春叶把话说完，秉文就生气地说："呸，简直是歪理，胡说八道，我就不认这个理，不信这个邪，真金不怕火炼，只要墨水喝得多，有知识有文化，还怕找不着工作？寻不下一碗饭吃？我就不信咱流子是没用的人，他迟早会出人头地的。反而那些勉强扶上梯子的人，就像墙头上的芦苇，头重脚轻根底浅，嘴尖皮厚腹中空，就是扶上去了，弄不好也会栽跟斗，扶得越高，跌得越重。我只求让娃实实在在有个出息，稳稳当当干出一番事业来，这才是我想要的。"

春叶听了暴跳如雷，她揪着丈夫的耳朵轮子，不依不饶地说："按你说的，那要等到猴年马月去。你不是有才华，能作诗，会写狗屁文章的人吗？我看你是榆木疙瘩不开窍，咱娃都多大了，到时候高中出来，考不上大学，有你好果子吃的。"秉文无奈，只好说："随你便，随你便，我投降，我投降还不成吗？"春叶这才松开了手。

"瞧你这贱样，山核桃总要砸着吃。"春叶笑着说。

"你说啥？我没听见。"

"我说你山核桃还是要砸着吃。"春叶大声说。

"恐怕你砸不开，山核桃可不好砸。"秉文慢悠悠地说。两人你一言我一语，打着嘴仗，谁也说服不了谁。

这天下午，突然刮起了狂风，把树干刮得几乎要折断似的，地面上的灰尘和杂物被抛在了高空，卷得无影无踪。暴雨瞬间把地面冲刷得干干净净，又弄得泥泞不堪。高空的电线被风吹得摇摇晃晃。人要是在路上顺风行走，准能把人推着跑。这样的大风刮了一夜，人们睡在炕上也能听到牛吼般的风声和下雨声。

第二天早晨，风停雨住，遮天蔽日的阴云慢慢退去，太阳露出了红彤彤的笑脸。路边榆树上细嫩的枝条吐露着翠绿的嫩芽。

嫩嫩的小草喝足了雨水，个个精神抖擞。远处山坡上的山桃花依然开着粉红色的花，大风没有将它们彻底吹落。这场风雨把大自然洗刷得干净而清新。

吃罢早饭，公社新上任的张书记领着一群人徒步来到柳庄。他们是来检查春耕备耕以及柳庄新农村建设情况的。张书记一行人还未进村，路上就遇见几个社员拉着车子往地里运粪。张书记高兴地上前问话说："你们这是拉种什么的粪呀？"几个社员说："我们是拉种玉米和高粱的粪。"张书记看着车子上装的都是土杂肥，问道："这些草木灰混杂肥是从哪儿拉的？不是还有牲畜肥吗？"拉车的记娃没有答话，只是看着跟在后面的二牛和进喜，进喜看张书记问得这么仔细，心想一定是来村子检查工作的领导。他赔着笑脸如实说："咱们队牲口肥料有限，拉完种扁豆的粪就不多了，这土杂肥是收集的社员自家的粪便加上草木灰混合而成的。为收集这些肥料可没少动脑筋。"

"都动啥脑筋了？"张书记迫不及待地追问。

进喜不想多说，忙改口说："也没动啥脑筋，都是一些小事。"

张书记笑着说："小伙子，你就详细告诉我，但说无妨，这对我们很有用。"

倒是记娃心直口快，他说："不瞒你们说，为收集这些土杂肥，一些队的社员不愿交，他们把自家的粪便藏起来，为着上个人的自留地，尤其是我们队上的鬼难缠和贠小兰，她们宁可多交一些草木灰也不愿交一锨的人畜粪便。在她们的影响下，一些人都不愿拿出上好的人畜粪便肥料上地了。为了解决这个问题，我们队上还专门想了一些办法，把肥料分成三个等级，每交一千斤人畜粪便就多记五个工，也就是五十分，相当于五个劳动日，交一千斤草木灰多记三个劳动日，交一千斤土杂肥给记一个劳动日。这样，才解决了这个难题。"

张书记听罢，哈哈大笑。他说："真有你们的，是个好办法，看来柳庄的春耕备耕工作做得很到位、很好，我们大家就放心了。"

"来，我给咱拉，你在后边推。"张书记说着就要抓车辕把来拉车，记娃他们有些尴尬，心想，这怎么行，怎么能让领导拉车。再看这人一身中山装，穿着大有来头，沾上一身泥怎么办？何况人家是上边来的领导，万万使不得。想到这，记娃坚决不让。两人争抢着车辕把，相持不下。随行的一个人说："张书记，您的心意乡亲们领了，既然这样，那就算了。"张书记无奈之下，只好松了手。他笑着说："你这小伙子，有个性，好样的，我就不和你抢了。这样吧，你来拉，我来推。"说完，张书记立马猫下腰给记娃推起车子来。

张书记随行的人一看书记已推起了车子，他们戴上白手套，一个个也弯着腰在后边给另外几辆拉粪车子推起车来。张书记回头一看他们戴着手套，很生气地说："给乡亲们推会儿车子还需要戴手套？咱们都是农民的儿子，你们见过自个儿父母哪一回干活儿时戴过手套了？干一点活儿，出一点力，把手套先戴上，就是放不下知识分子的臭架子，无非是怕把手磨着了、弄疼了，你们大部分人的父母干了一辈子农活儿，都不怕把手伤着了。我们不能忘本呀，只有这样，我们才能带领乡亲们创造无数个奇迹出来，创造出美好的生活。"听到书记这般训斥和教诲，他们一个个灰溜溜地从手上抹下戴着的手套，跟在车子后边飞跑着奋力推起车子来。

"七九河冻开，八九燕子来，九九加一九，耕牛遍地走。"下了几天春雨，社员们抓住墒情又忙活起来了，他们背粪的背粪，耕地的耕地，忙得不亦乐乎。背粪的人背上竹篓，装满粪，跟着耕地的人，一把一把地将搅拌好的种子和肥料撒向犁沟里。随着一阵阵的吆喝声，田野里没有了往日的宁静。地头的路上，拉粪的马车奔跑着，发出了"嗒嗒嗒"的马蹄声，非常悦耳。张书记目睹了这一切，他感到很满意，欣慰地说："就应该这样，抓住有利时机，抓住当下的墒情，尽快下种，节气不等人啊！"

接着他又问记娃："这是在种啥作物？"

记娃回答说："种扁豆。"

"噢，你看我都忘了，扁豆和棉花这是开春最早要下种的。听人说，这扁豆地可是种麦子的好茬播地。"

记娃说："是啊，种扁豆，接下来地可刚好种麦子，我们就能多收一次庄稼。我们队一直是这么做的，年年既收扁豆，又收麦子，地可没闲着。"

"你们做得好，很有经验。"张书记高兴地说。他很喜欢记娃这个敢说实话、率直的小伙子。

听说公社的张书记要来村上检查春耕备耕工作，玉朋这两天没有上地，在家里等着张书记。他正收拾着茶具，擦了擦桌椅和板凳。这时，张书记领着一行人已进了院子。他连忙掀起门帘迎了上去，热情地握住张书记的手，迎进屋里。玉朋给张书记一行人倒上香喷喷的茶水，茶叶的香味很扑鼻。他拿出家里最好的香烟，招待张书记。张书记说，他不会抽烟，从来没有这习惯。张书记拿出随身招呼人的烟递给玉朋。玉朋心想，这哪能接呢？他一时不好意思起来。张书记说："抽吧，别不好意思，我听人说你抽烟的，这烟酒不分家嘛。"

玉朋只好接过烟，战战兢兢地点着，很不自在地抽了起来。他张罗着要给张书记他们做饭。

张书记摇摇头说："不必了，我们吃过饭了，咱们还是先谈谈工作吧。"

张书记接着说："我们这次来就是想了解咱们村春耕备耕工作

开展得怎么样。春耕开始了没有？你们的新农村建设搞没搞？当前正是春季，也是青黄不接之际，社员们的生活怎么样？可不能让社员饿着肚子干活儿。人是铁，饭是钢，一顿不吃饿得慌。人吃不上饭哪能干重体力活儿？这个问题要是解决不了，我们怎么给群众交代？我们共产党人就是要让群众过上好日子，过上舒心的幸福日子。这是我们这次来的主要目的。"

张书记的一番话让大家深受教育和鼓舞，这些话，说到了社员群众的心坎里，也使在场的干部们很受教益和思想洗礼。张书记的话音未落，屋子里就响起了一片掌声。

正在这时，邓来栓大队长领着几个村干部也来了。他们正在地里干活，听说公社张书记带领一行人到了村上。他们忙放下手中的活儿赶来了。由于屋子小人多，玉朋书记又从邻家找来几条长板凳让大家坐下。等大家坐好后，张书记对邓来栓他们点了点头，笑着逗趣说："我刚说的你们几个没赶上听，那我就再啰唆重复几句。"他又简单地重复了一遍刚才说的。他摘下眼镜，放在桌子上。他的眼睛陷得很深。他膀圆体壮，满面红光，看得出，是个经常锻炼的人。他高兴地说："我们在来你们村的路上就遇到了你们村的社员。他们正给地里送粪，和他们聊了起来。他们说是你们村二队的，他们生产队每年都在种扁豆，还给我们讲了种扁豆的许多好处。我说这个办法很好，说明咱们社员有智慧，有创造力，特别是咱们在座的村干部能出主意想办法，挖掘村上和各生产队的潜力，大家一起出谋划策，多打粮食，让社员群众不饿肚子，有衣穿，有饭吃。我认为，这就是党的好干部。反过来，那些不给群众解决实际问题，空喊口号，得过且过、混日子、不作为，群众叫他们'泥菩萨''样子货''聋子的耳朵'的，就不是党的好干部。我们可不能让群众在背后戳自个的脊梁骨，甚至骂娘，一定要把群众的事情办好。"

张书记的话引起了大家又一阵"噼噼啪啪"的掌声，鼓掌声把屋子的窗户纸震得呼呼作响。

接着，玉朋书记就今年开春以来村上的春耕备耕生产工作情况和今后的工作思路及安排一并向张书记做了详细汇报。

玉朋书记的话音刚落，邓来栓站起来说："看咱们各队队长还有什么要说的，大家可以畅所欲言，有啥想法，有什么难解的疙瘩和问题都说出来，咱一块儿商量着解决。"

底下，吸纸烟的、抽旱烟的，把个小屋子弄得烟雾缭绕，呛得不吸烟的人不停地打着喷嚏，有的实在坐不住了，只好到院子里透透气。

邓来栓很生气，心想，每次开会都是老毛病，把会场弄得乌烟瘴气。今天当着公社张书记的面又是这样，真不给人家面子，这些人就是不知道轻重，榆木疙瘩不开窍。邓来栓有些窝火，但在公社领导面前也不敢发火，只能压压性子。吸烟的人一点警觉都没有，特别是抽旱烟的，一烟袋接着一烟袋地抽。邓来栓这下再也忍不住了，他气愤地说："别抽烟了，满屋子的烟味，呛得人都坐不住了，给我把烟灭了，太不像话了。"

吸烟的人看他满脸怒气，眼睛上的睫毛翘得老高，嘴边的八字胡都气歪了，那张和善的脸气得涨红。等他冷静下来，屋子里的人已经把烟灭得一干二净了。

玉朋书记气得只说了四个字："岂有此理！"

张书记站起来笑着说："别发火，别发火，大家到外面透透气，再回来开会。"大家走出了屋子，在院子里透着气。

这时，兰香中午从地里回来。玉朋三两步走到妻子跟前悄悄对她说："公社的张书记来了，还带了三四个随行人员，今天中午就留在咱家吃饭，人多，你把饭做好了，压些饸饹吃些馍，炒几个菜。你到代销店先提上一瓶酒，快去。"

兰香一听，没顾得回屋，就去了村代销店。兰香刚进店，发现来全也在代销店里，他是来买火柴和盐的。兰香跟代销员要了一瓶店头大曲，代销员问兰香："今儿个怎么还舍得买酒喝了，是不是来了什么人？"

兰香回答说："不来什么人，就不能喝酒了吗？"

兰香提着酒走后，来全自言自语地说："一定是来了什么重要人物，要不哪舍得花那么多钱买酒喝。"

代销员神秘地说："她当我不知道，其实我早就知道了，公社张书记来到了咱村上。"

"张书记，哪个张书记？"来全不解地追问。

"还不是咱们公社新来的张书记，不然还有哪个张书记？"

来全得知是他姐夫来了，再也没闲工夫扯了。他欣喜若狂地拔腿就跑，一口气跑回家，告知老婆爱梅，准备好饭菜，好吃的，好喝的，都摆上，准备为这个当大官的姐夫接风。他心想，这人向来古里古怪的，很难抓住他。今天他来到村里，这到嘴边的兔子不能让它跑了，咱也得替娃们搭搭桥，谋个出路。

爱梅一听，说："这是好事，难得的机会，这寻人不如等人，等人不如碰人。"两口子赶忙张罗起来，豆腐、粉条、鸡蛋炒了几大盘子。虽说这时青菜还没下来，但桌上的饭菜已十分丰盛，香气四溢。

兰香走后，开会的人又回到了屋子里继续开会。邓来栓的脾气也缓和了许多，再也没有发火，静静地等大家发言。

过了一会儿，还是没有人发言。玉朋和邓来栓看不早了，都有些心急，邓来栓忍着性子心平气和地说："明旺，你来给咱带个头，说说你们四队的情况，谈谈你们队的备耕工作和春耕生产情况。一年之计在于春，咱得首先打好这头一仗，今年你们队是变了样，还是老样子？"

明旺听到大队长点名要他发言。他毕恭毕敬地站起来，向大家点了点头。

邓来栓微笑着说："明旺，你坐下说，坐下慢慢说。"

明旺屁股挨住板凳。他小心翼翼地说："大队长点了我的名，我很惭愧，没有把四队的社员带好，拖了全村的后腿，当了全大队的倒数第一，在大家面前我感到无地自容，很是羞愧。我本事不大，能力不佳，对于队上的一些事束手无策，没有好办法，我要求几次把我换掉，但大家总是信任我，让我继续干。我看我们队的主要问题是思想不够解放，集体观念不强，一些人私心太重，干活斤斤计较，生怕自己吃亏，遇事推诿扯皮。有些社员懒散惯了，干活出工不出力，混日子。队上也想了一些办法，搞了定额制，就是贯彻不下去，硬顶硬碰的，大有人在，就连记工员有时也被他们控制住了。这些人还沾沾自喜地说什么，咱们好着呢，像山里人还顿顿吃马铃薯玉米粥过活呢。我骂这些家伙脸皮比城墙还厚。"

听了明旺的发言，大家的心情很沉重。这也是当下农村一些人普遍存在的现象，一时半会还难以扭转过来，有些东西涉及一些深层次的问题，一时还不好彻底解决。

散会后，玉朋要留张书记吃饭。兰香说她把饭都做好了，死活要让张书记留下来吃饭。她拦在大门口不让张书记一行人出去，弄得张书记他们左右为难，不知如何是好。这时，又有人在门外喊："开门、开门，把门开开。"原来，来全在外面听到院子里闹哄哄的，他知道散会了，把门敲得"咚咚"响，一边敲门一边喊着。兰香靠在门板上装作没听见，也不开门。玉朋对兰香说："你把门开开，看谁在喊？"兰香这才松开了身子，来全推开门，走了进来，看见姐夫和一行人被拦在院内，你拉我扯的。来全扬扬得意地提高嗓门说："姐夫，你来了，也不回家里，是嫌我穷咋的？

你要是看得起我这妻弟，就跟兄弟我回家吃饭去。"玉朋看来全是来叫张书记吃饭的，于是就说："来全你回吧，你们是常来常往的亲戚，张书记去的回数多着呢。"

"你问他，看他是常来的人吗？一年能来几回？"来全理直气壮地说。

来全这番话把玉朋说得不知说什么好。张书记笑了笑说："看看，我这个妻弟他是得理不饶人呀。"

来全要拉张书记走，玉朋想留。张书记说："你们两家都算了吧，等你们把日子真正过好了，我一定不缺席，再来吃你们做的好吃的，你们看行不？来栓队长，你们大队饭是怎么派的，我们几个要和群众在一块儿吃顿饭，到群众家里去拉拉家常。"来栓听张书记要到社员家吃饭，一下子慌了神。他两眼发愣，这怎么可以，这不是亮丑吗？来栓心里火烧火燎，他瞅了瞅玉朋，自己没有了主意，想看看书记怎么说。玉朋知道来栓的意思，尴尬地说："张书记，还是在我这儿吃吧，这会去给群众说饭，有些迟了，恐怕人家把饭都做好了，不够吃。"

"那岂不更好，去了就能吃，只是吃少点。你们快说，饭在哪一队，哪一家，快领我们去。"

来全更急了，他埋怨他这个姐夫脾气太倔强，连自己这个小舅子的面子都不给，很失望，也很沮丧。他还是依依不舍地抓住姐夫的后衣襟不放手。

玉朋、来栓还有来全看张书记执意要去群众家用饭，知道他们再说也是徒劳。玉朋失落地说："来栓，那你就领着张书记他们去吧。"

邓来栓很清楚下乡干部的饭食已经轮到哪一队，他瞅了瞅四队队长明旺，想了想，还是自己领着去吧。四队群众生活条件差，比不上其他队，特别是有几家，那就差远了，得拣几户饭食差不多的人家。他把张书记一行几人分开，分成三家。张书记和随行的文书小刘被来栓领到张长兴家。邓来栓一步跨进长兴家的厨房，见长兴和芳玲正在压高粱饸饹。长兴坐在压杆上，芳玲一边添面一边用筷子削去压下的饸饹。野小蒜和花叶菜做的调料汁散发出浓浓的香味扑鼻而来，厨房里收拾得干净整洁。

"你们中午就吃这个？"来栓进屋忽然间的问话，把正忙活的长兴和芳玲惊了一跳，他们俩丝毫没察觉到家里来了人。

"是啊，就吃这个，这不是很好的饭吗？"芳玲边说边抬头一看是来栓大队长。夫妻俩尴尬地停住手中的活，瞅了瞅来栓说："大队长，你有什么事？"

"是这么个事儿，今晌午你家管公社两人的饭。"来栓直截了当地吩咐说。突然听说要他们管饭，两人都给愣住了。芳玲说："大队长，这恐怕不行，你怎么不早说呢？"长兴又问："给谁管饭？"没等来栓回答，张书记已走进屋里，他笑容可掬地说："给我管饭，我是公社的老张，咱们一个张字，都是一家人，你们吃啥，我就吃啥。"这一句朴实的话语让长兴两口子倍感亲切。这时，跟随张书记的小刘也进了屋。长兴两口子为张书记又是递烟又是倒茶，很是热情。来栓看事情已办妥，准备要走，却被长兴拦住了，要留他一起吃饭，来栓说什么也不肯，挣脱走了。芳玲为难地对张书记他们说："没听说你们要来，要早知道你们来，我提前准备准备，为你们做些好吃的，你看今儿这狼狈样儿。队长也不早通知一下，就这种饭，怎么能让你们吃呀。"芳玲不好意思地指到案板上压的高粱饸饹。她硬要给张书记另做饭，被张书记拦住了。其实，她心里清楚，真要做好吃的，也拿不出来，无非是用荠菜、苜蓿揉成的菜馏子或用玉米面切成驴蹄子这样的饭食，算是最好的了。巧妇难为无米之炊，真是有心无力，也只能落个空头人情。

看来也只有这样了，芳玲把压好的饸饹放进锅里煮，长兴坐在灶台旁烧火。他正烧着，感觉屋子里有烟气，而且烟气很浓。他怕张书记他们受不了，硬要把张书记拉到隔壁屋去。张书记也是个倔脾气。他不肯，坚决说："你们都能受得了，我也能坐得住。再说，我也是农村长大的，什么苦没吃过，什么罪没遭过。坐在这屋子里挺好的，起码还能跟你们拉拉话，我到隔壁跟谁说话呀。"无奈之下，长兴也只好不再坚持。

张书记和小刘坐在靠衣柜的两把椅子上。他详细地问起了长兴家的情况，问长兴家里有几口人，几个孩子，都在做什么；又问到家里的经济状况，一年能挣多少工分，能分到多少粮食，这些粮食够不够吃。长兴边烧火边回答着张书记的问话。他说："我们家大女儿出嫁了，小儿子还在上初中，家里就剩三口人，靠我和妻子芳玲一年辛苦劳动，一天也不闲着，挣下的工分能勉强维持这个家。粮食要是吃没了，写个借条从外队借些，还可以凑合着过。今天压的高粱饸饹的高粱就是从二队借的，还借了人家三斗玉米。现在离收麦子的日子大概还得两三个月，我们队上缺粮也就是这两三个月，青黄不接，日子实在难熬。不过，我们比其他家还好些。"

张书记听到其他人家比长兴家更困难时，正准备追问。这时，芳玲揭开锅盖，热气腾腾的饸饹出锅了。长兴说："咱还是到那边窑里吃吧，厨房烟气还是太大。"

"好吧，客随主便。"张书记边笑边说。

长兴端着盘子领着张书记他们进了隔壁窑里。盘子里放着调好的几样家常菜，有豆荚丝、面筋条和梅干菜以及香喷喷的调料水。芳玲为他们一人盛了一碗饸饹面，端到桌上，又从屋里端来三把椅子，给张书记、小刘和长兴坐了。

这屋比厨房凉快多了。张书记端起一碗饸饹调好汁就吃。他一边吃一边说:"好吃,嚼到嘴里蛮筋道的,挺香。"

长兴笑笑说:"领导,这东西好吃是好吃,但今天你吃下去,明天就知道这东西好吃难消化,吃多了拉不下来,即使拉下来也够人难受的。"

"吃饭呢,你胡说啥哩。饭都堵不住你的嘴,快吃饭。"芳玲埋怨丈夫不顾场合乱说话。

"那咱怎样还种这粮食呢?"张书记问。

"唉,还不是因为多交粮,多贡献嘛,种植这种粮食产量高,旱涝保收,有粮总比没有强,能填饱肚子就行,谁还顾得上好吃不好吃,好消化不好消化。"

张书记喜欢长兴这种坦诚的性格。他又问长兴说:"老张,刚才你不是说还有比你更困难的家户吗?你觉得他们的问题到底在哪里?"

"唉,张书记不瞒你说,我是个撞倒墙,连土端的人,喜欢直来直去,从不计较那些半斤八两的事情,一见那样的人就烦,就来气。我们四队比其他队特殊些,村干部家属多一点,他们没劳力,挣不下几个工分,但按人口和工日比例四六开。队上有些人认为没有劳力的家户占了大便宜,自己没占一点好处,觉得吃了大亏,干得多了划不来。他们就机关算尽,消极怠工,干活不出力,磨洋工,混工分。有的人犁地时甚至把牲口吆到地里却一犁都不耕一下,到了饭时跑回来,饭一吃,到地里继续睡大觉,晚上记工一分也少不了。这些人干活胡应付,道理却一大套,谁都惹不起。人常说:聪明反被聪明误,这些人聪明过头了,长此以往,养成了懒散的毛病,怕劳动,一年到头队上打不下粮食,大伙自然也分不下多少粮。加上大家思想比较保守,对化肥、农药有抵触情绪,公社拉下来的化肥,大伙不接受、不重视,认为施了对庄稼没好处,甚至有人还说,那些东西是庄稼的毒药,施到地里人还敢吃吗？因此公社拉来的肥料不是堆着，就是送给了其他队，你说这四队能有个好？"

听了长兴的一番话，张书记放下手中的饭碗。他紧紧地握住长兴的手说："老张，你是个明白人，谢谢你的坦言相告。"他知道眼前的汉子是一位忠厚、诚实、敢说实话的老实人。他把这些问题一一记在了心里。他心里说：这才是贫穷的原因。

吃过中午饭，玉朋和来栓领着张书记的随行人员一一到齐。柳庄四队的情况张书记已了解得差不多了。他想，这绝非小事，而是一块难啃的硬骨头。如何啃下这块骨头，把它消化掉，是摆在当前的棘手问题。他想和四队的同志再沟通一下，听听他们的想法和意见。

他们一起来到四队队长明旺家。明旺吃了饭正要上地，见张书记一行人还有玉朋书记和大队长来栓也来了，知道一定是有要紧的事找他，但他放心不下地里的活儿，他知道有不轨之人在作祟，在背后使阴的，心想，这不行，地里不能没有人照应，他得托付一个人先替他看着。

于是他对张书记他们说："你们要是找我，先等一会儿，让我把活儿路安排好，很快就回来。"玉朋和来栓晓得怎么回事，他们把明旺的情况给张书记做了汇报。张书记表示理解，他说明旺还是很有责任心的。

明旺的妻子芳爱把他们领到屋里，由于有好几个人，她寻了几条长板凳，让大家坐下。她翻来翻去，也不知在找什么，一边翻一边埋怨说："这死鬼，手前的东西不放到看得见的地方，胡塞乱擩，眼睁睁寻不着，把人能急死，也不知塞哪儿去了。"她想了想，有找的工夫，不如跑到村代销店先赊上一盒烟。芳爱刚出了大门，明旺就回来了。他见妻子芳爱往外跑，就说："人都在家里，你不招呼着，往哪儿跑呢？"

"你把烟放哪去了？让人半天找不到，烟不放到手跟前，胡乱塞，忙了寻都寻不着。"芳爱生气地说。

　　明旺见芳爱问起烟的事，他摸了摸后脑勺说："烟向来是你保管的，你怕我吃，咋能问我呢？"

　　"这几日我没再管，管也管不住你这闲不住的嘴。"芳爱噘着嘴说。

　　"算了算了，甭说了，你赶快回去招呼客人，不要把客人怠慢了，快回去招呼好。你知道他是谁吗？他可是咱们公社新来的张书记。"

　　"听说过，可这没有烟让我怎样招待好这些领导呢？"芳爱为难地说。

　　"不是还有茶水吗？你先沏茶让他们喝，我跑得快，让我到代销店买一盒烟来。"

　　芳爱又回到屋里，一边沏茶一边诉说着自家的艰难。她说："我们家明旺自从当了这四队队长，头就像戴了个紧箍咒一样，队上大小的事情，有操不完的心，跑不断的腿，受不尽的气，到头来工作没搞好，都是明旺的不是。丈夫老好人思想，群众一肚子怨气，更可恶的是队上有个别人，聪明过人，机关算尽，阳奉阴违，搬弄是非，故意制造矛盾，队里打架、斗殴的事时有发生。我常说明旺，你没那金刚钻就别揽这瓷器活儿。他犟得就是不听，尽干些出力不讨好的事情。后来，他在会上也提过把自个儿换下来，可是玉朋书记和来栓大队长就是不让，说村上信任他，也需要他。"说着，她看了一眼玉朋和来栓，又继续说："我说他，你现在就好比那腊月里的梅花，既要经受严寒风雪，又要在这冰天雪地里傲雪怒放，忍辱负重，你就硬撑着吧。要我说，大家的日子还得大家自己过，土地分到户，各种各的，那该多好，省得这些麻烦事，也免得大家相互抱怨。"

这时，明旺已进了院子。芳爱最后说的话，他听得一清二楚。明旺心里打了个寒战，心想，这样的话也敢说，而且是当着公社领导的面说，这婆娘不要命了。明旺急了，他三步并作两步走到芳爱面前，歪着个脖子，脖子上的板筋冒着，红脖子涨脸地抖着嘴唇说："你胡说八道啥哩，这样的话能是你说的？简直是胡言乱语，信口开河。你再给我胡说一遍，看我不抽你……"他刚伸出手，猛然意识到面前还坐着许多人，而这些人都不是一般人，是队上和公社的领导。他只好缩回手，狠狠地瞪了妻子一眼。

　　芳爱这时也意识到说了不该说的话，而且是当着这么多领导的面说。她心里有些惴惴不安起来，一时像个木鸡。屋子里的气氛陡然紧张起来。芳爱想，要是自己再多说几句，那可真要闯祸了。

　　张书记沉默了一会儿，笑着说："好了，好了，你爱人说的也是实情，你不必发这么大火。她也是为你好，为大家好，也希望大伙都能过上好日子。我们搞基层工作，难免要承受来自各方面的压力甚至打击报复，我们要正确对待，敢于面对，决不能临阵退缩，妄自菲薄。话又说回来，我作为公社书记，玉朋和来栓作为村上的领导，我们都有很大责任，我们没把工作做好，让你们，让广大群众承受了很多委屈和煎熬。为人民服务是我们共产党人的根本宗旨，我们一定要多听听群众的意见，紧紧地依靠人民群众把工作做好。刚才，吃中午饭时，我被邓大队长领到你们队的社员张长兴家里。一进门，这家人的生活就让我心酸，他们锅上压了一篦子高粱饸饹。现在都到了什么年代，我们的群众还吃这个，作为干部，我们的内心不感到惭愧吗？我们天天说为人民谋幸福，可我们的人民群众却过着这样的苦日子。所以，我很难受，想借这个机会和咱们村上的玉朋书记、来栓大队长和你们各位说说掏心窝子的话，拉拉家常。请把你们的心里话和群众的心里话都说给我们听听，因为你们最了解基层群众的疾苦，了解社员群众柴米油盐酱醋茶的日常生活，了解他们的心声和诉求。你们大家是我们工作上最直接也最知心的朋友。"

张书记的一番话让明旺放下心来，心想，看来妻子芳爱说的分地单干的事，他并未在意。明旺总算松了口气。除了张书记不抽烟外，大家抽着他刚买的延安牌香烟，打开心扉，交流起来。屋子里的气氛一下子缓和了许多。明旺给大家谈起这几年他当队长的感受和心里话，对自己的工作没做好很是自责，他说队里各项工作搞不上去，他也很着急，自己费了九牛二虎之力想把事办好，结果是力也出了，办法也想了，可队里的情况就是起色不大。粮食短缺问题一直没有得到很好的解决，大伙年年都是借着吃，打下还，周而复始，恶性循环，大伙的苦日子始终没个头，也影响了群众生产积极性，干活的劲头很难调动起来，一些人就是瞎混。

玉朋把未吸完的半截烟头在桌上按灭，他看了大家一眼说："我看，时间不早了，张书记他们还得赶回公社呢，我先说几句吧。刚才，四队队长明旺也谈了一些问题，我觉得谈得还很肤浅，不够深刻，没有抓住问题的实质和要害。依我看，你们四队大部分人存在着比较严重的等、靠、要懒惰思想，不求上进，不求自力更生，艰苦奋斗，勇于创造财富，老是等着向上边伸手要，把手伸得长长的，没粮了看队上村上怎么办，有些人欠下别队的粮食，往往是刘备借荆州——有借无还，弄得别的队也是一肚子的怨气。你们想想，人家的粮食也是靠辛苦劳作换来的，精打细算省出来的，你们这样做岂不是寒了大家的心，谁还敢再借给你们粮食？人常说：吃不穷穿不穷，计划不到一世穷。我看还得靠自己，俗话说得好，爹有娘有不如自己有。所以困难和问题还得自己想办法，自己解决。去年，二队搞了个定额制，我看就很好，队里分的活儿都能干好，粮食也打下了，更激发了大家的积极性。我看这个经验可行，在你们队更应该推广，尤其是对你们队的一些人、个别钉子户，采取这个办法十分管用，只要定额的任务完不成，质量不达标，就坚决扣工分，做到奖罚分明，有奖有罚，我就不信扭转不了这不好的局面。一句话，不要怕得罪人，把个别人得罪了是小事，大家的利益受损了那才是大事。我们干部的责任就是要让大家把日子过好，把村上的事业搞上去。我们不能瞻前顾后，自己吃了点亏，就想撂挑子，当逃兵，这不是我们柳庄人的风格。总之，干革命，搞建设，没有一帆风顺的，要经得起风雨和雷电。看张书记和大队长还有什么要说的。"

张书记对玉朋的发言很满意，他说："李书记的一番话讲得很重要，也很到位，他一针见血地指出了你们队里的主要问题，他对你们提的一些意见和要求也很好，我完全同意。以后就看你们的实际行动了。"

已到黄昏，玉朋和来栓送走了张书记一行人，各自回到家中。

过了谷雨，就是立夏。前十不早，后十不迟。在这前后二十多天的时间里，是种玉米的最佳时间。头遍地犁完后，二遍地就要播种了。今年春播，公社从县联社调了一批化肥，已运到全公社各大队，柳庄是第一个送到的。

这几天，大队部院的大喇叭里时常能听到让各生产队拉化肥的通知。这时，村里的大喇叭又开始播音了："通知，通知，根据当前春播工作需要，为了解决村上各生产队肥料不足问题，公社给咱们想办法从县联社购了一批化肥，数量不多，请各队听到广播后赶快拉回去，以解燃眉之急。"

这样的通知，一连播了几天，各队拉化肥的积极性都不高，有些队无动于衷，丝毫没有动静。大队主要负责人玉朋、来栓心急如焚，心里火烧火燎的。他们能不急吗？去年从社办煤肥厂拉回了些煤肥，各队没人用，结果都坏掉了。今年又是这样不问不理，这样下去可怎么办？玉朋和来栓两人决定分头带着各队队长去社员中间做工作，催促他们把肥料拉回去。玉朋去了一、四、五队，来栓去了二、三队。对这些化肥，各队社员的普遍反映都说那是祸害人哩，咱祖祖辈辈都是用农家肥上地，从没见过用这些白面面、白粒粒和灰末末来上地的，把这些东西施到地里，还不把庄稼药死了。就是不把庄稼药死，施了这些东西的地里长出的庄稼人能吃吗？再说，即使能吃，施这些东西费时费力，对庄稼生长到底能起多大作用？有的说："那些都是骗人的鬼把戏，千万不能上当。"有的说："那都是用人骨头做的，沾了那东西有晦气。"三队里有个叫良子的社员逢人就说："我看那白白的东西，往嘴里含了一点点，苦得要死，肚子难受了好几天，这东西施到地里怎么行？"王玉垠倒念了几天书，他说："这是科学，这些肥料是用化学方法制成的，含有农作物生长需要的营养元素，施到地里对庄稼丰收一定有好处的。"牛娃在一旁逗笑说："听说那东西是用尿造的，不然能叫尿素吗？再说了，人畜尿能有多少？作用能好到哪里去？"二队的记娃说："那东西若是化学合成的，人还敢用？给庄稼施上，打的粮食人还能吃？"五队的四能说："唉，我活了半辈子了，没见过这种东西还能当肥料上地？"大家七嘴八舌，几乎全是质疑声，没有个定理。来栓和玉朋走访了各队，听到的差不多都是一样的声音。一时间连各队长也没了个主意，大家对这事也三心二意起来。来栓说："看来只能下死命令了。"玉朋无奈地说："给庄稼施化肥，我也没见过，没经过，这是个新生事物，大家一时半会接受不了，这都可以理解。我相信公社一定不会祸害咱们的，这东西一定是能帮助咱们多打粮食的，对解决各队庄稼收成不好，粮食不足的问题应该很有帮助，我建议各队还是试着用一用，看看实际效果再说。特别是四队，更应该大胆地试一试，说不定就能解决你们的大问题。这些东西也不是完全没用过，二队去年就用过，效果还不错，也没有像大家说的那么玄乎、那样可怕。为了弄到这批化肥，公社领导也费了一番心思和周折，咱们不能辜负了领导的一片好意。大家静下心来想一想，他们还不是为咱农民着想，怎么会祸害咱们呢？我看咱先把这些化肥拉回去，施到玉米地里，如果今年下来没有效果，还是徘徊在原来的产量上，咱今后就再也不用它了。你们说呢？"

来栓皱了下眉头说："也只好这么办了，我同意。"

来栓现场清点了下化肥，总共八十袋。

玉朋说："这样分吧，一队二队人口多，土地面积大，多分些，各二十袋。四队二十袋，其他两个队各十袋。各队队长，你们觉得怎么样？"

一队队长李维强说："太多了，我们最多也就要十来袋，用不了那么多。"

二队队长孙永新没有发言。他知道玉朋书记在自个儿队里，玉朋压力大，所以他没说什么。其他几个队都觉得太多，施到地里，不知是好是坏，十分的不乐意。

玉朋火了，他说："真不知好歹，给个羊尾巴还嫌有膻气。这不行，就按我说的办，难不成今年公社运来的化肥又给糟蹋了？多可惜呀。咱不能把上边的好意当成了驴肝肺呀。"

就这样，在玉朋书记的强烈要求下，在不得已的情形下，大家很不情愿地把这些化肥拉了回去。

四月初，距立夏还有 个星期。二队的春播就已开始了，队上把谁犁地，谁点籽种，谁撒肥料，人员早早安排得妥妥当当。

犁地的人，总想赶上一对好牲口、快牲口，性子温顺又能听从指挥的，不想摊上个懒牲口、慢牲口。进喜和铁锤干活麻利、手脚利索。他们两人被派去犁地，每天可以挣到十二工分。进喜抢到一对骡子，铁锤抢到一头牛和一头驴，也算是得心应手了。有不少人也抢到了较顺手满意的牲口。最不顺心的是二牛和刘大柱两人，等待他们的是"独角龙"和"肉蛋子"、"黄世仁"和"瞪破眼"两对牲口。谁要是赶上这两对牲口，那可是要倒八辈子霉了，每天只能挣个十工分。但二牛和刘大柱此时也只好这样了，谁让他们迟了一步，怨不得别人。

因为犁地快慢不一，赶着快牲口的，耕作在一块地里，吆着慢牲口的耕作在另一块地里。田野里，除了人们赶牲口的吆喝声就再无其他声音了。二牛和刘大柱跟着大伙来来回回犁着地，穿梭着。二牛赶的这对牲口很犟，到了地头老是难回犁，撇绳卷在二牛的手里，把手都磨红了，擦破了皮，鲜血把绳子都染红了。抽上一鞭子牲口才挪动几步，又得吆喝着、抽打着。尤其是"独角龙"，抽上一鞭子，它还回过头把二牛瞪上一眼，恼怒地怨恨着主人。二牛一边犁地，一边对"独角龙"和"肉蛋子"说："谁叫你们托生成牛呢，不走就得挨我的鞭子。""独角龙"和"肉蛋子"挨着鞭子慢腾腾地走着。"肉蛋子"死不踏犁沟，不是东，就是西。这一晌下来，二牛嗓子也喊哑了，胳膊也打麻了。刘大柱赶的"黄世仁"和"瞪破眼"，更不听使唤，犁一停，总要卧一回，半天用鞭子抽不起来，整得他哭笑不得。犁到地头，这俩家伙看别的牲口停歇下来了，才快快地走上几步，装装样子。刘大柱心里想，看来牲口和人也一样，都会见缝插针，耍奸弄滑。

记娃、贵喜和玉堂是撒化肥的，他们看着拉来的化肥，都瞪起眼来，不知该咋弄。施吧，这点儿东西怎么够施这么大的地块？怎么个施法？一时都没了主意。正在犹豫时，贵喜偷着说："你俩胆大还是胆小？"记娃不假思索地说："当然胆大啰。"玉堂问贵喜说："叔，你说这话是啥意思？"贵喜从袋子里抓了一把化肥放在鼻子底下闻了闻，压低声音说："你俩看这白白的东西，放在鼻子下边，一点儿气味也没有，这施到地里有啥用？简直是脱了裤子放屁，多此一举。何况这么点东西能施到哪儿去，不如咱仨就别忙活了，干脆把它撒到旁边的野草地里去，不就完了。这事犁地的人不管，只要咱们仨对谁都不说，就行了。谁要问起，就说施到地里去了。"

玉堂挠了挠脸说："这怎么能行？这不是闭着眼睛装瞎子嘛？"

记娃生气地说："胆小鬼，那你说怎么办？看你那点出息。"

玉堂看记娃和贵喜他们两人都是这意见，自己也不好再说什么。他心想也是的，这么多的土杂肥，要这点化肥有何用？还不如像他俩说的那样扔掉算了。想到这，他闷着头，也不说话了。

贵喜问玉堂："咋不说话？"

"甭问了，他不说，就表示同意了。"记娃说。

贵喜说："那就这么定了，谁也不准把谁卖了。"

他们仨这才背起竹篓跟着犁地的人往犁沟里撒化肥。待犁地的人走远了，三人很快就把化肥撒向了旁边的野草地。玉堂还偷偷地抓了一些放进自己的口袋。

当天晚上，大队放电影。银幕挂在大队部院的窑面墙上，放电影的人正在调试机子。吃过晚饭，银幕前就来了许多人。有拿板凳、椅子坐着的，还有随便找了块砖头放在屁股底下坐着的。大家都争抢着往前边坐，好像这些人都是近视眼似的。最后边的人自然都站着了。孩子们好像不是来看电影的，而是来凑热闹的，他们学猫叫，捉迷藏，相互追逐，玩得十分开心。

这台电影放映机是今年公社配送给柳庄村上的。放映员是经过培训的五队社员，小伙子很干练，也很负责。此前，他已经给大伙放了几场电影了。自从有了电影放映机，社员们的文化生活丰富了很多。特别是当人们劳累了一天，晚上收工回家，吃完饭坐在一起看看露天电影，放松放松，一天的疲劳和心里的烦恼就一扫而光。从此，看电影也成为柳庄人精神生活的一个重要方面。

电影放映员把片子安装好，摁下按钮，光线打在银幕上，电影就开演了。电影一开始放映的是科教宣传片，主要是宣传农业科技知识。今晚宣传的是庄稼施用化肥的好处，教农民认识化肥和如何使用化肥。

大家看着银幕上的图像，很是新颖，一双双眼睛目不转睛地盯着动感十足的电影画面，惊喜地张着嘴巴，伸长脖子观看着。至于电影演的什么，大伙看的是似懂非懂，讲的内容几乎一句也没听进耳朵里去。看电影，对他们来说，就是忙里偷闲找个乐子。

玉海和玉堂，不认识的人一听，还以为是两个亲兄弟，其实这俩人还差着辈呢，玉堂管玉海叫叔。他们俩来得迟，只好站在最后边。玉堂个子矮，得时不时地踮起脚来观看。玉海看玉堂吃力的样子，对他说："你看不着就往前边去，站在后边怪难受的。"

"我往前边也不行，离得太近了，我视力有点毛病。"玉堂说。

玉堂看了半天对玉海说："玉海叔，你看演这片子有啥用吗？"

"怎么没用处？当下正是春耕时节，这可是及时雨啊！"玉海饶有兴趣地说。

"那你看得懂吗？我是看不大明白的。不过这电影倒是个稀罕物，你看那银幕上的东西还能动，人还可以说话，真是太神奇了。"玉堂说。

"是啊，这东西是太神奇了，你还记得两年前在咱们村学校院里放的土电影吗？"玉海感慨地问。

"才两年时间，怎么不记得了。那土电影也叫幻灯片，光线打在银幕上图像是死的，画面上的东西和人都不能动弹，也不能说话。我外婆家那里的人管它叫哑巴电影。那时咱们村没有电，弄个柴油发电机，才能看电影。自从去年拉上电，家家户户晚上明晃晃的，就是身上抓个虱子，一个也跑不掉。"玉堂说到这儿，心

里感到无比的喜悦。他接着说："听说公社今年计划给咱柳庄安抽水机，把沟里的水引上塬，咱们就不用再到深沟里去挑水了。"

"是啊，这要是能实现，该多好。"玉海高兴地说。

放完科教宣传片，接下来放映《英雄儿女》。大家聚精会神地看着银幕上一幕幕让人惊心动魄的战斗画面，为影片中王成、王芳兄妹俩的英雄故事所深深震撼和感染。大伙一起跟着电影哼唱起了剧中的插曲《英雄赞歌》。

> 烽烟滚滚唱英雄，
> 四面青山侧耳听，侧耳听，
> 晴天响雷敲金鼓，
> 大海扬波做和声，
> 人民战士驱虎豹，
> 舍生忘死保和平，
> ……

过了数天，田里的麦子绿油油的，正在拔节。孙永新打算去田里看看玉米和高粱的出苗情况。这天，他和玉海一同来到田间，大片大片的麦子长势喜人，已超过人的膝盖高了。

玉海望着丰收在望的麦田说："人常说'麦收八十，三场雨'，要是再下一场雨就好了，今年就能有一个好收成。"

永新说："是啊，咱这旱塬，就是缺雨，要是能多下些雨，这庄稼就会长得更旺盛，更给力了。"

他俩继续朝前走着，下了地畔，就是他们要去的玉米地。两人顺着地垄走过去，边走边看。玉海看着刚破土而出的玉米苗说："嗯，出苗率还不错，长得有一指来高，就是缺了点嫩绿，大概是不下雨的缘故吧。"他们两人一路察看着，不知不觉来到了地头，这里突然不一样了，光秃秃的地上，偶尔有几棵玉米苗，也是半死不活的，就像秃子头上的头发少得可怜。

"这是怎么回事？"永新疑惑不解地说。

玉海说："这还不清楚，天不下雨，墒不好，再加上靠着地畔，苗自然就很难出齐了。"

永新沮丧地说："唉，这老天爷不下雨，可把人整惨了。"

两人走到地塄上，这时，"扑扑"几声，突如其来的声音把他俩吓了一跳，原来是几只野鸡从草丛中飞了出来，"咕咕"地叫着，瞬间就飞得无影无踪了。两只野兔听到声音也吓得屁滚尿流地从草丛中窜了出来。他俩想抓住兔子，追来追去也没有逮住，只好去了高粱地里看高粱了。

地塄边上这块疯长的草其实正是半个月前玉堂和记娃他们的杰作。他俩在草地里撒的化肥，起了作用，使得这里的野草长得十分旺盛，给野鸡和野兔造了个安乐窝。这地头种的玉米，不是被野鸡刨吃了玉米籽，就是刚长出点嫩芽就被兔子啃了个精光，所以才有了永新他们看到的整个地头光秃秃的景象。

玉堂把上次施肥时偷偷藏在衣服口袋里的化肥拿出来做了个试验，在自家自留地里种了点洋芋，把那些化肥都施了，由于量有些大，结果没出苗，被烧死了。他没敢声张，装作什么事都没发生。

过了几天，玉堂老婆召弟去地里拾野菜，路过自家自留地发现自己种的辣子苗出得满苗满苗的，丈夫玉堂种的洋芋，一棵苗也没有。她不解地想，差不多都是一天种的，这洋芋应该比辣子更好出苗，怎么一棵苗都没有呢？她越想越觉得不对劲，也没心思拾菜了，就往家赶。

玉堂从地里干活回来，妻子召弟不知上哪儿去了，屋子里冰锅冷灶的。他肚子饿了，急忙洗了手脸，从馍盆里取了一个糜子馍，揣在手里就啃。这时，召弟回来了，她看大门开着，知道是玉堂从地里回来了。她三步并作两步走进屋里，见丈夫正啃着馍吃，顿时来气了，她一把夺过玉堂手中的馍，摔在地上，气呼呼地说："你还有心思吃、有脸吃，吃个球。"玉堂一时没弄明白妻子为什么发这么大的火。他也火了，气愤地说："我咋了？哪儿惹你了？你给我发这么大的脾气，你个烂婆娘。"说着，他照着召弟的脸用手打了她一耳光。召弟哪儿受得了这气，只见她气得脸色发青，像疯了似的，见啥砸啥，见啥摔啥，把家里的碟子碗和家具摔了一地，就连做饭的锅也拔了下来，"哐啷"一声摔在了地上。召弟用手抱着头，委屈地坐在地上大哭起来。玉堂看事情不妙，心想，万一她一时想不开，有个三长两短的，自己也不好收场。他慢慢缓和了情绪，开始服软。心里说，男人能屈能伸，不和女人一般见识。再说，毕竟是自己的老婆，碟子和碗都有磕碰时，算不了什么。但他要弄个明白，问个清楚，究竟是怎么一回事。他知道召弟是个暴脾气，向来不发火，发起火来那可是只母老虎。他们结婚二十多年很少吵架，在外人眼里他们是家庭和睦，夫从妇顺。今天妻子突然怎么了？发这么大的火！玉堂一时丈二和尚摸不着头脑，心想，还是等她消了气再说吧。他开始收拾摔在地上的碗碟。刚弯下腰拾起一个碗时，召弟又踢了一脚把一个碟子磕在了柜子上，"当啷"一声，磕成两半。玉堂耐着性子依然没有发火。他明白，等她把气出完了，也就没事了。他把没打碎的碗碟拾起来，把已摔碎的拾在一块儿，放到一边，准备倒掉。召弟这时气也消了，在一旁低声低气地叹息着。玉堂看时机到了，他站起身，慢慢走到妻子召弟身旁，摸着自个儿的头说："我哪儿做错了？一进门，就看我不顺眼，发那么大的火。我干了一大晌的活儿回来，连饭也吃不上。有天大的事，你总该让我把馍吃了吧。"

"你干的好事！"召弟抬起头气呼呼地说。

"我干啥事了？"玉堂丈二和尚摸不着头脑。

"我看你是揣着明白装糊涂，我问你，你把洋芋种哪去了？地里咋不见一棵洋芋苗？我种的辣子都出来了，你的洋芋呢？咱一家人吃菜你叫我剁指头不成？你说咋办？"召弟生气地说。

"噢，就这事，洋芋苗没出来，咱再种嘛，屁大的事。"玉堂心里一下明白了，有些心虚，故意提高嗓门说。

"你说得轻巧，正月十五卖门神，迟了半月不说，你知道今天几号了？现在种来得及吗？"

"唉，这事我也挺纳闷，是不是洋芋苗的事，我种的时候好像都已蔫了。"玉堂心知肚明是怎么回事，他怕召弟又闹腾，故意搪塞她说。

"放你的狗屁，种的时候我从地窖才挖出来的，咋能是蔫的。"召弟反驳说。

"那你说咋办？终归是没出来。"玉堂一副死猪不怕开水烫的样子。

"你把菜种成这样子，还问我怎么办，你说怎么办？"召弟反唇相讥。

两口子又顶起了牛，你来我往，打起了嘴仗，谁也不服输。

最后还是玉堂招架不住，认输了。他说："算了，算了，都是我的错，你看咱另种些啥？总不能让地闲着。"

"你会种啥？啥也种不了。"召弟生气地说。

"我会种蝌蚪，一种一个准。"玉堂耍笑说。

"去你的，没个正形，老不正经。"召弟一下羞红了脸，她不好意思地笑骂说。她一笑，嘴角立马露出了两个不大不小的酒窝。

玉堂见召弟消了气。他打趣说："风雨过后终见灿烂阳光了。"

转眼又过了数月，进入秋季。田里的谷子、糜子沉甸甸的。

玉米地里有的玉米叶子已经枯黄，秆上结了胖乎乎的玉米棒子。队里派人掰了些玉米棒子分给每家每户，让大家煮着吃，解解馋。大伙啃着香甜的玉米，吃的人津津有味，看的人涎水直流。田野里，满地的荞麦，红红的秆儿，叶子绚丽多彩，有绿的、黄的，还有棕黄色、古铜色的，在阳光的照射下五颜六色，十分养眼、好看。大伙都说，要不是因为天旱，今年又是个大丰收年。

久旱有久雨。这话一点不假。柳庄前些年就是个例子，不过那都是在麦收时节，让人讨厌的连阴雨一直下了十多天。未收割的麦子发了芽，长出了白花花的胡须。收回来的麦子放在场里更糟糕，麦子堆放在一起，芽长得更厉害，都变成了嫩绿的麦苗，麦穗粘连在一起结成团，半天撕不开来。人们叹息地说，今年又该吃甜馍馍了。为了吸取这个教训，柳庄的社员们这几年一到收麦子时就起早贪黑，做到收割、碾打、晾晒，与时间赛跑，与天气赛跑，真真可谓是虎口夺食。他们在最短的时间内把麦收结束，把粮食该交送的交送，该分到户的分到户，该入库的入库，把一切弄得妥妥当当。大伙这才松了口气，放下心来。

还有一点扫尾活儿，大家正在忙活着。这时，公社来了好消息，说就在这一两天给柳庄村安装抽水机，这可是柳庄从未有过的大好事。社员们一传十，十传百，大家都高兴得眉开眼笑，心里乐滋滋的。这天，县水利局用卡车运来了很多的铁制水管和龙头、阀门等一大堆的零部件。汽车一进村，就围观了好多人，大家围着这些东西看了又看，摸了又摸，人人都兴高采烈的，就连小孩子也跳起了舞。大伙心里都明白，从此，去沟里挑水的历史就要结束了。

眼下，柳庄社员们要做的第一件事就是帮工人师傅们卸料。大队长邓来栓一声令下，大伙一拥而上，上车取的取，下面抬的抬，往沟里和山坡上运送，个个干得汗流浃背，不到一天的时间，所有水管和其他物件都按师傅们的要求摆放到位了。第二天，县水利局又送来了抽水机。这家伙重得很，就像一个大铁疙瘩，要把它运到深沟里去可不是一件容易的事。玉朋和来栓与县水利局的师傅们商量来商量去，决定用人力把它抬到沟里。于是，大队从各生产队抽了许多的强壮劳力，大家沿着弯弯曲曲的山路，几个人一路轮换着抬，费了九牛二虎之力总算把抽水机抬到了沟底的水泉旁。为了把抽水机保护好，大家还特意在装着机器的木箱上盖了干草，把它封得严严实实。

　　按照县水利局师傅们的指导，村木业社的泥瓦匠先开始修蓄水池。他们把池子修好后，又用砖头和石块砌了安放抽水机的基座、水槽等。接下来，在周围砌起了四面围墙。墙砌好后，木工匠们就开始上阵了，他们很快搭建好了机房。县电力局的师傅又及时送来了电动机，大伙七手八脚轮换着抬，把它运到了沟底，放进了机房里。大伙又帮着电力师傅用三天时间架好了通往沟底的电线。现在，一切准备就绪，就等县水利局的师傅们安装抽水机了。玉香特地从县城赶回来带着县水利局的工人师傅们开始安装抽水机和铺设管道了。他们把水管接到抽水机上，再用管道钳把一节一节的水管连接起来，一直通到村里修的水塔。

　　管道铺设到了各家各户的门前，下一步就是把水直接引到社员自家的院里。这对祖祖辈辈挑水吃的柳庄人来说是头一次，对整个杨柳镇来说，柳庄也是第一个引水上塬、引水到家的村子。为这事，大伙的心里乐开了花。当然也有犯愁的。一队社员李有发老汉就遇到了头疼事。引水管道要从各家门前过，可是他和弟弟家门前隔了一个空院子。院子好长时间没住人，里面杂草丛生，一片狼藉。要从这家院子过就得挖几十米长的管道渠。这下李有发老汉犯了难，他家没劳力，自己腿脚又不便。老汉是个倔脾气，也不爱求人。几十米的管道渠没办法下手，急得他像热锅上的蚂蚁，团团转。

他家世代贫农，他娘给他取名为有发，但他并没有发达起来，更不用说当官了，一辈子日子过得紧紧巴巴。老汉满脸沧桑的皱纹，头上的白发也增添了不少，黑红相间的牙齿参差不齐，看上去有六十多岁，实际他六十还不到，喜欢穿个大裆裤子，宽舒透气。

李有发老汉有三个儿女，大女儿早已出嫁，二儿子因生活太苦，娶不上媳妇，给人做了上门女婿。老三还在杨柳镇读初中。老伴名叫改过，文化程度不高，是个地地道道的农村妇女。

他弟弟叫有来，就住在空院子的隔壁。去年春上兄弟两家闹了点矛盾，有了隔阂。弟媳春燕见了有发老汉一家人就像仇人，背后指桑骂槐，没有一点儿情意。有来是个出了名的妻管严，一见他就躲着走，好像他是个瘟神，躲之不及。李有发老汉常想，一个妈生的，真让人心寒。

可当下的情况难倒了他，他想让弟弟有来给自己帮帮忙，挖这几十米长的管道渠。李老汉几次走到弟弟家门口，思前想后又退了回去。他不知道怎么向弟弟开口，再说了男人口贵如金，说话得起作用。要是弟弟还认他这个哥，给个脸面，这还好说。若是人家不认他，不念兄弟情，当面再羞辱、挖苦他几句，那他这张老脸往哪搁？他那弟媳可不是个省油的灯，要是厚着脸去，唾沫星都能把他淹死，比挨打还难受。他一辈子在大小事上没求过人，也不想求人，现在遇到了这难过去的坎，不得不求人。李有发老汉晚上翻来覆去睡不着，思来思去，没有个结果。老伴改过态度坚决，宁可不要水，也不求弟弟有来。

李有发老汉心急如焚，一夜之间头发又白了大半截，人也消瘦了很多。早晨起来穿衣服时，猛然想起了村上的干部，他不由得心中一热，心里的这块秤砣仿佛一下落了地。他决定找村干部去，也许能帮他解决。他想好了，心里的愁云自然也散开了许多。

这几天，有发老汉出出进进，目睹了村上的引水工程，家家户户都忙着挖管道、接水管和安水龙头的新鲜事。现在他心中有了主意，也不慌不忙了。清早起来，他喝了几口淡茶，打扫完自家院子，也没告诉老伴就去了村书记玉朋家。

他来到玉朋家，听见屋里有几个人在说话，是说安装水管的事。他没吭声，看屋门口放着一个凳子，坐了下来，取下脖子上挂着的旱烟袋，点着一锅烟抽了起来。

两锅烟的工夫，里面的人走了出来。玉朋把他们送出屋，发现屋门口凳子上坐着个人，一看是有发老汉，惊讶地说："三叔，你啥时候来的？你这神不知鬼不觉的，我都没注意，你这会儿不会把我家东西都偷光了吧。"他对有发老汉开玩笑说。

"你看你三叔是那号人吗？你看我把你啥偷了。"说着，他要解开纽扣让玉朋检查。玉朋急忙笑着拦住他说："侄儿和你开个玩笑，你咋还当真了？"

"去你的，世上哪有侄儿跟叔叔耍笑的，我没见过。"

"没见过，是你活的年岁少。咱说正事，您来有啥事？"玉朋问。

"无事不登三宝殿，特意寻你这当官的来了。"李有发老汉说。

"我问你，你家那管道渠挖得怎么样了？"玉朋这一问无意中说中了话题。

有发老汉无奈地说："哎，别提了，还一镬没动呢。"

"为啥？"玉朋接着问。

"没人挖嘛，家里就我一个糟老头子和你婶，我们老两口腿脚都不便，只有看的份，没干的份。这几天急得我焦头烂额，这不，实在没法，才来寻你帮我看看怎么解决。"

"那让你弟我四叔来帮您挖不就是了？"

"我心里也是这么想的，可是开不了口呀。去年我两家闹了点矛盾，到现在谁也不理谁，见面连话也不搭，你说我咋办？再说我弟媳那女人厉害得很，这你也清楚，她看猪骂狗，我受不了她那气，跟这种人吵闹，真没意思。"

　　"因为啥事，你两家还弄出这么大的矛盾？"玉朋不解地问。

　　"还不是因为去年春季，春燕说她家一只下蛋母鸡跑出来，上了墙进了我家院子，说是我老伴把鸡抓了不给她，还无中生有说我们把鸡给我大女儿捉去了。后来，他们家鸡从邻居家找着了，才善罢甘休。你说，这不是平白无故给人说事吗？"

　　这时，只见李有发老汉越说越气，说得一口的白沫。玉朋说："三叔，好了，好了，我帮你这个忙，让我去找他们说说，不过我四婶那人确实不好说话，是个比较难对付的主儿。你先回去，我一会儿就去。"

　　李有发老汉出了门，心想玉朋书记答应给他帮这个忙，应该问题不大。他满意地笑着，走出玉朋家。

　　吃过早饭，玉朋就去了有来家。一跨进门，看见两口子正低头挖着管道渠。有来叔在前边挖，老婆春燕在后边铲土。两人干着干着，春燕手中的锹停住了，她看见面前站了一个人，惊喜地笑着说："哎呀！书记怎么来了，不会是给我们帮着挖管道渠来了吧。"两口子停下手里的活，把玉朋让到屋。

　　玉朋说："不假，是帮忙挖管道渠的事，可这需要帮忙的人不是您。"

　　有来、春燕不解地问："那是谁呀？敢劳书记亲自出马派活儿给社员挖管道渠。"

　　玉朋笑着说："四叔、四婶，需要你们帮忙挖管道渠的人不是别人，是我三叔。"

　　两口子听说老大要他们帮忙挖管道渠，有些吃惊，立马变了脸。春燕阴着脸说："他还好意思让我们帮他挖管道渠，真不知羞耻，不要脸。"

玉朋对春燕婶子笑着说："四婶，你别生这么大气，气大了不好。"他接着对有来说："四叔，你也过来。"有来一句话也不说，只是沮丧个脸。玉朋继续说："四叔，我三叔想让你给他帮忙挖管道渠，你也知道，我三叔家那情况，家里没劳力，他们老两口手脚又不方便。你们总归是一个爹娘生的，就是有再大的仇怨，多大的矛盾，三叔家眼下遇到了这个难处，你们总得帮他吧，毕竟你们是亲兄弟。你们以前的事，我听说了，也不是什么大事，就是大家气不顺。俗话说：一个巴掌拍不响。在那件事上，你们两家都有问题。现在要以和为贵，我看你们两家就从这件事开始和好吧，你们看怎么样？"

"我说玉朋，你说得好听。他个偷鸡贼，今天要我们帮他，办不到。我说不行，就不行，其他人不要多事。"春燕气呼呼地说。

玉朋心里说，四婶这婆娘就是嘴硬，还叫我别管闲事。嘿，我今天还就不信这邪了，这事我管定了。玉朋态度立马硬了起来，他板着脸，严肃地说："那你两口子可想好了，帮还是不帮？"

有来还是沉默，一言不发。春燕态度强硬，丝毫没有退让。她倔强地说："你就甭啰唆了，不行就是不行，对别人可以，对他就是不行。"

玉朋生气地说："我的劝说你们不听，一根筋要走到底，你们要这样，我也没办法。现在我明确地告诉你们，你们两家的管道渠都别挖了，先处理好你们两家的关系再说。即使挖下也是杆然，不会给你们安装，这点我说了算。"说完话，玉朋扭头就走了。

玉朋走后。有来埋怨起妻子春燕来。他说："你这个人咋这样？你不该那样对人家，人家是来调解劝和的，又不是来闹事的。你倒好，这下把玉朋得罪了。人家是领导，是书记，这下完了。

老大家那管道渠挖不成连咱家的也搭上了。我管不了，你看着办？"

"对他，我刚才那还是轻的，不叫安就不安了，多大的事。"春燕噘着嘴说。

李有来气得涨红了脸，他说："为了赌这口气，咱吃不上水，你这是何苦呢？简直是搬起石头砸自个儿的脚，愚蠢。"他气得摩拳擦掌要打老婆春燕。这时，他们的小儿子反修放学回来了，蹦蹦跳跳地唱着老师教的歌儿。两人见孩子快乐的样子，瞬间一点儿气都没了。

儿子回来，春燕还没有做早饭。两人这才忙着做饭。春燕是个刀子嘴豆腐心，她一边做饭，一边想，觉得自己刚才有些过了，不就是给老大家帮个忙吗？何必发那么大的火呢。再说，去年那事，也是自己理亏。为这事，再把玉朋书记得罪了，真是得不偿失，图了一时嘴上解气，反而耽误了大事。想到这儿，春燕忙把儿子反修叫过来，对着儿子的耳朵吩咐说："你到你玉朋哥家就说我想通了，愿意让你爸给你大伯家帮忙挖管道渠，说了就赶快回来吃饭。"

"妈，那你咋不去？"反修问。

"你妈那是挨砖不挨瓦，一会儿阴一会儿晴，真是千变万化呀！"有来嘲讽地逗乐说。

接着，他一本正经地对反修说："你妈她正做饭，你没看见吗？赶快去。"

反修听了有来的话，就匆匆忙忙去了玉朋家。

反修走进玉朋家，一家人正在用饭。兰香见四叔家的反修来了，热情地说："反修，你吃了没有？"

反修回答说："没有，我妈正做呢。"他对正吃饭的玉朋说："玉朋哥，我妈说她想通了，叫我爸帮我大伯挖管道渠呢。"反修挺聪明，很会说话。

玉朋夹了一口菜放进嘴里，张着厚厚的嘴唇高兴地说："你妈这东山日头从西山出来了，这就对了。"不过，他马上沉下脸对反修说，"你叫你妈来，我有话对她说，你可要记住了。"

兰香不知玉朋给反修说话的意思，她也没多问，取了个碗给反修盛米汤。她一边盛饭一边说："你妈还没做好饭，你就在嫂子这儿先吃。"等她把米汤盛好后，回头一看，反修早就不见了。

玉朋说："反修早都走了。"他对儿子毛毛说："毛毛快吃，吃了快上学去，可不要迟到了，迟了，老师会罚站的。"

毛毛懒洋洋地说："不怕，第一节课是自习，老师不来的。"

玉朋笑着对妻子说："你看咱儿子也学会犟嘴了。"

兰香吃完饭，一边收拾碗碟一边说："说啥哩，还不是和你一样，啥人出啥种呗。"

反修回到家，春燕饭已做好，正在调着他最爱吃的梅干菜。春燕看儿子回来了，赶忙问："你玉朋哥怎么说？"

反修回答说："我把你的话给他说了，他说让你去一趟他家，他有话要对你说。"

春燕听儿子这么一说，心想，我都给他说明白了，玉朋这是要唱哪一出？她心里有些忐忑不安起来，不知道玉朋葫芦里卖的什么药。春燕暗自猜测着玉朋让她过去要说的事。

有来看妻子春燕心神不定的样子，他知道她心里在想什么，就安慰她说："去吧，不去也使不得，去了少说话，不言语就是了。人家提出的要求先答应下来，不然咱的活儿干不成，水管子也安不上。"

春燕依了丈夫的话去了玉朋家。玉朋见春燕来了。他暗自好笑，觉得这些人非要牵着鼻子走才行。兰香上前亲热地拉着春燕的手，婶子长婶子短地叫着，把春燕弄得怪不好意思。玉朋拿了椅子让春燕坐，春燕不坐。她说："玉朋，什么事，你尽管说，俺不坐。"

玉朋说："四婶，反修过来说，你想通了，让我四叔帮我三叔家挖管道渠，是吗？"

春燕低声地"嗯"了一声。

"你想好了，可不能反悔。这挖管道渠时间紧，任务重，你们可不能半道不帮了，耽误了工期，全村通水都会受影响，这可不是件小事。"

春燕看玉朋也没别的事，就是有点不放心。她看玉朋在这事情上这么严肃、认真，就坚决地对玉朋说："你放心，我既然说了，我们就会一帮到底，何况我们两家本是一家人呢。"玉朋看春燕这么说，也就放心了。春燕回去后，立马和有来一起帮有发挖管道渠，仁人有说有笑，好像以前什么事情都没发生过似的。

各家各户的管道接通后，村上的管理员把按钮一按，随着抽水机的轰鸣声，清澈的水顺着管道从沟底抽到了塬上的水塔里，再从水塔哗哗地流向各家的蓄水窖。通水这天，柳庄张灯结彩，锣鼓喧天。乡亲们喝着从深沟里抽上来的甘甜的泉水，无不喜笑颜开，心里甜得像喝了蜜一样。

在柳庄人开心的日子里又迎来了新中国成立二十九周年的华诞，真可谓双喜临门，喜上加喜。村里召开了盛大的庆祝大会。因为新修的大礼堂还没有完工，正在施工中。村上决定把会场设在村东的麦场上。大家很快搭好了台子，摆好桌椅。台子上方的红色横幅上写着"热烈庆祝中华人民共和国成立二十九周年暨柳庄村引水工程竣工大会"几个金光闪闪的大字。会场上空飘扬着一面五星红旗，周围是五颜六色的彩旗。为了欢庆这美好的日子，人们都把自己收拾得干干净净，有些人还换上了新衣，就像过新年一样。公社专门来了领导出席庆祝大会，热情洋溢地讲了话，号召和鼓励柳庄人再接再厉，勇立新功。随后还为在引水工程中做出贡献的人们进行了颁奖，台上带着大红花的人有县水利局和县电力局的师傅们，但更多的是柳庄的社员们，李有来的老婆春燕也在其中。

接下来是文艺演出，演员们载歌载舞，围观的人们时不时报以热烈的阵阵掌声和欢呼声。麦场里人来人往，把会场挤得水泄不通。周围还有卖饸饹的、炸油货的、卖儿童玩具的，这场面就像杨柳镇逢集赶大会一样热闹。人们尽情享受着这美好的幸福时光，让多日的疲劳在一天里消失得无影无踪。会场上也来了许多邻村的人，他们一是来看柳庄的引水工程，二是来凑热闹，看柳庄唱大戏。因为柳庄的社戏在方圆十里八乡是最好的。看完戏，一些人伸出大拇指称赞说："柳庄的戏真是太好了，让我过足了戏瘾。柳庄的变化让人刮目相看啊！"

会散了，好客的柳庄人，在熙熙攘攘的人群中，热情地把亲朋好友领回家，做上一顿美味的饭菜招待客人，这是柳庄人特有的习俗。在这喜庆的日子里，柳庄的男女老幼欢天喜地，老人们逢人就讲，做梦也不曾想到能把沟里的水引上塬来，还能引向各家各户，这真是伟大的创造和奇迹。

就在这欢声笑语中，有来老婆春燕在人群里找到了自己的妹妹和妹夫一家三口。妹妹的孩子猫娃一只脚上穿着鞋，另一只脚却光着脚丫子，鞋不知丢哪儿去了。他哭着闹着，一把鼻涕一把泪的。春燕妹子叫春芳，手很灵巧，特意给儿子做了一双猫头鞋，今天才第一次穿。由于人多，可能是挤掉了，春燕的妹夫对春芳说："你把娃抱着，我们几个分头去找。"春芳一边哄着孩子，一边给孩子擦眼泪和鼻涕。

一会儿，反修高兴地提着一只鞋跑了过来，他边跑边喊："姨，找到了！找到了！"春芳很高兴，她笑着摸了下反修的头，亲热地在反修的脸蛋上亲了一下说:"还是咱反修的眼睛尖。"

春燕和春芳丈夫找鞋还没回来。有来也没找着鞋,他看会场上卖东西的人还没撤走,准备给娃们买些好吃的。他走到一家摊位前,正好是卖小果子和芝麻糖的。有来一样买了一斤,他知道这是反修和猫娃最爱吃的。有来买好东西走了过来,他问:"猫娃的鞋找着了没?"春燕说:"你不是给娃寻鞋去了,你问谁呢?"春芳两口子和反修都乐了,反修高兴地说:"找着了,找着了,是我找到的。"

他们几个人到了家门口,春燕用钥匙打开门,她"啊!"地惊叫了一声说:"我的妈呀!咋成这样了?"只见蓄水窖旁一截外露的管道接口处正在喷水,满院子的水从门洞都快流出来了。晒在地上的红辣子泡在了水里。几个人绕开泥水走到屋门口,开了屋门。春燕和春芳一个抱孩子,一个忙着做饭。有来找了件自己的破衣服跑了出去,把衣服紧紧地裹在接口处,水一下不喷了,一滴一滴地流着。他拿了簸箕把浸在水里的红辣椒捞起来。春燕妹夫拿了扫帚扫院子里的积水。有来一边捞辣椒一边喊反修说:"反修,快叫你水生哥去,水生对这可是内行,人家也有工具,快去吧,甭耽搁时间。"反修听了有来的吩咐,急忙跑去找水生。

反修到了水生家,已跑得上气不接下气,他气喘吁吁地跑进门一看,除本村几个认识的,炕上坐满了不相识的陌生人。他想应该是水生哥家的亲戚吧。一个小方桌蹲放在火炕中间,桌上摆满了香喷喷的丰盛饭菜。地上站的都是水生哥家里人,大家有说有笑。几个亲戚对柳庄的戏赞不绝口,有的说:"看了你们村的戏,就像见了县里的大剧团一样,丑是丑、旦是旦,生旦净丑那是有模有样,演得精彩极了。"有的说:"要是再看上一回,连生日都过了。"水生哥站在炕沿底下为客人斟着酒,不时地一会儿倒茶,一会儿递烟,把客人招待得十分周到。

反修看屋子里人多，就退了出来，站在门边用手指了指莲花嫂子。莲花看门外有人在叫她，就走到门口，看是反修，硬要拉着他去喝酒。反修说："我一个娃娃，不会喝酒。"并风趣地说："嫂子，你和我水生哥的名字连在一起，真是巧妙！莲花生长在水中，就像鱼儿离不开水一样。"

莲花笑着说："你这孩子说话文绉绉的，还调皮得不行。你寻什么东西来了，还是……"

没等莲花把话说完，反修急着说："我找水生哥来了。我家院里漏水了，估计是水管子出了问题，满院子都是水，我爸让我叫水生哥去看一下。"

水生在门口，听到反修说的话，他二话没说，让莲花招呼好客人，自己提了工具就匆匆忙忙奔有来家，反修跟在后头。

水生进门一看，院子里积满了水。他喊有来说："有来叔，你咋不关阀门呢？快把阀门关掉，别让水再跑了。"水生提着工具包，挽了裤腿，脱掉鞋子，脚踩在水里，水虽然很浅，但脚底下一滑一溜的走不稳。

有来问水生："阀门在哪？我找不着。"

水生挪着步说："阀门不就是管道上那红色的把手吗？"

有来这才注意到管道上有个红色把手，他将把手轻轻地扭了一下，管道接口处的水果然不再流了。春燕妹夫把积水不停地往外扫。水生说，这样太可惜了，建议把积水往蓄水窖里扫，等泥土沉淀了，水照样可以用。有来觉得有道理，就和春燕妹夫把积水往蓄水窖里扫。院子里的积水慢慢清除干净了，几个人累得满头大汗。水生把有来缠在管道接口处的破衣服取了下来。他仔细一看，原来是管道接口处的麻丝没缠好，缝隙往外喷水。水生来时急急忙忙忘带管道钳，他叫反修到他家里取。反修没有迟疑飞快地跑到水生家，莲花嫂子已把餐桌收拾得干干净净，正送客人呢。

反修急匆匆地走到莲花嫂子跟前说："水生哥把管道钳忘带了，你找一下。"莲花嫂子寻来管道钳交给反修，反修拿了钳子，就急急往回赶。水生接过反修递的管道钳，就忙活起来，他用管道钳把接口拧开，用麻丝把接口处缠好，再把水管接上，拧得紧紧的。他扭了一下水阀，水从管子里"哗哗"地流往蓄水窖，管道接口处一点儿水没有，检查完毕，水生提起工具包要走。有来赶忙把水生拉进屋，洗了手。水生说："多亏是白天，要是晚上不知要跑掉多少水。""是啊，这东西，今后还得多操心。"有来和春燕附和着说。这时，春燕把饭做好了，下了满满一锅的馄饨，当地人叫"老婆笼手巾"。两口子留水生吃饭，水生硬是要走，也没留住。

水生走后，有来一家三口和春芳三口才开始用饭，这时天色不早了，夜幕降临，春芳三口只得留宿了一晚。

再说有发老汉和老伴改过看完戏回来，有发老汉想趁着空去割捆草，挣得几工分。于是他拿了刃镰和割草绳就匆忙走了。

改过不慌不忙地在屋里准备做饭，她提了个水桶去蓄水窖的水管接水，等半天不见水往外流，只听见管道里边"咕隆咕隆"地叫，像得了气喘病一样。她只好用绳子系好水桶往蓄水窖里打水。改过没有气力，打了半天也没打到一点水。她回头看瓮里还有些水，够做一顿饭。她把水舀到锅里，开始烧水做饭。

改过正做着饭，只听院子里"吭哧"一声，她知道是老伴回来了，忙揭开锅赶紧下面条。这时，有发进到屋里，累得满头大汗，拿过手巾，擦了擦脸上的汗。改过说："不知咋的，水管上没水了。"

有发说："咋可能呢？你把阀门一扭不就有了。"改过一脸茫然说："阀门在哪？我不知道，反正没水。"听了老伴改过的话，有发老汉哭笑不得，指着老伴改过说："你个瓷锤，管子上那个红把把是啥？""我咋知道，你也没告诉我，弄得我忙活了半天。"改过埋怨说。

吃完饭，天已黑了。有发老汉心想，今天该是记工的日子了。他借着朦胧的月光到队上的记工室去记工。不远处，有一个黑影在晃动着，走了几步，那黑影停了下来。有发老汉没有停步，他继续朝前走着，走到离黑影还有六七步时，他从背影上看像二队的水生。他走了两步，故意"哼"了一声，那人转过身来，果然是水生。有发老汉笑着说："刚才，我从背影上看像你，但没敢叫你。你呀，走路的样子和你爹很像。我看你走前倒后的，在想啥哩？"水生说："没想啥，没事出来转转。""嘿，你这娃在叔面前还有啥不敢说的，你叔这嘴牢着呢，怕啥？"有发老汉说。水生觉得他三叔这人忠厚老实，不像村上那些阳奉阴违、鬼鬼祟祟的人，于是他把自己心里的秘密告诉了有发老汉。水生压低声音说："三叔，这墙里说话墙外听，你这嘴可要牢靠了。"

"哎呀，你三叔我你还不了解，你尽管说。"

"那我就说给你听了，去年春上，我和村上的几个社员到外地偷着买了几头猪和羊，其中就有你们队上的李劳，李劳还买了一头小牛崽。当时李劳手中钱不够，借了我五十块钱，都一年多了，牛崽都转手了，钱也没给我。这钱借的时间长了，不知他手头有没有，我想去要我的钱。但又怕李劳不给，闹得让别人知道了，再弄个'走资派''挖社会主义墙脚'之类的罪名，那就坏了，所以，正左右为难呢。"

"借钱还钱，是天经地义的事，你就大胆地向他讨要，至于你说的那事，相信李劳也不敢乱说，你就把心放进肚子里。"有发老汉说。

"如果这样，我就放心了。"水生说。

水生猛然想起白天有来叔家管道漏水的事，他对有发老汉说："三叔，你知道今天下午发生了什么事吗？"

有发老汉听了水生的话，一时给愣住了。他说："不知道，咋了？"

水生说："我四叔家水管子漏水，流得满院都是，晒的辣子都泡水了，还多亏人家亲戚帮忙。我四叔打发反修叫我过去，我当时家里正来了客人，我让莲花照应着，就去帮忙，帮他把管子修理好了。你们是亲兄弟，你说你应该不应该感谢我呢？"有发老汉连忙感激地说："应该的，应该的。你到我家，我让你三婶给你打荷包蛋吃，咱爷俩再喝几杯你看咋样？"

"酒就算了，荷包蛋一定要吃。"水生高兴地说。

两人分别后，有发老汉去了队里的记工室。

第二天就是杨柳镇的集会，有发老汉盘算着要到镇上赶一回集，给弟弟有来和弟媳春燕买些东西，表示自己的一点心意。吃了早饭，有发老汉没有告诉老伴改过他要去哪，也没有换衣服，就土里土气地徒步去了杨柳镇赶集。

出了村，遇上几个邻村的人。不用问，他们也是赶集的。一路上，大伙说说笑笑，有几个人不时说着调皮话，惹得大家哈哈大笑，有发老汉也不感到孤单寂寞。

深秋的田野，到处一片枯黄，大部分庄稼已收割完毕。空旷的田野上给人一种空荡荡的感觉。只有未收完的玉米还干枯地守候在田地里。忽然间，他们听到玉米地里有"叽叽喳喳"的说话声，时而也能听到"咔嚓咔嚓"掰玉米的声音。路两旁的野草已成了焦黄色，隐隐约约还残留着绿色和棕红色的叶子，一些小草随着一阵秋风吹过，种子随风飘落。火辣辣的太阳晒得人头皮发烧发疼，天气虽没有夏天那么闷热，也让人干燥难耐。有发老汉脱下夹衣搭在胳膊上，一件海军式的蓝道道半截袖穿在身上，好像一下子变成了二十几岁的小伙子。他大步流星地走着，很有风度。

走了一段路，有发老汉也不觉得累，前面不远就是杨柳镇，站在高处就能清楚地看到街市的轮廓。杨柳镇镇子不大，南北街道，街上店铺林立，做啥生意的都有。镇子上有学校、卫生院、粮站，还有酒厂，车站位于街镇最繁华的地段。最值得一提的是杨柳镇的酒厂，这里生产的白酒驰名省内外，主要有玉迎春、党参酒等，味道醇香，口感好。这儿还是渭北地区一处重要的物资贸易集散地，客商来来往往络绎不绝。四面八方的客商把货物、牲畜拉到这里来交易，市场上的衣服、被面、日用品及石器、木器、竹器、瓷器等，琳琅满目，样样俱全。特别是牲口市上，牛、羊、骡马和毛驴，观看和买卖交易的人流不断。杨柳镇是个古镇，早在五六千年前就有先民们在这块土地上繁衍生息，一直是全县历史文化最厚重的地方。这里群山环绕，风景秀丽，一条小河围抱着镇子顺川而过，形成了一小块一小块的平地，川道土地肥沃，物产丰厚，盛产小麦、玉米、棉花、谷子、糜子、荞麦等，可以说是块宝地。这里最出名的要数当地产的大白菜了，每年客商不断，大都销往外地。

有发老汉他们进了街道，一行人就分开逛起街市。街面上人来人往，川流不息。街镇共有四个百货门市，一南一北各两个，都是经营生产资料和日用布匹衣物的。

有发老汉在街上遇到德红，两人边走边瞅着街道两旁摆放的各色货物。他俩顺着人流不知不觉地走到了北街第二百货门市部。有发老汉知道他今天赶集的目的，他想给弟弟和弟媳买两件礼物，心里想，买啥东西呢？商店货架上的商品种类繁多，颜色花花绿绿，让人眼花缭乱。他掏出自己的裹囊，外层是用灰色的格子土布包着。他小心翼翼地打开这一层，里面又包了一层，是用红布包着的。他又小心地打开这一层包裹，里边才是他要取的东西。他把钱拿在手里，数了又数，点了又点，准备给弟弟有来扯一块裤料，给弟媳春燕买件外衣，还准备给侄儿反修买些糖果吃。他算来算去，这钱也不宽裕。有发老汉皱起了眉头，眼睛直愣愣地盯着地面，心里难受得要死。他垂头丧气自言自语地说："唉，怎弄下这事，这可怎么办？"有发老汉嘴里不停地念叨着。他猛然想起一个人来，德红刚不是在这儿吗？让我找找他去。有发老汉在商店门口的人流里找来找去，也没找见德红。他出了百货门市又去了生产资料门市，一眼就看见德红在柜台前挑东西。有发老汉急忙走过去对德红说："我想借你一样东西，你让我好难找呀，幸亏你还没走，要不我就得白跑一趟了。"

"啥东西？"德红问。

"布票，我忘带布票了。"有发老汉着急地说。

德红掏出钱包从里面取出仅有的一张布票给了有发老汉。

有发老汉高兴地说："这可把大事办了。"

德红问："三哥，你是给我三嫂扯衣服吧？"

"那还能有谁，就是给你三嫂扯的。哎，你过去给我选选吧，我这眼拙，颜色花样选不来。"

"行，没问题。"德红没有推辞，立马答应了。

他俩来到百货门市部，在布料柜台前，东瞅瞅，西看看，看着各种颜色的花布一时没了主意。德红说："三哥，我看那草绿色的好。"有发老汉说："不中，颜色太艳，都这般年纪了，还穿成那样，像个啥？"两人又瞅了瞅，德红又瞅着一条鸽子色的蓝布料。他让售货员从货架上取下来，德红摸了摸布料的厚度，感觉质量还不错。有发老汉看中的是货架上的毛蓝颜色，这种色比较深，但比深蓝色要浅，适合中年人穿着。有发老汉叫售货员把它拿了下来，与德红挑的鸽子色蓝布料一比较，还是毛蓝色的合适。

有发老汉说："把这毛蓝色的扯上八尺吧，再加一尺衬布。"他付完钱和布票后，算了一下，光这就花掉了许多，想给有来买条裤料也没钱和布票了，他想还是算了，给有来买双鞋吧，庄稼人经常在地里跟泥土打交道，鞋是少不了的。可是买什么鞋呢？他心里没底，绕着柜台转了几圈，挑挑这，看看那，一时半会儿选不下，德红有事走了。售货员看他着急的样子，很热心地问："你是想给谁买鞋？他多大了？干什么的？"

有发老汉说："给我弟弟买双鞋，今年四十多岁了。他和我一样也是农民。"

售货员从柜箱里取出一双黄色的帆布橡胶鞋。她说："这鞋是这几年最时兴的鞋，也是农民最实用的，它结实、耐穿、不怕脏、透气、又不磨脚，很适合你弟穿。"有发老汉听售货员这么一说就买了下来。

十月的天气不像夏日那样长，太阳很快西下了。有发老汉出了门市部，街上来来往往的人也稀少了。他在街上转了一圈，走进一家食品店，给侄子反修买了些芝麻糖，他让售货员包好，小心地揣在怀里，背上购买的东西，就往回赶。

有发老汉回到家，天已快黑了。他把买下的东西偷偷放在厕所外的窑窑里，没敢往回拿，害怕老伴改过知道，和他吵闹。他把东西放好后，就进了屋。改过正在烧锅，锅里的水滚开滚开的，水蒸气罩了满屋子。听到脚步声，改过看是老伴回来了。"你咋这个时候才回来，我到门口看了一回又一回不见你的面。人家早都回来了，干活还能干到这时候。说实话，上哪去了？是不是赶集去了？"改过一边端着算子向锅里下面条，一边生气地问。

"还能到哪去，上地去了。"有发老汉说。

"上地人家早都回来了，咋没见你。"改过说。

"你这人，还不相信我，沟里收玉米去了，分下一大堆玉米棒子，是俺一担一担挑上塬的。"有发老汉面不改色地说。

"那你咋不叫上我呢？"改过关切地说。

"天都快黑了，叫你去能干啥，能挑还是能驮？"有发老汉越说越沉得住气。

改过再没说什么。吃完饭，有发老汉跑了一天也困了，上了炕就靠着被子躺着。改过出去关门和提尿盆。她把一只手正好按在厕所墙的窑窑里，觉得里面不对劲，好像有什么东西，硬邦邦的、软绵绵的。她好奇地从窑窑里把东西取了出来，一手提着尿盆，一手拿着包裹进了屋。改过心里犯疑惑，她放下尿盆，一手提着包裹问躺在炕上的老伴说："你说这是谁的包裹，里边装着什么？哪来的？"

有发老汉傻眼了，心想，这就怪了，这么黑的天，她提个尿盆都能把东西找到，真是怕啥来啥，这可怎么办呢？有发老汉心里盘算着如何应对老伴改过的发问。他故作镇定地说："你怎么把这东西提回来了，这是给别人捎的。"有发老汉神情自若，不慌不忙，一点儿也不紧张。他平时是个不吸烟的人，今天竟买了一盒香烟装在身上。这时，他倒想吸上一口。有发老汉点着烟，刚噙到嘴里，就被老伴改过夺了去扔在地上。他哭丧着脸说："你这咋哩？"

"咋哩，这玉米地里还出这东西？"改过生气地问。

有发老汉被逼问得没办法，只好真真假假地说："老婆子，不瞒你说，刚才我是哄你呢，今天是赶了个集准备给咱再捉对猪娃，会上一看太贵了，弄不成。这东西着实是给别人捎的。"

有发老汉的话让老伴改过半信半疑，也没有再继续追问。接着，她跟有发老汉聊了起来，两人说着说着就说到了春燕。改过怨恨地说："这么多年，我还不知道她的毛病，简直是个无赖。去年春上，她把鸡丢了，硬说是我偷的，还说得有根有据，说我给了咱大女儿了，把我气得几天缓不过来，好像病来了似的。这笔账，我记着呢，我和她没完，有我没她，有她没我。你是个老哥，你要把当哥的架子端起来，再不要奴颜婢膝，让人瞧不起咱。"

有发老汉说："过去的事，别老是记在心里。"

"哼，只要我不死，永远和她没个完。"改过越说越气越来劲。

"唉，斗到底，有啥好处。再说了，人家在关键时候，还不是让有来帮咱来了，春燕自己也来了，帮咱把管道渠挖好，这不是亲兄弟能行吗？咱不能抱着过去的事老说，谁还没有个错。你是嫂子，我是哥，咱就不能让着点？"

"爱帮不帮的，谁让她帮了，反正我没让她帮。你现在说话处处向着她、偏袒她，你是不是和那婆娘有啥见不得人的勾当。你俩好，我碍事，我走。"

这下子，可把有发老汉嘴都气歪了，他怒火冲天，一个耳光打在老伴改过的嘴上，牙都打破了，鲜血从嘴里流了出来，改过也没号叫，她使劲抱住有发老汉的腿，使他动弹不得。改过说："我今天就死在你手里，你个没良心的，吃里扒外的老东西。"改过怕邻居听见，始终没有哭号，瞪着两只愤怒的眼睛，抱着丈夫的腿不松。

有发老汉这下没辙了，他腿脚动弹不得，企图挣脱老伴的手，折腾了半天改过始终没有撒手。有发老汉气呼呼地说："你把我松开，你不是说要走吗？我放你走，我送你走，你先松开我。看来，咱俩过了大半辈子也不是一条道上的人，咱家这日子也到头了。"

改过这时两眼的泪水扑簌簌地往下落，心里的委屈和难受全写在了脸上，她紧紧地抱着老伴干瘦的大腿，没有任何反应。

有发老汉看她死死抱着自己的腿，没有搭理他的话。心想，你抱着我的腿不放，说明你还在乎我这糟老头子，还想要这个家，咱老两口的缘分还没尽，你还想和我继续过日子。想到这儿，有发老汉的气也消了，反倒觉得自己刚才太莽撞，出手打了老伴。他心里想，都老夫老妻了，还吵个啥，打个啥，传扬出去不让人笑话。他缓和了一下语气说："你这是干啥哩，你我都过大半辈子了，还有啥想不开的。我还不是为了咱这个家好，人常说家和万事兴，咱这一大家子和和睦睦的该有多好。我刚才那些话都是气头话，你也不要放在心上。我动手打你，是我的错。要不你也打我几下，报你的'一箭之仇'。"说着，有发老汉抓住老伴改过抱他腿的手，弯下腰，把脸蹭上去，要改过打他的脸。有发老汉这动作，把老伴改过"扑哧"一声给逗笑了。此时，改过气也消了很多，她假装生气地骂道："你个老不死的，打你还脏了我的手，我才懒得理你呢。"说着，她松开手，一下扑在有发老汉的怀里，两手捶打着有发老汉的背，哭着说："你个没良心的老东西，你竟然打我。"说着，又哭了起来。有发老汉拍了拍老伴改过膝盖上的土，用一双结满老茧的手轻轻地替她抹去眼泪。两人紧紧地依偎在一起。有发老汉给老伴改过赔不是说："都是我不好，我这火气一上来，就不管不顾了。"改过这时也想通了，她低声说："这事也不全怪你，是我放不下对春燕的怨恨，老是想着过去不愉快的事，想着春燕的不是。其实，前几天，有来和春燕能给咱帮忙，就意味着咱们两家的事情已经过去了。冤家宜解不宜结，何况还是亲兄弟呢。""看来你是啥都知道，就是胡搅蛮缠。"有发老汉高兴地责备说。他接着说："我和有来是兄弟，你和春燕是妯娌，你说应不应该把关系处好。不管怎么说，人家给咱帮了大忙，咱就应该记住人家的好，该谢承人家的还得谢承。所以，我就自作主张，没跟你商量，怕你惹事，就……"有发老汉话还没说完，老伴改过就打住他的话说："你不用说了，我啥都明白了，你做得对，咱们两家一定得处好关系，谁让咱们打断骨头还连着筋呢。"

夜已经很深了，两个老人聊得毫无睡意。他家那只大公鸡已经叫过头遍了。

第二天早上，有发老汉拿着他买的东西去了有来家。有来清早出去砍柴还没回来，春燕一个人在家做饭。有发老汉看有来不在家，弟媳春燕独自一人在家，两人说了几句话，有发老汉也不好意思说啥，就把买的东西放在桌上离开了。

有发老汉走后，春燕只顾着做饭，也没留意桌上的东西。过了一会儿，有来背着一捆柴回来。他把柴放好，走进屋。屋里热气腾腾的，春燕把饭已经烧好了。他顾不上洗脸，把手放在锅盖上暖了暖。两只手冻得发红，指头都冻跷了。有来回头发现桌上放着一个包裹。他问妻子春燕："桌上的包裹咋回事？"

春燕说："是你哥拿来的，我也没多问，他放到桌子上就走了。"

"我哥拿来的，莫不是哥来谢承咱们的吧？上次咱们帮他忙挖管道渠，他特意感谢来了，真没想到。"有来惊喜地说。"可不是，哥人心底好，一定是来感谢咱了。你不在，他嘴上又不会说，所以放下东西就走了。看来亲兄弟还是亲兄弟，都怪我上次，也怪你，没捉住人，我胡乱猜，你也跟着胡猜测，没凭没据的，把屎盆子硬往人家头上扣，还到处胡嚷嚷，现在想来真是惭愧。"

春燕取出包裹里的东西，一看是一块毛蓝色布料和一双黄色胶底鞋。她高兴地摸着布料说："咱哥想得真周到，我就喜欢这种颜色，不深不浅的，正合我意。"她指着那双黄色胶底鞋对有来说："这是他给你这个亲弟弟买的，你试一下大小，看合适不？"有来把鞋穿在脚上，抖了抖脚板说："正合脚，真舒服。"春燕又把手伸进包裹里，一摸硬硬的，不知是啥东西。她把东西取出来，把包装纸打开，一看是芝麻糖。春燕说："这应该是给咱反修娃买的礼物，看来咱家是人人有份，哥也真细心。"

这时，正是早上放学时间。反修蹦蹦跳跳地进了院子就听见妈妈说什么东西是给他买的。反修来到屋里，看见桌上放着许多东西，就拣起一块芝麻糖说："这是谁给的？"

春燕回答说："这是你大伯给你买的。"反修抓了芝麻糖，揣在怀里，撒腿就跑。春燕笑着说："让我和你爸也尝点呀，你这孩子见了好吃的，连爸妈都忘了。"反修把芝麻糖装进衣袋里，朝春燕和有来俏皮地做了个鬼脸，就要往外跑。春燕笑着说："快回来，你还没吃饭呢。"

隔了几日，有发老汉从有来门前经过，春燕看见了，出门喊了一声："哥，回家坐会。"有发老汉好像没听见，自顾朝家走去。春燕赶上去再喊了一声，有发老汉这才听到身后有人喊他，扭头一看，是弟媳春燕。他一时不敢相信自己的眼睛，再一看的确是春燕。他一时愣住了，呆呆地站着，心里一股暖流迅速传遍全身，仿佛每个毛孔都是舒坦的。春燕的一声哥，让有发老汉激动不已，他的脸上露出了灿烂和善的笑容。春燕也笑了，笑得很开心。

这年冬天，突然间降了一层厚厚的雪，足有半尺来厚。人们说：久旱有久雨。果真如此，地上白了，房屋上也白了，屋檐下吊了许多冰凌，像水晶一样，晶莹剔透。田野里的麦苗盖上了一层厚厚的被子，蕴藏着旺盛的生命力，预兆着来年将是一个丰收年。

在这个寒冷而充满希望的冬天里，党的十一届三中全会在北京胜利召开，全会确立了解放思想、实事求是的思想路线，决定把全党工作的重点转移到社会主义现代化建设上来，实行改革开放。这一消息很快传遍了祖国的大江南北，传到了黄土高原，也传到了渭北这个不起眼的柳庄村。随着改革开放春天的到来，人们无不欢欣鼓舞，喜笑颜开。一场具有深远历史意义的伟大转折将在广大农村率先开展……

1979 年上半年，柳庄村的大礼堂落成了。这又是柳庄人值得庆贺的日子,在落成典礼上,县里的领导、公社的领导分别讲了话,社员们敲锣打鼓,欢天喜地,在礼堂大院里扭起了秧歌,那场面就像过年节一样。

到了秋季,新农村建设的进度也过了一大半,平地里筑起了一排排整齐的窑洞,瓦蓝色的砖、土黄色的墙在阳光的照耀下,显得分外壮美。一些住房拥挤和家庭困难的社员优先住进了宽敞温暖的新窑洞。由于听说政策要有变化,柳庄的新农村建设暂时搁缓了下来。至于后面怎么建设,是集体建,还是社员们自个儿建,一时还没有定论,尽管大家议论纷纷,这件事还是搁置下来。

就在此时,大队领导又有了新的想法。大队林场虽然在去年箍了四孔窑洞,但却没人住。主要原因是窑背不坚固,下雨溜了二次,无人敢住进去。驻守林场的人都是来回跑,时间长了,也不是个办法。这几年雨水多,果树长得旺盛,树干又高又粗,有的已经挂果,有的将要挂果。果园管护的事情迫在眉睫,亟待解决。大队决定从各队抽出一部分社员,修缮林场窑洞。同时,抽一部分人给村子各条胡同和路边开挖蓄水窖,收集雨水,以防干旱缺水,造成生产、人畜用水困难。大队号召社员们,一定要拿出战天斗地的勇气,坚决完成这两项任务。

开会后的第三天,各队社员就出发动工了。各路人马会集两处,一个林场,一个村上。开挖水窖的,男女齐上阵,扛着镢头和铁锨,在村子的各条胡同和路边按照事先设计规划好的方案挖起了蓄水窖。大家顶着风雨,冒着秋天燥热的天气,战白天,斗黑夜,与日月和时光赛跑,在短短的一个半月内就完成了任务。

再说修窑洞的事。木业社派了几个工匠和林场原有人员,还有各队派来的社员也都到齐了。木业社有一位老师傅叫王起民,年过半百,说话娘娘腔,干活麻利。他来到林场的四孔窑洞一看,窑背也垮了,背墙也溜了,窑洞的院子里杂草丛生,溜下来的土堆积成了小山。看到这个场景，王起民感到修窑洞这件事压力山大。他从未修过这样破烂的窑洞，这还是头一回，不由得唉声叹气起来。他认为这绝非一件小事，来不得半点儿马虎。他准备先到窑内去察看一下情况，再想具体的解决办法。他独自一人从堆积如山的土缝中钻进窑内。他弯着腰，抬头一看，发现窑洞内墙壁扳弯处出了问题，窑壁凸起了一大块，有坍塌下来的危险。他心里说，这都是当初箍窑时把土压偏造成的。王起民在窑内没敢多停留，又从积土缝隙中爬了出来，坐在院子里的一根木椽上，取下挂在脖子上的旱烟袋，抽起了老旱烟，看似若无其事的样子，其实脑子里正在思考着解决的方案。他一锅接着一锅地抽着旱烟，呛得自己不停地咳嗽。

　　这时，林场的场长满福走到王起民跟前。场长满福，从字眼看就知道是个有福之人。他个头很高，身材粗壮结实，平时总是喜欢把羊肚手巾往额头一扎，就像个陕北扭秧歌的，人们都爱叫他陕北汉子。满福一脸麻子，满脸皱纹，看上去就跟树皮一样。他五十出头，平时不爱抽烟。听说大队要修缮林场的窑洞，他十分高兴，心想，终于等到这一天了。要不然这林场还怎么弄？人连个住的地方都没有。但看到这修缮的难度，他心里也没底，火烧火燎的，不知该怎么办。他看见木业社的王起民坐在林场院子的椽头上，悠闲地抽着旱烟，心里丝毫不急，就像一个置身事外的人。满福难免有些生气，心想我好歹也是个场长，我说他几句。满福憋着一肚子火走到王起民跟前说："起民，大队派你做什么来了？你坐在这儿一点都不着急，这怎么能行？修窑洞这些人除了我和伍军老汉就属你年岁大，剩下的都是些年轻娃。你还算咱木业社里技术好的、有经验的，你就不想一点法子，看这活儿怎么做？坐在这儿就像没事人一样。大家都等你出主意、说话呢。"

　　两人说话间，其他人已把他俩围在了中间。"是啊，大家都等你说话呢。"一些人附和说。

"五叔，我们都是年轻人，没经验，你毕竟比我们年长，经验多，快拿个主意吧。"水生说。

"听说你干事向来果断麻利，今天怎么半天不吭声了。"林场的员工建国说。

"是啊，我们大家都是些粗胳膊粗腿，笨手笨脚的，就等着你发话，说咋办呢。"

在场长满福和大家你一言我一语的催促和要求下，王起民想了想说："你们大家甭看我一锅子一锅子地抽着这老旱烟，我心里比你们还急，正想着法子呢。窑背墙倒好说，我们把它重新筑起来就行了。现在关键是窑洞内的窑壁有了问题，我想来想去，要么把窑拆了，重新箍。要么只有一个办法，就是上到窑顶在靠近窑壁的地方挖上一道深壕沟，减轻上面土对窑壁的压力。然后再由几个人在窑内用杠子和木板往上使劲顶，争取把凸起的窑壁恢复到原来的位置。这个办法是否可行，我心里也没底。你们大家到窑内再看看，我就这个建议，大家再商量商量，看怎么办。"

大家听了他的话，都愣住了。你看看我，我看看你，不知如何是好。场长满福第一个钻了进去，随后大家都跟着钻了进去，一进到窑内，大伙都把目光投向窑壁凸起的危险地方。东边窑壁扳弯处全都凸出来了，随时有坍塌的可能。如果再不修缮，就会全部塌下来。满福看后着急地说："赶紧修理吧！既然人都到齐了，就按王木匠说的办，先到窑顶上挖上一道壕沟，把土取下来，减轻下窑壁的压力，再在下面把凸起的部分还原回去。大家看老王这个办法行不行？"

除了草根和年岁大的伍军老汉，大伙几乎都赞同这个办法。

草根这娃，虽说年纪不大，也就十六七岁的样子，但他考虑问题和其他人不一样，总有他的独到之处。他想这是人命关天的大事，老王的办法看似可行，但总觉得有点太冒险。他对满福和大伙说："场长爷，我觉得老王说的办法太冒险，万一出了事，那可是大事。咱还是再找找其他办法吧。"

在大家眼里草根就是个不懂事的毛头小子，没有人在意他的话。大伙觉得他说得有些危言耸听。草根也知道自己的建议多半不会被采纳，但他还是想说，毕竟这是件大事情。场长满福和其他年轻人一样并没有理睬他的话。进宝轻蔑地说："我的年龄比你大，我都想不出办法来，你能想出啥办法？娃，别把自己当诸葛亮，你还嫩着呢。"

水生笑着说："你娃还没镢把高，倒想展翅了。"

建国说："草根，你嘴边的黄毛才脱了几天，你知道个啥？哪有那么多的万一。"

震仓在一旁挖苦说："草根，别忘了，你个初中都没念出来的愣头青，你有本领，咋不上高中，考大学去呢？偏偏窝在这柳庄当起军师吴用来了。"

震仓的一番话，引起了大伙一阵哄堂大笑。

草根被大伙嘲笑加戏弄，一肚子的委屈，他索性蹲在地上一言不发，脸色一阵红一阵白的，任由他们去说。草根低着头心想，我把我想到的都说了，听不听由你们，我也想不出什么更好的办法来。

草根这个名字，让人听起来好像不太雅观，有些土里土气的。这名字还是他爷爷在世时给他起的。他爸给他起的名字叫运来，希望儿子以后有很多的好运来。他爷爷觉得名字好不好听不重要，关键是要接地气。他想了想，他们家祖祖辈辈是农民，跟泥土打交道，就像小草一样，生根发芽，生生不息。老汉说还是叫草根吧，草根命大，生命力强，好活。因此，草根这个名字就叫出去了，叫的时间长了，人们就把他的大名给忘了，只叫他草根。

大伙一时也没有别的好办法，都同意照老王木匠的想法办。毕竟老王是木业社的老匠人，见多识广，经的事多，应该没大问题。

　　这时，场长满福发话说："既然大家都同意老王木匠的办法，现在刻不容缓，咱们就动手开工吧，别再犹豫磨蹭了。"

　　老革命、老英雄伍军老汉一马当先带着大伙拿起镢头和锨飞快上了窑顶。王起民说："你们在上面干，我在底下看着，给咱留意窑内的情形，注意听从我的指挥，一旦有什么变化，我叫停就立即停下来。大伙听见了没有？"他把一只手卷成小话筒朝大家说。"好，你在下面给咱盯着就是了。"上面的人说。

　　窑顶上的人在场长满福和伍军老汉的带领下，迅速行动起来，大家排成一行，挖的挖，铲的铲，忙活开来。满福一边铲一边留心观察着窑顶上的情形。大家都撂开膀子使劲地干着，挖到一尺半深，二尺多宽时，窑内和窑顶都没有出现什么状况。大家认为没事了，又继续往下挖，刚挖到二尺多深时，"轰"的一声巨响，窑顶的多半都不见了，坍塌了下去。年轻的由于反应快，手脚麻利从窑背后跳了下去，幸好下面的地是刚犁过的，比较松软，受了点轻伤。年老的反应慢，没来得及躲闪，就跟着泥土和砖块一起沉没，被瞬间掩埋了。可怕的事情最终还是发生了，死里逃生的水生、震仓等几个年轻人吓得一个个面色苍白，惊慌失措，像丢了魂似的，只知道哭。林场的上空顿时哭声一片，塌下去的那孔窑洞瞬间冒起了尘土，弥漫了天空。

　　等草根苏醒过来，他恍恍惚惚看到眼前发生的一切，知道自己担心的那个可怕的事发生了。心想，自己逃过一劫，大难不死，可能是阎王爷不收他，嫌他年岁小的缘故吧。他爬起来，见水生几个人不知所措，在那哭着发呆，就对他们大声喊："大家赶快救人，我去村里找人去。"说完，他顾不上擦脸上和手上的血，骑上自行车飞似的奔向村子。他一边骑车一边喊："林场出事了！林场出大事了！快来人呀！快救人呀！"

草根一路喊着，地里干活的人听到他越来越嘶哑的声音，一时人心惶惶，议论纷纷，疑猜着出了什么事。正在路旁挖蓄水窖的新川听到是草根的喊叫声。他知道草根今天去了林场，是昨晚上他告诉自己的，说队上派他到林场修窖洞去。不错，就是他。新川想到这儿，他立马把手指头塞进嘴里，吹了个口哨。就这样，一个传一个，一个喊一个，蓄水窖里的人全都出来了。他们吃惊地问："出啥事了？"

春喜说："我听清楚了，是草根在喊，他说林场出事了，出大事了。"

新川说："可能是林场出事了，草根今天就在林场，我也听出是他的声音。"二虎说："那咱赶快走，赶紧救人。"就这样，他们有的蹬着自行车，有的一路奔跑着冲向林场。

草根继续蹬着车子边骑边喊，就这样一传十，十传百，整个村子都震动了。

正在干活的人们停住了手中的活儿，潮水般地涌向林场。草根骑着车子，他第一个要找的人是玉朋书记。他想玉朋书记一定在地里，但不知是哪个地块。草根想，不能耽搁时间，时间就是生命，多抢一分钟就能多救一个人的命。他到玉朋书记家里找兰香。结果兰香不在，他又赶到地里，到处找人。他继续骑着车子一边骑一边喊："林场出事了，出大事了。"一路喊来，嗓子都喊不出声了。玉朋在路边挖蓄水窖，他看到奔跑的人群，隐约听到草根嘶哑的叫声，他急忙从蓄水窖里出来，老远瞅见草根骑着车子奔过来，骑得像飞似的，连个坑坑洼洼也不避。

他来到玉朋身边，气喘吁吁地跳下车子，对玉朋说："玉朋哥，你快走，林场出事了，出大事了，窖塌了，几个人被埋在了里面……"没等草根把话说完，玉朋急了，他脸色变得铁青铁青，抓住草根流血的手问道："出啥事了？人被埋了？你再说清楚些。"

草根惊魂未定地说："我们当时正在窑顶上挖土，窑塌了，几个人陷下去了，被埋了。我是跳了窑背才幸免的，有几个人和我一样，他们正在救人。"

听了草根的话，玉朋惊呆了。他很快冷静下来，绷着脸，强忍着内心的不安说："你说的，这可是人命关天啊！召集大家赶紧救人，一刻都不能耽搁！"

草根鼓起劲，斩钉截铁地说："是！赶紧救人。"他急急忙忙又骑着车子喊人去了。

玉朋对身边挖蓄水窖的人大声说："林场出事了，快跟我到林场救人。"说着，玉朋骑上车子，带着大家急急忙忙地往林场赶。

再说，从窑背上跳下来的水生、震仓几个死里逃生的年轻人，他们听了草根的话，来不及擦掉满脸的泥土和血，赶忙投入紧张的救援之中。修窑洞的就这么些人，人数不用细细清点，大家都知道缺谁少谁，心知肚明。大伙喊的喊，挖的挖，拔砖头的拔砖头，拼命地把坍塌的砖土往开刨着。

这时，村上救援的人从四面八方赶来了。林场的院子里，苹果地里到处挤满了人。大伙手刨的手刨，运砖土的运砖土，轮番上阵，与死神搏斗，争抢着时间。大家此刻心里只有一个念想，那就是赶快救人，争分夺秒地救人，能挽救出一个生命是一个生命。

由于不敢用工具，只能用手一点一点地刨，用桶和笼把土往外抬。大伙的手出了血，没有一个人吭声，紧张地轮流替换着，不停地刨，不停地换。

在玉朋没到来之前，大队长来栓带着一伙人先赶到了。当他听到草根的喊叫声，就知道事情不妙，立马带着身边正干活儿的人就朝林场奔来。他很快赶到现场，直接投入战斗，指挥着抢救工作。

玉朋骑着车子向前飞奔着，前面晃晃悠悠地走过来几个人。玉朋心想，怎么去了还有回来的？怎么回事？他跳下车子，见是记娃、守义、栓喜他们，仨人走走停停不停地议论着什么。玉朋急忙叫住了他们，三人见玉朋书记板着个脸，阴森森的，好吓人。三人忙说："去的人太多了，挤都挤不到跟前，有心有力就是使不上，所以就回来了，打算安慰安慰那些村里还未得到消息的受伤人的家属。"

"我没有问你这些，我问林场谁在现场指挥？"玉朋急切地说。

"现场来栓大队长在指挥，他来了多时了。"记娃他们说。玉朋书记听说大队长来栓在现场指挥，也就放心了。他对记娃他们说："对，这个节骨眼上做好家属工作很重要，你们就费些心，把他们的情绪先稳住了。"记娃几个人听了玉朋书记的吩咐，就急匆匆地走了。玉朋猛然想起一件事，对跟着他的人说："你们赶快去林场，我后边就到。"说完，他赶忙调转车头，风驰电掣般地骑着车子赶到大队部。他拿起电话机就摇，十万火急地说："喂，给我接县医院。听到了吗？我是杨柳镇公社柳庄村党支部书记李玉朋，我们这边有人受伤了，你们县医院的救护车赶快来一下，拜托了。"说完他挂断电话，马不停蹄地赶往林场。

在林场塌窑的废墟里，人们不停地刨呀、挖呀，忙碌着。在抢救的人群中大部分家属都赶到了现场，这突如其来的噩耗让他们承受着巨大的痛苦，简直就是天塌下来了。贵喜、铁锤、庆平、振平、文成、进喜等人哭得死去活来，泣不成声。大家发了疯似的拼命刨着，两手的指甲已是鲜血淋淋。大伙终于在窑中间的位置刨出了一个人的两只脚，一只脚上穿着鞋，另一只脚已被砖块砸得血肉模糊。看到这惨状，人们的心一下提到了嗓子眼上。来栓担心大家过于紧张，手忙脚乱对伤者造成二次伤害，他提高嗓门大声说："大家不要慌，加快清理人身上的砖土，手一定要轻点，大家都注意了。"时间一分一秒地过去了，在来栓的指挥下，大家拼命与死神争夺。一会儿工夫，一个人的身子完全被清理了出来。大家赶忙把他抬起放在一个平坦的地方。这时，文成哭着拨开围观的人群，一下扑倒在那人跟前，用手摸了一下他的气息，人已停止了呼吸，青紫的脸上，血肉模糊，样子很吓人。亲属们蜂拥而上，哭声震天动地。他就是伍军老汉，一名退伍老兵，三十年代参加革命，参加过抗日战争和解放战争，一九六四年退伍回乡。老人一生孤苦伶仃，独自一人生活。他忠厚老实，任劳任怨，艰苦朴素，始终保持着一个革命军人的优秀品质。他热爱集体，每次队里有任务他都第一个报名参加。这次玉朋和来栓本不想让老人参加，觉得他年岁大，腿脚不方便，但最终没能劝阻住老人。老人性子倔，板着脸说："这算什么，我枪林弹雨都过来了，还怕这个？你们不让我去，我也得去。"玉朋和来栓只得依了老人。谁知竟出了这么大的事，伍军老人为革命奋斗了一辈子，为集体的事业流尽了自己最后一滴血，献出了宝贵的生命。文成和振平几个侄儿、侄媳哭得死去活来。他们心中的老英雄、有着钢铁般意志的伯父与他们永别了，倒在了集体的林场里。文成脱下上衣哭着为老人把脸盖上，人们自发地围成一圈，为这位可敬可爱的老人低头默哀，回想着他的点点滴滴。振平哭得泪流满面，他回想起伯父的一些往事，大冬天，孩子们在涝池里溜冰，伯父就会跑过去劝阻孩子们说："快出来，冰薄小心掉到冰窟窿去了。"夏天，孩童们在杏树上摘杏吃，他看见了，乐呵呵地说："娃娃们，小心点，快下来，很危险，再不要往上爬了，千万别摔下来。"伯父的音容笑貌在他眼前不时地闪现着，让他撕心裂肺，悲痛欲绝。

王起民蜷缩着身子被大伙从土里刨了出来。他面色苍白，气息奄奄，好在被土掩埋的瞬间，他缩成了一团，身体没有受到太大的冲击和挤压，总算逃过了鬼门关。王起民被人从土里抬到平地上，他微微地喘着气，泪水从眼角"唰唰"地流着。

　　死者和伤者的家人亲属从草根嘴里知道这次事故是因为听了王起民的主意，才出了这么大的事，就哭着喊着围着王起民大哭大闹，要王起民还他们的亲人。王起民躺在地上，吓得尿液从裤裆里渗了出来，裤子湿漉漉的。村上的大会计记民和团支书郭永清见此情形，急忙上前进行劝阻，使得事态得以平息，稳住了局面。

　　此时，玉朋也赶到了现场。他看到林场院子一片狼藉，窑洞坍塌的废墟上人们正在挖着、刨着，哭喊声一阵接着一阵。现在还有林场场长满福和林场的员工建国没有找到。玉朋冲到废墟跟前，替换下来栓指挥救人，让来栓负责伤者的救治善后。

　　玉朋把手插进泥土里，边刨边指挥着抢救工作。大伙挖呀、刨呀，不停地移开废墟上的砖块和泥土。不一会儿，在窑腿子旁又刨出两个人的手和头。一个是场长满福，一个是建国。大伙轻轻清理去他们身上的土，把两人从土里抬了出来。只见他俩脸色苍白，满福嘴里还不停地滴着血，鼻孔"吭哧吭哧"地冒着气泡。大伙看他们还有救，紧张的心稍微放松了下来。玉朋说："真是死里逃生，现在就等县里的医生了。"

　　玉朋正说着，县医院的救护车来了。时间就是生命，大伙迅速把满福、建国和王起民三人抬上救护车，医生给三人量了体温，插上氧气，伤口做了处理，救护车就呼啸着离开了。

　　接下来，玉朋招呼着大家把伍军老汉的遗体抬回村子，在麦场里搭起了灵堂，把老人的遗体安置妥当。他让木业社连夜为老人打制了棺木，正商量着为老人置办寿衣，大队长来栓从县医院回来了。他是和一队队长维强两人随救护车一起把满福他们三人送到县医院的。他把医院的事交给维强处理，自己连夜又赶了回来。玉朋和来栓召集党员干部开了个会，决定成立李伍军同志治丧委员会。玉朋任主任，来栓任副主任，各队队长为治丧委员会主要成员，对每人要筹办的事情做了明确分工。同时决定第二天下午为老人开追悼会。大家开始分头准备，各忙各的。

经过一天的紧张酬备，棺木、寿衣、墓地等一切都准备就绪。第二天下午，柳庄的麦场上，李伍军老人的追悼会如期举行。灵堂上挂着的黑色条幅上写着"沉痛悼念李伍军同志"几个白色醒目的大字。灵堂前的桌子中间放着伍军老人的遗像，桌上摆放着各种糖果和祭品。灵堂的周围黑纱白花，许许多多的花圈摆放在两旁，整个灵堂显得庄严肃穆。

这天的天气一夜之间，突然阴沉下来，寒风凛冽，到了中午竟下起了小雨。看来连老天爷也在可怜这位老军人，为老人的离去挥泪送别。

按照习俗，文成、振平等人为伍军老人披麻戴孝，这两天一直守在灵堂前为老人守灵。人们匆匆赶来参加伍军老人的追悼会，麦场上人山人海，大家排列着整齐的队伍，低着头静静地站立着。军区的首长、县里的领导和公社的几位领导也赶来参加追悼会，为这位老军人、老战士、老革命送行。

下午三点追悼会开始。追悼会由邓来栓主持。他说："李伍军同志的牺牲是为群众利益而死，为集体而死。他死得光荣，李伍军同志永垂不朽！经村上研究决定召开追悼会并进行厚葬……"在邓来栓的主持下，大家向李伍军同志的遗体默哀三分钟。接下来，军区的首长、县上与公社领导和柳庄大队、伍军老人所在生产队及亲属代表一一敬献了花圈。大队书记李玉朋致悼词。玉朋上前向伍军老人的遗像深深地鞠了一躬，他说："李伍军同志的逝世，我们非常悲痛，非常难过。他的离去是我们柳庄人民群众的一大损失。他的牺牲是光荣的，是为人民利益而死，为集体利益而死，他死得其所，死得伟大。我们失去了一位好同志，一个为革命，为人民奋斗了一辈子的老战士。今天我们以柳庄最高的礼仪厚葬他，哀悼他，缅怀他，就是要让世人永远记住他，弘扬他的革命精神和崇高品质，激励我们把柳庄的事情办得更好。他是一位可歌可泣的革命老军人，三十年代参军入伍，参加了抗日战争和解放战争。今天为了集体的利益，老人献出了宝贵的生命，他永远活在我们心中，李伍军同志永垂不朽！伍军老人，安息吧。"

最后，公社领导张书记讲完话后，乐队奏起了悲壮的哀乐。这时，天空中还下着毛毛细雨，追悼会在一片悲痛声中结束了。

第二天清晨，四面八方的乡亲们随着伍军老人的灵柩缓缓移动。人们抬着灵柩，哭声阵阵，在唢呐的音乐声中，依依不舍地走在通往墓地的田间小路上……

等把伍军老人的后事料理完，玉朋和邓来栓两人当天就去了县医院。他们来不及收拾和整理自己，两个人风尘仆仆地走了十多里路赶往杨柳镇搭上了去县城的班车。

班车开进县城车站，两位土里土气的农民下了车就直奔县医院而去。他们心急如焚地来到医院一楼大厅门口，原本想急着进去，却突然犹豫了。他们不知道满福三人的情况怎么样了，两人的心里忐忑不安，正准备上前打听时，从对面病房里走出来一个女护士，身穿白色护士服，手里拿着支体温计。女护士见眼前两位穿着土布衣服的男人在大厅门口发愣。她立马搭话问："你们两位找谁？"这时，他们俩才回过神来，看着眼前这位二十出头的女护士，年轻漂亮，十分文静。"噢，我们找杨柳镇柳庄村的三个病人，前几天才入院的。""是重伤，他们三个都是。"来栓补充说。

"你们是他们什么人？"女护士问。

"我们俩是柳庄村里的干部，是专程来看望他们的，他们三人的病情现在怎么样了？你知道吗？"

女护士说："他们三人被救护车拉来的时候，伤情很严重，直接进了重症监护室，经过抢救，现已转危为安，转进了普通病房进行观察治疗，情况还不错，听医生说过段时间就可以出院了。你们村上专门有人陪护着，我领你们进去。"

"陪护的人是我们村的一个生产队长，叫李维强。"来栓说。

经女护士这么一说，玉朋和来栓两人紧张的心总算放了下来。女护士热情地领着他俩沿楼梯上到二楼。一条长长的楼道里，人来人往。女护士指着楼道的一头对他俩说："我就不过去了，你们去吧，就在前面十六号病房。"玉朋和来栓急忙顺着女护士指的方向走了过去。他俩走到十六号病房门口，病房的门虚掩着，两人轻轻地推开门，一眼就看见三张病床上躺着的三个人，正打着吊针，吊瓶里的液体一滴一滴地顺着管子往下滴着，三人的鼻孔里还插着氧气管，雪白的被子盖在三人的身上。陪护的维强和三人的家属看玉朋和来栓两位村领导来了，他们找了两把椅子让玉朋、来栓坐下。玉朋和来栓有些迫不及待地问维强说："他们怎么样了？"维强压低声音悄声说："嘘，别出声，老场长他们仨刚才还念叨呢，现在睡着了，让他们多睡一会儿。"大家不再说什么，只是呆呆地望着老场长满福和王起民、建国三人酣睡的样子，特别是老场长满福满面皱纹的脸就像是一朵傲霜的金菊。这时，邓来栓想起了一件事情，他把玉朋叫到门外楼道里对玉朋悄声说："咱们俩来时仓促，忘了给他们带一点东西，你待着，我出去买。"

玉朋说："记得再帮我买些。"

来栓说："那还少得了。"玉朋从口袋里掏钱给来栓时，来栓转眼就不见了。

玉朋回到病房，王起民刚好醒来，他缓缓地侧过身子，一看是玉朋书记站在他面前。王起民内疚加激动得眼里立马滚出了泪花，他想起来给玉朋他们赔罪，被玉朋劝住了。玉朋说："这么大的事，也不能全怪你，大家都有责任，我应负主要责任。现在先不说这些，把伤养好是关键。大家都是为了集体，你也不要有太多心理负担，好好养伤。"王起民靠着枕头，老泪纵横。他心里难过地说："我对不住大家，更对不住伍军老人……"说到这儿，他鼻子一酸痛哭起来。王起民这一哭，把旁边的建国给惊醒了。他一看是玉朋书记，惊喜地说："书记叔，你咋来了？"

　　玉朋笑着说："我咋不能来，我和来栓两人都来了，看你们来了。"建国听说大队长也来了，就问："那咋不见我来栓叔呢？"玉朋笑了笑说："刚出去，他说要买点东西。"建国说："你们来了就好，还买什么东西。"

　　玉朋对王起民和建国说："你们在医院要好好配合医生，听医生的话，安心养伤。家里的事儿就别操心了，我们大伙会照看好的。总之，一切事情有村上呢，你们只管放心养伤，争取早日出院。"

　　这时，建国的妻子爱英听玉朋提到家里的事，就埋怨起丈夫建国来。她滔滔不绝地说："我自从嫁到他家里，这几十年就没有一样顺心事。公公、婆婆去世早，我连面都没见过。我到他家可是把罪受了，没享过一天清福。前些年闹饥荒，没啥吃的，揭不开锅，吃了上顿没下顿，还是我从娘家借了一斗多糜子走了四十里山路把粮弄回来的。这点粮食也不经吃，吃了十多天又没了。那时，我家孩子还小，正上学，只得又去求亲戚邻里帮忙。而他呢，啥事也不管，吃了饭，嘴一抹碗一撂，哪儿人多就往哪跑。他喜欢队里人多，喜欢干队里的活儿，热心队上的事，家里的事不管不顾，嘴还会说，说我是家里的掌柜的，一家之主，看我咋办。人常说，嫁汉嫁汉，穿衣吃饭。我怎么嫁了这么个男人！我是见娃还小，要不早不和他过了。现在好了，有吃有穿，日子也逐渐好起来了。自他进了林场，老毛病还是不改，家里的事从不过问。鸡呀、猪呀、柴呀、水呀的，好像与他无关，不管忙事闲事，吃了饭，就骑上车子往林场跑，林场成了他避事的去处。把我气得，我有时也懒得给他做饭。"

　　建国躺在病床上听着老伴爱英在大家面前诉苦，气得他用被子把头捂住装睡。实在憋不住了，他说："我的好掌柜的哩，你不要在大家面前说这些行不行？既然你这么能行，你还嫁我干啥？"爱英生气地说："你说的是人话吗？简直是不可理喻。"建国把身子一侧，生气地说："我这人心胸大，命也大，不跟你这婆娘计较。"他觉得妻子爱英在玉朋书记面前说出这样自私不着边的话让他脸红。他恨不得起来捶上她一顿，但自己现在这样子，也只有生气的份。他想挣扎着坐起来，维强找来一个枕头垫在建国后背，玉朋搭手扶他坐好。建国一脸不服输的样子，他说："我不是靠别人养活，也不是白吃饭的。记得几年前的一个夏日，队上收工后，我趁天还没黑，想给队里的牲口割一捆草，多挣点工分。就去了村南边的草地坬割草。我来到山坡上，选了一块草长得好的地，就开始割草。割了一会，觉得还不够多，又瞅上了前面陡坡处鸡冠梁上有一块草地，草长得特别旺盛。我想何不到那上面再割些呢，于是就上了鸡冠梁。自己刚展开镰刀，结果一脚踩下去，把土踏溜了，连土带人和镰刀一起掉了下去。还好掉进了一个沟渠里，跌落在一个峭口上，下边就是深渊。当时把我吓得要死，心想，好悬呀，就差那么一点点，自己真是福大、命大。镰刀弄伤了手，我慢慢站起来，脚和脖子受了伤，疼得要命，出了一身汗。我强忍着剧痛一踮一跛地回了家，疼得那天连饭都没吃，在炕上躺了好几天。我还不是想为家里多挣几工分吗？"建国说到这儿，他看了看妻子爱英，又接着说："现在又出了这么个事，我命大，阎王爷不收。要不，正遂了你的愿，岂不更好，免得你在这儿唠叨。"当着大家的面，建国把妻子爱英顶得满脸通红，再也不说什么了。

维强在一边插嘴说："呸，呸，呸，建国哥，你说的是啥话，阎王爷不收你，你想让阎王爷收，还是嫂子想让阎王爷收你？你们两口子这几天好好的，别再斗气。"

这时门开了，来栓提了一大包东西进来了。他说："这是我和玉朋书记给你们买的东西，我俩来得仓促也没给你们带吃的。"

老场长满福的大儿子说："你和玉朋书记来了就行了，都是乡里乡亲的，还拿什么东西，只要心意到了就行。"

来栓说："嘿，看你说的，我俩是村上负责人，感激还来不及呢。你爹和建国、老王为集体的事情差点儿丢了性命，我们也有责任。你爹大难不死，死里逃生，活了下来，这是咱们的大幸！我和玉朋书记拿点礼物算得了什么。你爹能早点好，早点出院，是咱们最大的心愿，只要把身体养好，回去把咱们的林场建设好，比什么都强。"

来栓刚把话说完，老场长满福睁开双眼，他醒了，睡梦中他听见玉朋和来栓在说话，猛一睁眼，果真是玉朋书记和来栓大队长站在他面前。他激动得想坐起来，但是身子却无法挪动，眼泪像断了线的珠子"唰唰"地流了下来。玉朋和来栓劝他好好养伤，把身体养好。他紧紧握住玉朋和来栓的手说："让你们费心了，跑这么远的路来看望我们，还专门派维强来侍候我们，真是太感激了。"他接着问："伍军老人的丧事办得怎么样了？"玉朋和来栓就把伍军老人丧事的情况跟他说了。满福泪流满面地听着，泣不成声。他说："都是我的错，都怪我当时太大意，没有采纳草根的意见，小瞧了人家，看娃年龄小，没有把娃的话当回事，才酿成了今日这么大的错，让伍军老人白白丢了性命。现在想起来我连肠子都悔青了，我对不起大家，我有责任，我有罪呀。窑塌了，啥时能再建起来？我心如刀绞，心急如焚呀！"满福越说越伤心越痛苦。

玉朋说："叔，你别太自责了，事情发生了，想得太多也没有用。咱现在晒毡别提尿床的事，你好好养伤，养好身体是关键，林场那一大摊子事还等着你呢。"

"不行了，上了年纪，脑子不好使，笨手笨脚的，还能干个啥？让我再当场长，还不把人都引到糜子地里去了。哎，我问你们，其他人怎么样，还好吗？"

没等玉朋回答。来栓说："其他人，都好着呢，他们还让我带话问候你呢，叫你好好养伤。"

这时，太阳已经偏西。玉朋看了看表已是下午三点。他们还要赶回柳庄，迟了就没回去的班车了。玉朋说："满福叔、建国、起民，你们就安心养伤，希望大家早日健健康康回家。时间不早了，我和来栓得走了，村里还有好多事要处理。"说完玉朋和来栓向他们三人道了别，就匆匆走出病房。维强和几个家属送到了楼道口，玉朋和来栓再三叮嘱他们，要他们照顾好三位伤者，让他们好好养伤。下了楼梯，回头向维强他们又招了招手，就急匆匆地走出医院大门，赶班车回去了。

到了腊月初九这天，天气特别好，温暖的阳光照在冰冻的大地上，空气中有了淡淡的湿气，不再那么干燥了。满福他们几个坐着班车回来了，车一到杨柳镇车站，就围了好多人，都是前来迎接他们的乡亲们。满福他们走下车，铁锤高兴地跑过来，拍了拍他的肩膀说："叔，两个月不见你了，伤养得咋样？身体好了没有？"

"好了，全好了，不信你看。"满福做了个马步，两只手压在膝盖上晃了晃说：“一点都不觉得疼。”

铁锤高兴地说：“这就好，那天你把人都吓死了。你真是福大、命大。”

“叔这人，不是吹牛，死不了，咱林场还没建好，阎王爷不收我。”满福的话把在场的人都逗乐了。

“爷，我看你队上那头黄花乳牛的尿门红肿红肿的，是不是让你给吹胀的，滴答滴答还流着啥东西呢，是你的唾沫吧。”小顺子逗乐说，惹得大家哈哈大笑。

“嘿，那是人家丢不下桂花婶子，要不敢吹这么大的牛？”也不知谁又在开满福的玩笑，逗得大伙十分开心。

第八章

　　冬去春来，一元复始，又进入了新的一年，庄稼人又开始计划安排今春的农活儿了。柳庄一些人的心里有了分田到户的念想。其实，这个想法在开春的一次二队社员会上就集中表现了出来。部分社员觉得大伙在一块干活，有些人出劳不出力、磨洋工的现象让他们忍无可忍，这些人拖了大家的后腿。他们认为照这样下去，大伙的日子都不好过，还不如把田地交给社员，让社员自己去种，去经营，该交的公粮社员自己去交。当时，会场上一下子就炸开了锅，一部分人坚决反对，认为这是走资本主义道路，是挖社会主义的墙脚。大家各说各的理，争论得面红耳赤。玉海看这样吵下去也不是个办法。他说："干脆这样，咱们按劳计酬，谁多劳动了，就多得些。"玉海的话还没说完，一些人就坐不住了。他们说："不行，我们坚决反对，你这不是说与没说一样吗？现在还不是按劳记工分吗？结果咋样？干得多的，能把人累死，干得少的，还不就那样。再说了，队里啥都管得死死的，想干个啥也弄不成。"有的说："是啊，大伙在一起干活，干得少的，不干的，照样有吃有喝，干得多的，又能咋样？还不是跟着一块受穷。"大伙七嘴八舌地发表着自己的看法和不满。

　　这时主持会议的队长永新站起来说："今天这个会，本来是安排队上开春工作的，叫你们这么一闹腾，都彻底跑题了，至于是坚持人民公社化集体生产，还是像你们一些人说的分田单干，这不是当下我们所要考虑的。我们眼下还是要抓好春耕生产。"永新的话音未落,二虎说:"咋我们就不能有想法了?我们自己的事我们不去考虑谁去考虑,要说这事,我们最有发言权。"二虎的一番话把队长永新怼得一时不知说什么好。这时,尹守义老汉嘴里噙着旱烟锅子"忽"地站起来。他把烟袋挂在脖子上说:"我看玉海的办法可行,咱们在生产队先搞按劳计酬,把以前的工分制优化一下,让那些身不摇、膀不动,还想和大家平分劳动果实的人占不到便宜,让多干的人不吃亏,从而调动起大家的生产积极性,大伙看咋样?"守义老汉的发言刚落,会场一阵喧哗。有的说:"这个办法好,既坚持了集体生产,又弥补了生产中的不足。"有的说:"好,好什么好?这办法听起来行,实际不好操作,怎么优化工分制?怎么监督管理?到头来还不是老样子,浑水摸鱼的人照样浑水摸鱼。"会场上又争吵起来。孙永新看大家争吵不休。他说:"大伙这样吵下去也不是一个办法,咱们不如表决一下,谁同意玉海提出的按劳计酬,也就是定额制的请举手。"哗啦一下,有三分之二的人表示同意玉海提出的法子。有不同意见的人看大势所趋,虽然不愿意,但也再没有人哼声。会上通过了玉海提出的生产队实行按劳计酬、多劳多得的生产原则。队上把每项活、每个任务都按人落实,责任到人,一时间工效确实提高了不少,调动起了大家的生产热情和积极性,有些社员还得到了队里的表扬和奖励。

二队的经验在全大队推广,这个经验在不同程度上促进了柳庄各生产队社员们的生产积极性,各队的面貌有所改观,但监督管理难、责任落不实等问题在各队依然存在。农村生产力的解放,还需要一个大的、彻底的变革。

这一年公社来了新政策,实行生产队以大化小,以队为基础的大包干。具体是把大的、人口多的生产队分成小的生产队,便于管理和责任落实。生产责任制正以不可逆的历史潮流一步步缓慢而有序地推进着。在这个新的历史进程中，柳庄人的思想和情感正在悄然发生着变化，大部分社员欢天喜地，觉得生活有了盼头，也有一些人思想消沉，一肚子的怨气。

玉朋作为有着多年党龄的党支部书记，他坚信党的领导，他认为当前所发生的一切都是历史发展的大势。他这几天考虑最多的是林场窑洞的事。自从去年秋季林场窑洞坍塌事故以后，他一直不能释怀，一想起伍军老人，心里就是满满的内疚与自责。他心急的是窑塌了至今还没有箍起来。眼看着林场的苹果树长大了，从栽到现在也有五个年头了，有的树已经挂果。林场的兄弟们还没有个住的地方，来回跑着吃住，总不是个办法。这个问题不解决，柳庄的集体经济还怎么发展？他作为村上的主要负责人，他觉得首先应该考虑这些问题。

吃罢晚饭，兰香很快洗刷完锅碗，就带着毛毛出去了。只有玉朋独自一人在家里，从来很少喝酒的他，从柜子里翻出一瓶秦洋牌白酒，一个人自斟自饮，刚喝了两杯就呛得咳嗽起来。他心里想着，林场的老场长满福年纪大了，经过上次死里逃生，明显比以前力不从心了。必须得考虑他的身体，让他从场长的岗位上歇下来。可是让谁来担此重任呢？他一时还瞅不下一个合适人选，正为这事烦恼、苦闷着。他决定找来栓商量此事。

玉朋知道自己肩上这份沉甸甸的担子有多重。他放下手中的酒杯出了门，找大队长来栓去了。

玉朋背着手走在村中的小路上。虽说春分已经过去多时，清明即将来临，但在黄土高原南部的农村还是早晚凉，中间热，和中国东北的气候有些相似，有"早穿棉袄，午穿纱，晚上围着火炉吃西瓜"的感觉。夜晚寒气袭人，冷得玉朋一会儿捂住耳朵，一会儿又哈哈气、搓搓手，但他的心里却是热的。玉朋想起一九七六年创办林场时那热火朝天栽树的场面，大伙一心要为集体、为子孙后代的幸福生活创造一片新天地的干劲让他久久不能忘怀。老场长满福是那么地热心集体，老汉勤勤恳恳，带领林场一班人起早贪黑地劳作，把林场经营得有模有样，井井有条。满福老汉出门总爱挎着一支土枪，瞅着兔子和野鸡总会朝天放上几枪，以防兔子啃树皮，野鸡刨庄稼。他还负责林场的育苗工作，每到暑夏，老汉冒着烈日的烘烤嫁接果树，忙得不可开交。由于长时间猫着腰，累得他常常喊腰疼。去年又九死一生，为集体的事差点丢了性命。玉朋想到这儿，他于心不忍，决定让老汉退下来，好好休息。

玉朋想着想着不知不觉来到了来栓家门口。门还开着，他推门走了进去。只见那只四眼大花狗汪汪地叫着，朝他扑了过来。"花眼，别叫，你认不得人了。"大花狗听出是玉朋的声音，也就不叫了，用头和嘴巴贴近玉朋的裤子亲密地依偎在他身旁。屋子里灯光明晃晃的，一阵寒风把窗户纸吹得"刺啦刺啦"地响，屋子里鸦雀无声。玉朋在门外喊了一声："家里有人吗？"秀英听见院子里有人，赶忙从屋里走出来。明亮的月光和屋子里电灯射出来的光，照在玉朋身上。秀英一看是玉朋书记来了，忙把他迎进屋。儿子宇玉已经睡着了，来栓靠在被子上闭着眼睛眯瞪着，见玉朋来了，他正要起身下炕，玉朋阻止了他。玉朋坐在炕沿上，他对来栓说："今晚找你来，是想商量林场的事。林场现在这烂摊子，咱不能不管，自去年出了事，一摊子事需要解决，需要和你商量，我心里着急得很！"

来栓说："是啊，从开春以来，我也正为这事发愁呢，林场的兄弟们辛辛苦苦经营了这么多年，费尽苦心，好不容易果树都长起来了，眼看就要全部挂果了……"说到这儿，来栓用手比画着说："到这个节骨眼上，咱不能撂下不管，叫人戳后背脊梁骨，骂娘。林场这摊子事必须马上解决，刻不容缓。我这几天心里也火急火燎的，正为这事发愁呢。今晚，你来得正好，咱俩坐在一块儿把这事议一议，商量商量。"

"我看咱的老场长满福年岁大了，也该让老汉歇息了。去年这一闪失，他的身体也吃不消，应该回家养养了。"玉朋说。

"我看也是，他为村上没少操心，老了老了，差点连命都搭上，是该歇歇了。现在经过去年那事，许多人都胆怯了，好几个人来找我说，他们不想干了，有的还说就是把工分全给上，打死也不去了。"

玉朋说："不想干就换，走了穿红的，也有穿绿的，这天底下哪有自在的事？"但他也清楚，换人也不是件容易的事。去年窑洞坍塌弄出人命影响极大，人们普遍心有余悸。他想到这儿，心里立马沉闷了下来。

秀英这时接话说："不光这个，村里有些人一到林场那出事的地方，就觉得毛骨悚然，宁可拐着弯走，也不敢看一眼。甚至还有人故意装神弄鬼，把自己装扮成鬼的模样来吓唬一些胆小的妇女和孩子，吓得人们连野菜都不敢拾了。"

来栓说："甭提了，那些都是别有用心的人，他们就想利用这个机会捣乱，达到他们不可告人的目的，故意给社员们制造恐慌。世上哪有鬼？这些人就是不怀好意，唯恐天下不乱。依我看咱先不管它，谅他们也掀不起什么大浪。当务之急是抓紧时间把林场的窑洞先箍起来，让人有吃住的地方，人心自然就安了。当下是个空闲时间，往后活儿路一开，就更忙了，咱们要尽可能赶在谷雨前后完工，要动员各队一切劳力，把这项工作做好，再考虑林场配备人员的问题，你看怎样？"

"好，就按你说的，先把窑箍起来。"玉朋赞同来栓的意见，他接着说，"林场的其他人员可以先放下，但这林场的负责人咱现在就得考虑了，你觉得这个场长谁可以担起来？谁合适？"

"这个我没想好。"来栓说。

"我倒有一个合适人选。"玉朋说。

"谁？"来栓问。

"五队的怀礼，去年给支部交了入党申请书。前些年还当过五队的队长，人挺精干，力气强壮。当队长时，为了解决社员的吃粮问题，带领社员们搞起了拓荒种田，粮食、蔬菜、瓜果，样样都种，当时解决了队里的大问题。"玉朋说。

"书记，我看你眼窝有水水，瞅得准，这个人机灵又实干，我打心眼里赞成。"来栓说。

"我觉得这人不怎么样，听说他作风有问题，成天往婆娘堆里钻，把五队里闹得乌烟瘴气的。"秀英在一旁搭话说。

"你听谁说的？你有啥证据？一个妇道人家，你懂啥？现在有些人想给你找事，啥事都想得出来，也干得出来，找个屎盆子往你头上扣。我想怀礼一定是当队长时得罪了一些人，有人专门给他说事。"

秀英也是道听途说，并不知晓事情是真是假，所以她再没吭声。她知道当着玉朋书记的面，这种事也不好说，害羞地涨红了脸，低下头继续纳她的鞋垫。

"说的也是，有些人被伤害到了利益，就钩心斗角，故意捏造是非，无中生有，就想把人一下打倒，再踩上一只脚，让人永世不得翻身，才肯罢休。"玉朋接话说。

两人把事情商量妥当，玉朋从来栓家出来，夜已经很深了。月亮像银盘似的高高悬挂在天空中，天上的繁星在夜空中一眨一眨的，与月光交相辉映，把整个村子的夜晚装扮得宁静而惬意。玉朋抬头望了一眼天空，心情十分愉悦。他和来栓的谈话，消除了他心中的苦闷和烦恼，但对于伍军老人的死，他还是难以释怀，深深铭记在心里，老人的身影始终在他眼前浮现，激励着他不断前行。夜晚的寒风飕飕地吹着，冷得他裹了裹身上的棉衣，蜷缩着身子快速往家里走去。

邓来栓把箍窑的事筹备妥当，就开始带领一帮人前往林场箍窑了。这些人是由各队派的社员和从村木业社抽出的两名泥瓦匠，临时组建的突击队。

来栓一开工就把安全问题当成头等大事来抓。他说安全是为了生产，生产更要注意安全，宁可麻烦些也不可做冒失的事情。他要突击队每个人牢记上次箍窑时血的教训，时刻把安全放在心上。大伙从搬运砖块到清理废墟，从砌墙到灌顶，严格遵守安全规程，连一根手指头都没擦破过。窑也箍得又快又好，仅用了一个月时间就保质保量把四面窑洞箍成了。

再说那天晚上玉朋从来栓家回来，进了院子，屋门半开着，里边黑乎乎的，伸手不见五指。他用冻跷了的手拉了一下灯绳，电灯亮了，屋内如同白昼。兰香已蒙着被子睡下了。他的被子兰香也没给他铺。他把冻得硬邦邦的手㧜进褥子底下想暖和暖和，手伸进去就像进了冰窖，只感到冰冷渗凉的。

初春的黄土高原，气温还特别低，每天晚上人们都要烧点炕御寒。他准备抱些柴烧炕，又觉得夜已深了，心想干脆凑合一晚吧。

玉朋上了炕，拉开自己的被子，想把冻僵的手放进老婆的被窝里，却使劲也拽不开兰香的被子。兰香把被子压得严严实实，像个铁桶一般。玉朋忍着寒冷脱掉衣服钻进被窝里，把一条腿又使劲伸进兰香的被窝，他立刻感到热乎乎的。他想兰香可能嫌他串门而没有给他铺被子，故意把炕晾着。他使劲拽着兰香的被子非但没有拽开，反而被兰香把伸进去的腿也给蹬了出来。兰香把被子掀开一个角，转过脸说："你烦不烦，为了集体的事看把你操心的，我还当你不回来了，也没给你烧炕，冻着，活该。"

话刚说出口，兰香觉得有些于心不忍，他俩结婚十几年来很少有过拌嘴的事。她对他的事业一直是支持的，对他百依百顺，两人可以说是夫唱妇随。要不是去年林场那事，她也不想对他这样，看他冻得怪可怜的样子，她心软了，起身给玉朋找了一床被子，加盖在玉朋身上。

"你到哪儿去了？"兰香有意问道。

玉朋在被窝里暖着冰冷的身子没有回答。

"你不说，我都知道你到谁家去了。"

"你说我到谁家去了？"

"这还用问，你舍不得你这芝麻大点的官，坐不住，还能上哪去？到来栓家商量事去了吧，我还不晓得你，认定了的事，撞不到南墙你都回不了头，犟人吃了犟亏，瓷得跟砖头一样。"

"你尽胡说，过了年好长时间我都没去看望老场长满福和建国、起民一下。人家为了村集体，死里逃生，作为大队支部书记，你说我应不应该去看望人家？就是村上任何人去看望一下，安慰安慰人家也在情理之中，何况我呢？"玉朋前几天刚把满福他们看望过，于是找了这么个借口搪塞兰香。

"噢，看把你说得高大的，给你一支麦秸秆你当拐杖拄哩。你谎都不会撒。老实说，你前脚走我后脚就跟着呢！"

"你盯我的梢，监视我！"

"我不看着你，我怕你把乱子惹大了，到时后悔都来不及。我劝你还是赶紧给公社打个报告，把这差事辞了，咱安安稳稳过日子好不好？咱不要再干那吃力不讨好的事行吗？咱上有老下有小，何不图个安生？去年林场的事我到现在想起来都后怕，再有个三长两短可咋得了？咱可负不起这个责，挨不起这个骂，落不起这个碑，谁爱干就让谁干去，反正你不能再干了。有人若在背后给咱使个坏，就够咱受的。你、我现在正能干，还怕日子过不到人前头去。再说了，你当这个官又不多挣一分钱，何必操这份心，惹得猪嫌狗不爱，有啥好处。现在又不叫多生，咱就毛毛一个娃，咱俩还养活不起一个娃？我看不当这淘气的官蛮能行，少操心，饿不死。"兰香越说越气，她用手指了一下玉朋的额头狠狠地说："你若孤注一掷，一意孤行，我和你没个完。"

"这些你都听谁说的。"玉朋问。

"瓜尿，这样的话谁还能在你面前明说，都是背后说耳朵里传，叫咱俩听的。一些心怀叵测的人暗地里给你捅刀子，我实在害怕。"兰香说到这儿，眼泪都要流出来了。

其实这些风言风语去年冬季林场出事以后，就传得沸沸扬扬，说得有鼻子有眼。一些人在背地里煽风点火，他们暗中串通，相互勾结，故意制造事端，在别人面前说："林场出现伤亡事故与大队领导有直接责任，与他们脱不了干系，这样的领导就得下台，就得法办。"有的说："出了这么大的事竟然还能风平浪静的，不知这些伤亡者家属和亲戚是咋考虑的？脑袋简直叫驴踢了。这样的事都能搁下？怎么一点都不着急，真是愚蠢至极。"他们暗地里四处煽动家属告状，唯恐事弄不起来。面对这些鼓动的话语，家属们都选择了沉默，不为所动。伍军老人的侄儿庆平对这些人愤愤地说："我是他侄儿，我都没有这个意思，你们非亲非故的，反倒关心起我家的事来了，你们居心何在？我伯父是为村集体利益而死的，他死得其所，死得光荣，死在了发展村集体经济的战场上，而不像有些人死也寻不下个地。发生这样的事，村干部是有责任，但绝不是你们说的那样。公社已经给玉朋书记和来栓大队长处分了，你们还想怎样？再说了，大队领导为这事跑前忙后，我们都记在心里，那时候你们去哪了？"庆平的话音虽然不高，却有力地回击了在他面前烧开水的人，臊得他们面红耳赤，怏怏而去。

玉朋对这些流言蜚语有所耳闻，但他没放在心上。他知道这事他和来栓有责任，所以他主动和来栓到公社承担了责任，接受了处分。再说村上一大摊子事，他忙都忙不过来，哪有闲工夫听这些咬舌头的话。现在听兰香这么一说，他想，这些搬弄是非的人不敢当着他的面说，在背后翻桌子捣鬼，还是没胆量，都是一些跳梁小丑，不足为惧。自己身正不怕影子斜，干好该干的事，让他们爱咋说咋说去。

玉朋把身子挪了挪，他把兰香紧紧地搂在怀里，笑了笑说："兰香，你跟我说的我都知道，咱不能自己受一点委屈，就撂挑子不干，那咱还是个共产党员吗？再说了，伍军老人为了村上的事连命都豁出去了，咱为村上干点事还有啥说的。人生道路上本来就没有平坦之事，要干成一件大事就得经受住大风大浪。就像《西游记》里的唐僧，非得经受种种磨难，才得修成正果。干啥事，哪有不苦就甜的道理？你是我的妻子更应该支持我，你说是也不是？至于那些闲言碎语，谁爱怎么说，就让他说去，咱也堵不住人家的嘴。只要咱干的是正事，咱问心无愧就行。"玉朋这些话兰香也懂，但是心里还是为丈夫感到委屈。她见玉朋如此坚决，也就不好再说什么了。她扭过头去，故作生气地说："好好好，就算我没说，你说得对，睡觉吧。"玉朋脑子里装了太多的事，想睡又睡不着。他只好在被窝里打开手电，翻看起了小说《红岩》，看着看着也不知什么时候就睡着了。

第二天清晨，阳光已照射在窗户纸上，屋里玉朋和兰香还在睡梦之中。毛毛不知什么时候起来上学去了。他今年已是五年级的第二学期，后半年就要升入初中，到杨柳镇去读书了。最近听说为了解决附近几个村学生上学难的问题，县文教局准备在柳庄小学增设两个初中班。这样一来，柳庄的孩子上初中就不用再跑远路，在家门口就可以上学了。毛毛也不用背着馍布袋去杨柳镇读书了，到时候，兰香和玉朋也就省心多了。

兰香从睡梦中醒过来，睁眼一看，太阳都半尺高了。她慌忙起身，掀开玉朋的被子，拍了玉朋一下。玉朋惊醒过来，揉了揉眼睛，忙从被窝里起来。两人穿好衣服，急忙下了炕。兰香洗脸刷牙，打扫屋子卫生。玉朋洗罢脸，泡了一杯茶，一边喝茶，一边想事。眼下想干的事太多，除了林场箍窑的事外，木业社的事、砖厂的事，一时还无法理顺。组织人让砖厂开工吧，目前还不是时候，早晚冻得人都受不了，要是再把砖坯子冻坏了，那可就劳而无功了。玉朋这时想到和来栓商量着让五队怀礼负责林场的事。他想找怀礼谈谈去，一看现在都快半早上了，人家早上地去了，也来不及了。公社通知，明天公社开会，他和来栓都得参加，主要讨论如何贯彻落实县委关于生产队以大化小的事。现在去上地，挣不了几个工，难免有些人又要议论，说他参加劳动不积极，摆官僚主义臭架子。他索性早上的工不上了，决定把家里积攒下来的土杂粪运到自家自留地里去，到时候好种些蔬菜。

兰香早上也没上地。她找来一堆衣服，大都是玉朋和毛毛穿过的旧衣服，有的是肩膀头破了洞，有的是裤子的膝盖处烂了，拿来缝缝补补。

吃过早饭，玉朋撂下碗筷，急忙去了怀礼家。到了怀礼家，一家人还没吃饭，怀礼媳妇巧巧正忙着做饭。早上两口子都干活去了，回来得抓紧做饭，怀礼坐在灶台边烧火，巧巧向锅里放了馍和剩饭，正忙着做菜。

怀礼母亲跟大儿子生活。老人看怀礼两口子结婚几年了没生个娃，也不知是谁的原因，老是念叨着。说到这事，怀礼总是沉默，从不提起。老人的唠叨让怀礼十分烦闷，每当老人提起，怀礼就说："妈，我又没七老八十忙什么呢？你不是急着想抱孙子吗？我哥的志文还不是你孙子。"他总是这样敷衍着母亲。怀礼妈在儿媳面前不好意思说，总是在儿子面前唠唠叨叨。她一见怀礼就说："怀礼呀，都几年了，你也不着急，可是妈着急呀！你们到底是谁的问题？听说现在医疗很发达，你两口子到医院做个检查，不就清楚了。"可怀礼还是那句话："不急，不急。"

怀礼和巧巧看玉朋书记来了，两人都有点诧异，不知什么事。巧巧笑盈盈地对玉朋说："稀客，稀客，欢迎书记大驾光临！"怀礼用一种怪怪的口气对玉朋说："书记怕把门走错了吧，咋走到我这寒舍来了，真是难得，难得。"巧巧瞪了怀礼一眼连忙说："书记无事不来，一定是什么风把您这稀客给吹来了，快坐快坐。"玉朋坐定后，笑着对他们说："按咱们村的老辈分你们叫我爷都不止。"

怀礼龇牙笑着说："是呀，按辈分，我们应该叫你爷。爷爷孙子开个玩笑，你这当爷的可不要介意呀。"

玉朋笑着说："你话都说到这份儿上了，我还说个啥？"

巧巧做着饭，怀礼一边说一边忙着寻找什么东西，翻来翻去怎么也找不着。

巧巧问："你寻啥？"

怀礼答："寻烟哩。"

巧巧说："你从来就没买过烟，你翻的哪门子烟呀。"

玉朋笑了笑说："怀礼，不寻了，你想吃我这儿有呢。"他从口袋里掏出一盒"海河"牌香烟，抽出一支递给怀礼。怀礼说："我不会吸，你吸吧。你到我家来应吸我的烟，哪能反过来吸你的烟，弄得我都不好意思了。"

怀礼陪玉朋坐在板凳上。玉朋点燃一支烟噙在嘴里，一边吸着一边引入话题。他说："那我就开门见山了，林场塌窑的事你也知道，我和大队长来栓商量过了，就在这几天要动工重建。眼下，苹果树就要挂果，急需人手，老场长又负了伤，年岁也大了，恐怕身体也吃不消，想让你挑起这个担子，接替老场长。我和大队长考虑到你年轻，干事踏实、负责，有魄力能吃苦，想让你担此重任。去年你不是还向组织写了入党申请书吗？这也是锻炼你的一个好机会，你可别推辞，我相信你能胜任、能干好的。"

玉朋此话一出，怀礼心里没有一点思想准备。他有些犹豫不决，考虑到这不是件小事情。一方面自己年轻，没有经验。加之，自己脾气暴躁，害怕和其他人搞不好关系，影响团结，伤了和气。另一方面，自己去年写了入党申请书，这正是组织上考验他的时候，得听从组织安排、坚决完成组织交给的任务。他心想，既然组织相信自己，就不应推辞，要勇敢地接受任务，迎接挑战。人是在不断地实践和斗争中去学习的，只有通过实践才能证明自己。他又想，这事自己从来没干过，都是别人指挥自己，自己从没指挥过别人，这份沉甸甸的担子自己能胜任吗？这可是大姑娘上花轿——头一回，不知道怎么好。

这时，没等怀礼说话，一边做饭的巧巧发起了牢骚。她对玉朋说："我的好爷哩，这不行，场长的人选您还是另瞅别人吧。我家怀礼那暴脾气上来连我都受不了，还甭说现在的这伙年轻娃了。到时候那可是钉对钉，铆对铆，谁也不让谁。总之，得罪人的事我们不干！"

巧巧的话给玉朋当下浇了一盆冷水，浇得玉朋有点透心凉。不过他没灰心，又对怀礼两口子进行了一番说服工作。玉朋看他们一时还拿不定主意，就说："你们再考虑考虑，改天给我回话。"说完，玉朋准备要走，怀礼和巧巧硬要留玉朋吃饭。玉朋说："我吃过了，你们快吃吧。"说完，出了门。

玉朋从公社开完会回来，立马就召集了一、二队的干部会。会议在村代销店召开。玉朋在会上传达了公社会议精神，他说：

"公社根据上级要求，要把大的生产队划分为小的生产队，实行生产队大包干。为啥今晚只召集一、二队的干部先开会，主要考虑是一、二队队大、人口多、工作量大，把生产队划小点，有利于生产和管理，能更好地调动社员群众的劳动积极性和创造力，释放更多的劳动热情和干劲，进一步提高生产效率。再说了，队大、人多、口舌多、矛盾就多、意见就大，有些责任制也很难落实。要想让大伙的日子过得富裕些，就得落实好党在农村的各项方针政策，把生产队管理好，管严、管实，把责任落实到每个人的肩上，大家齐心协力，把生产队的事情办好，种好地，多打粮，大家的生活就会过得越来越好。总之，党的路线和方针政策我们必须认真地、不折不扣地坚决贯彻落实和执行，只有这样，我们才能把社会主义新农村建设好。"

玉朋的讲话，引起了大家的一阵掌声，但也有个别人在交头接耳，窃窃私语。还有的人心不在焉，一副事不关己的样子。

来栓做了补充，他说："刚才玉朋书记把这次开会的目的和意义都讲了，我来说一说关于以大化小生产队大包干的方式和方法以及步骤。关于以大化小分队的事，无论是生产队长还是队会计都要认真负责地把这项工作做好。在这件事上不能有半点马虎，要切实负起责任来，把队上的人口和土地、牲口、农具等生产资料详细地加以统计，比如，有多少人口？有多少土地？有多少牲口？牛、驴、骡、马和羊要一一统计，要具体到每家每户，每块土地是多少亩？等级是多少？每头牲口的价格是多少？农具方面，比如，犁有多少张？耙有几把？耧有多少个？耱有多少件？还有背粪的箩篼也得造表登记。这一切都要做到越细越好。要按照公平合理的原则，连人带地和牲口、农具一起分配。希望各生产队长协同会计认真做好分队工作。"

来栓的话刚落，会场又窃窃私语起来，不过大家谈论的话题不是如何分队的事，而是分队涉及的个人问题。一队会计百春憋着一肚子气，他站起来说："大队长，这个以大化小分队是不是意味着我们这些队干部的日子就要到头了？就要靠边站了？我们可是从建社一直干到现在的，没有功劳也有苦劳，怎么一下子说撤换就撤换了？"

经百春这么一问，其他几个队干部也都议论纷纷，情绪激动。有的说："是啊，不说清楚、不弄明白，还以为我们犯了什么错误呢。"

来栓被这突如其来的问话弄得不知所措，一时无言以对。他知道这是事实，以大化小分队就意味着要重搭台子另唱戏，一切都得推倒重来，到时候，难免有些人要被撤换下来，大家的担忧也不是没有道理的，把谁换下来，谁心里都肯定不好受。

会场一下沸腾了，大伙七嘴八舌，一些人像热锅上的蚂蚁，心里乱糟糟的。有的说："咱们就是遭罪的命，为生产队跑前忙后的，受了多少委屈，挨了多少骂，临了却落个卸磨杀驴，这就是命。"

有的说："这生产队就好比地里的土疙瘩，咱们都在土疙瘩上沿着呢，土疙瘩变小了，消失了，你也就没了。"有的说："咱还不就是个皮球，让人家踢来踢去，高兴了用你，不高兴了一脚把你踢开。踢就踢吧，当不当这受气筒的尿官，咱照样生活，照样过日子，省得得罪那么多人，我都当够了。不过无缘无故被撤换下来，人常说猪尿泡打人，臊气难闻，真是闹心。"

玉朋听了这些异乎寻常、不着边际的话，非常生气。他拍着桌子气愤地说："你们说的这是什么话，在队上当了多年干部就是这素质、这水平，我看你们是白当了几年干部。咱们还经常组织学习哩，就是这样的思想觉悟，看看你们一肚子的小算盘，光想着为自己考虑，想着手里的那点权力。你们要想清楚这权力是谁给的？是社员群众给的。大家选你是信任你，希望你能带领大伙把工作做好，而不是自己有多大本事、有多能行，比别人高一大截。我们都是为群众服务的，今天群众需要你，你就得实心实意地为大家服务。明天不干这份差事了，也不要有什么怨言，说什么怪话。我说的这些可能都是老生常谈，听起来让人厌烦，可这恰恰是我们一些人的软肋，拿得起放不下，做事情瞻前顾后。就说现在吧，搞个以大化小你们都想不开，那以后的事情还怎么做？生产队以大化小是工作的需要，是农业生产发展的趋势。我认为这只是当下农村社会变革的前奏，更大的变革还在后头。眼前这么个事情你们都接受不了，好像受了委屈，怪话就出来了。你们还是共产党员吗？还是党的干部吗？我今天就把话撂这儿，包括我这个党支部书记，要是到时候，群众需要我下来，我会第一个痛痛快快地下台，绝不牢骚满腹，赖着不下。"

"生产队以大化小这是上边的政策，县里一些公社都已落实到位了。这是大势所趋，不是谁想阻挡就能阻挡的。"来栓这时在一旁插话说。

玉朋看会场的人冷静下来了，一些人也不吭声了，便把语气缓和了下来说："你们谁还有话要说，今天就把话说透。"

他漫不经心地在手里开始卷他那"一头拧"的老旱烟，卷好后，叼在嘴里，一口一口吸着旱烟。时间一分一秒不知不觉地过去了，会场里静悄悄的，没有一个人说话。玉朋想让大家把肚子里藏的话说完，免得以后有什么意见，当面不说背后乱说。过了十来分钟，会场还是没有人发言，十几个人的会开得异常沉闷。玉朋发话说："既然大家没意见，那就说说分队的事情。现在你们两个生产队要各成立一个临时清算组，这个清算组由队长负责，人员由各队的会计、出纳和组长组成。希望你们把这项工作做好，每个人都要负起责任，不要再说撂挑子的话，在五天之内把这事办利索了。这事马虎不得，大家一定要认认真真把事情办好。我可是挂面调盐——有言在先，别到时候把事搞砸了，说我翻脸不讲情面。"

玉朋接着瞅了一下来栓说："咱明天晚上是不是让这两个队开个社员会，把大家都动员起来，就生产队怎么个分法，再听听社员群众的意见，让大家心里有个数。"

来栓觉得玉朋提出明天晚上就召开社员会有点难度。他想，队上的账目、土地面积、牲口和农具的多少都还没统计出来，怎么开会？跟社员说什么？闹不好还会引起不必要的混乱。于是他对玉朋说："我觉得明晚开会，恐怕仓促了些，各队的一些数据一时还统计不出来，等统计好了再开会。"玉朋意识到自己刚才的话说得有点冒失，就说："那就先放一放吧，等把数据统计出来，先拿出一个方案，再开会讨论。"大家也觉得这样做比较稳妥，都表示同意。

散会了，月亮从云缝里挤出来，像个镰刀挂在天空，月光不是那么明朗，村子里到处黑乎乎的，只有村代销店还亮着灯，窗户纸破了一个洞，射出像手电筒一样的光。银白色的光与淡淡的月光交织在一起，使黑暗中有了一丝灵动。

几天后，两个队同时把一切工作准备就绪。公社派来了一位女同志，专门协助柳庄村搞分队工作。这位新来的女同志名叫王清芳，人聪明伶俐特别是嘴皮子会说话，逢人嘻嘻哈哈，有说有笑。中等身材很壮实，从背影看倒像个男子汉。她爱说调皮话，很讨人喜欢，若是斗嘴皮子村里没人能斗过她。王清芳一进村就和社员们打成了一片，活脱脱一个柳庄的农村妇女。

她一来就喜欢上了这个村子。她说："驻了许多队还没见过这么大的村。"她告诉乡亲们，自己是西山里人，她们村是一个偏远的小山村，只有十户人，山大、沟深、坡陡。她爷爷叫王天保，过去避抓壮丁从湖北逃过来的。后来娶妻生子才有了她爹王起才。她姐弟两个，她是老大，弟弟年龄只差她两岁。家里日子过得紧巴巴的，吃了上顿没下顿，同时供两个学生读书，家里实在没那个能力。她爷爷坚决不让供她，说她是女娃，供出来将来也是人家的人，没啥用处。她母亲却无论如何要供她上学，理由是她比她弟大两岁，书念出来，早挣钱，可以减轻家里的负担。她母亲想，弟弟将来要是考不上高中，就回来和她爸在队里干活，又添了一个男劳力。于是，她母亲下定决心，就是吃糠咽菜也要把她供养成人。她爸上过小学，一些汉字基本上都认识，爱看古今中外的一些书，在村里也算半个文化人。父亲的态度是两个孩子他都供读书，就是再苦、再穷，砸锅卖铁也要供他们姐弟二人读书学习。一个家庭，三个理念，三种态度，各有说法，常常争得不可开交。她母亲是掌勺把的，弄得她爷和她爹父子俩有时连饭都吃不上，一个埋怨一个，时不时饿着肚子。后来，她爷爷年岁大了，一年不比一年，农活干不动了。父母每天就起早贪黑里里外外忙个不停，一个人干两个人的农活。由于长期的操劳过度，她母亲染上了肺结核，在她弟还没有上完初中时就去世了。这突如其来的变故，如同天塌下来一般。由于给母亲看病，又欠了一屁股债。这时，她弟已十七八岁，看自己有力气了，能给家里挑重担干活了。他初三毕业，试也没考，也没给她爹说，就背上铺盖卷回来了。气得她爹打了她弟一个耳光。这一巴掌打在她弟身上疼在她爹身上，她父亲跪在地上狠狠地用拳头砸着地面，搂着她弟，流下了痛苦的眼泪。她弟拉着她爹的胳膊，父子二人抱头痛哭。她弟倔强地说："爹，我不怕吃苦，我回来能为你减轻些负担，让我姐把学上完，将来为咱家争口气。"

听了王清芳的讲述，乡亲们都倍感同情。她的遭遇何尝不是柳庄人的遭遇，大家惺惺相惜，感情一下子拉近了很多，围着王清芳问这问那。

尹守义老汉也夹在人群中，他想看看这位新来的女干部是个什么模样。他从人群中挤了进去，浑身上下打量了下王清芳，感到有一股年轻人的朝气，白里透红的面孔，总是笑眯眯的。她用直爽的语言向大家讲述着她的家史，一点儿也不拘束，豪爽直率的性格让人感到可爱、亲近。守义老汉从来没有见过这么大方、开通的姑娘。他目不转睛地看着王清芳，觉得眼前这个女同志不一般，伶牙俐齿，能说会道，头脑不简单。王清芳说着说着无意间发现面前站着一个老头，正用犀利的目光看着她，聚精会神地听她说话。王清芳毕竟是女同志，她有点不好意思了，白里透红的脸上又微微添了些红。她立马走上前去，叫了一声"叔！"并伸出双手要跟守义老汉握手。弄得尹守义十分不好意思，一时不知怎么回答。心里想，咱一个老农民怎么能和人家女干部握手呢。人家是新来的驻村干部！咱一个大老粗，人生面不熟的，跟人家女娃娃握手不合适。又一想人家叫自己叔，主动要和自己握手，就是看得起自己，活了多半辈子还没有一个陌生人这样和蔼可亲地称呼自己，咱不能驳了人家的好意。守义老汉想到这，尴尬地伸出手又缩了回去。嘴里半天"你……你……你……"就是说不出话来，急得他头上直冒汗。

王清芳见守义老汉不好意思和她握手，就主动搭话说："叔，看你这结实的身板，好好活。现在社会越来越好了，这几年社员们的吃穿有了很大改善。为了让人民群众都能过上好日子，现在全县各个公社都在搞生产队以大化小的试点工作，只要紧跟党走，相信一切都会好起来的。"王清芳接着问："叔，你多大岁数了？"

王清芳这么一问，守义老汉再不能不吭声或支支吾吾了。他提高嗓门说："六十七岁了。"

王清芳拍拍守义老汉的肩膀说："叔，好好活，争取活过百岁，还是个宝。"她的话引起周围人的笑声。

尹守义老汉看王清芳这位姑娘性格如此豪爽，不拘小节。他打心眼里喜欢，也就不拘谨了。他笑着说："这姑娘，你这么好的人才，不知婚嫁没有？要是有了，女婿一定是个帅气的好小伙。"

他的话刚落，王清芳当着大伙的面故意逗乐说："啥帅不帅气的，晚上灯一拉，还不都一样。"这话从一个女同志嘴里说出来，在场的人都有些吃惊，继而逗得大家开怀大笑起来，有的直笑得肚子疼。老尹面红耳赤地站在一旁也傻笑着。

王清芳神情自若，又和几个年轻人开起了玩笑。就在此时大队部院窑背墙上挂着的大喇叭响了。通知说今天下午让一队和二队的社员不要远离，抽出时间分别召开两个队的重要会议，每个人务必按时参会，不得无故缺席，望社员群众都能参加。

吃了中午饭，一队的社员陆陆续续来到了村里的大槐树底下，这里是他们常开会的地方。中午树底下凉快，来的人多，也不觉得闷热。大家零零散散坐在一起正谈论着，王清芳端着一个小板凳笑嘻嘻地来了。她找了个地儿坐下，社员们一下子都围拢过来和她坐在一起，大家还想听她逗乐子的调皮话。王清芳是来参加一队社员会的。她一坐下，就和大伙聊起天来。她说，今天中午在百春家吃饭，一进屋，百春媳妇正要给她做擀面条吃，她谢绝了。百春媳妇问她："那你不吃面要吃啥？"她说："我就想吃咱们农村打的搅团，你就给我做碗荞面搅团吧，我最爱吃这，在公社机关大灶上吃不到这个。"百春媳妇遂了她的愿，给她做了搅团，吃得她浑身舒坦，大家七嘴八舌围着她有说有笑。德红媳妇娅娥笑着说："看来你是个穷肚子，提起这饭让人就头疼，我们都吃厌了，你还想吃它。"梅香说："那有啥吃头，吃了也不顶饱，我们管它叫哄上坡，半天就饿了。"德红却说："你们别说这饭不好吃，我倒喜欢吃，吃到肚里暖暖的，挺舒服。"大家你一言，我

— 374 —

一语正闲聊着。玉朋书记也来参加一队的社员会了。他见驻村干部王清芳与大家坐在一起聊得热火，不像是公社派来的女干部，倒像是乡里乡亲的村姑。这让他很高兴，也很佩服，对她肃然起敬。他心里由衷地欢迎这位女驻村干部，觉得她是一位难得的好同志。

玉朋环视了一下四周，发现一队的干部一个也没到，大家等得很无聊。为了解闷，也想知道大家对分队是怎么个看法，他试探地和大伙闲聊起来。玉朋起了个头，大家就跟着谈论起来。有的说："在党的领导下，大家从土改分到土地到互助组再到初级社一直到人民公社，由小到大几十年了，我们的农业和农村面貌都发生了翻天覆地的变化。周立波过去写小说叫'山乡巨变'，确实是山乡巨变。现在党领导我们开始新的征程，号召实行生产队以大化小，一定有党的道理，我们坚决跟党走就是了。"有的说："是啊，只要跟着共产党走，准没错。"有的说："不是弄大，就是变小，这以后的事谁也说不准，跟着形势走吧。"

就在大伙议论之时，一队的几个干部才姗姗来迟。队长李维强瞅了一下社员基本都到齐了。书记李玉朋和工作组王清芳早已守候多时。李维强不好意思地对大家说："对不起，让大家久等了。"接着，他调整了一下语气说："刚才，我们几个队干部研究了分队中人户分配的问题。这两天有一些人反映，不愿意兄弟、父子分开，分到两个队。我们几个商量了一下，可以照顾这些户的要求，按照人数多少采取互换的方式来调整。为了生产上好管理，建议还是按每户居住的便利和地段来划分。我首先向大家说明这一点。"

接下来，李维强简单讲了这次分队的意义。他接着说："为了把这次分队工作做好，让大家满意，我们打算从五个方面做起，请队会计百春给大家详细说。"

大家把目光投向百春，竖起耳朵听百春怎么说，不常开会的人也想听听这队怎么个分法，一个个张着嘴巴看着百春。

　　百春慢腾腾站起来，拍了拍沾在屁股上的土，又看了看围坐着的社员群众。他从口袋里掏出一张叠了四折的纸，打开看着说："队长叫我给大家把分队的情况说一下，我就照着这张表给大家原原本本说。这五个方面，第一个是人口划分，人是按现居住地划分的，从居住地的中间分开，一个队一半，户数与人口相等，有不愿意的，可互相调整。东边为新一队，西边为新二队。这里要说明的是咱队的新川和来全两家因居住地的原因，征得本人意见，经队上和大队研究，这两户划入二队，由二队再行分配。第二个是仓库现有粮食和资金问题。这个问题不难解决，队分开后，粮食和资产平均分配。不过现在有多少粮食，还没有清点，下来马上就会搞的。资金方面，除队上开支外，剩余资金账面都很清楚，队上定期公布，大家也知晓，到时候平均分配就是了。第三个是农具。咱队最值钱的农具就是两台手扶拖拉机和一辆马车。这些都是定过价的，分队后无疑是一个队一台拖拉机，马车按价平分，将来不论哪个队要，按半价给另一个队出钱就是了。至于其他农具，像犁、耧、耙、耱等都好分，各半处理就是了。第四个就是土地了，这是最重要最关键的。前几天我们对全队所有土地做了一次丈量评估，把土地分为三个等级，甲、乙、丙等。会上，决定用抓阄的办法进行分配，抓到甲等地的带丙等地，乙等地按人口分配。同时，参照整体面积划分，切实做到公平合理，分队后人人有地种，有饭吃。第五个是牲畜的分配。按牲口的种类、匹配和评估价格进行分配。比如羊，就按只数平均分配。我想，咱们生产队每个人都知道队里的家底，有多少头牛、几头驴和几匹骡子、几匹马，我就不一一说了。总而言之，请大家相信我们一定把这个家给大伙分好，分公道，分得让大家满意。我的话完了。"

李维强站起来说："大家都听明白了吗？刚才百春把分队五个方面的情况都给大家说了，有不同意见、不同看法可以提，咱们再商量。分队问题也不是个小事，要分得让大家心服口服、满意才是，现在大家开始发言。"

会场一时陷入沉默之中，大家都在认真地思考着。春生举手说："分队我看倒没什么问题，就是分了队我们这几个月的工分怎么办？谁来认，总不能黄了吧？大伙辛苦干了将近半年，家里有老有小，还要吃饭呢。"

玉朋说："你提的问题很好，很实际，这关乎着社员群众的利益，分队前这几个月大家的工分黄不了，分队后由你们所在新的生产队统一分红就是了，大家不必顾虑。"

王清芳笑着说："大家不必拘束，要畅所欲言，无论是关乎自己的，还是集体的，我们能给大家解决的尽量解决。"

王清芳这一说，倒叫李雨花想起一件事。他板着个脸说："前年，队里保管室房子漏雨，队上修补保管室，借了我二百多片瓦，至今还没还，你们大家要是不信，欠条还在我手上呢，我回家找去。"说着他要回家取欠条，被玉朋书记拦住了。玉朋笑着说："相信，相信，不就是队里借了你二百多片瓦嘛，好处理。等会完了，你拿上欠条拉上车子到砖厂找田喜，队里给你还二百数的机瓦，不就解决了，再说机瓦还比你的老瓦大，一片机瓦可顶四片老瓦，不吃亏吧。"

雨花要瓦的事，引起了许多人对他的看法和不满。"这人真是的，鸡毛蒜皮都在乎，不就是几片破瓦吗，有啥用处？也值得在会上提，难怪人家在背后说他不是东西。""一丁点亏都不想吃的家伙，要回来还不是一堆废物，他又不用，家里拆老房时那些老瓦片堆得到处都是，也没见他用。"会场大伙议论纷纷，可是雨花不以为意，他是一点亏都不能吃的人，哪怕就是一根针只要属于他，他也得要回来。

维强见大家把话题扯远了，就说："大家要是没有意见，明天就开始盘点库里的粮食，分队的各项工作就动起来。"维强讲完后玉朋接着说："分队的事就这样了，新的生产队产生新班子的事迫在眉睫，开完会后，希望每个社员都要以高度负责的精神，把信得过的、愿意为大家服务、能为大伙办实事的人选进生产队班子。赶后天晚上召开选举会，选出新的队班子。接下来，许多事就由新班子来接手和处理。人口户数就按你们商量的办，另外土地的划分、农具的分配，尤其是牲畜强弱的搭配，驴、牛、马、骡、羊等分配都要由队干部来经手，还有粮食的分配问题，都要一一做好，不能有任何的纰漏。再者，回去以后，大家要好好想想，瞅准、选好队干部的人选。"

玉朋问王清芳有什么要说的。王清芳笑着摆了摆手。

李维强宣布散会。

二队的社员会和一队是同时开的，参加会议的有邓来栓大队长和团支部书记郭永清。孙永新主持会议，他说将二队分为两个生产小队，第三生产小队和第四生产小队。孙永新对这次分队也做了五个方面的发言，讲了一些策略和分配的方法。人口户数主要也是按居住地划分，其他方面也是平均分配。

会计广林做了补充，他拿起花名册宣布了每个家庭所属的生产队，同时又把每件农具和每头牲口的价格做了详细公布，包括羊群等。啥牲口、啥农具分给谁，分给哪一个队，都说得一清二楚。关于队里的土地，也是按照大的原则甲等地带丙等地的办法进行分配，会上很快确定了两个队的地权。至于粮食方面，除了队上现有库存储备粮外，其他队所欠的粮食也分得清清楚楚、明明白白。

来栓兴奋地说:"咱们今天的会开得很好,看来咱们队社员的思想觉悟就是高,对分队这件事早就有了认识,大伙思想统一,意见一致。我原以为咱们队的工作难搞,担心队大,加之文化人多,特别是家庭成分高的人多,情况复杂,现在看来并不是那么回事,我的担心是多余的,也把大家给低估了。你们能这么想,咱们后面的工作就好搞多了。下一步就是你们新产生的两个队干部的人选问题,不知你们有没有合适的人选,酝酿得怎么样了?"

草根心目中早就有了自己的人选。他刚张口,一个字还没说出来,就被来全瞥了一眼,只好把话咽回肚里。坐在草根身边的新川扯了一下草根的胳膊说:"别逞能,想好了再发言也不迟。"大家都在相互揣摩着彼此的心思,不动声色地观察着对方的神色。

开会虽说让大家畅所欲言,但毕竟是选干部的事,这件事谁也马虎不得,每个人都绷紧着脑子里的弦,琢磨着自己心目中的人选。邓来栓看了看大伙说:"这也不是急的事情,大家再考虑考虑。究竟选谁当新的生产队干部,大家一定要慎重,要本着对集体负责、对自己负责的态度,认真考虑,好好想想,选出大伙称心如意的领头雁来。到后天晚上咱们再开选举会,选出新的队干部,做好分队的交接手续。看大家还有什么意见?永清、永新你们意见如何?"

大家都说没意见。来栓接着说:"既然大家没意见,那就这样决定了,最后还是那句话,选好新的队干部是关键,希望大伙认真对待,一定把能干事,想干事,愿为集体办事的人选出来。"会议在大伙的一片掌声中结束了。

两天后,一队召开了社员会,选举产生了新的生产队干部,选出了两个生产队长,一个是振生,一个是田树民的弟弟田立民。同时,选了两个队的会计员和出纳员及组长四人。组成了两个生产队的新班子。

一队的选举工作刚结束，紧接着就是新分的两个生产队牲口、农具和土地的分配交接工作。连日来，大家都为分队的事忙碌着，分牲口、分粮食、调配农具、分割土地，个个忙得不亦乐乎。新当选的干部们更是劲头十足，天天晚上开会研究，筹划着新生产队的事。

第三天中午，二队也开起了社员会。小小的记工室里挤满了人，低矮简陋的小屋顿时热闹了起来。屋内人多，显得有些闷热。有的人干脆提着小凳子坐在院子里，透透风，倒也觉得凉快。孙永新在小屋里查了查人数。他看人基本都到齐了，宣布开会。他说：“大家经过两天的考虑，现在可以开始提名了，把你们心目中最信任的人提出来，选好队干部，选好当家人。多的我也不说了，现在大家就开始提名，谁先说？”

他看了看坐在前面的草根说：“草根，你现在可以提名了，把你心目中的人提出来吧，上一次你不是都想好了吗？”

草根这回变得成熟稳重多了，他有意装作没听见，在地上抠着土画了许多方块。

永新笑着摇了摇头说：“这娃，真叫人难捉摸。”

片刻工夫，会场又是死一般的沉寂，大家不是沉默无语就是耷拉着脑袋，心里拿捏着各自的主意，同时也揣摩着别人的心思，察言观色地注意着别人的一举一动，每个人心中都很不平静。

这时，栓喜发言了，他挤在人堆里美美地吸了几口旱烟，轻轻地掸掉烟灰，随便把烟袋搭在膝盖上说：“上次开会，把我分到了四队，那我就是四队的人了，我提二虎当我们四队的队长。”这一提议，一下把大家的目光吸引到了二虎身上。二虎这个四十上下的中年汉子，憨厚、诚实、又能吃苦，平日里总是认真负责很有耐性。这样的人，大伙心里都很乐意。刘大柱也瞅准了二虎，他紧跟着说：“我也同意。”接着大伙众口一词都表示同意。

"还有不同意见吗？"孙永新看了大伙一眼，又追问。

"没有。"大家几乎异口同声地回答。

二虎看大家一致推选他当这个生产队队长，心里百感交集，有些诚惶诚恐。这个平日里被人瞧不起的平头愣娃憨汉子，今天一下子要当官了，心里难免有些紧张和不自在。二虎心想，自己一个无名小卒承蒙大伙抬举，被提名为生产队长人选，这是大伙对自己的信任。以前，队里大会小会开了多少次，从来没有人正儿八经提过他二虎的名字，提到他二虎的，无非是要派什么活儿，要不就是挨批评。今天是大伙主动提自己当队里的头，他感慨万千，激动不已，忐忑不安的心里七上八下，一会儿豪情万丈，信心十足，一会儿又犹豫不决，情绪低落。他心里反复在想怎么胜任这个职务，怎样担起这份担子，他的心里也着实没有底，反倒隐隐的有些压力。老婆鬼难缠今天没来开会，也不知道她支持不支持自己，对这个女人他心里没底。二虎想到这儿，无奈地站起来说："谢谢大家对我的信任，大伙还是慎重地再考虑考虑吧，我没有这个当头的本事，怕干不好，到时候辜负了大家。"

栓喜着急地说："我们早就看上你了，你不要再推辞了，别磨磨叽叽的，你以往都是个直爽人，今天怎么变得婆婆妈妈了。"

记娃笑着打趣说："二虎没问题，一定能干好！二虎现在是鸟落到嘴边上——谦虚呢。"

最后，经过大家的举手表决，一致同意二虎当选为柳庄大队第四生产队队长。

此时，三队也酝酿出了他们的队长人选。他就是李来喜，一个四十出头的庄稼汉子。

这来喜还有一个最吃香的名字叫李简单。李来喜早年在外村当了多年的村支书，是很有魄力的实干家。只因为说话、办事，干脆利落，就像枣核解板，锯数不多，因此人给他起了个绰号叫李简单。李简单小时候害过天花，脸上有几颗麻子，也叫麻子李。

经过一上午的会议，柳庄原二队选举产生了两个顶级的人物，三队队长李来喜和四队队长李二虎。孙永新说："既然两个队的队长已经选出，这就好办多了。我这个留守队长的使命也就完成了，不过请大家放心，我和原二队的一班人会协助你们组建好自己的队班子。目前，大家要考虑的是谁能胜任这两个队的组长、会计和出纳等。再者就是分队交接的事情，大家一定要做到心中有数，土地、牲口、农具、粮食，包括财务等都要按照预先的方案逐项落实好，让各队的人都满意。我现在要做的事就是协助你们组建好队班子，完成好交接工作，后面就看你们的了。"孙永新如释重负，他话锋一转又说："目前正是紧要关头，两个队的新班子还在筹建中，队上的交接工作一项都还没有落实。现在又是春耕生产最忙的时候，我也不能把这担子撂下不管，在两个队新班子还没有组建完成前，我会挑起眼前的这份担子，站好最后一班岗。咱们二队自人民公社化以来就是村上数一数二的生产队，也是这方圆几十里出了名的生产队。现在分队了，希望大家把这个荣誉保持下去，发扬光大。交接工作一结束，我就完全退下来了。这些年，我当队长难免因工作得罪了不少人，说了一些过头的话，现在当面打我骂我都行，可千万别记仇，放到心里去。谢谢大家这么多年来对我本人和工作的支持！总之，我多么希望咱们生产队和大家的日子都能好起来。"说到这，孙永新的眼眶已经湿润了。

二虎这个愣头愣脑的中年汉子，睁着一双傻愣愣的大眼睛惊讶地看着这个以往自高自大、爱骂人的老队长，心里有种说不出来的感觉。过去许多事，他还记着呢，不过这次老队长也给他投了赞成票。今天老队长看自己的眼神都温和了许多。他转眼又一想，如果不是分队，说不定老队长今天在台子上仍然是一副高傲的姿态呢。今天大伙推举自己当队长，风水轮流转，从前的孙永新现在一会工夫就变成他李二虎。二虎想到这里，心里一下舒坦了许多。

孙永新最后说："会就开到这儿，现在只剩下两天时间，各队应尽快组建好自己的班子。到后天，咱们就开始落实交接工作。同志们，一年之计在于春，时下正是春季大忙季节，咱们要做到分队和春耕生产两不误，要抓紧时间做好当前各项工作。今天的会就开到这儿，散会！"

会散了，人们走出记工室，蔚蓝的天空飘浮着几丝云彩，温暖的太阳照耀着大地。人们深呼了一下春天里新鲜的空气，抖擞抖擞精神，又匆匆忙忙各忙各的事情去了。

两天以后，柳庄大队第三、第四生产队也相继选好和组建了各自的队班子，并组成了由新老干部六人组成的交接小组。按照事先的方案，把土地、牲口、农具、剩余粮食等逐一落实到各队。经过几天的忙碌，两个队很快完成了分队后的交接手续。

自二虎当上队长后，他的日子就没有顺心过。鬼难缠一听说她家二虎当了队长，心里就憋了一肚子气。她打心眼里不想让二虎干这个窝囊差事，所以老大的不高兴，嘴里总是嘟嘟囔囔，唠叨个没完没了，甚至一见二虎的影子都是气。按道理说，丈夫能当上队长她应该高兴才是，但她和别人想的不一样，她喜欢占便宜，只要是别人家的东西，不管她家有没有，用得上用不上，她都想着去向人家讨要一些，哪怕是一点盐菜、一根葱、一棵辣椒。瞧见人家在地里收获了什么，总要想法弄上一点，这样她才会心安理得。总之，她潜意识里就是能多占点便宜，就多占点。这样的毛病她已经习以为常了，大家也习以为常了，这在整个柳庄也不是什么秘密。这几天，自从丈夫当了队长，她心里越想越难受，一想到二虎整天忙队里的事，家里事一点也顾不上，丈夫那人耿直，不像自己，一点好处也得不到，整天干得罪人的事，深感自己安安稳稳的小日子到头了。鬼难缠茶不思饭不想，人一下消瘦了许多。她一个见利就沾，一点亏不吃的人，这个出了名的铁公鸡一毛不拔的人，二虎当队长简直是要了她的命。

再说那天，选举会一结束，二虎心里甭提有多高兴了。他手舞足蹈地哼着《打靶归来》的歌曲，一路走一路唱，虽然唱得别别扭扭，闷声闷气，但丝毫不影响他愉悦的心情。

日落西山红霞飞，战士打靶把营归。胸前红花映彩霞，愉快的歌声满天飞……

"嘿，别唱了，南腔北调的，难听死了。""人逢喜事精神爽，管他会唱不会唱的，只要高兴就行。"一同出来的几个人打趣说。二虎装作没听见，继续哼着他不成调的歌儿大步流星地朝家走去。不知不觉到了家门口，二虎兴冲冲地进了院子，想给老婆个惊喜，他知道老婆鬼难缠没参加今天的选举会，不晓得自己当队长的事，他想她一定会很高兴。他一进屋就兴奋地说："老婆，饭做得咋样啦？把橱柜里那瓶二锅头拿出来，咱今日高兴高兴。"

"高兴个屁，我叫你给我喝个够！"只见鬼难缠端了一盆脏水向他泼来。二虎未来得及躲闪，霎时脏水淋了二虎一身。二虎忙用手抖着衣服上的饭菜叶子，强忍怒火，心里骂道："这婆娘真不懂事，简直不可理喻，不分青红皂白就把脏水泼我一身，真是扫兴晦气！"二虎之前愉悦的心情一下子一扫而光。他一句话也不想说，气愤地瞪着鬼难缠看。鬼难缠也不示弱，侧着身子提着脸盆骂开了。

"你还当官呢，当个尿官！羞先人哩，八辈子没当过官，也不自己撒泡尿照照，一脸的瓷锤气，还想当官，也不看看你家祖坟里出过官没有。你是当官的料吗？我看你是秃子头上发光——不自量力。咱放下安生日子不过你逞什么能？得罪人的事你也干？比你强的人多的是，人家都不愿意当。你倒好，好像自己捡了个大便宜，看把你高兴的、得意的，人家给了你一根麦秸你还真当拐杖拄了。"

经鬼难缠这么一骂，二虎懂了，明白老婆已经知道了他当队长的事，当初的那份担忧看来是对的了。对于鬼难缠这些刺耳的话语，二虎并不在意，他抖了抖身上的脏水，愤怒地掀开挡在屋门口的鬼难缠，愤愤地说："我的事，你少管。"随后他进到屋子，屋里冰锅冷灶的，看来她真的没做饭，这摆明着是要和他过不去。

鬼难缠被二虎一推，差点跌倒。她知道二虎的暴脾气上来也不好惹，所以没敢再撒泼，但也没有示弱，她又疾言厉色地嘟嘟囔囔起来。

二虎本想报个喜，让老婆高兴高兴，没承想热脸贴了个冷屁股，还遭了顿臭骂，心里很不是滋味。他强忍着怒火，不想跟老婆鬼难缠一般见识。他知道她是个小肚鸡肠、胡搅蛮缠的女人，总爱占点便宜，不想吃亏。他和她吵吵闹闹了这么多年也习惯了。没办法，谁让他娶了这样的女人？这就是命，他认了。她不做饭，自己做。二虎从水缸里舀了一瓢水正要向锅里倒水，鬼难缠看见了一把夺过马勺，一瓢水全洒了。这下可惹毛了二虎，一时积攒的怒火瞬间爆发出来。他气急之下，用胳膊肘一抡，把鬼难缠一把抡得身子转了一圈，脑门磕在了橱柜的棱角上，疼得她哇哇直叫，跌倒在地。二虎这时也慌了手脚，忙伸手搀她，可鬼难缠一屁股坐在地上像个磨盘似的纹丝不动，急得二虎心里火烧火燎的。这一跤确实摔得鬼难缠不轻，她顾不得谩骂了，手抓脚蹬地捂着头大哭大号，活脱脱一个泼妇。二虎的怒火出了，气也消了，他看着倒在地上的鬼难缠关切地问："看你那凤样，几十岁的人了，你哪儿疼?"他一边问一边去摸鬼难缠的头,他把头发用手分开才发现鬼难缠的后脑勺上起了个大疙瘩,上面渗出了血。他知道,这下可把事闹大了,这可怎么办?他搀又搀不起来,急得他出了一身冷汗。过了一会儿,鬼难缠也不哭不闹了,脸上满是泪花,眯着眼皮好像要睡觉的样子。

正在这时,院子里有了脚步声,一个人边走边喊:"虎子哥,虎子哥,吃了没有?老队长让我叫你去哩,今天下午开始分地了,快点。"来人是四队新当选的会计新川。他见屋里边没人应,就走进屋子里面。新川猛朝地上一看,鬼难缠躺在那里。二虎像个木鸡呆呆地傻站着。新川忙问:"这是咋啦?""我抡了她一下,头磕在了柜子棱角上。"二虎惊慌失措地说。新川看鬼难缠状态不好,急忙说:"快送人上医院,人都成这个样子了,还愣着干什么?"二虎这才惊醒过来,两人把鬼难缠搀起来扶上炕,让她先躺下。新川说:"需要带的东西都带上,马上去医院。我先去给老队长说一声,用队上的手扶拖拉机送上一趟,你抓紧时间准备。"说着,新川急急忙忙往外跑。

新川走后,二虎把多年积攒下来的全部家当都拿出来带在身上,这些钱是他和老婆鬼难缠辛辛苦苦积攒下来的。他小心翼翼地把钱装在衣服的最里边,别上一个别针,又从衣柜里慌慌张张取了几件换洗衣服。一切准备妥当,他把鬼难缠搂在怀里焦急地等待出发。

一阵轰鸣声,拖拉机已经开进了院子,停在屋门外。车上下来两个人,一个是新川,一个是驾驶员铁锤。三个人很快把鬼难缠抬上了拖拉机。新川说:"二虎哥,今天分地,我就不去陪你们了。你们路上一定要小心,注意安全。"

二虎对新川说:"我不在,分队的事就拜托你们了。我估计一时半会回不来,你们一定要多操心,可不能出差错。"

"记住了，你就放心吧，队里的事有我呢，你尽管放心！给嫂子好好看病，一定把嫂子伺候好了，把你那火暴脾气收一收。"拖拉机在尘土飞扬的土路上行驶，一会儿就不见了。

铁锤驾驶着拖拉机在坑坑洼洼的土路上行驶了半个小时，开进了杨柳镇地段医院。二虎和铁锤两人把鬼难缠扶到门诊室，医生给鬼难缠做了检查，诊断为轻微脑震荡，得住一个星期的院。听了医生的话，二虎忐忑的心这才放了下来，松了口气。

二虎送走铁锤后，已是黄昏。回到病房，守候在鬼难缠身边伺候着她。

时间过得很快，一个星期后，鬼难缠就出院了。村里分队的事也结束了。二虎刚回到家，新川就到家里来看望鬼难缠了。他特意带了半斤点心，把鬼难缠感动得一口一个新川兄弟。新川把分队的情况详细给二虎做了汇报，二虎听了十分满意。两人正事谈完后，又要笑抬起杠来。新川改口叫二虎李队长，二虎听了十分别扭。他对新川说："咋？我一回来称呼都变了，叫我李队长了。叫我虎子哥不是挺好吗？就因为我当了队长，连我这个哥都不认了？""哪能呢，你毕竟是官嘛。"

二虎笑着说："你不是也一样，成了咱队上的财务大臣了。"

"这还不是在你的翅膀底下嘛，不过兄弟跟定你了，只要为大伙好，今后你指到哪，我打到哪，全听你调遣。"

鬼难缠见二人越说越来劲，心里觉得有些好笑，就打趣说："一个土皇上、一个大内总管，看把你俩能的。咱队上的事可不好弄，我倒要看看你们咋唱这出戏。"听鬼难缠这么一说，新川故意笑着问二虎说："虎子哥，那天你把嫂子到底怎么了？让嫂子躺在地上都住院了。"

鬼难缠觉得理亏，不好意思地瞪了新川一眼，尴尬地离开了。

二虎看鬼难缠走了，对新川竖起大拇指说："兄弟，真有你的。我家这母老虎就得你来治。""你可别这么说，你们两口子还是少吵少闹的好。兄弟我多说你两句，你那火暴脾气也得改改，毕竟都是老夫老妻了，有什么解不开的结，值得你们动手动脚的，万一失手了怎么办？你们想过没有？"

二虎不好意思地说："我也是忍了再忍，实在忍不住才动手抢了她一下，谁知闯了这么个祸，人遭罪不说，还白白花了不少积攒的辛苦钱，真是倒霉！"

"那你记住了，和嫂子怄气的时候，心里多念叨几句'好男不跟女斗'不就结了。"新川笑着说。"有道理，看来兄弟对付女人还有一套。"二虎听了直点头，笑嘻嘻地说。"说啥呢？我给你说正经话呢，没个正形。"新川笑着轻轻擂了二虎一拳。

"咋？背着嫂子，又说嫂子的坏话呢？"鬼难缠乐呵呵地走了进来。刚才，新川和二虎的谈话她全听进了耳朵里。她知道丈夫已经不生她的气了，她的气也早消了。

"谁敢说嫂子你的坏话。"新川笑着说。"说就说吧，嫂子不会和你计较。就说上次吧，也不怪你虎子哥，都怪我听说你虎子哥当了队长，气不打一处来，就和他闹腾开了。我主要是害怕你虎子哥当了队长，吃力不讨好，还把自个儿的日子耽搁了，不划算。"

新川笑着说："嫂子，你放七十二条心，你的担心是多余的。大家能选我虎子哥，就说明大家信任他，放心他。你和他是两口子，难道你还没有大伙了解他？说到这，不是兄弟说你，今后可不敢这样胡闹腾，丢人现眼不说，万一有个闪失咋办？不是兄弟说你们俩。"新川接着说，"但话说回来了，既然我虎子哥当了咱队的队长，你就应该全力支持他。他干得好，你脸上也有光，我们大家脸上都有光，你说是不是？"

鬼难缠心里明白，新川说的话在理。她笑着说："兄弟，听你的。人都说我难说话，不讲理，给我起了个绰号'鬼难缠'，但我并非糊涂人。我以前做得不对的，我一定改，当着你的面，嫂子这点决心还是有的。大家叫我鬼难缠，说实在的我不服，其实嫂子也是一个好打交道的人。只要人敬我一尺，我就敬人一丈。谁要是瞧不起咱，咱就让他难堪，不好过。"

新川觉得鬼难缠挺有趣。说她难缠吧，今天倒像个孩子，既检讨又保证，同你说着掏心窝子的话，一脸的率真，毫不做作。

鬼难缠的表现让二虎也有些吃惊。心想，这婆娘今天是不是太阳打西边出来了？二虎和新川聊起了分队的事。他说："这次分队我不在，没能参加。你说说分队中还有啥问题没有？比方说分配不均、不公道的问题。咱这人从来不偏三向四，也不爱扯那些鸡毛蒜皮的事，关键是集体的东西要一件不少地把它登记好，分配好，哪怕是一个石柱子、一个箬篓、一个犁铧、一根缰绳，那都是队上的财产。咱要弄得清清楚楚。还是那句话，队里所有的财产都要做好登记，这样就不会有人借机钻空子，占集体的便宜。咱们都是刚上来的新手，一定要把手头的工作做细、做实，要多长几个心眼。最近，咱们要在一块合计合计、谋划谋划队上的事情，可不能让那些老人手把咱们看扁了，到时候说咱们这也不行，那也不行，那人可就丢大了。咱不能让别人看笑话，尤其是不能让老队长孙永新看笑话，你和我都丢不起那人！"

新川不屑地说："老队长那人，谁还不清楚，打手电筒只照别人不照自己，对别人一套，对自己另一套。对别人讲得头头是道，对自己把经就念歪了，还是个臭嘴，动不动就骂人，显得自己有能耐。我记得有一年在饲养室院里垒粪，孙永新自己套不上牛还骂别人套不了牛。"

鬼难缠听二虎他们说得没完没了，有些疲倦了。她强装欢笑说："看把你俩劳死了，大家的事，大家都不操心，你俩倒是何必呢?"鬼难缠坐的时间久了,人也累了,但考虑到新川还没走,她只好背靠在被子上躺着听他们说着那些她从不关心的事。

新川笑着把鬼难缠瞅了一眼,回过头对二虎说:"看来你两口子还尿不到一个壶里呢。"

二虎有点不好意思,腼腆地回击了新川一句说:"你和你老婆就能尿到一个壶里?我看也未必。你不要胡拉被子乱拽毡,说东打西的,赶紧说说你们是怎么分的。"二虎有些着急了。新川却泰然处之,一点也不着急。

新川自信地说:"这次分队,新老干部组成的交接小组把原来队上所有的资产和账目一个不落地全部进行了清算核实,就连保管室里那几件坏了的农具也逐一核算在内。牲口、羊群就更不用说了,连刚下的羊羔一只不漏也都登记得清清楚楚。不信,你再把账本看看,反正我觉得没什么问题。队上的事情,人多眼多,一些人也不敢轻易胡来。交接小组六人中你不在场,我们五个,包括老队长,大家都很用心。土地的划分是按照以优带劣划片包干的原则进行了整体划分,咱们队是东湾一大片地和西湾的全部土地。农具方面,也是优劣搭配,所有东西都分好了,放在咱队的保管室里。牲口、羊群饲养方面,咱队分了两个饲养室和一个羊圈。上次分队就是这么分的,我看公平合理,没什么问题。"

新川把这些情况向二虎细说了一遍,二虎也就放心了。接着他问起了队上财务方面分割交接的事。

新川回答说:"账面上也很清晰,一卯对一楔,收支平衡,无论是现金账,还是物资账都不差一分一毫。我们几个人对账对了一整天,反反复复核对了好几遍。账务的分割两个队一家一半,公平合理,大家都没意见。"

二虎听完新川的汇报后,脑子一下轻松多了,心里也舒坦了。他从抽屉里取出一盒"大前门"香烟,递给新川一支,剩下的他没舍得抽，又放回原处。这是他半个月前招待客人花血本买的，现在发给新川一支，是对他工作的奖励，也是他打心眼里对这位兄弟由衷的感谢。

新川高兴地接过二虎给的香烟，他倍感欣慰。他知道这"大前门"牌香烟，是农村少见的高档烟。只有来了贵客或自己亲近的人，才拿出来招待人。今天二虎把这么好的烟拿出来给他抽，看来二虎没把自己当外人，当成了亲兄弟。这让新川很感动，他把烟拿在手里，看了又看，闻了又闻，舍不得抽。

二虎笑着说："不就是一支烟吗？抽吧。"新川这才点着烟，轻轻地噙在嘴里，美美地吸了一口。烟过喉，最后从鼻孔里冒出来，淡淡的烟雾在空气中螺旋上升。新川的喉咙里瞬间感觉有一股淡淡的清香味道。他看着空气中一圈又一圈逐渐变大、消失的烟圈，惬意地说："好烟，不愧是高档烟。"二虎看他高兴的样子，也会心地笑了。

新川用两根手指夹着烟，一边抽一边对二虎说："当前，还有两件事是急需要办的，也都是紧活事。一件是大队林场要人的事。来栓大队长说，今年林场的苹果树大面积挂果了，需要人去经营管理。他让一个队派一男劳力长期留守林场，看管大队果园。你看派谁去合适？别的队前一个星期人都到了，就剩下咱队。另一件事，就是关于栽苹果树的事情。今年二月，公社从外地调回了一批苹果树苗，大队要求每个生产队都必须建十亩地的果园。咱们队社员群众对栽植果树积极性不高，没有人愿意去领树苗。大队一再催促，你不在，这两天急得我们几个像热锅上的蚂蚁——团团转。现在，埋在大队部院里的树苗都已长了绿豆粒大的嫩芽了。大队领导天天念叨着，就等你回来解决这件事呢。群众对这事不热心，我们几个也没办法，只好等你回来想办法了，今晚我也是专程来给你说这事的。"

二虎听了这件事，心里又难免急躁起来，心想自己昨天回来都一整天了，也不见有人来说。这么大的事咋能拖着不管。你新川也是，昨天咋不找我说，今天来了，也是报喜不报忧，话憋到最后才说出来。二虎越想越来气，不由火冒三丈地问："这是什么时候的事？我不在，你们几个就不能负点责？都是干什么吃的？还能让这事一直拖着。"

虽然话不多，却问得新川一时哑口无言。新川像受了委屈的孩子似的，吞吞吐吐地说："你走后第二天大队长就找我说这事了。当时，我就找几个组长说了，最后大家商量来商量去也没个结果。再加上这几天都忙着队里的其他活路，也就把这事放下了。"

"这事说放下就能放下吗？那么多树苗不想办法早早栽上怎么行？让其他队看咱们的笑话？你们几个真是的，好像离了我地球都不转了。"二虎急躁地说，"你去给几个组长说一下，明天让他们来我这一下。"

两个人的谈话声把正在打盹的鬼难缠给吵醒了。她也没吭声，用蒙眬的眼光瞟了新川一眼，侧着身子又闭上眼睛打起盹来。那眼神分明在告诉新川说："咋还没走？还让人睡觉不？"

夜深了，二虎也有些困了。新川挨了二虎的训，心里很不舒服，见没有什么事要说，就怏怏地离开了。

第二天早晨，新川并没有按二虎的吩咐去找几个组长去。他照常上地干活去了。昨晚的事让他热脸碰了冷屁股，埋怨自己出力不讨好。新川心想，好你个二虎，你不在，我给你把事情办得妥妥当当的。为了几棵烂树苗，反倒怨起我来了。我再不替你跑腿卖命了，队里的事，你自己看着办好了。话又说回来，上次你和你老婆鬼难缠打架，不是我提醒你让鬼难缠赶紧上医院，你现在还显摆啥呢，真没良心。

二虎等了一早上，也没见几个组长来。他心里很着急，心想新川他明明知道这是火烧眉毛的事，耽搁不得。咋一上午都不见个人影，想必是几个组长都不在家？你新川也应该回个话呀。他越想越急，一早上又不敢出门，他担心鬼难缠病刚好，不宜下地走动，得有人照看着。他从屋里走到院里，又从院子里走进屋里，急得团团转。

　　鬼难缠睡得迟，起得也迟。她穿好衣服，见二虎在家里着急的样子，就说："去忙你的吧，我能行。"

　　二虎正等老婆这句话呢。他高兴地说："那我去了，你在屋里，可别多走动，到我回来做饭。"他话刚一说完，一溜烟就不见了。

　　鬼难缠下了地，开始慢慢收拾屋子，做饭。她是个要强的人，也是闲不住的女人。

　　二虎匆忙来到组长贵喜家。他从地里刚回来，手正攥到脸盆里洗脸，隔门洞看见二虎像一阵风似的走了进来。贵喜三两下洗完脸，笑嘻嘻地迎着二虎说："叔，啥时回来的？我咋一点儿都不知道。我婶住院现在怎么样了？好了吗？你看，我一时忙得，都没有去看她。"贵喜媳妇小满正揭锅准备盛饭，不知院里来了谁。她赶忙出屋，见贵喜洗了脸，连洗脸水都没来得及倒掉，和二虎在说话。

　　"新川没到你这儿来？"二虎没顾上回答贵喜的问候，就急急地问贵喜新川来了没有。

　　"啥事，没来呀！"贵喜有点丈二和尚摸不着头脑。

　　小满笑着对二虎说："啥事？快进屋说，早上我蒸了点菜麦饭，叔一起尝尝，咱边吃边说。"说着三人走进屋子。

　　二虎憋了一肚子火，但在贵喜和小满面前又没处发，嘴里一个劲地念叨着："这人咋是这样，真真一个大尻子。"

贵喜见二虎焦急的样子，心里暗暗觉得好笑。他故意笑着说："啥事呀？看把叔你急的，这新官上任三把火，第一把火可不要把大伙都烧焦了。"

二虎生气地说："烧个球！我来跟你商量事来了。听新川说，公社给咱们村分下来些苹果树苗，别的队都栽上了。咱队的还在大队部院里放着呢，也没人过问，没人管。我打发新川今早找你们几个，也不见他人。作为组长，栽树这事你看怎么办？还有件事，就是大队给林场要一名工人，你看让谁去合适？这两件事亟待解决。你婶子才出院，身子骨还得恢复一段时间，我得照看她几日。"

贵喜说："栽苹果树的事，我知道。大队长来栓催促几回了。你不在，我和新川也拿不定主意。群众对这事不热心，都不愿意栽，一些人背后说，那是弄闲事，咱们离了粮食不行，不吃苹果蛮能行。再说苹果能当饭吃？哪有馍和面吃得经常。前两天大伙还在一块儿议论，老尹就说，靠苹果卖钱是云里的日头，那得等到猴年马月？他自己年岁大了，没希望了，也等不到了。刘大柱蹦得更高，很是反感。他说，有箍盆箍瓮的，还没听说箍人的，谁爱栽谁栽去。其他人我也记不清了。总之，大家都不乐意栽。"

二虎说："大家不热心，咱们就把这事搁下不管也不是个事。再说了，包括你我在内，咱谁栽过苹果树？咋知道就没有收益？种粮食不假，但适当发展点果业也未尝不是件好事。咱咋能说不干就不干呢？我相信公社也不是叫咱们瞎干的，人家也是认真研究过的。大伙能把咱们选上来，就说明大家是信任咱的。只要把大伙思想工作做通了，把大家脑子里的顾虑打消了，我想咱队社员群众是会发动起来的，这项工作也会落实好的。关键咱们几个得先统一思想，要有个共识。就说咱们大队林场吧，开始时大家的思想认识就不统一，一些干部思想观念老化，因循守旧，不开放，工作迈不开步。还不是在工作组的思想教育和催促下建起来了，而且一建就是百十亩果园。到今年四年时间，就已挂果了，现在还催着要人呢。要我看苹果树得马上栽，要不然，别的队都栽了，受了益，咱队没有，到时候后悔都来不及。"

经二虎这么一开导，贵喜心里原先的一些顾虑也打消了，对这事变得积极起来，两人谈得十分投机。说话间，小满已把热气腾腾的菜麦饭端上了桌。她见他们俩说得不停，就笑着说："先吃饭吧，有什么事吃了再说。"二虎心里着急，哪有心思吃饭，他起身告辞。"你们先吃，我得回去照顾病人呢。"说完转身要走，被贵喜两口子拦在门口，硬要留下来吃饭。贵喜拽住二虎说："今早这顿饭，你就安心在这吃，吃了再回去侍候我婶也不迟，顺便再给她带一碗麦饭。"二虎心里乱糟糟的，还是急着要走。小满看二虎执意要走，不再强留。她说："叔，那你先回去，吃了饭再说。"

二虎着急地离开贵喜家，回到家里。鬼难缠把饭已做好，正准备上桌。二虎责怪她说："你不好好躺着，谁让你做饭，我不就回来了吗？"

鬼难缠踉踉跄跄地朝灶台走了几步说："做顿饭我能行，你就不要管我了，忙你的事去吧。现在靠工分吃饭，我干不成，更不能拖累你，这又不是啥大病。"

二虎觉得老婆今天说的话在理，心里暖洋洋的。吃完饭，洗刷完，他又急忙向贵喜家走去。

贵喜吃完饭，叼上一袋烟坐在饭桌旁抽着自产的旱烟等着二虎。小满忙着喂猪。贵喜一锅烟还没抽完，二虎就来了。两人又商量起了栽苹果树的事。

贵喜说："我同意你的看法，不过栽下了，能不能保得住就难说了，就怕……"

"怕什么？我一个人做主，天塌下来，由我顶着。我就不信，他谁还敢拔了不成？"二虎倔强地说。贵喜听二虎这么一说，心里踏实多了，也有了主意。他说："如你说，要栽得赶紧栽，过了植树的时间点，那就迟了。"二虎问："你看把果园放在哪块地里合适？"贵喜说："我的意见，还是选远一点的地块合适。"

"为啥？"二虎这么一问，把贵喜给问住了。他想说什么，但欲言又止，很快又把话咽了回去。

二虎想了想说："依我看，要找就找一个好的地块，离村子近些，看管起来也好照看。你说的远点，照看不上，以后都是个事。我就瞅下村上头那十亩地，既近又方便，你说呢？"

贵喜看队长已认定了，也就不再说什么。他只是说："既然这样，事不宜迟，今天下午我就派几个社员干吧，不能再耽搁了。"

二虎看贵喜下了决心，这才放下心来。两人又商量起大队林场用人的事。二虎问贵喜："林场急着要人，你说让谁去？"

贵喜这下没有犹豫，他不假思索地说："那就让记娃去，你看咋样？"

二虎也有此意，对贵喜说："那就他了，让他明天一早就去。"

两人商量好后，二虎一下感到轻松多了。栽苹果树这是他新官上任后遇到的第一件事情，也是他作为队长决策问题的开始。万事开头难，只要开好头，他就会勇敢地走下去，即使遇到再大的阻力和挫折，他都不会退缩，不然人家也不会叫他"愣头儿青"。

二虎没有闲着。下午，他通知会计新川从三队李玉海那里找了把皮尺，自己扛着镢头和铣锹就来到地里和新川两人开始丈量土地。贵喜组上的人还没来，他两人先丈量起地块。二虎用手指在地上画了许多道道，他把量得的尺数都详细地记在地上，每量一皮尺他就画一个道道，然后又把皮尺上的米折合成步，一步五尺，画了许多"正"字。在一旁看的新川忍不住笑了。他问二虎："你写这些正字做什么？"

二虎说："一步是五尺，不正好是一个正字吗？"

新川笑着说："你这种算法多费事，看我的。"

说完，新川在地上三下五除二就算出结果来了，把二虎惊讶得连声说："你真厉害，真是个神算，这么快就算出来了！你这是咋算的？"

新川得意地说："这是秘密，无可奉告。"

二虎笑着说："看把你能的，你不说，我也不问了。你再把行数算出来，看能栽几行，后定株数，好挖坑。"

"你计划怎么栽？行距和株距是多少？"新川问道。

二虎迟疑了，这下可把他给问住了。他没栽过苹果树，也没到别的队苹果树地里去看过，一时拿不定主意。他心想，反正多宽多窄都一样，于是就对新川说："宽窄你看着弄吧，只要栽上就行，又没栽到山沟、野洼里去。"

新川坚决地说："那不行，怎么能不按行距、株距去乱栽。叫人一看，还说咱胡应付呢，到时弄个出力不讨好的事，咋办？"二虎觉得也是，他猛然一想说："不急，这儿离玉海队上的果园不远，只有一畛子的地，我去看看就来。"说完，他飞快地越上地埂，向三队的果树地奔去。

这时，贵喜组上的几个社员每人肩上扛着两捆树苗，晃晃悠悠地来了。二虎来到三队的果园，他没有逗留，一进地块就用脚步量了量果树的行距和株距，回来一路心里默默地念叨、计算着果树的行距和株距。他把这些都计算好了，便加快脚步，一边跑一边对新川喊："行距四米，株距三米。"

二虎进了地，他拿起皮尺和新川又忙活开来。他拉尺，新川握镢，两人按四米的行距一边丈量，一边用镢头挖坑定位作记号，忙完行距又拉株距，累得两人汗流浃背。

贵喜扛了两捆树苗也匆匆赶来了。先前贵喜组上的那几个人进了地，看队长和会计还没规划好怎么栽，偌大的地块还没弄出个眉眼。他们本来就不乐意栽树，一看这场面，都偷偷地躲到一边背靠背睡大觉去了。

在贵喜的催促下，几个社员才懒洋洋地起身，开始忙活起来。贵喜和他们在后边栽，二虎和新川在前边忙着定行距和株距，就这样，一个下午也没有栽完。第二天又整整干了一天，才算完工。

树栽好了，二虎着急的心松弛下来，浑身像散了架似的，躺在炕上美美地睡了一觉。自打栽了苹果树，甭提二虎心里有多开心了，整天乐呵呵的，像变了个人似的。鬼难缠比以前变得也好多了，不让人那么厌恶了。

芒种已过，夏至即将来临。大田里的玉米绿油油的，长势十分喜人。刚下过雨，地皮还没有干，玉米叶上还带着水珠，像一颗颗点缀的银豆，微风轻轻一吹，骨碌碌地在叶子上滚动着。二虎独自来到新栽的十亩苹果树地里，一棵一棵地查看着果树的成活和生长情况。树行间套种的高粱已有半尺多高了。他顺着高粱地往前走去，忽然发现新栽的果树苗被犁和耱撞得倒在地上，连树皮都蹭掉了，有的连根拔起，树根露在外面，树干都枯死了。二虎看到这惨状，犹如五雷轰顶。心里说，这下完了，全完了，今年算是白忙活了。

二虎心里想这明显是有人有意为之，明摆着是要将他们的劳动成果毁坏掉。这是谁干的？他憋着一肚子火走完了整个块地，场面都是一样的惨不忍睹。二虎简直气疯了，这是他当队长干的第一件事，他把希望都寄托在这十亩果园上，希望将来有个好发展，给大伙创造点福祉。这下倒好，树苗被毁得一片狼藉。二虎火热的心被浇了一盆凉水。他有些恼羞成怒，心里想，自己才干上队长，难道有人故意拆台，找自己的碴儿，要和自己过不去，对着干？自己平日里一团和气，没有和谁结下仇、结下怨，有话都是说到当面。背地里捣鬼、捅刀子算什么本事。他越想越恼火，越觉得问题严重，队上的事是大事，这事必须得查个水落石出。二虎忽然想起新川和贵喜都明里暗里提醒过自己，说有人反对栽苹果树这件事。他当时也没多想，没在意，反对归反对，但不至于胡来。可是自己错了，这些人果真胆大妄为，什么事都干得出来。二虎心里狠狠地说，一定要查，查它个底朝天，看看到底是谁干的，是谁吃了豹子胆。他恨不得一下子回去立即召开社员会，弄清楚是哪个干的。他在地里跑了几个来回，两只脚上的布鞋被高粱叶上的水珠浸透了。鞋里面装满了泥和水，走在路上发出"咕咕"的声响。裤子也湿了，裹在两条腿上。他把沾着的裤腿用两只手提着，整个人像河里游上岸的鸭子，愤愤不平地往回走去。

雨过天晴，中午太阳从云缝里露出了笑脸。鬼难缠考虑下午队里要上工，把饭做得早。她知道二虎和自己一样，爱吃搅团。她早早把水烧开，从面瓮里舀了几勺荞麦面，一边往沸水里散，一边用擀面杖搅拌。一会儿工夫，香味扑鼻的搅团就做好了。她一边忙着和调料，一边念叨着丈夫。这愣头儿青饭都熟了，不知人又死到哪去了。她正念叨着，二虎进了家门。他两手仍提着湿淋淋的裤子。半路上鞋湿得实在没法穿了，他干脆把鞋脱下来夹在胳肢窝里，像个战败的逃兵似的一声不哼地进了屋。"粉英，快给我寻鞋找裤子。"鬼难缠被突如其来的说话声吓了一跳。她回过身一看，二虎提着湿裤子，胳肢窝里夹着两只鞋，满裤腿的泥，光着两只脚狼狈地站在面前。鬼难缠简直不敢相信这是自家爷们，一时愣住了。

"还站着干什么？认不得了？又不是看西洋景，有什么好看的？"二虎粗声粗气地说。

鬼难缠没好气地说："干什么去了？把自己弄得像个要饭的，去拿镜子照照你那熊样。"

"你少咧咧！快给我取鞋寻裤子。"二虎憋了满肚子的窝囊和委屈，他见妻子又数落开自己，没好气地说。

鬼难缠这回也知趣，没有撒泼吵闹。她赶忙跑去给二虎找裤子和鞋子。

二虎换了衣服和鞋子。鬼难缠给他盛了一碗热腾腾的搅团。二虎没有理睬，对着窗户一声不吭地抽起烟来。鬼难缠看丈夫今天回来情绪不对劲，明显是窝了一肚子火，在生着闷气。她也不知道谁惹了她家这个愣头儿青，但她知道自丈夫当了队长后，压力很大，啥事都得操心，啥事都得管，难免有受气的时候。她虽然爱胡搅蛮缠，但心里啥都明白。她安慰丈夫说："快吃，今天我给咱打了搅团，这可是你最爱吃的，先把烟放下，啥事吃了饭再说。"

"你吃你的，我不饿。"二虎倔声倔气地说。

"你不饿，我不信。啥事让你连饭都不想吃了？天大的事也得把饭吃了。"鬼难缠催促二虎吃饭。二虎哪有心思吃饭，他一根接一根地抽着烟，排解着心中的闷气。

鬼难缠无奈，只好自个先吃。二虎抽完烟，上了炕，拉了被子，蒙头就睡。

这天晚上，正是记工的时候。记工员先由会计新川代替，记工室临时设在他家一间厦房里。地方不大，却很别致，四个墙角放着大小衣柜，镶着玻璃的窗户下摆放着一张三斗桌。顶棚上吊着银白色的荧光灯，许多飞蛾绕着灯光飞来绕去，像在翩翩起舞。

社员还没有到一个，二虎早早就来了。他坐在桌旁的椅子上和新川低一声高一声不停地说着什么。不一会儿，记工的人都陆陆续续地来了。新川给他们记了工，接着说："大家来了先别走，今晚队里开个临时社员会，有些事情需要解决商量一下，请大家稍等。"

屋里挤满了人。人们用诧异的目光相互瞅来瞅去。有人问："今晚开什么会？""谁知道呢，也没见通知。""开就开吧，打分队以来，还没开过会呢。"大伙叽叽喳喳，你一言我一语说个不停。

二虎看人已到齐，开门见山地说："今只有两件事，不耽搁大家的时间。"他把手插在腰间，生气地说，"大伙到咱队新栽的果园里去看一看，咱们辛辛苦苦栽的苹果树苗被践踏成了什么样子？我现在倒要问问有些人是苹果树苗惹你了，还是我李二虎惹你了，让你对新栽的树苗下毒手？你是跟我斗气还是跟树苗斗气，毁坏树苗算什么本事，有本事你冲我来。"二虎越说越生气，他气势汹汹地拍着桌子，瞪着眼睛大声说，"谁干的好事，谁心里清楚，大家也心知肚明。我说你这是眼睛瞎了，还是脑袋让驴给踢了，没看见那是苹果树苗，硬把犁往上靠，把耱往上磕，有啥气你朝我散，别再干这些下三烂的事，让人瞧不起。"说到这儿，二虎极力控制住自己的情绪，他缓和了一下口气说，"大家扪心自问，公社为了咱村发展生产可谓煞费苦心，专门从外地弄来苹果树苗给咱们栽，咱们就这么给糟践了，咱们还有良心吗？我知道有些人对栽果树有抵触情绪，不愿栽，不支持，这我都能理解，但也不至于把栽得好端端的果树连根拔了，这简直是在作孽。"二虎理了理情绪，接着说，"今天第一次开会给大家发了火，希望大伙理解。这件事我就不多说了，当下麦子熟了，又到了龙口夺食的时候。今年分了家，咱们和三队另立了门户。分了家就要争口气，过好咱们的日子，绝不能给老二队丢脸，让兄弟队看咱的笑话。我就说到这，现在由组长贵喜把夏收的事安排一下。"

由于人多、地方小，贵喜靠着衣柜站着说："人多没好事，猪多没好食。这是一句老话，也是骂人的话。话虽不好听，理是一样的。今年分队了，咱们过上小日子了，按说负担小更有奔头，大家一定要有信心。队长也给大家打了气，提了要求，现在就看夏收这一炮能不能打好了。今年夏收，还是原鼓旧锤老人手，不过今年芟麦是六副杆子，各人都把芟麦杆子、提头绳、刀刃等检查一遍。坏了的、没有的，赶紧买。拉耙的也是六个人，一人跟一个芟麦的，啥都准备好。中午饭在地里吃，一天送一回饭。负责运送麦子的，今年牲口少，套不成马车了，但是有拖拉机，还有几个架子车都可以跑。一些老人和妇女负责在场里乱麦、挑麦、垛麦，干好麦场里的活儿就是了。夏收是龙口夺食，如遇雷雨天，首先要想到的是麦场里的麦子，绝不能让粮食受潮淋雨，这是最重要的。我就啰唆说这些，散会！"

会开了一个多小时。人们走出屋子，眼前漆黑一片。因为只考虑到记工，大伙来时都没带手电，只能靠着感觉和判断，深一脚浅一脚地向前摸索着走。不知谁在后面说了一句："真他家的，挨了训，摸了黑，看来都是些瓷锤。""哎，是个官，比民强，这人呀一旦当了官，就大不一样了，想训谁就训谁，咱们算个球。"一个人压低声音说："我看果园光不是咱叫他弄不成，各队都一样的，谁知道将来会怎样，只有他这个愣头儿青在傻干。大队搞了多年的苹果园，听说今年才有了些收益，前几年都是赔本的买卖。"黑暗中，几个人一边走，一边冷嘲热讽连煽带簸地嘟嘟囔囔着，消失在漆黑的夜色中。

第九章

　　黑暗中，说话的几个人幸灾乐祸、阴阳怪气的。记娃走在前面，离这几个人不远。他听其中像是有张仁。他把张仁的话听得一清二楚。他轻声地"哼"了一下，心里暗暗窃喜，你张仁还是让我逮住了，有你好果子吃。他故意放慢脚步，静静地听着他们还要说什么话。

　　那几个人说的一些话，记娃都听得清楚。这对记娃说来，无关紧要，他只关心张仁说了什么，在他心里他张仁才是关键。

　　回到家里，记娃心想，当时往苹果园地里种高粱的人就有张仁。现在就凭今晚上张仁他们几个说的话，完全可以证实破坏果树苗的就是这几个人干的，张仁定是主谋。记娃心里暗暗骂道：张仁你个老东西，咱今新账、旧账一起算，不把你老戾搞趴下，我记娃誓不为人。这么多年二虎哥和我关系不错，我在他面前比我亲哥记权还气长。他待我很好，我们是铁哥们儿。他当队长我第一个赞成，今后我们兄弟对付你个张仁简直是小菜一碟，咱走着瞧。

　　记娃为什么恨张仁，这还得从头说起……

　　记娃和记权哥俩分家后，记娃一个人过，是个光身汉。眼看三十出头的人了，连个媳妇的影都没有。自孙永新当上队长后，记娃就瞅上了这个不大不小的人物。他帮孙永新家扛粮、挑水、压窑背、打窖，可以说无活不做。由于办事殷勤，对孙永新百依百顺，很快与孙永新搭上了关系，成为他的亲信。孙永新老婆翠玉常在众人面前夸他，说他勤快，干活利索，有眼色，是个好小伙，就是缺个媳妇。她四处张罗着为记娃找媳妇。刘大柱的媳妇玲玲逗乐说："那你给记娃瞅一个，把你侄女或妹子给介绍一个，不就成了，这叫肥水不流外人田。"

另一个打趣说："那你叫你老汉给说上一个，人家是队长，经常在外头跑，嘴也会说，是骡子是马给说上一个，只要是母的不就对了，记娃多大岁数了，还管美丑。"

惹得一旁听的人嘻嘻哈哈笑起来，笑得人猫着腰，搂着肚子。

翠玉强忍着这些人的嘲弄，她低着头生气地说："你们臭嘴里七羊八马的啥都能放出来，就是不说一句人话。记娃还把你几个叫婶子呢，看你们这样，配得起给娃当婶子？"

玲玲的脸一下子通红，就像刚下过蛋的母鸡。她打住笑硬着头皮狡辩说："我们说的也是实情，就他那样还能咋样？难道娶个十八的花姑娘不成？"话不投机，翠玉端起针线篓就往回走。

经过翠玉的鼓动，孙永新也动心了。他四处打探，听说北山里有个姑娘，年方二十八，爸妈都在，还有一个哥，脑子有点儿毛病。她哥的婚事让家里人犯头疼，想用她给她哥换媳妇。过去人把这种婚姻方式叫换亲。老两口想是这么想的，可谁愿意把女儿嫁到山沟沟里去呢。一年复一年，一日复一日，儿子的婚事没解决，女儿的年龄反倒拖大了。儿女的婚事折磨得老两口头发都变白了。

这姑娘叫爱花。她心里虽然一百个不愿意，但父母生养了自己，怎能不听父母之言呢？再说了，自己遂了愿，哥哥怎么办？还能娶下媳妇吗？家里的香火谁来继承？这一连串的问题把她压垮了。她叫天天不应，叫地地不应，也只好认命了。她实在受不了这痛苦的折磨，想到过轻生，一了百了，结束自己的生命。

去年的四月天，春暖花开，山沟里的景色十分迷人。鸟儿无拘无束在山谷间飞翔，明媚的阳光照得山野里一片翠绿，到处生机盎然。连绵起伏的山脉好像舞动着的飞龙，美丽的景色让人心旷神怡。山里人扛着犁，赶着牛，开始犁地种苞谷了。爱花她爹带着爱花哥父子两人上地去了，只有爱花妈和爱花留在家里。快黄昏时候，她把自己仔细打扮了一下，上身穿了一件红绿相间的格子呢上衣。她拿起梳子把头发理了理，然后胳膊上挎了个小菜笼就出门了。爱花妈以为闺女给猪拾野菜去了，像往常一样没有问，让女儿出了门。

爱花来到一个山梁上，前面就是万丈绝壁。她站在崖边上，思绪万千。她受够了，她每天都生活在痛苦的煎熬中，没有出头的一天。她帮不了哥哥，每天看着爹妈愁苦的样子，她生不如死，这样的生活她实在没有勇气再继续下去，她觉得死也许对她是一种解脱。她放眼望着周围熟悉的山峦、村舍，望着打小玩过的山坡和小溪，她的眼睛模糊了。在这个世界上她唯一放不下的是她的双亲和哥哥，但她没有办法，是生活把她一个弱女子逼到了这条路上。她狠了狠心，两眼一闭，两脚并拢，准备往下跳……

正在这千钧一发之际，邻家吴老汉卸了犁，往回走，路过此地。他见爱花要跳崖，急忙一个箭步冲上前去，一把抱住爱花说："娃呀，有啥事想不开的，何必走这条路！"爱花一下子扑在吴老汉怀里，号啕大哭，边哭边说："叔呀，你不该拦我，你叫我死了算了。"

"你这是什么话？年纪轻轻的，胡说啥哩，有什么想不开的？"吴老汉知道爱花的遭遇，他急忙开导爱花说。吴老汉费了好半天劲才把爱花劝住，生怕她再想不开，寻短见。

夜幕就要降临了，山坳里只有风吹过的呼呼声和爱花的哭声在山间回荡。吴老汉一边赶着牛一边安慰劝说爱花，他给爱花讲了自己坎坷的经历，告诉爱花要有活下去的勇气，生活终归会好起来的。渐渐地，爱花的心里亮堂多了，她停止了哭声，为自己刚才的莽撞而深深地自责。

当晚爱花没有回家，吴老汉把爱花安顿在自己家里，和老伴腊梅睡在一起，让一老一少两个女人拉拉话，消除一下爱花心里的负担。吴老汉怕爱花她爹妈操心，就让老伴腊梅去给爱花爹妈说爱花想串串门和她拉拉话，今晚就不回来了。老伴腊梅觉得这个主意好，她立刻去爱花家传话。腊梅走到爱花家门口，只见爱花爹妈焦急地在门口四处张望。爱花妈唠叨着说："这死女子，天黑了还不回来，拾一点儿菜，这么长时间。"爱花爹嘴里叼着个旱烟袋吧嗒吧嗒不停地抽着，一言不发。爱花妈发现眼前走过来一个人，她也没细看，随口就说："死女子，出去拾一点儿菜，咋这晚了才回来？"

腊梅听了哈哈一笑说："老嫂子，瞧你那眼神，我是腊梅。"

爱花妈一看不是爱花，心里难免有些着急，她忙问："她婶，你见我家爱花了吗？"

腊梅快步上前说："老嫂子，你别着急，孩子在我家。她今晚就不回来了，你放心，孩子想串串门，和我拉拉话，明早就回来。"

老两口一听爱花在邻居家，也就放心了。爱花妈说："她婶，在你家，我就放心了。这死女子，把人的心都操碎了，你好好替我开导开导她。"

爱花早上回到家，她和往常一样，虽说心里轻松了许多，但也从未见她笑过，每天除了做饭就是喂猪、干活。

时间过了半年多，转眼到了冬季。孙永新和红玉算是队上数一数二的能人，特别是相牲口，那是一相一个准，他俩简直就是牲口通。每次队里出外买牲口，他俩都是结伴而行。

刚入冬，孙永新就决定给队上再买几头牛。他听人说北山里牛多，这次刚好顺道去打问一下那户人家，看人家姑娘出嫁了没有。孙永新和红玉说走就走，两人连夜就出发了。他们一路奔波，走了北山里几个村子，一头牲口也没买到。孙永新决定去那户人家所在的村子看看，两人走了三十里地来到了这偏僻的小山村。天马上就要黑了，冬天的西北风刮得呼呼响，孙永新他们只得弯着身子，顶着风走。凛冽的寒风直往袖口里钻，冷得两人牙齿不由得打战。天空中阴森森的，周围是黑黢黢的群山，村子里隐隐约约只有几户人家点着灯。

　　进村时，天彻底黑下来了，什么都看不见。孙永新和红玉来到村边的一户人家，向主人说明来意。那人热情地领着他们去见村里的大队长。他边走边说："你们来对了，刚好大队长海荣就在我们村，我们大队由两个自然村组成，这儿叫上饶村。"说着，他领着孙永新他们进了一处院落。院子很深，好像走进了一个深宅大院。院子黑乎乎的，什么也看不见。走到尽头，顺着前面窗户上微弱的灯光，走到一个土窑洞门口。那人"哼、哼"了两声，屋子里一个人掀开门帘探出头来。那人说："大队长，这两人说是来买牲口的，要找你。"说完，就告辞走了。这位叫海荣的村干部看上去五十来岁，留着络腮胡。他把孙永新他们从头到脚打量了一番，乐呵呵地把二人迎进屋。窑洞里虽然熏得黑乎乎的，但很宽敞、暖和。屋子收拾得挺干净。在煤油灯下，一个中年妇女正坐在炕上搓纺线用的捻子，炕上还搭着个纺车。中年妇女见两个陌生人进来，她拘谨地下了炕，朝他俩点点头。炕洞里的柴火噼噼啪啪地燃烧着，火光照映在墙壁上一闪一闪的。不用问，这位中年妇女是大队长海荣的媳妇。海荣说："天这么冷，你们这是打哪来呀？"

　　"我们是南边塬上柳庄的，来你们这里买牲口，还望兄弟多多帮忙。"永新回答说。

"现在晚上了，明天谈吧。你们吃饭了没有？"海荣关切地问。永新他们不好意思叨扰人家，就随口说："我们路上吃过了。"大队长媳妇看他俩冷得直打战，让他俩上炕暖和暖和。他俩不好意思上人家的炕，站在地上搓着手说："你看我们浑身上下都是土，就不必了，谢谢大妹子。"永新他们谢绝了海荣媳妇的好意。

海荣见永新他们不肯上炕，就说："那是这，我家地方倒宽敞，就是长时间没住人了，地方冷。咱北方人爱睡热炕，走，我带你俩寻一家热乎地去。"说完，他拿起手电筒领着永新他们出了门。一路上，永新他俩觉得山里人真厚道，两人心里暖暖的。

不大会儿，就到了一户人家的院门口。大门紧闭着，幸好这家人还没有睡，灯还亮着。推开门，海荣带着他俩走了进去。

到了屋门口，海荣喊了一声说："三哥，还没睡吧？"屋里的人听出是大队长的声音，他一边穿衣服一边说："先等一下。"

一会儿，门开了，走出来一个老头。他惊讶地看着海荣领着两个陌生人站在门口。老头有些疑惑，这么大冷的天，海荣带着两人，这是要干啥？

"三哥，他俩是买牲口的。我那儿地方冷，没法住。毛犊不是一个人睡一个大炕吗？叫他俩先住一晚，出门人不容易，你看咋样？"

"那行吧。"老头望了望对面屋子说，"毛犊把炕烧了，不知又到哪串门去了。你们先进来吧。"海荣说："二哥，我就不进来了，你把他们招呼好。"说完，海荣转身回去了。

屋子里，在一盏暗淡的油灯下，炕上坐着一位年长的妇女，头顶着手帕，手里正一针一针地纳着鞋帮，对面坐着一位姑娘，始终低着头一声不吭地纳着鞋底。山里人总有个习惯，爱在炕洞口烤火取暖，火上架着一个黑乎乎的茶缸，里面正熬煮着香喷喷的茶水。老头给永新他们倒了两杯浓茶，又给自己倒了一杯，添上水又熬了起来。

永新说："老哥，我们喝不了，喝了晚上睡不着。"老头看他俩确实喝不了，就把自己的烟袋递给永新说："家里没纸烟招待你们，就抽我这旱烟吧。"

"我们俩纸烟和旱烟都不会抽，谢谢老哥。"红玉客气地说。

"你俩一看就是好人，不吃不喝把一切都省下了，过日子就得这样。"老头沉稳地说。

永新两人会意地点了点头。老头又说："不知二位是哪里人？"

孙永新说："我们是杨柳镇柳庄的。"他如实地回答了老头的问话。老头听说是柳庄的，脸上的皱纹舒展开了。他饶有兴趣地说："你们那可是出了名的大村子，人多、热闹。听说你们村很富有，办了很多产业，村上的事红红火火的。这让我们山里的年轻娃都羡慕死了，尤其是该出嫁的闺女，能嫁到你们那儿，那可是有生修来的福，跌进了福窝里。再说我们这儿，穷山窝子，水土也不好，好多人打小就得了柳拐病，小伙子迟迟找不下媳妇。不怕两位笑话，我家后生毛犊今年都三十多岁了，至今还没娶下个媳妇，连个影也没有。这儿子没有娶下媳妇，连闺女爱花也耽搁大了。"说着，爱花爹看了一眼正在纳鞋底的闺女。听到"爱花"两个字，孙永新心中一惊，心里暗暗高兴，这真是缘分，说曹操，曹操就到。他按捺住自己的欣喜，听爱花爹继续说。爱花爹接着说："我们老两口眼下都六十多岁了，在这世上还能活几天？原想先给儿子娶个媳妇，可这穷山坳子硬是没人来，一年一年孩子年龄也大了。实在没法，有人建议让闺女给儿子换个媳妇，一来儿子的婚事有了着落，二来也是亲上加亲。"爱花爹说到这，抽了几口烟，觉得自己有些失态，在两个陌生人面前说起儿女的婚事，实在有些欠妥。他不好意思地说，"你看我，说着说着，就说到自家的烦心事了，扫了二位的兴。"永新他们正听得入神，忽听爱花爹这么一说，忙说："没关系，没关系，家家都有本难念的经。我们也可帮你参谋参谋。"爱花爹看永新他们很诚恳，就继续说："给孩子换亲这事，我觉得可以。可是她妈不同意，坚决反对，说我这是把闺女往火坑里推。闺女也是我亲生的，你说我能舍得吗？我还不是为了两个孩子好，都能有个着落。哎，你们说我该咋办？儿女的婚事愁得我老汉一天到晚睡不着，原来花白的头发现在全白了……"

孙永新听完爱花爹的诉说，他立马开导老头说："老哥，你听我说，儿女自有儿女福，有些事着急也没办法，把你二老急出病来，你说这个家怎么办？再说了，换亲这事，毕竟是旧社会的封建包办婚姻，我们是新社会了，要充分考虑儿女的意见，特别是你闺女的意见。咱可不能一厢情愿，为了儿子，舍了闺女，让自己心里一辈子不安。"

"我也是没办法，但凡有点办法，我也不会往这上面想。"爱花爹无奈地说。

孙永新接着说："即使换了亲，你儿子就会幸福吗？换来的媳妇会是个什么情况？能不能待得住？一切都是未知数。而你闺女的不幸，却是实实在在的。哪头轻，哪头重，你老哥得掂量掂量，别干了吃力不讨好的事，伤了儿女的心。"

"是啊，我们队长说得没错，你应该为儿女将来的幸福着想，不要因为眼前的困难，而给儿女们留下一生的不幸。这都什么年代了，换亲这个想法太荒唐，也不妥。"红玉说。

昏暗的油灯下，只见爱花爹无奈地低着头沉思了一会儿。他抓起烟袋，一边装烟一边说："既然话说到这了，我有个不情之请，你们柳庄是响当当的大村子，麻烦二位有合适的人家给我闺女找一个，这事就拜托二位了。"老头抬起头看了看永新他们，脸上充满了期待。

孙永新一拍胸脯，爽快地说："没问题，这事包在我身上，我一定给你闺女找一个好女婿。"

红玉也说："你老哥放心，回去就给你打听这事，你老不要着急，我们会给你回话的。"

"那就拜托二位了，到时候我一定好好谢承你们。"爱花爹喜出望外地说。

爱花妈听着他们三人的谈话，虽然没有说什么，明显能看出老人的心情好多了，手里不知不觉一双鞋帮也纳好了。爱花倒是没在意他们说什么，一个人纳着纳着就靠在被子上睡着了，手里还卷着纳了半截的鞋垫。

时间不早了，院子里黑乎乎的。爱花爹摸到西边屋门口，用力推了推门，门从里边已闩上了。他知道儿子串门回来了。他把儿子毛犊叫醒。一会儿，窗户亮了，一道淡淡的光射了出来。门开了，一个愣头愣脑的小伙子隔门缝探出头来。只见他头发很长，胡子一茬一茬的，看上去有三十开外。他就是爱花的哥哥毛犊。毛犊粗里粗气地说："这么晚了，啥事？"爱花爹说："咱家来了两客人，你海荣叔说是来买牲口的，要在咱家借宿一夜，今晚睡你屋。""什么客人不客人，咱家又不是旅社，让他们另寻地去。"说着就要关门，这下可把爱花爹气坏了。老头用手推着门，噘着嘴抖着胡须生气地说："你这叫什么话，真没出息！你把门给我开开。几十岁的人了，一点儿事理都不通，大冬天的，出门人不容易，人家大老远来投宿，再说也是你海荣叔安排的，你不让人进屋是何道理？"爱花爹气愤地骂着儿子，用尽力气使劲推着两扇门。毛犊手已松，爱花爹由于用力过猛，差点儿摔了个前爬坡，幸好被永新一把扶住。爱花爹见有客人，不好再发火，忍了忍，对儿子毛犊说："炕烧热了吗？要是不热，再抱些柴火，把炕烧好，冬天让人家睡得暖暖和和的。"

毛犊再没犟嘴，按照他爹的吩咐，把一切弄妥当，让客人安歇了。

第二天一大早，大队长海荣就来找永新他们商量买牲口的事。由于昨晚坐的时间长，永新他俩起得晚。爱花爹妈和爱花早早起来，打扫院子，给猪喂食，忙活开了。海荣走进院，对爱花爹说："三哥，今早这两个人饭就在你们家。"爱花爹乐呵呵地满口答应。永新和红玉听见大队长海荣进了院，赶忙起身穿好衣服。爱花爹妈特意为他们做起了木炭火锅。海荣看爱花爹妈对客人很热情，照顾得很周到。他回家拿了瓶酒，借着这热气腾腾的火锅，想好好招待一下客人。酒过三巡，海荣对永新他们说："我三哥这人，一辈子憨厚老实、勤快，就是让娃的婚事把人给难住了，儿子不但没说下媳妇，连闺女爱花的年龄也耽搁大了。"他看了一下毛犊和爱花接着说，"像我三哥这种情况我们村还有好几户。人家一提起我们这儿，就直摇头。不瞒你说，我这个大队长当得真是窝囊，脸上无光。"永新安慰海荣说："事情都会好起来的，咱们这儿青山绿水的，相信总有改变面貌的时候。"红玉也说："这山不转路转，地不变人变。俗话说得好三十年河东三十年河西，相信你们的日子一定会好起来的。"海荣高兴地说："借你们的吉言，我相信在党的领导下，我们这儿也一定会摆脱贫困走向富裕的。"

"到时候，还怕姑娘们不往你们这儿嫁？你们这儿的小伙子挑都挑不过来呢！"红玉打趣说。

几个人围着木炭火锅坐在一起，远处传来布谷鸟咕咕的叫声。爱花推开屋门，一股冷气吹了进来。院内树木的枝丫上光秃秃的，树枝一动不动，几只麻雀缩着脖子在地上寻觅着食物。由于一冬没有落雪，山里的气候显得尤为干冷，地上也冻得裂开了许多口子。太阳无精打采地缓缓升起，它没有给大地带来多少温度，但给人们的心里增添了无限温暖。

吃完火锅，海荣带着永新他们去了队里的牛栏。牛栏搭建在一个敞口的土窑院里，用木头桩围了一圈，扎着篱笆，里边圈了好多头牛，大概有四五十头吧。有棕色的、黄色的、黑中带黄的，还有黑白相间的花牛，应有尽有，当然以当地的黄牛为主。红玉惊奇地说："你们村子不大，可养的牛不少，这就是靠山吃山的好处。"

海荣领着他俩进到牛栏里，详细地讲解起了每头牛的生活习性、口齿大小和胃口等，讲得头头是道。他对永新他们说："山里的牛到你们塬上没一点麻达，山里牛靠放养，肯吃，什么草都能啃，好经管。你们塬上牲口靠喂养，所以我们这儿的牲口到了你们塬上没有不好饲养的。"他如数家珍地给永新他们介绍了每头牛的口齿和具体情况，永新他们看得眼花缭乱，一时拿不定主意买哪几头。他们看看这头，摸摸那头，都觉得好。永新走到一头膘肥体壮的棕红色秦川牛跟前，拍了拍牛的脊梁，然后用拳头擂了一下，这头牛好像一点儿感觉都没有，一动不动在嘴里嚼着食物。红玉又掰开牛的嘴，看了看牙齿，才出六个牙，是新边口。永新牵了牛转了两圈，发现牛前胯开，起步快，是头好牛。永新满意地说："这头算一个。"不大一会儿工夫，他俩又相中了两头黄牛。虽说没有那头秦川牛膘肥体壮，但这两头黄牛四蹄粗短，身体健壮，像两个爬山虎似的，两人很是满意。

牛相好后，他们和大队长海荣到一个阳光充足的角落里，商定了互相满意的价格。永新从挎包里掏出一大把人民币，数了数交到海荣手中。海荣又数了一遍说："刚好，一分不差。"

红玉心想，这一两年政策明显放宽了，不像以前那样给自个

家买个东西，动不动就要上批斗会，甚至游街，成天喊着割资本主义的尾巴。看到眼前这些牛，特别是听海荣说山里的牛好养，他心里痒痒的，想自个也买一头回去。心里盘算着养它几年，也能来个鹞子翻身，于是萌生了买牛的想法。他把他的想法给永新说了，永新沉默了片刻，既没有支持也没有反对，只是淡淡地说："想买就买，别问我，我啥也不知道，也不愿掺和。"

红玉按自己的想法挑选了一头一对牙的小牛犊。心想，甭看它现在是牛娃，一年以后可就成大牛了，到时肯定能卖个大价钱。

他俩把牲口买好后，刚拉出栏，爱花就急匆匆地跑来叫他们吃饭。红玉要拉牛犊，老母牛哞哞地叫起来，看见有人要把它的孩子强行拉走，它两只前蹄拼命地刨着地上的土，来回不停地走动着，直到永新他们牵着牛走远了，那老母牛还在哞哞地叫着……

爱花走在前面，永新和红玉把买的牛分别拴在爱花家门前的老槐树根上，跟着进了院子。

一向见人冷冰冰的爱花，不知哪来的热情。她还没等永新和红玉进门，就盛了一盆热气腾腾的洗脸水放在脸盆架上，又拿来香皂和毛巾。这块香皂，对于他们这个家来说，那就是奢侈品，几乎不用，除非亲朋贵客来了，才肯拿出来。

今天不同，家里来了两个买牛的陌生人，也不知爱花是怎么想的，竟舍得把这么贵重的东西拿出来招待他们。莫非昨晚的谈话她听到了？她不用换亲了，可以追求自己的幸福了。是啊，这一切对她来说，是多么的重要，又是多么的开心，她打心眼里感谢这两个买牛的外乡人。

永新和红玉洗罢脸，爱花爹热情地招呼他俩上了炕，自己和儿子毛犊坐在炕边上。爱花妈做了一桌的饭菜，有梅干腊肉、土豆丝、萝卜粉条，还有山里采的野木耳，十分丰盛。爱花拿了酒瓶，往四个小酒杯里斟满酒，轻快地放在她爹、永新、红玉和她哥面前。爱花爹端起酒杯说："一杯薄酒不成敬意，老哥敬两位一杯，我先干为敬。"说完，他一饮而尽。永新和红玉端着酒杯连声道谢爱花一家人的盛情款待，他们也爽快地喝了酒。爱花拿了一个酒杯斟满酒说："大冷天，喝上几杯暖暖身子，我们山里人就这条件，你们多吃菜。我先敬我爹一杯，再给两位客人和我哥敬酒。"说着，她双手端起酒杯恭敬地递到父亲面前。爱花爹接过女儿的酒，一时老泪纵横，激动地喝了下去。她又给永新斟满酒，恭恭敬敬地递到客人面前。永新接过酒，仔细地看着眼前这个姑娘。只见她一双大眼睛水汪汪的，眼珠又黑又大，像个黑葡萄似的。乌黑发亮的头发扎着两根小辫，说话时脸红红的，带着几分羞色。永新看了半天，心里一阵窃喜，他发现这姑娘简直和记娃是绝配，心里越发高兴，接过爱花的酒，喝了个痛快。爱花给红玉和她哥依次敬了酒。这时爱花爹举起满满的一杯酒说："咱们仨再碰一个。"永新、红玉连忙举起酒说："谢谢老哥，谢谢。"

三个人喝完酒，爱花爹又提起了昨晚的话题。他说："昨晚托二位给我闺女找个人家的事就拜托了。"说着，他看了一下儿子毛犊，对永新他们不好意思地说："你们看有合适的姑娘也给我儿子瞅个媳妇。"

永新笑着说："你老哥给我俩的任务可不轻呀，既要给你闺女找个好婆家，又要给你儿子找个媳妇，这顿酒可不白管呀！"

红玉笑着打趣说："这叫吃了人家的嘴软，拿了人家的手短，你当这酒好喝的？没事，这事包在我俩身上。"爱花爹摸着胡须高兴地说："那咱就一言为定，老哥我等二位的佳音。"说完，爱花爹又敬了永新和红玉一下酒。

爱花爹和永新他们说话间，爱花听她爹提到了自己的婚事，害羞地端着稀饭碗一溜烟就不见了。她把饭碗端到外面的窗台上，侧耳偷听着屋内的说话。前几天，她妈因她的婚事又跟她爹吵了架。她爹坚持要用她来给她哥换媳妇，她妈不同意，两人为这事经常吵。爱花今发现她爹像变了个人似的，在两位客人面前提起自己的婚事。她昨晚睡得迷迷糊糊的，只是隐约听她爹说让两个客人给自己找婆家。为这事她早上起来高兴了好半天，打心里感激那两人。刚才，她真真切切听见她爹让两位客人给自己找对象，还答应给她哥找媳妇。爱花一下子太高兴了，她觉得幸福来得太突然了，激动得泪水唰唰地流了下来。

这时，她听见客人问她爹给女儿找婆家有什么条件和要求？

隔着窗户纸，没听见她爹说话，只听见她妈说："咱娃上了几年初中，文化也不算高，女娃子么，还能寻啥样的，只要身体健康，头脑灵活，勤勤恳恳的，能过日子就行了。"

爱花爹埋怨老伴说："看把你能的，还没见姑娘的话呢，你就给做主了。"

爱花这时才深深体会到父母的良苦用心，体会到爹妈对自己和哥哥无私的爱。回想起自己前面做的傻事，爱花陷入了深深的自责。她回到自个屋，用被子蒙着头痛哭起来，泪水把枕巾都打湿了。她哭爹妈为自己的付出，哭自己和哥哥的命苦，哭一家人生活的艰难。她索性把所有的不幸和苦难都哭了出来。

再说爱花爹妈招呼永新他们酒足饭饱后，几个人又拉了会儿家常。永新看时间不早了，就和红玉向他们辞行。爱花听到客人要走，赶忙擦干眼泪走了出来。全家人一起把永新他们送到村口。临别时爱花爹妈一再拜托永新他们儿女的婚事。永新和红玉爽快答应说："你们就放心吧，事包在我俩身上，你们就等回信吧。"说完，永新和红玉牵了牲口，就上路了。爱花和爱花爹一直望着他们消失在了山间小路上。

赶了一天一夜的路程，永新和红玉回到柳庄村已是疲倦不堪。

永新把牛拴到饲养室院内的木桩上，就回家歇息了。红玉虽说筋疲力尽，但买了牛犊那股热火劲使他顾不上休息，立马在自家院里寻了个向阳的墙角，准备给牛犊搭建一个牛棚。红玉老婆丽萍虽说不乐意，但毕竟牛买回来了，又不能给人家退回去，也就默认了。丽萍现在最担心的是丈夫会不会和公公一样因这事遭批斗。前些年，公公偷偷桌了点油菜籽，被人告发了，上了村里大大小小的批斗会，老人有病加上受了气，后来人就不行了。现在丈夫又这么干，再让人揪住不放，那可怎么办？丽萍越想越害怕，心里战战兢兢的，她把大门紧关着，生怕别人发现了她家的秘密。

永新把牛拴在饲养室院里，很快引来了许多人围观。大伙从来没见过这样体格健壮的大家伙。有的摸摸牛的头和脖子。有的在牛的屁股上拍两下，牛油光发亮的屁股发出啪啪的响声。有的拽着牛的尾巴使劲拉，试探着牛腰部的力量。几个老汉掰开牛的口仔细查看着牛的口齿。有的小孩干脆骑到牛背上。大家议论着、评判着，纷纷称赞这几头牛买得好，夸赞永新、红玉他们眼力好，为队上办了一件好事情。

红玉在院子里忙活了一阵，累得实在不行了，就跑到屋里呼呼大睡去了。丽萍大门不出二门不迈，躲在家里，静观着风声。这时，一阵急促的敲门声，把丽萍惊吓得不知所措。她硬着头皮开了门，只见七八个人涌了进来，为首的是春喜和二牛。丽萍一看是他们，紧张的情绪稍微放松了下来。她装作没事的样子，故意笑骂道："几个死尻，我还以为来了土匪，原来是铁公鸡带着虾兵蟹将进来了。"

春喜也幽默地笑骂说："我这铁公鸡还没有你这兔子尾巴长得快，啥时又长长了？"丽萍觉得春喜话里有话，她顿时又紧张起来。

二牛看丽萍把春喜的话误解了，就说："九婶，我们是来看牛的，听说我九叔买了个牛犊，我们就想看看，没别的意思。"

跟在他身后的几个小伙子也异口同声地说："是啊，我们都是来看牛犊的，听说牛犊长得很结实。"

丽萍这才松了口气，她淡淡地说："牛犊买回来在后院拴着呢，要看你们去看吧。"

春喜说："九婶，你也就别藏着掖着了，你家买牛的事大伙差不多都知道了。我知道你担心啥，没事，现在谁还关心那个。"

丽萍长叹一口气说："哎，谁说得准呢，听天由命吧。我家那死鬼没和我商量就把牛给买回来了。"

二牛说："我看没事，你就把心放到肚子里。"说着，他硬要拉着丽萍一起去看牛犊，丽萍说什么也不想去，二牛不放手，两人僵持着。春喜在一旁打圆场说："九婶，咱们一起看看也无妨，再说你还不见牛，不喂牛了？"

丽萍在春喜他们的软磨硬缠下，无奈地领着大伙去了自家后院。春喜对丽萍说："九婶，不瞒你说，我也想买一头。不过咱对牲口是个外行，一窍不通。哪日买去，还得请我九叔这个老行家帮忙呢，到时候，你可不要拒绝。我看九叔就是一个想干事、敢干事的人，我打心眼里佩服他。你说咱农民当下不搞点经济来源，不想点出路办法，光靠挣队上那点死工分，能过上好日子吗？我感觉，这两年政策明显放宽了，村上也不太为这事开会整人了。借这个机会，咱们出去倒腾倒腾，让紧巴巴的日子活泛起来。这些年把人管得太死了，大伙东不敢西不敢，动不动上会挨批把人整得尿裤子不说，受气丢命也有的。我九叔他爹不就是个活生生的例子。前些年，我岳父村里一个人，只因家里人口多，拖累大，没粮吃，实在没法晚上偷了队里的几个玉米棒子。人上了批斗会，挨了打不说，还被用绳子吊起来，那人受不了这折磨，跳窖自杀了。这些惨痛的教训，归结为一个字，就是'穷'，大伙的日子太苦了。这两年明显形势好起来了，大伙心里都憋着一股劲儿，想尝试寻找生活新的出路，我九叔就是我们学习的榜样！"

这时，红玉被外面的说话声吵醒了。他连忙起来，走到后院，一看是春喜他们。他听见春喜说让自己帮忙买牛的事，爽快地答应说："到时候，你给叔说一声就是了。"丽萍看丈夫红玉起来招呼春喜他们看牛，就匆匆跑到前院去了。

春喜和二牛一伙人把小牛犊围了一圈，他们观看着、欣赏着这头健壮的小牛犊。只见牛犊四处张望着，走动着，来回摆着个脑袋，身上黄白相间的毛色看上去毛茸茸的，两只眼睛不时地瞅着大家，嘴里不停地嚼着东西。

红玉上前提起缰绳，拍了它一下，喊了一声，小牛犊立马站起来。春喜他们几个喜欢得不得了，轻轻地拍了拍它的头。

一旁的来全笑着说："三哥，你好好喂养，这可是钱串子、聚宝盆，再过上几年你就成富翁了，腰就粗了。"

红玉叹了口气说："好贤弟哩，你不弄啥，不知道啥难，这牛舍还没盖起来呢，草料在哪儿还不知道呢。"

正说着，丽萍在前院等不及了。她走到后院，火急火燎地说："你这大尻子，和泥的事都忘了。"

大家见丽萍来催红玉干活，都不好意思地离开了，只有春喜没有走，他帮红玉干起活来。红玉拿瓦刀砌砖，春喜给红玉当小工。丽萍找了一辆架子车跑到村砖瓦厂拉机瓦去了。

第二天，春喜一大早就来了。早上冷得做不成泥活，红玉又找来几个帮忙的人，把他家祖上留下的石槽抬出来，放到昨天刚做好的槽墩上。

帮忙的铁锤逗乐说："这挪地方放置牲口槽都是要看风水的，怎不见你烧香敬土地爷呢。"

红玉笑着说："你不提，我真还给忘了。"

铁锤说:"你也是个假迷信。"

红玉让老婆丽萍找来香和白酒。他对着盖牛棚的方向,跪在地上,向土地爷磕了三个头,点燃香,把壶里的酒洒在地上,对着牛棚拜了拜,嘴里还念念有词说:"土地爷保佑咱六牲兴旺,事事平安。"祭拜完土地爷,他给来帮忙的人每人发了一支"飞马"牌香烟。红玉见不需要这么多人手,只留下春喜帮忙,其他人就让回去了。

吃过早饭,天气暖和了。春喜和泥,红玉砌墙。墙砌好后,红玉又忙着找木料开始搭棚,老婆丽萍搬运机瓦,三个人忙忙碌碌干了大半天,没等天黑就把牛棚盖起来了。

丽萍晚上特意准备了酒和饭菜,感谢春喜帮忙。三人边吃边喝,红玉和春喜两人划拳对起了酒,春喜酒量大,能喝,红玉也不示弱,两人一来二往,把红玉给喝醉了。他语无伦次地指着春喜说:"我李红玉已经不是凡人了,我是孙猴子,是齐天大圣,天宫里的太白金星带着天兵天将叫我上天去呢,以后你婶就拜托你照看了。"他说完,就打起鼾睡着了。

丽萍羞得满脸通红,他和春喜好不容易把红玉扶上炕,给他盖好被子。红玉鼾声如雷,嘴里还不停地嘟囔着什么。春喜看红玉喝多了,便起身回家。

春喜从红玉家出来,天空中飘落着零星的雪花,寒气袭人。他把衣服紧了紧,加快脚步,走着走着雪越下越大,一时间地上变得白茫茫的,脚踩在雪地上发出嘎吱嘎吱的声音。丽萍送走春喜,回到院子里,身上的雪都落白了。她听见"哞哞"几声牛叫,才想起小牛犊还在雪地里拴着。她赶忙到后院,小牛犊早已从地上爬起来,身上落满了雪,两只眼睛像铜铃似的直勾勾地望着主人。当丽萍走到它跟前时,小牛犊又"哞哞"地叫了起来,像是催促她赶快把自己带到牛棚里去。丽萍从拴牛的木橛上解下缰绳，她想了想，新盖的牛棚又湿又冷，该把牛拉到哪去呢？她想起了家里的磨房，于是把小牛犊拉进了磨房，把缰绳拴在碾橡上。她抱了些玉米秆，让小牛犊夜里啃着吃，又提了半桶水放在小牛犊跟前。

丽萍把小牛犊安顿好，雪越来越大了，扑面而来的雪花弄得她满头满脸都是，一时间，竟变成了个雪人。丽萍抖了抖身上的雪，回到屋内怎么也睡不着。她在想这老天爷是不是有意和她家作对，这雪迟不下，早不下，偏等她家刚买了牛犊就下。白天还拜土地爷呢，看来那香是白烧了，头也白磕了，求神不如求己，自己的事还得靠自己想办法。她焦急得一会儿推开门看看，一会儿又从窗户的玻璃上向外看去。她担心这么大的雪，牛犊会不会冻着。她推了推丈夫红玉，睡得跟死猪似的，怎么也叫不醒。外面下着雪，丽萍心急如焚，坐卧不宁。冬天的夜晚特别漫长，实在难熬。她盼着天明，盼着天晴，越想越睡不着，好不容易熬到天亮，她赶紧跑去给牛犊添草。添完草，又回到屋内，暖了一会儿身子。天大亮，她生好炉子，屋子里一下暖和起来。屋外的雪下得小了，她出门忙着打扫院子里的积雪。两只喜鹊拖着尾巴从墙外的梧桐树上落了下来，在刚清扫过的地方寻找着食物。她把牛棚附近的积雪打扫完，手都冻僵了，赶忙用嘴哈了哈热气回到屋里。红玉这时睡得还没醒，她戳了戳他。红玉醒来睁开眼说："我这一觉睡得真实，啥都不知道了。"他抬头往外一看，白茫茫的一片，惊叫地说："怎么下起雪来了，昨天天气还好好的，怎么下起雪了。哎呀，牛犊……"他想到这，赶忙掀开被子，下了炕，披上棉衣，急忙往外走。

丽萍生气地说："你还管牛哩，酒没把你喝死，现在倒记起牛来了。"

"我喝酒咋了？人家春喜给咱干了一天活，我陪人家喝点酒，有什么不对？"红玉怼了老婆一句。

丽萍没有再说什么，她不想和红玉拌嘴。她抱了些柴火准备烧锅做饭。红玉在院子里转了转，看丽萍早早把院子里的积雪打扫得干干净净，见小牛犊拴在磨房里好好的，正啃着玉米秆吃。红玉心里很高兴，看来老婆比他还操心。玉米秆被牛犊踩踏得乱七八糟，牛粪拉了好几堆，弄得磨房脏兮兮的。他赶忙拉了车子，开始清理小牛犊啃剩下的玉米秆和粪便，把院子里的雪堆一同清理得干干净净。

眼下，小牛犊的草料成了问题。光啃玉米秆，时间长了也不是个办法，再说队里分的玉米秆也少得可怜，吃不了多少天。深沟里的玉米地往年还有玉米杆，今年冬季冷，早让人烧柴取暖背光了。牛爱吃的糜草和谷草除了队里的饲养室有，其他地方也找不到。红玉思来想去到哪给牛犊寻草料去，一连几天他都想不出个好办法来，一家人急得束手无策。老婆丽萍气得骂他冒失鬼，鳖胆大，几次闹着要回娘家。邻居们笑话他张不够，一时间许多流言蜚语也都出来了，他一下成了柳庄人的笑柄。

实在没法，红玉偷偷打起了队里麦草垛的主意。一开始，老婆丽萍吓得死活不同意，后来没辙了，也就同意了。他晚上起来，趁着夜深人静的时候背着背篓去拔队里的麦秸，回来铡碎了给牛喂。两人天天都过着担惊受怕的日子，生怕时间久了，被人发现，让人给揪出来。他们都是好面子的人，可丢不起这人，到时落个贼名声，这一辈子脸往哪搁？他俩一时又想不出更好的办法，急得像热锅上的蚂蚁，整天吃不下饭，睡不着觉，人也消瘦了许多。丽萍的脸上皱纹添了几道道，像朵秋天里的菊花。她对红玉更没好脸色看了，好几次怄气连饭都不给他做。实在没法，丽萍劝红玉把牛犊卖了，省得操心受累。但红玉舍不得，说什么也不想卖。他对妻子解释说："咱都挺过一些时日了，再忍忍，现在牛价不行，一个牛犊卖不了几个钱？等牛犊长大了，咱再卖它不迟。"可是丽萍说什么也听不进去，坚决要卖。她说："你说得轻巧，你想的办法呢？它是一张口，每天都要吃，草料在哪？"两个人常常为此吵得不可开交，矛盾越来越大。

十一月初九这天，正逢集会日。吃罢早饭，丽萍给红玉说："这牛犊，你不想去卖，我去卖，我是一天也不想再受这熬煎了。"

红玉一听急了，对老婆丽萍怒叱说："你敢！"

"我有啥不敢的。"丽萍不依不饶，她的火药脾气也上来了。她气势汹汹地走到小牛犊跟前要解缰绳。小牛犊"哞"地叫了一声，这一声让红玉心里扎心地痛。他急忙走上前去，一把夺过丽萍手里的缰绳，愤怒地扇了老婆一个耳光。丽萍躲避不及，打在了她的鼻子上，立马鼻孔流血了。丽萍气急了，她扑上前去，对着红玉的脸又抓又挖，两人拉拉扯扯，厮打在一起。红玉脸上被抓了几个血道道，丽萍的鼻血粘得衣服、手上到处都是。两人撕扯打累了，丽萍坐在地上，哭得死去活来。红玉蹲在地上，耷拉个脑袋，也伤心地哭了。他说："你想卖就卖，那牲口是我从百十里外买回来的，为了喂养它啥苦都受了，我容易吗？你说卖就卖。"

丽萍挨了打，委屈的话儿不知向谁说去。她只恨自己当初瞎了眼，没有认清人，嫁给了这么个没良心猪狗不如的东西。她一时对生活彻底绝望了，她想到了死，这个家没有任何让她留恋和割舍的了。她起身走出家门，走到了场里吃水的窖口，望着黑洞洞的水窖，她想从这里跳下去，来个一了百了。

冬季水管冻住了，铁锤挑着一担桶来挑水。他发现窖口上站着一个女人，傻愣愣地站在那儿，身边没有水桶，也没有扁担。好像不是来挑水的，难道她要……铁锤不敢多想，扔下水桶和扁担，飞快地跑了过去。他来到那女人身后，一看是丽萍嫂子，只见她正准备往下跳，他一把抱住了她的腰，丽萍的两条腿已伸进了窖口，他一把将她拉上来，拖到了地上。他忙问："九嫂，你这是咋了？有啥想不开的，非要走这条路？"他看丽萍身上、脸上都是血，就问："你和我红玉哥是不是打架了？你们两口子啥事闹成这样子了？"铁锤接着说，"我红玉哥那可是一把好手，你们两口子简直是龙凤配，过日子没的说，你还有啥想不开的？莫非是前段时间，我红玉哥买了牛犊，你们俩又闹别扭了？这是多大的事，值得你们闹成这样，真是吃饱了撑的！"

丽萍低着头什么也不说，伤心极了，她恨铁锤为什么要救她，让她死了算了。她是个自尊心很要强的女人，为了那牛犊她连脸都不要了，帮着那没良心的偷了队里的麦草，一想到这，她就觉得丢人。那没良心的竟为了个牛犊打了她，她活着还有什么意思。想到这，丽萍想从铁锤手里挣脱，被铁锤死死地拖住。

丽萍和别人不一样，脾气一旦上来，八匹十匹马也拉不回来。

铁锤有些生气了，不耐烦地说："你这人咋这样固执，一根筋似的钻牛角尖，咋就不能往好处想想？两口子吵架打闹那是常有的事，人上牙和下牙还经常磕碰呢。为了一点儿屁事你俩值不值？琦琦娃，现在还在县里上高中，你倒好往下一跳，图个轻松，孩子咋办？你能舍得下？可不是兄弟我说你，你就是只糊涂虫，天底下最狠心的妈！"

这句话，对丽萍的触动很大。一提到琦琦，她眼泪就哗哗往下流，低着头放声痛哭起来，再也不挣脱着要跳窖了。铁锤也没敢松手，生怕她再想不开。

来全也来挑水。他一眼看见铁锤和丽萍两人拉拉扯扯的，还以为二人干什么苟且的事，他偷偷躲到麦场里的麦草垛背后观看动静，准备来个捉奸成双。

铁锤拉着丽萍往回走，他一边走一边劝丽萍说："嫂子，你今后可不敢这样了。我红玉哥过日子是那么有心劲，你要是有个三长两短的，你家琦琦学还上不上？以后咋办？你要和我红玉哥拧成一股劲，心往一处想，把眼前困难克服了，这才是当务之急！"

躲在麦草垛后面的来全听得清清楚楚。他"噢"了一声，心想原来这么回事，看来他又想歪了，既然人家没那事，自己又何必躲着藏着呢。他大大方方地挑着水桶走了出来，迎面正碰上铁锤和丽萍拉扯着走来。他对两人点了点头，笑着走开了。他边走边说："现在的女人真是一哭二闹三上吊，动不动就拿死来威胁男人，真他妈笨，这算哪门子的事？真是活得不耐烦了！"他挑着水桶朝窖边走去。

铁锤拉着丽萍往前走，他寻思着不如先把丽萍嫂拉到自己家去，让妻子红梅劝导劝导，女人之间毕竟好说话，等想通了，再回去也不迟。想到这，他对丽萍说："要不这样，你先到我家消消气。"他见丽萍没说什么，就把丽萍嫂往自家拉。

再说，红梅等了半天，不见铁锤挑水回来，心里有点着急，心想，这人真是的，吃了早饭说去挑水。自己上炕做了半天针线活，也不见铁锤回来。她心里难免胡思乱想起来，她想到窖口有冰溜子，人站不稳，容易滑到窖里去。前年就出过事，幸亏旁边有人，打捞及时。她越想越害怕，心越跳得慌，像要从胸口蹦出来似的。她坐不住了，放下手中的针线活，走到大门口望了望，不见铁锤的踪影。她决定去麦场里看看，刚转过一个弯，就看见铁锤拉扯着丽萍嫂子朝家里走来，她紧张的心才放松下来。她见丈夫拉着丽萍嫂不松手，丽萍嫂脸色阴沉沉的，很难看，心想，究竟出什么事了？她又焦急起来。

她急忙走到跟前，只见丽萍嫂脸上、衣服上全是血迹、泥污，眼睛直勾勾，样子凶巴巴的。红梅和丽萍嫂是隔墙的邻家，她知道她的脾性，是个十分要强的女人，有些得理不饶人，性子硬。

今天这副模样，一定是受了天大的委屈，不然不会成这个样子。铁锤看妻子红梅来了，忙说："你把九嫂领到咱家去。我去挑水，桶还在半路呢。"说完，他向妻子使了个眼色。红梅立马明白了，她赶忙把丽萍往家扶去。

他们两家既是邻居又是挚友。红梅和丽萍嫂可以说是亲密无间的好姐妹，两人几乎无话不说。红梅把丽萍嫂扶到家里，拍了拍她身上的土，又给她理了理散乱的头发。她问丽萍嫂这是咋回事。丽萍一下子扑在红梅怀里，号啕大哭，心中的委屈顷刻间像火山一样喷涌而出。她哭着说："那没良心的，自从买了牛犊，我就没少生气。买牛时不跟我商量，自作主张把牛买了回来，我不说也就是了，还帮着那没良心的盖了牛棚。晚上那没良心的喝了酒睡得跟死猪似的，外面下着雪，牛犊也不管，折腾得我一晚上都没消停。买牛也不考虑考虑草料的事，大冬天的喂养牛，逼得我实在没法子。我说干脆把牛卖了，咱不遭这份罪。那没良心的不但不听，还打了我。我实在不想活了，跑到窖口去跳窖，死了落个清静。谁知被你家铁锤拦住了……红梅，我的命咋这么苦，遇上了这么个天杀的。"

红梅一听就急了，她对丽萍嫂没好气地说："你这是何苦呢？动不动就死呀活呀的，竟然还想到跳窖去了。亏你想得出，你死了，你们家琦琦怎么办？你死了，问题就解决了？"她接着又缓和了一下口气说，"你和我红玉哥真是针尖对麦芒，一个比一个硬，这咋能行？要我说，这牛犊既然买下了，你们就想办法好好养着，苦点、累点、麻烦点，心里总有个盼头，你说是不？再说，我红玉哥他自己也会想办法的。你把牛卖了，岂不是活活断了他的念想？他能给你不急？"

红梅苦口婆心的一番话，说得丽萍心里的怒气、怨气和闷气消解了不少。她坐到椅子上，喝了一杯水，脸色也好多了。

红梅接着说："你好好想想吧，前些年，大伙私下里买一头猪，养一头羊，动不动就被扣帽子，说是资产阶级思想，拉到大会上批斗，大伙只有跟着受穷的份。现在好多了，政策明显活了，也没听说再批谁斗谁了。所以，这是咱放开手脚的时候了。我看我红玉哥想得没错，抓住机会，能干一件是一件。你就不要拖他的后腿了，多支持支持他，把眼前的难关过了，一切都会好起来的。"

　　经过红梅耐心地开导，丽萍渐渐想通了，气也消了大半。但她倔强的性格，从来不低头，嚷嚷着要回娘家去。

　　铁锤挑了两担水，害怕红玉担心丽萍嫂子，就去了他家。进门一看，红玉正在霍霍地磨镰，不知用了多少劲，牙齿咬得紧紧的。腰里系了条滑子绳，看样子准备去砍柴。铁锤想，看来他丝毫没有想到丽萍嫂子跳窖的事，心里暗暗说，这人心真大，老婆怄气半天不见人，他一点儿也不着急。铁锤故意问："九哥，你在家里，咋不见丽萍嫂子呢？"

　　"你别提了，跟我干架，出去了。"红玉倔声倔气地说。

　　"那你没寻去？"

　　"寻她做啥？有本事，就别回这个家。"过了一会儿，他想了想说，"大概又回娘家去了。这人跟我一怄气，就喜欢往娘家跑，我都已经习惯了。"红玉一边磨镰一边说。

　　"你就那么自信？"铁锤问。

　　"咋了？她不上琦琦娃他舅家还能上哪去？"红玉立马觉得铁锤今天的问话有点怪怪的，他说，"今天你是怎么了，难不成她还能干啥去？"话说到这，红玉似乎想到了什么，心里一下子紧张起来，他焦急地望着铁锤。

　　铁锤倒镇静起来，他慢悠悠地说："今早，我到麦场水窖去挑水……"话还没说完，红玉一听就慌了。他一时手忙脚乱，慌乱中刀刃把手割了一道口子，鲜血直流。他也顾不得，赶忙问铁锤说："你说你嫂子跑到窨上去了？她干啥去了？"铁锤跑到屋里拿了块布给他一边包扎伤口，一边没好气地说："你说她干啥去了，难道是给你挑水去了？她是给你跳窨去了，寻死去了，要不是我及时拦着，今天事就大了！"

红玉连吓带气，身子直哆嗦，嘴里气得骂着："这臭婆娘，真是不想活了。"

铁锤知道红玉是刀子嘴、豆腐心，口是心非。他笑了笑说："得了，得了，你别再瞎嚷嚷了，难道还嫌闹得不够？"

红玉被铁锤一句话说得哑口无言，也就不再生气了。他把镰刀磨好后，对铁锤说："我看你嫂子一时半会儿不回来，你把我家门上的钥匙给她，就说我砍柴去了。"说着，他从衣兜里取出一把钥匙交给铁锤。

红玉说他发现东沟里的山坡上有枯了的刀子秸，软绵绵的，割回来用铡刀一铡，牛就能吃。西沟里他还发现有毛茸茸的白草、红公鸡等，这些都可以将就着喂牲口，说到这儿，红玉脸上的皱纹也舒坦了许多，心情也好多了。

铁锤听了红玉的话，心里很高兴。他心想，这么一来，这两口子吵架的根本问题解决了，他俩还吵哪门子的架。他接过红玉给的钥匙，拍着胸脯说："九哥，你就放心吧。有红梅和我呢，丽萍嫂子会想开的。"说完，他出了红玉家，径直往自家走去。

红玉两口子经过这场风波后，红玉早出晚归，顶风冒雪，他每天坚持砍两捆刀子秸和白草秸，十几天工夫就攒了一大撂的干草。他又到队里收过玉米的地里，捡拾回那些人家丢弃的秕玉米粒和玉米芯等，为牲口储备了足够的过冬草料。丽萍再也不提卖牛犊的事了。她天天帮着丈夫铡草、垫圈，给牛饮水，一天到晚忙得不可开交。人也开朗了很多，有时还给牛犊梳理梳理身上结卷的毛发。丽萍虽然四十多岁的女人了，平常也爱打扮，虽说日子短缺，再普通的粗布衣服，她都洗得干干净净，穿得整整齐齐，显得朴素、大方，头上有时还别上一枚别致的蝴蝶结，将自己打扮得像二十八九的姑娘。自从喂养牛犊的事情摆置顺了后，丽萍很少和红玉再吵吵闹闹了，两口子相互帮衬、相互支持，小日子过得甜甜美美的。

在两人的精心喂养下，小牛犊一天天长大，长成了膘肥体壮的大牛。随着市场逐步放开，牲口价格不断上涨，红玉养的牛能卖个大价钱了。大伙都夸赞他有眼力、有远见、有魄力、有恒心，人人羡慕得不得了。

他们两口子把牛一直养到儿子琦琦结婚，才把牛卖了，给儿子风风光光置办了婚事。

永新和红玉自从北山里买牛回来，一直惦记着爱花一家人的重托。他回来的当天晚上，就把这事给老婆翠玉说了，让翠玉帮忙给找找。翠玉笑着说："这还用找别人？记娃不就是一个。这么好的事，明天我就找记娃说去。"

"你让我再想想，这事得慎重，咱不能对人家姑娘不负责任。"

"我看记娃蛮好的，这几年也没少给咱家出力。你不也常在人前夸他人不错吗？再说他爹妈死得早。他哥记权和他分了家，现在各过各的。他哥嫂又不管他，特别是他嫂子和他闹得跟仇人似的。记娃一个人孤孤单单过了这么多年，孤苦伶仃，怪可怜的，家里就缺个媳妇。他聪明、眼活，能吃苦，肯卖力，要是你说的爱花跟记娃做了媳妇，我是觉得蛮般配的，记娃以后的日子就好过了。"

永新考虑了半天说："说实话，记娃这人我到现在都拿不准，虽然他给咱家没少帮忙，但这人心眼不太好。你知道他哥为啥不管他？那是因为他背地里还给他哥捣鬼呢。你说这样的人靠得住吗？再说记娃现在穷得叮当响，他哪儿有钱娶媳妇？哎，不给他牵这条线吧，记娃这些年没少给咱家出力。说吧，万一他将来对爱花不好，咱不是把人家姑娘坑了吗？这事你容我再想想。"

翠玉一听，觉得永新说的也是，记娃身上毛病确实不少。到头来为这事，自己一家人夹在两边难受，落个里外不是人，那就尴尬了。可她转眼又一想，这事不说吧，自己在街坊邻居间张罗着为记娃找对象的事啥时才能兑现？丈夫永新大嘴大膀子给人家爱花一家承诺的事咋办？永新两口子思来想去决定先找记娃谈谈，看看情况再说。

永新抽空去了记娃家。他一进门，看见记娃住的两孔砖窑洞因未挂面子，窑面风吹、日晒和雨水侵蚀，黄土经风一吹沙沙往下落，在地上积了无数的小土堆。院子两边的界墙底下堆放着许多乱七八糟的杂物，中间只有一条小路可通行。

"记娃在家吗？"记娃听出是队长永新在叫他，急忙跑出来。这个三十出头的光杆司令热情地把队长迎进屋里。他正在做饭，灶火口的火把掉了下来冒着乌黑的浓烟，大铁锅里正煮着饭食，锅里冒出的水蒸气把锅盖掀得啪啪作响。屋子里烟熏火燎的，呛得人眼睛直发酸，不住地咳嗽，在里面待一会儿就得到院子外透透气。从烟雾中，隐约可见屋子里简简单单地摆放了几件家具，窗台底下放着一张三斗桌，是他吃饭或记东西的地方，整个屋子显得空间很小。

记娃把掉在地上的火炭拾进灶膛里。他从抽屉取出一包香烟来，拿给永新一支。永新没有吸，顺手把它夹在了耳朵上。停了一会儿，永新对记娃说："这里边呛得人受不了，咱到隔壁窑里说去。"记娃领着永新到了旁边窑。窑里空荡荡的，除了一张木床，就是几个大瓮靠墙摆放着，里面存放着一些粮食。在靠窗的地方也摆放着一张桌子和一条凳子。记娃让永新坐在凳子上，自己靠门口站着。永新把这一切看在眼里，心里默默想，这么穷的家境，人家爱花能愿意吗？他自己都有些看不下去，除了两孔破窑洞，家里连一件值钱像样的家具都没有，更不要说其他了，可以说是一贫如洗。他矛盾的心里又纠结起来，不说吧，眼前再没合适的；说吧，这实在让他心里不踏实。他拼命地抽了两袋烟，心想还是听天由命吧，让老天爷来决定，成不成，那都是他们的命。想到这，他笑着说："记娃，叔给你瞅个媳妇，你看咋样？"

"叔，你甭戏弄我了，谁家闺女能看上咱，就咱这样子和这穷日子。"

"咱实话实说，你日子是穷了点，但只要你有志气，肯吃苦，日子会慢慢好起来的。不知你有没有这个信心？"说着，永新盯着记娃看了一下。记娃说："谁不想过好日子呢？不瞒你说，家里没有个女人，干啥都没心劲。只要我能成个家，我就不信过不好日子。"看记娃说得很有信心，娶媳妇过日子蛮有心劲。永新放心了许多。他接着说："人就得有一股劲，我相信你。我给你瞅的对象不是咱这儿人，她是山里人，姑娘长得还不错，不想窝在穷山沟里，想嫁到咱们塬上来。你今年多大了，属啥的？"

"我今年三十一了，属马的。"记娃不假思索地说。

"我跟你说的姑娘今年二十八九了，比你小两三岁，你们年龄刚合适。她叫王爱花，是个不错的姑娘。"

记娃见永新说得有鼻子有眼，连年龄、姓名都说出来了，确信这是千真万确的。他心里顿时涌动起一股幸福的暖流，迅速传遍全身。他觉得自己像一棵枯死的白杨又重新发芽了。这突如其来的喜讯，让他有些不知所措。他问永新说："叔，这是真的吗？"

永新笑笑说："当然是真的，难道我还骗你不成？"

记娃高兴得内心此刻无法用语言来形容。他心里藏了好多话，想说出来，结果一紧张全想不起来了。他连忙给永新端茶倒水，把取出来的那包烟硬往永新口袋里塞。永新说："这个就不必了，你给的烟还在这别着呢。"说着，他从耳朵上取下烟抽了起来。记娃说："叔，你的大恩大德，记娃这辈子做牛做马报答你，你对我太好了。"永新笑着说："事成了，只要你对爱花好，就是对我最大的报答了。"说着，他看了一下记娃，美美地吸了一口烟，笑着说："叔该做的都做了，今后就看你了。"他想了想说，"记娃，叔打算大后天就带你去相亲。这两天，你准备准备，把自己收拾收拾。有新衣服，把新衣服换上，没有新衣服把旧衣服洗干净了，一定要穿戴整齐，把人给我弄精神些。记得把该拿的东西都带上，特别是二十元的见面钱，你可要准备好了，不能给我掉链子。记住了吗？"

"没问题，没问题。记住了，记住了。"记娃连连点头应允。

记娃把永新送出门，心里高兴极了。他边走边哼着电影里的歌曲。

爱情啊你姓什么？爱情啊你姓什么？是熊熊的烈火，还是冷酷的冰霜？是漫漫的长夜，还是明媚的春光？……

他的歌虽说唱得不怎么样，但充满了对爱情的渴望。这时他回到厨屋，屋子里早已没烟雾了。他摸摸锅里，饭都凉了。尽管这样，记娃心里满是甜的。

吃了饭，记娃就按永新说的开始拾掇自己了。人常说，人是衣，马是鞍，一看长相，二看穿。记娃把他压箱底的衣服拿了出来，穿在身上试了试，刚好，挺合身的。他照了照镜子，发现镜子里的自己，一下子年轻、英俊了很多。他决定先去理个发，他想到了德红。德红不但烟烤得好，理发也是一流的，是村里名副其实的理发师。

三九寒天，刺骨的寒风一个劲地往人衣服里钻，冻得人牙齿咯咯响。人们萎缩着身子，把手伸进袖筒里。这样的天气，没啥事，大伙一般不出门。除了一些想多挣几分工的人，找个牲口圈的活儿干外，大多数人要么窝在家里，要么砍柴，要么三五成群聚在一起玩着扑克牌，聊着闲话什么的。

记娃急匆匆赶到德红家，见大门敞开着，就走了进去。来到院子，听见有几个人在说话。他推开屋门，炕上围着被子坐了四个人，被子中间放着一块薄薄的方形木板，每人面前放着许多火柴把和玉米粒。这四个人正玩着花花牌，面前的火柴把和玉米粒是他们输赢的本钱。其中，春生对怀礼说："你怎不收住，叫对红十都大了，这下坏了，就看德红的了。"德红见记娃来了，忙着玩牌，也没顾上问。德红一边看着手里的牌一边说："对红十确实大了，没办法。"他一下输掉了六十个数，面前仅有的三根火柴给了人家，还欠了三根。他目不转睛地盯着手中的牌，从棉衣兜里取出一支香烟叼在嘴上点着吸了一口。

德红以为记娃是来闲转的，也没多问，继续耍牌。记娃等得有些不耐烦了，但又不能说他要相亲的事，心里十分着急。他急得实在没法这才说："德红哥，给我理个发。"

德红瞅了一眼记娃，玩着牌说："等会儿，上炕来暖和暖和，忙什么？又没啥事。"

记娃一听，更急了，他只好硬着头皮编了一个谎说："我不冷，你快给我理吧，我准备蒸馍，面都起了，我还得赶紧回去。"

德红听记娃说他有急事，忙起身下炕，又急急忙忙上了趟厕所。记娃利用德红解手的工夫用镜子照了照自己，镜子里的自己一张黝黑的脸又圆又俊俏，一对圆溜溜不太大的眼睛炯炯有神。自己鼻梁不高，嘴里黑褐色的牙齿排列得不够整齐。他看着镜子里的自己一本正经的样子，忍不住笑了。

德红回到屋里，笑着问他："你今咋太阳从西边出来了，想起理头了？"一句话问得记娃无法回答，他涨红着脸，平时爱胡说的记娃，一下子变得唯唯诺诺的，说话含含糊糊。

怀礼也问："记娃，你咋这么早就理发了？这离过年还有一个多月呢。"

春生说："没关系，杀猪嘛，冬天不怕臭，让他杀，最好把他那裤裆里毛都理了。"

一旁的拴马说："记娃，莫不是有人给你说媳妇了，要你去相亲吧？"记娃叫拴马这一问，一下子脸红到了脖子。大家一看，十有八九都知道怎么回事了。于是，你一言我一语拿记娃逗起乐来。春生说："德红哥，今儿他不拿喜烟和喜糖，咱就不给他理。"

德红一手拿着梳子，一手拿起推子笑着说："算了吧，记娃寻我这是头一回，到时候让他补上。"怀礼说："他那吝啬鬼，干驴蹄也榨不出二两油渣来。"

怀礼这么一说，把记娃气得脸红脖子粗。说道："我不是吝啬鬼，到时候我一定给大家补上。"

"记娃今出息了，说话还一套一套的，也学会咬文嚼字了。"春生嘲弄地笑着说。

记娃知道春生这是在嘲讽自己。他想，今儿自己跟他犯不着，他忍了忍说："我哪会咬文嚼字呀，就是随便一说而已。"

"甭谝闲的了，你准备理啥头型？是理光葫芦还是平头？"记娃坐在凳子上，德红找了一个门帘把记娃从脖子到身上包了个严严实实。

记娃回答说："平头。"

"你不是一向都理光头吗？今个咋想起理平头了？"

记娃没有回答，他不想接这些无聊的话，那些只会给自己带来不愉快，破坏自己好的心情，也让德红难堪。

德红拿理发推子在记娃的头上轻快地理了起来，不到一袋烟工夫就理好了。德红解下记娃围着的门帘抖了抖上面的头发说："记娃，你用镜子照一下，看理得咋样？"

记娃说："好着呢，你理的，能有啥问题？"

尽管这么说，他仍拿起镜子，照了照自己。只见镜子里的自个更加年轻、帅气了。他放下镜子，高兴地说："理得好，理得好，不愧是把式，谢谢你。"

德红故意逗他说："你拿什么谢我？光嘴说不行，要有实际行动。"

记娃笑着说："行，到时我给你提些点心，把你这嘴给甜甜。"

德红开玩笑说："我啥也不要，等你娶下媳妇了，把你媳妇先让我两晚就行了。"

记娃笑骂道："去你的，简直没正形，狗嘴里吐不出象牙。"说着，朝德红尻蛋子上轻轻打了一拳。

春生笑着说："看把你想得美，记娃能把老婆让给你，他早都饥渴难耐了。"

春生的一句话，惹得满屋子里的人几乎都笑了起来。大家笑得你死我活，连眼泪都笑出来了。

拴马说："快出牌，看把你们一个个乐的，那是人家记娃的媳妇，你们连边都沾不上，瞎子点灯白费劲，还是好好玩牌吧。"

记娃从裤兜里掏出一盒羊群烟每人发了一支，就告辞了。

记娃刚走出门，就听见怀礼和春生背后议论他。怀礼轻蔑地说："记娃拿这号烂烟糊弄人，真是吝啬到家了。还想找媳妇，真是痴人说梦。"

春生接着说："他在他队上也吃不开。这种人，当面说得好，用着谁了都想把谁叫爷，一般人给他办了事，还不领情，典型的背过河不叫干爹。这家伙，把眼睛都长到头上去了，爱的是有钱有权的，听说他和他们队长关系不错。"

记娃听了这几个人议论他的话，脸上火辣辣的。他有意咳嗽了一声。只听怀礼说："你们听见没？人还没走远呢。"屋子里再没有说话声，只剩下玩牌的声音。记娃没把这些议论他的话放在心上，他心里只想着明天的事。他心里说，这伙人戳是弄非惯了，随他们说去吧。

第二天一大早，他把所有的积蓄家底都拿了出来，数了数总共五十七元二角二分钱。他取出二十五块钱，将它缝在衣服里面，把剩余的钱用牛皮纸裹了里三层外三层，包得严严实实。明天是队长永新带他相亲的日子，来不得半点马虎。他想今天无论如何要上趟杨柳镇去买些东西回来。他在锅里打了两个荷包蛋，又掰了半块馍，狼吞虎咽地下了肚，算是吃了早饭。

过了冬至，天稍微有点长了。记娃心里急，老觉得时间短。他背了一个黄绿色的帆布挎包，锁了门，就匆匆上路了。

大冬天，鸟儿都懒得出来觅食。可记娃的心里热乎乎的，他丝毫不觉得冷，一个人越走越快，越走越热，额头上慢慢地沁出了汗珠。不到一个半小时就走完了十里多山路，来到了杨柳镇。街上，冷冷清清的，很少有人出来走动。天气干冷干冷的，外出的人们把手伸进袖筒里，或插在裤兜里，猫着腰走着。太阳无精打采地照在百货公司的门板上，门市部的门还没有开。记娃找了一个避风暖和的角落，静静地等候着百货公司开门。

过了一会儿，旁边的一家馍店开门了，走出一个满脸胡子的男人。这人有五十来岁，他看了一下天气，就进去生炉子了。记娃想进去暖和暖和。他扶起厚厚的门帘，往里边一看，屋子不是太大，并排摆放着六张方桌和板凳，墙上贴着"克勤克俭，节约粮食""谁知盘中餐，粒粒皆辛苦"和"顾客至上"三幅大红标语。他环视了一下里面，屋里收拾得干干净净。屋子里的人见记娃走了进来，他上下打量了一下记娃，用和蔼的口气问："你想吃啥？有煮馍、烧饼、稀饭，还有烩菜。"记娃不好意思地说，他不是来吃饭的，是进来想取取暖。那人乐呵呵地说："火刚生好，你就过来烤烤吧，这数九寒天的，把人都要冷死了。"记娃道了谢，走了过去。

他烤着火，仔细看了一下屋子里的陈设。在屋子隔间的墙壁上开着两个小窗口，从窗口里看见一个中年妇女正在整理碗碟和收拾炉灶。她把头发梳理得整整齐齐，鸭蛋脸，柳叶眉，皮肤很白。记娃让窗口里的漂亮女人给惊呆了。他羡慕这位大哥有福气，娶了这么好的媳妇。

记娃坐了一会儿，走出去一看，对面门市开门了。他急忙走了进去，里面一个顾客也没有，只有两个售货员围着炉子烤着火。记娃来到柜台前，看了看货架上摆放的东西，发现货很齐全，许多杂货，应有尽有。

两个售货员只顾捅炉子，半天才发现柜台前站着一个顾客。他俩抬起头，看了记娃一眼，其中一个和蔼地说："同志，你想要啥？"

记娃瞅着货架上摆放的副食品说："取一包点心，一包小果子，称上一斤麻饼，一斤水果糖。"等售货员把这些东西放在柜台上时，他又瞅了瞅货架上的酒。货架上有贵的名牌酒，还有便宜的低价酒。他琢磨了半天，自己该选哪样酒，贵了自己买不起，便宜了这可是他第一次相亲见面，不能没有面子。他计划着还得买两条香烟。记娃把衣服兜里那牛皮纸装钱的包裹捏了捏，心想自己所有的积蓄除了那二十五元钱外，也就剩三十二元二角二分钱了。这些钱是他一分一厘积攒下来的，得用在刀刃上。俗话说，巧妇难为无米之炊，无钱难倒英雄汉。在这节骨眼儿上，既要做到落落大方，又要面面俱到，花好每一分钱。他从棉衣兜里把那用牛皮纸裹的钱取出来，重新数了一遍，又倒着数了一遍，一分不少，三十二元二角二分钱。

他抬起头对售货员说："你先算一下这几样副食多少钱。"

售货员熟练地把算盘珠拨了几下，钱数就出来了，一共三元一角二分。记娃心里寻思着，剩下的钱买两瓶好点的酒和两条烟应该没问题，他纠结的心稍微踏实了一下。售货员看着他目不转睛地瞅着货架上的酒，就问："想要酒吗？这里的样数多了，你要哪一种？"

记娃听人说，茅台酒最好。他想买上一瓶这样的好酒，送给对方老人。他想到这，对售货员说："同志，我要一瓶茅台酒。"

售货员听了，吃了一惊。他笑着说："我们这没有茅台酒，再说了那茅台酒几百元一瓶，谁买得起。"售货员心想这人好大口气，一看就没见过世面。你以为几块钱就能买茅台酒喝？简直是痴人说梦。

经售货员这么一说，把记娃吓得吐舌头，几乎要叫起来。看来他太冒失了，在售货员面前出了这么个洋相，脸上顿时火辣辣的。记娃很尴尬，有些不好意思了。

"这小伙，你是作啥用的？是不是要走重要的亲戚？"年龄稍大的售货员问。

记娃红着脸，腼腆地说："准备去相亲，给对方老人带点礼物。"

售货员笑着说："像你这种事情，一般人都喜欢选择竹叶青、泸州老窖或店头大曲这三种酒，价格不高，既体面又实惠。"

记娃拿定了主意，他说："那就给我拿一瓶竹叶青酒吧。"

售货员把包装好的竹叶青酒放在柜台上，又问："还要点啥？"

记娃说："要两条烟。"记娃对烟是再了解不过了，他对每个牌子的香烟价格都了如指掌。他在货架上瞅了瞅，最终选择了两条"红牡丹"香烟。

售货员问:"再要啥不?"

记娃想了想,除了衣服,再不买啥了。他那压箱的衣服,就是裤子旧了点,他估计钱也不多了,就对售货员说:"不要什么了,结账吧。"

售货员动起了算盘珠,很快打出了钱数。售货员说:"二十九元钱,再加上那三元一角二分钱,总共是三十二元一角二分钱。"记娃一听这个数字,心想有点玄,自己这点钱付过账后,就剩壹角钱了。他打开牛皮纸包,点了一下钱,付了账。

记娃从杨柳镇回来,已是中午时分。虽说时间还早,但在数九天白天还是很短。他打算抓紧收拾整理下自己。

他翻开箱子,又找出他叠放得整整齐齐压箱底的衣服,套在棉袄上试了试,又找来镜子照了照自己,发现裤子后面破了个洞。他想借条裤子去,自己不能穿得破破烂烂去相亲,这是他一辈子的大事情。

他打算去借裤子,跑了几家,都没借到。记娃深感借人家的东西太难了,他跑断腿,看人家的脸不说,那冷嘲热讽的话把他听得肺都气炸了。他心里想,都怪自己没出息,腰杆不硬,谁叫咱穷呢?无奈之下,他还得继续上门去借。

他来到草根家门口,大门虚掩着。记娃停住脚步,心想,草根一家人还不错。他决定试着去借一下。记娃推开门,草根妈听到开门声,在屋里喊道:"谁呀?"记娃听出草根妈的声音,就说:"六婶,是我。"草根妈走出屋子一看是记娃,心想一定是找草根的,就说:"草根今天不在,早上拉车子到山里砍柴去了,你找他有啥事?"

记娃说:"六婶,我不是来找草根的。我是来看草根有什么新一点的裤子借我穿一下。"

草根妈惊奇地问："你要借裤子吗?"

"是的,我想出个门,借一条新一点的裤子套在棉裤上。"记娃回答说。

"记娃,你出啥门哩,还要借裤子穿?莫非是去相亲不成?你也该成个家,都老大不小了,我记得你比草根还大六岁呢,今年也该三十好几了吧?"

"三十一了。"记娃说。

"年龄不小了,得赶紧找个对象成家了。裤子草根有,去年买的新裤子。草根舍不得穿,一直压在柜子里。婶给你寻去。"她一边说一边走进屋里,在柜子里翻起草根穿过的衣服。最后从柜底拿出一条崭新的蓝裤子在记娃腿上比了比,长短刚好合适。

草根妈说:"就这件,看来刚合适。"

记娃高兴地说:"那谢谢六婶了。"

草根妈笑着说:"都是自家娃,有啥可谢的。不过你得答应婶,把媳妇早早领回来。"

记娃感激地说:"行,侄儿记住了。"草根妈又重新叠好裤子,交给记娃,把他送出门。

记娃借下裤子,回到家里。他急急忙忙做起下午饭。饭做好了,碗刚端到手上,永新从门外走了进来。他说明天要走,专门过来看记娃把东西准备得怎么样了。记娃说:"我都准备好了,就是钱也花光了,没剩下几个钱。"永新说:"那怎么能行?"他想了想说:"明天再说吧,要不我先给你垫上。路途远,咱明早起来,吃了再走。"

记娃说:"那你过来,我给咱俩弄些饭吃。"

永新说:"不用了,你吃你的。"说着,他把记娃上下打量了一下,就背着手走了。

出门相亲的事情准备妥当后,记娃开心极了,晚上躺在炕上怎么也睡不着，想想明天就要见到人了，对方长啥样？人家愿不愿意嫁给他？这一连串的问题在记娃的心里盘旋着、纠结着，闹得记娃一晚上睡不着。他想起了他的童年，一个活泼、天真、机敏的孩子，父母不在了，和哥哥相依为命，那时的哥哥无微不至地关心、呵护他。一遇下雨天，哥哥就背着他一步一个泥窝接送他上学……可是好景不长，自从哥哥把嫂子娶回家，哥哥与他的关系就越来越疏远了，也没人再供他上学，最后哥嫂把他分了出来，日子就过成了现在这个样子。想到这，他伤心得又落泪了。

第二天早上，一缕阳光淡淡地照在窗户纸上，给冰冷的窑洞带来了一丝暖意。今天对记娃来说是个重要的日子。他一夜没合眼，一早起来也毫无睡意，做好饭，自个吃了，又烧了些热水，洗了头和脚。记娃开始换衣服，他先把借草根的新裤子套在棉裤上，穿好裤子。脚上穿了双新尼龙袜子，然后起身穿上他压箱底的上衣，特意换了新鞋。用镜子照了照自己，一个精神、帅气的小伙子出现在了眼前，唯一不足的是，自己那上下两排褐黑色参差不齐的牙齿，没有给他争气。

"记娃，准备好了没有？好了赶急走，冬季白天短，今晚赶不到，弄不好还得歇店呢。"永新在大门口喊记娃。

记娃忙背上行李，跑出来问道："咋，还得住店？"他想住店得花钱，自个钱不够，怎么办？永新说："如果住店，店钱你就不操心了，我先垫着。"记娃听了，心里踏实了。他锁好门，两人就出发了。

出了村子，走上一条小路。记娃从口袋里掏出一盒烟来，塞给永新。永新接过烟笑了笑说："要是事成了，这一盒烟恐怕打发不下吧，我要好好喝你的喜酒。"

"没麻达，你放心，就是脱鞋卸帽子，我也一定请你喝喜酒。"记娃说。

永新笑着说："咋，喝你一顿酒，就让你脱鞋卸帽子了，瞧你那点出息。"

两人边走边扯着闲话，也不觉得累。他们一路翻山越岭，沿着弯弯曲曲的小路，往山里走去。累了，两人就坐在路边歇息；渴了，就去找附近庄户人家讨些水喝。最难受的是饿了，自带的干馍，又冷又硬，一路上，他们一边走一边啃，馍冻成了瓷疙瘩，啃也啃不动，只得忍着饥走。两人翻过了一道山梁，眼前是一片开阔地，隐隐约约看见有个村庄。

冬天天黑得特别早，不一会儿就黑下来了。永新记得很清楚，这个村子离目的地至少还有二三十里的路程。他浑身上下冷得直打战，牙齿冻得咯咯响。永新对记娃说："咱俩还是找户人家住上一晚，明天早上再走。这大冷天，我实在撑不住了。"

他哪知道记娃的心早已飞向爱花所在的村子去了。他笑着说："叔，咱再坚持点，走得快了就不显得冷了。"永新摇摇头，坚决不走了。他在后边慢慢走着，两人渐渐拉开了距离。到了村口，永新停下来，记娃早已不见了人影。记娃一股脑地往前走，猛然回头一看，不见永新的人影。他知道永新决意不走了，想了想也奈他不过。记娃朝身后喊了永新两声，周围漆黑一片，看不见人影，也没人应声。他只得低一脚、高一脚地原路返回。走着走着，不远处一个黑影越来越大。他没敢出声，走到跟前一看是永新。永新说："看把你急的，迟早还在乎今一个晚上。再说这事离了我，能行吗？你不是走了吗？咋不走了？"一句话问得记娃默不作声。

永新转身在前面走，记娃闷闷不乐地跟在后边。他们来到村子一家人的门口，永新上前叩了叩门环。里面半天有人应了一声"谁呀？"

永新回答说："过路的。"他听出是一个男人的声音，接着说："大伯，能不能开一下门，我们借宿。"

里边的人说："就来了。"

过了一会儿不见动静，永新又敲了几下门。听见那人说："稍等一下，马上就来。"

约莫一袋烟的工夫，"咣当"一声门开了。借着院子里的灯光，永新他们看见，门里站着一个老头，背有点驼，身子向前弯着，留着长长的山羊胡须，眼睛不大凹了进去。老人看上去有七十多岁的样子。

他警惕地问："这么晚了，你们是做啥的？"

没等永新答话，记娃上前说："你问这干啥？我们又不是坏人，你怕啥？我们就是个过路人，真啰唆。"

老头生气了，说了句："你这人咋这样，没教养。"说完，"哐啷"一声把门关了。

永新慌了，他连忙上前叫了几声也无济于事。

"还关上门了，离了你老汉，我们晚上就不住宿了？我就不信了。"记娃不依不饶地说。

记娃这样做，完全是冲着永新的。他嫌永新没按自己的意愿夜里赶路而心生怨气，一时无处发泄，就发在了老头身上，也算是对永新的一种报复。

永新更生气了，他后悔带记娃出来，觉得记娃一点儿礼貌也没有，出门带这样的人真是丢人。眼下，还准备带他相亲呢，这样的人能行吗？永新心里犯起了嘀咕。他有些骑虎难下，不知怎么收场。他非常郁闷，想了想，既然来了还是走一步看一步吧，他也不想落个半途而废。心里说，哎，都怪自己嘴长爱说媒，自认倒霉吧。再说，毕竟自己比记娃年龄大，走的路、经的事多。这小子没出过门，没遭过出门人的罪，与他计较，掉自己的价，划不来。他边走边想，没有理会记娃。他们路过几户人家，大门都关着，屋子里的灯都灭了。永新想今晚如果找不到安歇的地，就要在野外过一晚了，不冻死才怪。他们走着走着，看见面前一家院子里还亮着灯，灯光隐隐透过窗纸，照射出微弱的光。两人不由得加快了脚步，走近一看，这家人的院子是一圈篱笆墙，大门是用木框拼凑起的。永新担心记娃再闯祸，他抢先一步在门口叫道："老乡，家里有人吗？"

因为没有遮挡，永新他们看到门开了，从屋里走出一个妇女来，嘴里念叨着说："这么晚了，谁在叫门，不会是贼吧。"她又返回去，手里拿了一根棍子，一边走一边喊："谁呀？"

永新回答说："大嫂，过路的，天太黑了，想寻个地借宿一晚，你看行吗？"

女人听说是过路人，心里稍微踏实了些，又回去取了门上的钥匙。这时，屋里的男人问："外面是谁？"女人回答说："过路的，要借宿一晚。"男人在里边想了想说："那你把门给开开，数九寒天的，出门人不容易，就让他们进来吧。"随后又说："到那边窑里看愣子娃睡下没有，从屋里抱上两床被子，把他们安顿到那边窑里。"屋里男人的话永新、记娃两人听得清清楚楚。不大工夫，那中年妇女走出来，开了门。黑暗中看得出这位妇女四十来岁。她操着一口四川话说："这么晚了，你们俩来这弄啥？"永新对她的四川话没有听懂，不知道她说了些什么，一时蒙住了。

这时，记娃上前一步用四川话说："老嫂子，我们是远路客，到前面的村子有些事，天黑了，想借宿一晚，明一大早就走。"没想到记娃能说一口流利的四川话，永新有些吃惊，从记娃说话的表情看，还算礼貌。永新心里的气一下消了很多，他拍拍记娃的肩膀说："真没看出来有两下子。给叔说，这是啥时学的，怎么平时没见你说过？"

记娃为了展示自己，一点儿也不保留。他说："这都是以前给人家箍窑当小工时学的，干活的哪里人都有，陕北的、湖北的、河南的、四川的、安徽的，开始也是听不懂，不知他们在说什么，在一起时间久了慢慢就懂了，也学了不少这些地方话。我最拿手的是陕北话，它粗犷、豪放、真诚。其次就是四川话了，听起来婉转、好听。"

记娃滔滔不绝地说着，永新仔细听着。他看着记娃说得神采飞扬，很是羡慕。他也想走出去，看看外面的世界。他除了偶尔出去给队里买个牲口什么的，去过最大的地是县城，最远就是这深山里，剩下的时间就待在柳庄，守着老婆和孩子，一辈子就学会一样东西，当生产队长，也没当出个名堂，不知道自个都干了些啥。

他俩跟着那女人进到隔壁的窑里。那女人点上灯，窑里豁然一亮，只见炕上睡着一个十八九岁的小伙子，一见有人进来，忙坐起来揉了揉眼睛。他没有说话，只是用手做着手势，嘴里啊啊地叫着，这小伙子显然是个哑巴。那女人找来两床被子，给他们铺好。她用四川话说："天气冷，我再给你们取条褥子加上。"

记娃说："大嫂，不用费心了，谢谢你，这就行。"

那女人不肯，要去抱褥子。永新他们硬是没让抱。

永新觉得记娃这回变得好多了，懂事了。他俩上了炕，永新一会儿就睡着了，睡得十分香，很快打起了鼾声，像牛吼一样。

记娃枕着被子一头怎么也睡不着，把被子攥得紧紧的还是睡不着。他把被子裹住头，还是没有一点儿睡意。他睁开眼，屋子里一片漆黑。那哑巴小伙子静静地躺着，没有一点儿声响。孙永新的呼噜打得鼾声如雷，吵得记娃无法入睡。他索性想着明天相亲的事，他脑子里猜想着爱花的模样，猜想她一定是位善良、贤惠、美丽的窈窕淑女。他想着想着就睡着了。睡到半夜，他又醒来，又在想明天见面时的第一句话怎么说？能不能像电影里演的那样，叫爱花"亲爱的"甚至亲上她一口。想到这记娃的心里猛然有了一种冲动，浑身一阵燥热，一下子也不觉得冷了。他转眼一想，这不是耍流氓吗？自己想哪去了？那爱花爹妈还不以为自己是个二球，脑子不清，不就完蛋了。到底怎么说，他也想不出一句好词来。他越想越着急，眼前突然一亮，何不在爱花和爱花爹妈面前说说自己学的各种方言，在两位老人面前显摆显摆，让他们乐呵乐呵。又一想，这都是哪跟哪呀，用不上，难不成让人家老两口和爱花说咱傻里傻气的，那事不就黄了。这是他第二个晚上没有睡安稳觉了。冬天的长夜真是难熬呀，他听着外面的风把树枝摇晃得呼呼响，心里越发地烦躁。记娃想明天就进入四九天了，今夜里风吹得这么凶，该不会明天变天吧。他多么盼望老天爷能给个好天气，让他相亲这事顺顺利利的。

第二天早上，记娃一夜没睡，这会睡着了。这家的主人也没起来。永新走了一天的山路，特别累，夜里美美睡了一觉，早晨起来很有精神。他打开门，走出屋子，外面飘着鹅毛般的雪花。他在院子里，舒了舒筋骨，抖了抖精神。地上的雪已没过鞋底，环望四周到处白茫茫的一片，地上白了，屋上白了，山上白了，树上也白了。漫天的雪花飘落在棉衣上很快也就落住了。

永新回到窑里，拍了拍身上的雪。记娃睡得还没起来。他推了一下记娃说："赶紧起来，咱还得赶路呢。"记娃忽地坐起来，一看外面下雪了。他沮丧地说："这死天气，就缓不下两三天，果然下了。"

记娃忙穿好衣服，下了炕，急着要走。永新说："你会说四川话，给人家打声招呼，咱们就走。"

记娃赶忙前去。这时，旁边屋子的门开了，走出一个四十多岁的中年汉子。记娃开口说："大哥，我们昨晚给你添麻烦啦，现在我们准备赶路，就不叨扰了。"

中年汉子说："看兄弟你说的，有啥叨扰不叨扰的，都是庄稼人，谁不出个门，天下老百姓都是一家子，谁还不用谁，见外了。"

永新听口音知道中年汉子是本地人。他问主人年龄，那汉子爽快地说："我今年四十四岁了，二月初八生。"永新笑着说："咋这么巧，我也是四十四岁，二月初十生，就差你两天。"记娃吃惊地说："你俩同年同月生，这么巧，真不多见。"他看了永新一眼，一本正经地说："永新叔，你得称人家哥。"永新上前握住中年汉子的手笑着说："老哥，谢谢了，保重！"他随口又问道："老哥，这儿离上饶村还有多远？"

"大概二十里地吧，不好走，都是山路。"汉子回答说。他没有叫他的四川女人，领着永新他们出了门。

走出院子，永新一抱拳感激地说："老哥，后会有期。"

那汉子也抱了抱拳，客气地说："兄弟，后会有期。"

出了村子，雪越下越大，雪花落在棉衣上，一会儿身上就全白了。记娃笑着说："永新叔，你看你那胡子、眉毛、头发都白了，好像戏里的白毛女，就是头发短了点，是个男的。"永新说："你甭笑我了，你也一样。简直是个雪人。"他们下了一个山坡又上了一道山梁，两人放眼望去，四周白茫茫、雾蒙蒙的一片，重重叠叠的山峦都披上了银装，景色十分的雄壮美丽。永新想起了毛主席的《沁园春·雪》，他立马吟了起来。

北国风光，千里冰封，万里雪飘。
望长城内外，惟余莽莽；大河上下，顿失滔滔。
山舞银蛇，原驰蜡象，欲与天公试比高。
……

"叔，路还有多远？该不远了吧？我的肚子都闹意见了。"记娃的问话把永新朗诵诗词给打乱了。永新生气地说："真讨厌，刚有一点儿诗词情趣，全让你给搅和没了。"他看了看前面说，"不远了，再坚持会儿就到了。"

两人又走了一个时刻，隐隐约约看见一个村庄。永新指了指说："前面就是了。"

记娃一听前面的村子就是上饶村了，心里不知是兴奋还是胆怯，一会儿望望这儿，一会儿望望那儿，脚步明显变慢了。他心里这会倒不觉得饿了，就是咚咚直跳。他跟在永新身后，一言不发地慢慢走着。永新也不说话，只顾往前走。

两人冰天雪地冒着漫天的大雪来到了爱花家的村口。永新兴奋地说："就在前边，隔一家就是。"

这时，记娃忐忑不安的心，跳得更厉害，几乎要跳出来了。他一路上想好的话，一句也想不起来了。两人走到爱花家门口，大门半开着。永新说："就是这家，没错。"永新径直走了进去，记娃怯生生地跟在他后面。只见屋子的门紧闭着，门上挂着用五颜六色布子做的门帘，中间绣了一对鸳鸯，绣得栩栩如生。永新一看就知是爱花绣的。他赞不绝口地说："这门帘做得真好。"记娃也赞叹不已。

屋子里静悄悄的，永新揭起了门帘问道："老哥在家吗？"

"谁呀？这么大的雪，雪天雪地的。你爹出去肯定没关门。"爱花妈在屋里念叨说。

永新听是爱花妈的声音。他推开门，一脚踏进门里。一个满身是雪的人出现在爱花妈面前，后边还跟着一个年轻后生，也满身的雪。这一幕，把爱花妈吓了一跳。"你是谁呀？满身的雪，不过面好熟。"爱花妈仔细地打量了一下永新。她很快就认了出来，只见她惊讶地"啊"了一声说："怎么是你？你不是上次来买牲口的永新兄弟吗?"她高兴极了,赶紧把永新他们让进屋里。

永新一边抖了抖身上的雪,一边说:"老嫂子,你还记得我吗?"

爱花妈高兴地说;"记得,当然记得,你不是答应给我闺女和儿子瞅对象哩么。"

"是呀,那还能说假话吗?这不,今天人我给你带来了,你看中意不中意?"永新说着把躲在身后的记娃推到爱花妈前面。爱花妈把目光投向记娃,她仔仔细细端详了好一阵。看着记娃帅气、英俊,透着一股机灵劲儿,爱花妈满心喜欢。她朝里屋喊了一声说:"爱花,还不快出来见你永新叔,给客人扫身上的雪。"爱花应了一声,快步从里屋出来。她向永新打了声招呼,又朝记娃偷看了一眼,拿起扫把给永新扫身上的雪。记娃借这个工夫,偷偷地看了眼站在身旁的姑娘。只见她一双水灵灵的大眼睛,眉清目秀的,扎着两条小辫,身材修长苗条,说话举止都很文静。记娃满心喜欢,心里一激动,脸一下红到了脖子。他看爱花要为他扫身上的雪,不好意思地说:"我自己来,自己来。"他拍了拍身上的雪,依然低着头。爱花拿着扫把轻轻地在记娃身上扫了扫,记娃立刻感受到了一种从未有过的幸福感和甜蜜,一下子渗进了他的血液和骨子里。

其实,永新一踏进门,爱花就认出来了。她看永新身后还跟着个陌生的小伙子,心里已猜到了八九分。她知道永新来是怎么回事,心里一下子紧张和害羞起来,就躲到里屋去了。她明白眼前这个陌生小伙就是给她介绍的对象,看上去人还不错,就是稍微有点面色苍老,两只眼角带了些皱纹,人长得还算帅气。这时,她无意间发现记娃的嘴里那黑褐色的牙齿参差不齐,显得很不协调和雅观。她没有在外面多待,就害羞地进了里屋。

记娃傻愣愣地看着爱花走了进去。他满脸涨红,手里提着一大包东西呆呆地站着。爱花妈笑着说："这死女儿，也不知把客人接住，一点儿规矩和礼貌都没有，让你们见笑了。"说着，她去接记娃手里的包。记娃忙说："婶，不用，我自己来。"他把包放在柜子上，解开包取出糖果和点心，递给爱花妈，腼腆地说，"婶，这是一点儿心意，你尝尝吧。"爱花妈高兴地收下记娃递过来的糖果和点心，心里甜滋滋的。她想客人雪地里赶了长时间的路，肯定又累又饿。爱花妈招呼永新他们坐下，又喊来女儿爱花，张罗着为永新和记娃他们做饭。两个女人，一个备菜、一个擀面条，忙活了起来。

永新问："我老哥和毛犊去哪了？"

"吃了饭就出去了，你老哥他坐不住，毛犊打麻将去了，两人屋里都待不住。"

正说着，爱花爹和儿子毛犊回来了。他一进门，就发现永新他们在屋里。爱花爹上前一把握住永新的手高兴地说："贤弟，这么冷的天，你咋来了？路上一定很难走吧？这冰天雪地的，真是不容易。"永新笑着说："答应老哥的事还没完成任务，咋能不来呢？"爱花爹感激地说："贤弟，你真是个有心人。"他看了一下记娃，问永新："这位是？"永新笑着回答说："这就是我给你找的乘龙快婿，他叫记娃，今年三十一了。小伙聪明、机灵、干活是一把好手。"爱花爹上下打量了下记娃，满意地点了点头。他忙在火盆里生了炭火，招呼永新他们烤火，暖暖身子。爱花爹不时地吹着火，生怕火不旺。

记娃忙从口袋里掏出一盒墨菊香烟，递给爱花爹一支，亲手给他点着。老汉看着眼前这个腼腆、朴实的小伙子，心里颇为喜欢。他给永新他们聊起了山里人冬天打麻将的事情。

爱花妈擀好面，爱花忙着炒菜，儿子毛犊也没闲着，帮着择葱、剥蒜，有时也会饶有兴趣地插上几句他感兴趣的话。记娃从烟盒里又取出两支烟，一支递给永新，一支递给毛犊。毛犊冲记娃笑了笑。

别看记娃喝的墨水不多，他敏感、脑子灵光，很会察言观色。他发现爱花一家人对自己还算满意。他想再加上一把火，好好表现表现。他忙起身坐到灶火里烧起火来，风箱拉得十分卖力。他这个举动，让爱花一家人打心眼里喜欢上了这个上门相亲的小伙子。爱花爹妈嘴上虽说不让他干活，但心里却乐滋滋的。爱花看着眼前这个勤快的男人，心里生了几分爱意，脸一下变得红了。这时，她猛然想到了什么，忙揭开锅盖一看，惊慌地说："二球，锅里没有倒水。""二球"这两个字从爱花口中说出，在记娃的心里感到无比的亲切和甜蜜。他知道在这种情况下，一个姑娘轻易不会在一个陌生男人面前说对方二球的。这两个亲昵的字眼只会存在于两个亲密的人之间。这说明爱花对他有意，把他当成了自己亲密的人。想到这，记娃心里一股幸福的暖流顺着他的血液迅速传遍全身。他红着脸，忙熄了炉膛里的火，等锅冷却，从水缸里舀了几瓢水，把锅盖盖好，又重新烧起火来。他俩这一举动，屋子里几个人都看在眼里，爱花爹妈高兴得合不拢嘴，什么话也没说。记娃一边烧着火，一边想多看爱花几眼，但他此刻一点勇气也没有。他涨红着脸，低着头，不停地拉着风箱。爱花把菜炒好，放进盘子里，又忙着扫地。记娃坐在灶火里，不时偷看着爱花扫地的样子，心里美滋滋的。

不一会儿，饭做好了。爱花把盘子端上炕桌。爱花爹招呼着永新和记娃上炕。记娃对爱花爹妈说："你们都是老人，上岁数了，你们不上炕，我怎么好意思，还是你们和我永新叔上吧。"

爱花妈不肯上炕，她说她地上蹲习惯了，炕上坐着不舒坦。记娃又让毛犊上炕，毛犊也不肯，两人在地上推来让去，毛犊奈不过记娃，只好勉强坐在炕沿上，把两条腿吊在炕边。记娃对毛犊说："把腿放到炕上暖和。"他还帮毛犊脱了鞋子，扶他上炕。记娃此时做的一切都是发自内心，他完全没有把自己当客人，而是当成了这家里的一员，他想把自己完全融入这个家庭中去。

吃过饭，雪没有再下。天空中虽有些光亮但还是阴冷阴冷的，没有一丝暖意。一只乌鸦从树干上落下来，在雪地里啄食，忽然"噜"的一声就飞走了，原来是爱花家的一只黄猫向它扑过来。黄猫"喵"的一声把乌鸦惊跑了。

记娃把窗户外这一切看得真切，他死死地盯着乌鸦啄食的地方，若有所思地发了一阵愣和呆，陷入了沉思，心里突然有了一种莫名的悲伤。

永新从烟盒里取出香烟发给爱花爹。爱花爹没有接，他说："纸烟没劲，我还是抽这个好。"他拿起旱烟袋点着抽了起来。永新给记娃使了个眼色，记娃明白他是什么意思，立马从衣服兜里掏出那二十元钱递给永新。永新拿着钱说："这二十元钱是给爱花的见面钱，也是记娃的一点儿心意。"说完，他把这钱又给了记娃，让记娃当着爱花爹妈的面交给爱花。可爱花一时害羞，说什么也不肯接，两人推来推去。爱花把那二十元钱硬生生地放在柜子上，转身羞答答地进了里屋。

永新对爱花爹妈直截了当地说："老哥、老嫂子，你们托我的事，目前我只能给你们办好一件。今给爱花瞅的小伙子记娃，你们也见到了，人就是这么个人，不知两位意下如何？爱花是否愿意？至于毛犊的事，我一时还没找下，到时候有合适的，我会给你们回信。"

永新说完，屋子里一时陷入了沉寂。爱花爹嘴里叼着旱烟袋，吧嗒吧嗒不停地抽着烟，没说一句话。记娃心里有些着急了，想说什么，话到嘴边又吞了回去。永新看记娃有些忍耐不住，就说："记娃你把家里的情况给你叔和婶说一下吧。"

记娃一时有些紧张，他清了清嗓子说："我家就我一人，父母不在了，我和哥嫂分了家，现在就我一个人过……"他像背自传似的把自己的情况给爱花爹妈细细说了一遍。隔壁里屋，爱花也在偷偷地侧耳听着，记娃背书式的叙说逗得她一个劲地轻声笑着。她想，这人看上去挺机灵的，这回脑子也太机械了，简直像个上学的孩子。

记娃介绍完自己的情况，永新又征求爱花爹妈的意见。爱花妈笑着说："只要两娃愿意就行，过日子是他们的事，我能有什么意见。"爱花爹抽着烟说："我和闺女她妈的意见一样，这事关键要看爱花的意思，她心里咋想的。"说到爱花，永新忙下炕把爱花从里屋叫了出来。他问爱花说："叔问你，你觉得记娃咋样？愿意不？"这一问，把爱花顿时羞得满脸通红，一时不知说什么好。永新再问，她干脆又躲到里屋不出来了。永新看这样下去不是个办法，他猛然想到了一个主意，先让记娃当着爱花爹妈的面表个态，然后再让爱花和记娃单独谈谈。记娃的态度很明确，只要爱花愿意，他自己没啥意见。永新把记娃拉到里屋，对爱花说："你俩单独谈谈，彼此了解了解。"说完就出去了。屋内只剩下爱花和记娃两人。记娃站在炕边，害羞地低着头盯着地面看。爱花站在柜子边上也是一声不吭，脸红得像个下蛋的母鸡。时间一分一秒地过去了，屋子里寂静得连两人的喘气声都能听得见。记娃甭看平时调皮话说得一套又一套，这关键时候紧张得连屁都不敢放。他心里想说的话太多了，一时不知怎么说起，嘴张了半天，一个字也没说出来，浑身倒出了一身汗。站在那，像个木头人一样。

爱花红着脸也一直不敢抬头，她感觉两个人面对面站着实在不自在，她干脆换了个地方，坐在炕头上，看了记娃一眼，很快又低下头，两手抠着手指头，一句话也不说。

两人这样呆坐着，彼此想着心事，都有许多话想给对方说，可话到嘴边就是张不开口。这一会时间，两人虽然没有说什么，但彼此都能感到两颗火热的心在一起跳动。

这时，孙永新走了进来。打破了这沉默的气氛。他问："你俩谈得怎么样了？"两人尴尬得都没回答。永新等了半天，看了一下爱花说："爱花，你先说。"爱花看了记娃一眼，又看了看永新，把头低得更下了。永新有些急了，他说："你们俩这是咋了？到底愿不愿意，总有句话吧？"爱花鼓足了勇气准备说出愿意两个字。她看了一下记娃，记娃站得端端正正低着头一副挨批的样子，一下把她逗乐了，笑得人仰马翻。

永新看爱花要么沉默，要么傻笑，心里有些生气，不再问了，一个人焦急地走了出去。

这时，爱花爹说话了，他说："她叔，依我看，这是两娃的终身大事，也急不得。我的意思是让他们都考虑考虑，双方彼此再了解了解，不知贤弟意下如何？"听爱花爹这么一说，永新也不好再说什么。他坐到炕头边上，取出一支烟吸了一口说："也行，让两娃再了解了解，对大家都好。现在讲自由恋爱，男女平等，双方你情我愿才行。那老哥这样你看行不行？等爱花姑娘考虑好了，你给我个信。"

爱花爹点了点头说："这是一定的。"

记娃心里有点失落，但也没说什么。他得听永新的，毕竟他是媒人。此刻，他多想对爱花说他喜欢她，可就是没有勇气说出口。

天晴了，阴云散去，云层变得十分稀薄，露出了一丝阳光。天气依然寒冷，阳光给大地并没带来多少温暖，但却使空气变得不再那么沉闷。

永新他们要走了，记娃呆呆地看着爱花，爱花也呆呆地看着记娃，两人始终没有说话。永新握着爱花爹的手说："有时间去我们那转转，到时兄弟请你喝酒，咱哥俩不醉不休。今叨扰了，咱后会有期。"

"哪里的话，贤弟太见外了，我盼还来不及呢，不是娃们的事，你这稀客轻易能来这山沟沟里。"爱花爹一边走一边亲热地握着永新的手说。

爱花一家人把永新他们送出了院子。爱花妈一再挽留。永新笑着说："我们来时走了两天了，回去还得两天。我们那比不得你们山里，上了冬还得准备一年的柴火，否则连烧饭都成问题了。走了这几天，家里的柴火也得备备了，等明年活路一开，也就不误事了。"

"呵，一看就是过日子的。"爱花爹笑着说。

爱花爹妈和爱花一直把永新他们送到了村口。记娃恋恋不舍地看着爱花，冲爱花笑了笑，转过身去，心里难受得像刀割似的，眼睛里涌出了泪花。他不想让人看到，迅速将眼泪擦掉。永新朝爱花爹妈挥了挥手，两人踏上来时的小路往回赶。路上的积雪有一寸多厚，脚踩上去发出了"咯吱、咯吱"的声响。记娃走了十来步，忍不住回头看了一眼。他看爱花和爱花爹妈还呆呆地站在那里，望着他们……

过了一个多月，记娃得不到一点儿爱花的信息。他心急如焚，因为刚过完年，他不好意思去找永新。他想永新叔一有消息一定会告诉他的，又苦苦等了一月来天，仍不见音信。记娃实在等不及了，决定去找永新问问。他走到永新家门口，犹豫了一下，心里十分不安。他鼓起勇气推开门，走了进去。到屋见灯亮着，屋里没人。他决定等一等，等永新叔回来。不大工夫翠玉婶就回来了，她一看是记娃，没等记娃问，翠玉就说："你叔大队有事叫走了，一会儿就回来，你先坐着等等。"记娃坐在炕边上，呆呆地等着。翠玉婶也上了炕，捻起毛线来。屋里的灯明晃晃的，翠玉问他这段时间都忙啥，记娃懒得答复，漫不经心地说："就那样，平平淡淡过了个年。"

翠玉见他心不在焉的样子，也就不再问了。记娃此刻心里像热锅上的蚂蚁，乱糟糟的，充满了担忧，他哪有心思说其他的事情。今天翠玉婶一进门只说一些别的事，闭口不提介绍对象的事，这让记娃心里很不安。记娃想，翠玉婶平时不是这样的，他们见面无话不说，今这是怎么了？感觉好像变得很生疏。

他也不想理会翠玉婶，默默地坐在炕沿上等着。他二十几岁就跟永新叔一家拉上关系，自己一个单身汉，只要他家里有什么事、有什么活，他都尽心尽力去帮，宁愿撂下自己的活也要给他家把忙帮到底。那年永新叔选上了队长，他们的关系更加密切了，他几乎每天都围着永新叔转。永新叔箍窑，他跑前忙后，为他们家出了大力。到了自己的事，永新叔虽带他去相了亲，但现在八字还没一撇呢，也不见个回音，这人咋能这样？记娃心里难免有些生气。

静静的夜晚，月亮不知躲到哪里去了，天空中只有寥寥的几颗星星还在一眨一眨地闪烁着。突然一阵狗叫声，打破了眼前的寂静，也打断了记娃的思绪。他知道这是永新家对门邻居猪娃家的大白狗在叫。紧接着，他听到了一个熟悉的脚步声，猜想一定是永新叔回来了。记娃急忙跳下炕，正准备出去看一看，永新已经进来站在他面前了。永新见记娃来了，一时有些尴尬，但他很快笑着说："几个月不见你来，今晚咋想起来了？"

记娃一听这话心里更生气了，他心想，这反倒他有理了，自己倒落了个不是，真是黑白颠倒了，难怪人家能当队长，真是服了。他强压着内心的不满，心平气和地说："叔，我和爱花那事这都两三个月了，也没见个回信。这么长时间了，不知人家愿意不愿意？一点儿信息也没有，我心里急。"

永新看了一眼记娃，正色地说："人家来过了，爱花爹让他一个侄儿二月十六来的，到咱们村打问了你的情况。"

"啊？你咋不早说？人家说啥了？"记娃惊诧得快要疯了，他着急地问。

永新从衣袋里摸出一支烟深深地吸了一口说："人家说，事情得缓一缓，等他家毛犊把媳妇说下了再说。"

记娃一听这话，像泄了气的皮球，一下瘫坐在炕沿上，半天说不出话来，心里像翻了五味瓶的难受。他心里想这简直是屁话，儿子找不下媳妇，女儿就不嫁人了。爱花爹妈原来可不是这么说的呀，难道他们临时变卦，出尔反尔了？他觉得爱花爹妈不是那样的人。他想这中间一定有什么隐情，一定有问题。他忽然想到永新说爱花爹让侄儿来村上打听的事。他心里一下明白了，原来问题就出在这里，肯定是有人给使坏了，当着爱花那位堂兄的面讲了自己的坏话，给自己拉下屎了。想到这，记娃一肚子的火，心里愤愤不平起来。他暗暗下定决心一定要把这个王八犊子揪出来，一定让他尝尝自己的厉害。

永新看记娃脸上青一阵紫一阵的，知道他心里窝着火。他安慰记娃说："记娃，叔知道你心里难受，其中的缘由叔不说你也猜到了。不是叔不想早早告诉你，是叔不知道怎么给你说，怕你那火暴脾气上来，这事闹得沸沸扬扬的咋办？丢人不说，还让一些人看笑话。"

记娃感觉他和爱花的婚事看来是泡汤了。他强忍着心中巨大的痛苦，心想这也许是老天注定让他和爱花走不到一起的。记得那天在爱花家里，他看见一只乌鸦刚落到地上觅食，就被一只黄猫撵得无影无踪了。当时他就觉得十分晦气，不吉利，没想到还是应验了。他就是那只倒霉的乌鸦，永远登不了大雅之堂。但那只黄猫是谁？他恨死他了，因为他，自己什么都没有了，连对婚姻生活的一点念想都没有了。他现在只有恨，满腔的愤恨。他要报复，要疯狂地报复，不择手段地报复，要让对他使坏的人付出代价。

记娃想到这，他对永新说："叔，你别说了，记娃不笨，知道是怎么回事。记娃的事让你们费心了，谢谢叔和婶。"记娃说完，心里很难过，不想多待，他想一个人静静，出了门就径直回家去了。

一场婚事就这样草草地收场了。记娃不甘心，他要报复。经过暗地里一番了解，记娃才知道村里张仁的老婆是爱花妈的远房亲戚。二月十六日那天，爱花的堂兄来到张仁家。张仁老婆以前因偷队里的玉米被记娃抓了个现行，为此怀恨在心，自然不会给记娃说好话。她虚虚实实说了记娃一大堆的不是，听得爱花的堂兄直咂舌。那堂兄二话没说，扭头就回去告诉了爱花爹妈。爱花妈和张仁老婆是知根知底的亲戚，自然也就信了。不久，爱花爹妈就托人给永新带了口信说这门婚事不考虑了，这也是爱花的意思。永新后来才知道是张仁老婆搞的鬼，他为此还专门给爱花家去了一封信，却泥牛入海，没有回音。永新和翠玉两口子迟迟不敢把这消息告诉记娃，怕记娃想不开，知道了事情的原委闹腾起来，传得沸沸扬扬，对谁都不好。翠玉觉得记娃和张仁谁都得罪不起，她给永新说，对记娃暂时不要提这事，除非记娃找上门来。也不要把张仁老婆的事告诉记娃，免得惹火烧身。永新觉得老婆翠玉说得有理，就这么办了。可怜记娃蒙在鼓里，还在傻傻地等着消息。

这件事后，记娃对张仁一家一直怀恨在心，伺机报复，可是一直寻不到机会。直到分队时，机会终于来了。二虎新官上任三把火，给队里栽的苹果树好端端地让人给破坏了，其中就有张仁。他晚上开会回来路上说的话，记娃全听到了，这就是证据。"今你张仁落在我手里，我让你好受，你个人模狗样的东西，等着吧。"记娃咬牙切齿狠狠地说。

麦收刚忙完，天还下着蒙蒙细雨。记娃趁这个机会，去了二虎家。鬼难缠不在家，二虎一个人在，正是说话的时机。记娃冲二虎说："三哥，我三嫂咋不见人，就你一个?"二虎一个人坐在板凳上，两腿蹬直，腰里紧紧地缠着腰带，一根细绳一头系在腰带上，另一头系在脚蹬的木棍上，绷得紧紧的。他正在一扎一扎地忙着绑笤帚，面前放了一大堆绑笤帚的糜子。他听出是记娃的声音，抬了一下头，一边绑着笤帚，一边说："记娃，是你呀。你嫂子那人，只要一闲下来，屁股就不着地，这会儿估计又东家出西家入串门去了。你看，屋子里乱七八糟的，也不收拾，叫人连坐的地都没有。你三嫂那人脾气不好，还猪倔猪倔的。最近好多了，再不轻易胡搅蛮缠了。但串门子这事，我劝说过多少回了，就是不长记性，为这事儿三天两头吵架，一天把人气得头昏脑涨。你说娶老婆图个啥? 不就是图个伴、图个舒舒心心过日子吗? 不过现在我想明白了，不跟她闹了。她这球毛病一时半会儿也改不了，我都习以为常了。家务事谁能说得清，有人说我搞家庭暴力，我现在连她一根指头都不指，让别人说去。自当上这队长，麻烦事就不断。咱以前还怪老队长永新没把队里的一些事管好。现在轮着咱了，不当家不知柴米油盐贵，现在啥事都得操心。这队里几十口人的吃穿问题咱得操心，队里活路咱得操心，上面安排的任务咱得操心，弄不好，自己脸上无光，还要受批评。记娃，你说咱这是何苦呢? 上任这半年来，我感觉当好一个生产队长确实不容易。既要考虑队上那块地种什么，是种粮食合适还是种油料适宜。一般经济作物像红麻、烤烟、棉花等，样样都得考虑周全。同时，还得掌握队里每个社员的情况才好派活，就连队里牲口的饲养、使唤和买卖咱样样都得操心。队里社员打个架也来找，戳是弄非的也不少，咱都得管。哪一件都不敢落下，落下了就是事。难怪人常说生产队长是个泔水桶，我着实是深有体会。家里有个明白女人还差不多，还能体贴下人，帮忙分担分担。我娶下你三嫂这么个粘屁股胚子，干了半辈子仗，吵了半辈子架，生了半辈子气。下半辈子咱再也不跟她打闹了，咱都舒舒坦坦过几天安宁日子，不然这辈子真没啥意思。"

二虎滔滔不绝地说着，听得记娃很不自在，有些不耐烦了。他耐着性子说："三哥，你就别数落我三嫂了。人无完人，你看她为人泼辣，干起活来谁不佩服，无论割麦、锄地，还是掰苞谷，那可是以一当十，无人能比呀，你只看人家的短处，瞅不到人家的长处。三嫂挣的工分一年不比你差多少。你这人真没良心，三嫂一个女人也不容易。人都叫她鬼难缠，我看嫂子挺好说话，就是性子直了些。不像有些人当面一套背后一套，人前说得好，背后捅刀子，内心阴险歹毒，诡计多端，明目张胆地破坏村集体经济，挖社会主义的墙脚，破坏当前党的农村政策和上级的指示要求，破坏咱们新生产队的大好形势。"

"你说的是谁？上纲上线的。"二虎放下手中的活，见记娃说得十分肯定，忙问道。

"这人不是别人，就是咱队上的张仁，张小宁她爹。"

二虎看了一眼记娃问："你说张仁怎么了？"

"张仁这人，你别看他平时装得老实巴交的，其实坏透了。我告诉你，就是他故意毁坏苹果树的。"

"啥？我不信。你是怎么知道的？记娃，这事咱可不能瞎说，你说的可有真凭实据？"

"当然是真的，我还能骗你。上次开会时我就想揭发他，但我没敢说。我现在明明白白地告诉你，就是他张仁，这个藏在社员群众队伍里的阶级敌人、坏分子。今春在苹果园地里套种高粱，我和张仁一组。他犁地，我跟在后边施粪。他犁地时连树苗看都不看，故意让牲口任意踩踏。我当时劝他，他根本不听。当犁到树苗时，他也不避开，嘴里还骂骂咧咧地说，栽这些烂苹果树干啥？看我给他来个连窝端，我让他再张狂。我知道他在说你，正准备喊人，结果张仁捂住我的嘴，不让我说，还威胁我。"记娃铁了心要报复张仁，他根据自己的猜测和想象，编造了张仁毁坏苹果树的事。他说自己亲眼所见，给二虎讲得滴水不漏，头头是道。

二虎听完，心里将信将疑。他对记娃说："你先不要声张，容我调查调查。果真是他干的，有他果子吃。"

"三哥，你上任时间不长，对阶级敌人可不能手软。要把他彻底打倒，让他永世不得翻身。要用他张仁杀一儆百，给自己立威。"记娃狠狠地说。

记娃走后，二虎抽了支烟，想了想记娃刚才说的话。他想记娃的话也不可全信，他知道记娃这人心里阴得很，在村里的口碑不是太好。记娃既然说了，这事就得查个水落石出。不管怎样说毁坏树苗的人，实在可恶，把他揪出来教育教育社员也好。

二虎暗地对春季那天苹果园地里种高粱的人做了详细调查。通过了解和查阅当时的记工手册，基本弄清了那天种高粱的人，但是既没有张仁，也没有记娃，他们俩根本就不在场。经调查，故意毁坏苹果树苗的就是种高粱的那几个人干的，张仁只是知情者。二虎对几个种高粱的人狠狠地进行了批评教育，让他们在社员群众大会上专门作了检讨。至于记娃说谎诬告的事，二虎也不想过多追究，当他面批评教育了几句。这事，可记娃死活不认账，一口咬定那天他和张仁都参加了，毁果树就是张仁干的。二虎找来记工手册，翻给他看，上面确实没有他和张仁。他硬说是记工员那天没给他和张仁记上。二虎知道他在胡搅蛮缠，生气地说："你这是咋了？非要和张仁过不去。你说记工员没给你和张仁记上，都这么长时间了，你早做啥去了？你会白白让少了几个工？"记娃被二虎问得哑口无言，碰了一鼻子灰。他气呼呼地又找书记玉朋去了。

玉朋正与大队长来栓坐在院子里商量平整土地的事。记娃推门进来，两人停住了谈话。玉朋问记娃："啥事？"

记娃把他状告张仁的事向玉朋诉了一番苦，说二虎偏袒张仁。

玉朋说："这事我知道，四队不是开社员会对毁坏果树的几个人进行公开批评教育了吗？"

"那几个人不是重点，关键是让张仁给漏网了。他才是罪魁祸首，我们村隐藏在群众中的阶级敌人。"记娃义愤填膺地说。

玉朋对记娃说："如果是这样，我们会对四队这一问题认真调查核实，严肃处理。"

记娃一听说要核查，心里有些慌了。他赶忙说："千真万确的事，我看用不着调查，抓起来一问，不怕他不招。"记娃说完也不敢多待，转身就走。在回来的路上，他因心虚心跳得几乎要蹦出来了。

没过几日，玉朋从四队队长二虎和几个社员那里调查得知，春季那天苹果树地里套种高粱时，记娃和张仁确实没有参加。记娃说的那些事纯属编造，存心诬告张仁。玉朋也知道，果园毁苗的事，在各队都存在，是普遍现象。主要是群众认识还不到位，一时半会儿接受不了。加之，大队这几年苹果园效益也不明显，群众对种果树没有信心，也不懂技术，心里头没底，自然抵触情绪就大。要想让大家接受，得一个过程，慢慢来，也急不得。所以，他赞成二虎的做法，对那几个毁坏果树的人以批评教育为主，让其他社员引以为戒。

记娃这几日，不见消息，心里很不是滋味。不告倒张仁，他咽不下这口恶气。他心想，村上不管，他找公社去，非把张仁踩在脚底下不可。

记娃告状的事很快传到了他哥记权的耳朵。这位很少过问弟弟事情的人，听了勃然大怒，暴跳如雷。他涨红着脸，两个眼珠子都气红了，像要跳出来似的。他觉得记娃让他难堪，让整个家族蒙羞，让他们一家子人在柳庄抬不起头来。记权气呼呼拿着棍子要去打记娃，被妻子彩娥一把夺了棍子。彩娥生气地说："你要教育早都教育好了，真真是飞机上扔照片丢人没深浅。我看你和你弟一个熊样，都是猪脑子。这事还嫌张扬得不够，把人没丢尽。你兄弟俩再闹腾一场，还不让全村人都笑掉大牙，把笑话看够。"

彩娥把丈夫记权骂了个鬼吹火，比骂儿子还气长。记权向来怕老婆。他轻轻回了一句"你别管"，声音小得连他自己都听不见。

记权气愤地来到与他一墙之隔记娃住的院子。记娃正在院里忙着种菜。记权冲上去，二话不说打了记娃一个耳光，打得记娃晕头转向。接着，又是一阵拳打脚踢，把记娃打得鼻青脸肿。记权气出了，再看记娃被打得脸上青一块、紫一块的。记权有些后悔了，也心疼了，自离开父母后他还没动过记娃一手指头，更不要说打了。这次记娃干的事确实把他气坏了，他觉得记娃把一大家子人的脸面都丢尽了，简直是辱没了先人。

记娃挨了打，坐在地上只是哭。他不想跟他哥记权多说一句话。他觉得自己的不幸、自己能落到今天这一地步，多半都是被眼前这个冷酷无情的人所赐。他连看这个人都不想看多一眼，权当他是空气，是一个根本不存在的人。他的记权哥已经死了，自他娶了媳妇后就彻底死掉了。他记娃从此成了真真正正无依无靠的孤家寡人，成了柳庄活着的孤魂野鬼，受尽了白眼，他有时甚至觉得柳庄就没有几个好人。记娃越哭越伤心，一个大男人几乎哭成了泪人。

记权生气地说："你个不争气的东西，你看你都干了些啥？到处谎话连篇，诬陷他人，还背着牛头不认赃，我都替你脸红。你这样让谁瞧得起？咋能说下媳妇？咱还是堂堂正正做人，把自己的腰杆子挺直了。"说完，记权头也不回气呼呼地离开了。

记娃这才抬起头，看了一眼他哥记权离去的背影。他满肚子的悔恨，他悔自己做错了事，恨那些伤害他的人，其中就包括那个刚离开的男人。

这一年，柳庄的秋收忙完后，新农村建设又开始了。不过，这次是由村上集体修建改为由村上统一规划，一家一户私人修建。村里把宅基地划好后，一些家庭条件稍好的富裕户就提前动手箍起了窑洞。柳庄的千人大会堂也在紧锣密鼓的建设中，工地上堆满了钢筋、水泥、沙子、砖块和木材。村木业社的泥瓦匠、木匠就更忙了。他们不论天晴还是下雨，每天都通宵达旦地在建设工地上忙活着。这些人解板的解板，砌墙的砌墙，和水泥的和水泥，运砖瓦的运砖瓦，忙得不可开交。柳庄的男人女人们要么在箍着自家的窑洞，要么和木业社的工匠们一起修建着村里的千人大会堂。大家干劲十足，信心满满，都在为美好的生活努力拼搏着……

第十章

一九八二年二月初二，杨柳镇的古庙会刚过，人们还沉浸在庙会那热闹、喧嚣的气氛中。大伙有空闲就聚在一起议论着市面上新出现的各色商品和牲口市上的价格行情，聊着庙会唱大戏的热闹景象。说起戏中的人物和故事，这些与泥土打交道的人谈笑风生，颇有兴趣。他们谈论着古典戏《四进士》中刚正不阿的宋士杰，讲述着革命样板戏《红灯记》中李玉和一家三代前仆后继、不屈不挠的英雄故事，个个说得是绘声绘色、神采飞扬。

当人们怀着喜悦的心情，久久回味古庙会上那新鲜事的时候，二月初六这天，三队队长来喜通知开社员会，主要是对队里社员工分进行一次评定，这也是每年生产队的惯例，都坚持好多年了。

吃过早饭，大家纷纷前来聚到队上一个小房子里开会。这间房以前是大家常记工、开会的地方，大伙并不陌生。过去无论是记工，还是开会，人总是挤得满满的，分队后人明显少了。今天开会，七零八散的没几个人，整个屋子显得空荡荡的。

屋子靠窗户的地方仍放着过去队上原有的一张三斗桌。队长来喜站在桌子旁，这是他第一次站在这个位置上给人家讲话，心里难免有些紧张和激动。他看着一张张熟悉的面孔，来喜心里暗暗下定决心，一定要踏踏实实为大家当好这个家。

可当着大伙的面该说些啥呢？他一时还没有想好。以前每次队里开会，他都寻一个僻静的、没人注意的地方，漫不经心地靠着墙角听别人讲话和发言，一副事不关己，高高挂起的样子。但今天不同了，站到这个位置，他必须打起十二分的精神，谋划好队里所有的事情，动员和组织好群众。

他想了半天，抠着鼻子说："分队这么长时间了，首先得感谢大家，感谢大伙对我的信任，选我当这个队长。咱大字不识几个，肚子里墨水不多，只知道踏实干活，好好过日子。以前，咱也风光过，过去的事就不提了，也不想提。今当了这个队长，咱就不能只想着自己的小日子，还要想着大伙的大日子，想着把队里的事情办好，这样才能对得住大家的信任。客套话就不说了，也说不好。"来喜本来就是个红脸汉，在乡亲们面前第一次讲话，脸一下红了，就像一只刚下蛋的母鸡。他涨红着脸向大家鞠了鞠躬，表示谢意。平时，这李简单一贯没太多话，逢人总是笑嘻嘻的，脸上那几颗麻子，特别引人注目。

他接着说："现在过了二月二古庙会，咱得把心收回来，看看今年咱们生产队的活路怎么搞。今天召集大家开会的目的，就是按每年的惯例把大家的工分评议一下，希望大家本着实事求是的原则，有一说一，有二说二，认真、公正、负责地进行评议，发表意见，绝不能偏三向四，让老实人吃亏，影响团结。"来喜扫了一眼大家继续说："干什么事情，都离不开毛主席光辉思想的指引。"他扭头看了一下身旁坐的记工员兼会计的光耀说："光耀，你把毛主席的文章给大家学一学，让大家心里亮堂亮堂。"

来喜第一次开会就让大伙学毛主席著作，这是三队社员群众所没有想到的。

只见光耀从衣兜里掏出一本红色的毛主席语录，翻到《反对自由主义》一页。他清了清嗓子，大声地读了起来。学习了毛主席的《反对自由主义》一文后，来喜说："这就是我们一切行动的指南，我的话可以不听，但毛主席的话不能不听。现在大家开始评议，首先从男劳力开始，男的评议完了再评议女的，先从二牛家开始。"当来喜提到二牛时大家一致通过十分工，就这样一连几家都评了十分工，当叫到第七家刘大柱时，大家一声不哼地停住了。约莫过了一个时辰，有几个老汉觉得这样冷场下去也不是个办法，几个人嘀嘀咕咕地议论着或多或少给上几个工分了事。刘大柱却不慌不忙，心里一点儿也不着急。他稳坐在一个墙角里，嘴里叼着斯大林烟锅一锅一锅地抽着旱烟。他心里很踏实，心想共产党不会让一个人吃不饱、饿肚子的，就看你队上咋办了。刘大柱老谋深算，默不作声地思量着。刘大柱的媳妇玲玲羞愧地红着脸，把头低得下下的，紧贴着前面人的脊背，生怕别人瞧见。她心里很自责、很难受，对丈夫这个不争气的东西充满了怨恨。她觉得这是对她最大的羞辱，比打自己的脸还难受。每年到这个节骨眼上，她都要丢一次人，都要看着大伙轻蔑和怪异的目光，都要经受一番心里的煎熬，她恨不得地上有个缝让她钻进去。

大家正对刘大柱工分评定骑虎难下的时候，有人在会场竟做起了打油诗：

> 工分评定真是难，
> 难得像似上刀山。
> 说也难，也不难，
> 就看公道不公道。
> 有的人，
> 红脖子涨脸争个没完。
> 有的人，
> 一声不吭打着老算盘。
> 干活磨洋工，
> 拉屎屎尿三点钟。

一说吃饭打冲锋，

你看勇敢不勇敢。

我看评个八分工，

既合理来又公平。

　　这时，会场上一阵喧哗，一时间议论纷纷。有人显得幸灾乐祸，调侃嘲弄地说："能给八分工就不错了，自己都没想想，撒泡尿照照，看自己干的活值不值这八分工。"有的说："是啊，一个懒尿痞子，我看给的就不少了，还想怎么样？""已经够可以了，人要知足。"会场上也有人说："一个大男人给个妇女挣的工分，是太低了点。"有的说："依我看，给个八分工，怎么能养活一家子几口人呢？到时候没啥吃，还不是队上的麻烦。"有的说："这号人没办法，脸皮子厚得比城墙，但毕竟是个活生生的人，也不能让他饿着。"守义老汉说："这人就这样了，他二爹金柱在世时经常劝导，可他就是不改。没办法，油锅溢了也不慌，油瓶子倒了也懒得扶的人，你有啥办法？能照顾就照顾点吧。"二牛说："你甭看我刘大柱叔干活不行，可人家命好，有福气，娶下我玲玲婶子，心灵手巧、聪明能干。特别是两个孩子锋锋和红红一个上高中，一个上初中，红红年年被评为三好学生。人常说'儿随父，女随母'，我看两娃都没随刘大柱叔一点点。"玉海笑着说："要是儿子再随老子了，那不真成一丘之貉了。"会场上，大伙你一言我一语，吵个不停。也有些人始终保持沉默，他们闭目养神，一副事不关己的样子。刘大柱听着大伙对自己的议论，他依然面不改色、心不跳地坐在角落里，手里捧着那斯大林烟斗，大口大口地抽着旱烟。他没有为自己辩解，只是默默地听着这些中伤他的话，牙齿咬得咯咯响。

　　玲玲听着别人的嘲弄和凌辱，她忍无可忍，再也听不下去了。

她托着怀有八个月的身孕站起来愤怒地说："你们这些人把我男人说得一文不值，就像一堆狗屎。我的男人，我不嫌弃。今天评这个工分，我看是有人专门跟他过不去。我就不信，难道他干活就真顶不过一个女人？这一年三百六十天，他哪天不是风里来、雨里去忙着队上的活路？芟麦、犁地、摇耧、扬场、擩麦秸，啥活没干过？哪样活儿不如女人了？"说到这，玲玲伤心地哭着说，"他每天回家和大伙一样都是满身的污臭和疲劳。"玲玲抹了一把眼泪，她昂起头铁青着脸，愤愤地说："这个工分我们不要了。"说完，她抓起刘大柱肩膀上的衣服往起拽着说："你这尿囊鬼，别在这儿丢人现眼。"刘大柱丝毫没有要走的意思，他对妻子玲玲说："你甭嚷嚷，我倒要看看谁敢不给我工分，给少了都不行！"玲玲听了刘大柱的话，气得她头昏目眩，翻着白眼，瘫倒在地。

来喜和大伙都慌了手脚，一时不知所措。这时，人群中桂香想起她娘以前常用的施救方法。她忙挤上前去，蹲下身，一边掐住玲玲的人中穴，一边吩咐大伙赶快把玲玲往村医吴老汉家送。大伙这才回过神来，一拥而上，把玲玲抬起来往村医家送。吴老汉是杨柳镇方圆有名的赤脚医生，人称"赛药王"。刘大柱跟在人群后边吓得惊慌失措，不知如何是好。刚抬出屋子不远，就见玲玲缓过神来，她睁开眼一看，见这么多人抬着自己。玲玲有些不好意思，她倔强地说："我有腿，我能走。"说着，她挣脱大伙的手，站了起来，挺了挺胸，头也不回地往家走去。刘大柱屁颠屁颠地跟在老婆身后也回了家。大伙弄得很没趣，相互笑了笑，摇摇头又继续回去开会了。

会场上一片嘈杂，大家你一言我一语地讨论着刘大柱工分的事情。有人坚持说就给他八分工，这是板上钉钉的事，不可更改。有人持反对意见，认为刘大柱没有功劳也有苦劳，人家一家子人要吃饭、要生活，还得供两个孩子上学，正是困难时候，在这节骨眼上给评八分工有点刻薄、过分了，建议对刘大柱还是以教育为主。也有个别人笑里藏针，不时穿来穿去，交头接耳，到处煽风点火。队长来喜扫视了这些人一眼，看会场上乱糟糟的，他生气地大声喊："吵什么吵？有什么好吵的？一个个简直浑蛋极了，你看把好好的会场弄成了啥？谁再吵，谁给我滚蛋。"大部分人被来喜的话给镇住了，还有一小撮人在底下窃窃私语，没过多久，也都不说话了。来喜让大家逐一表态，结果支持八分工的和持反对意见的各占一半。来喜急了，一拍桌子说："把他家的，议了半天还是定不下来，那咱就再简单一回，在原来八分工的基础上再增加点，八分半咋样？"会计光耀第一个表示同意，队里几个有威望的老人也同意，最后定为八分半工，其他人也没有太大的意见，就通过了。刘大柱的工分尘埃落定，会议继续进行。来喜又挨个提了几个人，大家都觉得没啥说的，一致同意给了十分工。当评到亚田时，大家又停住了，会场顿时死气沉沉，没有一个人说话。过了一会儿，有人提出把亚田的工分按刘大柱的工分评定。那人话音刚落，栓喜立马站起来反对。他说："我不赞成，亚田干活手底下是慢了点儿，但他肯出力，哪一回下地干活不是挥汗如雨，湿透了衣衫。大家若不信，现在就让他把帽子摘下来，大家看一看，看看他帽子浸了多少的汗渍。他不是一个耍奸偷懒的人，不能和刘大柱相提并论，我建议给他评个九分工。"这时亚田把帽子脱下来，拿给大家看，只见他帽子上浸满了一道道白色的汗渍，大伙心服口服，一致同意栓喜的提议，给了亚田九分工。

会上又评定了几个年轻后生的工分，这些娃娃平时干的都是定额活，像割草、出牲口圈等杂活，按年龄和任务量的大小也给了个七八分工。

在评定女劳力时，争斗也很激烈，最后除了常有理一个人评了七分工外，队里其他十七名妇女都是满分八分工。

每年一度的社员工分评定总算在吵吵闹闹中结束了。会后，来喜又多了个绰号"八个半"。

　　新官上任三把火，来喜着手谋划安排队里春播的活路。他听说玉朋书记这几天到县上开会去了，也不知开的什么会。队上一大摊子事，有些问题他想请教一下玉朋书记。昨天听人说玉朋开完会回来了，他准备去找一下玉朋书记。

　　四月初，温暖明媚的阳光深情地洒向大地，山坳里、原野上一派生机盎然，各种草木争相吐着绿芽，山桃花开得漫山遍野。

　　这天，吃罢早饭，来喜想赶上工前去一趟玉朋书记家。刚要出门，队里两个妇女为一只鸡两人打得鼻青脸肿，来找他评理。来喜问明情况，将两人狠狠地批评了一顿。等处理完这事，时间也不多了，他只好打算下午收工以后去找玉朋书记。

　　下午收了工，天色尚早。来喜来到玉朋书记家，走进大门一看，院子里栽了四棵一样大小的苹果树苗，一圈培着新土，一看就是刚栽下不久。兰香也刚从地里回来，正用鸡毛掸子掸身上的土。她猛抬头一看，是来喜进了院子。玉香放下手中的鸡毛掸子笑着说："今咋有闲空到婶家来了？真是稀客呀，来，来，来，快进屋坐。"

　　来喜笑着说："看婶说的，以前咱个平头百姓没啥事，自然来得少了。从今往后向你这儿跑的时候多着呢，就怕你到时烦。"

　　兰香笑着说："看你把话说哪去了，咱都是平头百姓，谁也强不到哪儿去。现在你不是咱三队的头头了吗？婶知道你以前在外社当了多年村干部，回到咱村算是房梁作了小椽，大材小用了。现在你是咱新三队刚上任的队长，大伙都相信你能带着大家干出一番事业来。婶觉得大伙没看错人，希望你把浑身的劲都使出来，为集体办好事，为大家服好务，发挥好余热。"

　　兰香几句赞扬鼓励的话，听得来喜心里暖洋洋的，浑身像冻僵的身子一下子泡进了温泉里，舒坦极了。他高兴地说："只要队上社员信任咱，我会尽心尽力做好的。"他隔门瞅了一眼屋内，见屋里空无一人。他忙问兰香说："老婶子，听说我玉朋叔县上开会回来了，咋不见人呢？莫非你把他藏起来了？"

"啥？我把你叔藏起来了？你叔他活生生的人，又不是啥东西，我能把他藏哪去？"兰香开玩笑说。她看来喜着急的样子，笑着说："你叔吃了饭，就出去了，这会儿也该回来了。"

来喜听了这话，也就放心了。他和兰香婶子又开始逗起笑来。

约莫一袋烟的工夫，兰香听见玉朋的脚步声，立马停止了耍笑，变得一本正经起来。来喜正在兴头上，冲兰香说着没边没地的玩笑话。他本是个爱逗乐子的活跃分子，经兰香几个高帽戴的，正高兴得不得了。他完全没听见玉朋书记的脚步声，依旧和兰香开着玩笑。

来喜早年丧妻，一个人抚养两个孩子，多年来既当爹又当妈，日子过得苦闷、忧愁。两个孩子和他之间很少有知冷知热的语言交流。他人面前总是乐呵呵的，其实心里很苦。今天借这个机会把闷在心里的苦恼与兰香在逗乐中打发干净，他顿时心里获得了极大的愉悦和满足。

玉朋进到院里，听见自家屋里又说又笑。他想一定是那个村干部来找他了，便大步流星地走进屋里。

"兰香，不拉灯，和谁说话哩，说得挺高兴的。"他边说边拉开灯，屋内一下亮堂了起来。兰香坐在椅子上纳着鞋垫，腼腆地说："来喜来了，找你呢，来半天了。"

玉朋扭身一看，炕拐上坐着来喜，正满脸堆笑，吧嗒吧嗒地抽着旱烟。玉朋打心眼里喜欢这个长他几岁的晚辈。他知道，来喜是外社生产出了名的老模范、老英雄。这老家伙带领群众肩抗人挑硬是把一道道荆棘满坡、灌木丛生的沟卯、山梁变成了一道道丰收的梯田。为了修梯田，他一天一夜不回家，坚守在工地上，梯田里的每块石头几乎都留有他的手印，他用过的铁镐沾满了他的血迹。他没有太多的语言，最大的特点只有一个，头脑简单，只知道下苦干活。群众把他叫老犍牛，也称他李简单。

玉朋热情地握着来喜的手，久久不分开。他高兴地说："稀客，真是稀客，你要是不当这个队长，恐怕一辈子都不登咱这个门。今咋想起来我家了？"

玉朋这一问，弄得来喜既紧张又尴尬。他哧溜下了炕，不好意思地说："叔，你别再嚷实我了，咱先说正事吧。"

"正事？"玉朋让来喜弄得有些莫名其妙。

"是这么回事，我见你院里新栽了几棵苹果树，不知是搞试验还是想发家致富？"

"噢，原来是这么回事。你问的这事说来话长，简单地说吧，上面的指示精神，三令五申号召大家栽苹果树，可群众就是不愿栽，甭说一家五分地的任务了，现在就连一分地也完成不了。不光是群众，就是咱们一些干部也有抵触情绪。大家思想包袱重，一说到这事就推三阻四的，不愿意落实。我这几天就像热锅上的蚂蚁，急得团团转，实在没辙。眼看着上边给的任务期限就要到了，可眼下还是这个局面，着实让人心急上火。这干部真不好当，下边群众工作做不通，上边要挨领导的批评，咱就像风箱里的老鼠两头受气。说实在的，上边的指示精神一来，我头都大了。二虎去年硬性让群众栽了几亩苹果树，谁知耕地的时候硬让人给毁坏得不成样子。队上去追查，那些人竟一问三不知。有人说是张仁毁了苹果树，事情闹到我这儿，结果把记工本一查，全是假的。一些人还把问题算到我和来栓大队长头上，说我们俩支持落后群众，背地里包庇坏人。如今这好人难当，领导更难当，大家的事难办多了。明年要是换班子，我就谢天谢地了。但话又说回来，你我都是共产党员，为大家服好务，办好事，这是我们的职责和使命，我们在任一天，就要把自己手上的事干好。关于栽苹果树的事，我也想了好长时间，肯定是利国利民的大好事。当下，关键是群众不了解，我们没把工作做好。我们干部大多对苹果树栽植、管理不甚了解，怎么做群众工作？本身就是个问题。今天下午，我在院子里试着栽了四棵苹果树，就是想看看这苹果树到底好栽不好栽。同时，也是做给那些人看看。"

来喜听了玉朋书记的一番话。他故意挖苦说："好我的书记叔呢，你都没想想，光靠你家院子里的几棵苹果树就能解决问题吗？就是栽成功了，又能怎么样？苹果卖给谁？谁又能吃得起？再说了，就你那几树苹果，恐怕连一手扶拖拉机都装不满，更不用说四个轮子的大卡车了。要我说，你这是瞎子点灯，白熬油，也不过是哄哄孩子，甜甜嘴而已。至于卖钱么，我看是白费力气。就说咱村林场几百亩的果园，到现在都几年了，也没见挣下几个钱。那些地要是种上粮食，倒还多打几十担粮食呢。说不好听点，就是喂上几头猪，都比这强。各队把劳力白白浪费在这上面，还得日夜守护着。去年零星挂了几个果，社员连一个苹果渣渣都没见，也不知道那苹果是甜是酸，什么个味。倒给贼娃子偷吃了。真是吃死胆大的，饿死胆小的。"说到这儿，来喜看了一眼玉朋，再没往下说。这是他第一次在玉朋面前说得最多、最长的话。

来喜的话让玉朋很不舒服，心想大伙都说这家伙是个炮筒子，看来一点儿不假。他平时耳边听的奉承话多了，来喜这些挖苦刺耳的话让他气不打一处，脸一下拉得老长。

"李简单，你说这些话是啥意思？亏你还是老党员、老模范，说话也太放肆了，你以为你是谁，简直是无法无天，不可理喻！老实说，这苹果树栽也得栽，不栽也得栽，你给我弄明白了。"玉朋怒目而视，狠狠地把来喜训斥了一顿。

来喜看玉朋书记翻了脸，吓得魂飞肉跳。他连忙改口说："我错了，我错了，叔，你大人不记小人过，就当我刚才说的都是屁话，你别往心里去。"来喜战战兢兢，像犯了错的小学生站在那听候着玉朋书记的斥责。

　　兰香看玉朋的脸色，以为他真的动了怒，心里有些忐忑不安起来，心想，丈夫千万不能在这节骨眼上得罪了来喜，人家毕竟是刚上任的队长，把关系搞僵了，对谁都不好，今后还怎么搞工作。再说了，来喜这炮筒子惹恼了，到处给你胡说八道，岂不是自作自受。想到这，兰香忙上前冲着玉朋说："看你那怂样子，人家来喜好意给你坐下聊，甭管说得对与否，你给人家要脸色，做何道理？大家乡里乡亲的，都是为了村上的事，就不能好好说话。真是的，亏你还当了这么多年的村干部。"

　　经兰香这么一说，玉朋也意识到自己的失态。他扑哧一笑说："把他家的，李炮筒几发臭弹把我都轰迷糊了。来喜，刚才叔听了你的话，心里有点急，你别放在心上。"说着，他把来喜让到炕上，两人又聊了起来。来喜笑着用拳头轻轻捅了玉朋一下说："书记叔脾气还大得不行，刚才把我吓得要死，浑身的细胞死了不少，胆都吓破了。正思量着，这刚上任就把书记给得罪了，咱这算是玩完了。"

　　玉朋笑着也捅了他一拳说："咱爷俩这叫不打不相识，谁不知道你是出了名的炮筒子，你在我前面敢想敢说，说的都是掏心窝子的话，可见你没把我当外人。我们是好叔侄、好朋友，你说是不是？咱有话就说到明处，你说是不？来喜，你这个朋友叔交定了。至于你说的林场的事和栽苹果树的事，我有责任，我这个支部书记，没把工作做好，让大家失望了。"

　　来喜忙解释说："叔，这不全是你的错，你没必要自责，关键是大家认识不到位，思想不统一。就拿队干部来说，有几个懂苹果树的，想通了的，还不是在敷衍塞责，应付了事。有的不在背地里戳弄是非、煽风点火就谢天谢地了。我刚才对你说的多少是气话，但也是实情。弄林场也罢，栽苹果树也罢，这对咱们村都是大事情，必须慎之又慎，马虎不得。想好了、看准了就坚决干，干就干出个样样来，让大家心服口服。一定要让群众得实惠，让大伙尝到甜头，只有这样，群众才会拥护，才能把事情干得更好。俗话说，万事开头难。只要咱们上下一心，拧成一股劲，耐心细致地做好群众工作，相信一切都会好起来的。前些年，我想带领大伙彻底改变我们那个村子贫穷落后的面貌。我把想法给公社领导说了，公社也准了，并给予了大力支持。开始的时候，一些人不理解，说我是疯子，是三分钟的热度，想出风头、当英雄，有的还说我准备往上爬，想升官发财。总之，啥话都有，整天流言蜚语的，唾沫星都能把人淹死。可我认为自己要干的事是正经事，是真真正正为大伙谋幸福、谋长远的事。不论别人怎么说，我都信心满怀，一家一户地去做工作。那时，甚至连生产队长都躲着我，好像我是一个人见人躲的瘟神。我憋着一股劲，顶着各种压力，苦口婆心向群众讲治山治水的好处，讲这是造福子孙后代的大好事。功夫不负有心人，经过一番口舌，村上大多数人的思想被我做通了。大家开始拧成一股绳，在我的带动下，大干苦干，向荒山荒坡进军，要粮食，逐步改变了村上缺吃少粮的贫穷面貌。这事弄成了，组织给了我莫大的荣誉，群众都说我是条硬汉子。"来喜说到这儿，已是眉飞色舞，红光满面，一脸的自豪。

兰香听得入神，随口问了一句："孩子他妈是怎么回事？一直没见你提起。"

来喜忽然伤感起来。他哽咽地说："甭提她了，一提起她，我就心酸、难受，心里不是滋味，我对不住她，把她耽搁了。"说到这儿，来喜的眼眶湿润了。他低着头，轻轻用手擦了一下眼泪。

俗话说，男儿有泪不轻弹。这句话，一点儿不假。男人也有心软、心酸、落泪的时候。

兰香见来喜伤心的样子，知道问了不该问的话，心里暗暗自责起来。来喜擦干眼泪继续说："娃他妈得了病，我一心扑在农业生产的事情上，也没请医生给她好好看，把人给耽搁了。娃他妈走后，我的心彻底碎了，整日精神恍惚，人一下子垮了。那个伤心地我也没法再待了，所以就带着娃回来了。"

玉朋感慨地说："当干部不容易！当一个堂堂正正、一心为公的好干部更是不容易！"

来喜接着说："我每年清明都带着两个娃去给他妈扫墓，这也是活着的我们唯一能给我那可怜的女人做的事情了。"说到这，来喜已是泪流满面，泣不成声。

玉朋听着来喜不幸的遭遇，想象着他带领群众战天斗地的冲天干劲，打心眼里钦佩眼前这个刚才给他带来一丝不快的男人，开始喜欢这个有点愣头儿青的汉子了。玉朋两口子只顾听了来喜的说道，把取烟泡茶招待客人的事也给忘了。玉朋猛然想到了这一茬，他急忙招呼妻子兰香说："看你瓷不瓷，光知道傻呆呆地坐下来听，咋把给来喜取烟泡茶给忘了，怠慢谁也不能怠慢了咱劳模！"他把失礼的事儿一股脑儿推到了老婆兰香的身上。

兰香是个出了名的贤内助。她没说什么，笑嘻嘻地放下针线活站起来，从柜子的抽屉里取出半盒大前门香烟对来喜说："咱都是一个生产队的人，甭见怪，把你这个稀客给冷落了，你不怪婶吧？"

"看婶说的哪里话，真不愧是给书记叔当老婆，真会说话，我这颗冰冻的心都让你给说化了。难怪村上人都说你和我叔是一对模范夫妻，我看一点儿不假，真是夫唱妇随呀。"

兰香笑着说："真是看不出，咱来喜还像文化人一样咬文嚼字一套一套的。你这都是跟谁学的?"

来喜自豪而略带神秘地说:"咱大字不识几个,但咱喜欢和文化人交往,跟他们学的。"

来喜坐在炕上,腿盘得时间长了,感到有些酸麻,不舒服。他不好意思地笑着说:"俺这山里人坐咱塬上的炕还是有点不习惯,还是让我坐沙发吧。"说着,他跳下炕,坐在了对面的木沙发上。

兰香从烟盒里取出一根香烟递给来喜。来喜一看是好烟,舔了舔嘴唇说:"我本来不抽烟,今遇到叔和婶这好烟,就破例了,让我好好尝一下这烟的味道。"他把烟噙在嘴上,准备取火。兰香已把火柴划着,递了过来。她故意把火苗没对准烟头而对在了来喜的上嘴唇旁。来喜一时高兴也没留意,刚吸了一口,火苗就把嘴唇烧得像蝎子蜇了一样,疼得他叫了起来,把嘴里噙着的烟掉落在地上。来喜狼狈的样子,逗得玉朋和兰香"扑哧"一下都笑了。

来喜捡起烟,假装生气地说:"婶子真厉害,点烟都会欺负个人。"他深吸了两口烟,呛得直咳嗽,忙把烟头捻灭了。

兰香笑着说:"哎呀,你这稀客,婶给你点根烟,看把你激动得,嘴烧了不说,还呛得不行。"

来喜心想这女人好一张利嘴,把死人都能让给说活了。他看了看墙上挂的钟表,时间还早,不到晚上八点。他岔开话题问道:"咋还有这么大的表,从哪买的?"

兰香笑着说:"那不叫表,叫钟,石英钟。"

来喜笑笑说:"屎和屁还不都是一个味,我见过手表、怀表,还没见过这么大的表。那你每天还得拧一拧上面的螺丝吧?"

来喜的问话,把玉朋、兰香给逗乐了。兰香说:"你说的那东西不叫螺丝叫发条,这石英钟上面是没有的,装的是电池,不用发条。"来喜好奇地走过去端详了起来，觉得这东西挂在屋子里很气派。这时，他发现桌子上摆放着一个四四方方的大匣子，用一块粉红色的丝绸巾盖得严严实实，也不知什么东西。他用手轻轻地摸了摸，前面像是有两个喇叭。

来喜问："这是个啥东西呀？"

兰香走过去取下丝绸巾，自豪地说："这叫双卡收录机。"

"啥叫双卡收录机？它能干啥？"来喜问。

兰香从抽屉里取出一盘磁带，轻轻放进收录机的磁带盒里，一按播放键，《智取威虎山》中杨子荣那铿锵有力的唱段便从收录机里传了出来，声音悦耳动听，京味十足，让来喜惊奇得半天回不过神来。兰香说："这东西，你想听啥，只要有磁带，就能听啥。平时也可听广播，听歌曲，神奇得很呢！"

玉朋干咳了两声说："这东西是我妹子玉香从西安带回来的。她买了两台，一台放我这儿，一台给了玉海。我妹夫文博也给他父母买了一台，让俩老人享受新生活。"说着，他让兰香关掉了收录机，看了一眼来喜说："现在，你当了生产队长，是不是找我有什么要紧的事要说？"来喜一下被问得没反应过来，一时不知说啥。屋子里那石英钟的指针在不停地�哐哐走着，屋里一时显得很寂静。这时，玉朋想和来喜喝上两杯，他叫兰香炒了几个菜，叔侄两人高高兴兴地喝起了酒。

酒过三巡，两人话也多起来了。来喜说："咱村当前的主要问题是栽苹果树吧，群众不愿意栽，我看问题出在思想认识上，关键是现在群众不了解也不理解、更谈不上支持。原因很简单，群众很现实、很实际，没有得到实惠和好处，自然积极性就调动不起来。但话说回来，栽苹果树这事，又不是立马刀下见菜的事，就有收益。所以，要我说这也急不得，咱们干部先要提高认识，统一思想，把这里面的渠渠道道整明白了、想清楚了，再上门挨家挨户去做群众工作就有底了。到时，咱实事求是，有理有据有底气，不怕群众不理解、不接受。书记叔，你说呢？"

听了来喜的话，玉朋觉得很是顺耳。他的心里翻起了滚滚热浪，而且一浪高过一浪，对眼前这档子事更加信心十足了。他笑着说："好你个李简单，你一点都不简单！你说得很有道理，看来我这个书记确实得向你这个老模范、生产队长好好学习。"两人亲切地紧紧握住了手。来喜说："书记叔，夸奖了。我也是在长期的群众工作中获得的一些认知，不是说实践是检验真理的唯一标准吗？"说着，两人相对而笑，很是惬意。

玉香听玉朋他们说话，听着听着有些犯困了，眼睛开始眯瞪起来。她强睁开眼，捶了一捶后脑勺说："你们谝，我困得不行，先睡去了。"她迷迷糊糊走出屋子，推开窑门，睡觉去了。

夜深了，村子里黑乎乎的，只有玉朋家的灯还亮着。玉朋坐得时间久了，感觉腰特别难受。他用手摸了摸自己的腰说："哎，我这腰的老毛病又犯了。"

来喜关切地问："叔，你坐得好好的，腰咋啦？"

玉朋说："不碍事，就是有点儿酸痛，这毛病还是小时候偷吃邻家的杏惹的祸。"说到这儿，玉朋的脸上有些泛红，他饶有兴趣地说："邻家没有看清是我，就喊了一声。小孩子的我，胆小，吓得一脚踩空，摔了下来。幸好跌落在自家的柴堆上，身上擦破了点皮，就是落下坐得久了腰疼的毛病。当时把我母亲吓蒙了，她抱着我只是哭。那时，我奶还在，我奶忙拿了把笤帚和一杆秤。她走在前面，让我母亲跟在后边。我奶叫着我的名字说，玉朋哟，回啦！我妈在后面答应说，回来了！回来了！两人从我跌落的柴堆底下一直叫到大门口。我奶的小脚蹬着门槛，手撑着门边，朝门外又叫了一阵。两人又回到院内进了屋，一直叫到灶台前，又叫了一阵。以后，她俩每隔三、六、九日都要这样叫一次。我父亲那时不是大炼钢铁，就是到附近修水库去了，一年到头很少着家。她婆媳俩在家就这样围着我折腾、祷告着，我腰上落下这毛病到现在也没得好。现在想来，上一辈人真是好笑。"

来喜听了玉朋说的事很有感触。他说："我小的时候，家里穷，炕上没席铺着干草，褥子和被子补丁摞补丁，穿的衣服破破烂烂，碗里盛的不是糠就是野菜，上学念书、娶媳妇那是痴心妄想。十六岁那年，母亲得病死了。我出门给人做苦工，碰见啥活都干。后来，到了山里，给人家当小工盖房子，秋季打核桃、挖红苕，没有不干的，就为混口饭吃。时间长了，与当地人也熟了，大家看我勤快老实，二十七岁那年经人介绍，做了人家的上门女婿。过了几年，岳父岳母相继去世，我和妻子日子过得很是艰难。后来，我被选为村长，当了贫协主席，又入了党，不长时间还当上了村上的支部书记。我整天忙着村上的事，家里就妻子一人里里外外操持着。十几年下来，我带领群众硬是把一个鸟不拉屎的村子变成了丰衣足食的模范村。妻子因常年操劳累坏了身子，人也没了，这是我这辈子最揪心的事，我这辈子最对不住的人就是孩子他妈。"说到这，来喜又是满眼的泪水。他抹了把眼泪继续说："我回到咱村，乡亲们接纳了我，对我不薄，帮我盖了房，安了家，大伙的恩情我永世难忘！如今，大家信任我，让我当这队干部，我能不卖力吗？能不想着带领大家好好干吗？今天，当着书记叔你的面，我向你保证，我一定带领咱队上社员好好干，再干出个名堂来！"

听了来喜掏心窝子的话，玉朋心里暖暖的。两人一直聊到夜深了，玉朋看了看墙上的表，吐了一下舌头说："我的天，时间真快，都夜里一点多了，睡觉吧。"他慢慢地舒了一下腰，从烟盒里取出两支烟，一支递给来喜，一支噙在嘴上。两人点着烟，各自美美地深深吸了一口。

来喜笑着说:"今晚耽搁书记叔你的瞌睡了,恐怕这会儿兰香婶子早梦见周公了。"

"不瞌睡,不瞌睡。"玉朋笑着把来喜送出门。

十四晚上的月亮格外明亮,像个银盘挂在天空。微风徐徐吹过,春风拂面,给人以丝丝的温暖。

来喜自回村后从没有像今天晚上这样开心过。他感觉玉朋书记和自己脾性相投,很是对路,心中格外高兴。来喜一人正兴冲冲地往家走着,忽然听到不远处有人在唱歌,那歌声很伤感,充满了怨恨和无奈。他竖耳仔细听了起来,只听歌声唱道:

> 正月里来是新年,俺的心里似冰窖。
> 别人家里成双对,俺的家里俺一人。
> ……

来喜咳了一下,几乎要笑出了声来。那人听见有人,歌声立即停止了。过了一会儿,那人又唱了起来。

> 二月里来春风吹,俺的心里似剪刀。
> 狠心人儿把俺弃,俺想你来谁知道?
> 三月里来桃花开,俺的心里似火箭。
> 狠心人儿你在哪?心儿飞向山那边。
> ……

他快步走了过去,听见是记娃的声音。当他加快脚步时,记娃已飞快地跑了。

来喜回到家里,两个娃早已酣然入睡。屋里的灯还亮着,看来是孩子们等他等不上,自个睡了。他脱掉衣服,钻进暖好的被窝，一会儿就打着呼噜甜甜地睡着了。

不知不觉几个月过去了，柳庄人收割完麦子，颗粒归仓。社员们收拾好收麦的农具，换上了锄和犁、耙等农具，农活一茬接着一茬干。三队的一群妇女由兰香领着锄田里的豆苗和玉米等大苗庄稼。男的一部分人锄着糜子、谷等小苗庄稼，而另一部分人则由玉海领着开始夏耕了。来喜两个孩子正在上学，他早早起来给娃做好饭，就带领大伙下地干活，每天起早贪黑，很是辛苦。但他天天都乐呵呵的，看着大伙拼命干的样子，这位老模范心里乐开了花。

一些人私底下说，这老二球，又开始发疯了，也不知道自己是几斤几两，是哪根葱、哪瓣蒜，真把自己当咱柳庄人的模范了，也不把自己照照，看自己把日子过成了啥？简直是猪鼻子插根葱充大象哩。这些风言风语传到了来喜耳边，他嘿嘿一笑说："穿衣吃饭晾家当，顺其自然，谁爱咋说咋说。只要我当一天队长，我都要带领大家好好干，就是十头牛也拉不回来。"

这几天，晴空万里，一连几天好天气。来喜想把队里场房库存的粮食晒一晒，保质保量完成队里公购粮交送任务。

吃罢早饭，火红的太阳把大地烤得滚皮烫烧，酷热的天气像个火炉。来喜撂下碗，赶忙叫了几个社员，拉的拉、提的提、推的推，不到一个时辰就把十几担麦子晾晒好了。他吩咐草根和拴猫看守场里晾晒的麦子，让他俩时不时用木耙来回拉，使麦子晾晒均匀，干得快。草根和拴猫两娃高兴地应允了。来喜走后，拴猫说："谢天谢地，队长放了咱一马，今大不用去割草了。"草根说："你别太高兴，虽然不去割草了，晒麦子也不是件小事，咱俩可马虎不得。"拴猫说："也是，你我操些心就是了。"

两娃找了个阴凉地坐了下来。突然一只蝉飞来，落在了场畔的椿树上，"知了知了"地一声接着一声叫。拴猫想闭上眼睛躺会儿，可这小家伙就是不让他安静，叫得他心烦意乱。拴猫拾起一块小石子朝那小家伙抛去，吓得那蝉"知了知了"地飞走了。

他对草根说："咱俩都守在这儿实在没意思，不如你在这守着，我给咱摘杏去，你说呢？"

草根觉得拴猫说的也是，就应允了。

拴猫可高兴了，一溜烟就跑得不见了。

"回来多摘些，可不要只顾你吃。"草根朝拴猫去的方向喊。

过了很长时间，草根把场里的麦子拉了好几回了，他左等右等仍不见拴猫回来，心里十分着急。

午后，一阵大风刮来，卷着沙尘和树枝，天空霎时阴沉灰暗起来。一些鸟儿惊慌地飞来飞去，紧接着就是一阵可怕的电闪雷鸣。东北方向一大片乌云，黑压压的，不到一刻工夫就翻滚着压了过来。雷声越来越大。草根心里暗暗叫苦："不好，暴风雨要来了！"他不敢怠慢，赶忙拿起工具推麦子。草根心急如焚，拼命地推着麦子。他把麦子推了一大堆了，才见拴猫一拐一拐地回来，拿起扫帚扫麦子。这时，一声炸雷和闪电过后，零星的雨点重重地落在了地上，打在了麦堆上，把麦粒打得乱溅。

正在这时，地里的人也赶回来了。大家推的推，扫的扫，不一会儿，一大堆麦子就收拢起来了。来喜拿来席子和塑料棚布盖在麦堆上面，又用麦草把麦堆一圈压得严严实实。这时，又是一阵雷声，一道道闪电划过长空。雨点越来越大，暴雨中夹杂着零星的冰雹，啪啪地砸在地面上，溅起了无数的水花。

来喜说："这老天爷，挨刀子的。你下雨就下雨，咋下起冰雹来了？这还让不让人活了？"大家淋得湿淋淋的，个个像落汤鸡一样在场房里避雨。每个人的目光都呆呆地注视着天空，心急火燎的，生怕冰雹越下越大。好在老天爷开眼，冰雹下了一阵就停住了。密集的雨点却越下越大，好像往下泼似的。一阵雷声过后，狂风卷着雨点铺天盖地地狂舞。满场里的雨水顺着场边哗哗地往下流，像瀑布一般，奔腾着、咆哮着，那水流十分壮观。

躲在场房避雨的人们，浑身都湿透了，全身上下凉飕飕的。来喜说："谢天谢地，这场雨也来得及时，这下田里的庄稼该长欢实了。"大家欢喜地看着这场急促的大雨。

雨约莫下了半个多小时，乌云渐渐散开，雨住了，太阳出来了。暴雨把地面冲刷得干干净净，水渠里的水伴着泥土滚滚向前，流向队里浇地用的蓄水池。村里的涝池，水盛得满满的，眼看都要溢出来了。

站在麦场的高处，放眼望去，天空东南角出现了一道弯弯的彩虹，七彩颜色，十分美丽壮观。东边的云朵里万道霞光，红、橙、黄等各种颜色，把云朵渲染得壮丽多彩。

雨停后，大人们都走了。拴猫这才从裤兜里掏他摘下的杏子，他手伸进裤兜里一抓感觉黏糊糊的，不禁说道："坏了。"他取出杏来一看，都烂掉了，黄黄的果肉像屎一样沾了一手，看得草根直犯恶心。拴猫用手擦鼻涕，黄黄的果肉又抹了一脸蛋，逗得草根笑得肚子疼。拴猫看自己成了这个样子，草根又在笑他，既委屈又气愤。他板着脸气呼呼地说："笑、笑、笑，有啥好笑的？还不是为了给你摘杏子……"

草根也生气了。他说："你还好意思说，我没给队长说你不好好晒粮，跑去吃杏的事就是了，你反倒猪八戒倒打一耙，真是恶人先告状。今天这事，要不是大人们回来得及时，后果真是不堪设想。"

拴猫怕草根把自己摘杏的事说出去，到时候不但要挨骂，很可能还要扣工分，也就没敢顶嘴。他撩起裤子让草根看他的腿。草根低头一看，拴猫的小腿上刺破了，还流着血。他从场房里找了一块干布条，给拴猫包好了伤口。

拴猫告诉草根，当时，他在树上看见东北方一大片黑云，知道不好，要下雨了，就慌忙抱着树往下溜，一不小心腿被树皮划破了。他想到场里的麦子，也顾不得那么多了，就忍着痛一拐一拐地赶了回来。"

草根说："没事的，咱下次不敢再这样冒失了，否则，真给集体非闯下大祸不可！"

隔了一天，来喜又派草根、拴猫他俩去晒麦。吃罢早饭，红日高照，两人忙着摊晒好麦子。

草根说："今天咱再不要节外生枝了，人常说，打雷下雨三后响，这是铁板上的事，咱俩得防备着。"

拴猫说："今日我哪儿也不去，专心晒粮。"

两人轮换着拉麦子，闲着没事，就坐在地上玩耍起来。他们用石子玩起了"狼吃娃"的游戏，这游戏谁把对方的路堵死了，谁就获胜了。他俩玩得高兴，时不时吵闹起来，互相斗嘴打起了口水仗。

正当两人吵得不可开交时，东边的乌云黑压压地向这边压来。远处也传来了隆隆的雷声。两人停止争吵。拴猫说："看来，天又要下雨了。"他不敢怠慢，知道大人们今天下沟锄地去了，不可能及时赶回来。他绷着脸恶狠狠地对草根说："不讲理的东西，不给你玩了，咱得赶紧起麦子了。"说着，他拿起推耢开始推起麦子来。

草根也怒了。他骂道："谁是不讲理的东西？自己耍赖还嫁祸于人，算什么本事？昨天是我先忙活的，今天你先来。"草根往地上一坐，看拴猫自个推麦子。

远处的雷声轰隆隆响，一阵高过一阵。草根四平八稳地坐在那儿一点也不着急。他看着拴猫汗流浃背的样子，得意地笑着说："队长说了，咱队的社员就要这样干活。"

拴猫扭过头狠狠地瞪了下草根说:"你别高兴得太早,麦子让雨淋了,你也吃不了兜着走。"说完,他头也不抬地继续干起活来。

乌云越来越近,眼看就要到头顶了。突然从北边刮来一阵大风,咔嚓一声,只见一棵小杨树被风拦腰折断,大风推着乌云一路向南散去。过了一会儿,太阳又从云缝里钻了出来。看来今天的雨是一场虚惊,把拴猫折腾得也够呛。

草根背靠着麦秸垛躺着,他把一条腿搭在另一条腿上,跷起了二郎腿,脚在空中不停地摇摆着,得意地对拴猫说:"白忙活了吧? 这叫自讨苦吃。"拴猫没有理睬,又重新把收拢起的麦子摊开晾晒,这一来一回累得他气喘吁吁。忙活完后,他躲到一旁,再也不想理草根了。

这件事后,草根和拴猫有了心病,两人再也不愿在一块儿晒粮了。草根给队长来喜说能不能换一个年龄大的老汉同他一起晒粮? 来喜觉得这样也好,免得两个年轻娃又在一块儿闹矛盾,也就应允了。拴猫也乐得这样的结果,免得再受草根的气。

几天后,队里的农活忙完了,粮也送了,大伙稍微可以歇息下来了。男人们忙起了自家的自留活,妇女们三五成群聚在一起坐在阴凉处做着针线活,拉着家常,说着闲话。

这天,刘大柱拉着架子车往自家自留地里送肥。回来的路上,他饶有兴趣地哼着几句顺口溜,哼得朗朗上口。

三九寒天不怕冷,
半夜起来想媳妇。
想媳妇呀想媳妇,
心里难受发热煎。
半夜起来唱情歌,

你说可怜不可怜。

玉海媳妇桂香提着一篮子红辣椒正往回走。她跟在刘大柱后边，听见刘大柱说唱，不禁哑然失笑地说："你这老家伙，还骚情得不行。你这说的是谁呀？酸不溜溜的。"刘大柱正在前面走着，突然听见身后有人对自己说话，吓得愣了一下，回过头来看是桂香，松了一口气说："你这一句话吓得我半死，你可知道人吓人吓死人？""一句话能把你吓死？谁信呢？快说，你刚才说唱的是谁？"刘大柱灵机一动，开玩笑地说："是我，还能有谁。我晚上给你唱情歌你没听见？"说着，他说唱了起来。

　　昨晚想你，你不来。
　　想得我来，睡不着。
　　今天没想，你偏来。
　　……

桂香骂道："好你个老骚情，不要脸的，还想我哩。再胡说八道，看我把你这些话都说给玲玲去，有你好果子吃。"刘大柱一看桂香生气了，忙说："跟你开玩笑呢，看把你急的。"

桂香想起几年前平整土地时她和兰香嫂子几个妇女把刘大柱压在地里戏耍的事，就说："老家伙，以前的事，你都忘了。今天我也给你说唱几句：

　　刘大柱呀，莫骚情。
　　老娘骂你，你得从。
　　当年让你，头顶牛。
　　今天让你，嘴两瓣。

……

刘大柱被骂得无地自容。他急中生智，嘿嘿一笑，反唇相讥说："嘴两瓣，那一瓣就留给你。"两人一来一往，笑骂个不停。

桂香问刘大柱："你说的不会是记娃吧？我可听一些人说记娃深更半夜起来唱歌呢。"

刘大柱靠近桂香的耳朵悄悄说："就是记娃，千真万确的。前几天晚上我拉肚子起夜，走到我家茅厕旁，就听见记娃半夜起来在他家里唱呢。开始还把我吓了一跳，后来细细一听，唱得还挺伤感、挺动情的。这两天我就琢磨着给编了个段子。这不，刚说唱了两句，就让你给听到了。"

桂香说："原来是这么回事，那你咋不早说？害得我和你费了半天口舌。"

"早说了，咱俩还能嬉笑怒骂这半天？"刘大柱笑着回了一句。"看来你今天是成心戏耍老娘呢，你个老骚情。"说着，桂香脱下鞋子，拿在手里就要打刘大柱。刘大柱一看这娘们要发飙了，拉着车子撒腿就跑。桂香看刘大柱那狼狈劲，穿好鞋子不由得笑了起来。

转眼到了八月份，田里的豆子、谷子、糜子和玉米等秋季作物长势喜人。三队组长尹守义老汉站在一棵歪脖子梨树下的地畔上，望着田里丰收在望的庄稼，心里乐滋滋的。老尹正看得入神。忽然，一个熟透了的大黄梨从树上落下来，正砸在他身上。尹守义老汉这才回过神来。他揉了揉肩膀，看了看树上黄澄澄的梨，钩了两个大黄梨，高高兴兴地揣进衣兜里带回家去。

尹守义老汉回到家。老尹老婆正哄着两孙子玩耍。见老尹回来了，两孙子跑过来喊着："爷爷、爷爷。"高兴地抱住爷爷的腿撒起娇来。老尹弯下腰亲热地把两孙子搂进怀里，一人亲了一口，从衣兜里掏出两个梨来。"你们看这是啥？想不想吃？"他用手抓住梨把儿在两个孩子面前晃了晃说。

两个娃高兴地说："我要吃，我要吃。"说着，他们蹺起脚，伸长胳膊，用手使劲抓抢着大黄梨。老尹拿着梨和孩子们玩。老尹手中的大黄梨，馋得两个小家伙直流口水。大孙子大福纵身一跳，一把将两个大黄梨抓在手里，高兴地说："我抓到了，我抓到了。"老尹老婆在一旁忙说："大福，你要让着弟弟，给二福一个。"大福紧紧地把两个大黄梨搂在怀里说："不给，就不给。"二福气得又哭又闹。老尹老婆急了，生气地说："大让小，听话，给你弟弟一个。"说着，上前一把将大福手中的一个大黄梨夺过来给了二福。大福见奶奶抢了他的梨给二福，"哇"的一声大哭起来。

老尹噘着嘴说："真是淘气的一对，一点儿都不省心。"他指着大孙子大福说："学校里老师没教你孔融让梨的故事吗？要学人家孔融知道大让小。"大福委屈地说："爷爷说得不对，应该是小让大，孔融就是把大的梨给了哥哥。"老尹只知道学生书本里有孔融让梨的故事却不知道详情。听大福这么一说，一时不知怎么回答，只好笑骂道："小小年纪，一肚子的歪理邪说。"

二福拿着梨，看了一眼哥哥大福，故意把手中的大黄梨向大福晃了晃，美美地咬了一口。看弟弟二福把梨吃了，大福二话不说也大口大口地吃起来。看着这两个机灵淘气鬼，老尹老两口既生气又疼爱。老尹老婆对老尹说："都是你这个老猴惹的祸，两个梨，一人一个不就得了，非要拿两个梨在娃面前显摆，闹得鸡飞狗跳，这下你满意了。"老伴的埋怨把守义老汉惹恼了。他气不打一处地对老伴说："还不是你把娃一个个给惯坏了，不说你的不是，倒还怪起我来了。"

"你个没良心的，我还不是为你们老尹家好。咱家一直人丁不旺，彭华两口子一生生了一对双胞胎，咱一下有了两个小孙子。谁不羡慕咱？我能不疼吗？你说我不惯着孙子，我惯你呀？哪像你，不疼不爱的。"

"谁说我不疼孙子了？两个小家伙哪天不是我带着玩？今天，我弄了两个梨给娃吃，我都没舍得尝一口。看看你把俩娃惯成啥样了，惯得没眉没眼，不懂得谦让。"

老两口正说着话，儿子彭华和儿媳芳英地里收工回来了。芳英一看，两个娃满脸泪痕，手上嘴上黏糊糊的，沾满了泥土。她忙放下手中的农具，把两个娃搂在怀里说："谁惹我娃生气了？给妈说，妈找他去。"二福板着脸，噘着小嘴，一言不发，盯着大福看。大福一见他妈又哭又闹起来。芳英生气地冲两位老人说："这就是你们看的娃，看娃都成啥了。"说着，她气呼呼地把两个孩子带到隔壁屋去了。

彭华洗了脸，拿了块馍一边吃，一边兴致勃勃地说："咱队上老龙头那块地的糜子长势很好，我们大家锄得可开心了。"

老尹很少抽烟，今天他抽起烟来了。他看儿媳那脸色，分明是给他老两口看，心里头很不是个滋味。他没有接儿子的话，一个人闷闷不乐地抽着旱烟。屋子里，老尹老婆正在做饭，满屋子的蒸汽，雾蒙蒙的，连电灯也变得昏暗了。

老尹老婆一边盛饭一边对儿子彭华说："饭好了，你快去叫你媳妇吃饭。你爹爱抽烟，就让他抽，我就不信烟能当饭吃。"

彭华到隔壁窑里叫媳妇芳英吃饭。一进门，芳英没好气地说："我让你这一家子都气饱了，还吃啥饭？不吃！"

彭华生气地问："你这又咋了？一阵风一阵雨的，怪球事！"说完，砰的一声把门一摔，震得窗户纸哗哗作响。

老尹看老伴把饭菜端上了桌。他灭了烟，掸了掸烟锅里的烟灰，自言自语地说："吃！不吃和自个肚子打啥气憋？"他洗过手，走上前去开始用饭。

儿子彭华进来，老尹老婆忙问："你媳妇和娃呢？"

彭华绷着脸说："妈，别理她，咱吃咱的。"老尹老婆心里很不是滋味，她没再说什么，自个盛了碗饭，坐在灶台旁的木凳上吃了起来。老尹心里暗暗骂老婆说："我看你就是个贱毛子，到头来还不是猪八戒里外不是人。"老尹嚼着馍，越想越气，只喝了半碗米汤就上炕睡了。

端午节前夕，玉朋书记和来栓大队长领着各生产队队长、组长到田间地头，对各队各组的秋田作物进行评产。

清晨，秋风阵阵，吹过广袤的原野，风从人们的脸庞吹过，带着丝丝凉意。天空中，不时有成群的麻雀飞来飞去，一会儿落在谷子地里，一会儿又落在高粱枝头。二虎拾起一块石子朝麻雀掷去，麻雀惊得四散逃去。来栓大队长说："对这些家伙，该想些办法了。"来喜说："往地里弄些稻草人，吓唬吓唬就行了。"玉朋说："这事得抓紧，不管是稻草人，还是派人看护，这事都要抓紧，不然损失就大了。"

由于多日没下雨，路边的野草都干枯了。早上气温低，年纪大的人换上了夹衣，年轻的还穿着背心，光着膀子。一群人走走停停，边走边看，一路指指点点，议论纷纷。大队和小队的会计们忙着测算、评估和记录着各队各组每块地的产量。大家走到了三队的糜子地里，只见田里的糜子长势喜人，长长的穗子沉甸甸的，弯下了腰，向人们鞠躬致礼。大伙七嘴八舌地议论着、估摸着这块糜子地的产量，有的说五百斤，有的说八百斤，还有的说一千斤。这些数字，老尹听了直摇头。

玉朋说："大家这样各说各的，该听谁的，咱一个一个说。"

四队队长二虎说："这块糜子比往年长势确实好，这点，大家有目共睹，但刚才大伙说的也有虚高的成分。咱不能信口开河，更不能吹牛皮，胡乱说，咱得实事求是。要我说，也就这么个数……"他说着，用手在空中比画了一个八字。

"你说的是八百斤？"大伙异口同声地问。

二虎肯定地说："八百斤，不会有错。"

在一旁的老尹憨憨一笑说："我觉得二虎队长也估得太高了，最大也就六百来斤。"

"不可能，长势这么好，穗子这么沉，少说也有一千斤。"来全在一旁说。

来喜笑着说："我听二虎队长的，就八百斤。"

来栓点了点头，表示同意。他说："既然两位队长意见一致，就按八百斤吧。大家同意不？"

大多数人都表示同意，只要来全还在坚持自己的主张。他反复说："我看少了，一千斤合适。"

来栓不容置疑地说："就这样，少数服从多数，就按亩产八百斤评定。"

老尹觉得八百斤既然大家公认了，也就不再多说。

村上干部们经过三天跑地块实地察看、测算和大家唇枪舌剑地争论，对全村秋粮作物产量有了一个大概的评估，柳庄的秋天丰收在望。

老尹作为组长，这几天参加了队上的粮食评产工作，他一路看下来，觉得今年是个丰收年，心里乐滋滋的。老尹每次回到家里都乐呵呵的，看见两个孙子总爱一起玩，不是玩补裤裆游戏，就是玩捉迷藏，高兴得两个孩子晚上都要和爷爷一起睡，听爷爷讲那过去红军闹革命的故事。

老尹老婆在炕上为老伴纳棉袄，看着爷孙三人开心、亲热的样子，心里很高兴。她笑着说："老猴，你把你随解放军打兰州支前的故事讲给孩子们听，也让孩子们知道知道你当年的光荣事情。”

老婆子的话让老尹一下子荣光满面。他高兴地给两个小孙子讲起了自己随军支前送军粮、抬担架救伤员的故事。由于是亲身经历，老尹讲得有声有色，两个小家伙听得入了迷。大福一个劲地说："爷爷是个大英雄！爷爷是个大英雄！"听着孙子稚嫩的话语，老尹激动、兴奋得一晚上怎么也睡不着，回想着当年的往事……

老尹的儿媳芳英是个一点儿亏都不吃的女人。她和婆婆之间就像妯娌一样，把家里的事分得很清，斤斤计较，从不愿为婆婆多分担些。芳英从地里回来早了，她就溜在人后面，慢悠悠地往回走，到家正好赶上婆婆做的现成饭。有时回家早了，也不愿帮婆婆做家务，把自个一个人关在屋子，等婆婆把饭做好了，再出来。偶尔扫个院子，也只扫自己屋门口那一块地儿。村上的媳妇们背地里给她起了个绰号叫"分得清"。

这天，老尹从地里回来，给孙子二福做弹弓。他一边做一边对二福说："爷爷给你做好弹弓，你就拿到咱队的糜子地打麻雀去，把这些毁坏庄稼的坏家伙都赶跑，我娃就能吃上香香的黄馍馍了。"

"爹，这几天，你和队长、会计，还有大队的领导，一大群人，从这块地到那块地，转来转去的干啥呢？我听人说是秋季评产。地里种的庄稼产多产少就那个样，到时一收割自然就知道了。队上这不是脱了裤子放屁，有这个必要吗？"儿子彭华问。

老尹说："看你说的啥话，咋能是脱裤子放屁的事，这队上测产评产是件大事，关系到大队、小队生产核算和各项工作的谋划，是一年中很重要的一件事。"

老尹老婆在屋里听到父子俩的谈话，不耐烦地跑出来说："你父子俩真是咸吃萝卜淡操心，有工夫劈些柴火比扯那些管用，家里的柴火都快断顿了。"

彭华听母亲说让劈柴，就拿了斧头在院子里劈起柴来。老尹让老婆子的话呛得气不打一处，扭头骂了一句说："头发长见识短的女人，你知道个啥？"说完，气呼呼地进屋去了。

这天晚上，老尹想了很多问题，觉得这么多年来自己给队里跑前忙后的，一家人日出而作日落而息，没少出力流汗，到头来也没见得比别人多分一点儿粮。这几年家里虽分的粮食勉强够吃，但也没啥结余，日子依旧过得紧巴巴的。他思来想去，也没想出个所以然，反而越想越睡不着，越睡不着越难受。他把电灯拉开，灯光把屋子里照得明晃晃的。他心里暗暗在想难怪村里那么多人，特别是年轻后生们整天嚷嚷着要单干呢。老尹开始理解那些人的想法了。想到这，他心里产生了一种莫大的失落感和悲凉，这让他更加的难受。他用眼死死地盯着挂在屋顶上的小电灯泡，像似要在那刺眼的亮光中寻找答案。他用胳膊肘轻轻地推了下正在熟睡的老伴，看她没有反应，又使劲地推了一下，老尹老婆才迷迷瞪瞪地扭过身子说："你这死鬼，半夜三更不好好睡觉，你这是咋了？"

"睡不着，失眠了。"老尹回答说。

老尹老婆从被窝里探出头来，睁眼一看，灯亮着。她生气地说："把灯关掉，你啥时把灯拉开的，神经病。"她又把头缩进被子里睡了。

老尹关掉灯。他左想右想，一些问题始终萦绕在脑海，想得他头痛。就说大队、小队这次搞秋粮评产，主要还不是为以后粮食分配做摸底工作，到时又要搞平均主义，到头来还是干多干少一个样，多干的人老是吃亏。想到这，老尹有些愤愤不平起来，他脑子里忽然有了一个大胆的想法，不如直接把组里今年的粮食按劳分配到各家各户，免得大队、小队再搞平均主义，层层扒皮。

经过一番深思熟虑，他打算明天一早，先到地里看看，如果庄稼熟了，就通知组上社员全力收割，给队上来个先斩后奏，直接把粮食分了。

想了快一晚上，老尹这会儿有了睡意。他重新拉好被子，倒头睡了起来。

天快亮了，他家那只老公鸡开始打鸣了。俗话说，天明的瞌睡比油炸鸡腿还香。何况是一夜没合眼的尹守义老汉，他此时睡得正香。当老伴用手推他时，他怎么也醒不来。

老尹老婆没好气地说："这死猴，该睡的时候不睡，该起的时候不起，睡得跟死猪一样。"

一缕阳光从老尹家窑面墙的天窗射进来，一直射到窑里。彭华和芳英两口子都上地去了，老尹两个孙子也上学走了。老尹老婆正忙着整理两个孙子的衣裳和床铺。这时，老尹才睡醒。他掀开被子，想起了昨晚想好的事情，他本想早上收工回来，路过庄稼地看一下糜谷豆子成熟了没有。这下可好，一觉睡过了头，工没上成，计划全乱了。他赶忙穿好衣服，下了炕，直奔庄稼地去了。

早饭时分，老尹从地里赶回来，全家人都回来了。老尹洗完脸说："我早上到咱组地里看了看，荞麦、谷子都熟了，豆子也干了，糜子除个别穗有点绿，能收了。"

彭华好奇地问："爹，你咋想起收秋的事了？不是要等队里的话吗？"老尹说："不等了，咱们自个儿种的，自个收，自个交公粮。"听老尹这么一说，儿子彭华惊出了一身冷汗，一向胆小、怕事的父亲竟能说出这样的话来，做出这样大胆的决定。彭华小心地问老尹说："爹，你今天咋说起胡话来了。这向来收割、分粮都是队里的事情，你一个小组长能有这样大的权力？这不是胡来吗？"老尹斩钉截铁地说："啥叫胡来，这粮食不掌握在咱们的手上，让队里平均了去，到头来永远都是老实人吃亏。你爹我想好了，也豁出去了，这粮食我一定要按劳分到一家一户去。天大的事，我这个死老头顶着。"

彭华看父亲像变了个人似的，不再像以前那样唯唯诺诺，掉个树叶都怕砸到头上。彭华此刻既为父亲的转变而欣喜，也为父亲的决定充满了担忧。他知道父亲的秉性，认准了的事情就是十头牛也拉不回来。

彭华心想，包产到户是迟早的事，国家政策对农村一天天地放开、搞活了。在这大的历史变革的节骨眼上，在柳庄这个大点的村子确实需要一个人勇敢地站出来，敢为天下先，振臂一挥，带领大伙冲破种种束缚，开创出一片新的天地。但他万万没想到，这个人会是自己老实巴交的父亲，一个从不惹事的人。他现在隐隐感到，当年那个冒着枪林弹雨支前解放兰州城的父亲又回来了。

老尹老婆也不知道父子俩在说些什么。她对儿子彭华说："你爹，昨晚发神经，开了一晚长明灯，害得我一夜没睡好，你说他是不是疯了？"

儿子彭华笑了笑，心里说："爹确实疯了，而且疯得不轻，更大的疯还在后头呢。"

孙子大福鬼机灵鬼机灵的。他把爷爷和他爸说的话都听到了，高兴地拍着小手说："爷爷，咱们到时分到多多的粮食，我就可以天天吃白馍馍了。"

老尹摸了一下胡须笑着说："那是当然，那是当然。"

彭华看父亲态度坚决，决定站到父亲这边。他对老尹说："爹，你决定了的事我坚决支持。常言说，战场父子兵。为了咱柳庄人美好的明天，就让咱爷俩一起并肩战斗吧。"儿子彭华的一番话，把老尹给逗乐了。

老尹老婆做好了饭，半天等不来人。在屋里喊："饭都盛下多时了，有啥说不完的话。"

老尹听见老伴喊吃饭，就和儿子停止了谈话。父子俩坐到饭桌旁，两人端起碗，拿了馍，狼吞虎咽地吃了起来。看着父子二人的吃相，儿媳芳英吃着饭，扑哧一下笑了。孙子大福笑着说："爷爷和爸爸，一定是饿死鬼托生的。"

芳英冲大福呵斥说："没大没小的，胡说八道什么。快吃饭，吃了，赶快上学去。"

说干就干。当天下午，老尹通知组上社员开始了忙碌的秋收工作。他们一边收割，一边打碾，一边晾晒，忙得不可开交。经过几天工夫，就把组里所有的秋粮收割、碾晒停当了。除过留够交公粮外，其余粮食全部按劳分到了每家每户。大伙高兴地说："这才叫公平！"

怀礼把分到的粮食往回扛，刚走到自家门口时，碰见了来全。来全拿着镰刀正准备往地里走。他问怀礼："你组自己分粮了？"

怀礼没有搭理他，急急忙忙把粮食往家扛。

来全讨了个没趣，刚走了两步又转过身问："是什么粮？不是糜子吧？"

怀礼依然装着没听见，急匆匆地往回扛粮食。

来全一边走一边想，肯定是尹守义这老家伙干的好事。这老东西平日里看着老老实实的，胆小怕事。今天是吃了豹子胆了，竟然敢背着队里偷偷摸摸私自把粮食分了，真是胆大包天，这老东西不要命了。来全越想越觉得事情严重，这不是公然犯上作乱，挖社会主义的墙脚，私分集体财产吗？他绕了个弯，来到打麦场边一看，粮食都分完了。只有怀礼几家正把分下的粮食往家运。来全看着心里暗暗骂道："简直太张狂了，这不是明目张胆地公开造反吗？"

老尹组织社员私分队里的粮食，这下可让来全抓住了把柄。

来全直奔队长来喜家，他要告老尹的状。刚走到半路，就碰见了队长来喜。来全如实把发生的事给来喜说了。

来喜不慌不忙地说："这事我知道，到时候我让他们一颗不少地给吐出来。你先不要声张，就装着不知道，睁一只眼闭一只眼就对了。"

来全急了，他焦急地说："这伙人都要上天了，你还沉得住气，亏你还是队长呢。不行，你不管我就找玉朋书记去。"来喜一听也火了，他冲来全大呼道："你爱找谁找谁去，什么东西。"来全看来喜对他这样，心里暗暗骂道："简直是败家子，这样的人也能当队长。当初，那些人都把眼睛瞎了，不选我，选了这么个东西。"两人不欢而散。

来全晚上又去了玉朋书记家。一进院子，一只大黄狗汪汪地叫着。屋里亮着灯，听见狗叫声，兰香推门走了出来说："谁呀？"来全说："我，来全。玉朋叔在吗？"

兰香听是来全，冷冰冰地说："他不在，一会儿就回来，你先坐屋里等吧。"

来全进到屋里，兰香递给他一支烟说："现在正忙秋收，你咋有闲工夫串门？"

来全听了很不自在，他涨红着脸说："无事不登三宝殿，这不是有事吗？"兰香不屑地说："你能有啥事？是不是又听到一些东长西短的话了。"来全尴尬地说："婶，你这说的，俺能是那样的人，我确实有正事，有要紧的事。"正说着，玉朋书记跨门进来了。玉朋见是来全，一脸严肃地问："你有啥事？"

来全看了下兰香，小心翼翼地说："这不方便说。"

"啥事？搞得神神秘秘的。"玉朋不耐烦地说。兰香沉下脸，扭头出去了。

来全这才压低声音把嘴对着玉朋的耳朵，将事情的来龙去脉给玉朋说了。

　　玉朋书记一听，顿时肺都气炸了。他恼羞成怒地说："这简直是无法无天了，尹守义他不要命了？"玉朋狠狠地抽了一支烟，若有所思地说："几天前，大队和小队才评的产，他尹守义也参加了。现在竟背着大队、小队搞这么一出，这可咋办呢？"他又深深地吸了几口烟，停了一会儿，对来全说："这事我知道了，你先回去，对谁都不要说，我自有办法。"

　　第二天吃了早饭，玉朋书记找来队长来喜，把情况给来喜说了。来喜心里暗暗骂道："好你个李来全，谁说这事我不管了，竟真跑到书记这来告我的黑状。"来喜问玉朋书记的意见，玉朋说："这事得慎重处理，既要把队里的粮食一分不少地追回来，又要注意不要把事情闹大，事情闹大了，传扬出去，对谁都不好。一定要注意工作方式方法。"来喜笑着说："姜还是老的辣。你的意思我明白。我准备下午开个组长会，把这个问题解决了。"玉朋拍了拍来喜的肩膀说："一定要注意政策，千万别捅娄子，咱们柳庄折腾不起。"

　　来喜下午把几个组长叫来开会。老尹知道自个今日是在劫难逃。他也不怕，叫来就来了。李荣的组，只有三户人家，李荣最后到场。来全来得最早，他坐在角落里阴笑着，一会儿看看老尹，一会儿又看看来喜，还特意上前给每个人发了支烟。来喜坐在桌子中间，他铁青着脸，露出一副可怕的表情。大家沉默了半天，忽然，来喜一拍桌子，对老尹怒目而视，厉声说道："尹守义，你吃豹子胆了，竟敢背着队里把粮食私分了，你知道这是什么性质？平日里群众对你印象不错，看你老实本分，选你当了组长。今日你却干起了这偷偷摸摸、胆大妄为的勾当。说谁给你的权力，让你私分粮食？"来喜摆出了多年来批斗人那股压倒一切的气势和做派。来全这时也怒目而视，他站起来瞪着三棱眼恶狠狠地说："老东西，你还洋球不睬的，你以为你做下啥光荣事了？"说着，他用力朝老尹的脚上踢了一下，要他起来规规矩矩立正站好。

老尹不卑不亢地站立起来。他朝来全轻蔑地笑了笑说："大家乡里乡亲的，收起你的这一套。再说了，我老汉也不是吓大的，我枪林弹雨过来的人，死我都不怕，我还怕这个。"接着，他看了来喜一眼，继续说："我为什么要这么做？大家心里都明白，还不是因为人民公社化运动走到今天，不论是生产大队，还是生产小队这种生产模式已经捆绑了大伙的手脚，大队、小队严重的平均主义带来的不公平，已经妨碍了农村的发展。大伙干得多，得的少，谁还愿意干？人人都在磨洋工，地里的产量一年比一年低，这都是大家有目共睹的，再这样下去，怎么得了？所以，我老汉就带了这么个头，虽然欠妥，但也没办法。现在粮食已经按劳分了，你们要杀要剐看着办吧。"

老尹说完，站在那儿一动不动，静静地听候发落。

老尹的几句话，把来喜、来全和李荣惊得半天说不出话来。一时间，小小的屋子里变得死一样的沉静，气氛更为紧张。来喜涨红着脸，死死地盯着老尹，停了半天说："你想干什么？你想反对三面红旗吗？这要在以前，我立马报告大队让民兵把你抓起来。你知道这是什么性质？这是现行反革命。你私分队里的粮食不说，今天竟说出这么大逆不道的话来，亏你还是支前英雄呢。"

老尹针锋相对地说："你不要拿大帽子来唬我，我尹守义也不是吓大的。党的十一届三中全会召开到现在都快四年了，党的政策你们当领导的应该比我更清楚。去年，就连县革委会不是也取消恢复成县人民政府了吗？党和国家的政策很明确就是要实行农村改革，解放农村的生产力。当然，这些话我也是从广播里听来的，也不是很了解，但有一点，这大锅饭的日子是不能再过了。"

"好你个尹守义，你是铁了心要和队上过不去了。"来喜气得几乎要吼起来。

来全暴跳如雷，举起面前的板凳，朝老尹身上砸了过去。老尹来不及躲避，板凳重重地砸在了老尹的腰上。老尹疼得哎哟了一声，倒在了地上。

来喜、来全和李荣看老尹倒在地上，个个吓得面如土色。来喜恶狠狠地对来全说："谁让你打人的，这下祸闯大了。"他对李荣大声说："你就像个木头，还愣着干什么，快帮忙把人扶起来。"说着，三人忙上前去扶老尹。可怎么扶也搀扶不起来。老尹疼得眼泪都要出来了。来喜说："你们俩把人搀扶到我背上，我来背。"李荣说："不行，不行，人都起不来身子，你怎么背他？是这，让我找个车子去。"说着，他飞快地跑了出去。来全知道自己闯了祸，准备溜之大吉。他对来喜说："我去解个手。"说完，就不见人影了。

李荣推来车子，叫了几个人。大伙七手八脚将老尹扶上架子车。李荣问来喜："人拉到哪去？"

来喜说："还能拉到哪去，先拉回老尹家。我去去就来。"说完，他急急忙忙地走了。李荣以为来喜也要开溜，心想，你们自己惹下的事，现在都想跑，让我背黑锅，连门都没有。这时，一旁的玉堂说："还迟疑什么？赶紧拉人回，救人要紧！"李荣拉着车子，几个人跟在后头，直奔老尹家。

车子停在了老尹家门口。老尹老婆一看惊呆了，好端端的一个人，怎么成了这个样子。她吓得一个劲儿地哭。大伙扶的扶，搀的搀，很快把老尹抬到炕上，安顿好。

这时，来喜急匆匆地领着村里的赤脚医生老吴来了。老吴仔细检查了一下老尹的腰，对来喜说："没大事，骨头好着呢，软组织挫伤，得恢复一段时间。"听了医生老吴的话，大伙的心才放了下来。

彭华正在地里干活，听说父亲受了伤，被人送回了家里。他慌忙撂下手中的活，不顾一切地往回跑，媳妇芳英也紧跟其后。他们回到家，看院子里挤满了人。彭华豁开人群冲了进去，扑倒在他爹炕头，急切地问："爹，这是咋回事？谁把你弄成这个样子了？"彭华之所以这样问，是因为他知道父亲今天去开会了。会上，父亲一定会被指责，甚至挨批斗，但他万万没想到会有人向父亲一个老头下手。

老尹对儿子说："不要紧，你就别问了。"

玉堂实在看不下去，板着脸说："还能有谁，院子里谁没来，你一看就知道了。"

彭华站起来，准备往外走。老尹忙伸手拽住彭华说："娃呀，啥都不重要，别惹事，不值得。我的腰，医生说了，不碍事的。"

听了父亲的劝阻，彭华克制住冲动。他帮父亲盖好被子，垫好枕头。这时，芳英从门里进来。她气呼呼地埋怨说："人老了，还逞什么能？尽让人家看笑话。现在倒好，活做不成，还得花钱看病。"老尹听了儿媳的一番话，心里像吃了鸡蛋壳一样难受。他没有说什么，眼窝里涌出了两行老泪。

彭华气极了，他平日里不想和她计较，时不时都让着她，可这婆娘今日竟当着众人的面说出让老人伤心的话。他咬牙切齿，再也忍无可忍了。彭华举起手狠狠地打了芳英一巴掌，芳英被打得鼻子流血，嘴也破了。她从来没受过这委屈，今彭华打了她。这下可把马蜂窝捅了，只见她连哭带骂，要死要活，把老尹家几辈先人都骂了个遍。

院子里的人看老尹家闹成了这场面，也都知趣地悄悄走了，只剩下芳英一个人坐在地上哭号着……

老尹老婆正在屋里做饭，听着儿媳大哭大闹。她实在忍不住，举着面手走出来，把儿子叫到跟前小声说："你惹不起你婆娘，就别惹她。让她大呼小叫的，不怕人笑话。你爹躺在床上，心里能好受？咱惹不起，不理她就是了。你听妈一句劝，认个错，给她好好说，别让她再号叫了，号得我心里猫抓猫挖的。"

彭华走到芳英跟前，硬把她拽进自个屋里，生气地说："算了，咱俩还是离婚吧。"

"离就离，谁怕谁。"芳英嘴上不饶人，心里却打起了鼓。她知道彭华的脾气，闹僵了，这家伙真会和自己离婚。她虽然在家里胡搅蛮缠惯了，但要让她离婚，她可万万没想过。不管怎么说，她才舍不得丢下两个孩子呢。

彭华接着说："好，那咱就好说好散。你看谁好，跟谁过去，我绝不拦你。"

"你个没良心的，你真要和我离婚？"芳英气得几乎又要哭出声来。

"不是你说离就离吗？咋还怪起我来了？"彭华故意气她说。

"你个没良心的，想得美，我偏不离，气死你。"说着，她用拳头轻轻地打着彭华。彭华一把将她抓住，紧紧地搂在怀里。芳英眼里涌出了泪花，瞬间破涕而笑。

傍晚，老尹老婆做了一锅麻食。芳英一改常态地为一家老小盛好饭，端上了桌。她又赶忙把盛好的一碗饭端到老尹面前。彭华抱了一床铺盖，给老尹把背垫了起来。老尹伸手接过儿媳芳英递的饭，心里甭提有多高兴了。这是儿媳自结婚以来递给他的第一碗饭，老尹高兴地大口大口吃了起来。

吃罢晚饭，芳英主动帮婆婆洗刷收拾碗筷，又打扫院子。老尹老婆反而倒不自在了，自个跟在儿媳妇屁股后边，想干又插不上手，心里既高兴，又别扭。

晚上，老尹老婆对老尹笑着说："老猴，你没看出来，咱儿媳芳英像变了个人似的，跟以前大不一样了，既盛饭又给你端饭，

还洗锅刷碗、打扫院子，真是从葱地里过来了。"

"咋不觉得，我今第一回接到儿媳递的饭碗，我能不高兴吗？看来我老家伙伤了腰，却因祸得福换回了一个好儿媳，算是值了。"

老尹老婆笑着说："老猴，你这话说的。不过，年轻人思想转变就是快，我真为这些年轻人高兴。这以后呀，我这一大摊子家务就有人分担了……"她高兴得滔滔不绝地越说越起劲，越说越开心。不知不觉，听得老尹迷迷瞪瞪睡着了。

第二天，刚吃过早饭，玉朋书记就领着一伙人进了老尹家的院子。他们是公社的陈副主任、来栓大队长和队长来喜及大队的会计。他们几个人进了屋，一下子显得屋子非常拥挤。彭华搬来家里所有的板凳和椅子，芳英忙着给公社领导和玉朋书记等人取烟、沏茶。

陈副主任坐在老尹对面，详细询问了老尹的病情，看了看他的伤势。来喜说："村上医生老吴检查了，说没大事，就是肌肉受了伤，得恢复一段时间。"

老陈说："只要没大事就好，老尹你要好好休息，把身体养好。今天公社派我来协助大队处理这件事的。你是当事人，我想听听你的意见和看法。你怎么想的，就怎么说，要实事求是。"

老尹想坐起来。陈副主任忙说："你不用起来，不用起来，就躺着说吧。"

屋里坐满了人，大队会计趴在桌上做记录。大家每个人脸上都显得很严肃。老尹开口说："我为啥要分粮食？是因为这些年平均主义把我们给害苦了，大伙辛辛苦苦生产的粮食都给平均掉了，到头来，干得多，得的少，还是老实人吃亏。这么多年来，大锅饭，干多干少一个样，大家哪有生产积极性，都是在混工分，这样下去怎么得了？我老汉大字不识几个，但我听广播里说，党的十一届三中全会以来，一些地方的农村实行了包产到户，打破了大锅饭，多劳多得，群众有了生产积极性，粮食生产一年比一年好，群众的日子越过越好了。我们为什么就不能学学人家呢？我这个糟老头子，没多少文化，但我知道队里大多数社员心里在想什么，大家都在盼什么。这件事情，我承认自己考虑不周，做得欠妥。现在队里和公社的领导都来了，你们咋处理我老汉，我都认了。这件事和他人无关。"老尹说完话，静静地听候处理。

公社陈副主任沉默了半天，他对老尹说："老尹，你说的事我完全理解。我在农村搞工作也十几年了，你说的都是实情。关于农村改革今后该怎么走，目前，县上还没有具体政策。不过，快了，这是迟早的事。但话说回来，你带头私分队里的粮食，这是你的错。不管怎么说，现在公社还是以生产队为核算单位进行劳动分配。所以，希望老尹你对这个问题要有一个正确的认识和态度，把粮食完整地追回来，交还给生产队。"

这时，彭华在一旁气愤地说："你们只说分粮的事，咋不说我爹开会受伤的事？我爹至今都不说他是怎么受的伤，但我听村里人说，是开会时被人打的。领导，你说这该怎么办？"说着，他看了一眼来喜。接着又说："再说了，我爹分粮食也是为了大伙，分给了大家，又没把粮食弄到自己家里。"

大队长来栓面无表情地说："这是两码事。你爹必须把分的粮食完好无损地追回来。至于他被打的事，队上会调查处理。"

"说得轻巧，你先把我爹被打这件事处理了再说。"彭华针锋相对地说。

来喜一看要说老尹被打的事，难免有些心虚，准备开溜，却被芳英拦在了门口。芳英气呼呼地说："想一走了之，没门，除非你从我身上踩过去。"

彭华上前一步说："打我爹的人怎么处理？我爹的医药费和误

工费怎么办？你们今天就得给我们一个明确的答复，否则，谁也别想离开。"

老尹躺在炕上，忙制止儿子儿媳说："你们这是干啥？爹的错，爹愿意承担，今天下午就让咱组上社员把分的粮食送到队里去，我老汉说到做到。至于我被打的事情，也没啥大事，都是乡里乡亲的，我说就算了。你们也不要为难几位领导了。"

陈副主任笑着说："还是老尹有觉悟，胸怀宽广，这很好。"他转身对玉朋书记说："不过，这打人的人一定要处理。这还了得，简直是无法无天了。"玉朋点点头说："我们一定处理，一定处理。我听队长来喜说是他们队来全打的，这家伙搞得村上一直鸡犬不宁的。"

来栓大队长对来喜说："事发生在你队上，当时你也在场，这事就交给你来处理，最后把处理结果上报大队和公社，一定要让大家满意。"

来喜一听事要让他处理，忙把来栓大队长拉到一边说："交给我处理也行，我召开社员会把他的组长免了，但医药费、误工费这可怎么办？来全根本就拿不出一个子来，队里又没钱，你说这咋办？"

来栓不耐烦地说："不说了，医药费你让人到大队来取，至于误工费酌情给老尹些工分补助不就行了。"

来喜听了笑着说："还是大队长想得周全，有两下。"

处理完老尹的事，玉朋书记领着陈副主任在建设中的新农村转了转。看到柳庄的新变化，陈副主任激动地说："让老百姓住上了宽敞明亮的新窑洞，这就是社会主义新农村新变化。"

过了半个月，到了重阳节。柳庄村大部分庄稼已经收割和碾打完毕，虽然仍旧以生产队进行核算分配，但都尽量做到了公平合理，让劳动多的人少吃亏、不吃亏。不久，队上对老尹私分粮食和来全打人的事做出了处理意见，报经公社批准，老尹和来全被免去组长。老尹的医药费由生产队支付，误工费给予工分补助。老尹坚决不要，一一谢绝。来全经过这件事后，也收敛了很多。

转眼间立冬已过，天气变得寒冷起来。田地里没有了忙碌的人群，大家成群结队地进山砍柴，为过冬做着准备。渭北旱塬上的人们砍柴没有山里人那么方便，得拉着车子去十几里外的山里去砍柴。

这天，记娃也拉了车子，随着一年一度的砍柴大军出发了。一路上，来喜和二牛不停逗着记娃开心，让记娃唱那天夜里的歌。记娃涨红着脸，硬是不唱。三个人拉着车子相互追打嬉闹，尽情地释放着一年中少有的快乐。

这时，老队长永新大汗淋漓地向他们跑来，红玉也紧跟其后。永新一边跑，一边挥着手中的一封信对记娃喊："记娃，你先等等，爱花来信了。""爱花？"记娃简直不敢相信自己的耳朵，眼泪唰地涌了出来。他猛然回过头，丢掉车子，拼命地往回跑，一边跑一边喊着爱花的名字，激动的泪水已经模糊了双眼。跑到永新面前，记娃急切地问："队长，爱花真的来信了？信上都说了些啥？"永新将手中的信递给记娃，高兴地说："千真万确的，爱花来信了，她答应嫁给你！"

记娃接过信，颤抖着手，一字一句、认认真真地看完信。他扑通一下跪在地上，双手举着信和信封，对着旷野、山谷声嘶力竭地大声喊道："爱花，我爱你！"

看着记娃高兴激动的样子，红玉笑着说："记娃，到时候一定要请我们两个媒人好好地喝上一顿。"记娃连连点头说："那是当然，那是当然。"

来喜、二牛和周围的人都聚拢了过来。大家都知道了记娃的喜事。大伙执意要记娃唱他夜里唱的歌。记娃这回没有推辞，他当着大伙的面，深情地唱了起来。

> 二月里来春风吹，俺的心里似剪刀。
> 狠心人儿把俺弃，俺想你来谁知道？
> 三月里来桃花开，俺的心里似火箭。
> 狠心人儿你在哪？心儿飞向山那边。
> ……

记娃唱完歌，对大伙说："这里，我要更正一下，歌里再不是'狠心人儿'了，而是我心爱的人。"记娃说完这话，大伙给他鼓起了热烈的掌声。

原来，自打爱花爹妈托人打听记娃的事后，爱花心里一直犹豫不决。她打心眼里喜欢记娃，但堂兄听远房亲戚说的一些话，她又不得不慎重考虑，毕竟是自己的终身大事，马虎不得。后来，永新写的信，她也看了。信中关于记娃的一些情况，有的和堂兄说的基本一样，有的则出入较大。爹妈就她一个女儿，找不下一个可靠的人，二老也不放心。所以，这事就一直拖着。

今年春节，他堂兄来柳庄走亲戚，又听张仁老婆说，记娃想爱花，都快想疯了，夜里一个人起来唱情歌。爱花听了特感动，思前想后，决定要嫁给记娃。她耐心做通了父母的工作，正准备给永新他们写信，又让一件事给耽搁了。

邻居吴老汉湖北有个堂侄女，前年死了丈夫，年纪轻轻带着一个小女孩，从湖北来投靠他。吴老汉看爱花家一家人老实本分，爱花哥毛犊人虽不是很机灵，但年轻，有的是力气，干活踏实。吴老汉有意把堂侄女和爱花哥毛犊往一块撮合。这一来一往，爱花成了牵线人。她为哥哥的婚事跑前忙后，四处张罗着。经过一段时间的接触，吴老汉的堂侄女也觉得爱花一家人好，爱花哥能吃苦，是个过日子、靠得住的男人，也愿意这门亲事。爱花爹妈见儿子的婚事有了着落，又是吴老汉的堂侄女，知根知底，自然十分乐意。秋收忙过，两家人就欢欢喜喜为两个孩子办了喜事。

忙完哥哥的婚事，爱花这才把信寄了出去。这不，刚接到爱花的来信，永新看后高兴得不得了，他跑去把这事告诉了同他一起去爱花家的红玉，两个人都觉得脸上有光，十分的欣喜。两人一块去找记娃，记娃不在。他哥记权说记娃跟来喜等人进山砍柴去了。记权和媳妇彩娥一听说记娃找下媳妇了，两口子高兴得硬是把永新、红玉拉进屋，又是拿烟又是沏茶，一个劲儿地道谢。永新和红玉喝了茶，点上烟。永新笑着说："看你们两口子平日里对记娃爱搭不理的，关键时候还是不一样，终归是亲兄弟。我和红玉就不多待了，我俩得追上记娃，把这喜事告诉他去。"说着，他和红玉起身，大步流星地走出记权家，朝着记娃他们进山砍柴的方向追去……

记娃和爱花的婚事定在腊月二十八，两家人开始忙活着筹办这对新人的婚事。记娃这边，他哥记权卖了一头猪，给记娃置办了两件像样的家具。嫂子彩娥亲手为一对新人缝制了新衣棉被。爱花那边，爱花爹妈早早为女儿准备了嫁妆，只等女儿出嫁那天。

农历十月下旬的一天，老尹早早起来，吃过早饭，坐在家里听着广播里的秦腔《三滴血》。这时，儿子彭华兴冲冲地从外面回来，手里拿了一份报纸，高兴地说："爹，最近国家颁布了新宪法，宪法里明确规定农村要设立村民委员会，将取代现有的生产队，实行村民自治。"老尹听了十分高兴，他抽了一袋旱烟说："看来党的政策越来越好了，宪法是国家的根本大法，都这么规定了，农村大的改变将是铁板钉钉的事了。这两三年来要说农村都好多了，生产队也有了较大的自主权。相信不久的将来，地分到户里，实行责任田，再加上你说的村民自治，到时候，咱们农村的发展一定会更好。"父子两人相视而笑，心中充满了对新生活的期待。

小年刚过，腊月二十八这天，记娃家双喜临门，一个是他与爱花成亲的日子，一个是他乔迁新居的日子。大队听说记娃要结婚，经研究决定将先前村上集体建的新窑洞优先分给记娃三孔，作为他和爱花和和美美过日子的新家。

随着一阵鞭炮声，队里的拖拉机披红挂彩拉着记娃和爱花一对新人及迎亲、送亲的人们进了村。在噼噼啪啪的鞭炮声中，记娃和爱花被人们簇拥着下了拖拉机，来到了婚礼现场。人们把婚礼现场里三层外三层地围了个水泄不通，大家伸长脖子，踮起脚，争相看着新娘子的模样。兰香和桂香妯娌俩边看边说："记娃真有福气，娶了个俊俏媳妇。"村东的李老汉拄着拐杖远远望着一对新人，摸着胡须，眉开眼笑。老尹抽着旱烟笑着说："这是记娃三世修来的好福分。"

玉朋书记是证婚人，婚礼由贵喜主持。先是夫妻双方跪拜父母，由于记娃父母早逝，大伙将记权两口子推到婚礼现场。记娃和爱花为兄嫂二人分别各敬了满满一杯酒。记权和彩娥心里高兴得不得了，两人接过酒杯一饮而尽。二牛、二虎趁其不备，一人手里拿了一张红纸，向记权和彩娥脸上抹去，两人立马变成了红脸关公，惹得围观的人们哈哈大笑。

永新和红玉作为介绍人分别上前讲了话。记娃和爱花给他们敬了酒。贵喜让记娃和爱花讲恋爱的经过，二人害羞地扭捏了半天，也不知道说什么。这时，人群中有人说："让记娃唱情歌。""对，让记娃唱情歌，就唱他半夜起来唱的。"大家高兴地附和说。记娃涨红着脸，现场把那情歌稍做改动，又动情地唱了起来。

三月里来桃花开，俺的心里似火箭。

心爱的人你在哪？心儿飞向山那边。

　　……

　　记娃的婚事，柳庄村的干部几乎都出动了。大队长来栓是总管，各生产队队长每人多多少少都分有一些事情。大伙忙碌着，个个喜笑颜开。院子里摆起了十几张桌子，前来贺喜的人们挤得满满的。张仁两口子也来了，记娃真诚地向张仁道了歉，为他们敬了喜酒。他和爱花亲切地叫张仁姨父，张仁老婆姨母。高兴得张仁两口子心里乐滋滋的。

　　梅花香自苦寒来，在记娃双喜临门的日子里，在柳庄新农村这个崭新的院落里，忙碌了一年的人们，欢天喜地喝着记娃和爱花这对新人的喜酒，谈天说地，互诉衷肠，说着一年中最开心的话语。在这喜庆、祥和的气氛中，柳庄人将迎来新的一年……